AF138265

HEIKE MECKELMANN

Küsten-
geheimnis

TÖDLICHE GEZEITEN Als das Ehepaar Lore und Tim Ahlers von der Insel Fehmarn spurlos verschwindet, setzt ihre besorgte Nichte Nadja Wentdorf alles daran, sie zu finden. Sie bittet die Polizei um Hilfe, doch die Ermittlungen gestalten sich schwierig. Die einzige Spur ist die Luxusjacht der Ahlers, welche die Familie jedoch kürzlich an das junge Paar, Erik und Lina Bergmann, verkauft hat. Während Hauptkommissar Dirk Westermann und sein Kollege Kommissar Thomas Hartwig versuchen, das Rätsel um das verschwundene Ehepaar zu lösen, wird im Hafenbecken von Burgstaaken der Hafenmeister Henning Jacobsen tot aufgefunden. Ein Unfall? Dann nehmen die Ermittlungen im Fall Ahlers eine überraschende Wendung. Hat das Paar alles hinter sich gelassen und ist heimlich nach Schweden ausgewandert?

© Foto Oliver Franke

Heike Meckelmann wurde in der Nähe von Elmshorn geboren und zog vor mehr als 34 Jahren auf die Insel Fehmarn. Sie betrieb nach dem Studium der Betriebswirtschaft auf der Insel lange Zeit einen Friseursalon und eine Hochzeitsagentur. Viele Jahre arbeitete sie in der Fotografie und nahm als Sängerin ein eigenes maritimes Album auf. Seit 2016 ist sie als freie Autorin auf Fehmarn tätig und schreibt Kriminalromane, die überwiegend auf der Insel spielen und Reiseliteratur. Über 22 Jahre mit einem Fehmaraner verheiratet, bezeichnet sie sich durch und durch als Insulanerin, die ihre Insel genauso liebt, wie die Geschichten, die sie auf der Sonneninsel schreibt.

HEIKE MECKELMANN

Küsten-geheimnis

KRIMINALROMAN

GMEINER

Die automatisierte Analyse des Werkes, um daraus Informationen insbesondere über Muster, Trends und Korrelationen gemäß § 44b UrhG (»Text und Data Mining«) zu gewinnen, ist untersagt.

Bei Fragen zur Produktsicherheit gemäß der Verordnung über die allgemeine Produktsicherheit (GPSR) wenden Sie sich bitte an den Verlag.

Immer informiert

Spannung pur – mit unserem Newsletter informieren wir Sie regelmäßig über Wissenswertes aus unserer Bücherwelt.

Gefällt mir!

Facebook: @Gmeiner.Verlag
Instagram: @gmeinerverlag

Besuchen Sie uns im Internet:
www.gmeiner-verlag.de

© 2025 – Gmeiner-Verlag GmbH
Im Ehnried 5, 88605 Meßkirch
Telefon 0 75 75 / 20 95 - 0
info@gmeiner-verlag.de
Alle Rechte vorbehalten
1. Auflage 2025

Lektorat: Claudia Senghaas, Kirchardt
Satz: Mirjam Hecht
Umschlaggestaltung: U.O.R.G. Lutz Eberle, Stuttgart
unter Verwendung der Fotos von: © Horst Gerlach / iStock.com;
Vladimir Drozdin / iStock.com
Schiffsbild: © Heike Meckelmann
Druck: GGP Media GmbH, Pößneck
Printed in Germany
ISBN 978-3-8392-0795-6

Personen und Handlung sind frei erfunden.
Ähnlichkeiten mit lebenden oder toten Personen
sind rein zufällig und nicht beabsichtigt.

DUNKLE VORZEICHEN

Mit Windstärke sieben schlugen die Wellen gegen die Bordwand. Ein Lächeln umspielte ihren Mund, als das Paket in
der Dunkelheit verschwand …

KAPITEL 1

Nadja stand vor dem Fenster und wählte. Es war der zweite Oktober. Sie beobachtete den Raben, der sich auf einem Ast gegen den Wind stemmte. Diese Viecher haben sich hier regelrecht eingenistet, stellte sie fest. Der wiederkehrende Signalton im Hörer nagte an ihrem Nervenkostüm. Seit einer Woche wählte die 34-jährige Lehrerin die Nummer ihrer Tante und ihres Onkels. Sie legte das Mobiltelefon auf die Fensterbank und verließ das Wohnzimmer. Im Flur nahm sie die Jacke vom Haken und zog sie über. Nadja stellte sich vor den Spiegel, zog die Mütze aus der Jackentasche, stülpte sie über ihren geflochtenen Zopf. Ein letzter Blick, dann verschloss sie die Wohnungstür hinter sich und hastete die Stufen runter. Vor der Eingangstür verharrte sie für einen Moment. Eine heftige Windböe erfasste sie und fegte ihr Blätter ins Gesicht. Ganz schön stürmisch, stellte sie fest und rannte im Laufschritt über den Parkplatz zu ihrem Auto. Die Frau mit der athletischen Figur stieg ein, drehte den Schlüssel im Zündschloss und der Motor heulte auf. Sie musste zum Hafen von Burgstaaken, dort ihre Verwandten suchen. Vielleicht hatte irgendjemand etwas beobachtet. Auf jeden Fall war sie verwundert, dass offensichtlich niemand sonst sie vermisste. Aber sie hatten schon immer ein besonderes Verhältnis, über das ihre Bekannten oft schmunzelten. Sie drei waren eine eingeschworene Gemeinschaft, telefonierten regelmäßig und waren auch sonst eng miteinander verbunden. Sie vertrauten sich blind und hatten keine Geheimnisse voreinander. Nadja liebte ihre einzigen Verwandten sehr.

Jetzt dachte sie an die unausgesprochenen Gesetze der Hafenlieger, die sie immer amüsiert hatten. Es war offensichtlich, dass jeder genau wusste, was auf dem Schiff des Nachbarn vor sich ging. Konnte doch sein, dass einer der Bootslieger etwas mitbekommen hatte, das auf ihre Verwandten hinwies.

Sie trommelte ihre Finger gegen das Lenkrad, als sie die holprige Katzenkopfstraße zum Hafen hinunterfuhr, und wunderte sich, wie viele Blätter durch die Gegend flogen. In der Nacht hatte es geregnet und das Auto rutschte nah am Kantstein über die Fahrbahn. »Verdammt schlierig«, sagte sie und hielt das Steuer mit beiden Händen fest umschlossen. Es war herbstlich auf der Insel. Angespannt bog sie in die Einfahrt zum Hafengelände ab. Dort, wo vor nicht langer Zeit ein Mehrfamilienhaus gestanden hatte, klaffte jetzt eine große Lücke. Die winzigen Fischerhäuser auf der anderen Straßenseite – leer. Auch sie standen zum Abbruch bereit. Eine Umgehungsstraße sollte an dieser Stelle entstehen, die vom Südstrand hierherführte. Alles auf der Insel veränderte sich drastisch, und sie wusste nicht, ob sie das guthieß. Sie stoppte vor der Halle des Hafenbesitzers. Zwei Fahrzeuge parkten auf dem Platz. Ein Segelschiff auf einem Trailer versperrte ihr die Sicht auf den Liegeplatz ihrer Verwandten. Mittlerweile gab es überall im Hafengelände Parkverbotsschilder. Sie wusste nicht einmal, ob sie ihren Wagen überhaupt abstellen durfte. Es war ihr egal. Die sportliche Frau stieg aus und verschloss die Tür ihres Wagens. Sie stemmte sich gegen den Sturm, der weitaus heftiger tobte als in der Altstadt, schlug den Kragen hoch und marschierte auf den letzten Steg zu. Sie wankte über die Planken. Das Schiff von Lore und Tim Ahlers lag am Ende des Bootsstegs, weil es, mit gut 16 Metern, zu lang war, um in eine der Anlegebuchten zu passen. Fassungslos blieb sie stehen. Die Segeljacht lag nicht an ihrem vorgesehenen Platz, bemerkte Nadja Wentdorf irritiert. Das konnte nicht sein. Suchend sah sie sich um und entdeckte das Beiboot der White Pearl. Das Schlauchboot war an einem der öffentlichen Anleger festgemacht und nur lose vertäut. Was sie am meisten wunderte, war, dass der Motor des Bootes im Wasser hing. Die 34-Jährige ließ den Blick über die aufgewühlte See schweifen. Ihr Herzschlag beschleunigte sich. Wieso lag das Schiff nicht am Anleger? Das kann nicht sein, dachte sie und trat ans Ende des Holzstegs. Irgendwas stimmt nicht, dachte sie und versuchte mit einem Blick, das Hafengelände zu erfassen. Es dämmerte. Sie schlug die Arme um ihre Schultern. Wenn sie bei dem Wetter mit dem Schiff rausgefahren sind, müssten sie längst zurück sein. Ein ungutes Gefühl breitete sich in ihr aus. Was hatte das Schlauchboot hier draußen zu bedeuten? Als sie Richtung Hafeneinfahrt schaute, stellte sie mit Erleichterung fest, dass die White Pearl doch da war. Sie entdeckte die elegante marineblaue Jacht weit außerhalb der Fahrrinne. »Das kann alles nicht wahr sein«, sagte sie und schüttelte den Kopf. In ihrem Hals schwoll ein Kloß an. Falls sie Glück hatte, fand sie den Hafenmeister, der wusste, was hier vor sich ging. Außer ihr war niemand sonst im Hafengelände auszumachen, der ihr eine Antwort auf ihre Fragen hätte geben können. Tim hätte das Beiboot wenigstens vernünftig vertäut, überlegte sie und warf einen Blick auf ihre Armbanduhr. »Es ist zu spät. Ist längst zu«, sagte sie, stemmte sich gegen die Böen und verhinderte, an den Rand des Steges gedrückt zu werden und ins Hafenbecken zu stürzen. Sie mochte den Hafen, aber sie hasste das Wasser. Sie registrierte, dass die meisten Boote bereits gekrant worden waren. Der Hafen erschien ihr verwaist. Sie wunderte sich, dass ihre Verwandten das Schiff nicht längst in die schützende Bucht verlegt hatten. Sie wusste, dass ihre Tante und ihr Onkel selbst im Herbst und Winter auf der luxuriös ausgestatteten Jacht wohnten und nicht in der Wohnung im Hafen anzutreffen waren, die sie vor Jahren erstanden hatten. Sie hatten das Apartment nach dem Verkauf ihres Hauses fest vermietet. Wie gern wäre sie selbst dort hingezogen. »Sie hätten mich wenigstens fragen können.« Die Enttäuschung war ihr anzusehen. Sie liebte diese Zwei-Zimmer-Wohnung, die einen Blick auf die letzten der Fischkutter freigab. Die ausgemusterte »Kehrheim« und die zum Restaurant umgebaute »Silverland«. Die Kutter waren Zeugen einer Zeit, als es der Fischerei und den Fischern noch gutging auf der Insel. Mittlerweile hatten sich die Kutter reduziert und nur wenige lagen im Hafen, um zum Fischfang rauszufahren.

Nadja hatte keine Ahnung von Schiffen, vertäute das Dingi mit unfachmännisch ausgeführten Knoten an der Belegklampe. Sie verließ den Steg, der bei jedem Schritt wankte und Schwindel verursachte. Sie fühlte sich, als wenn die Gondel einer Achterbahn steil herabstürzte und ins Bodenlose fiel. Dieses aufsteigende Kribbeln war kaum auszuhalten. Die Nichte des Ahlers war froh, als sie endlich festen Boden unter ihren Füßen spürte. Sie marschierte zum Wagen, riss sich die Mütze vom Kopf und setzte sich hinters Lenkrad. Ein letzter Blick galt dem Gebäude, in dem jetzt Fremde wohnten. Ihr Gesicht wirkte blass. Sie fragte sich die ganze Zeit, was nicht stimmte. »Ich muss Maik anrufen«, sagte sie und spürte Panik in sich aufsteigen.

*

Am nächsten Tag wartete sie vor dem Haus. Endlich fuhr ihr einziger Freund und Kollege Maik Stöver mit schepperndem Polo um die Ecke. Der Auspuff klapperte, als hinge er nur lose am Unterboden des Wagens. Es hatte den Anschein, als würde er jeden Moment abfallen. Ihre Zähne klapperten, als er sie erreichte und mit ernstem Gesichtsausdruck anguckte. Der 1,95 Meter große, kräftige Mann, nur in Jeans und Poloshirt gekleidet, bewegte sich auf sie zu und umarmte sie. »Wird alles gut, sollst sehen, da wird nichts passiert sein. Wir gehen der Sache jetzt auf den Grund.« Der Mathelehrer und Informatiker kniff die Augen zusammen, sein Blick ruhte auf ihrem Gesicht. Die Mimik der jungen Frau entspannte sich. Sie liebte seine Art, auch schwierigen Situationen etwas Positives abzugewinnen. »Komm, lass uns fahren. Mach dir keine Sorgen. Alles wird sich fügen, Mädchen. Du solltest mehr essen. Deine Schultern fühlen sich knochig an.«

Die 1,75 Meter große Lehrerin sah ihn mit weit aufgerissenen Augen an. »Was soll das heißen – knochig? Und überhaupt, hast du keine Jacke?« Sie versuchte zu lächeln, aber ihr Gesichtsausdruck verriet ihm, dass es in ihrem Inneren schwelte. Maik bemerkte, dass ihre Hände zitterten, als sie wenig später in die Straße zum Hafengelände einbogen.

Kurz darauf standen sie auf dem Steg, und Nadja stellte fest, dass die Jacht immer noch draußen vor Anker lag. Das Beiboot dümpelte genauso im Wasser, wie sie es vertäut hatte. Sie fühlte sich bestätigt. »Jetzt siehst du es selbst. Ich sagte doch, da stimmt was nicht. Wieso liegt der Kahn nicht am Steg?« Die 34-Jährige verzog das Gesicht und steckte die Hände in die Tasche ihrer Jeans.

»Weißt du was, wir setzen mit dem Beiboot über, gucken nach dem Rechten. Vielleicht bekommen wir dann eine Antwort«, sagte er und zwinkerte ihr zu. Sie nickte, aber es wirkte nicht, als wäre sie erleichtert über seinen Vorschlag. Maik griff nach ihrer Hand, als sie umständlich ins schaukelnde Beiboot einstieg. Ihre Gesichtsfarbe ähnelte der einer Leiche, als sie in die Hocke sank und sich am Steg festklammerte. Die Wellen schlugen mit unüberhörbaren Knallgeräuschen gegen die Bootswand, während sie unter größter Anstrengung versuchte, ins Schlauchboot zu klettern.

»Kann das nicht untergehen?«, fragte sie.

Maik schüttelte den Kopf. »Nein, das Boot hat einen festen Boden, das ist zu 100 Prozent sicher, vertrau mir.« Immer wieder schwappte Ostseewasser ins Innere des Beibootes. Der Lehrer registrierte die Heidenangst in den Augen seiner Kollegin. Er wusste, dass sie das Meer und Boote hasste. Nadja hatte enorme Angst davor, ins Wasser zu fallen und zu ertrinken. »Dieses schwarze Ungeheuer«, hatte sie oft geflüstert, wenn sie am Meer unterwegs waren. »Meinst du, das ist eine gute Idee, bei diesem Wind mit dem Boot überzusetzen? Das ist viel zu stürmisch. Wir haben mindestens sieben Windstärken. Was, wenn das Ding doch kentert?« Ihre Stimme klang, als würde sie jeden Moment anfangen zu weinen. Sie presste ihre Lippen so fest aufeinander, dass sie kaum noch sichtbar waren. Eine Höllenangst erfasste sie. Maik lächelte. »Dir passiert nichts. Versprochen. Ich bin bei dir.« Er zwinkerte ihr zu, startete den Außenborder und gab Gas. Das Gummiboot peitschte über die Wellen und ploppte bei jedem Wellenschlag mit lautem Knall auf die Wasseroberfläche.

»Fahr nicht so schnell, bitte.« Die Knöchel ihrer Hand traten hervor, so fest umklammerte sie die Haltegriffe an der Innenwand des Bootes. Ihr Blick irrte über die explodierenden Wellen. Bei jedem Aufschlagen aufs Wasser wurde sie vom Sitzplatz hochgeschleudert. »Maik, bitte.« Dann hatten sie endlich das Schiff erreicht. Die Badeplattform war ausgefahren und die Badeleiter runtergelassen. »Das ist alles äußerst bedenklich«, sagte Nadja und versuchte mit zitternden Händen, die Sprossen hinaufzuklettern. »Willst du mich umbringen?«, sagte sie, während Maik mit beiden Händen die Leiter festhielt, damit sie aussteigen konnte. Er sagte kein Wort, vertäute das Schlauchboot an der Jacht und stieg selbst die holzverschlagenen Stufen hoch. Zitternd wankte sie über die Plicht der Segeljacht. Sie war froh, dass sie sich auf der White Pearl befand, die um Längen imposanter in den Wellen schaukelte als dieses Gummiboot. Endlich erreichte sie den Griff der Glastür. Ihr war speiübel, und sie wollte so schnell wie möglich von hier verschwinden. Sie hielt sich am Türrahmen fest und zog am Metallgriff. Die Tür war verschlossen. Sie schüttelte den Kopf und warf ihrem Freund einen Blick zu, der ihre Fassungslosigkeit ausdrückte. »Das gibt's nicht. Die Tür ist nie abgeschlossen.«

»Was meinst du?«, fragte Maik, als er sich neben sie stellte und sich gegen die schwankenden Bewegungen stemmte. Der Wind heulte und ließ die Ösen am Mast scheppern.

»Ich hasse dieses Schiff. Das kann doch alles nicht wahr sein«, flüsterte sie. Ihr Begleiter dagegen bewunderte die Jacht.

»Das ist ein perfekt gebautes Schiff«, staunte Maik, als er die hochglanzpolierten Details betrachtete. »Wirklich eine Traumjacht. Ich gäbe viel darum, sie zu besitzen.« Er warf ihr einen Blick zu, den sie nicht einmal registrierte.

»Die Tür ist normalerweise nie verschlossen, wenn sie an Bord sind.« Sie deutete ins Innere des Schiffes. »Wie kann das sein?« Erneut schüttelte sie den Kopf, traute ihren Augen nicht. Die Abdeckung war schludrig über die nautischen Geräte gestülpt und Teile der teuren Ausrüstung waren Licht und Staub ausgeliefert. »Das hätte Tim niemals zugelassen. Die Instrumente müssen abgedeckt sein, hat er immer gesagt. Und es sieht auf der Jacht nicht gerade aufgeräumt aus.« Sie hielt die Hand über die Augenbrauen und lugte durch die Glasscheibe in den Steuerstand. »Wenn mich nicht alles täuscht, fehlen ein paar ihrer persönlichen Sachen. Maik, hier stimmt was nicht. Ich habe ein ungutes Gefühl.«

Der Lehrer wankte entlang der Reling um das Schiff und versuchte von der anderen Seite, einen Blick in das Innere der Jacht zu werfen. »Ist merkwürdig, aber ich sehe nur, dass niemand an Bord ist. Sonst hätte sich längst jemand bemerkbar gemacht. Mach dir keinen Kopf. Das klärt sich alles auf. Vielleicht sind sie mit dem Beiboot gefahren, um einzukaufen oder essen zu gehen. Sie sind am Abend sicher wieder zurück.«

Nervös nagte sie an ihrer Unterlippe. »Das glaube ich nicht. Maik, was soll ich denn deiner Meinung nach tun? Zur Polizei?« Sie zog eine Visitenkarte aus ihrem Portemonnaie. »Hast du einen Stift bei dir?«

Maik nickte, zog einen Kugelschreiber aus seiner Brusttasche und reichte ihn ihr. Mittlerweile zitterte auch er. Die Fahrt durch den Hafen ohne Jacke war mehr als leichtsinnig. Mit krakeliger Handschrift schrieb sie: »Bitte melden, dringend!«

»Was ist mit der Wohnung? Vielleicht finden wir dort jemanden«, sagte Maik, um sie zu beruhigen.

»Die ist vermietet. Ihr Zuhause ist seit langem die Jacht. Tim hat immer gesagt: ›wenn ich nicht mehr arbeiten muss, fange ich ein neues Leben an.‹« Ihr Blick verklärte sich.

»Wo ist ihr Wagen?«, wollte Maik wissen.

»Der steht meist in einer Garage in Burg. Da komme ich im Moment nicht ran, habe keinen Schlüssel. Lass uns zurückfahren. Ich muss von diesem verdammten Schiff runter.«

KAPITEL 2

Charlotte Hagedorn, rüstige Künstlerin und selbst ernannte Ermittlerin, bog mit ihrem Fahrrad in die Straße zum Hafen Burgstaaken ein.

Die Frau, die hinter vorgehaltener Hand als »Miss Marple« betitelt und manchmal belächelt wurde, stemmte sich mit vollem Körpereinsatz gegen den Wind, der ihr aus Südost entgegenblies. Normalerweise wäre sie heute mit Sicherheit nicht aus dem Haus gegangen, aber sie musste die Chance nutzen, um Fotos zu schießen, die nicht jeder im Portfolio hatte. Dermaßen stürmisches Wetter hatten sie auf der Insel lange nicht gehabt. Und dabei war erst Anfang Oktober. Außerdem würde ihr ein wenig frische Luft guttun. Die Frau, die mit ihrer Kamera seit Jahren das Leben auf Fehmarn festhielt, war als Fotografin auf der Insel weitreichend bekannt. Die jung gebliebene Charlotte war nicht nur als Fotokünstlerin unterwegs. Für ihre Gitarre fand sie zwar oft keine Muße mehr, doch ab und zu griff sie gern in die Saiten. Dass ihre Stimme mittlerweile eingerostet war und sie die Töne nicht mehr traf, störte sie nicht. Allerdings hatte sie eine andere Gabe, die immer öfter Gesprächsthema war. Der Ruf als selbst ernannte Ermittlerin eilte ihr voraus. Schallender, als ihr manchmal lieb war. Und nicht selten stieß sie mit ihrer Art gegen Wände, die es einzureißen galt. Sie war nicht nur dem Bürgermeister und dem Tourismusmanager der Insel, sondern selbst der ansässigen Polizei manchmal ein Dorn im Auge, das wusste sie. Zugleich war sie eine Bereicherung, wenn es darum ging, die Fälle mit Hilfe der Mordkommission Oldenburg zu lösen. Sie war aus dem kriminalistischen Ermittlerensemble nicht mehr wegzudenken. Zumal Dirk Westermann, der gleichzeitig Leiter der Oldenburger Dienststelle war, vor einem Jahr ihre Nichte Katrin Hagedorn geheiratet hatte. Somit schloss sich der Kreis. Sie war meist im Besitz wichtiger Informationen und auf dem neusten Stand. Die taffe Frau im besten Alter, über das sie als ewig Junggebliebene lieber schwieg, rollte in diesem Moment den Parkplatz des Hafengeländes entlang. Wer sie sah, schaute ihr erstaunt nach. Sie war in letzter Zeit kaum wiederzuerkennen, hatte ihrem Äußeren eine Art Generalüberholung verpasst. Den farbenfrohen Wollmantel hatte sie gegen eine schwarze Lederjacke getauscht, die ihre immer noch sportliche Figur gut zur Geltung brachte. Auf dem Kopf saß jetzt statt der Wollmütze eine rote Baskenmütze.

Sie bremste ab. Vor einem Segelschiff, das auf einem dazugehörigen Trailer thronte, stoppte sie und stieg vom Rad. Der Wind blies ihre Locken aus dem Gesicht, die unter der erdbeerroten Baskenmütze hervorgekrochen waren. Charlotte kettete das Rad an ein Metallgestell und stapfte mit Bedacht den Steg hinunter, der durch Moosbefall und Nässe mit Vorsicht zu betreten war. Sie wollte sehen, aus welcher Perspektive sie die besten Aufnahmen schießen konnte. Das Wasser schwappte über den Holzsteg, und Charlotte musste aufpassen, dass sie nicht das Gleichgewicht verlor. Der Hafen war menschenleer – fast. Sie bemerkte ein etwa drei Meter langes Schlauchboot, das in die Hafeneinfahrt einfuhr. »Das ist ja rein zu doll. Bei dem Schietwetter. Die haben nicht mehr alle Tassen im Kontor. Nee, nee.« Sie schüttelte den Kopf. »Das sind mit Sicherheit keine Fehmaraner«, sagte sie, und beobachtete das Gummiboot, das bei jedem Wellenschlag auf die Wasseroberfläche knallte. Sofort nahm sie die Kamera hoch und schoss erste Fotos. Zwei Leute saßen im Boot, das erkannte sie trotz der Entfernung. Sie hockte sich hin, drückte erneut den Auslöser. Dabei musste sie aufpassen, dass sie nicht auf ihrem Hintern landete, wenn eine neue Böe sie zurückdrängte. Sie registrierte, wie die Personen anlegten und aus dem Schlauchboot kletterten. Dann sah sie, um wen es sich handelte. Sie wusste zwar, dass die Nichte von Lore und Tim ab und zu zum Hafen kam, aber dass sie trotz ihrer Abscheu vor Wasser bei diesem Wetter in ein Boot geklettert war, ließ sie ihren Kopf schütteln. Sie stakste auf die beiden zu. »Moin, Deern. Na, sach mal. Seid ihr lebensmüde? Mit dem lütten Gefährt bei dem Sturm aufs Wasser? Geht gar nicht.« Sie reichte der Frau, die aussah wie ein Geist, die Hand. »Was macht ihr denn da draußen?«

Die 34-Jährige zuckte die Achseln, warf Maik einen vielsagenden Blick zu und sagte: »Ach, Frau Hagedorn. Ich bin wirklich ratlos. Seit einer Woche sind die beiden wie vom Erdboden verschluckt. Sie haben weder unseren Termin abgesagt noch sich sonst irgendwie gemeldet. Dabei telefonieren wir sonst fast täglich. Deshalb sind wir zur Jacht raus. Mir ist nicht wohl bei dem Gedanken, ihnen könnte etwas zugestoßen sein. Ich hatte gehofft, sie wären an Bord.«

Maik warf einen letzten Blick zum festgemachten Schlauchboot, dann gesellte er sich zu den Frauen. »Moin, ich bin Maik«, sagte er und reichte Charlotte die Hand.

Die nickte und guckte die beiden an. »Und? Waren sie an Bord?«, wollte sie wissen und betrachtete den Mann an Nadjas Seite. Die verängstigt wirkende Frau schüttelte den Kopf, verzog die Miene und erzählte Charlotte, was geschehen war.

Sie kannte Nadja seit längerem, hatte sie vor ein paar Jahren an einem Spätsommertag auf dem Schiff von Lore und Tim Ahlers kennengelernt. Ihr war damals schon aufgefallen, dass sie sich auf der Jacht nicht wohlfühlte. Zu der Zeit lag die White Pearl allerdings wesentlich ruhiger im Wasser. Sie hatte kaum gesprochen, war ebenso blass wie in diesem Augenblick und dauernd auf der Toilette verschwunden, um sich zu übergeben. Für die Seefahrt ist sie auf jeden Fall nicht geeignet, dachte Charlotte.

»Nun muss ja nicht gleich etwas Schlimmes passiert sein. Sie können ja unterwegs nach Lübeck oder Hamburg sein. Was ist mit Urlaub? Vielleicht wollten sie mal was anderes als Wasser sehen. Aber ich hör mich um, versprochen.« Charlotte zwinkerte Nadja zu. »Ist das Auto denn da?«

Nadja schüttelte den Kopf. »Nein, hab ich nicht gesehen. Auf dem Parkplatz ist es jedenfalls nicht.«

»Na dann. Ich behalte das auf jeden Fall im Auge.« In Charlottes Kopf arbeitete es. Verschwunden? Seit einer Woche? Sie trommelte mit den Fingern auf das Objektiv ihrer Kamera, witterte einen neuen Kriminalfall. Dann wiederum zweifelte sie an ihren Gedanken. Vielleicht hatten die beiden einfach ihre Handys ausgestellt, um ungestört zu sein. Charlotte vermutete, dass sie mit dem Auto unterwegs waren und irgendwann wieder auftauchten. Allerdings ungewöhnlich, nicht wenigstens der Nichte eine Nachricht zukommen zu lassen. Schließlich waren die drei seit dem Tod von Nadjas Eltern sehr eng miteinander verbunden. Aber wahrscheinlich gab es auch hierfür eine plausible Erklärung. Sie sah dem Paar nach, bis es aus ihrem Blickfeld verschwunden war, bewegte sich auf das Ende des Steges zu und fotografierte das über drei Meter lange Schlauchboot. In ihrem Kopf fing es an zu arbeiten. Charlotte konnte sich kaum auf ihren eigentlichen Job konzentrieren. Ohne ersichtlichen Grund verspürte sie ein nicht zu erklärendes Gefühl in ihrer Magengegend. »Alles sehr merkwürdig. Wenn ich es richtig betrachte, glaub ich fast, da stimmt wirklich etwas nicht. Was schlimmstenfalls passieren kann«, sinnierte sie murmelnd und versuchte, die hochschlagenden Wellen mit ihrer Kamera einzufangen.

*

Nadja hatte genug gewartet. Das Abwarten zehrte an ihren Nerven. Sie flocht ihre Haarsträhnen zu einem Zopf und warf einen Blick in den Spiegel. Der Regen klatschte gegen die Scheibe ihres Badezimmerfensters, und sie fror allein schon bei dem Gedanken, ihre Verwandten bei der Polizei vermisst zu melden. Sie warf einen Blick nach draußen. Überall wehten Blätter durch den Garten der dreigeschossigen Wohnanlage. Manchmal nervte es sie, dass das Gebäude keinen Fahrstuhl besaß und sie schwere Taschen unzählige Stufen hinaufschleppen musste. Aber dann, beim Blick aus dem Wohnzimmerfenster, stellte sie sich vor, dass sie in einem exklusiven Penthouse wohnte und den Weitblick bis hin zur Altstadt genoss. Sie hatte einen Arbeitsweg, der kaum der Rede wert war, und sollte eigentlich dankbar sein … eigentlich. Dann wanderten ihre Gedanken zu ihrer Tante und ihrem Onkel, die im Gegensatz zu ihr ein wohlhabendes Leben ohne Konventionen führten. Die taten, was sie wollten, und lebten einfach in den Tag hinein.

Nadja erhob sich und warf einen Blick aus dem Wohnzimmerfenster. Ihr Augenmerk blieb an den Balkonkästen hängen, in denen die letzten Blumen verblüht waren und nur noch braun gewordene Überbleibsel herausragten. Es war Spätnachmittag, tief hängende Wolken schoben sich über den Himmel, und es wurde dunkel. »Ich geh jetzt zur Polizei.« Sie bewegte sich in den Flur, zog den Daunenmantel über, schlüpfte in ihre Lederstiefel und verließ die Wohnung. Mit schnellen Schritten sprintete sie die Treppenstufen hinunter.

Die Polizeiwache lag nur wenige Minuten entfernt. Der Regen peitschte ihr ins Gesicht, als sie ausstieg. Die Nässe sickerte durch den Kragen und kroch ihren Hals entlang. Sie rannte über den Parkplatz zum Eingang der Polizeistation. Die Nässe klebte innerhalb kürzester Zeit überall auf ihrer Haut und erzeugte eine Gänsehaut. Nadja schüttelte sich. Sie öffnete die Tür und traf im gleichen Augenblick auf den Dienststellenleiter Olaf Schütt.

»Moin«, grüßte er und blieb unmittelbar vor ihr stehen. »Nanu? Was machst du denn bei diesem Schietwetter hier? Kann ich was für dich tun?« Er warf ihr einen freundlichen Blick aus blauen Augen zu, während er ihr die Hand reichte. Nadja schaute den Hauptkommissar an und machte ein Gesicht, das zum Wetter passte. Sie kannte den Beamten mit dem weißen Haar und betrachtete seinen vorgewölbten Bauch. Sie wusste, dass er ihr vertraute. Das machte die Sache leichter. Nadja war sicher, dass sie sich bei ihm in den richtigen Händen befand.

»Ich möchte eine Vermisstenanzeige aufgeben«, sagte sie und schluckte.

Schütt sah sie fragend an. »Was ist denn los, Deern?«

Sie holte Luft: »Lore und Tim sind seit einer Woche nicht erreichbar und ich … ich weiß nicht, was ich noch anstellen soll, um sie zu finden. Das Schiff liegt draußen vor Anker und niemand ist an Bord«, antwortete sie, verfolgte seine Reaktion und räusperte sich. Schütt bemerkte ihre Nervosität.

»Na, dann komm mal mit, Deern.« Er führte sie in sein Büro und bot ihr einen Stuhl an. »Nun erzähl mal, aber der Reihe nach«, sagte er und warf ihr einen väterlichen Blick zu.

»Ich bin wirklich sehr beunruhigt. Seit einer Woche versuche ich die beiden zu erreichen«, sagte sie und zog die Schultern hoch.

»Und weiter?«

»Jedenfalls stimmt da irgendwas nicht, davon bin ich überzeugt.«

»Hm, können sie nicht im Urlaub sein? Du weißt, dass sie am liebsten unterwegs sind«, sagte Schütt und folgte ihrem umherirrenden Blick.

»Und das Schiff lassen sie draußen vor Anker liegen? Obendrein das Schlauchboot einfach so im Hafen? Das glauben Sie doch wohl selbst nicht. Nein, sie hätten sich bei mir gemeldet. Ich bin, ehrlich gesagt, ratlos. Sie müssen mir helfen. Ich will, dass Sie eine Vermisstenanzeige aufnehmen.«

Schütt rollte mit seinem Stuhl vor den Computer und rief ein Formular auf. »Wie lange, sagtest du, sind sie schon weg?«

»Seit einer Woche«, sagte Nadja Wentdorf.

»Und wenn du das glaubst, warum kommst du jetzt erst?«

⁂

Charlotte hatte ihre Fotosession im Hafen Burgstaaken beendet und genoss die Atmosphäre. Der Wind hatte weiter zugenommen, ihr wurde kalt in ihrer Lederjacke. Sie legte die Kamera in den Fotorucksack und machte sich auf den Rückweg. Vorsichtig bewegte sie sich über den Steg, der durch die Feuchtigkeit kaum Halt bot und ihre Beine ins Rutschen brachte. Charlotte war froh, als sie endlich festen Grund unter ihren Füßen spürte. Sie bewegte sich auf ihr Rad zu, stellte den Rucksack in den Korb und schob es zum Bürocontainer des Hafenmeisters. Es brannte tatsächlich Licht. Charlotte blieb stehen. Ihr kam eine Idee. Sie lehnte ihr Rad gegen den Container. Dann stapfte sie die Holzstufen hinauf und öffnete die Tür.

Der Hafenmeister Hinnerk Jacobsen saß auf seinem Drehstuhl, der die beste Zeit längst hinter sich hatte und auseinanderzufallen drohte. Er war damit beschäftigt, die letzten Krantermine in einen Kalender einzutragen, der die gesamte Wand beanspruchte. »Ja, Moin, Charlotte. Was machst du denn hier bei dem Schietwetter?«, sagte er und keuchte wie ein altes Walross.

Er zog die Augenbrauen hoch, guckte sie an und legte den Stift aus der Hand.

»Ja, auch Moin. Ich hab Bilder geschossen. Ich möchte nächstes Jahr eine Ausstellung im Senator-Thomsen-Haus organisieren und brauch aussagekräftiges Material.«

»Na, wenn du keine Motive hast, wer dann? Hast wohl

anständige Wellen zu sehen gekriegt, oder? Das ballert da draußen ja ganz ordentlich«, sagte er und wischte sich mit dem Handrücken Schweißperlen von der Stirn. Charlotte nickte und merkte, dass er Schwierigkeiten beim Atmen zu haben schien. »Ja, jede Menge, aber es sind ja nie die richtigen, wenn du verstehst, was ich meine. Du japst aber ganz schön, mein lieber Hinnerk. Geht es dir nicht gut?«

»Doch doch, liebe Charlotte, alles in Butter aufm Kutter.«

»Na, dann ist ja alles im Lot.« Sie wollte ihn über die Ahlers ausfragen, als Hinnerk die Hand hob und auf den Stuhl neben sich deutete, bevor sie etwas sagen konnte. »Setz dich, Deern, dann trinken wir einen Tee. Du trinkst doch Tee, wenn ich mich recht entsinne, oder? Lass uns ein bisschen klönen.«

Charlotte winkte ab.

Hinnerk röchelte wie eine alte Dampflok, nahm einen Schluck Tee und hustete.

»Na, das hört sich ja nicht gut an«, sagte sie, als sein Bauch dann auch noch undefinierbare Töne von sich gab. »Du musst mal was essen, Jung.« Der untersetzte Hafenmeister zog die Mütze vom Kopf, wischte mit der Hand über seine haarlose Platte und stülpte sie wieder darüber. Er beugte sich nach vorn und hatte Mühe, durchzuatmen. Mit schiefem Grinsen drehte er den Deckel der Thermoskanne auf und schenkte sich dampfenden Tee ein. »Nee, Hunger hab ich nicht. Mir ist schon eine Weile nicht so gut. Ich glaub, ich hab was Falsches gegessen. Mir ist ganz flau. Nicht doch einen Pfefferminztee?« Charlotte winkte ein weiteres Mal ab. Hinnerk wischte seine feuchten Handflächen am Stoff der Latzhose ab und legte sie auf den Bauch, der sich voluminös unter dem Latz seiner Arbeitshose verbarg. Die Künstlerin war dankbar, dass er ihr zum einen die

Möglichkeit anbot, sich aufzuwärmen, zum anderen, ihn auszufragen, ohne dass er es merkte.

»Und was gibt's bei dir sonst so Neues?«, wollte sie wissen.

»Eigentlich nichts. Siehst ja, der Hafen ist leer. Das miesepetrige Wetter trägt auch nicht grad dazu bei, dass die Leute ihre Boote länger im Hafenbecken liegen lassen als nötig. Und mir geht's, auf Deutsch gesagt, bescheiden«, sagte der 61-Jährige, nahm die Hände auseinander, griff zum Becher und schlürfte seinen Tee.

»Ja, sieht nicht so rosig aus. Josch will sein Schiff auch bald kranen. Ihm graut schon davor, die Pocken vom Unterschiff zu kratzen«, sagte sie. »Und danach will er mit einem Freund nach Norwegen zum Angeln. Bis dahin wollte er den Troll winterfest haben.« Sie seufzte. »Ist mir immer zu kalt, um in der eiskalten Halle mit einem Spachtel rumzukratzen. Da schieß ich lieber ein paar Fotos.«

»Na ja, ist ja im Hafen nun auch nicht gerade muggelig«, sagte er und wischte erneut seine Hände am Stoff ab. Seine Pupillen wanderten umher, als wenn er nicht bei der Sache war. Irgendwie wirkt er richtig krank, stellte Charlotte fest und wunderte sich über Hinnerk. Normalerweise war er die Ruhe selbst. Den fülligen Mann konnte nichts und niemand aus der Fassung bringen. Er war ein Mensch, der seine Arbeit zwar im Zeitlupentempo erledigte, aber stets mit guter Laune durch den Hafen marschierte. Er war nun mal Hinnerk. Heute gefiel er ihr nicht. Er wirkte fahrig, und seine Augen erschienen ihr glasig. Außerdem hatte sie das Gefühl, als wäre er erleichtert, dass sie hier saß und sich mit ihm unterhielt. Charlotte musterte ihn.

»Nee, muggelig nicht, da hast du recht. Aber Bewegung an der frischen Luft … du weißt ja, wir werden nicht jünger. Da braucht es schon mehr Bewegungen als gewöhnlich. Sonst sehen wir nachher alle aus wie die Michelin-Männchen.« Sie warf Jacobsen einen Blick zu, der auf seinem Bauch hängen blieb. Der Hafenmeister räusperte sich, setzte sich aufrecht auf seinen Stuhl und zog die Plauze ein. Seine Mundwinkel wanderten in die Höhe. »Ja, da sagst du was. Dieses ständige Rumsitzen trägt nicht grad zur Ertüchtigung bei.« Er rieb seine Kugel und schielte immer wieder zur Tür.

»Aber nun mal Spaß beiseite«, sagte Charlotte ernst. »Du bist heute irgendwie anders. So kenne ich dich gar nicht.«

»Nö, ich bin die Ruhe selbst«, entgegnete er. »Ich glaub nur, ich brüte irgendwas aus. Bin schon ganz döschig im Kopf. Entweder das Falsche gegessen oder 'ne Erkältung im Anmarsch.« Charlotte hoffte, dass er recht behielt.

»Dann gehörst du allerdings ins Bett und nicht hier in den Hafen.« Sie wusste, dass Hinnerk am liebsten hier unten in Burgstaaken war. Krank – hatte sie ihn überhaupt schon einmal krank erlebt? Aber sie wollte endlich auf den Punkt kommen. »Sag mal, hast du mitgekriegt, dass die Nichte der Ahlers ihre Tante und ihren Onkel vermisst? Sie erschien mir völlig verzweifelt. Ich hab sie auf dem Steg getroffen. Ist da alles in Ordnung?« Sie sah den Hafenmeister an, als könnte er eine Erklärung für ihre Fragen liefern. Charlottes Finger trommelten auf die Armlehne.

Hinnerk schüttelte den Kopf. »Das erscheint mir rätselhaft«, antwortete er. Auf seiner Stirn sammelten sich erneut Schweißperlen, die er mit einer fahrigen Handbewegung von der Haut wischte. »Weiß ihre Nichte nicht, dass das Boot längst … da war sogar ein Verkaufsschild am Schiff. Komisch war nur, dass er es immer abgenommen hat, bevor Lore in den Hafen kam. Aber vielleicht wollte er sie einfach überraschen.« Er guckte Charlotte an und schenkte erneut Tee in seinen Becher.

Sie hatte gehofft, dass er etwas mehr wusste, das Licht ins Dunkel von Lore und Tim Ahlers Verschwinden bringen konnte. Verkaufsschild? Sie musste unbedingt erfahren, was es damit auf sich hatte. »Nun red schon, was ist mit dem Boot? Wieso hing da ein Verkaufsschild? Was weiß ihre Nichte nicht?«

»Ja, das war merkwürdig und ging viel schneller vonstatten als gedacht.«

»Was ging schneller als gedacht? Nun red doch endlich.«

KAPITEL 3

Nadjas Handy klingelte, als sie sich gerade erneut zur Polizeidienststelle aufmachen wollte. Sie musste wissen, ob die Beamten mittlerweile etwas in Erfahrung gebracht hatten. »Ja, Wentdorf?« An ihrem Gesichtsausdruck erkannte man, dass ihr das, was sie hörte, missfiel. Sie stand in Mantel und Mütze in der offenen Tür und starrte auf den Spiegel, in dem sich ihr fassungsloses Gesicht widerspiegelte. Sie lauschte, was am anderen Ende der Leitung gesprochen wurde, und schlich zurück ins Apartment. Leise schloss sie die Tür und blieb wie angewurzelt stehen. »Das glaube ich nicht ... ich verstehe nicht ... wann?« Nadja war entsetzt. Ihre Gesichtszüge wirkten versteinert. »Wann? ... Das hätten sie mir erzählt ... kann nicht sein.« Wieder lauschte sie, starrte in ihr Spiegelbild. »Haben Sie Beweise für eine derartige Aussage? ... Sie haben Unterlagen ...? Können Sie mir die zeigen?« Sie legte den Schlüssel aus der Hand in die Schale, die neben der Garderobe auf einem Beistelltisch stand. Nadja hielt das Telefon noch am Ohr, als das Gespräch längst beendet war. »Das kann nicht sein«, sagte sie, griff nach dem Schlüsselbund und verließ das Haus.

Nur wenig später öffnete sie die Tür zur Dienststelle. Jan Becker saß an Schütts Schreibtisch und hielt einen Becher Kaffee in der Hand. Der Polizeihauptmeister guckte Nadja an und grinste. Als er allerdings ihren Gesichtsausdruck bemerkte, veränderte sich auch seine Mimik. »Moin, Frau Lehrerin. Wat hest du op't Hart?« Becker stellte den Becher auf der Schreibtischplatte ab und bot Nadja einen Stuhl an.

»Ich muss den Chef sprechen«, wies sie sein Angebot mit eisigem Blick zurück.

»Der ist …, warte, ich hol ihn.« Becker sprang auf und verließ das Büro. Wenig später kam er mit dem Dienststellenleiter zurück. »Na, Deern. Hast deine Verwandten wiedergefunden?«, versuchte er, ihre Angespanntheit zu ignorieren.

Nadja holte Luft. »Nein, im Gegenteil. Ich habe vorhin einen merkwürdigen Anruf erhalten. Die beiden haben, wie es aussieht, die Jacht verkauft, ohne mir auch nur das Geringste mitzuteilen. Das kann nicht sein. Und ich kann sie immer noch nicht erreichen. Sie müssen was unternehmen. Ich habe ein ungutes Gefühl.«

Schütt merkte, dass ihre Stimme vibrierte. Er nahm ihr gegenüber Platz, griff ihre Hände, die ebenso zitterten wie ihre Stimme. »Das mit dem Schiff habe ich auch rausgefunden. Ich kenne Tim schon lange, aber dass er die Jacht verkaufen wollte, war mir neu. Ich habe gedacht, du wusstest es, deshalb habe ich dich nicht zurückgerufen. Aber zu deiner Beruhigung: Ich fahre gleich runter und guck mir das Ganze aus der Nähe an – versprochen. Du erzählst mir bitte genau, was dir die Person am Telefon erzählt hat. Möchtest du einen Kaffee?«

Sie nickte. »Ja, ich wollte gerade hierherfahren, als das Telefon klingelte. Eine Frau war am anderen Ende. Sie hat ihren Namen erwähnt, aber den habe ich in der Aufregung vergessen. Nur den Vornamen, den hab ich mir merken können. Lina, sie hieß Lina. Die Frau hat mir allen Ernstes erzählt, dass sie und ihr Mann das Boot gekauft hätten. Sie sagte, sie hätten die Jacht am 26. September offiziell und ordnungsgemäß übernommen. Ordnungsgemäß, wie das klingt.« Nadja lachte verächtlich. Schütt registrierte ihre befremdliche Art und fertigte Notizen. »Und einen Tag später konnte ich sie nicht mehr erreichen. Ist doch merkwürdig, oder nicht?«, riss sie Schütt aus seinen Gedanken. Das gleiche Gefühl beschlich ihn, je länger er ihr zuhörte. Irgendwas stimmte mit Nadja nicht.

»Nun mal ruhig und vor allem sachlich bleiben. Hat die Frau sonst was gesagt? Woher hatte die deine Telefonnummer?«

»Nein, gesagt hat sie nur, dass ich jederzeit vorbeikommen und die Papiere überprüfen kann. Es hätte alles seine Ordnung. Und meine Telefonnummer hat sie von der Visitenkarte, die ich an die Tür vom Schiff geklemmt hatte.«

Schütt nickte. »Wir fahren jetzt zusammen runter zum Hafen und gucken nach dem Rechten.«

Wenig später saßen sie in Schütts Dienstwagen und fuhren in das Hafengelände. Direkt vor der Halle des Winterlagers parkte er den Wagen. Der Hauptkommissar stieg aus und rückte seine Strickmütze zurecht. »Der Wind ist ja heftig hier unten«, sagte er und zog den Reißverschluss seiner Uniformjacke bis zum Kragen. Nadja schien seine Worte nicht wahrzunehmen und war längst auf dem Weg zum Steg. Das Klötern und Klappern loser Gegenstände klingelte in seinen Ohren. Er folgte ihr. Jetzt lag die Jacht direkt am Ende des Holzsteges ordnungsgemäß vertäut und das Schlauchboot war verschwunden. Schütt nahm Nadja zur Seite. Er wunderte sich, weil es nicht zu der Beschreibung passte, die sie ihm vermittelt hatte. Der Hauptkommissar klopfte gegen das Schiff.

»Hallo? Jemand an Bord? Hier ist die Polizei!«, rief er und wartete. Es regte sich nichts. Aber er hatte versprochen, ihr zu helfen, und kletterte umständlich über die Reling der schwankenden White Pearl. Er wusste, dass man ein fremdes Schiff nicht einfach betrat, aber unter diesen Umständen hielt er es nicht für angebracht, um Erlaubnis zu fragen. Nadja machte Anstalten, ihm zu folgen. Schütt entdeckte das Beiboot, das ordnungsgemäß auf einem Gestell verzurrt war. Ansonsten sah es nicht so aus, als ob die neuen Besitzer irgendwas im Schilde führten. Der Dienststellenleiter stufte die ganze Geschichte mittlerweile als Hirngespinst seiner jungen Begleiterin ein. Aber nachhaken konnte nicht schaden. Er klopfte gegen die Glastür des fest verbauten Überbaus, der sogenannten Kuchenbude, und trat einen Schritt zurück. Er merkte, dass sich im Inneren etwas bewegte. Auf einmal wurde die Tür aufgeschoben. Ein Mann, Anfang 30, mit kurzem schwarzem Haar und ebenso dunklem Bart, der ihn finster erscheinen ließ, musterte ihn durch schwarze Augen.

»Was? Was machen Sie auf meinem Schiff?«, fragte der Unbekannte und fuhr sich mit der Hand über den Vollbart. Dann erst registrierte er offensichtlich die Polizeiuniform. Oha, dachte Schütt, und ihm fiel auf, dass der Mann dunkle Ringe unter den Augen hatte und aussah, als hätte er die Nacht durchgemacht. Auf einmal fühlte er sich nicht mehr sehr wohl in seiner Haut. »Moin, Schütt, Hauptkommissar,

Polizeidienststelle Burg. Und das ist Frau Wentdorf, deren Verwandten diese Jacht gehört ... gehörte«, verbesserte er sich. »Und Sie sind?«

»Ich? Der Besitzer des Schiffes, Erik Bergmann. Warum fragen Sie?«

»Ich hätte ein paar Fragen. Dürfen wir reinkommen? Dauert nicht lange.« Der schlaksige Mann, der ihm in verwaschenen Jeans und dunklem Hoodie gegenüberstand, wirkte auf ihn nicht eine Sekunde lang beunruhigt.

»Natürlich, was ist denn passiert? Sie haben uns aus dem Bett geholt. Wir waren schon erstaunt, als wir die Visitenkarte von Frau Wentdorf in der Tür entdeckt haben. Ist was nicht in Ordnung?«

»Das genau möchten wir von Ihnen wissen. Dürfen wir?« Noch einmal machte er eine Handbewegung Richtung Kabine. Erik nickte. Hinter ihm erschien eine Frau, die Mitte bis Ende 20 war und die Fremden mit kaum mehr Begeisterung beobachtete. Schütt merkte sofort, dass die beiden keinen Besuch erwartet hatten. Sie knöpfte sich eilig die Strickjacke zu, unter der sie nur einen BH trug. Langsam wurde ihm die Sache peinlich. Hatte er sich von Tim Ahlers' Nichte beeinflussen lassen? Seine Gesichtsfarbe veränderte sich und glich einer überreifen Tomate. »Kommen Sie rein, setzen Sie sich«, sagte die Frau, in deren Gesicht er Akne-Narben entdeckte, was sie aber nicht weniger hübsch aussehen ließ. Ihre blonden Haare berührten die Schultern. Sie wirkte ebenso unausgeschlafen wie der Mann an ihrer Seite. Peinlich berührt, zog sie die Strickjacke um ihren Körper. Ihre Beine waren nackt und die Füße steckten in Turnschuhen. Wie es aussah, hatten sie die beiden bei einem Schäferstündchen überrascht. Er musste grinsen, ahnte, was man auf einem Schiff tat, wenn das Wetter mies und man selbst jung war. Da kamen die Hormone in Wallung, vermutete Schütt. Er sammelte sich und sagte: »Nein, danke, wir wollen Sie nicht lange aufhalten, haben nur ein paar Fragen, dann lassen wir Sie wieder in Ruhe.« Sein väterliches Lächeln beruhigte das Pärchen offenbar.

»Kein Problem, schießen Sie los«, entgegnete Bergmann, vergrub die Hände in den Taschen seiner Jeans und sah die beiden an. Er gähnte.

»Sie haben die Jacht von Familie Ahlers erworben, ist das richtig?«

»Korrekt«, antwortete der sympathisch wirkende Mann, während die Frau ihre Arme um die Schultern schlang. »Hat alles seine Richtigkeit. Wir haben das Schiff am 26. September von Tim und Lore Ahlers gekauft. Ich kann Ihnen gern die Papiere zeigen«, sagte er und deutete auf eine Mappe, die in einer der eingebauten Holzfächer lag.

»Ja, das wäre hilfreich. Wenn es Ihnen nichts ausmacht, Herr Bergmann.«

»Das ist meine Frau Lina. Jetzt setzen Sie sich. Wir stehen hier nicht gerade gemütlich. Wir waren schon erstaunt, als wir die Mitteilung auf dem Schiff erhalten haben. Was ist denn los? War die Jacht geklaut? Die Ahlers wirkten auf mich sehr seriös«, sagte Bergmann, lachte und entblößte eine Reihe großer Zähne. Schütt schob die Lehrerin auf den Sitz neben sich, nahm seine Mütze vom Kopf und setzte sich ebenfalls. Nadja schien sich in ihrer Haut nicht wohlzufühlen, verschränkte zum Schutz die Arme vor ihrer Brust.

»Kaffee?«, wollte die Frau mit Reibeisenstimme wissen.

»Keine Umstände«, sagte Schütt. »Ich sehe mir die Papiere an, und dann sind wir auch schon wieder verschwunden. Die Besitzer … ehemaligen Besitzer sind seit mehr als einer Woche nicht erreichbar. Und genau deshalb sind wir hier. Frau Wentdorf macht sich Sorgen um ihre Verwandten, und wir versuchen rauszufinden, wo sie abgeblieben sind.« Er kniff die Lippen zusammen, musterte den neuen Bootseigner und nickte. Nadja wiederum fixierte die lederne Mappe in den Händen des hochgewachsenen Mannes, der sie anguckte und sich mit den Fingern durch den Bart fuhr. Irgendwie erinnerte er sie an eine schlackernde Marionette. Nadja waren seine herausfordernden Blicke unangenehm. Sie fühlte sich nackt und presste die Arme noch fester über ihren Brustkorb, als er sich mit der Zunge über seine Lippen fuhr. Dann sagte er: »Da können wir Ihnen nicht weiterhelfen. Wir haben uns hier getroffen, den Kauf perfekt gemacht und sind dann ganz entspannt auseinandergegangen.« Erik legte die Mappe auf den Holztisch, der kaum größer als die Packung einer Familienpizza war, schlug sie auf und zog etliche Papiere heraus. »Alles da. Kaufvertrag, Überschreibung, notarielle Beurkundung. Es hat alles seine Richtigkeit. Ich frag mich aber langsam, warum Sie die Unterlagen einsehen wollen? Glauben Sie uns nicht, dass wir das Schiff gekauft haben?« Der Gesichtsausdruck des neuen Schiffseigners veränderte sich, das Lächeln verschwand. »Wir haben die White Pearl reell erworben, bezahlt und, wie Sie sehen, ist alles in Ordnung. Daran ist nicht zu rütteln. Oder haben wir den Kahn falsch geparkt?«, grinste er wieder und guckte provokativ in Nadjas Richtung. Schütt legte seine Hand auf ihre, wollte sie beschwichtigen. Sie griff nach einem der Blätter, die vor ihr ausgebreitet lagen. Es schien, als suchte sie nach Hinweisen, die einen Betrug aufdecken könnten, und starrte auf die Unterschrift. Sie kannte sie und musste feststellen, dass es tatsächlich die ihres Onkels und ihrer Tante waren.

»Scheint alles korrekt zu sein«, flüsterte sie und zog die Schultern hoch.

»Ist alles korrekt«, sagte Erik und überließ die Papiere dem Kommissar. »Sie können sie gerne mitnehmen und überprüfen lassen, wenn Sie uns nicht glauben. Aber so ist es nun einmal. Wir haben hier alles reingesteckt, was wir hatten, und möchten eigentlich in einer Stunde mit unserem Traumschiff zu einem Törn aufbrechen. Also, wenn Sie sonst keine Fragen haben?«

»So eine Jacht ist sicher sehr kostspielig«, merkte Schütt an und betrachtete die Schiffseigner. »Wie Sie auf den Papieren sehen, war die Pearl nicht gerade günstig. Ist ein Luxusmädchen«, sagte Erik und griente. »Aber sie ist es wert. Geschenkt gekriegt haben wir sie nicht.« Schütt warf einen Blick auf das obere Blatt Papier und sah die Summe von 250.000 Euro in dicken Ziffern vor sich aufleuchten. Die neuen Besitzer der White Pearl wirkten auf ihn nicht wie Großverdiener, und er fragte sich, woher sie einen derartigen Betrag hatten.

»Wann haben Sie die Verträge gemacht, und wo? Bei einem Anwalt?« Jetzt war es Nadja, die ihre Sprache wiedergefunden hatte und der einige Fragen auf der Zunge brannten. Lina sah ihren Mann von der Seite an, dann sagte sie: »Wie mein Mann schon sagte: Die sind am 26. September hier auf der *White Pearl* unterschrieben worden. Eine Notarin hat die Papiere beglaubigt, und wir haben am Ende ein Glas Sekt zusammen getrunken. Dann sind sie von Bord und wir haben uns noch am gleichen Tag eingerichtet.«

Schütt nickte. »Eingerichtet?«

»Ja, wir haben einen längeren Törn vor uns und wollen, sobald das Wetter es zulässt, los. Testfahrt, Sie verstehen?« Lina wirkte aufgekratzt, während sie sprach.

»Und wohin geht die Reise?«, wollte Schütt von ihr wissen.

»Erst mal Richtung Kühlungsborn ... mal sehen.«

Der Polizeibeamte nickte erneut. »Ungewöhnliche Zeit für einen derartigen Törn. Die meisten Boote sind längst gekrant. Das ist mutig. Sie wissen, was Sie da machen ... der Wind ... ich meine ... sind Sie seeerfahren?«

»Da machen Sie sich mal keine Sorgen. Ich bin schon mehr als einmal auf großen Segelschiffen, die weitaus länger als 16 Meter waren, unterwegs gewesen. Das ist nicht mein erstes Schiff«, sagte Erik. Alles klang schlüssig. Schütt sah keine Veranlassung, die beiden Bootsbesitzer weiter zu belästigen.

»Jo, dat ist, wie es ist«, sagte er und machte Anstalten aufzustehen. Das hochrote Gesicht seiner Begleiterin dagegen zeigte, dass sie mit den Antworten nicht zufrieden war. Dennoch drängte auch sie zum Aufbruch. »Es tut mir leid, wenn wir Ihre Zeit in Anspruch genommen haben. Aber Frau Wentdorf ist in Sorge, was ihre Verwandten angeht. Nichts für ungut. Haben die beiden Ihnen vielleicht erzählt, wohin sie wollten?« Erik und Lina Bergmann schüttelten die Köpfe. Für sie schien das Ganze mit der Klarstellung durch die Papiere erledigt. Der Hauptkommissar verabschiedete sich und verließ mit Nadja den Steuerstand.

»Darf ich mir die Jacht mal ansehen? Ich mag diese Schiffe und würde gern mal gucken. Ich könnte mir so eines ja niemals leisten. Es sei denn, ich gewinne im Lotto«, lachte der Kommissar.

»Sicher, warum nicht. Ist eine echte Perle, die White Pearl. Sind froh, dass sie uns gehört. Das war immer unser Traum.« Nicht ohne Stolz zeigte Erik ihm und seiner Begleitung die Jacht und führte ihn trotz des vermeintlichen Zeitdrucks über das Deck.

»Ja, ein wahres Schmuckstück. Aber wie sind Sie eigentlich darauf aufmerksam geworden?«

Erik folgte dem Polizeibeamten. »Wir haben ein Verkaufsschild mit einer Telefonnummer an der Scheibe entdeckt und sind mit Herrn Ahlers in Kontakt getreten.« Er deutete auf die Seitenscheibe des Steuerstandes. »Mehr war da nicht«, lachte er. »Aber jetzt müssen wir langsam in die Puschen kommen«, sagte er und zeigte auf den Steg.

»Ja, danke für die Führung«, sagte Schütt und verließ die White Pearl. Nadja hatte sich vom Schiff begeben und stand zitternd auf dem Holzsteg. Die Jacht wankte nicht unerheblich auf den Wellen, und selbst Schütt hatte Mühe, von Bord zu kommen. »Na, dann warten Sie mal lieber, bis die See sich wieder beruhigt. Ist nicht gut Kirschen essen mit der Ostsee bei so einem Sturm.« Für einen Moment hielt er inne und starrte auf die Reling.

Lina hatte sich zu ihrem Mann gesellt und die Arme fest um ihren Körper geschlungen. »Wird schon, wir sind hochseetauglich. Mal schauen, wie sich das Wetter entwickelt«, zwinkerte der 32-Jährige. Ist schon ein nettes Paar, stellte Schütt fest und verließ mit Nadja den Steg. Er erwähnte ihr gegenüber nicht, dass er auf dem Schiff etwas entdeckt hatte, das ihm Sorge bereitete.

Er wusste nur eines, er würde die Oldenburger Kollegen mit ins Boot holen. Ich muss mit Westermann sprechen, überlegte er und verließ mit Nadja das Hafengebiet. Die haben einfach mehr Erfahrung mit vermissten Personen.

*

Eine Stunde später klingelte in der Oldenburger Polizeidienststelle das Handy des Ersten Kriminalhauptkommissars Dirk Westermann. Der schlanke, 1,90 Meter große Dienststellenleiter schwenkte seinen Bürostuhl und streckte die Beine aus. Dann nahm er das Gespräch entgegen. »Moin, Olaf. Wie geht's dir?«, fragte er überrascht, als er die Nummer aus Burg erkannte. Gleichzeitig breitete sich Unbehagen in ihm aus. Er wusste, dass, immer wenn der Kollege von der Insel sich bei ihm meldete, irgendwas im Unreinen war. Westermann richtete sich im Stuhl auf und rückte seine schwarzgerahmte Brille zurecht.

»Du willst mich sicher nicht zum Kaffeetrinken einladen, stimmt's?«, versuchte der Chef der Oldenburger Kriminalpolizei, das rumorende Gefühl in seiner Magengegend zu beherrschen. Es war gerade mal angenehm ruhig in Ostholstein. Erleichtert hörte er Schütt lachen.

»Nein, mein Bester, eigentlich nicht. Aber du kannst gern einen Kaffee mit mir trinken, wenn du willst. Nee, im Ernst. Wir haben einen merkwürdigen Vorfall, und ich würde es begrüßen, wenn du deine Meinung dazu abgeben könntest. Ich bin mir nicht sicher, was ich von der ganzen Sache halten soll. Um das gleich vorwegzunehmen, es liegt kein offizieller Fall vor, ist keiner gestorben, aber ...« Westermann hielt in seiner Bewegung inne. Irgendetwas an Schütts Stimme ließ ihn aufhorchen.

»Erzähl«, sagte er, nahm die Brille ab und fuhr sich mit der Hand durch die weißen nackenlangen Haare. Gespannt lauschte er dem Monolog, der einen längeren Moment in Anspruch nahm. Dann beendete der Ermittler das Gespräch, legte die Stirn in Falten und erhob sich. Er begab sich auf den Gang und marschierte auf direktem Weg zum Büro seines Kollegen Thomas Hartwig. Der 48-Jährige ermittelte seit zehn Jahren an seiner Seite, und sie waren ein eingespieltes Team. Man konnte fast behaupten, dass sie ein freundschaftliches Verhältnis pflegten. Als er die Tür öffnete, sprang der Dritte im Bunde, der vierbeinige Kollege

Watson, aus dem Hundekorb und trottete dem hochgewachsenen, schlanken Kriminalhauptkommissar schwanzwedelnd entgegen.

»Na, mein Junge, alles klar?« Der Beamte kraulte den
Kopf des tschechoslowakischen Wolfhundes und ließ ihn
gewähren, als der seine Hand abschleckte. Hartwig schaute
von seinem Schreibtisch hoch und krempelte die Ärmel seines Jeanshemdes auf.

»Na, Chef, alles Klärchen?«

»Ja, oder besser gesagt, ich weiß es nicht. Es gibt auf der
Insel einen Vorfall, den wir uns mal aus der Nähe ansehen
sollten. Ist kein Tötungsdelikt, also kein Mord, aber irgend-
wie erscheint Olaf die Sache merkwürdig.« Er setzte sich
Hartwig gegenüber und erzählte ihm die Version, die der
Burger Dienststellenleiter ihm zum Besten gegeben hatte.

»Lass uns morgen früh auf die Insel fahren. Schütt meinte,
er hätte etwas entdeckt und wir sollen mal ein Auge drauf
werfen. Bei dem Wind können die Bootsbesitzer sowieso
nicht auslaufen.« Westermann wusste nicht, was er von
der Sache halten sollte, aber ganz offensichtlich stimmte
irgendetwas nicht.

KAPITEL 4

Charlotte saß mit Josch am Esstisch. Es war 9.30 Uhr morgens. Das Kaminfeuer brannte und der pensionierte Kapitän war dabei, sein Ei mit einem merkwürdigen Gestell zu enthaupten. »*Eierschalensollbruchstellenverursacher*«, las er vom dünnen Stil des Gerätes. Charlotte hatte den Eierköpfer ihrer Freundin Nele abgeschwatzt, die diese in ihrer Frühstückspension den Gästen zur Verfügung gestellt hatte. Als sie dann ihre Pension verkauften, waren die Geräte überflüssig und sie konnte zwei von ihnen ergattern. Sie freute sich darüber, dass ihr alter neuer Freund sich so an dem Spielzeug erfreuen konnte. Sie war glücklich, dass er nach so vielen Jahren wieder in ihr Leben getreten war.

»Dass du dich da so drüber freuen kannst, freut mich ungemein«, lächelte sie und betrachtete den sonnengebräunten Kapitän a. D., der ihr wie immer in maritimer Kleidung gegenübersaß. Manchmal hatte sie das Gefühl, als wähnte er sich noch immer im Dienst und auf großer Fahrt. Sie sah ihn an und lauschte seiner feinen hanseatischen Stimme, die sie an den großen Politiker Helmut Schmidt erinnerte. Josch grinste.

»Pul du dein Ei man weiter ab, Deern. Das nennt man Zerstörung auf höchstem Niveau. Das arme Hühnerei.« Er lachte. Dabei blitzten seine meerblauen Augen. Die Unterhaltung lief entspannt, als Charlotte das Gespräch auf ein anderes Thema lenkte.

»Sag mal, du kennst dich doch aus. Wenn man ein Schiff kauft, geht das alles so einfach ohne Anwalt oder wie muss ich mir das vorstellen? Als mein Mann damals das Schiff kaufte, war das ja alles völlig anders.«

»Wie kommst du denn nun vom Ei auf Boot? Das erklär mir mal. Aber wenn du mich so fragst. Wer verkaufen wollte, traf sich mit dem Käufer, Vertrag unterzeichnen, Geld übergeben, quittieren, fertig. Ob das heute noch so geht? Keine Ahnung.« Josch nahm den geköpften Deckel des Hühnereies und löffelte das Eiweiß heraus.

»Das hat mit dem Ei nichts zu tun. Mir ist da nur etwas Merkwürdiges passiert. Als ich letztens im Hafen in Burgstaaken war und Fotos machen wollte, ist mir die Nichte der Ahlers über den Weg gelaufen. Du hast sie mal kennengelernt, als wir am Strand von Katharinenhof spazieren gingen. Und die Nadja, also die Nichte, war schier verzweifelt.«

»Warum?«

»Weil sie ihre Tante und ihren Onkel sucht und die seit über einer Woche nirgends aufzufinden sind.«

»Und was ist daran so merkwürdig? Kann doch sein, dass die im Urlaub sind. Die werden irgendwann eine Karte schicken, wo ist das Problem?«

»Ach, Josch.« Sie stöhnte. »Dass du es dir immer so einfach machst.«

»Es ist ganz einfach. Man muss sich nur darauf einlassen«, sagte er.

»Ach, du. Sie haben eine Jacht im Hafen liegen, ein richtig schickes Ding, die White Pearl. Das ist eine Luxusjacht, sag ich dir. Wenn du die siehst, schlackerst selbst du mit den Ohren. Dagegen ist unser Schiff ein Bötchen.« Charlotte griente. Josch war stolz auf sein neun Meter langes Spitzgatt. Ihm gefiel nicht, wie sie über den *Troll* sprach, der seit einem Jahr im Hafen von Orth lag und bald im Winterlager einquartiert werden sollte. »Lass gut sein, der bringt uns überall dorthin, wo wir hinwollen. Das ist ein stabiles Schiff und hat bisher keine Scherereien gemacht, oder?«

»Ja, du hast recht. Aber trotzdem, schicke Jacht, die ist mindestens 16 Meter lang und sehr edel.« Charlotte saß da in weißer Bluse und legerer Jeans, fuhr sich mit der Hand durch die graublonden Locken, als müsste sie Ordnung in ihre Gedanken bringen. Sie schwärmte von der dunkelblauen Segeljacht der Ahlers, während sie die Reste des Hühnereies im Mund verschwinden ließ.

»Aber nun komm mal auf den Punkt. Was wolltest du mir eigentlich erzählen?«

»Ja, das ist wirklich sonderbar.« Sie erzählte ihm die Geschichte, die ihr im Hafen widerfahren war. »Da stimmt doch was nicht, das fühl ich genau. Zumindest hätte Nadja wissen müssen, dass ihre einzigen Verwandten die Jacht verkaufen, oder nicht? Das erzählt man doch. Da stimmt was nicht im Staate Dänemark.«

»Oh, Charlotte. Nicht, dass du gleich wieder ein Verbrechen witterst. Wenn die beiden ihr Schiff verkauft haben, warum sollten sie das gleich ihrer Nichte erzählen?«, lachte er und zwinkerte seinem Gegenüber wohlwollend zu. »Pass mal lieber auf, dass du den gelben Fleck auf deiner Bluse wieder rauskriegst«, grinste er.

»Na, also. Du bist mir ja einer. Du nimmst meine Befürchtungen überhaupt nicht ernst. Ich dachte, du willst mein Helfer sein. Ich glaube, da ist was passiert.«

»Charlotte!«

⁎

»Jetzt sind wir schon wieder auf der Insel. Langsam sollte ich mir hier einen Job suchen. Oder du übernimmst die Dienststelle in Burg und ich komme mit – was hältst du davon? Schütt geht wahrscheinlich bald in Pension, der ist doch auch schon über 60.« Hartwig redete ohne Punkt und Komma. Westermann saß hinterm Steuer und lenkte den Wagen Richtung Sundbrücke.

»Nicht nur der«, sagte er und vermied es, seinen Kollegen anzusehen. »Wieso ist eigentlich dein Wagen nicht angesprungen?«, wollte er von seinem jüngeren Kollegen wissen. Hartwig zuckte die Achseln und warf einen Blick in den Fond, in dem Watson lag und schnarchte.

»Keine Ahnung«, sagte er, würde sich hüten, seinem Chef zu erzählen, dass ihm der Sprit ausgegangen war und er es nicht bis zur nächsten Tankstelle, geschweige denn zur Insel geschafft hätte. Er hatte seine Freundin Stina gebeten, den Kanister später auf der Tankstelle zu füllen, damit er zumindest selbst zum Tanken fahren konnte.

Vor der Brücke schoben sich die Autos in Schrittgeschwindigkeit in das Baustellengebiet. Neben ihnen rotierten Bagger auf einer zweiten Baustelle. Sie hatten angefangen, den Tunnel unter dem Sund auszuheben, um die Brücke zu entlasten. Einer zweiten Schienenanbindung war der Kleiderbügel, wie er liebevoll von Insulanern und Gästen genannt wurde, nicht gewachsen. Wenn die Beltquerung, die größte Baustelle Europas mit dem längsten Absenktunnel der Welt, fertiggestellt sein sollte, würde auch der Sundtunnel fertig sein. So jedenfalls war der Plan. Ob die Bahn allerdings ihr Versprechen halten würde – wer wusste das schon? Die Instandsetzung der über 60 Jahre alten Fehmarnsund-Brücke lief seit Jahren.

»Die Baustelle kostet Leute, die auf und von der Insel wollten, richtig Nerven. Ich glaube, denen ist gar nicht bewusst, welche Auswirkungen das alles auf die Wirtschaft und den Tourismus hat. Die Geschichte mit der Sanierung kostet mittlerweile allein um die 50 Millionen Euro.« Hartwig warf einen Blick in die Tiefe, als sie die Brücke überquerten. Seine dunklen nackenlangen Haare klebten fast an der Seitenscheibe. »Dann sind wir die längste Zeit über unsere alte Dame gefahren, mein Bester.« Westermann hörte stillschweigend zu und machte sich seine eigenen Gedanken.

»Hm, ist die Zukunft, und die können wir nicht aufhalten, so gerne wir das auch manchmal täten. Zeit anhalten ist nicht«, sagte Westermann. Er wirkte auf seinen Kollegen, als wäre er mit seinen Gedanken anderweitig beschäftigt. Westermann öffnete das Seitenfenster auf seiner Seite und nahm den Geruch von Salz und Algen wahr. Dies tat er immer, wenn er auf die Insel fuhr. Der Wind wirbelte seine Haare durcheinander. Ein kurzer Blick zur rechten Seite, auf die aufgewühlte Ostsee, dann verschwand Katrins und sein Domizil am Sund aus seinem Blickfeld.

»Dann wird es bei uns richtig leise«, vermutete er und schloss das Fenster. »Aber jetzt lass uns mal sehen, was in Burgstaaken vor sich geht.«

Zehn Minuten später erreichten sie über die Kopfsteinpflasterstraße den Hafen. Das Gelände wirkte verwaist.
Einige Boote parkten auf Trailern und nur wenige Autos
auf den Parkplätzen.

»Man merkt, dass es auf den Winter zugeht. Langsam,
aber sicher wird's beschaulich auf der Insel.« Westermann
nahm die Pfeife von der Ablage und schob sie sich zwischen
die Lippen. »Kannst du den Hafenmeister aufsuchen? Ich
könnte mir vorstellen, dass der Informationen über den
Liegeplatz der Jacht und seine Eigner notiert hat. Ich gehe
derweil mal runter zum Anleger. Olaf hat mir erklärt, wo
ich den Kahn finde. Watson nehm ich mit.« Hartwig nickte.
Der Hund, der schlafend im Fond des Wagens gelegen hatte,
richtete sich augenblicklich auf und fing an zu fiepen. »Ist
ja gut, mein Jung. Geht gleich los.«

Hartwig schlug den Kragen seiner schwarzen Lederjacke
hoch, zog den Fan-Schal seines Hamburger Fußballverei-
nes enger um den Hals und stiefelte gegen den Wind Richtung Hafenmeistercontainer. Westermann schloss seinen
Caban, entzündete die Pfeife und ließ Watson aus dem Fond.

»Nun komm, wir wollen das Schiff mal aus der Nähe
angucken.« Das beständige Klappern unzähliger Ösen und
Halterungen im Hafen vermittelte das unverwechselbare
Gefühl einer Hafenidylle. Westermann atmete tief durch
und genoss den Sturm und die Einsamkeit des Jachthafens.
Alles hier roch für ihn nach unendlicher Freiheit. Dieses
Gefühl hatte ihn bereits als Kind begeistert, ihn dazu bewo-
gen, sich ans Meer versetzen zu lassen. Nur zu einem Schiff
und der unendlichen Freiheit hatte es bisher nicht gereicht.
Das Schicksal hatte, wie so oft, etwas anderes vorgehabt.
Westermann ließ seufzend die Luft aus seinen Lungen ent-
weichen und entdeckte das etwa 16 Meter lange Schiff am

Ende des letzten Steges. Die dunkelblaue Hochglanzlackierung, die schneeweißen Masten und der ebenso weiße Aufbau wirkten elegant. Es stach sofort ins Auge. Westermann schlitterte mit Watson den Steg entlang und stoppte unmittelbar vor der Jacht. Immer wieder drückte der Wind ihn an die Kante des Holzstegs. Ganz schön kibbelig, dachte er, als er bemerkte, dass jemand sich im Steuerstand der Jacht zu schaffen machte. Westermann zog die Pfeife aus dem Mund. »Platz, Watson.« Etwas lauter: »Hallo? Jemand an Bord?« Der Mann, der in der Kabine hantierte, sah auf, zog die Augenbrauen hoch und warf dem Unbekannten einen fragenden Blick zu. Dann drehte er sich um und betrat die Plicht.

»Moin?« Es klang eher nach einer Frage als einer freundlichen Begrüßung.

»Moin, Westermann, Kripo Oldenburg. Sind Sie der Besitzer?«

Erik nickte.

»Ich hätte ein paar Fragen, könnte ich an Bord kommen?« Der Bootseigner zuckte die Achseln.

»Wenn Sie meinen. Aber der Hund bleibt, wo er ist. Meine Frau hat Angst vor großen Hunden.«

»Kein Problem. Watson, Platz. Du bleibst liegen und passt auf«, zwinkerte er dem Hund zu, packte die Reling und kletterte auf die schwankende Jacht. Er zog seinen Dienstausweis aus der Jackentasche und hielt ihn dem 32-Jährigen unter die Augen. Irgendwie passte das Schiff nicht zu dem Mann, das nahm er sofort zur Kenntnis, aber jemand hatte mal zu ihm gesagt: Schließe nicht nach dem Aussehen eines Menschen auf den Inhalt seines Portemonnaies, du weißt nie, was drinnen ist. Vielleicht war er Sohn reicher Eltern oder einer dieser neureichen Jungunternehmer, der schnell zu viel Geld gekommen war und sich um Äußerlichkeiten nicht scherte. Vielleicht ein Influencer. Immer vorurteilsfrei bleiben, Westermann, ermahnte er sich.

»Können Sie mir sagen, was Sie hier wollen? Sie sind schon der zweite Polizeibeamte, der uns aufsucht. Langsam irritiert das. Wir haben diese Jacht ganz offiziell gekauft. Und nein, wir wissen nicht, wo die Ahlers sich aufhalten. Die Unterlagen sind alle rechtens und Sie können sie angucken«, antwortete er ungefragt und deutete in den Steuerstand.

»Das wäre freundlich. Wie Sie also wissen, wird das Ehepaar Ahlers seit fast zwei Wochen vermisst. Wir müssen dieser Vermisstenanzeige nachgehen«, antwortete Westermann und steckte den Ausweis zurück in die Tasche.

»Kein Problem. Das hab ich schon Ihrem Kollegen aus Burg gesagt. Kommen Sie, ich zeige Ihnen die Unterlagen.« Erik schob die Hände in die Taschen seiner Jeans und wankte in den Steuerstand. Westermann fiel auf, dass ihn seine Anwesenheit nicht im Geringsten aus der Ruhe brachte. Er nahm es zur Kenntnis und folgte ihm. Watson lag auf dem Steg, hatte seinen Kopf auf die Pfoten gelegt und die Augen geschlossen. Der Wind und das Schwingen der Planken schienen ihm nichts anzuhaben. »Möchten Sie auch einen Kaffee? Hab gerade einen gebraut.«

»Dagegen hätte ich nichts einzuwenden«, antwortete Westermann und blieb mitten in der mannshohen Kabine stehen. »Setzen Sie sich«, sagte Erik, räumte die aufgeschlagene Zeitung zur Seite und stellte wenig später einen Becher dampfenden Kaffee auf den Holztisch. Dann zog er erneut die braune Ledermappe aus einem der Teakholzfächer. Westermann bewunderte den edlen Teakholzboden und die polierten Messinginstrumente. Das hat sicher mehr als eine halbe Million gekostet, vermutete er. »Wirklich schöne Jacht«, sagte er. »Wie genau sind Sie auf das Schiff aufmerksam geworden?«, wollte er wissen.

»Das war reiner Zufall. Wir sind im Hafen spazieren gegangen und haben … aber das hab ich alles schon Ihrem Kollegen erzählt. Sprechen Sie sich nicht ab?« Seine Mimik veränderte sich. Er wirkte verärgert. »Auf jeden Fall haben wir uns sofort in die White Pearl verliebt, als wir das Schild am Fenster gesehen haben«, antwortete Erik und schlürfte seinen Kaffee.

»Uns?«

»Ja, meine Frau und ich. Wir haben die Jacht zusammen gekauft. Sie duscht gerade.«

»Das ist sicherlich eine kostspielige Anschaffung gewesen. Wie bezahlt man ein derartiges Schiff?« Er hatte das Gefühl, das der Bootsbesitzer ihn durchschaut hatte.

»Nicht, dass Sie das etwas angeht. Aber wir haben die White Pearl cash bezahlt. Nein, wir haben nicht im Lotto gewonnen und ich hab auch keinen reichen Papa. Die Papiere wurden ordnungsgemäß unterschrieben und beglaubigt. Sonst noch was?«

Westermann betrachtete die nachtschwarzen Augen des jungen Mannes, hoffte, eine Regung darin wahrzunehmen.

»Wie muss ich mir das vorstellen?«

Eriks Blick blieb unbeeindruckt. »Wie, vorstellen? Wir haben einen Termin vereinbart, uns hier auf dem Schiff getroffen und den Kauf perfekt gemacht.«

»Macht man das eben mal so? War da ein Notar anwesend?«

Erik stellte seinen Becher auf die Ablage neben den Instrumenten.

»Natürlich. Ich sagte doch, es ging alles mit rechten Dingen zu. Unsere Notarin war selbstverständlich bei dem

Termin anwesend.« Er reichte dem Kommissar die Ledermappe. »Können Sie alles überprüfen. Ist schließlich kein
Teufelswerk. Das hab ich alles schon Ihrem Kollegen ver-
klickert. Aber die Frage, die sich mir hier langsam stellt, ist,
warum stellen Sie all diese Fragen? Was haben wir mit den
Leuten zu tun? Wir haben ein Schiff gekauft, bezahlt und
fertig. Das war's.«

Westermann nickte. Die Antworten des Mannes klangen plausibel.

»Das sind alles normale Untersuchungen, die angestellt
werden, wenn eine Vermisstenanzeige bei uns eingeht. Das
hat überhaupt nichts mit Ihnen persönlich zu tun. Wir müssen nur einigen Hinweisen nachgehen, die zum Auffinden
der Vermissten führen könnten.« Westermann nahm die
Mappe und legte sie vor sich auf den Tisch. Dann blätterte
er in den Unterlagen. Wie der neue Eigner erwähnt hatte,
hatte alles seine Richtigkeit. Der Kaufpreis – der Kommissar stutzte und zog die Augenbrauen hoch. Dafür muss eine
alte Frau lange stricken, dachte er und warf einen Blick auf
den Schiffseigner. »250.000 Euro sind kein Pappenstiel, aber
die Summe wirkt auf mich dennoch ziemlich niedrig. Wie
kann das sein? Ist dieses Schiff nicht normalerweise wesentlich mehr wert? Ich verstehe nicht viel davon, aber dieser
Preis erscheint mir weit unter dem Einstandspreis. Nicht
unbedingt üblich bei den heutigen Preisen.«

»Was üblich ist und was nicht, entscheiden Verkäufer und
Käufer, oder nicht?« Erik zog die Hände aus den Taschen
und verschränkte die Arme vor der Brust. Seine Augen verengten sich, sein Blick wurde stechend. Westermann fiel auf,
dass ihn die Befragung nervte. »Wir haben gut verhandelt.
Außerdem wollte Ahlers die Jacht zügig loswerden. Sie wissen ja wohl selbst, dass hochpreisige Sachen mittlerweile

nicht mehr so schnell einen neuen Besitzer finden. Die wirtschaftliche Lage sieht ja nicht mehr so rosig aus.« Er neigte den Daumen zum Boden. »Und er meinte, dass es ihm nicht unbedingt auf einen hohen Verkaufserlös ankommt, sondern dass das Schiff in gute Hände kommt. Zufrieden? Ich hatte das Gefühl, er wollte die Jacht loswerden.«

»Hat er Ihnen das erzählt, warum?«

»Nein, ich hab auch nicht danach gefragt. Was soll das? Langsam wird die Sache unangenehm.« Westermann merkte, dass der Mann keine Antworten mehr geben wollte. »Die sind doch nicht tot, oder warum machen Sie hier so einen Aufriss?«

»Nein. Das sind Routinefragen. Ist letztlich Ihre Sache. Es sollte jedoch auch in Ihrem Sinne sein, die Ahlers aufzuspüren, umso schneller sind Sie uns wieder los.«

Erik nickte.

»Zurück zum Schiff. Wie haben Sie das bezahlt? Dermaßen viel Geld hat man ja nicht eben mal unter der Matratze liegen.«

»Bar, vor Ort.« Der hochgewachsene, hagere Mann leerte seinen Becher und kratzte seinen Vollbart.

»Ist das überhaupt noch üblich? Ich meine, vor Ort bar zu bezahlen? Und wäre es nicht wesentlich einfacher, eine Überweisung zu tätigen. Schon allein zur eigenen Sicherheit. Bei zum Beispiel Regressansprüchen. Sie kennen das Geldwäschegesetz, oder nicht?«

»Haben Sie eigentlich einen Beschluss, der diese Fragen rechtfertigt? Soweit ich informiert bin, haben Sie nicht das Recht, mich grundlos dieser Befragung auszusetzen. Ist das hier ein Verhör? Muss ich einen Anwalt einschalten?«

»Nein. Sie müssen weder antworten, noch habe ich das Recht, Ihnen diese Fragen zu stellen. Ich appelliere nur an

Ihre Bereitschaft, uns zu helfen, das Ehepaar schnellstmöglich aufzufinden, mehr nicht.«

»Schon gut. Nur darf ich ja wohl misstrauisch werden, wenn Sie mich mit derartig persönlichen Fragen bombardieren, oder?«

Westermann nickte.

»Sie haben recht. Ich bin gleich fertig. Nur noch eine Frage. Woher haben Sie das Geld für diese Jacht?«

»Geerbt. Meine Frau hat von ihrem Großvater ein kleines Haus vererbt bekommen, und das haben wir in der Hochpreisphase, kurz nach Corona, super verkaufen können. Die Kohle steckt nun in diesem Schiff. Wir haben den Kaufpreis mit den Ahlers so gestaltet, dass es genau passt. Den Rest habe ich von meinem Ersparten zugepackt.« Erik sah den Kommissar mit einem Grinsen im Gesicht an.

»Klingt plausibel. Für die Erbschaft und den Verkauf gibt es ja dann sicher Belege.«

Erik nickte.

»Natürlich gibt es die. Aber jetzt reicht's. Die Erklärungen müssen Ihnen genügen. Ich hoffe nur, Sie reißen uns jetzt nicht rein, was das Geld angeht. Wir wissen, dass es eigentlich nur noch bargeldlos vonstattengeht. Den Ahlers war es allerdings sehr recht, die Kohle bar zu erhalten. Sie wollen damit ihren Lebensabend verbringen, ohne völlig überzogene Steuern dafür abzudrücken.«

Westermann stutzte und blätterte in seinen Notizen.

»Eben sagten Sie doch, Sie wüssten nicht, wofür das Geld wäre, und nun erzählen Sie mir was von Lebensabend?«

Erik rollte mit den Augen. Der Kommissar blätterte in den Unterlagen und hielt auf einmal eine Kontovollmacht in Händen. »Was für eine Bewandtnis hat eine Blankovollmacht des vermissten Ehepaares zwischen den Kaufverträgen? Wieso haben *Sie* eine Vollmacht für das Konto der Ahlers?« Westermann warf dem Schiffseigner einen fragenden Blick zu. Er hatte auf einmal das Gefühl, dass etwas an den Aussagen Bergmanns doch nicht korrekt war. Schütt hatte ihm mitgeteilt, dass nicht alles koscher erschien, und diese Handlungsvollmacht könnte ein erster Hinweis sein. Der Mann mit den schwarzen Haaren zuckte die Achseln. Dann sagte er: »Ich dachte, Sie wären fertig mit Ihrer Befragung? Aber das kann ich Ihnen erklären. Ahlers hat uns erzählt, dass er jede Menge Geld auf dem Konto hat und er sich fürs Alter ein Häuschen in Skandinavien zulegen will.«

»Sie sagten vorhin allerdings, dass er das Schiff zügig verkaufen wollte, wüssten aber nicht, warum. Jetzt platzen Sie mit einem Häuschen fürs Alter raus. Ja, was denn nun? Wollen Sie mich verschaukeln?«

»Nein, natürlich nicht, aber genau dafür sollte das Geld sein. Es ist die Anzahlung für ein Haus. Ich wusste nicht, dass das so wichtig ist. Ich will den Ahlers keine Scherereien machen.«

»Machen Sie nicht. Wir suchen das Ehepaar, weil sich jemand richtig Sorgen macht. Verstehen Sie? Aber warum haben gerade *Sie* eine Vollmacht? Das hätten die Ahlers doch selbst erledigen können«, hakte Westermann nach. Der 32-Jährige blieb gelassen.

»Langsam nervt es. Aber gut, weil ich für ihn ein Haus in Schweden kaufen sollte.«

»Sie? Ein Haus in Schweden? Verstehe ich nicht. Das hätten sie doch über einen Makler abwickeln können. Warum beauftragt man Sie mit einer derartigen Aufgabe?« Der Kommissar zog sein Notizbuch aus der Jackentasche, fertigte weitere Notizen.

»Doch, es ist genau so, wie ich Ihnen sage. Ich bin gebürtiger Schwede und habe gute Kontakte in meine alte Heimat. Daher komme ich an Häuser, an die vielleicht sonst nicht so einfach ranzukommen ist, verstehen Sie? Villa am Meer oder Seegrundstück. Und das Bargeld? Sie verstehen wirklich nicht, wie man derartige Geschäfte abwickelt, oder?« Erik grinste. Sein rechter Mundwinkel verzog sich. Westermann stellte sich dumm. Er hatte schon an seinem Akzent vernommen, dass er kein gebürtiger Deutscher war.

»Und haben Sie ein Haus für die Ahlers gekauft?«

»Ist in Arbeit. Ich werde vor Ort noch einige Gespräche führen. Aber alles in Arbeit. Ich wusste allerdings nicht, dass das alles von Bedeutung ist, um zwei Personen aufzuspüren. Vielleicht wollen die gar nicht gefunden werden«, sagte Erik. Der Hauptkommissar warf ihm einen letzten Blick zu, schob sein Notizbuch zurück in die Tasche, erhob sich, klappte die Mappe zu und reichte sie dem Schiffseigner. »Möglich. Nichts für ungut. Die Nichte macht sich wirklich sehr große Sorgen um ihre Verwandten und es gibt keinen Hinweis, wo sie sich aufhalten könnten. Noch eine Frage: Wenn Sie ein Haus für die Ahlers kaufen sollen, müssten Sie doch in Kontakt mit ihnen stehen, oder sehe ich das falsch?« Westermann gab Erik eine seiner Visitenkarten.

»Stehen wir eigentlich auch. Aber sie haben sich auch bei uns seit Tagen nicht mehr gemeldet. Sind wohl in einem Funkloch oder wollen einfach nicht gestört werden.« Sein Gesprächspartner zog die Schultern hoch und grinste vielsagend.

»Falls Ihnen noch irgendwas einfällt, das hilfreich sein könnte, melden Sie sich. Die beiden müssen sich ja irgendwann mit Ihnen in Verbindung setzen. Sagen Sie ihnen bitte, dass ihre Nichte sich Sorgen macht.«

Bergmann nahm die Karte entgegen.

»Selbstverständlich.«

Westermann verließ den Steuerstand und trat an Deck.

»Darf ich mich hier einmal umsehen? Mich interessiert ein Schiff in der Größenordnung sehr.«

Bergmann nickte.

»Sehen Sie sich ruhig um, nichts dagegen. Ihr Kollege hat auch schon einen Rundgang hinter sich.«

»Wohin wollen Sie segeln?«

»Zuerst nach Meck-Pom und, wenn der Sturm endlich nachlässt, nach Schweden, um die Häusersuche einzugrenzen. Aber ich muss jetzt wirklich weitermachen. Wir haben noch viel zu erledigen, bis wir auslaufen.«

»Und wie lange sind Sie unterwegs?«

»Kommt aufs Wetter an. Erst mal nur einen Kurztrip, dann ein paar Wochen, einige Monate? Wissen wir nicht genau.«

»Muss Ihre Frau nicht arbeiten?«

»Nein, hat sich Urlaub genommen.«

»Bekommt sie unbegrenzt arbeitsfreie Zeit?«

Erik lächelte.

»Die Saison ist vorbei, und meine Frau hat so viele Überstunden, da ist ihr Chef froh, wenn sie die abbummelt und kein Geld fordert.« Die Antwort war genauso einleuchtend wie die vorherigen.

»Na dann. Viel Spaß und immer eine Handbreit Wasser unter dem Kiel«, sagte Westermann und entfernte sich zum Bug der Jacht. Beeindruckt umrundete er das schwankende Deck. Er spürte Eriks Blicke im Nacken, ließ sich jedoch nicht davon abhalten, dass Schiff genauestens zu inspizieren. Watson lag noch immer in Ruheposition auf dem Holzsteg und döste. Westermann wusste, dass dies nur den Anschein hatte. Der Hund war jederzeit in Bereitschaft und sofort zur

Stelle, wenn es nötig war. Westermann inspizierte die White Pearl und sah, dass eine weibliche Person den Steuerstand betreten hatte. Das scheint seine Frau zu sein, dachte er, als er die in ein Handtuch gehüllte Frau begrüßte. Zu gern hätte er sich unter Deck umgesehen. Allerdings gab es dafür keine Gründe und für einen Durchsuchungsbeschluss keinerlei Veranlassung. Das Einzige, was ihm negativ aufgefallen war, war, dass er das Innere des Schiffes nicht gerade in perfektem Zustand vorgefunden hatte. Diese Unordnung passte so gar nicht zu dieser Jacht und auch nicht zum neuen Schiffseigner. Dann stutzte er. Auf dem polierten Metall entdeckte er einen dunklen Fleck, der Ähnlichkeit mit einem Blutfleck aufwies und den offensichtlich auch Schütt wahrgenommen hatte. Er drehte sich um, weil er Bergmanns Augen im Rücken spürte, zog ein Papiertaschentuch aus der Jackentasche, tat, als wollte er sich die Nase schnäuzen. Er hielt sich an der Reling fest und entnahm unauffällig eine Probe. Dann zog er das Handy aus der Hosentasche und drückte ein paarmal auf den Auslöser. Es schien, als fotografierte er den Hund auf dem Steg. Er drehte sich ein letztes Mal um, grüßte und verließ die White Pearl endgültig.

Erik erschien an Deck.

»Na, alles inspiziert?«, fragte er, als ahnte er, dass die Begehung einer Durchsuchung glich.

»Bin sehr beeindruckt. Eine Frage noch: Wo waren Sie am 27. September?«

*

Hartwig bewegte sich zur gleichen Zeit auf den Mobilcontainer des Hafenmeisters zu. Der Wind zwängte sich durch seine Jacke und er fröstelte. Er schniefte und musste niesen, als er die Tür des Bürocontainers öffnete. Hinnerk Jacobsen saß auf seinem Bürostuhl, wandte den Kopf, als er merkte, dass sich die Tür öffnete und ein eiskalter Luftzug ihn erreichte. Der Hafenmeister keuchte, als der Kommissar aus Lütjenbrode in die Bude trat.

»Maak de Döör to, Jung, dat treckt.« Hartwig zog die Metalltür zu, um den Mann nicht zu verärgern.

»Moin, wo geiht? Krantermin?«, wollte Hinnerk wissen.

»Nein, ich hab leider kein Schiff«, entgegnete der hochgewachsene Kommissar und zog seinen Ausweis aus der Jackentasche. »Hartwig, Kripo Oldenburg. Ich hab ein paar Fragen zu den Eignern der White Pearl.« Hinnerk zog die Augenbrauen hoch, musterte den leger gekleideten Mann. Er wirkte auf ihn eher wie ein Student als ein Kriminalbeamter.

»Nanu? Was ist los? Haben die was verbrochen?«, fragte er und guckte den Polizeibeamten an. Hartwig schüttelte den Kopf.

»Nein, ich hab nur ein paar Fragen.«

»Oha? Na, dann. Setzen Sie sich man hin, sonst muss ich so hochgucken. Krieg ja Genickstarre.« Hartwig hustete, setzte sich und betrachtete den mit Namen und Daten beschriebenen Jahresplaner an der Wand.

»Sind das alles Bootslieger?«, fragte er.

»Ja, die Boote einzuteilen und Krantermine festzulegen ist Teil meiner Arbeit«, sagte der Hafenmeister, der eigentlich als gut gelaunt bekannt war. Heute saß er mit hochroten Wangen und grimmiger Miene da und fuhr sich mit der Hand über den wohlgenährten Bauch. »Nanu, warum sind die auf einmal alle so neugierig, was die Pearl angeht?«, wollte Hinnerk wissen.

»Wieso? Wer sind alle?« Hartwig wurde hellhörig.

»Ja, eine Bekannte hat sich gestern auch schon nach dem Schiff, den Ahlers und den neuen Besitzern erkundigt.«

»Bekannte?«

»Ja, Frau Hagedorn. Aber die kennen Sie sicher nicht, wenn Sie aus Oldenburg kommen«, sagte der Hafenmeister.

»Und ob ich die kenne. Sie reden sicher von Charlotte Hagedorn?«

»Woher wissen Sie?«

»Fragen Sie nicht«, sagte er vielsagend. Sofort war dem Kommissar klar, dass die Miss Marple der Insel wieder in eigener Sache ermittelte. »Na gut, erzählen Sie mir bitte etwas über das Boot und seine Besitzer. Dann wissen Sie sicher auch, dass die Ahlers vermisst gemeldet wurden, oder?« Hinnerk nickte.

»Haben Sie die neuen Besitzer auf der Jacht schon kennengelernt? Was sind das für Leute?«

Hinnerk stand auf und kippte sich Tee aus der Thermoskanne in seinen Becher. Nachdenklich zuckte er die Schultern.

»Kann ich Ihnen nicht sagen. Kommen nicht bei mir zum Tee. Hab nur kurz mit ihnen geschnackt, als sie vorgestern den Liegeplatz haben umschreiben lassen.« Wieder zuckte er die Achseln. »Aber das hab ich Charlotte auch zu erklären versucht, dass de Kahn verköfft is. Dorüm liggt se buten. Und die neuen Eigner wollen in den nächsten Tagen damit nach Meck-Pomm segeln. So viel dazu.« Hinnerk merkte, dass der Kommissar Probleme damit hatte, seinem halb Platt, halb hochdeutschem Kauderwelsch zu folgen, und grinste.

»Wissen Sie denn, wo wir die Ahlers eventuell erreichen könnten?«

Der Hafenmeister schüttelte den Kopf.

»Ik bün nich ehr Kinnermädchen un hab keen Ahnung, wo se afbleven sünd.« Keen Ahnung, was so viel hieß, dass er nicht wusste, wo sie waren. Hinnerk schlürfte seinen dampfenden Tee. Der Ermittler bemerkte, dass Schweißperlen auf der Stirn des Hafenmeisters austraten, obwohl es im Container nicht warm war. Dazu schnaubte er wie eine alte Dampflok. Hinnerk wechselte ins Hochdeutsche. »Ganz schön warm hier. Finden Sie nicht auch?«

Hartwig schüttelte den Kopf.

»Was mich nur verwundert hat, dass sie nicht mal Tschüss gesagt haben. Wir kennen uns ewig und die hauen einfach ab. Das fand ich schon döschig. Aber ich denk, die haben sich nach dem Verkauf erst mal eine Auszeit gegönnt, bevor sie auf der Insel endgültig ihre Zelte abbrechen. Ich bin sicher, sie kommen noch mal, um sich von mir zu verabschieden.«

»Bevor sie welche Zelte abbrechen? Was heißt das?«

Hinnerk prustete und erzählte, was er von Ahlers gehört hatte.

»Wissen Sie denn, wohin sie ziehen wollten?«

»Nicht so genau, irgendwo in den Norden. An einen See, so viel hat Tim mir vertellt. Aber das müsste die Nichte eigentlich wissen. Haben Sie die nicht gefragt?«

»Das ist genau der Punkt. Die Nichte hat sie vermisst gemeldet, weil sie eben nicht weiß, wo die beiden abgeblieben sind. Sie ist ziemlich durcheinander. Auch über die Mitteilung, dass die White Pearl verkauft wurde.«

»Ohauahauaha. Das ist nicht gut.« Hartwig betrachtete den untersetzten Hafenmeister, der sich immer wieder austretende Schweißperlen von der Stirn wischte.

»Erzählen Sie mir etwas über die neuen Besitzer.«

»Wat schall ik dar to vertellen?« Als er merkte, das Hartwig Mühe hatte zu folgen, wechselte er wieder ins Hochdeutsche. »Sie haben ihre Liegeplatzgebühren bezahlt und sind ansonsten nicht sehr redselig. Die sieht man den ganzen Tag über nicht. Soviel ich mitbekommen hab, fährt die Frau jeden Tag mit dem Fahrrad in den Ort. Die arbeitet, soweit ich weiß, im Supermarkt. Aber ansonsten, keine Ahnung. Sind ganz sympathisch. Un dat geiht mi eegentlich ok nich würklich wat an«, verfiel er zurück ins Plattdeutsche.

»Wann kranen die denn ihr Schiff, wissen Sie das wenigstens?«, fragte Hartwig.

»Sagte ich schon. Gar nicht. Die stechen, sobald der Wind nachlässt, in See, Richtung Meck-Pomm. Das hat mir Bergmann vertellt.«

»Und wann kommen die zurück?«

»Keine Ahnung. Das haben Sie mir nicht auf die Nase gebunden. Sie würden sich melden. So zumindest die Aussage dieses untermaßigen Herings. Und wie Sie selbst sehen, ist ja nu im Hafen nicht mehr viel los. Da findet sich für die Jacht immer ein Platz. Die muss sowieso am Außensteg liegen.« Hartwig zog eine Visitenkarte aus seiner Jackentasche.

»Falls Ihnen noch irgendetwas einfällt, rufen Sie mich bitte an.« Der Kommissar zog den Reißverschluss seiner schwarzen Lederjacke bis zum Hals und verließ den Container. Fast zeitgleich trafen die beiden Polizeibeamten am Dienstwagen ein. Watson sprang an Hartwigs Beinen hoch und freute sich, als hätte er sein Herrchen wochenlang nicht zu Gesicht bekommen. »Bist ja mein Bester«, sagte er, kraulte den Hund hinter beiden Ohren und gab ihm ein Leckerli. »Na, und bist du weitergekommen?«, fragte der jüngere Beamte.

»Wer weiß. Die Antworten Bergmanns waren durchweg plausibel. Ich konnte nichts Merkwürdiges an seinen Aussagen feststellen, außer …«

»Außer was?«, fragte Hartwig. Westermann erzählte, was er von dem neuen Schiffseigner erfahren hatte. »Und, das fand ich äußerst merkwürdig, sie haben eine Blankovollmacht für das Bankkonto der Ahlers. Das erschien mir befremdlich.«

»Und? Was haben sie dazu gesagt?«

»Seine Frau war nicht am Gespräch beteiligt, sie hat geduscht.« Er erzählte, was er sonst noch herausgefunden hatte. »Damit müssen wir uns erst mal zufriedengeben. Wir werden weitersuchen müssen. Aber ich denke, die haben nichts mit dem Verschwinden der Ahlers zu tun. Konnte der Hafenmeister dir etwas über den Verbleib der Ahlers sagen?«, fragte Westermann. Sein Kollege schüttelte den Kopf und berichtete von seiner Unterhaltung mit Hinnerk.

»Die kleine dicke Kugel hat nicht viel über die neuen Besitzer zu erzählen gehabt, nur dass sie in den Urlaub wollen und dann nach Skandinavien.«

»Es scheint, als ob die Ahlers tatsächlich ihre Zelte abgebrochen haben. Sie haben zwar noch eine Wohnung im Hafen, aber die ist vermietet. Ansonsten, abkassieren und aus die Maus. Klingt für mich nach Auf Wiedersehen«, sagte Hartwig, blies den Rauch seiner Zigarette in die Luft und schnippte die Kippe von sich.

»Für mich klingt das nicht nach Vermissten. Die wollen ihre Ruhe, sonst gar nichts.« Westermann nickte.

»Du hast recht, das klingt alles ziemlich überzeugend.« Sie stiegen in den Wagen. Watson lag im Fond und schlief.

»Wir könnten rausfinden, wo genau die Ahlers ein Haus kaufen wollen«, sagte Hartwig.

»Aber wo sollen wir anfangen zu suchen? Es gibt rund 90.000 Seen in Schweden. Die Küste mal außer Acht gelassen. Da kommen wir nicht weiter. Wir müssen warten, bis wir einen Hinweis erhalten, sie sich bei den Bergmanns oder Frau Wentdorf melden. Die Frage, die ich mir die ganze Zeit stelle, ist: Wo haben sie ihre persönlichen Sachen? Sie besitzen kein Haus mehr, ihre Wohnung im Hafen ist vermietet. Irgendwo auf dieser Insel müssen sie Möbel und Papiere gelagert haben. Vielleicht ist dort etwas, das uns weiterhilft. Und warum zum Henker haben sie die Nichte nicht informiert? Das ist merkwürdig«, sagte Westermann.

»Ja, das hab ich mich auch schon gefragt, warum sie die Wentdorf nicht eingebunden haben. Und die Möbel? Ich könnte mir vorstellen, dass die in irgendeiner gemieteten Halle oder Garage lagern. Ich kümmere mich darum«, sagte Hartwig. Langsam fuhren sie aus dem Hafengelände. »Ich habe übrigens einen wichtigen Hinweis gefunden. Ob es ein Beweis ist, wird sich zeigen«, entgegnete Westermann.

Hartwig wandte seinen Kopf. »Und?«

»Ich habe Blut auf der Reling entdeckt.«

»Blut?«

KAPITEL 5

Katrin Westermann saß in ihrem Büro und tippte das Angebot für ein Hochzeitspaar. Die Frau von Hauptkommissar Dirk Westermann war vertieft in Zahlen und Vorschläge, als Mats Ole sich im Reisebett bemerkbar machte. Er hatte seinen Mittagsschlaf beendet. Als die Hochzeitsplanerin ihren Sohn betrachtete, rieb der fast zwei Jahre alte Knirps sich die Augen.

»Na, mein Schatz, hast du ausgeschlafen?« Sie erhob sich und streichelte ihrem Kind über die rosige Wange. Seine braunen Augen leuchteten, als er seine Mutter erkannte. Der Kleine rollte sich zur Seite und stand auf seinen kurzen Beinen. Mit beiden Händen hielt er sich fest und hüpfte, als befände er sich auf einem Trampolin. »Nicht so stürmisch, junger Mann«, flüsterte Katrin und hob ihn aus dem Reisebett. Normalerweise hasste sie derartige Kindermöbel, aber während sie in ihrem Büro ihrer Arbeit nachging, war dieses Bett die einzige Möglichkeit, das Kind einigermaßen unter Kontrolle zu halten. Mittlerweile lief er durch die Räume und untersuchte alles, was ihm zwischen die Finger kam. Nicht selten ging seitdem etwas zu Bruch, was der Präsentation der Hochzeiten diente.

Katrin setzte ihren Sohn auf dem Holzboden ab, als ihr Telefon läutete. Sie konzentrierte sich auf die eingehende Anfrage zu einer Strandhochzeit und verlor Mats aus den Augen.

»Ja, ich kann das gerne für Sie ausrichten. Ich brauche ein paar Daten, muss Ihre Wünsche erfahren, und es würde mich freuen, wenn Sie einen Besprechungstermin mit mir vereinbaren. Ahhh, ich verstehe: Sie kommen aus München. Ja, dann sparen wir uns den Termin und klären die Einzelheiten am Telefon. Überhaupt kein Problem.« Sie hatte Mats Ole nicht mehr auf dem Radar, und der nutzte die Situation für sich. In weniger als einer Minute hatte er die Büroräume inspiziert, untersuchte glitzernde Tiara und Ketten, die auf Regalen vor ihm auf Samtständern drapiert standen und ungeheure Anziehungskraft auf ihn ausübten. Katrin telefonierte, machte Notizen, als es einen fürchterlichen Knall und einen hysterischen Aufschrei gab.

*

Das Wochenende war zu schnell vorbeigegangen. Westermann saß gähnend an seinem Schreibtisch und leerte zum dritten Mal den Kaffeebecher. Er hatte nicht gut geschlafen und zog die Akte der beiden vermissten Personen zu sich. Als er sie aufschlug und die mageren Ergebnisse sichtete, sank seine Laune. Der Leiter der Dienststelle streckte die Beine aus und verschränkte die Arme hinter dem Kopf. Wenn das nicht alles so merkwürdig wäre, würde ich denken, die sitzen irgendwo in der Sonne und trinken Aperol

Spritz. Wahrscheinlich freuen sie sich gerade darüber, wie schön das Wetter ist. Seine Gedanken verschwammen, doch das mulmige Gefühl in seinem Inneren ließ ihn nicht los. Wenn man nur eine Verwandte hatte und eng mit dieser in Kontakt stand, würde man sie niemals im Unklaren über derartig tiefgreifende Veränderungen lassen.

Die Tür öffnete sich. Watson lief auf Westermann zu und holte sich eine Portion Streicheleinheiten. Brav setzte er sich neben den Schreibtischstuhl des Chefs, als Hartwig eintrat.

»Moin, Boss, alles klar?«, fragte der Endvierziger, als er den Reißverschluss seiner Jacke öffnete und seine vom Wind zerzausten Haare ordnete. Westermann nickte und warf ihm einen angestrengten Blick zu. »Hm.« Hartwig setzte sich ihm gegenüber, als Westermann in der Haarpracht seines Kollegen graue Haarsträhnen entdeckte.

»Na, mein Bester, wirst auch langsam alt. Du passt dich mir immer mehr an«, sagte er und kraulte sich den getrimmten weißen Bart.

»Na ja, bis ich so weit bin wie du, lösen wir noch mehr als einen Fall.« Seine Augen leuchteten, als er ihm zuzwinkerte. »Aber mal was anderes. Hast du schon was Neues rausgefunden?« Hartwig deutete auf die Akte, stand auf, nahm einen Becher von der Anrichte und schenkte sich Kaffee ein.

»Nicht wirklich. Ich habe bei den ansässigen Maklern nachgehakt. Die konnten mir überhaupt nicht weiterhelfen. Die Ahlers haben nirgends auch nur den Hauch von Interesse an einem Haus in Schweden bekundet.« Er schüttelte den Kopf. »Was ist mit der Blutprobe vom Schiff? Hast du schon ein Ergebnis?«, wollte Hartwig wissen.

»Nein, du weißt ja, wie langsam die Mühlen mahlen.« Westermann schob die Brille auf die Haare.

»Dafür hab ich heute Morgen was Interessantes rausgefunden«, sagte der Kommissar aus Lütjenbrode. »Ich bin zum ehemaligen Haus der Ahlers gefahren. Die wohnten in Gammendorf. Kleiner Ort. Große Bauernhöfe.«

»Und was wolltest du da?«, fragte Westermann.

»Ich wollte wissen, ob die neuen Besitzer eine Ahnung davon haben, wo die Ahlers mit ihrem ganzen Zeugs abgeblieben sind. Denn wie es aussieht, lebten sie ja bis zum Verkauf der Jacht auch darauf. Die Wohnung war schon lange vorher vermietet. Also nur Anlageobjekt.« Hartwig rieb sich zwei Finger. »Kohle machen«, sagte er.

»Und?« Westermann richtete sich auf. Watson saß neben dem Stuhl des Dienststellenleiters und lauerte.

»Ich bin fündig geworden.« Der Jüngere schwieg, als wollte er die Spannung erhöhen.

»Red schon.«

»Also: Einen Großteil der Möbel haben die neuen Besitzer des Hauses behalten. Ich konnte mich persönlich davon überzeugen. Die sind nur an den Wochenenden da und waren glücklich, eine hochwertige Wohnungseinrichtung übernehmen zu können. Anscheinend haben sie die für 'n Appel und 'n Ei erstanden. Es hat langsam den Anschein, als hätten Onkel und Tante so ziemlich alles verramscht.«

»Und? Weiter. Spann mich nicht auf die Folter.«

»Ja, ich bin mir sogar sicher, die haben fast alles den neuen Eigentümern überlassen. Geschirr, Besteck, Kleinkram wie Bilder und Lampen. Nur wichtige Unterlagen und Erinnerungsstücke, die haben sie in einer gemieteten Garage in Burg gelagert. Die gehört einem Arzt, der sie ihnen vermietet hat.«

»Okay. Warst du schon da?«

Hartwig schüttelte den Kopf. »Nee, ich dachte, das machen wir zusammen. Du weißt ja, vier sehschwache

Augen sehen mehr als zwei.« Der Kommissar griente und deutete auf Westermanns Brille. Watson fing an zu fiepen. Der tschechoslowakische Wolfhund spürte, dass etwas in der Luft lag.

»Dann lass uns fahren. Du weißt, wo die Garage ist?«

»Jipp, hab schon mit dem Doc gesprochen. Wir können uns den Ersatzschlüssel abholen.«

»Okay? Gute Arbeit, Thomas. Ich freu mich, dass es dir wieder gutgeht.«

»Hab ja auch allen Grund«, sagte der Polizeibeamte, der sich nur ungern an das letzte Jahr erinnerte. Seine Augen leuchteten und bekamen einen verräterischen Glanz.

»Und der wäre?« Westermann sah sein Gegenüber verwundert an und trommelte mit dem Stift auf die Schreibtischplatte.

»Ich hab übers Wochenende Besuch bekommen«, sagte Hartwig und zog die Augenbrauen hoch.

»Und, ist das was Besonderes? Nun lass dir nicht jedes Wort aus der Nase ziehen.« Westermann erhob sich und zog seinen Caban über. Watson lief zur Tür.

»Stina ist da. Sie hat sich ein paar Tage frei genommen und wir gucken.«

»Ach nee. Was guckt ihr?«

»Ob alles wieder ins Reine kommen könnte.«

»Und könnte es?«

»Ich glaub schon. Sie ist so süß. Ich, ich lieb sie schließlich immer noch, und ich glaube, ihr geht es genauso.«

»Na, dann ist doch alles in bester Ordnung. Glückwunsch.«

Westermann klopfte seinem jüngeren Kollegen auf die Schulter. Er freute sich, dass dessen Leben wieder in geregelten Bahnen verlief und Stina sich entschlossen hatte, ihm noch eine Chance zu geben. Die letzten Jahre hatten auch bei Hartwig Spuren hinterlassen. Nicht nur seine Haare waren grauer geworden. Er hatte seine Leichtigkeit eingebüßt. Thomas war immer sehr gewissenhaft, dennoch versprühte er meist gute Laune und war für jeden Spaß zu haben. Jetzt erschien er seinem Vorgesetzten oft eine Nuance zu ernsthaft. Erst der Verlust von Watson, dann die Trennung von Stina Christiansen hatten ihm richtig zugesetzt. Er sprach nicht einmal mehr von seinem Fußballverein. Es schien, als wäre auch der in der Versenkung verschwunden.

Die Kommissare verließen das Büro und machten sich auf den Weg nach Fehmarn.

*

Als Katrin den Knall hörte, fuhr sie zusammen, ließ den Hörer auf die Schreibtischplatte fallen, sprang auf und hastete in die Showräume. Sie blieb stehen und erstarrte. Vor ihr auf dem Boden hatte sich die Blitzbirne des Dauerlicht-Stativs in 1.000 Teile zerlegt. Das Panel lag inmitten des Chaos. Wo ist Mats? Für eine Sekunde setzte ihr Herzschlag aus. Sie hoffte, dass er sich nicht verletzt hatte. Die vielen Glassplitter, dachte sie und presste die Hand vor den Mund.

»Mats? Maaats, Liebling, wo steckst du?« Ihr Herz klopfte, als sie lauschte und nach ihm Ausschau hielt. Dann endlich hörte sie ihn wimmern, eilte in den Empfangsraum. Unter dem Tresen entdeckte sie ihn. Mats Ole hatte sich darunter verkrochen. Als er seine Mutter entdeckte, fing er an zu brüllen. Er schluchzte und sein ganzer Körper zuckte.

»Schatz, was hast du angestellt? Komm her, mein Engel.« Sie streckte ihre Arme nach ihm aus. Er schüttelte den Kopf und verzog den Mund zu einer Schnute. Ihr Herz schlug bis zum Hals. Es war, als wenn ein Stromschlag nach dem anderen durch ihren Körper jagte. Vorsichtig zog sie ihren Sohn unter dem Eichentresen hervor und stellte ihn auf seine Beine.

»Aua, aua!«, schrie er und streckte die Arme vor.

*

Der Wind hatte nachgelassen. Die ersten Herbststürme tobten in diesem Jahr mit voller Wucht über die Insel. Charlotte stand neben Josch im Steuerstand ihres Bootes, das den Namen Troll erhalten hatte, und legte ihre Hand auf seine Schulter. Der Kapitän saß auf dem Ledersitz und steuerte aus Richtung Orth kommend den Hafen Burgstaaken an.

»Der Kahn muss morgen raus«, murrte er an der Pfeife vorbei. Charlotte hatte den Wunsch geäußert, noch ein letztes Mal in dieser Saison rauszufahren und neben der Fahrrinne vor Anker zu gehen. Sie hatte das Bedürfnis, eigene Ermittlungen anzustellen, und wollte vom Troll aus die Jacht der Bergmanns beobachten.

»Glaubst du, dass du irgendwas rausfindest, wenn du dich auf die Lauer legst? Da passiert doch nichts.«

»Kann ich dir nicht sagen. Trotzdem glaube ich, dass man diese Leute ein bisschen unter Wind haben sollte. Ich traue der ganzen Geschichte nicht so recht.« Josch blies den Qualm aus, konzentrierte sich auf die Fahrt. Der Wind kam aus Süd und ließ den Kahn ordentlich schaukeln. Bei Windstärke vier war das mit dem norwegischen Verdränger gerade noch auszuhalten. »Deern, kannst du mir einen Tee bringen, ich muss höllisch aufpassen.« Charlotte nickte, wankte zur Miniküchenzeile und füllte den Wasserkocher.

Sie nahm zwei Kaffeepötte vom Haken und stellte sie vor sich in die Spüle, dann öffnete sie Eine zigarrenkistengroße Holzbox und entnahm zwei Beutel grünen Tees. Nur wenig später hielt sie ihrem Kapitän einen der Becher vor die Nase. »Danke, Deern. Da gehört ja aber eigentlich ein Schuss Rum rein.«

»Aber doch nicht, wenn du auf See bist. Wenn wir nachher wieder im Hafen liegen, kannst du so viel Rum trinken, wie du möchtest«, sagte sie und kicherte.

»Merkt doch keiner«, sagte er.

»Na, du weißt schon, die Wasserschutz ist nicht ohne. Wenn die dich erst mal auf dem Kieker haben, hast du verloren.«

»War ja auch nur ein Spaß. Nun sei man nicht immer so pingelig.« Sie tuckerten mit sieben Knoten über die aufgewühlte Ostsee und passierten den Leuchtturm Strukkamphuk. »Ist das nicht schön?«, sagte Josch, während er sich auf seinem Sitz gegen die seitlich schlagenden Wellen stemmte. Wenig später passierten sie die Fehmarnsund-Brücke. Als Charlotte die gewaltige Konstruktion, die sich über ihren Köpfen auftürmte, auf sich wirken ließ, hatte sie längst die Kamera um den Hals gehängt. Trotz der unruhigen See wollte sie eindrucksvolle Fotos schießen.

»Wir leben doch an einem wunderschönen Fleckchen Erde. Das ist ein wahres Geschenk. Ein kleines Stück Paradies«, flüsterte sie. Das Boot streifte den Fehmarnsund und den Wulfener Hals, bis sie die Hafeneinfahrt Burgtiefe erreichten. Auf einmal wurde es bedächtiger auf dem Wasser. Der Verdränger glitt durch das Wasser der Hafeneinfahrt. »Lass uns neben der Fahrrinne vor Anker gehen«, sagte Charlotte.

»Das ist Flachwasser, da können wir nicht ankern«, sagte Josch und schüttelte den Kopf.

»Doch, können wir. Mein erster Mann, Gott hab ihn selig, ankerte mit mir auch da, vertrau mir. Guck mal, die Jacht. Da vorn, das ist das Schiff. Die Dunkelblaue, die mit dem weißen Streifen. Die kann man gar nicht übersehen.«

»Ist ja auch keine andere da. Aber du hast recht, die ist beeindruckend. Na, wir schauen mal«, antwortete er und cruiste entlang der Fahrrinne, bis die eigentliche Hafenanlage nicht mehr weit entfernt war. Josch nahm den Weg, den Charlotte vorgeschlagen hatte. Meter für Meter tastete er sich durch das Flachwassergelände. »Deern, das wird aber ganz schön flach. Wenn wir da aufsetzen, hast du Schuld«, sagte er und beobachtete das Echolot.

»Ich dachte, du bist Kapitän. Kannst wohl nur große Schiffe«, lachte sie. Charlotte verließ die Kajüte und eierte an der Reling entlang zum Bug. Sie hockte sich hin, öffnete die quadratische Luke und zog den Anker hervor. Josch stellte den Motor aus.

»Aus der Deern hätte auch 'ne Kapitänin werden können. Teufelsweib«, sagte er und schmunzelte. Er wartete, bis sich das Boot in den Wind gelegt hatte, dann warf er den zweiten Anker. »Das sind nicht mal 1,50 Meter Wassertiefe. Dein Ehemann war ja ein richtiger Held«, sagte Josch und merkte, dass ihm das nicht wirklich gefiel.

»War er, aber nun bist du mein Kaptein und ich deine Steuerfrau – das passt doch wunderbar.« Charlotte wankte den schmalen Gang zurück und kletterte auf die Plicht. Der Kapitän nahm sie in die Arme und knuddelte sie.

»Ach, Deern, wie schön, dass wir uns wiedergetroffen haben.« Er sah in ihre graublauen Augen und drückte ihr einen Kuss auf die Lippen. Sie schmiegte sich an ihn.

»So, nun aber genug geschmust, wir haben einen Auftrag.«

»Aye, aye, Sir!«, sagte Josch und salutierte. Charlotte lachte und betrat die Kajüte. Sie nahm das Fernglas aus einem der Seitenfächer und postierte sich so, dass sie den Hafen anvisieren konnte. Es dauerte einen Moment, dann hatte sie das Glas für ihre Augen eingerichtet. »Warum nimmst du nicht die Kamera?«, wollte Josch von ihr wissen.

»Mach ich gleich. Ich muss erst mal sehen, ob sie überhaupt an Bord sind. Und was sage ich – sie sind. Die haben irgendwas vor. Sie wuseln an Deck rum und stemmen Kisten aufs Schiff.« Charlotte berichtete ihrem Begleiter, was sie wahrnahm. Dann reichte sie ihm das Fernglas und holte ihre Kamera. »Vielleicht haben sie die Ahlers unten in der Kajüte gefangen und wollen sie jetzt außer Landes bringen.« Sie schraubte das Teleobjektiv fest und nahm erneut ihre Position ein. Josch legte das Glas aus der Hand, setzte sich auf die Bank und schmunzelte.

»Du hast Fantasie, das ist kaum zu glauben.« Der Kapitän hielt sein Gesicht den Wolken entgegen, zog die Helmut-Schmidt-Mütze vom Kopf und genoss den Augenblick.

Charlotte schien immer hibbeliger zu werden: »Deshalb bin ich ja auch die Ermittlerin und du nur mein Helfsmann, aber verdammich noch eins, was stapeln die da? Ich glaube, die wollen abhauen.« Josch blinzelte, warf ihr einen kurzen Blick zu.

»So, wie es den Anschein hat, bereiten die einen Segeltörn vor. Das sind Wasserflaschen und Konserven, das sehe ich auch ohne Fernkieker.«

»Ja, sag ich doch, die wollen verschwinden.« Charlotte wähnte sich in ihrem Element, der Verbrecherjagd.

»Deern, das sieht mir eher danach aus, als wenn sie einfach nur einen längeren Ausflug planen. Wahrscheinlich haben sie Urlaub. Du kannst doch nicht hinter jeder Person einen Verbrecher vermuten.«

»Ja, aber wie du mitbekommen hast, sind die Ahlers jetzt schon zwei Wochen verschwunden. Das finde ich äußerst sonderbar. Und wenn ich mir die so anschaue, dann hab ich ein komisches Bauchgefühl. Und das trügt mich nur selten.« Sie sah ihn nicht an, sondern hielt an ihrem Blick Richtung White Pearl fest.

»Charlotte, du kennst die Leute doch überhaupt nicht. Deine Fantasie geht mal wieder mit dir durch.« Josch schloss die Augen und lauschte dem Schlagen der Wellen. »Na, du bist mir ja ein toller Mister Stringer. Da hatte die wahre Miss Marple aber mehr Glück mit ihrem Gehilfen.« Die Mundwinkel des Kapitäns verzogen sich.

»Nun sei man nicht ungerecht, min Deern. Ich hab dir auch schon geholfen, vergiss das nicht. Aber hier sehe ich keine Gefahr in Verzug. Und selbst Mister Stringer musste seine Ermittlerin immer mal wieder auf den Boden der Tatsachen zurückholen.«

Charlotte schwieg. Sie merkte, wie hektisch die Arbeiten an Bord der Jacht vollzogen wurden.

»Und ich sage dir, die wollen abhauen. Ich muss was unternehmen. Ich muss dringend mit Dirk telefonieren.«

*

Hartwig fuhr Richtung Burg, als Westermann sein Handy betätigte und sprach. »Das ist tatsächlich niederschmetternd. Ich hab geglaubt, es wäre Blut. Kann man nichts machen. Aber umso besser. Trotzdem danke«, beendete er das Telefonat.

»Na, war es Blut?«, fragte Hartwig und lenkte den Wagen in die Einfahrt des Arztes.

»Nein, das war Rost.« Die Stimme seines Vorgesetzten klang gereizt und gleichzeitig müde. »Vielleicht sollten wir die Jacht noch einmal gründlich überprüfen lassen.«

»Das musst du erst mal dem Staatsanwalt schmackhaft machen. Mit welcher Begründung?«

»Das lass mal meine Sorge sein.« Westermann wählte, während Hartwig ausstieg und auf das würfelähnliche Architektenhaus des Arztes zuschritt. Er klingelte, und nur wenig später stand ein Mann mit weißen Haaren im Türrahmen. Der Hauptkommissar beobachtete, wie die beiden sich unterhielten und sein Kollege kurz darauf mit einem Schlüsselbund wedelte. Der Leiter der Mordkommission griff nach seiner Pfeife und schob sie zwischen die Lippen. Er stieg aus und öffnete die Klappe zum Kofferraum. Watson sprang mit einem Satz aus dem Fond und setzte sich neben ihn.

»Na, erfolgreich?«, wollte Hartwig wissen, als er zurückkam. Sein Kollege nickte. Ohne Eile zündete er seine Tabakspfeife an. »Die KT ist auf dem Weg zum Hafen. Wenn wir etwas finden, dann jetzt«, sagte er.

Hartwig stiefelte auf eine der acht Garagen zu, steckte den Schlüssel ins Schloss und öffnete Sekunden später das Garagentor. Unschlüssig standen sie vor dem offenen Betonbau, in dem Unmengen Kartons und Kisten gestapelt an den Wänden standen, und streiften Handschuhe über.

»Und wonach genau suchen wir? Du weißt, dass wir einen Durchsuchungsbeschluss ...«, sagte der drahtige Polizeibeamte und öffnete den Reißverschluss seiner schwarzen Lederjacke.

»*Ich* bin der Durchsuchungsbeschluss«, antwortete Westermann.

»Aber wonach ...?«, wollte Hartwig wissen, unterbrach seinen Satz, um nicht noch mehr Fragen aufzuwerfen.

»Das weiß ich auch nicht so genau. Irgendeinen Hinweis«, zuckte Westermann die Schultern und schob die Pfeife in den anderen Mundwinkel. »Lass Watson mal von der Leine, vielleicht findet er was«, sagte er, trat in die Garage und betrachtete die Umzugskartons. »Die sind alle fein säuberlich beschriftet. Bilderrahmen, Fotos, Omas Gläser, Silberbesteck. Das bringt uns nicht wirklich weiter, oder möchtest du Omas Gläsersammlung angucken?« Westermann schmunzelte und nahm die Pfeife aus dem Mund.

»Watson, such, such irgendwas«, wies Hartwig den Hund an und glaubte offensichtlich selbst nicht an einen Erfolg. Der Wolfhund war darauf trainiert, Drogen, andere Stoffe oder Menschen zu erkennen. Wonach er hier allerdings suchen sollte, erschloss sich den Männern nicht. Nach nicht einmal einer Minute setzte der Hund sich und blieb, ohne anzuschlagen, sitzen.

»Na, du bist mir ja ein toller Polizeihund«, sagte Westermann und streichelte Watson.

»Mal ehrlich, was hast du erwartet? Glaubst du, die sind hier irgendwo in Kartons verpackt?«, sagte Hartwig.

»Thomas, das ist nicht witzig. Aber hier in der Ecke stehen Kartons mit Papieren. Vielleicht sollten wir da einen Blick reinwerfen. Wir brauchen Hinweise, wohin die beiden verschwunden sein könnten.« Der dunkelhaarige Polizeibeamte hievte den obersten Umzugskarton vom Stapel, setzte ihn auf den Boden. Vorsichtig öffnete er den Deckel. Aneinandergereiht standen etliche Ordner in dem Pappkarton.

»Das sind Unterlagen und Kaufverträge für …«, Hartwig neigte den Kopf, um den Schriftzug zu entziffern. »Das
Haus in Gammendorf.« Er betrachtete den nächsten Aktenordner. »Kaufverträge für die Jacht, okay, die Sache wird
wärmer.« Hartwig zog den Ordner aus dem Umzugskarton und klappte ihn auf. »Mei oh mei. Dass ein Schiff dermaßen teuer sein kann, hätte ich nicht gedacht. Die haben
mehr als eine halbe Million für den Kahn hingeblättert. Der
Kerl muss als Architekt richtig Kohle verdient haben. Und
dann verramschen sie das Schiff für weniger als die Hälfte?
Das hakt doch, wenn du mich fragst.« Hartwig guckte seinen Vorgesetzten an. Westermann nickte und zog ebenfalls
einen Aktenordner aus der Kiste.

»Es hat den Anschein, als wollten sie ziemlich schnell
alles loswerden. Hausverkauf. Da wollen wir doch mal
sehen, was wir hier haben.« Er schlug den Aktendeckel
des nächsten Ordners auf und blätterte in den Verkaufs-
unterlagen. »Für die Immobilie haben sie fast 800.000 Euro
bekommen. Die Ahlers sind, wenn ich nur die beiden Posi-
tionen zusammenrechne, Millionäre. Das allein wäre schon
ein Motiv, um sie verschwinden zu lassen. Und wir wissen
nicht einmal, wie es auf den Konten aussieht.«

»Das sollten wir umgehend überprüfen«, antwortete
Hartwig.

»Werden wir. Falls wir die Genehmigung bekommen.
Wir haben weder Leichen noch einen Tatort. Nur aufgrund
einer Vermisstenanzeige wird es schwierig.« Westermann
zog an der Pfeife und blies eine dicke Rauchwolke Richtung Ausgang.

»Aber mal ehrlich. Wäre dermaßen viel Kohle nicht ein
Motiv für die einzige Verwandte? Wir haben sie bisher überhaupt nicht befragt.«

Der Hauptkommissar schlug die Akte zu und nickte.

»Motiv ja, wäre möglich. Allerdings schien ihre Sorge um die beiden berechtigt und echt. Warum sollte sie sie vermisst melden, wenn sie vorgehabt hätte, sie zu töten? Bei diesen Summen wäre es zumindest eine Möglichkeit. Wir werden Frau Wentdorf befragen und ihre letzten Aktivitäten durchforsten. Sie hat diese Garage mit keinem Wort erwähnt. Warum nicht?« Westermann zog einen weiteren Aktenordner aus dem Karton. Ein roter Seidenschal hing daran fest und fiel zu Boden. Er öffnete den Ordner und blätterte in den Unterlagen, stutzte.

»Ich glaube, ich hab hier was.« Seine Gesichtszüge wirkten angespannt. Westermann hielt Hartwig den schmalen Aktenordner entgegen, auf dem ›Tim Geschäft‹ stand. In dem Ordner abgeheftet einige Papiere mit Mietzahlungen des Büros, dahinter ein weißer Umschlag, auf dem der unscheinbare Aufkleber eines modernen Gebäudes prangte. Intuitiv zog er aus der Hülle ein bedrucktes Papier: »Das ist ein getarnter Umschlag. ›Schwedenhaus‹, steht da, sieh mal einer an«, sagte er und warf seinem Kollegen einen erstaunten Blick zu. Seine Mundwinkel bewegten sich nach unten, als er weitere Papiere aus der Hülle zog und darin blätterte. »Das gibt's ja nicht. Ein Vorvertrag. Sieht aus, als hätte er diese Unterlagen verstecken wollen. Warum? Und vor wem? Seiner Frau? Es wird immer undurchsichtiger. Ich dachte, der neue Eigentümer der Jacht war auf der Suche nach einem Haus für die Ahlers? War zu keiner Zeit die Rede davon, dass er das schon erledigt hat.« Westermann zog die Augenbraue hoch. »Der hat mit keinem Wort erwähnt, dass die Geschichte längst abgewickelt ist.« Westermann runzelte die Stirn und rückte die Brille zurecht. Watson lag am Boden der Garage und wirkte, als würde ihn alles nicht interessieren. Man spürte, dass er noch nicht zu alter Energie zurückgekehrt war.

»Wow, das ist ja mal eine Hütte«, sagte Hartwig und deutete auf die dunkle Hülle, die sich hinter dem Exposé des Hauses verbarg und mit etlichen Fotos gefüllt war. Darauf zu sehen eine typische grau-weiße Schwedenvilla. »Die haben sogar eine Holzhütte daneben«, sagte Hartwig und zeigte seinem Vorgesetzten das Foto.

»Wahrscheinlich ein Gästehaus«, Westermann blies den Rauch seiner Pfeife in die Luft:

»Nein, das ist ein Fischerhaus, ein sogenanntes Fiskehus, in dem Angler ihre Utensilien unterbringen, den gefangenen Fisch verarbeiten und meist auch verspeisen. Siehst du an den Utensilien, die oben am Giebel angebracht sind.« Hartwig zog die Augenbrauen hoch: »Da soll es manchmal richtig süffige Partys geben. Du weißt ja, die Schweden beißen gerne mal einen ab.« Westermann lächelte, blätterte weiter. »Die haben direkt vor der Villa einen See. Jetzt weißt du, warum sie eine Fischhütte haben. Und ein Boot gehört anscheinend auch dazu. Das würde mir auch gefallen. Das ist doch genau das, was der Hafenmeister erwähnte. Ahlers sucht ein Haus irgendwo am Wasser.« Er machte eine kurze Pause. »Die haben, wie es aussieht, längst ein Haus in Schweden. Und zwar genau dieses hier. Und das Teil kostet fast eine Million. Jetzt ergibt das Ganze Sinn.«

»Die brauchten ziemlich schnell Kohle, um durchzustarten. Und dass sie Bargeld wollten, ist damit auch einleuchtend«, sagte Hartwig. Die Männer guckten sich an. Westermann blätterte in den Seiten. Dann hielt er inne. »Den Ordner nehmen wir mit. Das ist weitaus interessanter, als ich vermutet hatte. Jetzt wird es spannend.« Das Tuch, das aus dem Karton fiel, lag immer noch am Boden. Wahrscheinlich gehörte es Lore Ahlers. Hartwig bückte sich, steckte es, ohne darüber nachzudenken, ein.

»Lies den Vertrag vor«, forderte Hartwig seinen Kollegen auf.

»Nein, das erledigen wir ganz in Ruhe in der Dienststelle«, sagte sein Vorgesetzter und klappte den brisanten Ordner zu. Wenig später verließen sie die Garage und verschlossen das Tor. »Du weißt schon, dass wir den nicht einfach so mitnehmen dürfen?«

»Ich werde jetzt nicht wegen eines Ordners die Behörden wild machen«, sagte Westermann. »Du kannst den Schlüssel zurückbringen und dem guten Mann erzählen, dass wir eventuell noch mal in die Garage müssen. Dann bringen wir, nein besser du, die Akte zurück. Was mich viel mehr interessiert: *Warum* wusste die Nichte nichts von alledem?«

Westermann schnalzte mit der Zunge. Watson sprang auf und wedelte mit dem Steert.

»Bist doch mein Bester«, sagte er und kraulte den Wolfhund hinter dem Ohr.

»Und was ist mit mir? Ich dachte, ich wär das«, sagte Hartwig.

»Geh und sieh zu, dass du den Schlüssel ...«, antwortete Westermann und stieg in den Wagen, als sein Handy klingelte. Es war Charlotte. Sie erzählte ihm, dass sie vermutete, Bergmanns wollten verschwinden und dass sie auf Dirks Unterstützung hoffte.

»Lass dich nicht erwischen, Deern. Lass die Finger von der Sache, bitte. Wir machen das schon«, warnte er Charlotte.

»Und wenn nicht«, sagte Charlotte am anderen Ende der Leitung und beendete das Gespräch.

KAPITEL 6

Am gleichen Abend fuhren Westermann und Hartwig zur Wohnung von Nadja Wentdorf. Sie wussten, dass sie am Vormittag Unterricht hatte, und wollten sie nicht in der Schule in Verlegenheit bringen.

»Wir müssen als Erstes herausfinden, was die Ahlers in den letzten 24 Stunden vor ihrem Verschwinden getan haben. Und das Gleiche gilt für ihre Nichte«, sagte Westermann, rieb sich die Augen und gähnte. Er dachte an Katrin, die sicher längst schlief, und fragte sich, ob es richtig war, seinen Ehrgeiz in eine Geschichte zu stecken, die so fraglich war, dass er sie bei den Kollegen der Burger Dienststelle hätte belassen können. Es gab nicht einen Hinweis auf ein Verbrechen. So geht es nicht weiter, dachte er und stierte auf die Fahrbahn. Ich brauche mehr Zeit für die Familie.

Es war kurz nach 20 Uhr, als Hartwig den Wagen parkte, sie ausstiegen und er die Klingel zur Wohnung von Nadja Wentdorf betätigte. Watson blieb im Auto und schlief. Die

Eingangstür hatte offen gestanden, Blätter häuften sich auf dem Boden. Sie liefen die Stufen in den dritten Stock. Westermann legte sein Ohr gegen die Holztür.

»Sie ist da«, sagte er und drückte erneut den Messingknopf.

»Jaha, ich komm ja schon«, hörten sie Nadja rufen. Die Tür wurde geöffnet. Sie stand im Türrahmen und trocknete sich die Hände an einem Geschirrhandtuch. Ihr fragender Blick zeigte, dass sie nicht mit Besuch gerechnet hatte. Westermann entdeckte Unsicherheit in den Augen der schlanken Frau. »Ja?«

»Kriminalpolizei Oldenburg, Oberkommissar Hartwig. Und das ist der Kollege Hauptkommissar Westermann«, entgegnete Hartwig. Sein Vorgesetzter schloss die Tür hinter sich.

»Kommen Sie rein. Sind Sie wegen meiner Verwandten hier? Haben Sie was rausgefunden?«, wollte sie wissen und bewegte sich ins Wohnzimmer. Sie knetete ihre Hände, und ihr Gesicht wirkte, als hätte sie die ganze Nacht kein Auge zugemacht. Westermann sah sich um. Das Ambiente hatte diesen typisch norddeutschen Charakter. Auf der Fensterbank standen dazu passende Blumentöpfe mit grünblättrigen Pflanzen und eine Lampe, die angenehmes Licht spendete. Über die Wand erstreckte sich ein Bücherregal, das, vollgestopft mit unzähligen Büchern, auf eine eifrige Leserin hindeutete. Ist auf jeden Fall eine ihrer Leidenschaften, stellte Westermann fest und warf einen Blick auf die Werke, die mit Strahlern ausgeleuchtet wurden. Kafka, Tolstoi sowie die Lebensgeschichte von Günter Grass: *Beim Häuten der Zwiebel*. Die Autoren gehören wirklich zu den Besten ihrer Zeit, dachte er und war sichtlich beeindruckt.

»Über ein paar Bücher von Grass bin ich nicht rausgekommen«, sagte er und ergänzte: »Sie haben eine wunderbare Büchersammlung.«

»Na ja, ich komme leider auch seit Jahren nur noch obligatorisch zum Lesen. Brauche die Werke für meinen Unterricht.« Sie zuckte die Schultern. »Aber erzählen Sie mir lieber, was Sie rausgefunden haben. Sie haben doch was rausgefunden, oder nicht?« Angespannt setzte sie sich auf den Stuhl am Esstisch und bot den Männern einen Platz an.

»Nein, nicht wirklich. Oder doch, uns sind da ein paar Sachen aufgefallen, auf die Sie vielleicht eine Antwort haben.«

»Und die wären?« Ihr Blick veränderte sich. Westermann legte eine Mappe mit Unterlagen auf den Tisch.

»Als Erstes müssen wir rausfinden, was Ihre Verwandten die letzten 24 Stunden vor ihrem Verschwinden getan haben. Weil Sie, wie wir hörten, einen innigen Kontakt gepflegt haben, können Sie uns vielleicht weiterhelfen.«

»Ich, ich hab vormittags gearbeitet. Ich denke, da waren sie sicher auf dem Schiff oder auf der Insel unterwegs.« Sie zuckte die Achseln. »Am 26. September waren sie, soweit ich weiß, verabredet. Sie wollten sich mit Bekannten treffen.«

»Mit welchen Bekannten?«, wollte Hartwig wissen.

»Das weiß ich nicht.« Sie schüttelte den Kopf. »Sie haben sich in der letzten Zeit zurückgezogen. Hatten nur wenige Kontakte.« Nadja wurde stutzig.

»Genau das wäre ein Grund, herauszufinden, mit *wem* sie sich getroffen haben. Wissen Sie, wo sie sich treffen wollten?«, fragte Westermann.

»Keine Ahnung.« Nadja zuckte die Achseln.

Es könnte zu den Aussagen Bergmanns passen, die sich mit den Ahlers zum Verkauf des Schiffes treffen wollten, dachte Westermann.

»Warum, meinen Sie, haben sie sich immer mehr zurückgezogen?«, wollte Westermann wissen.

Sie zuckte erneut die Schultern. »Das weiß ich nicht. Vielleicht wollten sie einfach gemeinsame Zeit genießen.«

Der Kommissar aus Lütjenbrode fragte stattdessen: »Und wo waren Sie die 24 Stunden vor dem Verschwinden Ihrer Verwandten?«

Nadja wurde blass. »Warum stellen Sie mir eine derartige Frage? Was soll das? Ich hab sie nicht verschwinden lassen. Wenn Sie sich erinnern – ich hab die Vermisstenanzeige aufgegeben.« Sie wich dem Blick des Ermittlers aus und starrte aus dem Fenster in die Dunkelheit. Hartwig fragte sich, ob sie etwas zu verbergen hatte, weil sie ziemlich aggressiv reagierte.

»Das sind Routinefragen. Einfach antworten. Also, wo waren Sie vom 26. auf den 27. September?«, bohrte jetzt Westermann weiter.

»Morgens habe ich ausgeschlafen, war ja Samstag. Keine Schule.« Sie wandte sich den Beamten zu, nagte nachdenklich an ihrer Unterlippe. »Nachmittags ist Maik gekommen, und wir haben Kaffee getrunken. Samstagabend hab ich auf dem Sofa gelegen und ferngeguckt.«

»Waren Sie allein?«

Sie nickte.

»Was haben Sie gesehen?«, wollte Westermann wissen.

Wieder dauerte es einen Moment, bis sie antwortete. »Irgendeine Musiksendung, und ehrlich gesagt bin ich eingeschlafen.« Nadja knetete ihre Hände. »Ich bin eingeschlafen und erst am nächsten Morgen aufgewacht.«

»Lief der Fernseher die ganze Nacht?«, fragte Hartwig, weil er an ihrem Zögern merkte, dass sie offensichtlich nicht die Wahrheit sagte.

»Der stellt sich nach zwei Stunden automatisch aus«, war die Antwort. Nadja zuckte die Achseln. »Und Sonntag hab ich gebügelt und mich vorbereitet. Draußen hat's eh nur gestürmt, da bin ich in der Wohnung geblieben. Allein.« Sie atmete durch und setzte sich auf die Couch. »So, war's das jetzt? Können Sie mir jetzt endlich erzählen, was Sie rausgefunden haben?«

Westermann nickte. »Ihre Verwandten hatten die Absicht, ein Haus zu erwerben, um dort ihren Lebensabend zu verbringen. Wussten Sie davon?«

Nadja schüttelte den Kopf. »Was? Nein, ich hatte keine Ahnung. Wo soll dieses Haus denn sein?«, fragte sie. »Das kann nicht sein. Sie hätten es mir mit Sicherheit erzählt. Ich bin ihre einzige Verwandte.« Ihre Stimme überschlug sich.

»Vielleicht haben sie das ja und es war Ihnen nicht recht?«, stellte Hartwig eine Mutmaßung in den Raum.

»Wie bitte? Das ist nicht Ihr Ernst. Warum sollte es mir nicht recht sein, dass meine Tante und mein Onkel sich ein Haus kaufen? Ich fand es von Anfang an befremdlich, dass sie nur noch mit der Jacht umhersegeln wollten und darauf wohnen. Nein, das war ganz und gar nicht in meinem Sinn. Mir wäre es recht, wenn sie den Kahn endlich verkaufen und wieder festen Boden unter ihren Füßen haben.«

»Auch wenn dieser Boden, über 1.000 Kilometer entfernt, im Nordwesten von Mittelschweden stehen würde?«, fragte Westermann und sah sie tiefgründig an.

Nadja öffnete den Mund. »Schweden? Was reden Sie da? Was sollen die beiden in Schweden? Sie müssen sich irren.«

Sie schüttelte den Kopf. Der Hauptkommissar klappte die Akte auf, in der sich einige Kopien befanden. Er zog eine von ihnen heraus und legte sie der Nichte vor. Ihr Hände zitterten, als sie das Blatt hochnahm.

»Aber ... das kann nicht ...«, ihre Worte waren kaum zu verstehen und sie starrte mit Entsetzen auf das Schriftstück. »Warum haben sie mir nichts davon erzählt?« Ihre Lippen zuckten. Westermann entdeckte Tränen in ihren Augen.

Hartwig traute ihrem Gehabe nicht und sagte: »Vielleicht wollten Sie nicht, dass sie Sie um Ihr Erbe bringen. Wo waren Sie wirklich in der Zeit vom 26. auf den 27. September?« Sein Kollege Westermann beobachtete sie.

»Warum soll ich mich um mein Erbe sorgen? Wir sind ein Herz und eine Seele. Sie sind seit dem Tod meiner Eltern meine einzige Familie. Mir ist es egal, was sie mit ihrem Geld anstellen. Außerdem habe ich Ihnen gesagt, was ich gemacht habe. Sie gehen jetzt besser. Ich glaube, es ist besser, Sie reden mit meinem Anwalt.« Sie schüttelte erneut den Kopf. »Nur eines noch. Ich verdiene mein eigenes Geld und bin auf das meiner Verwandten nicht angewiesen. Ich bin sprachlos.« Sie deutete ungehalten zur Tür.

»Auch nicht, wenn mehr als eine Million Euro auf dem Spiel stehen?«, fragte Hartwig. Ihr wütender Blick streifte die Ermittler. Doch das große Fragezeichen in ihrem Gesicht war nicht zu übersehen. Irgendetwas stimmt mit ihr nicht, dachte Westermann.

*

Westermann schloss die Tür auf, ohne Geräusche zu verursachen. Er wollte seine Liebsten nicht wecken und entledigte sich im Flur seiner Lederstiefel. Sockfuß bewegte er sich ins Wohnzimmer, trat an die Glasvitrine, nahm ein Glas, die Whiskykaraffe und schenkte sich ein. Ohne Licht zu machen, setzte er sich an den Esstisch und ließ seinen Blick durch das Fenster in die Dunkelheit schweifen. Es stürmte noch immer und ein Gefühl des Unbehagens durchströmte den Ersten Hauptkommissar. Er hob das Glas, nahm einen Schluck und legte seine Brille vor sich auf den Tisch. Gähnend rieb er seine Augen. Die Müdigkeit hatte ihn übermannt. In der Dunkelheit forschte er nach einem Licht, das ihm zeigte, dass er nicht nur von Finsternis umgeben war. Westermann seufzte und leerte das Glas in einem Zug. Lustlos suchte er auf dem Handy nach einer Slow Jazz Aufnahme, die seine derzeitige Verfassung widerspiegelte. Für einen Moment schloss er die Augen und schien alles um sich herum zu vergessen.

»Na, was ist so schwer, mein Lieber?« Erschreckt fuhr der Kommissar zusammen. Hinter ihm stand Katrin und legte ihm ihre Hände auf die Schultern. Er wandte sich ihr zu und zog sie auf seinen Schoß.

»Es ist so schön, dass es dich gibt«, flüsterte er und legte seinen Kopf gegen ihre Schulter.

»Erzähl, was bedrückt dich?« Katrin hatte schon seit Wochen das Gefühl, dass ihn etwas belastete. Etwas, das nichts mit der Ermittlung zu tun hatte. »Alles gut. Nur der Fall, der eigentlich keiner ist, macht mir zu schaffen. Ich hab langsam die Befürchtung, dass ich dem Ganzen nicht mehr gewachsen bin. Ich sehe nicht ein Fitzelchen Licht am Ende des Tunnels. Im Gegenteil, alles scheint immer komplizierter zu werden, wenn du verstehst, was ich meine.« Katrin gab ihm einen zärtlichen Kuss. »Wenn einer Licht in die Sache bringt, dann du.« Sie hauchte ihm einen weiteren Kuss auf die Lippen. »Kannst du mir erklären, was für ein Fall es ist, wenn zwei Erwachsene nicht mehr auffindbar sind, als vermisst gemeldet werden, aber keine Leiche aufgefunden wird? Wenn wir wenigstens die hätten, wäre

es leichter, sich um das Auffinden der Täter zu kümmern.«
Dirk zog Katrin an sich und fuhr mit seinen Lippen ihren
Hals entlang.

»Vielleicht klärt sich das alles ganz harmlos auf«, wollte
sie ihn beruhigen.

»Das dachte ich zuerst auch, allerdings dauert dieser
Zustand schon zu lange. Für mich ergibt das alles keinen
Sinn. Da tauchen Fragen auf, die meine gesamte Logik
durcheinanderwirbeln. Aber vielleicht hast du recht. Die
sitzen womöglich irgendwo in der Sonne und haben ein-
fach keinen Bock, sich zu melden. Trotzdem werde ich das
Gefühl nicht los, dass irgendwas nicht stimmt. Es ist zum
Kotzen.« Katrin war erstaunt über Dirks Ausdrucksweise.

»Schatz, das wird sich alles aufklären. Mach dir nicht so
viele Gedanken. Du musst zu Bett, damit du dich wenigstens ein paar Stunden ausruhen kannst.« Der Kommissar
schenkte sich einen zweiten Whisky ein. Dieses Mal füllte
er sein Glas bis zum Rand mit der Flüssigkeit.

»Ich kann nicht schlafen. Aber du solltest jetzt zu Bett
gehen, damit du morgen ausgeruht bist für deinen anstren-
genden Job und unseren Zwerg.« Dirk hörte, wie Katrin
stöhnte und von seinem Schoß sprang. »Was ist los? Ist
irgendwas mit dir?« Er wollte seine Frau zurückziehen und
hielt ihre Hand. Sie schüttelte den Kopf.

»Ich muss dir was beichten.«

*

Westermann holte Nadja aus dem Unterricht. Die Fragen,
die sie jetzt hatten, konnten nicht warten. Er hatte sich einigermaßen beruhigt, als er seinen schlafenden Sohn betrachtet hatte und feststellte, dass Katrin keinerlei Schuld an dem

Unfall trug. Aber es hatte ihn geschockt. Er musste diesen Fall, so schnell es ging, zu Ende bringen.

Sie setzten sich mit ihr in ein nicht benutztes Klassenzimmer. Dieses Mal nahmen sie keine Rücksicht mehr auf ihre Stellung. Nadja sprang auf, als man ihr neue Fakten vorlegte.

»Ich weiß nicht, wie viel Geld meine Verwandten besitzen. Es ist mir auch egal«, sagte sie und warf den Stuhl um. Westermann verfolgte ihre Aufgebrachtheit, die ihm zeigte, dass die Verdächtigungen sie schockierten. War es, weil sie sich dieses Haus kaufen wollten oder weil sie feststellen musste, das ihr Erbe in Gefahr gewesen war und die Kriminalisten sie verdächtigten? Sie stand am Fenster und starrte nach draußen. Westermann zog Kopien eines Kaufvertrages sowie mehrerer Kontoauszüge aus der Akte und legte sie ihr vor. Nadja drehte sich um und starrte auf die Papiere. Sie wischte mit dem Handrücken über ihre Augen, als müsste sie ihren Blick schärfen. Dann schüttelte sie den Kopf. »Ich hatte keine Ahnung, das müssen Sie mir glauben«, sagte sie und ließ die Schultern hängen.

»Und dass die beiden eine Lebensversicherung auf Ihren Namen abgeschlossen haben, wussten Sie auch nicht?«

»Lebensversicherung, wann? Ich versteh nicht.« Sie zuckte die Achseln. »Das wusste ich nicht. Wirklich nicht. Wie hoch ist diese Police?«, fragte sie.

Der Leiter der Oldenburger Dienststelle registrierte ihr Interesse und zog ein weiteres Blatt aus der Akte. Mit Bedacht legte er es zu den anderen Papieren. Hartwig beobachtete die Frau, als suchte er nach einem sichtbaren Zeichen.

Westermann antwortete mit monotoner Stimme: »Zwei Millionen Euro. Die Police besteht seit mehr als zehn Jahren.«

KAPITEL 7

Entschlossen stieg Charlotte zwei Tage später nach einer Tasse Tee auf ihr Fahrrad. Es war später Vormittag. Die Antworten, die sie vom Hafenmeister erhalten hatte, waren nicht ergiebig gewesen, und Josch war ihr bisher auch keine große Hilfe. Sie rückte ihre Baskenmütze zurecht und trat in die Pedale. Wenn ich mich ranhalte, könnte ich in einer halben Stunde in Gammendorf sein, überlegte sie und stellte ihr Pedelec in den nächsthöheren Gang. Ihren Entschluss hatte sie beim Tee gefasst. Heute musste sie das ehemalige Domizil der Ahlers aufsuchen.

Vielleicht konnte ihr im Dorf irgendjemand weiterhelfen. Charlotte überlegte, wen im Ort sie kannte. Aber kennen … Sie strengte ihren Kopf an, während sie durch mehrere Ortschaften fuhr, um ans Ziel zu gelangen. Sie musste sich auf ihr Bauchgefühl verlassen. Irgendwer würde ihr brauchbare Antworten liefern, war sie sicher und stemmte sich im Sportgang gegen jede Bö. »Dass der Wind aber auch immer von vorn kommt«, stellte sie abgekämpft fest, als sie nach fast einer Stunde Fahrzeit völlig aus der Puste und mit geröteten Wangen den Ort erreichte, der, eingebettet zwischen Wiesen und Feldern, zu einem der 42 Inseldörfer gehörte. Ich bin wirklich nicht mehr die Schnellste, da nützt auch Pilates nichts, dachte sie. Das beschauliche Dorf mit den groß angelegten Höfen war wie leer gefegt. Ich werde Mühe haben, überhaupt jemanden anzutreffen. Auf einmal fand sie die Idee, hier etwas über die Ahlers zu erfahren, nicht mehr sinnvoll und ließ die Schultern sinken. Sie runzelte ihre Stirn. Charlotte war nicht zufrieden. Die Leute sind entweder auf dem Feld, arbeiten oder sind in der Altstadt zum Einkaufen. Sie hatte sich nicht die beste Zeit für einen Plausch ausgesucht. Die Künstlerin rückte ihre Kappe zurecht, stieg vom Fahrrad und schob es die Dorfstraße entlang. Sie atmete durch, als sie das ehemalige Haus der Ahlers erreicht hatte. Charlotte betrachtete den weißen Walmdachbungalow.

Sie erinnerte sich nur zu gut daran, wie Lore Ahlers von ihrem Garten erzählt hatte, in dem im Sommer unzählige Rosen unglaublichen Duft versprühten. Sie war eigentlich immer dort anzutreffen gewesen, wenn sie nicht mit ihrem Mann auf ihrem Schiff war. Merkwürdig finde ich das Ganze schon, überlegte sie, schob am Zaun entlang und hoffte, die neuen Besitzer des Anwesens entdecken zu können. Auf einmal merkte sie, dass jemand durch den herbstlichen Garten huschte. Charlotte lächelte. Sollte ich tatsächlich Glück haben? Sie rieb sich die Hände und lungerte vor dem Grundstück herum, in der Hoffnung, die Person würde sie wahrnehmen. Wie sie gehört hatte, handelte es sich bei den neuen Eigentümern um Auswärtige. »Hallo?«, rief sie und hoffte, die Unbekannte würde sie bemerken. Auffällig genug war sie ja mit ihrer roten Mütze.

Die Frau blieb stehen und wandte sich mit einem Gesicht, das an einen pausbackigen Winterapfel erinnerte, Charlotte zu. Die lächelte und winkte. »Huhu, darf ich Sie mal was fragen?« Verdutzt kam die Mittfünfzigerin näher. Sie zog die Gartenhandschuhe aus und stellte die Harke beiseite.

»Ja?« Die Frau wischte sich mit dem Handrücken die grau melierten lockigen Haare aus dem geröteten Gesicht. Charlotte sah, dass sie angestrengt im Garten gearbeitet hatte. Mehr als fünf große Laubhaufen zierten den Rasenbelag. Die Frau zog den Reißverschluss ihrer Steppjacke auf und rückte die Brille zurecht. »Ganz schön warm«, sagte die vollschlanke Frau und lächelte. »Suchen Sie jemanden?«

Charlotte trat näher an den Zaun. Sie hoffte, dass ihre Taktik aufging. »Ich bin irritiert. Ich suche Lore Ahlers. Sie ist eine Freundin und die wohnt eigentlich hier.«

Die Frau schüttelte den Kopf. »Nein, ›eigentlich‹ ist gut. Die wohnte hier. Wir haben das Haus vor mehr als anderthalb Jahren von ihnen gekauft.«

Charlotte tat entgeistert. »Waaas? Ich wollte sie besuchen. Ja, wo finde ich sie denn jetzt? Haben Sie eine Adresse?«

Die Frau schüttelte den Kopf. Sie machte Anstalten, ihre Handschuhe wieder überzustülpen. »Das kann ich Ihnen nicht sagen. Ich dachte, Sie wären eine Freundin?« Ihr Blick wurde skeptisch. Sie kniff die Augen zusammen und Charlotte merkte, dass sie sich schnellstens etwas einfallen lassen musste, wenn das Gespräch nicht abreißen sollte.

»Nein, ja. Ich hab ein paar Jahre nicht auf der Insel gewohnt und bin wieder zurück. Deshalb wollte ich sie ja besuchen. Wissen Sie, wir sind zusammen zur Schule gegangen.« Sie setzte eine Miene auf, die Betroffenheit ausdrückte, und erweckte offensichtlich Mitleid.

»Wir wissen nur, dass sie sich ein Schiff gekauft haben und eine Weltreise machen wollten«, zuckte die Fremde die Achseln.

»Haben Sie keinen Hinweis, einen klitzekleinen, wo ich sie vielleicht ...«

Die Frau wurde ungehalten. »Nein, sagte ich ja bereits, und ehrlich gesagt, möchte ich jetzt weitermachen. Sie sehen ja, die Blätter.«

Charlotte ließ nicht locker. »Aber auf dem Schiff wohnen sie doch nicht, oder? Haben Sie nicht irgendeine Adresse?«

»Doch, so wie es aussieht, leben sie darauf. Wohnungsadresse habe ich keine. Tut mir leid.«

Charlotte merkte, dass die Frau sich wieder ihrer Arbeit zuwandte. Das hielt sie allerdings nicht davon ab, ihre Befragung weiterzuführen. Sie konnte bekanntermaßen ziemlich penetrant sein. »Ja, aber was ist denn mit ihren ganzen Sachen? Den Möbeln, ihr Porzellan? Das können sie doch nicht alles auf einem Schiff haben.«

Die Frau ließ unüberhörbar die Luft aus ihren Lungen entweichen. »Ich weiß zwar nicht, wer Sie sind und was Sie das alles angeht, aber den Großteil ihrer Möbel und des Interieurs haben wir übernommen. War's das jetzt?« Sie wischte sich erneut eine Locke aus dem verschwitzten Gesicht. Ihre Gesichtsfarbe normalisierte sich nur langsam.

»Alles?«

»Ja, alles bis auf persönliche Sachen. Ist es nun endlich genug? Fragen Sie am besten die Nichte oder im Hafen Burgstaaken. Mehr kann ich Ihnen nicht sagen. Das ist schließlich alles schon eine Weile her. Wenn Sie wirklich eine gute Freundin von Frau Ahlers sind, wie Sie sagen, warum wissen Sie dann nichts von alledem?« Sie schüttelte den Kopf und entfernte sich. Dann blieb sie stehen und drehte sie sich noch mal um. Charlotte fehlten die Worte. »Aber falls Sie die beiden treffen, können Sie ihnen mitteilen, dass wir etwas von ihnen gefunden haben und sie es hier abholen können. Wir wollen die Kiste loswerden.«

»Was denn für eine Kiste?« In Charlotte fing es an zu arbeiten.

Sie verengte die Augen, ihr Herz fing an zu klopfen. »Ich weiß nicht, ob ich Ihnen ... Sagen Sie ihnen, dass es sich um eine Schatulle handelt. Ich denke, dann wissen sie Bescheid. Ich hab versucht, sie anzurufen. Aber da geht niemand ans Telefon. Beide nicht.« Sie zuckte die Schultern und bewegte sich auf die Berge von Blattwerk zu. Für sie war das Gespräch beendet.

»Eine Schatulle, ja, was ist denn da drin?«, rief Charlotte ihr hinterher. Ihre Wangen glühten und leuchteten wie ihre Baskenmütze.

Die Frau blieb stehen: »Jetzt reicht's aber. Das, Frau ... wie immer Sie heißen ... geht Sie absolut nichts an. Und jetzt verlassen Sie endlich das Grundstück.«

»Aber ich stehe doch auf dem Fußweg.«

*

Westermann saß im Büro in Oldenburg. Er hatte mit dem Staatsanwalt telefoniert, die Lage erklärt und einen Durchsuchungsbeschluss für das Schiff erhalten, nachdem er den Kriminaltechniker Nils Henning gebeten hatte, sich auf der Jacht etwas genauer umzusehen. Die Tür ging auf. Henning polterte in Westermanns Büro. »Das war ja wohl ein glatter Schuss in den Ofen. Als wir im Hafen ankamen, war die Jacht gar nicht da. Alles für die Katz«, sagte Henning, als er das Büro des Ersten Hauptkommissars betrat und sich auf den erstbesten Stuhl fallen ließ.

»Guten Morgen erst mal. Das erstaunt mich jetzt. Ich hätte erwartet, dass sie bei dem Sturm gar nicht rausfahren, aber ist jetzt auch egal. Ich glaube sowieso nicht, dass wir etwas gefunden hätten.« Westermann winkte schlecht gelaunt ab und betrachtete den Kriminaltechniker, der einen Keramikbecher vom Tisch nahm, mit Kaffee füllte und die Achseln zuckte: »Der vermeintliche Blutfleck hat sich ja auch als Fake rausgestellt. Ich denke, dass die neuen Schiffseigner mit dem Verschwinden nichts zu tun haben«, sagte Westermann. Henning leerte den Becher und erhob sich.

»Tut mir leid, dass wir euch nicht weiterhelfen konnten.« Westermann schob die Brille auf die Haare, brummte und kratzte seinen Bart.

»Langsam denke ich auch, dass alles auf ein großes Missverständnis rausläuft. Wir geben die Vermisstenmeldung an die Dienststelle in Burg zurück. Das ist nicht unser Revier. Die einzige Frage, die wir uns stellen: Warum gehen die Ahlers nicht ans Telefon. Ich hab's etliche Male versucht. Thomas ebenso. Die Ortung hat auch nichts ergeben. Beide Telefone sind tot.« Henning bemerkte den Frust seines Kollegen. Westermann setzte sich aufrecht hin. »Damit sind wir am Ende der Fahnenstange angelangt. Was machen wir jetzt?«

»Dirk, leg die Geschichte ad acta. Es mag ja sein, dass es nach mehr aussieht. Aber ich denke, die Vorbesitzer tauchen irgendwann putzmunter wieder auf«, sagte der blonde Wikingertyp. Westermann stand auf, marschierte im Raum von einer Seite zur anderen, blieb stehen und starrte aus dem Fenster. Henning beobachtete ihn.

»Das darf doch alles nicht wahr sein«, sagte Westermann und schlug seine Faust auf die Fensterbank.

KAPITEL 8

Tage vergingen. Die Geschichte erschien suspekt und doch irgendwie unspektakulär. Jeder ging zur Tagesordnung über. Tim und Lore Ahlers hatten sich bisher nicht gemeldet. Weder bei ihrer Nichte noch beim Hafenmeister oder sonst einer Person. Westermann hatte sich anders entschieden. Er wollte nicht so schnell aufgeben und den Vermisstenfall nicht der Burger Dienststelle überlassen. Schütt hatte ihn um seine Hilfe gebeten, und er fühlte sich verpflichtet. Er hielt es für unumgänglich, tiefer in die Vergangenheit der Ahlers einzutauchen, um nach etwaigen Hinweisen zu suchen. Er schien getrieben, als wollte er damit andere Probleme kompensieren. Die Befragungen ehemaliger Nachbarn der Familie Ahlers hatten nichts ergeben, das sie in irgendeiner Form weitergebracht hätte. Und bei den neuen Hausbesitzern in Gammendorf waren sie auf Widerstand gestoßen. Die Frau hatte sie mit der Bemerkung abgewiesen, dass schon jemand anderes herumgeschnüffelt hatte und sie keine Ahnung hätten, wo sich die Ahlers aufhalten könnten.

Sie waren tatsächlich wie vom Erdboden verschluckt. Westermann diskutierte mit Hartwig, der nach wie vor nicht an ein Verbrechen glaubte, und sie beschlossen, sich um das ehemalige Architektenbüro von Ahlers zu kümmern, das Umfeld des Architekten zu durchleuchten. Die Ermittler hatten von Nadja erfahren, dass ihr Onkel sein Büro verkauft hatte. Vielleicht fand sich dort ein Anhaltspunkt, der erklärte, warum sie sang- und klanglos verschwunden waren.

»Du kannst da vorn parken«, sagte der Hauptkommissar, als sie am späten Nachmittag das Bürohaus in der Hamburger Hafen-City erreichten. Sie fanden einen Parkplatz direkt vor dem Gebäude. Der Kommissar aus Lütjenbrode stellte den Motor aus. »Nobelschröder«, sagte er. »Der Kerl muss ja richtig was auf dem Kasten gehabt haben, wenn er sich hier niederlassen konnte. Weißt du, was das hier für Kohle kostet? Wahnsinn.« Seine Augen weiteten sich, als er das schachtelförmige Gebäude bestaunte. Hartwig war schwer beeindruckt. Der Bau, der ihn an Legosteinbauten seiner Kindheit erinnerte, lag unweit des Hafenareals. Sie bahnten sich einen Weg und standen am Wasser. Westermann entzündete seine Pfeife. »Alter Traditionsschiffhafen«, sagte er und suchte nach dem Eingang. Hartwig lenkte seinen Blick auf die Hafenanlage, während er sich eine Zigarette anzündete. Seine Augen glänzten vor Bewunderung, als er die Szenerie in sich aufsog. Westermann nickte. Seine Erfahrung sagte ihm, dass es hier nicht nur Gewinner gab. Die Mieten für diese Objekte mussten ebenso utopisch sein wie die Bauten selbst. »Hier sind wir richtig«, sagte er stattdessen ohne einen Anflug von Emotionen und deutete zum verglasten Eingangsportal. Von hier aus konnte man die Elphi bestaunen, die jetzt im untergehenden Sonnenlicht glänzte. Westermann schwieg, aber man merkte, dass auch ihn die Atmosphäre nicht kaltließ. Die Ermittler betraten das Gebäude und fanden sich in einem großflächig geschnittenen Foyer wieder. Überall dominierten Glas und geometrische Formgebung.

»Wirklich wie ein Legobaukasten«, sagte Hartwig und staunte. Am Empfang saß eine etwa 30 Jahre alte Frau mit Kurzhaarschnitt und Stupsnase.

»Moin, was kann ich für Sie tun?«, fragte sie und lächelte die attraktiven Männer an. »Haben Sie einen Termin?«, wollte sie wissen und rückte ihre Bluse zurecht.

»Nein, haben wir nicht, aber wir müssten mit der Geschäftsleitung sprechen«, sagte Westermann und zog den Dienstausweis aus der Jackentasche. In diesem Moment fragte er sich, wie oft er den scheckkartenähnlichen Ausweis in seiner Laufbahn bereits aus irgendeiner seiner Taschen gezogen hatte. 1.000 oder 2.000 Mal? Die Frau schaute die Männer an. Ihr Erstaunen war nicht zu übersehen.

»Kleinen Moment, ich melde Sie an.« Sie drückte eine Taste und sprach kaum wahrnehmbar mit jemandem. Dann verließ sie ihren Platz. »Kommen Sie bitte mit, ich bringe Sie zu Herrn van Elebek.« Sie bewegten sich durch verglaste Räume, bis sie vor einer dunklen Holztür stehen blieben, die Frau klopfte und diese, ohne abzuwarten, öffnete. Westermann und Hartwig folgten ihr. An einem Schreibtisch aus rauchschwarzem Glas saß ein Mann um die 50, mit kurzen, wenig ergrauten Haaren und einem grau melierten, akkurat gestutzten Vollbart. Der drahtige Mann erhob sich, richtete sein eng anliegendes Hemd und trat auf die Ermittler zu. Die Mitarbeiterin verschwand ohne ein weiteres Wort. Er zeigte eine strahlend weiße Zahnreihe und begrüßte die Polizeibeamten.

»Moin, meine Herren. Was kann ich für Sie tun?« Er musterte Westermann und Hartwig und es schien ihm nichts auszumachen, dass die Kriminalpolizei vor ihm stand. »Ich hoffe, ich hab niemanden umgebracht.« Was wie ein Witz klingen sollte, bekam Sekunden später einen bitteren Beigeschmack.

»Das versuchen wir herauszufinden«, sagte Westermann. Die Mundwinkel des Architekten sanken.

»Wie soll ich das verstehen?« Die anfänglich prächtige Laune des Mannes verschwand im gleichen Augenblick. Trotzdem bot van Elebek den Ermittlern Stühle an.

»Wie wir wissen, sind Sie der Nachfolger von Tim Ahlers«, sagte Hartwig und öffnete seine Lederjacke.

»Ja, und warum wollen Sie das wissen? Er ist seit August 2023 nicht mehr der Eigentümer dieses Architektenbüros.« Van Elebek grinste, als hätte er alles wieder unter Kontrolle. Er schwang sich auf seinen Schreibtischstuhl, der an einen englischen Chefsessel erinnerte, und spielte mit dem Stift in seiner Hand. Das gegerbte Leder knatschte bei jeder seiner Bewegungen.

»Das ist uns bekannt. Trotzdem hätten wir von Ihnen gerne gewusst, ob Sie uns sagen können, wo sich Tim Ahlers und seine Frau Lore zurzeit aufhalten.« Westermann ließ den Architekten nicht aus den Augen, der ihn fragend ansah.

»Warum sollte ich das wissen? Ich habe keinen Kontakt zu Herrn Ahlers. Wir waren Geschäftspartner. Mehr nicht.« Er verzog verächtlich das Gesicht und legte seinen Stift aus der Hand. »Aber es würde mich jetzt brennend interessieren, warum Sie danach fragen. Was ist mit ihm?«

Westermann schlug eine Akte auf und schob ihm zwei Fotos entgegen, die Ahlers und seine Frau zeigten. »Die beiden gelten seit dem 27. September als vermisst. Wir haben

keinen einzigen Anhaltspunkt zu ihrem derzeitigen Aufenthaltsort. Vielleicht können Sie uns behilflich sein.« Van
Elebek stutzte, betrachtete die Bilder. Er steckte die Hände
in die Hosentaschen seiner Jeans und räusperte sich.

»Warum zeigen Sie mir die Fotos? Ich kenne die beiden, hab aber seit dem Verkauf keinen Kontakt mehr.« Die
unterschwellige Arroganz, die sich in seinen Sätzen versteckte, machte ihn nicht sympathischer. Er reckte die Brust
und lächelte, als wäre für ihn das Thema erledigt. Hartwig
ging das Gehabe des Mannes auf die Nerven. Van Elebek
grinste den Kommissar herablassend an. Westermann beobachtete ihn genau und merkte anhand seiner Gestik, dass er
nicht die Wahrheit sagte. Der Architekt verzog den Mund.
Das Lächeln verschwand erneut aus seinem Gesicht, als er
merkte, dass Westermann ihn taxierte.

»Sie haben wirklich keine Ahnung?«, fragte Hartwig.
Van Elebek schüttelte den Kopf und knöpfte die oberen
Knöpfe seines Hemdes auf.

»Nein. Wir sind nicht gerade im Guten auseinandergegangen«, schluckte er und errötete. Seine Selbstsicherheit
schien verflogen. »Ich möchte darüber nicht sprechen. Privatsache.«

»Wir ermitteln in einem Vermisstenfall. Es könnte bedeuten, dass das Ehepaar Ahlers nicht freiwillig verschwunden
ist und vielleicht nicht einmal mehr am Leben ist. Zumindest müssen wir diese Möglichkeit in Betracht ziehen. Es
wäre hilfreich, wenn Sie uns Informationen zukommen lassen, die uns weiterbringen.«

Van Elebek lächelte mit heruntergezogenem Mundwinkel.

»Was fällt Ihnen ein? Sie kommen in mein Büro und setzen mich unter Druck. Normalerweise müsste ich überhaupt nicht mit Ihnen reden. Sie hätten mich genauso gut

anrufen können. Und nächstes Mal vereinbaren Sie bitte einen Termin mit meiner Assistentin. Ich habe langsam das Gefühl, Sie verdächtigen mich, etwas mit dem Verschwinden der beiden zu tun zu haben. Ich habe ein normales Geschäft mit Ahlers abgewickelt. Auch wenn ich Ihnen nicht antworten muss, sage ich Ihnen: Er wollte sein Büro verkaufen, ich habe es erworben. Vorher waren wir Kollegen. So what? Und das ist, wie bereits erwähnt, mehr als ein Jahr her. Und jetzt entschuldigen Sie mich bitte, ich habe gleich einen wichtigen Termin. Ich werde nämlich nicht von Vater Staat bezahlt. Wenn nötig, unterhalten Sie sich ab jetzt bitte mit meinem Anwalt.« Seine Stimme klang rau. Immer wieder räusperte er sich. »Vielen Dank, meine Herren, ich habe zu arbeiten.« Van Elebek erhob sich, trat zur Tür und hielt sie den Männern mit versteinerter Miene auf.

»Wie Sie wollen. Aber ich dachte, Sie könnten uns weiterhelfen. Da haben wir uns wohl getäuscht. Wir werden Sie vorladen. Und übrigens: Diese Männer, die vom Staat bezahlt werden, retten Ihnen meist dann den Arsch, wenn Sie nicht mehr weiterwissen.« Westermanns Gesichtszüge verhärteten sich. Der Architekt wollte die Beamten nicht unterstützen und hatte das mit seinem Gehabe deutlich zu verstehen gegeben. Sein Auftreten hatte dem Ersten Hauptkommissar allerdings auch gezeigt, dass er etwas zu verbergen hatte. Was bedeutete es, dass sie nicht im Guten auseinandergegangen waren? Der Sache würden sie nachgehen, so viel war sicher. Hartwig klappte die Akte zu, folgte seinem Vorgesetzten, dann drehte er sich noch mal um: »Ist es Ihnen egal, was aus Ihrem Kollegen geworden ist, oder sind Sie vielleicht am Verschwinden der beiden beteiligt?«

Van Elebek blickte auf. Die sonnengebräunte Haut, die darauf schließen ließ, dass er entweder gerade aus dem

Urlaub zurückgekommen war oder sich auf einen dieser Toaster legte, verblasste.

Hartwig wollte den Raum verlassen, als der Architekt sagte: »Er hat mich verarscht.«

»Wer hat Sie verarscht?«, wollte Hartwig wissen.

Van Elebek presste die Lippen zusammen, als hätte er Schwierigkeiten, die Worte auszusprechen. »Tim und ...« Er schwieg und holte tief Luft.

*

Etwa zur gleichen Zeit stand Erik am Steuerrad und ließ seinen Blick übers Wasser schweifen. Er war froh, dass der Wind nachgelassen hatte und sogar die Sonne zwischen den Wolken hervorblitzte. Jetzt versank sie am Horizont und tauchte die Ostsee in einen tiefroten Teppich. Das gibt gutes Wetter morgen, stellte er fest, weil der Sonnenuntergang ihn lange gebannt hielt. Für den Moment hatte der Wind eine Pause eingelegt.

»Lina, das musst du dir angucken. Das ist so schön«, rief er Richtung Kajüte. Sie hatten sich entschieden, vorerst Richtung Kühlungsborn zu segeln, um die Jacht besser kennenzulernen. Sobald der immer wieder aufziehende Sturm sich verziehen würde, wollten sie ihre Fahrt nach Dänemark und letztlich Schweden in Angriff nehmen. Das Schiff lag erstklassig in der See, und es machte dem Ehepaar Spaß, sich frei zu fühlen.

»Lass uns ankern«, sagte Lina und guckte aus der Schlafkajüte. »Wir sollten uns ausruhen, solange wir keinen starken Seegang haben«, zwinkerte sie.

Er merkte, was sie vorhatte. »Süße, ich hab einen Bärenhunger. Außerdem müssen wir das Wetter im Auge behalten.« Erik rieb sich mit der Hand den Bauch.

Seine Frau schmollte. »Dann mach ich jetzt ein paar Spaghetti.« Nicht gerade bester Laune, wankte sie in den Steuerstand. Sie hatte roten Lippenstift aufgelegt, der an ihr irgendwie seltsam wirkte.

»Was hast du denn vor?«, grinste der Kapitän der White Pearl und betrachtete die Frau, die ihm den Rücken zuwandte und nichts als ein T-Shirt trug, das auf halber Höhe ihrer Pobacken endete. Sie reagierte nicht und klapperte mit zwei Töpfen.

»Nichts«, sagte sie. »Du hast ja nur Essen im Kopf.« Sie hatte keine Lust, ständig in der winzigen Küchenzeile für ihn die Köchin zu spielen.

Erik ließ das Steuerrad los, umfasste von hinten ihre Brüste. »Sieh das doch mal so. Wenn wir vor Anker liegen und das Essen fertig ist, kann ich dir die langen, dünnen Nudeln vom Bauch wegnaschen. Und wenn du willst, auch noch von woanders.« Sein verräterisches Grinsen gefiel ihr.

Sie stöhnte und streckte ihm ihr entblößtes Hinterteil entgegen. »Dann such mal, ob du eine freie Stelle findest.«

Das ließ er sich nicht zweimal sagen und seine Hand verschwand zwischen ihren Beinen. Lina stöhnte und füllte den Topf mit Wasser. »Du schaffst es doch immer wieder, du Biest. Wir sollten uns schnellstens einen etwas geschützteren Ankerplatz suchen.« Er wusste, dass sie ihn nicht enttäuschen würde, und richtete seinen Blick wieder auf die tiefrote Ostsee.

*

Westermann trat zurück ins Büro des Architekten. »Also, inwiefern hat er Sie verarscht?« Der Blick des Hauptkommissars ließ keinen Zweifel daran, dass der Architekt mit der Sprache rausrücken musste, wenn er es sich nicht völlig mit ihnen verscherzen wollte. Van Elebek stand vor dem bodentiefen Fenster seines Büros, hatte die Hände hinter dem Rücken verschränkt und ließ seinen Blick über die Hafenanlage schweifen, die in tiefrotes Licht getaucht war. Seine Hände zitterten. Westermann betrachtete den Mann, der ihnen den Rücken zugewandt hatte.

Van Elebek drehte sich den Männern zu: »Sie haben mich verarscht, dieser scheiß Verräter hat mich … mit … meiner Frau betrogen und das …«, er lachte angewidert, »fast zwei Jahre lang, ohne dass ich es geahnt, geschweige denn bemerkt hätte.«

»Wie konnte das passieren? Ich meine, wann, wenn Sie so eng zusammengearbeitet haben?«, wollte Westermann wissen. Van Elebek stand da, als hoffte er, die Beamten würden endlich verschwinden. Der Architekt ließ die Schultern sinken. Auf einmal klang seine Stimme wie brechendes Glas.

»Genau, weil wir so eng zusammengearbeitet haben, konnten sie mich hintergehen. Er kannte all meine Termine, wusste, wann ich zu Besprechungen, auf Baustellen oder für ein paar Tage zu Geschäftsterminen unterwegs war.« Er verzog die Mundwinkel. Auf Westermann wirkte seine Stimme von Hass erfüllt. »Sie hatten nichts Eiligeres zu tun, als miteinander zu telefonieren, sobald ich aus dem Haus war.« Er deutete durch das Zimmer. »Sobald ich außer Sichtweite war, haben sie sich in einem Hotel zum Ficken verabredet.« Van Elebek ballte die Hände. Hartwig merkte, dass die Gefühle des Mannes außer Kontrolle gerieten.

»Und wie sind Sie dahintergekommen?«, wollte Westermann wissen.

Van Elebek stierte ihn an: »Sie haben nicht damit gerechnet, dass ich … nein, andersrum, seine Assistentin hat mir die Augen geöffnet. Sie hat mir Kontoauszüge auf den Schreibtisch gelegt.«

»Kontoauszüge? Wofür?«, fragte Westermann und verschränkte die Arme vor der Brust.

»Das war pure Berechnung der jungen Dame. Sie wollte mir klarmachen, was hinter meinem Rücken gespielt wurde.«

»Mit Kontoauszügen? Wie geht das?«, fragte Hartwig.

»Der Arsch hat die Fickstunden mit meiner Frau mit seiner Kreditkarte beglichen und diese Karte gehörte zum Firmeneigentum. Er war also nicht nur ein Schwein, sondern obendrein dämlich.«

»Und das hat Ihre Assistentin mitbekommen. Warum hat sie *Ihnen* die Auszüge vorgelegt? Was verfolgte sie damit?«

»Sie war nicht meine Assistentin, sondern seine. Sie wollte, dass ich wusste, was Tim und meine Frau trieben. Das war Kalkül.«

»Das klingt merkwürdig, dass sich eine Mitarbeiterin um derartige Dinge kümmert, oder nicht? Normalerweise ist sie doch zur Verschwiegenheit verpflichtet. Auch Ihnen gegenüber. Wie heißt sie?«

»Mirjam Jensen. Sie ist, nein, war die persönliche Assistentin von Tim, bevor ...«

»Bevor was? Lassen Sie sich nicht jedes Wort aus der Nase ziehen«, sagte Hartwig und guckte van Elebek durch schmale Schlitze an. Dieser Typ nervte. Seine ständig wechselnde Gefühlslage, die bewusste Streuung von Informationen. Wollte er Ahlers in ein schlechtes Licht rücken?

Van Elebek steckte die Hände in die Taschen seiner Designerjeans. Er schien sich zu sammeln, seine Selbstsicherheit kehrte zurück. »Sie war seine Assistentin, bevor er sie entsorgt hat wie einen alten Lappen.« Der Architekt legte wieder sein selbstgefälliges Grinsen auf.

»Was heißt das?«

»Dass er sie genauso gevögelt hat wie meine Frau. Der Scheißkerl war ein richtiger Hurensohn. Bevor er mit Vera ein Verhältnis anfing, hat er der Kleinen schöne Augen gemacht. Hat ihr geschmeichelt und sie schneller, als Sie laufen können, dazu gebracht, mit ihm ins Bett zu steigen. Wer kann's ihm verübeln. Mirjam ist eine attraktive junge Frau. Lange Beine, tolle Figur, hinreißendes Lächeln. Welcher Mann wäre da nicht schwach geworden?« Van Elebek räusperte sich, drehte sich um und starrte wieder aus dem Fenster. Die Sonne war mittlerweile hinter den Häusern der Hafencity verschwunden. »Ist merkwürdig, wie schnell sich das Wetter ändert, finden Sie nicht?«, sagte er.

»Und Sie? Sind Sie auch schwach geworden?«, Hartwig ging nicht auf sein Ablenkungsmanöver ein.

»Nein, natürlich nicht. Ich wildere nicht in fremden Revieren, wenn Sie verstehen, was ich meine.«

»Das heißt, dass Sie ebenfalls auswärts genascht haben«, fragte er weiter und sein Mundwinkel verzog sich nach oben. »Da passiert es schon mal, dass man auch mit der Frau des Kollegen ins Bett steigt«, sagte Hartwig.

Van Elebek atmete aus. »Sie wissen doch selbst, wie das ist. Wir sind fast 20 Stunden am Stück am Arbeiten, da kommt das vor. Aber nicht mit der Frau des besten Freundes.«

»Besten Freundes? Ich dachte, Sie wären nur Kollegen?« Der Hauptkommissar zog die Augenbraue hoch und sah ihn erstaunt an. Das wird ja immer besser, dachte er und warf Hartwig einen entsprechenden Blick zu.

»Ja, wir waren Freunde. Irgendwann mal. Schließlich haben wir auf engstem Raum zusammengearbeitet.« Van

Elebek zuckte die Achseln. »Bis ich das mit meiner Frau rausgefunden habe. Es war zwischen uns ein unausgesprochenes Gesetz, dass wir niemals die gleiche Frau und schon gar nicht die Ehefrau des anderen ... Sie wissen schon. Und Lore ... na ja, war nicht unbedingt mein Fall. Nett, aber Frauchen, wenn Sie verstehen.«

Hartwig griente, Westermann rückte die Brille zurecht, dann sagte er: »Ich weiß gar nichts. Deshalb sind wir hier, um Antworten zu finden. Und diese sind, ehrlich gesagt, ziemlich interessant. Dann hätten Sie möglicherweise ein Motiv, um Ihren Widersacher aus dem Weg zu schaffen. Er hat Sie zutiefst verletzt. Hass ist einer der häufigsten Gründe, jemanden zu töten.«

»Stopp, stopp. Töten? Wollen Sie mich verarschen? Sorry, aber jetzt ist Schluss. Hiermit beende ich dieses Gespräch. Sie hören von meinem Anwalt.« Er zog einen imaginären Reißverschluss über seinen Mund. Anscheinend merkte er, dass er sich auf gefährliches Terrain begeben hatte. Schweigend setzte er sich.

»Ist Ihr gutes Recht.« Westermann schaute ihm in die Augen, klappte sein Notizbuch zu. »Ich denke, wir führen das Gespräch in der Dienststelle weiter, wenn Sie Ihren Anwalt kontaktiert haben«, sagte er und verließ mit Hartwig den Raum.

»Sie können mir gar nichts. Ich muss nirgendwo hin«, sagte van Elebek und schlug seine Faust auf den Tisch.

*

Es war kurz nach 22 Uhr. Katrin saß auf dem Sofa und las in einem Hochzeitsmagazin. Es war längst dunkel, Mats schlief tief und fest. Er hatte die Schmerzen augenscheinlich überstanden und zeigte jedem stolz sein dickes Pflaster. Die Eventplanerin hatte die Scherben und das Chaos im Studio beseitigt und überlegt, wie sie das Equipment kindersicher gestalten konnte. Ihr Büro war nun einmal eine Hochzeitsagentur und kein Kinderspielplatz. Sie war erleichtert, dass alles doch noch einigermaßen glimpflich abgegangen war. Das Quecksilber hatte im Körper offensichtlich keinen größeren Schaden angerichtet. Sie schlug eine weitere Seite des Magazins auf und erstarrte. Wie ein Ausrufezeichen fiel ihr die Hochglanzanzeige einer neuen Hochzeitsagentur auf Fehmarn ins Auge. Diese hielt die gleichen Angebote bereit wie sie selbst. Und das zu Konditionen, die auffällig niedrig waren. »Das kann doch nicht wahr sein?«, rief sie und starrte auf die doppelseitige, farbig bedruckte Anzeige. Sie suchte nach dem Impressum und wurde bleich. Mit einem Aufschrei schleuderte sie das Magazin von sich. Ihr Gesicht lief rot an, und es schien auf einmal, als würde sie jeden Moment explodieren. Sie wusste, wenn sie so weiterschrie, würde ihr Sohn aufwachen. Entschlossen sprang sie vom Sofa und trat an den Schrank. Mit zitternden Händen entnahm sie ein Weinglas und stellte es gleich wieder zurück. Da brauch ich was Stärkeres, überlegte sie, griff nach einer Flasche Havanna und einem passenden Glas.

Katrin füllte das Kristallglas mit Rum und nahm einen Schluck. Dann hob sie das Magazin auf, setzte sich und schlug es erneut auf. »Das muss ich mir jetzt genau ansehen«, sagte sie. Ohne darüber nachzudenken, schenkte sie nach. Sie las Wort für Wort, was dort stand, verinnerlichte den Text und leerte auch dieses Glas. Ihr Blick konzentrierte sich auf das Geschriebene. Die Buchstaben verschwammen vor ihren Augen. Ich muss mir einen geschickten Plan überlegen, dachte sie und versuchte, sich zu sammeln. Sie stand auf, um Papier und Stift zu holen, und stolperte über den flauschigen Teppich, als das Telefon klingelte. Mit fahrigen Bewegungen zog sie das Handy aus der Tasche ihrer Jogginghose und nahm das Gespräch entgegen. Sie ließ sich aufs Sofa fallen und steckte ihre Beine unter die zerwühlte Wolldecke. »Jaa? Du bist es, Schatz. Schön, dass du anrufst, ich muss dir etwas Wichtiges erzählen.« Sie lauschte und wartete auf Dirks Antwort, während sie versuchte, ihre Füße unter die Decke zu bringen. Irgendwie hatte die sich quergelegt und war zu kurz für ihre langen Beine. Katrins Augenlider wurden auf einmal schwer wie Blei. Sie gähnte. Auf einmal sehr müde, ließ sie sich zurück in die Polster fallen. »Ja, Schatz, ich geh jetzt zu Bett. Ich erzähle dir nachher, was passiert ist … ja, Mats geht es seeehr gut. Er schlummert wie ein Baby. Du kommst spät? Na dann, bis später … Ich liebe dich auch.«

*

Am nächsten Morgen war Charlotte immer noch erbost darüber, dass die neue Besitzerin vom Ahlers-Haus ihr nicht verraten hatte, was sich in der aufgefundenen Schatulle befand.

Und sie war verärgert, dass Nadja Wentdorf sich dagegen wehrte, die neuen Besitzer des Häuschens aufzusuchen, um ein vielleicht wichtiges Beweismittel an sich zu nehmen. Ihr schmeckte nicht einmal das Frühstück. Eventuell würde der Inhalt der Schatulle auf der Suche nach den Vermissten weiterhelfen. Möglicherweise befand sich etwas darin, das erklärte, warum Lore und Tim verschwunden waren. Weshalb sonst hatten sie die Kiste zurückgelassen? Oder hatten sie die schlicht und einfach vergessen? Nadja konnte die zu erwartenden Beweise nicht außer Acht lassen. Es sei denn, sie kannte den Inhalt der Schatulle und versuchte, etwas zu verbergen. Charlotte spürte ein grummelndes Gefühl in ihrer Magengegend, und ihre Beine rotierten unruhig unter dem Tisch.

Nadja kann nichts mit dem Verschwinden ihrer Verwandten zu tun haben, oder doch?, überlegte sie. Ihr war klar, dass sie sich schnellstens etwas einfallen lassen musste, um an die Kiste zu gelangen. Dass die Ahlers sich bald melden würden, hielt sie mittlerweile für ausgeschlossen. Es war einfach zu viel Zeit vergangen. Die Künstlerin ging mittlerweile davon aus, dass ihnen etwas zugestoßen war. Sie vielleicht sogar ermordet worden waren. Nur, ohne Leichen? Sie hatte sogar sämtliche Krankenhäuser in der Umgebung abtelefoniert. Nichts. Sie wusste ja nicht, dass ihre »Kollegen« diese Wege längst beschritten hatten und auch zu keinem Ergebnis gekommen waren. Sie ließ alles stehen und liegen, zog sich ihre Jacke über und wusste, was sie zu tun hatte.

Wenig später trat sie angestrengt in die Pedale. Der Weg zur Wohnung von Nadja Wentdorf war nicht weit, aber anstrengend, da der Wind schon wieder mit Windstärke sieben und wie bestellt von vorn über die Insel fegte. Sie muss mit mir zum Ahlers-Haus fahren, ob sie will oder nicht. Schließlich will sie ihre Verwandten finden. Abgekämpft traf Charlotte vor dem dreigeschossigen Wohnhaus ein, in dem die junge Frau wohnte. Sie brachte ihr Vehikel zum Stehen, schloss es an und japste nach Luft, bevor sie sich die Stufen hinaufquälte. »Ich sollte mir endlich ein Auto zulegen, damit ich nicht immer so aus der Puste gerate.« Sie beruhigte ihren Atem und bestieg die Treppen in den dritten Stock. »Dass die aber auch keinen Fahrstuhl haben. Ts, ts, ts.« Im letzten Stockwerk angekommen, drückte sie auf die

Klingel und prustete wie ein alter Ackergaul. Sie hielt sich die Seite. »Das ist alles nichts für ein altes Mädchen«, sagte sie. Die zweite Tür in dieser Etage wurde geöffnet, und ein Mann um die 60 schlich ohne Gruß mit gesenktem Kopf an ihr vorbei. Frechheit, dachte sie und ärgerte sich, dass der sie einfach ignorierte. »Man kann ja wenigstens mal Guten Tag sagen«, rief sie ihm hinterher. »Unerhört.« Sie merkte, dass er stehen blieb. Auf einmal war es totenstill im Hausflur. Ihr Herz fing an zu klopfen. Charlotte hoffte, dass die Nichte des Ahlers zu Hause war und die Tür öffnete, bevor der Kerl zurückkam. Sie räusperte sich und richtete ihren Blick starr auf das Türblatt, als diese endlich aufging. Erleichtert atmete sie aus und huschte, so schnell sie konnte, in die Wohnung. Eilig verschloss sie die Tür hinter sich.

»Moin, Deern. Na, hast du einen Tee für mich?«

»Eigentlich schon, aber was wollen Sie hier? Ich hatte Ihnen doch deutlich zu verstehen gegeben, dass ich weder Zeit noch Interesse daran habe, diese Kiste zu holen. Die gehört mir nicht. Und warum benehmen Sie sich, als wäre der Teufel persönlich hinter Ihnen her?«

»War er, Kindchen, war er. Was ist das für ein Knust, der gleich neben Ihnen wohnt? Der ist ja so was von unhöflich. Hat nicht mal gegrüßt.« Charlotte zog verbiestert den Reißverschluss ihrer Lederjacke auf.

»Äh, ich wollte gerade ...« Nadja wies mit der Hand zur Tür.

»Und wenn ich Ihnen dabei helfen will, Ihre Verwandten zu finden? Warum wehren Sie sich so dagegen? Man könnte meinen, es interessiert Sie gar nicht wirklich, was passiert ist.« Charlotte kniff die Augen zusammen und sah die Nichte der Ahlers an.

»Was soll das? Warum sollte ich es nicht wissen wollen?

Das ist Unsinn. Ich hab doch erst alles in Gang gebracht.«
Die Lehrerin errötete, guckte ihr Gegenüber mit hochgezogenen Augenbrauen an und hängte ihre Jacke zurück an den Haken. Widerwillig bat sie Charlotte ins Wohnzimmer. Die hatte längst gemerkt, dass es der jungen Frau nicht recht war, dass sie sich in deren Angelegenheiten mischte. Sie setzte sich auf den erstbesten Stuhl und legte die Mütze auf den Tisch.

»Also ein Tee wäre jetzt wirklich nicht schlecht. Das beruhigt die Nerven, und wir können in Ruhe über unsere weiteren Schritte sprechen. Was sagen Sie?« Sie faltete die Hände mit der festen Absicht, diesen Ort vorerst nicht zu verlassen.

Nadja verzog das Gesicht und verließ ohne ein weiteres Wort das Wohnzimmer. Mit wenigen Schritten erreichte sie die Küche, in der man zu zweit kein anständiges Gericht zaubern konnte, so klein war der Raum. Charlotte hörte, wie sie den Wasserkocher befüllte und anstellte. Sie war zufrieden und wusste, dass die Deern keine andere Wahl hatte, als ihr bei ihren Absichten behilflich zu sein. Wenig später kam sie mit zwei Bechern Tee zurück.

»Pfefferminz, ich hoffe, das reicht Ihnen«, sagte Nadja mit einem Gesicht, das kein Fitzelchen Gastfreundschaft versprühte. Sie setzte sich ihr gegenüber. »Und jetzt erzählen Sie mir endlich, was Sie rausgefunden haben. Spannen Sie mich bitte nicht länger auf die Folter. Sie geben ja sonst doch keine Ruhe.«

Charlotte erzählte, was bei den neuen Besitzern des Hauses vorgefallen war. Nadja wirkte irritiert. »Und was wollten Sie da? Das ist doch alles längst Geschichte. Das Haus ist seit langem verkauft. Ich verstehe nicht, was die Leute damit zu tun haben sollten. Außerdem möchte ich nicht, dass sich rumspricht, dass Sie rumspionieren.«

»Wie können Sie nicht wollen, dass jeder vom Verschwinden weiß und vielleicht einen wichtigen Hinweis für die Polizei haben könnte? Das verstehe ich nicht.«

Nadja zuckte die Achseln. »Ich weiß ja auch nicht. Das ist alles so seltsam. Ich glaube, ich bin mit dem Ganzen überfordert. Ich weiß nicht mal mehr, ob es richtig war, die Polizei einzuschalten.« Ihr Blick verriet Charlotte Unsicherheit.

»Ach, Deern, das kriegen wir zusammen hin. Glauben Sie mir, wir finden Ihre Tante und Ihren Onkel. Und unter Umständen befinden sich Hinweise in dieser Schachtel«, sagte sie und hoffte, sie mit diesen Argumenten umstimmen zu können.

»Und dass die Nachfolger diese ominöse Kiste gefunden haben, war alles, was Sie mir erzählen wollten? Ich dachte, Sie hätten selbst eine wichtige Spur gefunden. Und was erwarten Sie jetzt von mir? Dass ich hinlaufe und mich lächerlich mache? Diese Schatulle kann niemals die Antworten enthalten, die ich brauche, um Lore und Tim zu finden.« Nadja erhob sich. Charlotte merkte, dass sie nicht wirklich interessiert schien. »Ich muss los, wenn Sie jetzt bitte gehen würden«, sagte sie leise und deutete zur Tür.

»Nun setzen Sie sich wieder, Kind.« Sie griff nach ihrem Arm und zwang sie zurück auf ihren Stuhl. Nadja schüttelte ihre Hand ab. Es war ihr nicht recht, dass die Bekannte ihrer Verwandten in ihrem Leben herumschnüffelte.

»Die Besitzer haben beim Abbruch der Gartenlaube unter dem Fundament diese Schatulle gefunden und mich gebeten, Ihren Verwandten dies auszurichten. Warum sträuben Sie sich so?«

»Ja, das weiß ich alles. Wenn Ihnen so viel an dieser alten Kiste gelegen ist, hätten Sie die ja gleich mitbringen und mir übergeben können.«

Charlotte schüttelte den Kopf. »Nein, die Besitzerin wollte sie mir nicht aushändigen. Deshalb bin ich ja hier. Wenn Sie …«, sie sah ihr Gegenüber an und hob die Hände wie zum Gebet, »mit mir hinfahren und die Schatulle einfordern. Ihnen werden sie sie ganz sicher aushändigen. Sie sind letztlich die Nichte.«

»Ja, aber warum haben die meinen Onkel nicht längst informiert?«

»Wollten sie ja. Wie mir die Frau erzählte, haben sie ein paarmal versucht, Ihren Onkel und auch Ihre Tante zu erreichen. Und das Gleiche erlebt wie Sie.«

»Klingt einleuchtend. Und wie soll ich jetzt Ihrer Meinung nach vorgehen?«

»Indem wir zusammen hinfahren und die Kiste abholen. Dann können wir gemeinsam nachsehen, was sich darin befindet. Und vielleicht haben wir dann eine Spur.« Nadja sah, dass Charlotte vor Neugier zu platzen drohte. Sie nestelte an ihrem dicken Zopf.

»Was kann uns auf die Spur meiner Verwandten führen, das in dieser wahrscheinlich längst vergessenen Kiste ist? Ich weiß nicht. Wahrscheinlich sollte ich das der Polizei überlassen. Sollen die sich darum kümmern.«

»Die sollten wir vorerst nicht damit behelligen. Wir wissen ja nicht einmal, was drin ist. Nachher blamieren wir uns, weil sie dort Postkarten und unwichtiges Zeugs aus den letzten Jahrzehnten aufgehoben haben. Als eine Art Zeitkapsel.« Charlotte nahm den Becher und leerte ihn in einem Zug.

Nadja sah sie entgeistert an. »Ja, aber ich soll sie einfordern und mich lächerlich machen? Das passt doch nicht zusammen.«

»Aber für Ihre Verwandten war es anscheinend wichtig. Und es sind unter Umständen Erinnerungen, die Ihnen …«

Charlotte verschluckte die letzten Worte und betrachtete sie erneut mit zum Himmel gefalteten Händen.

Nadja stöhnte. Sie wollte endgültig nichts mehr mit dieser Frau und der Kiste zu tun haben. »Na gut, aber dann müssen wir anrufen, um zu sehen, ob sie überhaupt zu Hause sind.«

»Sie wird da sein. Ich weiß es genau. Die Frau arbeitet seit Tagen im Garten. Und wie ich feststellen konnte, wird sie bei dem Schneckentempo, das sie vorlegt, längst noch nicht fertig sein.«

Die Miss Marple der Insel sprang vom Stuhl auf und eilte in den Flur. »Nun kommen Sie endlich.«

»Nicht mehr heute. Morgen. Morgen können wir hinfahren.«

»Aber das geht doch nicht.«

KAPITEL 9

»Das bringt uns verdammt noch mal nicht weiter«, sagte Westermann und starrte am nächsten Morgen auf die Informationen auf dem Whiteboard. »Menschen stehlen sich nicht einfach davon. Zumindest nicht, wenn sie zu zweit sind, Rentner sind und nur eine Verwandte haben. Dass Personen verschwinden, weil sie nicht gefunden werden wollen, wissen wir. Die meisten von ihnen tauchen ziemlich bald, einige irgendwann wieder auf. Aber dass ein Ehepaar gemeinsam verschwindet, halte ich, ehrlich gesagt, für absurd. Nehmen wir an, sie wären tatsächlich im Urlaub, hätten sie sich da nicht längst bei ihrer Nichte gemeldet? Sie ist die einzige lebende Verwandte. Erscheint mir unwahrscheinlich.« Westermann schüttelte den Kopf, während er die Fotos betrachtete.

»Ja, wir wiederholen uns. Aber sie ist auch die einzige Erbin. Das ergäbe zumindest die Schlussfolgerung, dass sie großes Interesse daran haben könnte, die beiden zu töten«, entgegnete Hartwig. »Erinnere dich an die Kohle, die sie einsacken würde. Allein das wäre Motiv genug, oder meinst du nicht? Vielleicht war es ihr nicht recht, dass sie das Schiff verkauft haben. Die Jacht hat richtig Wert. Eventuell kennt sie auch die Kontostände ihres Onkels. Und vielleicht auch die auf sie ausgestellte Lebensversicherung.« Westermann verschlang mit seinem Blick das Gekritzel auf dem Flipchart.

»Geld ist immer ein starkes Motiv, da gebe ich dir recht. Aber sie würde sowieso irgendwann alles erben. Und so lange würde sie halt warten müssen. Du weißt ja, dass Personen erst für tot erklärt werden müssten, damit die Erben an Geld und Häuser rankommen. Du weißt auch, dass dies nach dem letzten Lebenszeichen um die fünf Jahre dauert. Also hätte sie eigentlich nichts davon, sie umzubringen. Sie müsste viel zu lange warten, um an Geld und Wohnung ranzukommen.« Er trat einen Schritt zurück und fixierte noch immer die Fotos.

»Ja, genau. Irgendwann. Vielleicht ging ihr das nicht schnell genug. Stellen wir die Hypothese auf, die Wentdorf hat beide getötet und sie entsorgt, um schneller an das Erbe zu kommen.« Der Kommissar beobachtete seinen Vorgesetzten und wartete auf seine Antwort.

»Kann ich mir zwar nicht vorstellen, aber gut«, entgegnete Westermann. »Aber bleib realistisch. Wie hätte sie das bewerkstelligen sollen? Sieh sie dir an.« Er zeigte auf das Foto von Nadja Wentdorf. »Diese Frau wiegt etwa 50 Kilo und sieht nicht unbedingt robust aus. Und sie hätte die beiden töten und so platzieren müssen, dass man sie findet, damit sie Leichen vorzuweisen hat? Wie gesagt, sonst käme sie überhaupt nicht an das Geld. Und das alles allein? Wie genau hätte sie das durchführen sollen? Dazu hätte sie zumindest Hilfe gebraucht.«

»Du weißt doch, Frauen morden leise«, grinste Hartwig. »Nehmen wir an, sie hätte beide vergiftet und dann in Einzelteilen fortgeschafft. Wär ja nicht das erste Mal. Ganz normal in Säcken unter irgendwelchen Knicks entsorgt. Würde ewig dauern, bis man sie findet, und sämtliche Spuren wären beseitigt.« Sein Blick suchte den seines Vorgesetzten. Hartwig kritzelte mit einem Kugelschreiber einen Totenkopf auf das vor ihm liegende Papier.

Westermann schüttelte den Kopf. »Lass dir was Besseres einfallen. Sie sieht nicht danach aus, als könnte sie das bewerkstelligen. Und als Lehrerin auf einem Gymnasium verdient sie mit Sicherheit nicht schlecht. Also, warum sollte sie? Sie braucht das Geld nicht.«

»Haben ist besser als brauchen. Bei ein paar Millionen sind schon ganz andere schwach geworden. Und warum so lange warten, bis sie irgendwann das Zeitliche segnen. Die haben noch gut 20 Jahre vor sich. Und dass sie von deren Reichtum nichts gewusst hat, nehm ich ihr nicht ab. Der Onkel war zeit seines Lebens selbstständig, sie besaßen eine noble Jacht, eine Wohnung, brauchten nicht mehr zu arbeiten. Hatten ein teures Haus. Da kann eine studierte Frau wie sie sicher eins und eins zusammenzählen. So ein Lebensstil in Freiheit und Luxus bliebe ihr auf jeden Fall verwehrt, solange die beiden leben. Basta. War sie neidisch auf das luxuriöse Leben von Onkel und Tantchen? Womöglich versteckt sich hinter der schüchternen Fassade dieser zarten Person ein bösartiges Biest.«

»Warum aber hat sie sich an die Polizei gewendet? Sie hatte Angst um sie.«

»Das sind Fakten. Das ist Trick 17, um von sich abzulenken. Sie verstellt sich, da bin ich ganz sicher«, sagte Hartwig.

»Und warum zum Teufel wusste sie nichts von dem Haus in Schweden?«

»Das mit dem Haus, da stimme ich dir zu. Dass die Ahlers das einem Fremden übertragen, irritiert mich selbst.« Hartwig rieb die feucht gewordenen Handflächen an der zerschlissenen Jeanshose. »Keine Ahnung. Und stier nicht so auf meine Hose.« Seine blauen Augen leuchteten. »Die Löcher in der Hose haben ein Vermögen gekostet«, lachte er.

»Ja, an den Löchern solltest du arbeiten. Wir werden als Nächstes ihre Kontoauszüge genaustens inspizieren und das Umfeld der Lehrerin durchforsten. Den Mann an ihrer Seite in den Kreis aufnehmen«, sagte er und deutete auf das Whiteboard.

»Lass uns noch mal über van Elebek sprechen. Ist auf jeden Fall verdächtig. Wenn einer mit meiner Frau …«, sagte Hartwig und betrachtete die Aufnahmen der Vermissten, der jungen Frau und van Elebek. »Was, wenn er als Betrogener Rache geübt hat? Was ist mit Frau van Elebek? Was mit der Assistentin? Die haben beide starke Motive, wenn du mich fragst.« Hartwig sah seinen Vorgesetzten an.

»Ja, könnte sein. Werden wir überprüfen. Aber warum ist Lore Ahlers verschwunden?« Westermann schüttelte den Kopf. »Nein, das passt nicht. Selbst wenn er Ahlers umgebracht und weggeschafft hätte, so gäbe es keinen Grund, die Frau umzubringen.« Westermann setzte seine Brille auf die Nase und gähnte.

»Was ist mit den neuen Bootseignern? Kamen die dir nicht suspekt vor? Die passten meiner Meinung nach nicht in das Schema *reiche* Bootsbesitzer. Die Legende der beiden erschien mir nicht koscher.«

Westermann zog die linke Augenbraue hoch, betrachtete den Flipchart und kraulte seinen melierten Bart. »Der Mann wirkte nicht unsympathisch. Die Papiere waren in Ordnung. Sie haben das Erbe der Frau eingebracht, um sich diese Jacht leisten zu können, und sind einfach nur glücklich, sich dieses Schiff geleistet zu haben. Die haben nichts mit dem Verschwinden der Ahlers zu tun.« Westermann schüttelte den Kopf, fuhr sich mit der Hand über die Haare und rückte die Brille zurecht.

Er machte einen nervösen Eindruck auf Hartwig. »Alles in Ordnung? Du erscheinst mir irgendwie abwesend.«

»Nee, alles gut.«

»Trotzdem. Die Bergmanns wirkten auf mich auf dieser Nobeljacht deplatziert. Nur ein Gefühl«, sagte Hartwig. »Und selbst wenn der Architekt jede Menge Kohle hat. Zu verschenken haben die auch nichts. Und gerade, weil sie Geld haben, halten sie es fest. Nee, da stimmt auch was nicht.«

»Mag sein.« Westermann stand auf und bewegte sich zum Fenster. Er warf einen Blick auf den Innenhof. Hartwig merkte, dass es in ihm arbeitete.

Im Hintergrund hörte man lautes Schnarchen. »Watson, du Schwerenöter. Wird Zeit, dass du was zu tun kriegst«, lachte der Hauptkommissar und warf einen grinsenden Blick zum Hundekorb, in dem der Wolfhund die Pfoten weit von sich gestreckt hatte. »Der Kerl ist tiefenentspannt, so ein Leben hätte ich auch gern«, sagte Westermann. Watson öffnete ein Auge, als verstünde er genau, was der Rudelführer von sich gegeben hatte. Mit einem Satz sprang er auf und kam schwanzwedelnd auf ihn zu.

»Ich glaube, selbst mit der geerbten Kohle seiner Frau ist das kaum zu wuppen. So eine Jacht kostet auch Unterhalt. Da kommen bei der Größe des Schiffes im Jahr schnell ein paar Tausender zusammen. Ich könnte mir vorstellen, dass der seine Knete irgendwo anders herbezieht. Vielleicht ist er in Drogengeschäfte verwickelt oder seine bessere Hälfte geht anschaffen«, entgegnete Hartwig.

»Könnte alles so schön sein«, sagte Westermann, nickte und öffnete die Akte mit den Untersuchungsergebnissen. »Wir haben unsere einzigen Erkenntnisse über OSINT-Recherchen rausgefunden. Die führen ein unauffälliges Leben. Sie ist aus einem kleinen Dorf bei Hannover, Hauptschule, Verkäuferin gelernt. Ist nach der Schule von zu Hause weg, nach Hamburg. Etliche Jobs an der Kasse. Zuletzt wohnhaft in Billbrook in einem der Hochhäuser. Er kommt aus Hamburg, Mümmelmannsberg. Tischlerausbildung in Billbrook. Ist dort hängengeblieben. Ich schätze, dass die beiden sich irgendwo in dem Viertel kennengelernt haben. Alles normal.« Westermann blätterte und guckte seinen Kollegen an, der Watson hinter dem Ohr kraulte. »Aber du hast nicht ganz unrecht. Die kommen, wie es aussieht, aus stinknormalen Verhältnissen.« Westermann überlegte und bewegte sich auf einen der Schreibtische zu, auf dem sich unzählige Aktenordner stapelten. Der Hauptkommissar schob ein weiteres Mal die Brille auf die Haare und rieb sich die Augen.

»Was ist mit dir? Du siehst müde aus«, sagte Hartwig, als er sich die Jacke überzog und den Reißverschluss hochzog.

»Nichts, nur der Lütte macht uns gerade arge Probleme. Der hatte sich letzte Woche an Scherben einer Energiesparlampe verletzt. Eine der Wunden musste genäht werden. Das hatte ich dir doch erzählt. Aber irgendwie will die Geschichte nicht heilen. Er weint viel, schläft kaum und Katrin sitzt dauernd mit ihm beim Arzt. Letzte Nacht hatte er wieder Fieber. Keine Ahnung. Du kannst dir ja vorstellen, dass wir zurzeit nur wenig Schlaf bekommen. Und Katrin ist irgendwie auch völlig neben der Spur. Ich hatte das Gefühl, dass sie gestern Abend angetrunken war, kannst du dir das vorstellen?« Er setzte sich und fing an, sich durch die Papiere der Ahlers zu arbeiten.

Hartwig schüttelte den Kopf, merkte, dass sein Kollege nicht bei der Sache war. »Du steckst viel Zeit in diese Geschichte. Findest du nicht, dass wir dem Ganzen zu viel Bedeutung beimessen? Ich bin immer noch der Meinung, dass die beiden bei allen Hypothesen irgendwo in der Sonne liegen, sich braten lassen und es sich gutgehen lassen. Wenn die wüssten, was wir hier veranstalten, würden sie uns wahrscheinlich auslachen. Sollen sich doch die Kollegen in Burg darum kümmern. Das ist ein normaler Vermisstenfall.«

Westermann schaute erstaunt auf. »Im Gegenteil, wir müssen endlich anfangen, die Sache wirklich ernst zu nehmen. Ich wiederhole mich: Wenn eine Person verschwindet, das weißt du, gibt es vielerlei Gründe. Aber wenn ein Ehepaar gemeinsam abhandenkommt«, er schüttelte den Kopf, »dann stimmt etwas nicht.« Westermann senkte den Blick und blätterte weiter.

»Ich glaube, wir sollten diesem Domizil in Schweden mehr Aufmerksamkeit schenken. Vielleicht sind sie dort.« Der Leiter der Oldenburger Dienststelle suchte nach dem Vorvertrag, den sie in der Garage gefunden hatten. Er nickte, als er ihn vor sich liegen sah.

»Ja, wir werden das in die Hand nehmen und diesem Ort Rätan einen Besuch abstatten müssen, wenn wir die Wahrheit rausfinden wollen.«

Hartwig googelte. »Wie heißt der Ort, wie schreibt sich das?«, wollte der Kommissar wissen.

»Wie man's spricht: R-ä-t-a-n. Das ist im Jämtland.« Westermann warf einen Blick auf den Computerbildschirm und fragte: »Was tust du da?«

Hartwig kratzte sich den Kopf. »Sonst hast du aber keine Probleme, oder? Weißt du, wo dieser verdammte Ort sich befindet? In Mittelschweden. Am Arsch der Welt. Da ist nichts außer Wald. Guck dir allein die Strecke an. Nee, da sollten wir, wenn überhaupt, unsere schwedischen Kollegen um Amtshilfe bitten.«

»Und was willst du denen erzählen? Dass hier zwei Menschen vermisst werden, von denen niemand weiß, ob sie eventuell eine Weltreise unternehmen oder irgendwo in der Karibik am Strand liegen und Schampus trinken? Dass wir nur wissen wollen, ob das Haus, das sie kaufen wollten, tatsächlich ihnen gehört und ob sie sich dort aufhalten? Thomas, das ist, verzeih mir, Schwachsinn. Die haben selbst genug zu tun. Wir könnten zuerst mal die Flughäfen überprüfen und deren Parkplätze nach dem Wagen. Das wäre ein wichtiger nächster Schritt. Denn wenn sie irgendwo hingeflogen sind, müssen sie ihr Auto auf einem der Flughafen-Parkplätze abgestellt haben. Wir sollten van Elebek und die Nichte weiter im Auge behalten.« Der hochgewachsene Polizeibeamte wühlte mit der Hand in seiner Mähne.

»Ich übernehme das«, sagte Hartwig und fing an, sich die Telefonnummern der Verkehrsflughäfen in Deutschland rauszusuchen.

»Ist eine gute Idee, aber ich ...«, Westermann schwieg und notierte sich die angegebene Adresse. »Also gut, ich gebe uns zwei Wochen. Wenn wir bis dahin keine weitere Spur haben, dann fahren wir höchstpersönlich zu diesem Ort.«

Hartwig sah ihn entgeistert an. »Das ist nicht dein Ernst, oder?«

*

Katrin erwachte am Morgen mit einem Brummschädel, als Mats nach ihr rief. »Ja, Schatz, ich komme gleich«, sagte sie, versuchte, sich aufzusetzen, und hielt sich den Kopf. Sie guckte auf die Uhr und schreckte hoch. Ihr war bei jeder Bewegung schwindelig. »Es ist fast halb neun. Was ist denn bloß los?«, flüsterte sie, warf einen Blick auf das Nebenbett – leer. An Dirks Stelle lag ein Zettel auf seinem Kissen. ›Schlaf schön, wir reden später. Hab euch sehr lieb. Küsschen.‹ Katrin musste lächeln, auch wenn es ihr schwerfiel, ihre Mimik zu verändern. Sie atmete aus und setzte sich auf die Bettkante. Neben ihr im Kinderbett stand Mats und forderte lauthals sein Recht. »Na, du hast aber lange ausgehalten«, sagte sie und musste lachen.

Katrin nahm ihren Sohn aus dem Kinderbett und quälte sich mit Schwindel und Übelkeit ins Wohnzimmer. Draußen blinzelte die Sonne durch die Wolkendecke. Na, wenigstens hier gibt es Lichtblicke, dachte sie und ließ ihren Blick auf den Boden gleiten. Vor der alten Truhe lagen das ausgebreitete Hochzeitsmagazin, welches ihre Entgleisung ausgelöst hatte, und mehrere vollgekritzelte Blätter. Sie staunte nicht schlecht, als sie sie betrachtete. »Was hab ich angestellt?«, flüsterte sie und hielt ihren schmerzenden Kopf. Sie entdeckte die halb leere Flasche Rum. »Oh Mann, Westermann«, sagte sie, räumte ihre Schandtaten beiseite und wankte in die Küche. Ihre langen karamellfarbenen Haare hingen ihr ins Gesicht. Sie wischte sie mit einem Handstreich fort und versuchte den Tisch zu decken, um mit ihrem Sohn zu frühstücken. Mats flitzte mit krähender Stimme von einem Zimmer zum anderen. Er hatte Spaß daran, seine neu erlernte Fähigkeit, das Laufen, auszuprobieren, und raubte Katrin mit seinem Geschrei den letzten Nerv. Sie fing ihn bei seiner nächsten Runde ab, hob ihn hoch und setzte ihn in seinen Hochstuhl. Mit roten Wangen strahlte er sie an, als gäbe es nichts Wichtigeres als seine

Mutter. Katrin erfüllte dieser Blick mit Liebe, und für den Moment vergaß sie, was sie gestern Abend so aufgebracht hatte. Aber das würde sie nicht zulassen, das schwor sie sich. Sie schmierte Mats sein Leberwurstbrot und schenkte sich starken Kaffee ein.

Eine halbe Stunde später schleppte sie sich die Stufen zum Briefkasten hinunter. Sie wusste, dass um diese Zeit das Tageblatt bereits im Rohr lag. Sie griff danach und beeilte sich, zurück an den Frühstückstisch zu kommen. Sie wusste noch nicht wie, aber das Problem mit dieser Hochzeitsplanerin würde sich aus der Welt schaffen lassen, nickte sie, als sie das Tageblatt aufschlug und entsetzt auf die erste Seite starrte. Das Gesicht kannte sie.

*

Nadja und Charlotte parkten auf dem Seitenstreifen und stiegen aus dem schwarzen Wagen der Lehrerin. Die Künstlerin zog den Reißverschluss ihrer Lederjacke hoch und stakste voran. Sie kannte den Weg. Nadja folgte ihr mit gemischten Gefühlen. Sie nervte dieses Drängeln der selbst ernannten Ermittlerin und sie wollte nicht in die Vergangenheit eintauchen. Ihre Erinnerungen an das Domizil ihrer Tante und ihres Onkels waren zu schwer und sie vermisste das alles. Allerdings war ihre Neugier durch ihre Begleitung geweckt. »Huhu«, rief Charlotte und wartete dieses Mal nicht, bis die Frau sie bemerkte. Sie bewegte sich auf den Garten zu, in dem sie die Besitzerin des Hauses vermutete. Dann stand sie hinter ihr und tippte ihr mit dem Finger auf die Schulter. Hannelore Evers war gerade dabei, Blätter in den Garten-Abfallsack zu stopfen. Erschrocken fuhr sie zusammen und drehte sich um. Sie presste die Lippen aufeinander und runzelte die Stirn. Das konnte nichts Gutes bedeuten.

»Was wollen Sie denn schon wieder hier? Ich hab Ihnen doch erzählt, dass ich nichts weiß. Das grenzt langsam an Belästigung«, sagte die Frau.

»Ich … ich …, es tut mir leid. Ich wollte Sie nicht erschrecken. Aber ich habe Ihnen jemanden mitgebracht.« Sie winkte Nadja heran, die höflich Abstand gehalten hatte.

»Das tut mir wirklich leid. Wir wollten Sie nicht stören. Aber Frau Hagedorn meinte, Sie hätten etwas für mich.« Ihre Wangen erröteten und sie setzte ein Lächeln auf, das deutlich zeigte, wie peinlich ihr die Situation war.

»Und wer sind Sie, wenn ich mal fragen darf?« Die Stimme von Hannelore Evers klang frostig.

»Ich bin die Nichte von Lore und Tim Ahlers und …« Sie druckste. »Ich vermisse meine Verwandten. Sie sind seit drei Wochen nicht mehr zu erreichen, und ich habe Angst, dass ihnen etwas passiert ist.«

»Oh, das tut mir natürlich leid.« Die Wangen der Frau leuchteten und sie schnappte nach Luft. Sie zog ihre Handschuhe aus und reichte Nadja die Hand. Zögerlich nahm diese sie entgegen. Frau Evers musterte Nadja. »Sie sehen Ihrer Tante sehr ähnlich«, sagte sie.

»Ja, sie ist die Schwester meiner Mutter. Familienähnlichkeit.« Sie lächelte verlegen.

»Und was kann ich jetzt für Sie tun? Ich sagte dieser Frau bereits«, sie zeigte auf Charlotte, die sich bewusst zurückgezogen hatte und schwieg, »dass ich nichts über den Verbleib Ihrer Verwandten weiß.« Sie zuckte die Achseln und wischte sich mit dem Handrücken über die schwitzige Stirn.

»Das hat sie mir auch erzählt. Sie erwähnte allerdings, dass Sie eine Schatulle gefunden hätten, die meiner Tante und meinem Onkel gehört.« Nadja faltete die Hände ineinander und sah die Gärtnerin fragend an. In ihrem Blick lag etwas, das der Gärtnerin keine Wahl ließ. Langsam verschwand die Röte aus ihrem Gesicht.

»Und warum sollte ich sie Ihnen aushändigen? Die gehört Ihren Verwandten. Ich kann sie doch nicht einfach so rausgeben. Was, wenn ihnen das nicht recht wäre? Vielleicht sollten wir lieber warten, bis sie wieder da sind. Kann ja nicht ewig dauern.«

Nadja Wentdorf presste die Lippen zusammen. »Was Sie sagen, ist natürlich richtig, dennoch. Was, wenn wir darin etwas finden, das uns auf ihre Spur führt? Ich mach mir wirklich große Sorgen.«

Die Deern spielt ihre Rolle perfekt, dachte Charlotte, ließ sie gewähren und hielt sich selbst zurück. Sie wusste, dass die Hauseigentümerin sie nicht leiden konnte und vielleicht abweisend reagierte, falls sie sich einmischte. Charlotte wollte sie nicht noch mehr vergrätzen.

Hannelore Evers zog die Augenbrauen zusammen, überlegte, steckte die Hände in die Taschen ihrer Wachsjacke und fixierte die Nichte der Ahlers. Es dauerte einen Augenblick, dann sagte die Frau: »Okay, ich hol sie. Den Erhalt müssen Sie mir allerdings quittieren. Nicht, dass es wegen der Kassette Ärger gibt.« Man merkte, sie wollte die Leute von ihrem Grundstück haben und das so schnell wie möglich.

Nadja nickte. »Versprochen. Wir wollen nur wissen, ob wir darin etwas finden, das uns weiterhilft.« Ihre Begleiterin nickte. Die junge Frau hatte es tatsächlich geschafft, die Gärtnerin umzustimmen. Diese verschwand nun durch die offen stehende Terrassentür ins Haus.

»Das haben Sie wunderbar gemacht«, sagte Charlotte und drückte die Hand der sportlichen Frau.

»Ich weiß nicht, das war ziemlich unverfroren. Ich hoffe nur, dass es sich gelohnt hat.«

Die Frau kehrte zurück und hielt eine etwa Schuhkarton große Metallschatulle in ihren Händen.

»Na, jetzt bin ich aber mal gespannt«, flüsterte Charlotte. Sie hoffte, dass sich darin etwas Geheimnisvolles verbarg.

»Wo, sagten Sie, haben Sie die Kiste gefunden?«, wollte Nadja wissen.

»Unter dem Fundament der Gartenlaube. Die muss also schon ewig darunter gelegen haben. Die Hütte war ziemlich marode. Schätze, 30 Jahre, aber so genau – wir haben sie abgerissen.« Sie zuckte die Schultern. »Und hier habe ich einen Zettel und einen Stift. Wenn Sie mir den Erhalt bitte bestätigen. Wir wollen keinen Ärger.«

Nadja nickte, nahm Zettel und Stift. Sie legte das Papier auf den Gartentisch und schrieb, was die Frau forderte, während Charlotte die Kiste entgegennahm.

»Noch mal, vielen Dank für Ihre Hilfe.« Noch einmal reichte sie der prustenden Gärtnerin die Hand und verließ mit ihrer Begleiterin im Schlepptau das Grundstück. Erst als sie im Wagen saßen, fand Nadja ihre Sprache wieder. »Sie wissen, dass wir nicht das Recht hatten, diese Kiste an uns zu nehmen, oder?« Sie deutete auf die Schatulle auf Charlottes Schoss. Die nickte.

»Ja, das war nicht ganz astrein, aber wenn es uns hilft, Ihre Verwandten zu finden?« Sie guckte sie aufmunternd an.

»Na, Ihr Wort in Gottes Ohr, dass sich der Aufwand gelohnt hat.« Der eisige Blick, den sie Charlotte zuwarf, ließ sie frieren.

*

Als Westermann in der Dienststelle über seinen Hinweisen brütete, klopfte es an der Tür. Sie öffnete sich und van Elebek betrat das Büro. Der erfolgreiche Architekt trug einen schwarzen Designeranzug und dazu ein schneeweißes Hemd. Er kam in Begleitung eines etwa 40 Jahre alten Mannes, der, ebenfalls in Anzug und Weste gekleidet, das Büro betrat. Westermann begutachtete die Männer von oben bis unten über den Brillenrand hinweg. Dabei stach ihm van Elebeks Krawatte ins Auge, die ein nicht zu übersehendes Signal setzte. Rot zeugte von Extrovertiertheit. Mit strahlendem Lächeln kam er auf den Hauptkommissar zu und reichte ihm die Hand.

»Moin, ich hoffe, ich bin pünktlich. Mein Anwalt, Thorsten Döring.« Ohne abzuwarten, setzte er sich auf den Stuhl, der Westermann gegenüberstand, und schlug die Beine übereinander. Der Leiter der Oldenburger Dienststelle warf einen Blick zur Uhr an der Wand.

»Absolut. Und das am Wochenende. Nehmen Sie Platz«, sagte er und deutete auf einen zweiten Besucherstuhl. Der Anwalt setzte sich und legte seine Ledermappe auf den Besuchertisch. »Und was möchten Sie jetzt noch von mir wissen? Ich habe eine knappe Stunde, dann muss ich zum nächsten Termin. Selbstständige haben nie Wochenende, Sie wissen ja: selbst und ständig«, sagte er. Er wusste offensichtlich, dass der Polizeibeamte nicht die geringste Chance hatte, ihn wegen irgendwelcher Vermutungen festzunageln.

»Dann hoffe ich, dass wir Klartext reden und Sie nicht mehr drumherum diskutieren.«

Van Elebek verschränkte die Arme vor der Brust und grinste. »Dann mal los. Was wollen Sie wissen? Ich sagte Ihnen schon, dass ich nicht weiß, wo die beiden stecken.«

Westermann missfiel die Art des Architekten. Seine Arroganz war nicht zu übersehen. Trotzdem blieb er bedächtig und stellte die erste Frage. »Sie haben mir erzählt, dass Ahlers ein Verhältnis mit Ihrer Frau unterhielt. Wie haben Sie darauf reagiert?«

»Wie sollte ich darauf reagieren? Ich hab ihm eins aufs Maul gegeben, als ich es rausgefunden hab. Wir haben uns geprügelt.« Van Elebeks Gesichtsfarbe veränderte sich. Westermann bemerkte es mit Genugtuung. Etwas in ihm bringt ihn zum Kochen, obwohl er versucht, cool zu bleiben.

»Wo haben Sie sich geprügelt?«

»Wo? Im Büro. Ich habe ihn vor Ort angesprochen und ihm klargemacht, was passiert, wenn er meine Frau noch einmal anfasst.«

»Und was wäre passiert, wenn er Ihre Frau noch mal angefasst hätte?«

»Ich hab ihm gesagt, dass ich ihn umbringe, wenn er seine schmutzigen Finger nicht von ihr lässt.« Sein Anwalt tippte ihm mit dem Finger auf die Schulter und flüsterte ihm etwas ins Ohr.

Westermann hatte die Reaktion wahrgenommen, hob den Kopf und zog die obligatorische Augenbraue hoch. »Klingt interessant. Und – haben Sie ihn umgebracht?« Die Worte des Hauptkommissars klangen scharf wie Rasierklingen. Der Architekt sprang vom Stuhl. Sein Anwalt hielt ihn am Arm und bat ihn, sich zu beruhigen. Der Architekt riss sich los. Van Elebek verliert schneller die Fassung, als ich dachte.

»Natürlich nicht, was erlauben Sie sich?« Er tippte sich mit dem Finger gegen die Stirn.

Westermann guckte ihn emotionslos an. »Sie haben mir gerade erzählt, dass Sie ihn umbringen, falls es noch einmal passiert, also?«

»Ich habe ihn nicht umgebracht. Das war nur so dahingesagt«, sagte der Architekt und setzte sich wieder. Er holte ein paarmal tief Luft, um sich wieder zu beruhigen. »Ich hab stinksauer das Büro verlassen und mich in einer Kneipe im Hafenviertel volllaufen lassen.«

»Kann das jemand bezeugen?«

»Sie können in der Kneipe nachfragen, die kennen mich. Die haben mich ziemlich blöd angestarrt, weil mein Hemd voller Blut war. Ich sah aus wie eine besudelte Sau.«

Die Tür öffnete sich. Hartwig betrat mit Watson das Büro seines Vorgesetzten und betrachtete die Männer. Er lehnte sich wortlos gegen die Fensterbank und verschränkte die Arme vor der Brust.

Van Elebek zog angewidert seinen Fuß weg, als der Hund an seinem Bein schnüffelte. »Nehmen Sie Ihren Köter weg.«

»Ist kein Köter, ist ein Polizeibeamter«, sagte Hartwig, grinste und zwinkerte dem Architekten zu. Die Spannung im Raum war spürbar. Westermann bemerkte van Elebeks schwankende Stimmungen. Der ist lange nicht so cool, wie er uns hier verkaufen will. »Lassen Sie uns zurück zu dem Abend kommen, an dem Sie sich mit Ahlers geprügelt haben. Sie gingen danach in eine Kneipe, um sich volllaufen zu lassen. Und dann?«

»Ph, irgendwann bin ich mit einer netten Blondine«, er zuckte die Achsel und grinste, »... in ein Hotel. Sie wollte die Blutflecken von meinem Hemd beseitigen.« Der Architekt fuhr sich mit der Zunge über die Lippen. Sein Grinsen erschien widerwärtig. Wahrscheinlich dachte er in diesem Augenblick an diese Nacht.

»Den Namen der Dame?«

»Keine Ahnung. Susi oder so. Irgendwie heißen die doch alle Susi. Ich hab sie nicht danach gefragt«, sagte er.

»Sie sagten, Sie haben Ihrem Kontrahenten eins aufs Maul gegeben und steigen danach mit einer Frau in einem Hotel ab? Wie erklären Sie das?« Westermann beobachtete jede Reaktion des Architekten.

»Frustabbau? Keine Ahnung.«

»Wie sind Sie danach Ihrer Ehefrau gegenübergetreten?«

»Ich hab im Büro geschlafen, mich am nächsten Morgen frisch gemacht und bin anschließend nach Hause gefahren.«

»Hat das niemanden in Ihrem Büro irritiert?«

»Nein, warum? Ich schlafe häufiger im Büro, wenn es zu spät wird.«

»Was dann?« Westermann blieb gelassen und verschränkte die Arme. Diese Ruhe erschien Hartwig wie die Ruhe vor dem Sturm.

»Ich hab es ihr an den Kopf geworfen«, sagte van Elebek und zuckte die Schultern. Er war blass geworden, und sein Anwalt flüsterte ihm erneut etwas ins Ohr.

»Was haben Sie Ihrer Frau an den Kopf geworfen?«

»Dass sie mit Tim gefickt hat.« Er presste die Lippen zusammen.

Hartwig beobachtete die Männer genau. »Und dann? Was ist dann passiert?« Hartwig setzte sich, Watson legte sich hin. Das Gespräch interessierte auch ihn außerordentlich.

»Was soll passiert sein? Es gab jede Menge Zoff, einiges ging zu Bruch, ich hab ihr ein paar geknallt.« Van Elebek zuckte die Achseln. »Irgendwann rollten Tränen, und am Ende haben wir uns versöhnt. Sie verstehen?« Er gewann wieder Oberwasser, griente und deutete eindeutige Handbewegungen an.

»Was hat Ihre Frau zu dem Verhältnis gesagt?«

Van Elebek schwieg einen Moment. »Sie hätte sich einsam gefühlt, und Tim war der Mann, der ihr Beachtung geschenkt hat. Sie suchte nach Geborgenheit. Fühlte sich von mir im Stich gelassen. War einsam.« Er lächelte verächtlich. »Dabei hat Ahlers sie auch nur die ganze Zeit verarscht. Der hätte seine Frau nie verlassen. Aber Sie wissen ja, wie Frauen ticken.«

»Weiß ich nicht. Und wie sieht die Lage jetzt aus?«, wollte Westermann wissen.

»Alles im grünen Bereich. Wir sind uns wieder nähergekommen.« Van Elebek grinste und Westermann nickte.

Hartwig beobachtete den Anwalt, der schweigend im Hintergrund hockte. Er nahm dem Unternehmer kein Wort von dem ab, was er von sich gab. Für ihn sah das alles nach großem Theater aus, einem Schmierentheater.

»Wie war das mit dieser Assistentin, dieser«, Westermann suchte in der Akte nach ihrem Namen, »Mirjam Jensen. Wie ist das vorher gelaufen?«

»Gar nicht mehr. Sie hat kurze Zeit später gekündigt. Wir haben ihr nahegelegt, sich eine andere Stelle zu suchen. Wir wollten Druck aus der Sache nehmen.«

»Wer wir?«

»Tim und ich. Wir haben uns nach unserer Keilerei ausgesprochen und sind zu dem Ergebnis gekommen, dass wir Altlasten loswerden mussten, um neu miteinander anfangen zu können.«

»Altlasten?«, fragte Hartwig und verengte die Augen.

»Ja, wir wollten neu anfangen. Quasi alles auf Reset, wenn Sie verstehen.«

»Und, hat's funktioniert?«

»Nicht wirklich. Die Spannung zwischen uns kochte immer wieder hoch. Es gab einfach zu viel Misstrauen.« Er schüttelte den Kopf und sah auf seine schwere goldene Armbanduhr.

»Was ist dann passiert?«, wollte Westermann wissen.

»Ich habe ihm angeboten, ihm das Architektenbüro abzukaufen, den Namen. Er wollte sowieso kürzertreten.«

»Und hat er?«, fragte Westermann und rückte seine Brille zurecht.

»Ja, hat er. Hat ein bisschen gedauert, aber letztendlich, ja.« Van Elebek zog den Mundwinkel hoch. Die Verachtung in seinem Blick war nicht zu übersehen.

»Warum grinsen Sie?«

Der Architekt verschränkte wieder die Arme vor der Brust. Seine Mimik zeigte, dass er sich sicher wähnte. »Er hatte keine andere Wahl.«

»Was heißt: keine andere Wahl?«

»Ich hab ihm gesagt, wenn er nicht aufgibt, rede ich mit seiner Frau.«

»Justus. Stopp«, warf sein Anwalt ein. »Er wird sich nicht weiter dazu äußern«, beendete er den Satz.

»Doch, er wird«, entgegnete van Elebek und wandte sich seinem Rechtsberater zu. »Ich habe ihm erklärt, dass, wenn er das Büro nicht freiwillig aufgibt, ich seiner Frau klarmachen werde, was für ein Schwein er in Wirklichkeit war. Und dass er mit meiner und etlichen anderen Frauen rumgevögelt hat. Er hatte keine andere Wahl, als das Büro aufzugeben.«

»War? Sie sprechen von ihm in der Vergangenheit und Sie haben ihn erpresst?« Westermann und Hartwig sahen ihn erstaunt an.

*

»Und wie wollen wir die Kiste jetzt aufbekommen? Ich hab kein Werkzeug«, sagte Nadja und schaute Charlotte von der Seite an.

»Kind, ich hab sogar eine Werkstatt. Lassen Sie uns zu mir fahren. Wir werden das Ding schon aufkriegen«, sagte sie und nickte. »Ich mach uns einen schönen Tee und dann sollen Sie mal sehen. Ruckzuck wissen wir, welche Geheimnisse sich darin verbergen.«

»Geheimnisse? Ich glaube eher, in der Schatulle liegt irgendwelcher Tand, der niemanden wirklich interessiert. Denn wenn es anders gewesen wäre, hätten sie die Kiste mit Sicherheit nicht vergessen. Mein Onkel sprach immer davon, dass er für die Nachkommen etwas von bleibendem Wert aufbewahren wollte. Und wie Sie wissen, bin ich die einzige Nachkommenschaft. Ich will allerdings zuerst selbst reingucken.« Charlotte sah sie enttäuscht von der Seite an, während Nadja auf die Einfahrt fuhr und den Motor ausstellte. »Und ehrlich gesagt, weiß ich gar nicht, ob ich überhaupt wissen möchte, was sich in der blöden Kiste befindet. Das sind sehr persönliche Sachen und ich benehme mich, als ob die beiden tot wären.« Nadja holte Luft und ließ Charlotte aussteigen.

»Kommen Sie nicht mit?«

»Nein, ich möchte die Kiste zuerst selbst öffnen und nachsehen. Stellen Sie sie auf den Beifahrersitz.«

Charlottes Mimik veränderte sich augenblicklich. »Aber das können Sie mir nicht antun. Sie haben gerade gesagt, Sie hätten nicht mal Werkzeug«, auf einmal klang ihre Stimme nicht mehr freundlich, sondern enttäuscht. Charlotte ließ die Mundwinkel hängen. »Außerdem hab ich Sie doch erst drauf gebracht. Das wäre äußerst unfair. Sie sind es mir schuldig.«

»Ich möchte zuerst alleine. Das sind sehr private Dinge. Und schuldig bin ich Ihnen überhaupt nichts.«

»Nadja, bitte. Ich lasse Sie allein mit der Schatulle, wenn wir das Schloss geknackt haben, versprochen. Ich möchte nur wissen, was in der Kiste ist. Vielleicht finden wir wirklich etwas, das uns auf die richtige Spur bringt.« Sie hob bittend die Hände. Charlotte schien es vor Neugier kaum auszuhalten.

Nadja seufzte. Sie wusste, die Alte würde keine Ruhe geben, bis sie herausgefunden hatte, was sich in der Metallkiste befand.

»Na gut, aber ich prüfe den Inhalt zuerst allein. Versprechen Sie mir das?«

»Ja, ja, das tue ich.« Charlotte atmete aus. Sie war erleichtert, hob zum Schwur die Finger und nahm die Kiste zurück in ihre Arme. Die Lehrerin stieg aus, folgte der Ermittlerin, die hastig die Haustür öffnete. »Kommen Sie rein. Legen Sie Ihre Jacke auf den Stuhl. Und die Stiefel ausziehen. Der Boden ist uralt.« Sie biss sich auf die Lippe, schalt sich eine dumme Kuh und schlüpfte in ihre Birkenstock-Latschen. Sie wollte Nadja nicht im letzten Moment verprellen und entledigte sich ihrer Jacke. Dann betraten sie das geräumige Wohnzimmer. Nadja staunte.

»Oh, das ist ja schön. Hätte ich gar nicht erwartet.«

»Was hätten Sie nicht erwartet?«, wollte Charlotte wissen und griente. Wie oft hatte sie gehört, dass das Äußere des alten Gemäuers nicht widerspiegelte, was sich im Inneren auftat. Wände waren entfernt worden, die gesamte untere Haushälfte war ein großer Raum, der Richtung Garten führte.

»Schick haben Sie es.«

»Danke, Mädchen, nimm Platz. Tee?«

»Ja, gerne.«

»Grün oder was anderes?«

»Nein, grün klingt perfekt. Ich trinke zu Hause nur grünen Tee.«

»Genau wie ich. Schmeckt mir am besten und ist so gesund.«

Nadja setzte sich auf den geblümt bezogenen Zweisitzer. Charlotte stellte den Wasserkocher ein, legte ein altes Handtuch auf den Boden und verschwand im Garten.

Wenig später kehrte sie mit einem blau lackierten Werkzeugkasten aus Metall zurück. »Puh, ist der schwer« sagte sie und platzierte ihn laut scheppernd auf dem Handtuch. Sie setzte sich zu ihr, reichte ihr einen Teebecher. »Ich bin richtig gespannt«, flüsterte die Ermittlerin und warf einen Blick auf die Schatulle, die wie ein Piratenschatz vor ihnen auf der alten Holztruhe stand. Ihre Hände schwitzten, und sie rieb sie am Stoff ihrer Jeans. Ihr Blick wanderte unruhig von Nadja zur Kassette und zurück.

»Mir ist immer noch nicht wohl bei der ganzen Sache. Sollten wir sie nicht doch lieber zur Polizei bringen? Die können damit eher was anfangen.«

»Und was, bitte schön?«

Nadja zuckte die Achseln. »Ich weiß es nicht. Ich habe bei der Sache ein komisches Gefühl.«

»Das ist Privatsache. Damit sollten wir die Ermittler nicht behelligen«, tätschelte Charlotte die Hand der 34-Jährigen und schnellte vom Sofa. »Dann mal ran an den Speck.« Sie hob die Kiste an und stellte sie neben die Werkzeugkiste auf den Boden, suchte nach passendem Werkzeug, mit dem sie das Vorhängeschloss hätte knacken können. Das Schloss wog schwer in ihrer Hand. Es war eins derer, die man normalerweise für größere Verschlusssachen benötigte. Sie kniete nieder, entnahm der Kiste einen Schraubenzieher und hantierte damit in der Öffnung des Vorhängeschlosses. Sie drehte und wendete, stöhnte und fluchte. Nadja musste lächeln, als sie merkte, wie angestrengt die Frau mit hochrotem Gesicht an ihrem Eigentum hantierte. Die sieht zum

Piepen aus, wie sie da auf dem Boden auf Knien herumrutscht und ackert, dachte sie und grinste. Ihr Blick verriet, dass sie nicht an das Ergebnis glaubte, das Charlotte vermutete. Lass die sich abmühen, die verbeißt sich total, schüttelte sie kaum merklich den Kopf und nahm einen Schluck Tee.

Nichts bewegte sich. Die Künstlerin griff zur Zange und versuchte so, den Bügel des Schlosses zu knacken. »So wird das nichts. Geiht nich, gifft dat bi mi nich«, sagte sie. In diesem Moment hörte sie die Klingel und einen Schlüssel in der Tür. »Wer ist denn das schon wieder? Katrin?«, fragte sie, erhob sich und eilte zur Eingangstür.

»Vielleicht sollte ich jetzt gehen. Wir können es ja morgen erneut versuchen«, sagte sie und stand auf.

»Sie setzen sich wieder, Kindchen. Wir werden das Kind schon schaukeln, nur Geduld.« Sie verschwand in den Flur und öffnete. »Josch, mein lieber Freund. Du kommst gerade recht.« Überschwänglich umarmte sie ihn und drückte ihm einen Kuss auf die Wange.

»Warum? Wir waren zum Essen verabredet. Willst du so mit?« Er betrachtete die Frau, die in Jeans und Pullover vor ihm stand und alles andere als erfrischt und aufgehübscht aussah.

»Oje, das hab ich ja total vergessen. Oh, mein Josch, das tut mir jetzt aber leid.«

»Du weißt schon, dass ich einen Tisch bestellt habe? Ich fahre morgen, das weißt du.« Der Kapitän zog die Augenbrauen hoch und schob die Pfeife von einem Mundwinkel in den anderen.

»Sss, oh, ich Schaf. Den müssen wir dann wohl stornieren. Ich … ich schaff es nicht. Bin schwer beschäftigt. Aber komm rein.« Sie zog Josch mit sich ins Wohnzimmer. Der Mann, der in weißer Jeans, Hemd und maritimem Sakko mitten im Raum stand, staunte nicht schlecht, als er die junge Frau auf dem Sofa entdeckte.

»Ich wusste ja nicht, dass du Besuch hast«, sagte er und nahm die Pfeife aus dem Mund.

»Hm, und ich hatte ganz vergessen, dass wir verabredet waren«, flüsterte Charlotte und verzog das Gesicht. Im nächsten Moment hatte sie ihr schlechtes Gewissen allerdings schon wieder ad acta gelegt. Ein Lächeln umspielte ihre Lippen. »Aber wo du gerade da bist, kannst du uns vielleicht helfen.« Sie deutete auf die Schatulle und den Werkzeugkasten. Josch runzelte die Stirn.

»Was habt ihr damit vor?«, fragte er und warf einen Blick auf die Metallkiste.

»Wir müssen die Kiste öffnen und kommen nicht weiter. Ich hab es schon mit Schraubenzieher und Zange versucht. Wir kriegen das Ding einfach nicht auf.« Sie zuckte die Achseln und sah ihn mit flehendem Blick an. Sich hilflos geben, darin war sie Expertin.

Josch lachte. »Deern, so wird das auch nichts. Dafür brauchst du einen Bolzenschneider. Mit deinem Kinderspielzeug wird dat nix. Das funktioniert gerade mal bei kleinen Schlössern.« Er zeigte auf die Werkzeuge, die Charlotte auf der Decke liegen hatte. »Lass Papa mal ran. Was ist denn in der Kiste?«, fragte er.

»Das würden wir auch gerne wissen, deshalb versuchen wir ja, sie zu öffnen«, sagte Nadja, die bisher schweigend auf dem Sofa gesessen und dem Dialog gefolgt war.

»Ah, Charlotte ermittelt wieder.« Seine Worte klangen voller Ironie. Er bewegte sich in den Garten und verschwand in der Laube. Wenig später kam er mit passendem Werkzeug zurück. Der Kapitän nahm die Metallkiste an sich und trat damit in den Innenhof. Es dauerte keine fünf

Sekunden, dann hatte das Schloss ausgedient. Der drahtige Mann kehrte mit der Schatulle auf dem Arm zurück. Vorsichtig stellte er sie auf den Esstisch. »So, Deerns, dat hebbt wi. Nu mal ran an den Speck«, rieb er sich die Hände. Selbst neugierig, was sich in der Kiste befinden könnte, verschränkte er die Arme vor der Brust.

»Aber ich habe ganz deutlich gesagt, dass ...«, sagte Nadja, stand auf und begab sich ebenfalls an den Tisch. Ihr Puls fing an zu rasen. Sie schluckte. Und obwohl sie nicht wusste, was sie erwartete, bereitete ihr die Ungewissheit Magenschmerzen. Es könnte etwas darin sein, das nicht für sie bestimmt war. Deshalb musste sie vorab allein über den Inhalt Bescheid wissen.

»Wir gehen solange in den Garten«, sagte Charlotte und zog Josch mit sich in den Hinterhof. »Ich erklär es dir draußen«, flüsterte sie. Aus dem Dunkel heraus starrte sie unentwegt auf die gerade geöffnete Kiste. Ihr Begleiter schob die Pfeife zurecht und entzündete sie, während sie ihm erklärte, warum Nadja blass und allein auf dem Stuhl hockte. Beide reckten ihre Hälse, als die Lehrerin den Deckel anhob.

*

Katrin musste wissen, was es mit dieser Konkurrentin auf sich hatte. Sie hatte das Gesicht dieser Frau sofort erkannt. Kreidebleich saß sie da und betrachtete das Foto, das ein Hochzeitspaar auf den Stufen des Rathauses zeigte und die Fotografin, die niemand anderes war als ihre ehemalige Assistentin. Für ein Jahr hatte die sie auf jeder ihrer Events begleitet, unterstützt und ihre Ideen ausgeführt. Und jetzt – jetzt setzte sie diese einfach so selbst in die Tat um. Katrin schleuderte das Tageblatt von sich und schrie: »Aaarg«, was unüberhörbares Lachen bei Mats erzeugte. Sie betrachtete ihren Knirps und musste selbst über ihren Ausbruch lachen. Diese Anzeige in der Hochzeitszeitung und dann noch dieser Bericht im Tageblatt hatten das Fass zum Überlaufen gebracht. Sie musste handeln. Sie leerte den Kaffeebecher und schenkte nach. Sie brauchte unter allen Umständen einen klaren Kopf. »Heute brauch ich Koffein, mein Sohn«, seufzte sie und warf einen Blick auf das Blatt Papier, das, vollgekritzelt mit verschiedenen Szenarien, vor ihr auf dem Tisch lag. Über all den niedergekritzelten Ideen hatte sie ein überdimensionales Messer gezeichnet, von dem Blutstropfen heruntertriefen, die genau auf dem Namen, Hochzeitsengel, endeten. Es schien, als hätte die Anzeige in dem Magazin Katrin gestern Abend völlig aus der Bahn geworfen. Sie wusste jetzt zumindest, mit wem sie es zu tun hatte, und würde zum Angriff übergehen.

Wie konnte sie herausfinden, welche ihrer Einfälle Emily Jonte übernommen hatte und was sie noch alles vorhatte? Sie fragte sich, inwieweit sie dagegen vorgehen konnte? Es waren schließlich ihre Ideen, mit denen diese Frau hausieren ging. Aber Ideen hatten kein Urheberrecht, so viel wusste sie. Katrin entdeckte mehrere Namen auf einem der Blätter. Mats beobachtete sie und lutschte auf dem Kanten, während sie die Papierbögen durchblätterte. Sie wusste, dass sie sich zuallererst einen neuen Namen zulegen musste. »›Agentur Duvenstedt‹ klingt wirklich nicht mehr zeitgemäß.« Selbst Dirk hatte sie schon darauf aufmerksam gemacht und meinte, sie wären schließlich verheiratet. Jetzt stellte sie fest, dass Namen Schall und Rauch waren, wenn Konkurrenz ins Spiel kam. »›Hochzeitsengel‹ – wie banal. Da muss was Gigantisches her, es muss knallen«, sagte sie. Dann klatschte sie in die Hände. Mats zuckte zusammen und fing erneut laut an zu lachen. Er hielt das Ganze offensichtlich für einen großen Klamauk. Katrin prustete und sie lachten beide. Die Eventplanerin hatte auch schon eine Eingebung, wie sie an Informationen der Konkurrentin gelangen konnte, ohne dass diese von ihren Absichten erfuhr. Sie musste sich zur Wehr setzen, und zwar sofort. Sie hob Mats aus dem Hochstuhl und ließ ihn durch die Wohnung flitzen, griff zum Telefon, wählte die rot markierte und fett gedruckte Telefonnummer im Magazin und sprach mit verstellter Stimme: »Ja, Moin. Ich bin in der Hochzeitszeitschrift auf Sie aufmerksam geworden und würde gern ein Angebot für unsere Hochzeit einholen … wo? Auf Fehmarn. Wir brauchen etwas Besonderes. Wann? Nächstes Jahr im Mai … oh, alles ausgebucht? Gibt es denn nur *Sie* auf der Insel … ich verstehe. Nur Ihre Agentur.« Katrin ließ lautstark die Luft aus ihrer Nase entweichen. »Na, dann such ich mal weiter.« Katrin wollte auflegen, um sich zu einem späteren Zeitpunkt mit einem anderen Datum erneut zu melden, als sie hörte: »Warten Sie, nicht auflegen. Ich hätte noch einen einzigen freien Termin. Ich sehe im Planer, dass ein Brautpaar abgesagt hat.« Geschieht ihr recht, dachte Katrin und ballte die Hände. Oder war dies nur ein Vorwand, um ihr das Gefühl zu geben, dass diese Agentur etwas Besonderes war? Sie lauschte den Worten ihrer ärgsten Feindin. Dann sagte sie: »Hm, das könnte mir gefallen. Ja, am Strand wäre toll … schicken Sie mir ein Angebot … wohin?« In diesem Moment fiel ihr ein, dass sie überhaupt nicht wusste, wohin die verhasste Person die Offerte hätte senden können, ohne dass die herausfand, wer hinter dem Ganzen steckte. Wenn sie dieser Frau ihre E-Mail-Adresse übergab, wusste die sofort, was gespielt wurde.

»Schicken Sie das Angebot bitte an die Pension Kajüthus in der Osterstraße. Wir machen gerade Urlaub und sind noch eine Woche auf der Insel. Frau Kaltenbach wird es dann an mich weiterleiten.« Sie wartete: »Das wäre wunderbar.« Nach einem kurzen Austausch der Eckpunkte hatte Katrin ihr erstes Ziel erreicht. Nun musste sie nur die Betreiberin der Pension, die herzensgute Mia Kaltenbach, unterrichten, damit die ihr die Mail aushändigte. »Perfekter Plan«, sagte Katrin. »Dir werde ich das Handwerk legen.«

*

Gespannt starrten Charlotte und Josch auf Nadja, deren Finger zitterten, als sie den Deckel der Metallkiste öffnete. Aus der Entfernung konnten sie nichts erkennen. Die Enttäuschung der jungen Frau schien offensichtlich groß, als sie auf einmal Fotos in ihrer Hand hielt. Nadja hatte einen Schwung der Aufnahmen in ihre Hand genommen und dem Paar entgegengehalten. Auch sie schienen irritiert. Sie winkte die beiden zu sich. Für Charlotte das Startsignal. Sie öffnete die Tür und trat zu ihr an den Tisch. »Ich verstehe nicht, das sind alles irgendwelche Aufnahmen meiner Familie. Das ist nichts, was geheimnisvoll wäre. Kein Schmuck, keine Aktien oder dergleichen. Kein Gold, nur Fotos.« Charlotte bemerkte das Unverständnis im Gesicht ihres Gegenübers. »Wenn ich das vorher gewusst hätte, hätte ich niemals so einen Aufwand betrieben. Auch wenn es schön ist, die Fotos anzusehen. Aber warum haben sie die Kiste eingemauert? Ist nichts drin, was von Bedeutung oder Wert wäre.« Nadja warf Charlotte einen enttäuschten Blick zu und ließ die Bilder zurück in die Kiste fallen.

»Darf ich?«, fragte Charlotte, schaute in die Schatulle und fürchtete, dass eine erhoffte Spur im Sand versickern könnte.

»Von mir aus. Wenn Sie unbedingt Fotos meiner Familie angucken wollen, tun Sie sich keinen Zwang an.«

Charlotte saß in Erwartung auf ihrem Stuhl und zog einen Stapel Aufnahmen aus der Kiste. Sie verengte die Augen, rückte ihre Brille zurecht und betrachtete die Fotografien, als suchte sie nach einer Botschaft. »Ist das Ihre Mutter?«, fragte sie und plierte über den Rand der Brille. Nadja warf einen Blick auf das Foto einer jungen blonden Frau, die lachte, als umarmte sie die ganze Welt. Sie stand mit einem Baby auf dem Arm in einem Bauerngarten.

»Hm, ja, das ist sie.« Die Gesichtszüge der Lehrerin entspannten sich.

»Und das ist Ihr Vater?« Der Mann auf dem Foto kam ihr irgendwie bekannt vor.

»Nein, das ist mein Onkel. Das ist Tim.«

Charlotte zog weitere Bilder heraus und betrachtete sie nacheinander. »Und wo ist Ihr Vater?«

Nadja richtete ihr Augenmerk auf die Aufnahmen und stellte fest, dass Charlotte recht hatte. Es zeigte sich, dass sie nur Bilder vorfand, die ihre Mutter, sie selbst als Baby und Kleinkind sowie ihren Onkel zeigten. »Wahrscheinlich war mein Vater derjenige, der die Fotos geschossen hat. Aber ehrlich gesagt hab ich im Augenblick keine Lust, in der Vergangenheit zu wühlen. Ich suche meine Verwandten.«

Charlotte beobachtete Nadja, hatte das Gefühl, als wenn die irgendetwas entdeckt hatte, was ihr gänzlich missfiel. Warum wollte sie die Fotos nicht ansehen? Es war ihre Vergangenheit.

»Wundert Sie das nicht?«, wollte Charlotte wissen.

»Was soll mich wundern? Dass mein Vater auf keiner der Aufnahmen zu sehen ist? Ich sagte doch, er hat mit Sicherheit die Fotos geschossen.« Sie zuckte die Achseln.

»Falls er die Bilder gemacht hat, ist es ja kaum möglich, mit drauf zu sein. Auf der anderen Seite hätte Ihr Onkel ja im Gegenzug die Kamera halten können, um die junge Familie abzulichten. Haben Sie ein Bild von ihm?« Charlotte wusste, dass Nadjas Vater verstorben war.

»Natürlich«, entgegnete sie und nahm ihr Handy zur Hand. Sie öffnete die Galerie und scrollte so lange, bis sie eine Aufnahme ihrer Eltern fand. »Vater ist schon über zehn Jahre tot«, flüsterte sie und in ihrer Stimme schwang Traurigkeit mit. »Er hatte Krebs, genau wie meine Mutter«, sagte sie und betrachtete das Bild auf ihrem Display.

»Das tut mir leid«, antwortete Charlotte und streichelte den Arm der traurig wirkenden Frau.

»Kein Problem, ist ziemlich lange her, aber manchmal fehlen sie mir sehr. Wissen Sie, deshalb ist es für mich so wichtig, Lore und Tim zu finden. Sie waren meine Ersatzeltern.« Sie seufzte. Ihr Gegenüber begutachtete das Foto in ihrem Handy. Es zeigte Nadjas Vater in Umarmung mit ihrer Mutter glücklich strahlend an einem See stehend. Der Mann auf dem Bild wies keinerlei Ähnlichkeit mit Ahlers auf. Er war gut einen Kopf kleiner als sein Schwager und hatte im Gegensatz zu Tim Gesichtszüge, die einluden, ihn zu Lebzeiten kennenlernen zu wollen. »Das war ihr letzter gemeinsamer Urlaub am Hintersee in Bayern. Mein Vater hat die Gegend so geliebt und wollte noch einmal dorthin.« Sie hielt Charlotte das Mobiltelefon entgegen. Die wunderte sich, wie schnell deren Stimmungen umschlugen, nickte und nahm einen weiteren Packen vergilbter Aufnahmen aus der Schatulle. »Lassen Sie. Ich will nicht weitergucken. Das strengt mich an und ganz ehrlich – es tut weh. Ich nehme die Kiste mit nach Hause und gebe sie meinen Verwandten, wenn wir sie gefunden haben. Aber ob sie sie zurückhaben wollen, wage ich zu bezweifeln. Sonst hätten sie die Schatulle wohl kaum eingemauert.« Sie schwieg. In dem Moment hätte man eine Stecknadel fallen hören können. »Wissen Sie was, machen Sie damit, was Sie wollen. Wenn sie so tief vergraben waren, sollte wohl niemals mehr jemand in den Genuss der Fotos kommen, oder? Falls Sie irgendwas finden, das zum Auffinden der beiden verhilft, bitte. Ich denk, das war ein Schuss in den Ofen.« Sie zuckte die Achseln. »Ich sollte gehen.« Sie erhob sich.

»Bleiben Sie doch. Sie sollten jetzt nicht alleine sein. Man grübelt viel zu viel. Trinken Sie noch einen Tee mit mir. Ich guck mir die Fotos genau an und Sie können sie dann mitnehmen. Ist das für Sie okay?« Nadja nickte. Wenig später standen zwei Becher mit dampfendem Tee auf dem Tisch. Charlotte wunderte sich, wo Josch abgeblieben war. Sie konnte ihn im Garten nirgends entdecken. Akribisch griff sie wieder in die Kiste und untersuchte die Aufnahmen, während Nadja das Zimmer betrachtete. Charlotte hatte das Gefühl, dass die Lehrerin gehen wollte und nur deshalb blieb, weil sie nicht unhöflich erscheinen wollte. Aber vielleicht gab es doch irgendeine Spur, die auf das Verschwinden der beiden hindeutete, und sie deshalb nicht ging. Einen Ort, ein Haus, das nicht auf der Insel war. Dann stutzte sie. »Wissen Sie, was wirklich merkwürdig ist. Ich finde hier bis zu Ihrer Pubertät keine einzige Fotografie, die Sie gemeinsam mit Ihrer Mutter und Ihrem Vater zeigt. Nur Ihr Onkel ist auf nahezu jedem Foto zu sehen, mit Ihnen und Ihrer Mutter. Wie alt sind Sie hier?«, wollte sie wissen.

»Ungefähr sieben«, entgegnete sie.

»Und hier?«

»13 oder 14.« Nadja guckte ihr Gegenüber an, als wenn ihr ein Licht aufging. Sie schien auf einmal dieselben Gedanken zu hegen wie Charlotte und wurde bleich wie die Wand hinter ihr. Nadjas Onkel und ihre Mutter sahen sich auf den Fotos an oder schmiegten sich aneinander. Es waren Augenblicke, die sie erschreckten. Ein Schauer jagte über ihren Rücken. »Was hat das zu bedeuten? Das sind Blicke von Verliebten«, flüsterte sie. Diese Ahnung war Charlotte längst gekommen. Sie war sich sicher, dass es sich bei diesem Paar um ein Liebespaar handelte. Nutzten sie die Momente, wenn Nadjas Vater nicht im Haus war? Denn dass Nadja Wentdorfs Vater die Bilder nicht geschossen hatte, war ziemlich offensichtlich. Aber wer hatte die Kamera gehalten?

Hatten sie die Büchse der Pandora geöffnet? »Konnte es sein …«, sie schwieg und entdeckte, dass Nadja die gleiche Vermutung hatte. Die verzweifelt wirkende Frau stierte auf die Fotografien. Ihre Mundwinkel fingen an zu zittern, in ihren Augen schimmerten Tränen. »Hatte Tim ein Verhältnis mit meiner Mutter?«, fragte sie und sah Charlotte an. Ihre Lippen öffneten sich, aber sie brachte keinen Ton heraus, als wäre die Stimme in ihrer Kehle erstickt. Der Boden unter ihren Füßen schwankte. Sie klammerte sich an die Gewissheit, dass dies ein Albtraum sein musste, aus dem sie gleich erwachen würde.

»Ich befürchte es«, nickte Charlotte. Das brachte die Geschichte in eine völlig neue Richtung. Es war eine Wendung, die sie beide nicht erwartet hatten. »Deern, das tut mir leid. Setzen Sie sich, Sie sehen aus, als würden Sie gleich umkippen.« Sie zog die Schultern hoch und nagte auf ihrer Unterlippe. Auf einmal war ihr klar, dass mehr dahintersteckte, als nach einem vermissten Ehepaar zu suchen. Hier gab es offensichtlich Geheimnisse, die entschlüsselt werden mussten, um Licht ins Dunkel zu bringen. Wenn Charlotte nicht genau wüsste, dass Nadjas Vater seit vielen Jahren tot war, würde sie vermuten, dass er etwas mit dem Verschwinden der beiden zu tun gehabt haben könnte. Sie wusste jetzt, dass dies nicht nur ein Vermisstenfall, sondern ein Rätsel war. Es war still im Raum. Nur das Ticken der Wanduhr und das Knistern der Holzscheite unterbrach die Lautlosigkeit. Die Frauen sahen sich an. Ihr Gegenüber erhob sich. Sie hielt sich mit einer Hand an der Rückenlehne fest und wirkte nicht mehr, als hätte sie alles unter Kontrolle. Charlotte legte tröstend ihre Hand auf Nadjas Arm, die den Kopf schüttelte und ihren Arm entzog.

»Tim und Ihre Mutter. Haben sie nie etwas erzählt?« Nadja schüttelte erneut den Kopf.

»Wovon erzählt? Dass sie uns betrogen haben? Meinen Vater, mich, meine Tante. Die beiden haben Lore offensichtlich genauso hintergangen wie mich.« Charlotte entdeckte Hass in Nadjas Augen aufblitzen. »Deshalb haben sie ihre Geheimnisse anscheinend so tief vergraben, oder?«, rief sie und sank auf den Stuhl.

»Wir müssen weitersuchen. Vielleicht finden wir weitere Beweise.«

Josch kam durch die Küchentür ins Haus und fragte: »Na, min Deerns. Allens klor?«

»Nein, nichts ist klar«, antworteten beide wie aus einem Mund.

*

Auf der White Pearl rückte Lina ihre Strickjacke zurecht und band ihre Haare zusammen, die wie ein verfilztes Wollknäuel aussahen. Die Tage auf See, die sie von Fehmarn nach Boltenhagen und Kühlungsborn unterwegs waren, und das Salzwasser hatten die Haare klebrig werden lassen.

»Ich hab mächtig Kohldampf«, sagte sie und hauchte Erik einen Kuss auf die Lippen.

»Ja, mir knurrt der Magen auch wie der eines Löwen«, entgegnete er und packte mit beiden Händen ihre Pobacken.

»Essen sagtest du, nicht vögeln.« Sie entzog sich ihm und biss die Zähne zusammen. Die roten Abdrücke seiner Hände auf ihrer Haut zeigten, dass er so fest zugepackt hatte, dass ihr Tränen in die Augen schossen. Es bereitete ihr keine Freude. Eilig schlüpfte sie in Jeans und Turnschuhe, verließ mit schmerzverzerrtem Gesicht den Steuerstand. Erik legte an, sie sprang auf den Holzsteg und konzentrierte sich darauf, das Schiff richtig zu vertäuen. Lina bestaunte die Hafenanlage, die nicht an Annehmlichkeit gespart hatte. »Hier könnte ich leben. Schönes Hotel, tolle Schiffe«, flüsterte sie. Man sah ihr an, dass sie von all dem Luxus beeindruckt war.

»Hm, später vielleicht. Erst mal hab ich einen Bärenhunger. Außerdem machst du gerade Urlaub auf 'ner perfekten Luxusjacht. Was brauchen wir ein Nobelhotel«, murrte Erik und rieb sich den Bauch.

Wenig später hatten sie ihre Jacken übergezogen und schlenderten durch die Hafenanlage, um nach einem Restaurant Ausschau zu halten, das nicht so feudal daherkam. »Das ist ein Club. Das ist sicher nur für Hafenlieger und schweineteuer.« Er sah sich um und entdeckte neben einer Segelmacherei und einem Kiosk ein bis spät in den Abend geöffnetes Mietwagengeschäft. »Nicht viel los hier«, sagte er und kniff in ihren Oberarm.

Sie zuckte zusammen und guckte ihn an, als hätte er sie geohrfeigt. Am liebsten hätte sie aufgeschrien, hielt es aber für sinnvoller, ihn nicht zu reizen. Schweigend lief sie neben ihm her. Ihre Lippen zitterten und ihre Augen füllten sich erneut mit Tränen. Er bemerkte es nicht einmal. Schließlich entdeckte er ein Restaurant, das eher seinen Erwartungen entsprach. *Hafenliebe* stand in roten Leuchtbuchstaben über dem Eingang. Lina fuhr sich mit der Zunge über die rot geschminkten Lippen und warf einen Blick durch die bodentiefen Fenster. Sie wirkte schüchtern und zurückhaltend, was sich auch in ihrer Kleidung widerspiegelte. Erik dagegen sah wie aus dem Ei gepellt aus. Seine Röhrenjeans schmiegte sich wie eine zweite Haut an seine langen Beine, und die dunkle Steppjacke über dem Hoodie wirkte wie aus einem Guss. Selbst seine Stiefel zeigten, dass er wusste, was er wollte, und nicht auf den Cent achtete, was sein Äußeres betraf. Sie waren ein ungewöhnliches Paar, dass dennoch schwer ineinander verliebt zu sein schien. Ihre einfache Herkunft hatte sie zusammengeschweißt.

»Das ist schon eher was für uns, da hast du recht«, sagte sie. »Alles geschmackvoll und trotzdem gemütlich. Die haben sogar Pommes und Burger.« Die Verkäuferin schluckte. »Ich hab richtigen Kohldampf«, flüsterte sie und lehnte sich an Eriks Schulter. Dass er sie gerade gekniffen, ihr Schmerzen zugefügt hatte, schien bereits wieder vergessen. Sie hatte ihm seinen Angriff offensichtlich verziehen, war es gewohnt, dass ihre Liebe ruppiger ausfiel als die von anderen. Lina himmelte Erik an und sie mochte es, wenn er sie fest anpackte – manchmal. Er grinste und hielt ihr sogar die Tür auf. Ihm wiederum gefiel, dass sie ihm aus der Hand fraß. Mit so einer Partnerin konnte man alles bewältigen. Sie redete nicht viel, stellte keine komplizierten Fragen, war anspruchslos und fügte sich, meistens. Erik hatte einen sexuellen Drang, der unerschöpflich und obendrein ohne jedes Feingefühl ausgeprägt war. Das hatte er ihr von Anfang an zu verstehen gegeben und war erstaunt, wie entgegenkommend sie war. Andere Frauen hatten fluchtartig die Beziehung verlassen, wenn sie merkten, wie er drauf war.

»Riecht verdammt gut«, sagte er und blieb im Eingangsbereich stehen, um einen Tisch auszukundschaften. »Ich werd mir einen mächtig fetten Burger mit doppelter Portion Pommes und ein großes Bier genehmigen«, hatte er seine Bestellung zusammengestellt, noch bevor sie sich auf einen der Hochlehner setzten, die an amerikanische Restaurants erinnerten.

»Ich nehm das Gleiche«, sagte sie.

»Aber nicht, dass du mir nachher auf der Matratze nicht mehr mit dem Arsch hochkommst«, zwinkerte er und gab ihr einen Klaps auf den Hintern. Sie kicherte, wartete ungeduldig auf die Bedienung und versuchte, die Schmerzen wegzulächeln.

Das Essen wurde gebracht. Eine halbe Stunde später wischte Erik sich den Bierschaum von den Lippen. Zufrieden rutschte er neben sie auf die gepolsterte Bank und küsste sie hemmungslos. Dass die Tresenbedienungen sie beäugten, forderte ihn offensichtlich heraus, weiterzugehen. Er lächelte selbstbewusst, fasste ihr an die Brust und stand auf. Erik wollte zeigen, dass der Abend für ihn noch nicht zu Ende war. Lässig streifte er seine Jacke über und zog seine Frau mit sich. Sie verließen die *Hafenliebe*, ohne sich noch einmal umzudrehen. Lina folgte ihm schweigend und umklammerte seinen Arm.

Auf einmal blieb er stehen, löste ihren Arm und schaute sie an. »Ich gehe noch eine Runde spazieren. Mir ist der Burger irgendwie auf den Magen geschlagen. Leg dich schon mal schlafen. Ich bin bald wieder bei dir«, sagte er.

*

Charlotte hielt ein winziges Kettchen aus rosa und weißen Perlen in der Hand.

»Was ist das?«, wollte Nadja wissen.

»Ein Geburtskettchen,« antwortete Charlotte.

»Von wem?«

Die Künstlerin betrachtete das feingliedrige Perlenkettchen, auf dem der Name ›Wentdorf‹ stand.

»Es könnte Ihres sein.« Sie reichte es ihr. Nadja hielt es zwischen ihren Fingern und zuckte die Achseln, als könnte sie nicht begreifen, was gerade passierte. Ihre Augen weiteten sich, sie schluckte und ihr Blick glitt über das winzige Schmuckstück in ihrer Hand. Nadja runzelte die Stirn und hielt das Kettchen gegen das Licht, als hoffte sie, dass es ihr eine Antwort auf die Fragen in ihrem Kopf liefern könnte. Sie schaute zu ihrem Gegenüber. Ihre Miene verriet ihre Verwirrung, dass sie nicht sicher war, wie sie mit dieser Entdeckung umgehen sollte.

»Was ist hier los?«, fragte Nadja.

Charlotte überlegte, dann antwortete sie: »Ich glaube, dass Ihre Mutter und Ihr Onkel nicht nur ein Verhältnis hatten, sondern Tim Ihr Vater ist.«

»Sie haben alles kaputtgemacht. Aber das interessiert doch niemanden mehr – außer mir. Sie sind alle tot.«

»Alle?« Der Ermittlerin stockte der Atem. War Nadja tiefer in die Sacher verwickelt, als sie zugab? Wusste sie längst alles und wollte deshalb nicht, dass irgendjemand diese Kiste öffnete?

»Ich kann nicht glauben, dass meine Mutter mit diesem Mann …« Sie sprach den Satz nicht aus, Charlotte wusste aber, worauf sie hinauswollte. Ihre Mundwinkel sanken. »Dieser miese Verräter. Ich habe ihm vertraut. Ich habe ihnen allen vertraut. Ob mein Vater wusste, dass die beiden ein Verhältnis hatten? Dass ich nicht seine Tochter war?« Sie flüsterte und atmete tief durch. Charlotte legte die Fotos zurück in die Schatulle. Wer überließ einem Onkel das Geburtsperlenarmband der Nichte? Niemand. Ahlers war der Vater von Nadja Wentdorf – so viel war sicher. Wahrscheinlich sollte dieses Geheimnis mit dem Bau der Gartenlaube für immer in der Versenkung verschwinden.

»Wenn Tim Ahlers Ihr Vater ist und mit Ihrer Mutter ein Verhältnis hatte, warum haben sie es dann all die Jahre geheim gehalten? Sie sind erwachsen. Das hätten die beiden mit Ihnen klären müssen.« Charlotte fühlte Mitleid mit Nadja, deren Gesicht wie eine Maske wirkte. Alles Weiche war daraus verschwunden. Josch hatte sich ohne ein Wort aufs Sofa gesetzt und war dem Gespräch gefolgt.

»Das klingt furchtbar«, sagte er und guckte in die ratlosen Gesichter der Frauen. »Deerns, ich mach uns mal ein deftiges Abendbrot. Ordentlich Rührei mit Speck. Und Sie bleiben hier und essen mit uns. Ich glaube, wir brauchen jetzt alle eine ordentliche Stärkung«, sagte er. Der Kapitän konnte sich ahnungsweise vorstellen, wie es in der jungen Frau aussah, und wollte sie zumindest für den Moment ablenken. Sie durfte jetzt nicht alleine sein.

Nadja schüttelte den Kopf und wischte sich mit dem Handrücken Tränen von den Wangen. »Alles gut. Ich habe keinen Hunger«, flüsterte sie. »Ich muss los. Das muss ich erst mal verarbeiten. Allein.« Sie raffte die Fotos zusammen und legte sie zurück in die Schatulle. »Danke, Charlotte, dass Sie mir geholfen haben. Aber mit dem Rest muss ich allein klarkommen.« Sie nahm die Metallkiste unter den Arm. Für einen Moment betrachtete sie das lodernde Feuer im Kamin.

Josch verschwand schweigend in der Küchenecke.

»Was wollen Sie denn jetzt tun, Deern?«, fragte sie.

Nadja zuckte die Schultern und begab sich zur Tür. »Keine Ahnung. Behalten Sie das alles bitte für sich«, flüsterte sie.

Charlotte stand bewegungslos vor ihr und entgegnete: »Mädchen, das kann ich nicht für mich behalten. Wir müssen die Fotos zur Polizei bringen. Das sind Beweise. Die könnten den Ermittlern zeigen, dass Tim ein Verhältnis mit Ihrer Mutter hatte und Lore vielleicht etwas mit dem Verschwinden zu tun hat.«

»Nein, nicht die Polizei«, flüsterte sie, hastete zurück ins Wohnzimmer, öffnete die Kiste, anschließend die Kaminofentür, und schüttete sämtliche Aufnahmen ins Feuer. »Nein.«

KAPITEL 10

Hinnerk Jacobsen fühlte sich nicht gut. Das war noch harmlos ausgedrückt, wenn man seinen Zustand betrachtete. Er kauerte im Büro auf seinem Schreibtischstuhl und schlürfte Tee. Seine Hände zitterten. Als er nachschenken wollte, merkte er, dass die Kanne leer war. Er ließ die letzten Tropfen in seinen Becher plätschern. »Hm, mach mir später neuen, muss zuerst 'ne Runde drehen«, sagte der 61-Jährige und streichelte mit aufsteigender Übelkeit seinen Bauch, als könnte er damit den Brechreiz lindern. Dieses ungewohnte Gefühl setzte ihn schachmatt. Normalerweise würde er jetzt auf der Couch liegen, aber die Einsamkeit dort brachte ihn fast um. Viel lieber saß er in seinem Container und bewachte den Hafen. Egal, wie spät es war, egal, wie er sich fühlte. Das hier war sein eigentliches Zuhause.

»Oje, das ist grauenvoll. Fühlt sich an, als wär ich seekrank. Und ich dachte, der Tee hilft.« Er prustete, versuchte Sauerstoff in seine Lungen zu pumpen, und stierte auf den Planer, der vor ihm an der Wand hing. Die Namen und

Zahlen verschwammen vor seinen Augen. Völlig aus dem Gleichgewicht, kippte er zurück gegen die Lehne seines Schreibtischstuhls. »Ich sollte schleunigst an die frische Luft«, sagte er, stemmte sich hoch und schwankte wie ein Betrunkener aus dem Büro. Als er vor der Tür stand und der Wind ihm ins Gesicht blies, fühlte er sich nicht besser. Der Hafenmeister hatte fürchterliche Schwierigkeiten, überhaupt richtig durchzuatmen. Alles um ihn herum fing an, sich zu drehen. Hinzu kam dieses unüberhörbare Grummeln in seiner Magengegend, das sogar den pfeifenden Wind übertönte. »Das rumort ganz schön heftig im Darm«, sagte er, griff seine Hinterbacken und stieg die Stufen runter. Ich hab doch gar nichts Komisches gegessen, überlegte er und strich mit der Hand noch einmal über die Wölbung unterm Hosenlatz, die sich anfühlte, als bewegte sich dort etwas. »Sollte nicht so viel Räucheraal essen. Mir ist gar nicht gut. Ich glaub, ich muss aufs Klo.« Hinnerk verschwand im Toilettenhäuschen, das sich vis-à-vis befand.

Die Sitzung dauerte fast eine halbe Stunde. Leichenblass verließ er das Klohäuschen wieder. Er torkelte, schwankte, als hätte der Boden eigene Schwerkraft. Sein Handy klingelte. Er nahm das Gespräch entgegen und wunderte sich, dass ihn um diese Uhrzeit jemand störte. »Ja, ich komm gleich. Wird schon nichts sein. Bin gleich da.« Ein bisschen frische Luft wird mir guttun, überlegte er und machte sich auf, seine Runde durch den Hafen zu absolvieren und den Störenfried zu besänftigen. Der Wind heulte durchs Hafenviertel, aber er wusste, dass es die letzte Tour für heute sein würde. »Wat'n Schlamassel. Nee, nee. Danach leg ich mich aber flugs aufs Ohr. Morgen geht's mir bestimmt wieder besser«, sagte er und zog die Wollmütze über die Ohren. Es war dunkel und er fröstelte. Stockend zog er den

Reißverschluss seiner Jacke hoch. Mit zitternden Fingern stellte er die Taschenlampe an, um sicher über die Stege zu gelangen. Hoffentlich reißt sich bei dem Wind kein Boot los, hoffte er. Mit einem Gang, der an einen Betrunkenen erinnerte, schaukelte der Hafenmeister über den Holzsteg. Er hatte kaum Kontrolle über seine Füße und schlitterte über die Holzbohlen. Seine Schritte führten ihn von einer Seite des Steges auf die andere. Immer gefährlich nah an der Kante entlang. Auf einmal würgte er. Panisch hielt er sich am Gestänge der Laterne fest, die unmittelbar neben ihm stand, beugte sich vornüber und erbrach sich ins Wasser. Vergessen war der Anrufer, der seine Hilfe benötigte. Es dauerte eine Zeit, dann hatte sich sein gesamter Mageninhalt ins Hafenbecken ergossen. Er hangelte sich wieder hoch und japste nach Luft. Meine Luftröhre. Hinnerk fasste sich an die Kehle. Ihm wurde schwindelig. Er klammerte sich am Laternenpfahl fest. »Hilfe«, flüsterte er kaum hörbar. »Hilfe.« Er hoffte, dass der Anrufer ihn hörte, der hier irgendwo auf ihn wartete. Doch es war niemand zu sehen, der ihm hätte zu Hilfe eilen können. Die wenigen Schiffe dümpelten ohne einen Funken Licht im Dunkeln. Niemand hörte sein Rufen. Der Sturm verschluckte sämtliche Geräusche. Der Hafenmeister merkte, wie sich alles um ihn drehte. In seinem Kopf hämmerte es. Dann wurde ihm schwarz vor Augen. Er sackte zusammen, schlug mit dem Kopf auf den Steg und fiel ins Hafenbecken. Die aufschäumende Gischt erfasste ihn und zog ihn in die Tiefe.

*

Charlotte nahm am nächsten Morgen als Erstes den Telefonhörer in die Hand und wählte Westermanns Nummer.

Josch hatte sie gebeten, erst einmal eine Nacht drüber zu schlafen, bevor sie die Polizei aufscheuchte wegen dieser kaum zu glaubenden Geschichte. Ungeduldig wartete sie, dass Westermann das Gespräch entgegennahm, während Josch in der Küche wirtschaftete. Dann endlich: »Ja?«

»Dirk, mein Junge.« Ihre Stimme klang nervös, das merkte der Ermittler auf Anhieb. »Du musst sofort herkommen. Wir haben etwas Wichtiges rausgefunden.« Sie lauschte.

»Wir? Wer ist wir? Und was habt ihr herausbekommen? Du weißt, dass du …« Westermann schwieg und runzelte die Stirn. Ihr mitzuteilen, dass sie sich aus den Ermittlungen heraushalten sollte, hatte absolut keinen Sinn. »Also, was gibt es so Wichtiges?«, fragte er und gähnte, während er die Brille auf seine Haare schob.

Charlotte begab sich zum Couchtisch und warf einen Blick auf die Metallkiste, die dort ohne Inhalt stand. »Ich glaube, wir, also Nadja und ich, haben Beweise, dass bei den Ahlers etwas ganz und gar nicht stimmt. Na ja, viel ist davon allerdings nicht mehr übrig«, flüsterte sie und betrachtete den spärlichen Haufen angekokelter Fotos auf dem Tisch.

»Wovon ist nicht mehr viel übrig?« Seine Stimme klang auf einmal hellwach.

»Wir haben etwas rausgefunden, was einen völlig neuen Blick auf das Verschwinden der Ahlers wirft. Aber leider sind die Beweise fast alle vernichtet«, schluckte sie.

»Sieh an, ihr also auch«, biss er sich auf die Lippen, um nicht wieder Informationen mitzuteilen, die sie nichts angingen. »Also, erzähl, um was geht es? Du weißt, meine Zeit ist begrenzt.« Sie hörte Westermann schnaufen.

»Dirk, komm her und sieh dir an, was wir entdeckt haben. Eine Kiste mit äußerst wertvollem Inhalt. Na ja, zumindest die Reste davon. Aber du musst hier erscheinen, dann erzähle ich dir, um was es sich handelt.« Sie drückte den roten Knopf des Mobiltelefons und legte es zurück auf die Station. Sie wollte ihm keine Gelegenheit geben, sich mit einer fadenscheinigen Ausrede herauszuwinden.

Josch sah sie an und schüttelte den Kopf, während er mit stoischer Gelassenheit den Tisch deckte. »Du bist wirklich mit allen Wassern gewaschen. Verflixt und zugenäht«, sagte er und grinste an seiner kalten Pfeife vorbei. Er betrachtete sie nicht ohne Stolz.

»Ich muss so handeln, sonst nimmt er mich nicht ernst.« Ihre Mundwinkel bewegten sich nach unten. Ihr wurde bewusst, dass sie immer wieder kämpfen musste, um sich bei ihren sogenannten Kollegen durchzusetzen. Sie seufzte und warf einen Blick auf den Tisch. »Das machst du wirklich großartig«, lobte sie ihren Lebensgefährten und setzte sich. »Soll ich irgendwas machen?«, fragte sie.

»Nee, du bliffst man sitten, Deern. Ik bün ja gliek trech. Hartkaakt oder week?« Charlotte wirkte abwesend und starrte nach draußen in den Hinterhof.

»Was hart oder weich?«, fragte sie, ohne ihn anzusehen.

»Na, de Eier.«

»Fünfeinhalb Minuten bitte.«

Eine halbe Stunde später klingelte es an der Tür. Charlotte sprang vom Stuhl. »Siehste, ich hab's gewusst.« Sie lächelte. Für sie war die Welt wieder ein Stück weit in Ordnung. Josch, der am Tisch sitzen blieb, schlürfte Tee und guckte mit wachem Blick zur Tür. Er griff nach seiner Helmut-Schmidt-Mütze. Charlotte mochte es nicht, wenn er sie am Esstisch aufhatte, aber falls Besuch ins Haus stand, war er noch immer der Kaptein. Ein paar Sekunden später trat der Hauptkommissar mit verwehten Haaren ins Wohnzimmer seiner angeheirateten Tante.

»Moin, Josch, na, wo geiht di dat?«

»Allens kloor, min Jung. Mir geht es wunderbar«, zwin-kerte der Kapitän. »Nach so einem leckeren Frühstück«, lobte er sich. Er wollte die beiden alleine über den Fall brü-ten lassen, rückte die Mütze zurecht und verschwand in den Garten. Vor der Tür entzündete er seine Tabakspfeife. Er setzte sich gern in Charlottes Gartenlounge und beobach-tete die Vögel. Da hatte er frische Luft. Luft, die nach Salz und Meer roch, wenn man feinfühlig war. Dirk umarmte Charlotte und setzte sich ihr gegenüber.

»Tee? Du trinkst bestimmt einen Pfefferminztee, oder?«

Er nickte. »Du siehst blass aus, Jung«, sagte sie und betrachtete den Hauptkommissar mit geschultem Blick. Sie nahm seine Augenringe wahr, die davon zeugten, dass er entweder unter Schlafmangel oder Stress litt. Auch sein gehetzter Gesichtsausdruck war ein deutliches Signal für Charlotte. »Was ist denn los?«

Westermann spannte seine Stirn an und zwang sich zu einem Lächeln. »Was ist denn los?«

»Was soll mit mir los sein? Eindeutig zu wenig Schlaf. Nun erzähl, oder zeig mir bitte, was dich dazu bewogen hat, mich hierherzubestellen.«

»Erzähl mir erst, was dich so belastet.« Sie zog die Augen-brauen hoch und wartete auf seine Antwort.

»Hm, wir bekommen im Moment nicht gerade viel Schlaf«, sagte er, während er auf den Boden sah und gähnte.

»Macht der Lütte Probleme?« Charlotte nahm die Anzei-chen auf und kombinierte daraus, dass Dirk sich große Sor-gen machte.

»Mats ist tatsächlich nicht ganz auf der Höhe. Du weißt doch, dass er sich an Scherben einer Energiesparlampe geschnitten hat. Die Wunde hat sich entzündet.«

»Oh, das tut mir leid. Warum habt ihr mir das denn nicht erzählt? Ich kann euch doch helfen. Ich fahr gleich morgen Vormittag zum Sund. Die Deern muss doch arbeiten.«

»Mach das, sie freut sich sicher, wenn du vorbeikommst. Aber nun mal Butter bei die Fische, was habt ihr rausgefunden? Ich hoffe, du bist nicht wieder irgendwo verbotenerweise eingestiegen.«

Charlotte schüttelte den Kopf und legte ihre Hand auf die Metallschatulle. »Nein, rechtmäßig erworben und das ganz ohne gefährliche Umwege. Nadja, Josch und ich haben die Büchse ausgepackt«, versicherte sie und griente. Sie öffnete ohne Eile den Deckel der Kiste.

Westermann warf einen Blick auf den Inhalt. »Ein paar Fotos? Alle halbwegs verkohlt. Und dafür bin ich jetzt von Oldenburg hergefahren? Ich sitz seit um 7 Uhr am Schreibtisch. Das ist nicht dein Ernst.«

»Ich bin mit Nadja zum ehemaligen Haus der Ahlers nach Gammendorf gefahren. Wir haben die Kiste in Empfang genommen und hier geöffnet. Leider hat Nadja die Bilder, nachdem wir deren Geheimnis gelüftet haben, ins Feuer gekippt. Ich konnte diese Exemplare gerade noch retten. Die Aufnahmen belegen, dass Tim mit der Schwester seiner Frau, also mit seiner Schwägerin, ein Verhältnis hatte, und dann haben wir noch etwas rausgefunden.« Sie zog das verrußte Perlenbändchen hervor und reichte es Westermann. »Ahlers hatte, wie es nach deiner Aussage den Anschein hat, nicht nur ein Verhältnis mit der Schwester seiner Frau, sondern Affären mit der Frau seines Geschäftspartners *und* seiner Sekretärin. Mit wem sonst noch alles, erschließt sich uns bisher nicht.«

»Und warum ist der eigentliche Vater nicht auf den Fotos?«, fragte Westermann.

»Weil er die Fotos unter Umständen geschossen hat. Wir vermuten aber, und das halte ich für sehr viel wahrscheinlicher, dass sie den Selbstauslöser benutzt haben. Aber ich glaube etwas ganz anderes. Auf irgendeinem der Fotos wären dann sicherlich ihre Tante oder ihr Vater drauf gewesen. Ich gehe sogar so weit, dass ich vermute, dass ihr Onkel, also Tim Ahlers, Nadjas Vater ist.«

»Charlotte, hast du irgendwelche Beweise für eine derartige Annahme?«

»Ich habe das Geburtskettchen von Nadja in dieser Kiste gefunden. Wenn ich die Puzzleteilchen zusammensetze, ergeben sich Beweise genug, oder nicht?«

»Das ist nur eine Vermutung und ohne die Gewissheit einer DNA-Analyse werden wir hier nicht weiterkommen.«

»Das sind keine Zufälle. *Keine* Mutter überlässt ihrem Geliebten das Geburtsbändchen ihres Kindes. Es sei denn, es handelt sich um ein gemeinsames Kind und ist eine Erinnerung für den leiblichen Vater. Ein geheimes Zeichen.« Charlotte guckte ihrem Gegenüber fest in die Augen.

Westermann nahm die Brille von der Nase, setzte sie auf seine Mähne, rieb sich anschließend die Augenlider. »Das ist Frauenlogik«, gähnte er. »Hypothese: Nehmen wir an, du hast recht und Ahlers ist der Vater der Wentdorf. Dann reicht ein Geburtsbändchen nicht. Dann brauchen wir *unbedingt* Proben, die ins Labor gehen und deine Vermutung bestätigen. Von der Nichte dürfte das kein Problem sein, aber von Ahlers? Auf dem Schiff gibt es nichts mehr, das auch nur im Entferntesten an ihn oder seine Frau erinnert. Das reicht nicht. Falls du also noch ein paar Locken irgendwo findest, gern. Aber ansonsten warten wir den Verlauf unserer Untersuchungen ab. Was sagt eigentlich seine Nichte zu deinen Spekulationen?«

»Was soll sie dazu sagen? Sie ist geschockt, das kannst du dir sicher vorstellen. Vielleicht ist eine DNA-Analyse der Schlüssel zur Lösung. Wir müssen was finden, das ihm gehört. Eventuell besitzt Nadja irgendwas Persönliches von ihrem … Vater.«

»Na klar, sie hat sicher etwas in ihrer Schublade, das Beweise liefert. Eine Bürste, einen Kamm, einen Pullover. Charlotte, wenn es so einfach wäre.«

»Spinnen wir die Vermutung mal weiter. Unter Umständen hat seine Ehefrau rausgefunden, dass ihr Mann der Vater ist, und da hat er sie …« Charlotte tätigte eine deutliche Handbewegung gegen ihre Halskante.

»Aber warum erst jetzt? Alles wunderbar durchdacht, aber viel zu undurchsichtig. Langsam mache ich mir wirklich Sorgen um die Frau an der Seite von Ahlers. Hier handelt es sich mit Sicherheit nicht mehr um einen normalen Vermisstenfall.«

Charlotte schnitt ihm das Wort ab: »Spinnen wir das mal weiter. Was, wenn seine Frau rausgefunden hat, dass er sie immer wieder betrogen hat, oder sogar weiß, dass er der Vater ihrer Nichte ist, sie ihn unter Druck gesetzt hat und er hat sie … ich will das gar nicht zu Ende denken.« Charlotte spekulierte und tauchte immer tiefer in ihre Hypothesen ein.

Westermann erhob sich. »Das sind alles gute Ansätze und die Antworten darauf sollten wir schnellstens herausfinden, meine liebe Miss Marple. Ich werde mich eigens darum kümmern, die Fotos auf Fingerabdrücke untersuchen zu lassen. Wenn wir ganz viel Glück haben, werden wir fündig und erhalten seine DNA. Aber ob wir dadurch rausfinden, was mit den Ahlers passiert ist, bezweifle ich.«

»Aber du musst nach dem Auswahlprinzip vorgehen. Nadja und ich haben die Fotos angefasst«, flüsterte sie und guckte auf den Boden.

KAPITEL 11

Van Elebek saß über seinen Unterlagen und warf einen Blick auf den Schiffsanleger. Der Espresso, den er runterkippte, war der fünfte an diesem Morgen. Er musste an den Streit denken, den er mit Tim gehabt hatte, bevor er wütend das Büro verlassen hatte. »Mieses Arschloch. Das hast du alles selbst verbockt«, sagte er und presste die Zähne aufeinander. Van Elebek knallte die Tasse auf den Unterteller und sprang vom Stuhl. Er konnte sich nicht auf die Arbeit konzentrieren, wollte noch zu einer Baustelle in Barmbek, dann würde er zum Apartment nach St. Pauli fahren, um sich abzureagieren, bevor er nach Hause fuhr. Er hatte versprochen, pünktlich zu sein. Ich muss Blumen kaufen, überlegte er, nahm seine Anzugjacke von der Lehne und streifte sie über. Sie würde auf ihn warten. Er lächelte und spürte Erregung in sich aufsteigen. Nicht einmal eine halbe Stunde später parkte er am *Neuen Pferdemarkt.* Unauffälliger und hipper konnte man nicht wohnen. Es war eine adäquate Adresse und dennoch weit genug entfernt von seinem Umfeld. Der

Architekt grinste, schwang pfeifend sein Schlüsselbund, als er den Klingelknopf drückte. Der Türöffner betätigte sich. Van Elebek bezwang kraftvoll die Stufen in den ersten Stock. Die Tür war angelehnt und er betrat das Apartment. Kaum wahrnehmbare Musik waberte aus dem Wohnzimmer. Es roch alles neu und frisch, als er eintrat. Er hasste Parfumgeruch an ihr – zu verdächtig. Der Architekt warf seinen Schlüsselbund auf die Ablage im modern gehaltenen Eingangsbereich und bewegte sich auf das hell eingerichtete Zimmer zu. Da stand sie in knallenger Jeans, ebenso engem Top und hinreißendem Lächeln. Ihre schwarzen hüftlangen Haare glänzten, als sie sich lächelnd auf ihn zubewegte. Sein Blick war auf sie gerichtet. Er stöhnte, als sie sich mit der Zunge über ihre Lippen fuhr. Für einen Moment senkte sie ihren Blick und inhalierte seinen unwiderstehlich männlichen Geruch. Sein Brustkorb hob und senkte sich, als er das Sakko auszog und über die Sofalehne warf. Langsam knöpfte er sein Hemd auf, beobachtete, wie sie den Reißverschluss ihrer Jeans öffnete und sich auf ihn zubewegte. Ihre Brustwarzen stachen durch den Stoff ihres Tops. Gierig umfasste er mit einer Hand ihre Hüfte, packte mit der anderen ihre glänzenden Haare, bog ihren Kopf zurück und zwang sie zu Boden.

*

Es war kurz vor 15 Uhr, als Westermann ein paar Tage später im Hafengelände Burgstaaken eintraf. Hartwig hatte sich von Lütjenbrode aus auf den Weg gemacht und erwartete ihn in sportlicher Kleidung am Hafenmeisterbüro. Die Zigarette klemmte zwischen den Lippen des dunkelhaarigen Kommissars und er tätigte eine Handbewegung, als er

Westermann erkannte. »Na, Moin, Chef. Bist ausm Bett gefallen? Siehst ganz schön verbeult aus«, sagte er, als sein Vorgesetzter ihn erreichte. Qualm stieg in seine Augen, er fluchte, rieb sich die Augenlider und warf die Zigarette achtlos auf den Boden. »Verdammt.«

»Umweltfrevler. Deine Sportklamotten sind anscheinend nur Tarnung. Außerdem hab ich schon sehr lange ausgeschlafen, du Nerd«, sagte Westermann und zog den Kragen seiner Jacke zu. Er gähnte und fror. Der Sturm ächzte nach wie vor durch das Hafengelände und bereitete ihm eine beklemmende Gemütsverfassung. Er warf einen Blick zum Himmel, wo Möwen mit ausgebreiteten Flügeln ihre Kreise zogen und auf Böen über ihnen hinwegglitten. »Hätte sich besseres Wetter aussuchen sollen«, sagte er und versuchte ein paarmal, seine Pfeife anzuzünden.

Hartwig guckte ihn an, als verstünde er nicht, und reichte ihm sein Sturmfeuerzeug. »Schenk ich dir.«

»Wie großzügig. Danke. Außerdem bin ich sicher wesentlich länger auf als du. Und wer kommt hier letztlich in Sportkleidung an? Du willst mir doch nicht erzählen, dass du joggen warst. Hat Stina dich nicht aus dem Bett gelassen?«, versuchte er, ein verunglücktes Grinsen aufzulegen.

»Doch. Joggen war ich. Mit Watson. Sind am Strand Richtung Meeschendorf gelaufen.« Er deutete auf den Hund, der bei Westermanns Erscheinen sofort aufgesprungen und auf den Ermittler zugestürmt war. »Aber was ist mit dir? Du siehst alles andere als gut aus.« Hartwig kratzte seinen Fünftagebart, betrachtete seinen Vorgesetzten, und was er sah, gefiel ihm nicht. Die Wangen seines Chefs waren eingefallen. Außerdem sprangen ihn die dunklen Ringe unter seinen Augen förmlich an. Westermann zog an der Pfeife, blies den Rauch in die Luft, während er Watson hinter dem Ohr kraulte:

»Warum reitet ihr eigentlich alle auf meinem Aussehen rum? Mir geht es gut. Der Lütte macht uns immer noch Sorgen, die Wunde an der Hand hatte sich entzündet. Wir mussten noch mal in die Klinik. Erst jetzt wird's langsam besser. Kurze Nächte, du verstehst?« Westermann gähnte und schüttelte den Kopf, als versuchte er, die letzten Tage aus seinem Gedächtnis zu streichen.

»Oha, das klingt nach Stress«, sagte Hartwig, zündete sich eine weitere Zigarette an und blies den Qualm in die Luft.

»Egal, und jetzt zur Sache: Wo habt ihr ihn?« Westermann spähte suchend über das Gelände.

»Unten am letzten Steg. Er muss sich unterhalb der Planken verkantet haben. Sieht nicht gut aus, der Mann. Lag anscheinend etwas länger im Wasser, wenn ich das richtig verstanden hab. Der Medizinmann ist schon da. Sprich mit ihm, der kann dir genau erklären, was passiert ist. Ich muss mir das nicht zwingend antun.« Dass Hartwig seine Abneigung gegenüber Leichen immer noch nicht abgelegt hatte, nahm Westermann mit einem Schmunzeln zur Kenntnis. Pathologe oder Rechtsmediziner wäre nicht sein Beruf, so viel war sicher.

»Vergiss deine Kippe nicht«, mahnte Westermann und deutete auf die achtlos weggeworfene Zigarette.

Ein Mann in Latzhose und neongelber Regenjacke kam aus dem Hafenmeisterbüro, zog seine Mütze weit über die Ohren und marschierte Richtung Schiffshalle. Anscheinend der Ersatz-Hafenmeister, überlegte Westermann.

Er sichtete den Facharzt für forensische Medizin wenig später auf dem letzten Steg. Dort, wo sie die Wasserleiche des Hafenmeisters Hinnerk Jacobsen vor etwas mehr als einer Stunde geborgen hatten. Ein aufgebautes Zelt verdeckte den Leichnam. Ein Bootsslieger hatte ihn entdeckt, als er einen abgerissenen Fender unter genau dem Steg herausziehen wollte, unter dem der Tote sich offensichtlich verkeilt hatte. Die Wellen schlugen gegen die Holzdalben und überspülten die Planken der Bootsstege. Der regnerische Herbstwind peitschte den Beamten gnadenlos ins Gesicht. Feuchtigkeit und Kälte zog selbst durch die dicksten Jacken. Es war kein angenehmer Ort, um die Untersuchung durchzuführen.

Westermann wandte sich an den Mediziner: »Moin, Doktor, was kannst du berichten?«

Der 40-jährige Sebastian Floor, ein äußerst erfahrener Rechtsmediziner aus Lübeck, streifte neue Handschuhe über und kniete sich neben die Wasserleiche. Westermann betrachtete den dünnen kurzen Zopf, der sich über seinen Nacken schlängelte. Die beiden kannten sich seit Jahren und hatten sich zu einem perfekten Team zusammengefunden. Der Mann mit dem Ziegenbart antwortete routiniert: »Die niedrigen Wassertemperaturen haben den Verwesungsprozess verlangsamt. Guck dir die farbliche Veränderung der Haut an: Aufgrund der Einwirkung von Wasser und der geringen Temperatur ist die Oberhaut blasser oder besser gesagt grauer als bei höheren Wärmegraden. Die Hypostase ist eindeutig.« Er zeigte auf den mittlerweile nackten Leichnam, der vor ihnen am Boden lag.

»Hypostase?«

Floor nickte. »Ja, die bezieht sich auf die Ansammlungen von Blut oder anderen Körperflüssigkeiten in tiefer gelegenen Bereichen des Körpers nach dem Tod. Geschieht aufgrund der Schwerkraft, wenn das Herz nicht mehr pumpt und das Blut in den Gefäßen verbleibt.« Westermann nickte. »Es gibt Schwellung und Verformung: Die Leiche ist anlässlich des Wasserkontakts und der möglichen Einwirkung von Meeresströmungen angeschwollen und verformt. Eindeutigen Fischfraß haben wir an Hals, Händen und Gesicht, also den sensiblen Teilen des Körpers. Ablösung der Haut ist ebenfalls vorhanden.« Er deutete auf mehrere Bereiche, die nicht mit Kleidung bedeckt gewesen waren. »Sie könnte sich unter Wasser an den Dalben, den Booten oder sogar an den Steinen der Hafeneinfahrt abgerieben haben, was du hier erkennen kannst.« Floor nahm die linke Hand der Leiche und hob sie an. Die Handflächen zeigten nicht nur Fraß, sondern tiefe Schürfspuren.

»Hm«, war das Einzige, was Westermann hervorbrachte. In seinem Magen rumorte es. Das kannte er nicht. Ihm war normalerweise nicht hundsmiserabel, wenn er eine Leiche inspizierte, sie allerdings dermaßen angefressen sehen zu müssen, ließ in ihm die Übelkeit hochsteigen.

»Also, zusammenfassend und basierend auf dem Zustand der Haut und der allgemeinen Verfärbung würde ich schätzen, dass der Hafenmeister etwa vier bis fünf Tage im Wasser gelegen hat. Ist natürlich nur eine vorläufige Prognose.«

Westermann runzelte die Stirn: »Und kannst du Anzeichen einer äußeren Gewalteinwirkung erkennen?«

Der Rechtsmediziner schüttelte den Kopf und verzog die Miene. »Nein, ich habe bisher nichts dergleichen gefunden. Bis auf die Prellung an der Schläfe. Könnte vom Sturz oder einem Schlag herrühren. Da musst du warten, bis ich ihn auf dem Tisch hab.«

»Könnte er in der Dunkelheit gestürzt und ertrunken sein? Sturm genug hatten wir ja. Oder hat da jemand nachgeholfen?«, wollte Westermann wissen.

Floor hob den Kopf, überlegte einen Moment, neigte den Kopf und antwortete achselzuckend: »Es ist zu früh, um eine präzise Aussage zu treffen. Ich werde eine detaillierte Untersuchung des Körpers in der Rechtsmedizin vornehmen und Gewebeproben entnehmen, um zum einen den Todeszeitpunkt genauer zu bestimmen und um rauszufinden, ob er ins Wasser gefallen sein könnte und ertrunken ist. Bisher gibt es keinen Hinweis darauf, dass er getötet wurde. Wir werden sehen, ob er Wasser in der Lunge hat. Wie kommst du überhaupt auf einen derartigen Gedanken?«, wollte Floor wissen.

Der Hauptkommissar sah aus, als hätte er in eine Zitrone gebissen: »Ein Ehepaar, das eine Jacht in diesem Hafen liegen hatte und sie vor kurzem verkauft hat, ist seit fast vier Wochen verschwunden. Wir gehen nach Kenntnislage mittlerweile von einem Verbrechen aus. Haben allerdings keinerlei Beweise für eine Gewalttat. Jetzt wird zu allem Unglück der Hafenmeister tot in diesem Hafenbecken aufgefunden. Genau in dem Hafen, in dem das Ehepaar sein Schiff liegen hatte. So viele Zufälle gibt es doch nicht, oder? Was, wenn er nicht gestürzt und ertrunken und das Paar nicht eben nur untergetaucht ist, um eine schöne Zeit miteinander zu verbringen? Das würde bedeuten, dass wir es mit zwei Verbrechen zu tun haben könnten. Es besteht für mich die Möglichkeit, dass die Fälle in irgendeiner Weise miteinander verknüpft sind. Das Ganze liegt mir eindeutig zu nah beieinander. Und schlägt mir langsam, aber sicher auf den Magen.«

»Hm, klingt einleuchtend. Aber das sieht eher nach einem Unfall aus. Bei dem Sturm wäre das nicht abwegig. Ich werde ihn genauestens unter die Lupe nehmen, kannst dich drauf verlassen, und ich hoffe, dass du dieses Mal unrecht hast.« Floor zwinkerte dem Ersten Hauptkommissar zu und machte sich wieder an seine Arbeit. Die Kriminaltechnik war dabei, die umliegende Umgebung in Augenschein zu nehmen. Westermann unternahm einen weiteren Versuch, seine Pfeife zu entzünden. Er beobachtete die dicken schwarzen Wolken am Himmel, die weiteren Regen voraussagten. Westermann atmete aus. Durch Gischt aufgebauschte Wellen klatschten furchteinflößend und fortwährend gegen die Steinmauer des Hafenbeckens und brachen sich an den Holzpfählen. Es schien, als tobte ein Krieg der Elemente im Hafen, der die letzten noch im Hafen verbliebenen Boote wie Spielzeuge von einer Seite zur anderen katapultierte. Ich möchte nicht wissen, wie es draußen auf offener See aussieht. Westermann schüttelte sich und spürte die Feuchtigkeit auf der Haut seiner Schultern. Mechanisch zog er sie wie einen Panzer hoch, um sich vor eindringender Nässe zu schützen. Er versuchte, seine Gedanken zu ordnen, als Hartwig sich neben ihn stellte.

»Thomas, wenn es dir nicht gutgeht, kannst du dich zurückziehen. Ich kümmere mich um die weitere Untersuchung. Ich muss wissen, ob das ein Unfall war. Du könntest ja schon mal in die Burger Dienststelle fahren und uns anmelden«, sagte er.

Hartwig nickte. Er wollte eigentlich zügig den Rückzug antreten. Dieses Wanken auf den Stegen und die Tote unmittelbar vor ihnen machten ihm zu schaffen. Der Kommissar, der dastand und schlotterte, schenkte dem Zelt, in dem Hafenmeister Hinnerk Jacobsen lag, keinerlei Beachtung. Mit der Hand versuchte er, seiner Haarpracht Herr zu werden, mit tiefen Atemzügen der Übelkeit in seinem Magen.

»Du kannst versuchen, rauszufinden, ob es weitere Hinweise gibt. Was, wenn er ermordet wurde? Sieh dir sein Büro bitte noch mal an, bevor du nach Burg reinfährst. Und frag gleich nach, ob die wissen, wann die Pearl wieder einläuft.« Er deutete auf den verwaisten Liegeplatz der Luxusjacht.

»Mach ich, Chef. Die Spusi ist noch im Hafenmeisterbüro zugange. Und was, bitte schön, sollen wir da finden?
Der Mann hat meiner Meinung nach einen zu viel gepi-
chelt, ist gestolpert und bei dem Wind direkt ins Hafenbecken geschossen. Bei dem Sturm und Getöse hat bestimmt
niemand was mitgekriegt. Das wird Floor sicher auch feststellen. Alkohol. Was willst du sonst bei ihm finden? Das
war sicher ein Unfall. Er war nur der Sheriff im Hafen.«

»Nur der Sheriff, du bist gut und ziemlich schnell durch
mit deiner Analyse. Wenn alles so einfach wäre. Der hätte
da sicher noch eine ganze Weile gelegen, wenn der Bootslieger ihn nicht zufällig entdeckt hätte«, sagte Westermann.

»Mich wundert nur, dass ihn niemand vermisst hat«, entgegnete Hartwig und schlug seine Arme um die Schultern.

»Da lag das Wochenende dazwischen. Vielleicht haben
sie versucht, ihn zu erreichen, und niemand ist rangegan-
gen. Du siehst ja, dass Ersatz da ist. Befrag den Mann. Ich
will wissen, ob und wann sie ihn vermisst haben.«

»Ich könnte mir vorstellen, dass er Samstagabend bei
Mirella in der Hafenkneipe war und sich hat volllaufen las-
sen. Dieses Scheißwetter und die Einsamkeit, kennst das
Spiel doch. Dann treffen sie sich in der warmen Stube, sau-
fen und klönen das Alleinsein weg. Wär ja nicht das erste
Mal, dass die Männer ihren Frust ersäufen, erinnere dich.«

Vielleicht war er wirklich nur betrunken, ist gestolpert
und ins Wasser gefallen, hoffte Westermann. Trotzdem
schien es, als würden sich die Schwierigkeiten mit dem Tod
des Hafenmeisters verstärken. Für ihn hing alles zusammen.
Westermann stöhnte. »Dazu dieser ganze private Mist«,
flüsterte er. Jeder, der ihn kannte, sah, dass etwas ihm den
letzten Nerv raubte. »Vielleicht bin ich einfach total über-
reizt und brauch endlich mal Urlaub«, sagte er.

»Westermann, wo ist dein analytischer Verstand? Du bist doch sonst immer so akribisch.« Hartwig legte seinem Vorgesetzten die Hand auf die Schulter. »Wir kriegen das schon gebacken, verlass dich drauf«, sagte er und entfernte sich.

»Wir stehen vor einer rätselhaften Geschichte«, sagte Hartwig, als er sich etwa zehn Minuten später zu Westermann ins Fahrzeug gesellte. »Jacobsen war überhaupt nicht in der Kneipe. Außerdem trinkt er, soviel ich gehört habe, allenfalls mal ein Bier. Und in seinem Büro gab es auch nichts, was darauf hindeuten könnte, dass was passiert ist. Sein Handy haben sie in der Hosentasche gefunden und eingetütet. Sie machen 'ne forensische Analyse, um mögliche Spuren auf einen Anruf rauszufiltern. Sie werden die Anrufliste überprüfen. Falls es überhaupt noch etwas zu filtern gibt. Was ich mich allerdings die ganze Zeit frage: Was hat der alte Kerl samstagabends im Hafen gemacht?«

»Vielleicht hatte er Sorge wegen des Sturms. Ich kann mir schon vorstellen, dass er nach dem Rechten gucken wollte.«

»Nein, da muss was vorgefallen sein. Niemand stromert aus Jux und Tollerei bei dem Wetter zwischen den Booten rum.«

»Die Frage beschäftigt mich auch. Hat ihn vielleicht irgendjemand gerufen? Ich bin auf die Untersuchungsergebnisse gespannt. Hat er zu Hause einen Anrufbeantworter? Überprüfen. Wir müssen uns auf alle Möglichkeiten konzentrieren, die einen Zusammenhang zwischen dem Tod von Jacobsen und dem Verschwinden des Ehepaars Ahlers herstellen. Wir machen gleich Brainstorming mit den Kollegen aus Burg. Wir sehen uns gleich in der Dienststelle.«

*

Zwei Stunden später saß van Elebek frisch geduscht und pfeifend im Wagen. Auf dem Weg nach Bergedorf parkte er vor einem Blumengeschäft und sprang aus seinem Sportwagen. Wenn er sich beeilte, bekam er auf die letzten Meter noch einen Strauß ihrer Lieblingsrosen. Er hielt es nach wie vor für angebracht, sie jede Woche zu überraschen, bis endlich Gras über die leidliche Sache gewachsen war. Dabei hatte sie ihn schließlich betrogen. Van Elebek betrat das Geschäft. Von seinen Affären wusste sie nichts, zumindest vermutete er das. Immer noch pfeifend, fuhr er wenig später in die Einfahrt der noblen Wohnanlage am Bergedorfer Hafen. Hier hatten sie sich vor ewigen Zeiten ein Penthouse mit Blick auf das Hafengelände geleistet. Eine Idylle in einer pulsierenden Großstadt. Grün am Rande einer Weltstadt. Und wenn sie Lust auf noch mehr Natur hatten, fuhren sie ins Bauern- und Dorfleben der Vier- und Marschlanden.

Der Architekt stolzierte flötend in den Eingangsbereich, drückte den Knopf des Fahrstuhls. Sie wird nichts merken, war er sicher, roch an seinem Jackett und entfernte das Papier vom Rosenstrauß. Sein rechter Mundwinkel schwang nach oben, als er den Lift verließ und direkt im geräumigen, edel ausgestatteten Wohnbereich des Penthouse stand. »Liebling, wo bist du?«, flötete er und räusperte sich. Van Elebek wirkte gut gelaunt, als er die Schuhe von den Füßen streifte und über den erwärmten Marmorboden lief. Der Duft seines Rasierwassers umgab ihn wie eine Wolke.

Vera kam ihm aus der offenen Küche entgegen. »Sind die für mich?« Sie sah ihn an und lächelte. Innerlich grinste sie, weil sie wusste, dass er einiges wiedergutzumachen hatte.

Was er unterschätzte, war, dass eine Frau meistens spürte, wenn ihr Partner sie betrog. Vera von Elebek hatte vor geraumer Zeit einen Lippenstiftfleck am Hemdkragen ihres Mannes entdeckt, später einen ihr fremden Geruch an seinem Jackett wahrgenommen. Für wie blöd hält er mich, dachte sie und schwieg – fürs Erste. Vera wusste, dass sie diese Beziehung aufgeben würde, die in ihren Augen längst keine mehr darstellte. Aber sie hielt vorerst daran fest. Sie hatte sich immer nach einem Mann gesehnt, der es verstand, ihr das Gefühl zu geben, wirklich geliebt zu werden. Und den hatte sie ihrer Meinung nach längst gefunden. Nur warum meldete er sich nicht?

Vera lächelte und nahm den Strauß rosafarbener Rosen an sich. Sie stellte das üppige Gebinde in eine Vase. »Ich hab Zitronenhähnchen vorbereitet, das magst du doch so gern«, sagte sie.

»Ja, riecht fantastisch, ich hab einen Bärenhunger«, antwortete er und hauchte ihr einen flüchtigen Kuss auf die Wange. Du riechst nach ihr, dachte sie, weil er augenscheinlich sicher war, dass sein Rasierwasser den Körpergeruch dieser anderen Frau übertünchte. Eines wusste sie, er würde sie nie für eine andere verlassen, dafür kannte sie zu viele seiner undurchsichtigen Machenschaften. Es war ihr gleich. Sie wusste, wofür sie lebte. Und er würde sich noch wundern.

KAPITEL 12

Als Charlotte am Morgen nach ausgiebigem Frühstückstisch mit Josch das *Fehmarnsche Tageblatt* auseinanderfaltete, blieb fast ihr Herz stehen. »Nein, das gibt es doch nicht.« Sie presste die Hand vor den Mund und konnte nicht fassen, was sie las: *Der 61-jährige Hafenmeister Hinnerk J. wurde gestern Mittag im Hafenbecken Burgstaaken tot aufgefunden. Die Polizei geht derzeit von einem Unfall aus. Der Tod trat in der Nacht von Samstag auf Sonntag ein. Aus ermittlungstechnischen Gründen werden keine weiteren Informationen herausgegeben. Wer Hinweise zum Tod von Hinnerk J. geben kann, melde sich bitte bei der Burger Polizeidienststelle unter Tel. 0437 …*

»Unfassbar. Das glaube ich nicht«, flüsterte Charlotte und leerte ihren Teebecher in einem Zug, weil sie merkte, dass ihre Kehle sich ausgedörrt anfühlte. Ihr Herz wog schon schwer genug, als sie sich von ihrem Kapitän hatte verabschieden müssen, der bereits in Norwegen weilte. Sie vermisste ihn jetzt schon.

»Und nun das. Ich muss Dirk anrufen. Da stimmt was nicht.« Sie hatte während des Gesprächs mit Hinnerk feststellen können, dass etwas im Hafen nicht koscher war. Er wirkte auf sie verunsichert, fast eingeschüchtert und auf seltsame Weise fahrig und krank. Sie sah ihn vor sich und erinnerte sich daran, dass er ständig seine schweißnassen Hände an der Latzhose abrieb. Charlotte stand auf und huschte in den Flur, um das Telefon zu holen. »Ich muss unbedingt sofort mit ihm sprechen«, sagte sie, als sie seine Handynummer wählte. »Josch, warum musstest du auch nach Norwegen zum Angeln. Ausgerechnet jetzt.«

*

In der Rechtsmedizin Lübeck betrachtete Sebastian Floor die Leiche und drehte sie auf den Rücken. Die äußere Leichenschau war abgeschlossen und er im Begriff, den Brustkorb zu öffnen. Der Mediziner überstreckte den Kopf des Toten und griff zur Säge, um den ersten Schnitt zu setzen. Im Lichtstrahl der Deckenbeleuchtung fiel ihm ein Merkmal auf, das er am Bauch des Mannes übersehen hatte. Ein kleiner, kaum wahrnehmbarer geröteter Punkt. Der Rechtsmediziner legte die Säge aus der Hand und nahm eine Leuchte zu Hilfe. »Unglaublich, das hätte ich beinahe übersehen.« Er besah sich das Mal, als seine Assistentin mit einem braunen Umschlag in der Hand den Raum betrat.

»Moin, Basti, ich hab hier was für dich. Könnte interessant sein.« Die 25-Jährige mit den schulterlangen, kastanienbraunen Haaren reichte ihm das Kuvert.

»Hm«, sagte er und öffnete es. Wie konnte mir ein derartiger Fehler unterlaufen, schüttelte er den Kopf. Zwischen den Fingern hielt er das Schreiben mit den toxikologischen

Untersuchungsergebnissen von Jacobsen. Sein Blick blieb an einer Aufzeichnung hängen. »Ich hab's befürchtet, verdammt. Westermann hatte recht.«

»Was meinst du?«, wollte Sandra Wohlers wissen und guckte ihn fragend an.

»Bei der Blutanalyse haben sie eine Substanz gefunden, die für den Tod des Mannes verantwortlich sein könnte. Insulin. Die Analyse zeigt, dass Jacobsen eine Dosis injiziert wurde, die wahrscheinlich durch die Kälte des Wassers noch im Blut nachweisbar war.«

Sandra nickte.

»Ich muss dringend telefonieren«, sagte Floor und zog das Handy aus seiner Kitteltasche.

Der Rechtsmediziner informierte Hauptkommissar Westermann, der noch im Wagen unterwegs war, über die Ergebnisse. Er betonte, dass dies ein raffiniert eingefädelter Mord gewesen sein könnte, indem Insulin als Gift verabreicht wurde. »Das Vorhandensein einer bei einem gesunden Menschen verabreichten tödlichen Substanz deutet auf einen Täter hin, der mit großer Sorgfalt und Vorsicht vorgegangen ist, um seine Spuren zu verwischen. Das war nicht spontan, das war geplant. Dirk, langsam glaube ich auch, dass die beiden Geschichten zusammenhängen. Ich meld mich wieder. Ach ja, ich habe eine punktuelle passende Wunde auf seinem Bauch gefunden, die zu dem Bericht passen könnte.« Damit beendete er das Gespräch und ließ Westermann mit einem großen Fragezeichen zurück.

»Wir haben einen neuen Fall, und ich befürchte langsam, dass der Tod des Hafenmeisters und das Verschwinden des Ehepaares zusammengehören. Sebastian hat mir eben die toxikologischen Untersuchungsergebnisse rübergeschickt.« Hartwig öffnete den Mund, las, was dort stand, weitete seine Augen und zog die Augenbrauen hoch. Die Männer betraten die Burger Dienststelle, wo sie bereits erwartet wurden. Schütt begrüßte die Oldenburger Beamten und bat sie ins Büro.

»Wir sollten uns langsam auf Dauer häuslich niederlassen«, sagte Westermann und zwinkerte Olaf zu. Sie setzten sich, und Schütt goss den Männern Kaffee ein. »Weißt du, ich bin froh, dass ihr die Leute vor Ort wie eure Westentasche kennt. Es ist wesentlich einfacher, auf Fehmarn zu ermitteln, als ständig zu pendeln. Da kommen sicher mehr Informationen ans Tageslicht, als wenn wir von Oldenburg aus operieren. Wird sich sowieso bald einiges ändern«, seufzte Westermann und verzog das Gesicht.

»Was meinst du?«, fragte Hartwig.

»Ist noch nicht spruchreif. Aber hier wird sich einiges ändern, nicht, Olaf?« Westermann guckte den Burger Hauptkommissar ernst an. Sie standen vor der Tür zur Dienststelle. »Aber das zu einem späteren Zeitpunkt. Lasst uns zusammenfassen, was wir haben. Wir wissen, dass der Hafenmeister tot ist. Olaf, dass dürfte für dich neu sein. Jacobsen wurde wahrscheinlich mit Insulin getötet. Wir wissen mittlerweile, dass die Ahlers ein Haus in Schweden kaufen wollten, um dort ihren Lebensabend zu verbringen, was ein von uns entdeckter Vorvertrag belegt. Die beiden neuen Jachtinhaber sind offensichtlich die Einzigen, die von deren Vorhaben wussten. Nicht einmal die Nichte.«

»Ja, aber warum sind sie die Einzigen? Selbst der Elebek war verstört, als er von dem Haus erfuhr«, mischte sich Hartwig ein. »Würdest du Wildfremden von deinen weiteren Lebensschritten erzählen? Bespricht man das nicht zuerst mit der Familie?«

»Die Nichte als einzige lebende Verwandte wusste nichts davon, zumindest hat sie uns das ziemlich plausibel weisgemacht«, sagte Westermann, stand auf und ging zum Whiteboard. Er nahm einen Stift, zeichnete einen Kreis in die Mitte und schrieb ›Ahlers‹ hinein. Sodann zog er eine Linie und schrieb ›Wentdorf‹, fügte weitere Linien hinzu und kritzelte ›Hafenmeister‹, ›Elebek‹, ›Jutta Wentdorf‹.

»Warum sie?«, fragte Schütt und kratzte verwundert seinen fast kahlen Schädel.

»Weil Jutta Wentdorf die Schwester der Vermissten und die Mutter von Nadja Wentdorf war. Sie ist mittlerweile verstorben. Lore Ahlers hatte allem Anschein nach keinen blassen Schimmer vom Verhältnis ihres Ehemannes und ihrer Schwester. Und auch nicht davon, dass Nadja, wie es aussieht, Ahlers leibliches Kind ist. Wir suchen nach seiner DNA. Aber das ist fast unmöglich, wenn es nichts gibt, woraus wir sie ziehen könnten«, sagte Westermann. »Das Haus ist verkauft, die Garage ist geräumt – die sollen die Sachen aus der Garage noch mal durchsuchen. Warum sind wir nicht gleich darauf gekommen?«

»Ich ruf die KT an. Vielleicht ist irgendwas bei den Asservaten.« Hartwig zog ein leeres Blatt Papier aus dem Drucker, kritzelte eine Notiz darauf, nahm sein Handy und wählte eine Nummer. »Dann weiter mit den Familienverhältnissen«, sagte Westermann.

»Was ist mit Lore Ahlers? Was wusste sie über das Verhältnis ihres Mannes mit ihrer Schwester? Und wenn ja, vielleicht auch, dass er der Vater von Nadja sein könnte?«

»Nein, ich denke nicht. Sie ist körperlich eher nicht in der Lage, ihren Mann umzubringen. Drehen wir den Spieß um. Was hat Ahlers noch alles außer seiner unehelichen Tochter und den Fremdvögeleien zu verbergen? Hat seine Frau die Wahrheit rausbekommen? Vielleicht gab es Streit und er hat sie im Affekt getötet und ist jetzt flüchtig?« Aus Hartwig sprudelte es nur so heraus.

»Könnte sein, aber was ist dann mit van Elebek? Der Mann erscheint mir ebenso verdächtig. Wie ging das mit der Übernahme vonstatten? Wann ist wie viel Geld für den Verkauf geflossen? Ich werde mich mit der Hausbank auseinandersetzen. Irgendwo muss die Summe X ja geblieben sein, wenn er die Firma an van Elebek verkauft hat. Dann lohnt sich der Weg zur Bank auf jeden Fall. Und wenn er mit der Assistentin, dieser Mirjam, ein Verhältnis hatte, gibt es da vielleicht die obligatorische Zahnbürste? Lass uns diese Spuren zuerst weiterverfolgen.« Hartwig schrieb und notierte die Gedankengänge seines Vorgesetzten. Dann sagte der: »Ich kümmere mich sofort darum.«

»Van Elebek hat gleich mehrere Motive. Könnte ihn aus Eifersucht oder Habgier umgebracht haben.«

»Thomas, das ist möglich. Aber wo ist dann Lore Ahlers? Warum hätte er sie mit verschwinden lassen sollen? Nein, das wäre Irrsinn.«

Hartwig entgegnete: »Und wie passt der Hafenmeister ins Bild? Was hat der arme Kerl ausgefressen, dass man ihn derart schäbig um die Ecke bringt? Hat er was beobachtet oder gehört, das ihn in Gefahr gebracht hat? Ist es vielleicht auf dem Schiff zu einem Fiasko gekommen?«

»Wir werden sehen. Ich fahre gleich morgen früh nach Hamburg, übernehme die ehemalige Assistentin von Ahlers und unterhalte mich im Anschluss mit der Bank«, sagte Westermann.

*

Im Hamburger Karolinenviertel freute sich Mirjam auf ein ausgiebiges Bad, als es an der Wohnungstür klingelte. Sie hatte zwei Stunden Homeoffice hinter sich gebracht. Die Versicherungsgesellschaft, bei der sie seit kurzem arbeitete, war nicht der Job ihrer Träume, aber besser, als auf das Geld ihres Geliebten angewiesen zu sein. Sie war dankbar, dass er ihr dieses Apartment zur Verfügung gestellt hatte, und dankte es ihm, in dem sie mit ihm schlief. Sie eilte ins Badezimmer, stoppte den Wasserlauf, öffnete barfuß, in löchriger Jeans und Shirt die Tür. Langsam löste sie ihre schwarzen, wie gelackt aussehenden Haare aus dem Zopf, bis sie schnurgerade über die Schultern bis zu den Hüften fielen. Sie drückte auf den Türsummer und hoffte, dass es nicht Justus war. Sie staunte, als wenig später ein attraktiver Endfünfziger die Stufen hochstieg. »Ja, bitte?« Sie schluckte und betrachtete den schlanken, großen, sportlichen Mann mit akkurat getrimmtem weißen Bart und modischer Brille, der direkt vor ihr stehen blieb und einen Ausweis aus seiner Jackentasche zog.

»Kripo Oldenburg, Westermann. Ich hätte ein paar Fragen bezüglich Ihrer ehemaligen Firma. Darf ich reinkommen?« Mirjam sah den Mann mit offenem Mund an und musste husten. Ihr Gesicht wechselte die Farbe und sie wirkte auf einmal wie Schneewittchen. Hatten ihre Vorgesetzten sie angezeigt? Was wollte die Kriminalpolizei von ihr? Sprachlos und blass geworden, bat sie den Polizeibeamten ins Apartment. Nobel, stellte Westermann mit sachlichem Blick fest und folgte ihr ins Wohnzimmer. Er staunte immer wieder, wie hochpreisig die Wohnungen vieler Leute eingerichtet waren. Muss ziemlich gut verdienen, mutmaßte er und betrachtete die schlanke, gut aussehende Frau mit den Sommersprossen auf der Nase. Die Frau erinnerte ihn vage an eine junge Studentin, die im letzten grausamen Mordfall zu Tode gekommen war. Auch sie hatte sehr lange, schwarze Haare und Sommersprossen.

»Ich habe ein paar Fragen zu Ihrem ehemaligen Chef Tim Ahlers.«

Sie sah ihn mit tiefblauen Augen an und wirkte überrascht. Mirjam bot ihm einen Stuhl an. »Setzen Sie sich.« Sie hockte sich gegenüber, zog ihre Beine an, als wollte sie sich schützen, und warf ihm einen fragenden Blick zu. Ihr Entsetzen war nicht gespielt, das merkte der Leiter der Mordkommission. »Ich bin schon seit längerem nicht mehr in der Firma. Das können Sie überprüfen. Ich habe damit nichts mehr zu tun«, zuckte sie die Achseln. »Ich kann Ihnen nicht weiterhelfen. Was ist denn mit Tim, ich meine, mit Herrn Ahlers?«

Westermann nahm ihren auf den Boden gerichteten Blick wahr und merkte, dass sie sich selbst verraten hatte. »Wir wissen, dass Tim Ahlers und Sie ein Verhältnis hatten. Sie können also gerne bei seinem Vornamen bleiben. Uns interessiert, warum Sie tatsächlich das Architektenbüro verlassen haben und ob Sie noch Kontakt zu Herrn Ahlers pflegen?«

»Wenn Sie Kenntnis darüber haben, dass ich mit Tim ein Verhältnis hatte, wissen Sie doch sicher längst, warum ich entlassen wurde, oder nicht? Um es genau zu sagen: Ich war in den Augen meiner Vorgesetzten ein Wagnis, das entsorgt wurde, so einfach ist das.« Wieder zuckte sie die Schultern. »Tim hatte offensichtlich eine Riesenangst, dass seine Frau etwas vom Verhältnis erfährt.« Sie lachte voller Verachtung, zog ihre Haare zu sich und spielte mit einer Strähne.

»Das war sicher nicht der einzige Grund, Sie zu entlassen, oder?«

Mirjam schlug die Augen nieder und schluckte. Sie druckste, als wollte sie nicht über dieses leidige Thema sprechen. »Ich habe ... ich hatte ein Jahr danach eine Affäre mit seinem Partner, Justus van Elebek, das kam in der Geschäftsleitung nicht gerade gut an.« Die junge Assistentin warf Westermann einen geknickten Blick zu. »Ich hatte mit Tim und mit Justus ein Verhältnis.« Es schien, als wäre ihr diese Erklärung äußerst unangenehm. »Nacheinander versteht sich«, ergänzte sie, als müsste sie sich vor dem Polizeibeamten rechtfertigen. »Aber warum fragen Sie das?«

»Ich kann Ihnen nur so viel erzählen. Tim und Lore Ahlers sind verschwunden, gelten als vermisst. Wir sind seit Wochen auf der Suche nach ihnen.«

»Aber was hab ich damit zu tun?« Sie riss ihre Augen auf und presste die Hand gegen ihren Brustkorb. »Sie glauben doch wohl nicht, dass ich was mit ihrem Verschwinden zu tun habe, oder?«

»Nein, wir untersuchen nur sein Umfeld, um herauszubekommen, warum Tim Ahlers und seine Frau verschwunden sind und ob es Möglichkeiten innerhalb der Firma gibt, die darauf hinweisen, was passiert sein könnte. So interessiert mich zum Beispiel: Wie ist es zu der Beziehung mit Tim gekommen?«

Mirjam seufzte. »Sie wissen ja, wie so was läuft. Ein paar Überstunden, ein Geschäftsessen, Alkohol und schon ...« Sie schluckte. Die ehemalige Assistentin guckte erneut auf den Boden. »Er fühlte sich von seiner Frau ungeliebt, Sex gibt es zwischen den beiden seit langem keinen mehr.« Wieder zuckte sie die Achseln. »Wir hatten eine gute Zeit. Die Beziehung dauerte fast ein Jahr. Dann zog er sich ohne Grund von mir zurück. Ich denke, seine Frau hat Wind von unserer Beziehung bekommen und er musste es beenden. Sie verlassen doch nie ihre Frauen. Das wissen Sie so gut wie ich. Ich wollte nach der Trennung von Tim meine Position sichern«, flüsterte sie und zog die Schultern hoch.

»Was meinen Sie damit: meine Position sichern?«

Sie zögerte. Sie wusste, dass es nicht sinnvoll war, dem Kriminalisten eine andere Geschichte aufzutischen oder Halbwahrheiten zu erzählen. Sie würden es früher oder später herausbekommen. Sie holte tief Luft, dann sagte sie: »Justus hat das ganze Schauspiel zwischen Tim und mir mitbekommen und mich getröstet.« Ein Lächeln huschte über ihr Gesicht. »Er hat die Situation für sich genutzt und mich in sein Bett geholt. Das war's. Ich wollte Tim eifersüchtig machen, ihm zeigen, dass er so nicht mit mir umgehen konnte.« Sie zuckte ein weiteres Mal die Achseln.

»Pflegen Sie noch Kontakt zu einem der Männer?«

Jetzt wurde sie wirklich rot, schluckte erneut und schien zu überlegen, was sie antworten sollte. »Justus, ich treffe mich ab und zu mit ihm.« Sie deutete mit der Hand durch das Zimmer. »Wie, glauben Sie, könnte ich mir sonst eine derartige Wohnung leisten? Dieses Apartment gehört ihm, ich kann hier wohnen, zumindest so lange, wie ich *Einsatzfreude* zeige. Oder er sich was Neues aufreißt. Aber keine Angst, ich bin auf der Suche nach einer anderen Bleibe. Etwas, das besser zu mir passt.«

»Hm, klingt plausibel und ehrlich gesagt vernünftig. Weiß Frau van Elebek von diesem Arrangement?«, fragte er und deutete in den großzügig geschnittenen Raum. Die Verwicklungen der Männer erschienen ihm immer suspekter. Das Ganze kam ihm vor wie ein Pokerspiel, in dem mit zu hohem Einsatz gespielt worden war.

Sie lachte mit Verachtung im Blick. »Warum sollte sie? Natürlich nicht, sonst wäre der ganze Aufwand, den er betreibt, ja für die Katz. Er spielt seine Spielchen äußerst geschickt.« Sie verzog das Gesicht. »Justus ist ein Schwein, aber ich nutze das, solange ich davon profitiere. Und er ist ein Spieler. Ich hab für mich den Spieß einfach umgedreht. Außerdem ist er nicht schlecht im Bett. Der lässt nichts anbrennen und ist ziemlich ausdauernd und einfallsreich.« Mirjam lächelte, klemmte eine Haarsträhne hinters Ohr und warf Westermann einen Blick zu, der auf ihn wie eine eindeutige Aufforderung wirkte. Ihre Ohren fingen an zu glühen. Er bemerkte die glitzernden, wahrscheinlich teuren Ohrstecker an ihren Ohrläppchen. Sicher ein Geschenk einer dieser Männer. Diese Frau war sich ihrer selbst sicher, so viel war klar.

»Haben Sie noch Kontakt zu Tim?«

Mirjam schluckte wieder. »Wo denken Sie hin? Ich habe ihn seit der Kündigung nicht mehr zu Gesicht bekommen. Hab Urlaub genommen und bin aus seinem Dunstkreis verschwunden. Außerdem hat er kurz danach seine Firma an Justus verkauft. Ich bin ihm seitdem nicht mehr über den Weg gelaufen. Und das ist die Wahrheit.«

Westermann nickte. »Das wissen wir. Eine andere Frage. Sie haben nicht zufällig eine Haar- oder Zahnbürste von Herrn Ahlers in Ihrem Fundus?«

»Wozu? Ich sammle keine Erinnerungsstücke.« Sie lächelte. Eine weiße Zahnreihe blitzte ihm entgegen. Westermann wurde das Gefühl nicht los, dass sie mit ihm flirtete. Diese Biester, dachte er und fühlte sich gleichzeitig geschmeichelt.

»Damit wir einen DNA-Abgleich erstellen können.«

Sie richtete sich auf und wurde kreidebleich. »Nein. Denken Sie, er ist tot?«, flüsterte sie und presste die Hand vor den Mund. Westermann entdeckte einen verdächtigen

Schimmer in ihren Augen aufsteigen, der ihn hellhörig werden ließ. Sie saß immer noch bewegungslos, mit angezogenen Beinen auf ihrem Stuhl.

»Warum erschüttert Sie diese Annahme so?«, wollte er wissen.

»Weil ich ihn immer noch liebe«, sagte sie mit zitternder Stimme. Diese Antwort hatte der Hauptkommissar nicht erwartet.

»Sie lieben ihn? Ich dachte, das war eine, sagen wir mal, Bettgeschichte. Dann verstehe ich auch, dass es für Sie fürchterlich sein muss, von einem Menschen, den man liebt, derart zurückgewiesen zu werden.« Ihr Schweigen sprach Bände. Westermann merkte, dass die Muskeln in ihrem Kiefer arbeiteten, als sie an ihm vorbeistarrte.

Sie sog die Luft ein, senkte den Kopf und schwieg. Ihr war offensichtlich klar, wenn sie sich noch weiter aus dem Fenster lehnte, würde sie sich verdächtig machen. Die schwarzen langen Haare verdeckten ihr Gesicht. Westermann war sich nicht sicher, was er von der Sache halten sollte.

»Stehen Sie uns bitte weiterhin zur Verfügung«, sagte er und erhob sich. Mirjam nickte. Ihm war bewusst, dass er hier im Moment keine weiteren Antworten fand. Allerdings hatte sie sich allein durch ihr Verhalten verdächtig gemacht. War sie es, die aus Hass ihren Geliebten und seine Frau beseitigt hatte? Spielte sie ihm eine Scharade vor? Aber warum der Hafenmeister? Was hatte er mit der ganzen Sache zu tun? »Ich melde mich. Eine Frage noch: Waren Sie mal auf Fehmarn, im Hafen Burgstaaaken?«

Mirjam schüttelte den Kopf. »Sollte ich? Ich war noch nie auf dieser Insel.« Wäre ja auch zu schön gewesen, dachte er und wollte das Apartment verlassen.

Als er auf dem Weg zum Erdgeschoss war, hörte er auf einmal ihre Stimme über das Treppengeländer hallen: »Ich hab noch Sachen von ihm.«

Westermann blieb abrupt stehen, drehte sich um und eilte zurück. »Sie haben was für Sachen?«

Mirjam Jensen stand unschlüssig in der offenen Wohnungstür. »Ich hab noch seine Kulturtasche. Die hatte ich total vergessen. Er hat sie nicht mal vermisst. Ich wollte sie wegschmeißen, aber ...« Sie zuckte die Achseln. »Sie liegt im Keller.«

»Eine Frage noch: Wo waren Sie in der Zeit um den 27. September?«

KAPITEL 13

Charlotte ließ das Telefon unzählige Male läuten, bis das Gespräch endlich angenommen wurde. »Na, Charlotte, was gibt es?«, hörte sie Westermanns Stimme, der im Auto unterwegs war.

»Du, wir müssen reden. Ich glaube, ich kann dir etwas zum Tod von Hinnerk erzählen.«

»Hm, dann mal los, Miss Marple«, sagte er seltsam ruhig.

»Ich glaube, er hatte Angst. Vor ungefähr drei Wochen habe ich ihn in seinem Hafenmeisterbüro besucht, um etwas über Ahlers' Schiff aus ihm rauszukitzeln. Dabei ist mir aufgefallen, dass er ziemlich nervös wirkte. Auf seiner Stirn klebten Schweißperlen. Er wirkte fiebrig, also krank. Dabei war es nicht mal warm in seiner Bude. Und dann erzählte er mir, und das klang ziemlich mysteriös, dass Ahlers über längere Zeit ein Verkaufsschild im Fenster der Kajüte angebracht hat.«

»Das ist doch nicht ungewöhnlich, wenn man sein Schiff verkaufen will.«

»Aber ungewöhnlich, dass er es immer dann abhängte, bevor er mit Lore in den Hafen kam. Findest du das normal?«

»Da geb ich dir recht. Aber vielleicht hatte das einen anderen Hintergrund. Unter Umständen wollte er sie überraschen, wenn das Schiff verkauft ist.«

»Das glaubst du doch selbst nicht. Nee, das erschien Hinnerk eigentümlich. Und das ist nicht alles. Er hat mir vertellt, dass er sich mit dem neuen Eigner des Schiffes gleich zu Anfang angelegt hat, weil der die Hafengebühr nicht bezahlt hat. Der meinte, dass er es schlicht vergessen hätte. Hinnerk musste seinem Geld regelrecht nachlaufen.«

»Ach, Charlotte. Jeder vergisst mal was. Das ist nicht ungewöhnlich. Und dass Hinnerk schweißgebadet war, lag eventuell daran, dass er eine Erkältung ausgebrütet hat.«

»Ja, du hast recht, könnte auch an seinen Medikamenten gelegen haben«, sagte sie.

»Medikamente?«

»Ja, er war zuckerkrank, wusstest du das nicht? Vielleicht war er unterzuckert und ist deshalb ins Wasser gefallen.«

Die kalte Dusche kam im gleichen Atemzug, als Westermann antwortete: »Charlotte, ich muss, wir haben hier richtig Stress. Sorry. Ich kümmere mich darum. Besuch lieber Katrin. Die würde sich sicher freuen. Dem Lütten geht es noch nicht richtig gut. Sie bräuchte deine Hilfe. Tschüss, meine Liebe.«

Mit einer harschen Bewegung legte sie das Telefon aus der Hand. »So schnell gebe ich nicht auf. Ich krieg schon raus, was da los ist. Der Sache gehe ich auf den Grund.«

Für Westermann ergaben Charlottes Worte allerdings Sinn. Wahrscheinlich hatte es mit seinem Zucker zu tun, dass er gestürzt und zu Tode gekommen war. Das erklärte zum einen den toxikologischen Bericht und die Einstichstelle.

Viel eigentümlicher allerdings erschien ihm die Sache mit dem Verkaufsschild. Vielleicht wollte der Architekt das Schiff aus irgendeinem Grund heimlich verkaufen, ohne dass seine Ehefrau Wind davon bekam. Nach den vergangenen Hiobsbotschaften wunderte ihn überhaupt nichts mehr. War Ahlers ein mieser, hintertriebener Kerl, der Böses plante? Was, wenn Lore von Dritten auf das Schild angesprochen wurde? Wenn das Boot heimlich verkauft werden sollte, wäre die Gefahr groß, dass sie Kenntnis von seiner Lüge bekommen würde.

✳

Eine andere ersehnte Antwort kam wenig später und haute alle vom Hocker. Westermann saß am Schreibtisch, als Hartwig mit den Ergebnissen der Laborberichte ins Zimmer kam. »Jetzt wissen wir gleich, ob die Wentdorf Ahlers' Tochter ist.«

Westermann schlug mit der flachen Hand so heftig auf die Schreibtischplatte, dass der Kaffeebecher zu wanken anfing. »Das darf nicht wahr sein.« Watson sprang auf, machte einen Satz auf den Hauptkommissar zu und verharrte fiepend neben seinem Stuhl. Westermann starrte seinen jüngeren Kollegen an, nickte und beruhigte den Diensthund. »Ich hab's geahnt. Die beiden hatten tatsächlich ein Verhältnis und Nadja ist der Spross von Ahlers. Ich hab noch eine Nachricht. Wir haben die Bestätigung, dass der Hafenmeister zuckerkrank war und möglicherweise an einer Unterzuckerung gestorben ist. Es könnte eine Hypoglykämie, eine mit Abstand am häufigsten auftretende akute Komplikation bei Diabetes mellitus, gewesen sein. Floor erklärte mir, dass Hypoglykämien bei bis zu zehn Prozent aller ungeklärten Todesfälle von Diabetikern Typ 1 und Typ 2 verantwortlich sind. In den meisten Fällen ist eine Überdosierung von

Insulin die Ursache. Das würde auch die Symptome erklären, von der du und auch Charlotte gesprochen habt. Seine Nervosität, das Zittern und letztlich seine Schweißausbrüche. Vielleicht hat er nicht sofort Zucker aufgenommen oder Glukagon gespritzt. Der Kontrollverlust hat eventuell zugenommen und er ist auf dem Steg bewusstlos geworden. War offensichtlich ein tragischer Unfall.«

Hartwig setzte sich, öffnete seine Lederjacke und schenkte sich Kaffee ein. Er streckte die Beine unter dem Tisch aus, kratzte mit der Hand über den stoppeligen Bartwuchs und nickte. »Ja, das ist schlimm, macht aber die Sache für uns um einiges einfacher. Der Hafenmeister ist damit aus dem Schneider. Und das mit dem Ahlers ist ja echt nicht zu glauben.«

Westermann studierte das Blatt, legte es aus der Hand, stand auf und bewegte sich auf das Whiteboard zu. »Stellen wir eine neue Vermutung auf.« Er nahm den Stift zwischen die Finger und malte einen Kreis, in den er den Namen ›Ahlers‹ schrieb. »Der Mann hat eine Affäre mit der Schwester seiner Frau. Dabei hatte man am Anfang der Geschichte das Gefühl, er wäre ein liebevoller Ehemann und toller Onkel. Unglaublich. Sicher ist, Nadja geht aus dieser Beziehung hervor.« Neuer Strich, ›Nadja‹. »Die weiß offensichtlich von nichts, weil er seine Karten nicht offengelegt hat. Ahlers versteckt sein Geheimnis unter dem selbst erbauten Gartenhaus und ist sicher, dass niemand jemals dahinterkommt. Und als Nadjas Mutter stirbt, ist er der Meinung, dass für alle Zeit Gras über die Sache gewachsen ist. Gehen wir jetzt aber mal davon aus, dass Lore Ahlers doch etwas über die Liebschaft ihres Mannes erfahren hat. Es kommt zum Zerwürfnis, sie streiten, geraten heftig aneinander. Dabei kommt seine Frau ums Leben. Vielleicht nicht beabsichtigt. Er muss sie verschwinden lassen und taucht danach unter.«

»Nein, ich glaube, da täuschst du dich gewaltig. Der Kerl ist nicht dumm. Nee, der hätte sich irgendeine plausible Antwort zurechtgelegt. Lore Ahlers wusste nichts. Der wollte meiner Meinung nach abhauen und ein neues Leben ohne seine Alte anfangen. Das zeigt schon die Aktion mit dem Verkaufsschild auf dem Schiff. Der hat irgendwas gedreht, davon bin ich überzeugt. Seine Gattin war ihm im Weg, wenn du mich fragst. Der stand ganz klar auf junges Blut, das haben die Zeugenaussagen bestätigt.« Hartwig grinste. »Da kam ihm der Schwede gerade recht mit seinen Beziehungen ins Ausland. Vielleicht wollte er mit dieser Mirjam Jensen abhauen. Junge Deern, du weißt, was ich meine. Vielleicht hat er den Bergmanns deshalb die Jacht so günstig überlassen, um alles schnellstens abzuschließen.«

»Aber wo ist dann Lore Ahlers?«

»Keine Ahnung. Vielleicht hat sie doch Wind von der ganzen Sache bekommen. Die heile Fassade des augenscheinlich glücklichen Ehepaars zerbröselt vor ihren Augen. Aber statt traurig und niedergeschlagen zu sein, droht sie ihm mit Trennung. Droht ihm damit, ihn finanziell plattzumachen, seine fiesen Geheimnisse aufzudecken, von denen es Stand jetzt wahrscheinlich jede Menge gibt. Sie kennt sicher die meisten seiner Geschäfte und könnte mit einen Anruf bei einer Behörde drohen. Er wird wütend, tötet und entsorgt sie irgendwo und taucht im Anschluss unter.«

»Klingt sehr abenteuerlich. Aber möglich wäre es«, sagte Westermann und leerte seinen Becher. Watson lag in seinem Korb und döste, während die beiden Kollegen versuchten, einen Fall zu konstruieren, in dem es viele Opfer und vermeintliche Täter gab.

Hartwig dachte laut: »Was für eine Rolle spielt Nadja? Wenn sie seine Tochter ist, was du ja jetzt schriftlich vor dir liegen hast, warum lassen sie sie im Dunkeln? Warum haben Ahlers und ihre Mutter die Sache nicht mit ihr geklärt, bevor sie an Krebs gestorben ist? Nee, passt nicht. Vielleicht weiß sie es längst? Hat es rausgefunden und sich übelst gerächt? Eventuell hat ihre Mutter gebeichtet, bevor sie starb, und sie kriegte totalen Hass auf den Kerl.« Hartwig raufte sich die Haare.

»Wir werden sie nicht mehr fragen können. Wir haben außer ein paar Hirngespinsten und Hypothesen gar nichts«, sagte Westermann und betrachtete das Whiteboard. Er nahm den Stift und durchkreuzte die Malereien. Dann sagte er: »Die Hamburger Bank hatte übrigens zu. Da bin ich nicht weitergekommen. Ich muss einen Termin mit dem Leiter vereinbaren.«

Hartwig schlug die vor ihm liegende Akte auf und schüttelte den Kopf. »Brauchst du nicht. Ich hab alles längst hier. Hab mir beim Staatsanwalt einen Beschluss für die Überprüfung der Konten geholt. Ahlers hatte sämtliche Geschäftskonten vor Ort, außerhalb Hamburgs. Aber zuerst zu Nadja Wentdorfs Konto. Sie hat genau 24.245 Euro auf ihrem Bankkonto. Keine Schulden, ein vernünftiges Polster für miese Zeiten. Darüber hinaus hat sie einen Sparvertrag, der mit Beginn ihrer Pensionierung fällig wird. Und eine zusätzliche Riester-Rente. Ein hübsches Sümmchen. Gab bei ihr offensichtlich nie finanzielle Probleme. So viel Geld hätte ich auch gern auf meinem Konto«, sagte Hartwig und grinste.

Westermann zuckte die Schultern. »Liegt an dir selbst. Das ist doch kein Hexenwerk, oder?«

»Na, du hast gut reden. Sitzt ja warm und trocken da unten am Sund.«

Der Leiter der Mordkommission überhörte das unsinnige Gerede seines Kollegen. »Sie braucht also die Ahlers materiell gesehen nicht.«

»Und wie sah es nun auf deren Konten aus?« Hartwig leerte seinen Kaffeebecher und schüttelte sich.

»Jetzt wird es richtig spannend. Lore Ahlers hatte keinen Zugriff auf seine Geschäftskonten. Sie hatten Gütertrennung. Er hat für sie vor vielen Jahren ein sogenanntes Unterkonto angelegt, auf das er monatlich eine Summe von mehreren tausend Euro einzahlt. Sie wurde bis zum Verkauf der Firma als Mitarbeiterin geführt. Steuerliche Vorteile für ihn. Finanziell ist sie also aufgrund seiner großzügigen Zahlungen unabhängig und merkt nicht einmal, was er vorhat. Und es verschafft ihm einen sauberen Abgang. Der Knaller ist aber: Falls sie vor ihm stirbt, geht dieses Geld an Nadja. Na, was sagst du jetzt? Das war ein ziemlich cleverer Schachzug von Ahlers. Sie lebt sorglos weiter und ahnt nicht einmal, dass er sich mit dem Gedanken trägt, sie zu verlassen. Und du schlackerst mit den Ohren, wenn du liest, was sich auf seinen Konten angesammelt hat.« Er schob seinem Vorgesetzten die Akte rüber. »Er ist mehrfacher Millionär. Auf dem Konto von Ahlers liegen etwas über vier Millionen Euro. Und ich glaube nicht, dass seine Angetraute auch nur den Hauch einer Ahnung hat. Sie haben keine Zugewinngemeinschaft. Hammer, oder?«

»Das gibt's nicht.«

»Und ob es das gibt. Und das ist nicht alles. Eine Vereinbarung sagt ganz klar, dass im Falle seines Todes das gesamte Vermögen nicht an seine Frau, sondern an seine Tochter Nadja fällt.«

»Ach nee. Das ist ja nicht zu fassen. Das lässt die Sache in einem völlig anderen Licht erscheinen. Und macht die

Vaterschaft plausibel. Aber somit ist klar, dass er sein eigenes Verschwinden lange im Voraus geplant hat. Irgendwie werde ich das Gefühl nicht los, dass wir ihn in Schweden putzmunter antreffen. Nur, wo ist Lore Ahlers?« Westermann schob die Brille auf seine Haare und rieb sich die Augen. »Es wird darauf hinauslaufen, dass wir die beiden oder ihn allein in Schweden finden müssen«, sagte er.

»Das sind weit über 1.000 Kilometer. Wozu haben wir Kollegen in Schweden? Sollen die das erledigen.«

»Thomas, was willst du denen erzählen? Wir suchen ein Ehepaar, das verschwunden ist und unter Umständen ein Haus in diesem verlassenen Ort gekauft hat? Die lachen uns aus. Wir haben nicht einen plausiblen Anhaltspunkt, keine Hinweise und keinerlei Erklärung für das Verschwinden. Nein, darum werden wir uns selbst kümmern müssen. Alles, was wir haben, sind Hypothesen, sonst nichts.«

»Dirk, wie stellst du dir das vor? Da sind wir locker 16 Stunden in eine Richtung unterwegs. Nee, nicht mit mir. Lass das die Kollegen vor Ort machen. Ein Anruf, und die können das zumindest überprüfen.«

»Wir haben nichts in der Hand, was das rechtfertigt. Wir fahren. Und nicht über Puttgarden, sondern von Kiel mit der Nachtfähre. Hab ich alles schon nachgesehen.« Westermann warf seinem Teamkollegen einen Blick zu, der keine Widerrede duldete.

Hartwig zeigte ihm einen Vogel. »Tu uns das nicht an. Ich hoffe, das sind nur Hirngespinste. Und überhaupt, was ist mit Watson? Den lasse ich nicht zu Hause bei Stina. Du weißt, was beim letzten Mal passiert ist.« Er lachte, und es wirkte nicht sehr überzeugend.

»Kommt mit, ist ein Polizeihund im Dienst.«

Der Polizeihund mit den großen braunen Augen sah die beiden Kollegen abwechselnd an und bellte, als hätte er jedes Wort verstanden.

*

Als Westermann an diesem Abend die Tür aufschloss, war es still in der Wohnung am Sund. Es war kurz nach 23 Uhr. Leise zog er die Lederschuhe aus und hängte seinen Caban an die Garderobe. Er ließ das Licht aus und schlich im Dunkeln in die Küche. Langsam zog er die Kühlschranktür auf und griff nach einer Bierflasche. Dann bewegte er sich ins Wohnzimmer. Der Hauptkommissar zog das Feuerzeug aus seiner Hosentasche und öffnete die Flasche. Ohne die geringste Spur von Eile lief das kühle Getränk seine Kehle hinunter. »Aaah, tut das gut«, sagte er und versuchte, die entfernten diffusen Lichter der Fehmarnsund-Brücke auszumachen. Ganz schön neblig, stellte er fest und strengte die Augen an. Schemenhaft nahm er die Umrisse des allseits beliebten Kleiderbügels wahr. Es war, als ob ein nebulöser Schleier über die nächtliche Darstellung hinwegzog.

»Kann ich auch einen Schluck«, riss Katrins warme Stimme ihn aus seinen Gedanken.

»Deern, ich dachte, du schläfst längst?«

»Hm, hab ich ja. Ich bin hier auf der Couch eingeschlafen.« Sie gähnte und deutete auf das Sofa hinter sich. »Ich hab gelesen und irgendwann müssen mir die Augen zugefallen sein«, sie gähnte erneut und schaltete die Treibholzlampe an. Dirk Westermann schaute in das verschlafene Gesicht seiner Frau, und es entlockte ihm ein Lächeln. Der Kommissar konnte den Blick nicht von ihr wenden und fühlte sich auf einmal geborgen. Jedes Mal, wenn er sie ansah, war ihm klar, dass er alles hatte, worauf es im Leben wirklich ankam. Ein gemütliches Zuhause und eine Familie.

Sanft strich er ihr eine karamellfarbene Haarsträhne von der Wange und küsste ihre Stirn. »Du bist die schönste Frau, die ich je gesehen habe«, flüsterte er. Ihre langen gewellten Haare umrahmten ihre schmalen Gesichtszüge, ihr Blick wirkte verträumt. Sie saß in ihrem tannengrünen Pyjama da und lächelte ihn an. Dirk reichte ihr die Flasche. Er setzte sich neben sie und strich immer wieder die Haarsträhnen zur Seite. Dann nahm er sie in den Arm und gab ihr einen zärtlichen Kuss. Katrin wehrte sich nicht. »Wie spät ist es?«, fragte sie atemlos.

»Kurz nach elf. Wir sollten schlafen gehen.« Seine Aufforderung war eindeutig. Sie spürte das Verlangen in seinen Augen.

»Ja, aber lass uns erst das Bier austrinken. Ich möchte mich wenigstens einen Moment mit dir unterhalten.«

»Das kannst du doch auch im Bett haben«, zwinkerte er. Ein dumpfes Gefühl durchzog seinen Körper. Sie hatte recht. Ihm war klar, dass es an der Zeit war, mit ihr zu sprechen. Er hatte gehofft, es bis morgen aufschieben zu können, aber er durfte nicht länger warten. Hätte sie geschlafen, dann hätte er sich eine Gnadenfrist erschlichen, aber so, sein schlechtes Gewissen duldete keinen Aufschub. Er stellte die leere Flasche auf den Tisch und nahm ihre Hände: »Katrin, hör mir bitte zu.« Sein Blick veränderte sich. Sie spürte, dass etwas nicht in Ordnung war, und legte die Stirn in Falten.

»Thomas und ich müssen nach Schweden.« Westermann atmete aus.

Katrin stutzte. »Ihr müsst wohin? Schweden? Ja, warum denn? Wie lange?« Ihre Müdigkeit und ihre Lust waren von einer Sekunde zur anderen verflogen.

»Deern, ich habe keine Ahnung, wie lange es dauert. Aber ich hoffe, dass wir das Ganze in zwei, drei Tagen erledigen können. Also drei Tage. Vielleicht vier.« Die knisternde Spannung, die eben noch zwischen ihnen geherrscht hatte, war ausgelöscht.

Katrin setzte sich aufrecht hin, raffte ihre Haare zusammen. »Musst du da selbst hin? Kann nicht Thomas mit einem Kollegen – wie soll ich das mit Mats alleine schaffen? Du weißt genau, dass es ihm nicht gutgeht und ich arbeiten muss.« Sie war darüber im Bilde, dass ein Fall immer und ohne Frage oberste Priorität hatte und sie sehen musste, dass sie den angeschlagen Knirps allein versorgte. Aber es machte sie wütend, ihn schon wieder abwesend zu wissen. Und es machte sie wütend, dass er es nebenbei erwähnte, wo er sie doch gerade noch ins Bett zerren wollte. »Ich habe auch einen Job, der nicht mal eben nebenher zu erledigen ist«, sagte sie, stand auf und starrte schweigend aus dem Fenster. Ihre Gesichtszüge wirkten wie die einer Statue. Hart und unnachgiebig. Westermann war ebenfalls aufgestanden, stellte sich hinter sie. Er verstand ihre Wut, steckte die Hände in seine Hosentaschen und ließ seinen Blick schweigend ihre Figur hinuntergleiten. Der Kommissar schluckte und wagte kaum zu atmen. Dann merkte er, dass Katrin Luft holte. Sie drehte sich um. »Es tut mir leid. Ich weiß, dass es nicht anders geht.«

Westermann stand da und wich ihrem Blick nicht aus. Er zuckte die Achseln, aber seine Mimik zeigte, dass er fest entschlossen war. »Ich sag morgen früh als Erstes Charlotte Bescheid. Die freut sich, wenn sie dir unter die Arme greifen kann. Außerdem hält sie das vom Ermitteln ab«, versuchte er, die unliebsame Geschichte wegzulächeln. »Ich sehe zu, dass ich schnellstens wieder bei euch bin. Versprochen. Keine Sekunde länger als nötig. Dieser Fall ist wirklich sehr kompliziert. Es tut mir ehrlich leid, aber …«

»Alles gut. Wir werden es auch dieses Mal überleben. Und weshalb musst du nach Schweden? Wegen dieses Vermisstenfalles?« Sie zeigte Interesse, wollte nicht abweisend wirken und nahm seine Hand in ihre.

Westermann nickte. »Ist alles Irrsinn und undurchschaubar. Da gibt es zwei Leute, die unauffindbar scheinen. Eine Leiche, von der wir nicht wissen, was sie mit dem Fall zu tun hat, und eigentlich haben wir bis dato gar keinen Fall. Eine Mordermittlung ohne Leiche ist keine Mordermittlung. Und trotzdem sind da jede Menge Verwicklungen, die undurchsichtig erscheinen und uns nach Schweden treiben.«

Katrins Blick war ernst. »Und was wollt ihr in Skandinavien?«

»Wir suchen vor Ort nach Hinweisen, die belegen, dass die Ahlers in der Gegend ein Haus kaufen wollten oder gekauft haben. Eventuell löst sich dort der Fall. Ich habe aber keinen blassen Schimmer.« Westermann schüttelte den Kopf. Dann erzählte er ihr, was bisher geschehen war, und streichelte fortwährend mit seiner Hand ihren Arm. Er verzehrte sich genauso nach ihr wie sie sich nach ihm. »Du glaubst gar nicht, wie bizarr es in einigen Partnerschaften zugeht. Es scheint in diesem Fall jeder mit jedem ein Verhältnis zu haben. Das allein macht mich irrsinnig. Ich bin so froh, dass wir beide eine dermaßen spießige Beziehung leben.«

»Wenn du dich da man nicht täuschst«, sagte sie und senkte den Kopf.

Westermann guckte sie fragend an, nahm ihr Gesicht in seine Hände und räusperte sich. »Was meinst du damit? Wir sind doch glücklich, oder nicht?« Seine Stimme klang rau, sein Blick blieb an ihren Augen hängen, als sie lächelte. »Wir sollten jetzt wirklich«, flüsterte er und fing an, Katrins Pyjama vom Körper zu zerren. Als sie nackt vor ihm stand, konnte er seine Erregung nicht mehr unterdrücken.

KAPITEL 14

Charlotte saß mit Mats auf einer Decke vor ihrem Kaminofen. Draußen war es kalt, und sie überlegte, ob sie heute überhaupt zum Hafen fahren sollte. Aber sie musste rausfinden, was mit dem Hafenmeister passiert war. Sie war sicher, dass er keines natürlichen Todes gestorben war. »Der arme Kerl.« Ihre sensiblen Antennen gaben keinen Moment Ruhe.

Charlotte erhob sich und steckte die Hände in die Hosentaschen ihrer Jeans, als sie das Bild Hinnerks vor Augen hatte. Er kam mir schon verändert vor, sah angeschlagen aus. Sie erinnerte sich, dass er ständig Schweiß von seiner Stirn entfernte. Vielleicht war er wirklich krank, dachte sie und versuchte, ein Bild aus den Puzzleteilen zu formen. Sie schlang die Arme um ihre Schultern und fühlte den weichen Stoff ihres Strickpullovers. Charlotte hatte keine Ahnung von den letzten Erkenntnissen der Polizeibeamten. Sie wusste nichts von den Ergebnissen der Toxikologie. Sie stand auf. »Fein machst du das, mein Jung.«

Der Drang, sofort runter zum Hafen zu fahren, nagte an ihr und verflog, als sie den Knirps betrachtete. Dirk hatte sie heute Morgen angerufen und ihr mitgeteilt, dass Katrin für die nächste Zeit unbedingt ihre Hilfe benötigte. Natürlich hatte sie alles stehen und liegen lassen, um ihrer Nichte unter die Arme zu greifen. Wenn nur Josch jetzt da wäre. Dann hätte sie zumindest für eine Stunde ... oder er hätte mit Mats ... Ihre Neugier zog sie erneut wie an einem unsichtbaren Band Richtung Hafen. In ihrem Körper stieg eine Mischung aus Frustration und Entschlossenheit hoch.

Mats versuchte fortwährend, die Holzklötze aufeinander-zustapeln. Jedoch brach der Turm ständig in sich zusammen. Er sah aus, als würde er jeden Moment anfangen zu weinen. Die Künstlerin lächelte liebevoll, kniete sich neben ihn und legte eine Hand auf die Schulter des Kindes. Ihre Haltung und ihre nicht aus der Ruhe zu bringende Stimme vermittel-ten eine versöhnliche Botschaft: »Ach, mein Lütten, das ist doch gar nicht schlimm. Alles wird gut. Schau mal, wir krie-gen das zusammen hin. Wir sind doch keine Döspaddel.« Sie schüttelte ihre Mähne, verzog das Gesicht und brachte ihn tatsächlich zum Lachen. Gemeinsam begannen sie, die Holz-würfel neu aufzuschichten. Dann gab Charlotte dem Holz-turm einen Schubs, und während der zusammenfiel, grum-melte sie mit verzerrter Miene: »Mann, Mann, Mann.« So ging das Spiel, bis der Miniatur-Westermann sich auf einmal die Augen rieb und auf die kuschelige Decke legte. Wenig später war er eingeschlafen. Charlotte erhob sich, setzte sich an den Esstisch und nahm ihren Schreibblock, um ein paar Fragen zu notieren, die sie nicht losließen.

»Recherche«, schrieb sie in deutlicher Druckschrift.

1. Wo waren Lore und Tim die letzten 24 Stunden, bevor sie verschwanden?

2. Wo war Nadja in der Zeit?

3. Wer könnte außerdem ein Motiv haben?

4. Was ist mit Hinnerk wirklich passiert?

5. Wer sind die Bergmanns?

6. Mit Dirk sprechen.

Die letzte Notiz strich sie sofort wieder durch. »Ich muss erst allein rausfinden, was los ist. Dann können wir unsere Hinweise abgleichen«, sagte sie und guckte nach dem Kind, das wie ein Engel selig schlief. Leise seufzend schlug sie ihre Notizen zu und setzte sich zurück in ihren Ohrensessel. Sie nahm ein Buch zur Hand, das sie seit Wochen beschäftigte und von allem Übel ablenken sollte. Und solange der Junge schlief, konnte auch sie ein wenig sinnieren. Charlotte versank in kürzester Zeit im Roman. Sie las kaum zehn Minuten, gähnte und ihre Augenlider wurden schwer. Ihre Gedanken vermischten sich mit den Worten, die sie zu lesen versuchte. Ihr Kopf neigte sich gegen die Lehne ihres Ohrensessels und sank auf ihre Schulter. Das Buch lag auf ihrem Schoß, als sie in einen wirren Traum abglitt. Die Luxusjacht White Pearl versank auf dem Meeresgrund und wurde von unzähligen Fischen und Schweinswalen belagert. Auf dem Grund der Segeljacht lagen die Leichen von Lore und Tim Ahlers.

KAPITEL 15

Während die Polizeibeamten sich die Köpfe heißredeten und nach einer Lösung suchten, fuhr die White Pearl mit verminderter Geschwindigkeit in den Hafen von Burgstaaken. Die luxuriöse Jacht glitt geschmeidig in die Hafeneinfahrt. Die Segel waren heruntergelassen und ein leiser Motor lenkte das Segelschiff sicher an seine Position. Lina stand am Heck und vertäute das Schiff mit flinken Händen. Als der Segler aufgestoppt hatte, sprang ihr Mann an Deck und übernahm das gleiche Prozedere am Bug. Innerhalb weniger Minuten hatten die beiden die White Pearl trotz des Windes am Steg festgemacht. Lina atmete erleichtert durch und verschwand unter Deck. Sie mochte es nicht, wenn man sie kontrollierte. Schon gar nicht beim Anlegen des Schiffes. Sie glaubte, dass sie sich ungeschickt anstellte, und es war ihr peinlich, dabei beobachtet zu werden. Dabei waren nicht einmal Menschen im Hafengelände auszumachen. Sie setzte den Wasserkocher in Gang. »Wir müssen unsere Vorräte aufstocken und gucken, wann wir den Hafen wieder verlassen. Ich freue mich auf Schweden. Das wird wunderschön. Das Schiff ist wirklich ein Traum.«

Erik stemmte sich mit den Armen gegen die Tür und betrachtete seine Frau. In ihrem Hoodie und der schwarzen Jeans wirkte sie wie ein junges Mädchen. Er griente, stieg die Stufen hinab und umfasste ihre wohlgeformte Taille. »Hm, da könnte ich glatt noch mal schwach werden«, sagte er und packte besitzergreifend ihre Brüste.

»Mann, nun lass mich doch endlich mal fertig werden. Wenn du nur immer das eine im Kopf hast, wie sollen wir dann alles auf die Reihe kriegen. Das klappt niemals.« Erik drehte sie zu sich und warf ihr einen Blick zu, der ihr Angst einjagte. »Du fängst nicht an, hier auf große Dame zu machen. Das schlag dir gleich aus dem Kopf. Nur weil du dich jetzt auf 16 Metern bewegen darfst, heißt das noch lange nicht, dass du dich hier wie eine Diva aufführen kannst. *Captain's Word is Law*.«

Sein Blick ließ sie zusammenfahren. Sie wollte ihn nicht reizen und lehnte ihren Kopf gegen seine Brust. »Will ich doch gar nicht. Aber du hast selbst gesagt, dass wir so schnell wie möglich von hier verschwinden wollen, um endlich unser Leben zu genießen.« Sie warf ihm einen Blick zu, der an einen Welpen erinnerte.

Er gab ihr einen Klaps auf den Hintern und sagte: »Du hast recht, wir sollten sehen, dass wir unsere Zelte hier abbrechen. Unser neues Ziel wird dir gefallen, darauf geb ich dir Brief und Siegel. Wird 'ne lange Reise, Schnulli. Also packen wir es an.« Er knetete ihre Pobacken und kniff so fest zu, dass sie aufschrie. »Los, Mädchen, mach hinne und versuch endlich mal, Ordnung in diesen Saustall zu bringen. Das gehört sich so für reiche Leute.« Er grinste. »Anschließend fahren wir einkaufen. Morgen früh um vier Uhr geht's los, wenn alles klappt und der Wind uns nicht wieder zwischen die Beine grätscht. Für den ersten Törn bis Dänemark wird's reichen. Dann gucken wir weiter.«

»Und wie wollen wir ohne Auto nach Burg reinfahren?«

»Mädchen, ich hab uns ein Taxi bestellt. Du weißt doch, nobel geht die Welt zugrunde. Wir sind die neuen Nobelschröder.« Er grinste und warf einen Blick aus dem Fenster. »Wir sollten los. Der Wagen wird gleich hier sein.« Er stutzte. »Sieh mal einer an. Da ist wieder diese verschrobene Alte. Weißt du, die mit dem roten Fahrrad. Was will die hier bei dem Mistwetter?«

Lina zuckte die Achseln und drängte sich neben ihn, um einen Blick ins Hafengelände werfen zu können. »Ja, die hab ich auch schon gesehen. Ich glaube, die kannte den Hafenmeister. Ich hab gesehen, dass sie zusammen gequatscht haben. Die schnüffelt ständig hier rum. Vielleicht hat die ein Schiff hier im Hafen. Was weiß ich denn?«

»Lade sie zum Kaffee ein, dann kriegst du raus, was die hier sucht. Wir können es nicht gebrauchen, dass hier jemand rumschnüffelt.« Seine Stimme ließ keinen Zweifel daran, dass er es ernst meinte.

*

»Das waren ja gestern kaum zu glaubende Neuigkeiten.« Westermann stierte auf die bedruckten Blätter. Sie saßen erneut in größerer Runde in der Dienststelle zusammen, fassten zusammen, was sie herausgefunden hatten. Schütt konnte nicht fassen, was er hörte: »Dann hatte er vor, seine Lore tatsächlich zu verlassen?«

Hartwig antwortete: »Scheint so. Ahlers war wohl dabei, sich ein neues Leben aufzubauen. Und wie ich den Bankangestellten verstanden habe, gibt es da eine andere, jüngere Frau. Weißt ja, hinter vorgehaltener Hand erfährt man so einiges. Ich brauchte dem guten Mann nur zu erzählen, dass wir uns große Sorgen um Ahlers und seine Frau machen, da wurde er gesprächig.« Er blickte sich um. Schütt nickte, als wollte er die Hypothese des jüngeren Kollegen aus Oldenburg bestätigen.

»Typisch«, sagte Sina Hansen. »Die Kerle sind doch einer wie der andere. Wenn wir das Verfallsdatum überschritten haben, werden wir einfach gegen ein jüngeres Modell ausgetauscht.« Sie schnippte mit den Fingern, verengte die Augen und verzog den Mund. »Das ist eine Schweinerei und müsste geahndet werden.«

»Na, da hast du ja noch ein paar Jahre Zeit«, sagte Jasper Veit und betrachtete die Kollegin ungeniert.

»Frechheit. Wie würdest du es finden, wenn deine Frau mit einem wesentlich knackigeren Kerl aufkreuzt und dich zum Teufel schickt?«

»Kann sie gerne machen, dann such ich mir was schnuckeliges Neues. Gibt ja reichlich Auswahl an jungen Hühnern.« Sina Hansen japste nach Luft.

»So, nun kommen wir mal wieder auf die Erde zurück. Ich mag diese frauenfeindlichen Gespräche nicht. Zurück zu Ahlers«, mahnte Westermann.

»Doch, doch. Das will ich jetzt klarstellen. Da spricht ja grad der Richtige. Verlässt seine eigene, ihm zu alt gewordene Ehefrau und holt sich so'n knackigen Jungbrunnen ins Haus.« Veit zog die Augenbrauen hoch und guckte Westermann mit reiner Verachtung in die Augen. Jeder im Raum spürte, dass er ihm in diesem Moment nicht einen Funken Respekt entgegenbrachte.

»Das habe ich überhört. Außerdem sind das private Dinge, die hier überhaupt nicht hergehören. Aber zu deiner Beruhigung, *sie* hat *mich* verlassen. Und jetzt Schluss«, sagte Westermann und wischte seine Hand durch die Luft. »Wir sollten uns damit befassen, um wen es sich bei dieser Frau handelt, mit der Ahlers ein neues Leben anfangen wollte. Es sollte rauszufinden sein, wer die heimliche Geliebte ist. Sina, kannst du dich bitte darum kümmern?«

Sie nickte, lächelte und warf Veit einen Blick zu, der vor Selbstbewusstsein strotzte. Ihr war klar, dass Westermann diese Entscheidung bewusst getroffen hatte. Sie würde ihm zeigen, was in ihr steckte.

»Auf jeden Fall bleiben wir bei Nadja Wentdorf weiter am Ball. Welche Rolle spielt dieser Kollege von ihr? Ist er ihr Liebhaber?«, fragte Westermann, stand auf und öffnete beide Fensterflügel.

»Ist unauffällig. Hab ich überprüft. Ist nur ein Bekannter und Kollege, nicht der Rede wert.«

Westermann nickte.

»Dir ist aber schon klar, dass es draußen eisekalt und stürmisch ist«, entgegnete Hartwig und schlug demonstrativ die Arme um die Schultern.

»Stell dich nicht so an, Weichei«, sagte Veit. Die beiden konnten sich immer noch keinen Deut besser leiden. Nach der Nacht, die Hartwig im letzten Fall in der einzigen Zelle dieser Wache verbringen musste, hatte er den Kollegen der Burger Dienststelle komplett aus seinem Register gestrichen. Aber das war eine Geschichte, an die er nicht erinnert werden wollte. Es war ihm peinlich, wie er sich verhalten hatte, und er hoffte, dass die Episode mittlerweile in Vergessenheit geraten war. Watson räkelte sich, schlug die Augen auf und kroch aus dem Hundekorb. Ihn schien die Angelegenheit zu langweilen, und er stupste mit seiner feuchten Nase die Hand seines Herrchens.

»Geht gleich los«, sagte Hartwig und kraulte ihn hinterm Ohr. »Platz«, flüsterte er und beobachtete, wie der Polizeihund sich auf den Boden legte. »Was ist mit den Leuten in Ahlers ehemaligem Architektenbüro? Ich habe die Konten genau geprüft. Was auffällig ist: Von der Kaufsumme, die van Elebek bezahlen sollte, fehlt eine Million. Warum fehlt diese Summe? Was ist damit passiert? Gab es Streit? Und wenn ja, worüber?«

Westermann nahm den Köder auf. »Ja, mit den beiden ist das eine knifflige Sache. Die beiden haben damals zusammen das Architektenbüro eröffnet. Ahlers als Chef und van Elebek als sein Angestellter. Daraus wurde ziemlich schnell eine sehr enge Freundschaft. Soweit mir bekannt ist, wollte van Elebek bereits nach kürzester Zeit als Kompagnon einsteigen, was Ahlers allerdings die ganzen Jahre abgelehnt hatte, um sich nicht abhängig zu machen. Erst, als er sich zurückziehen wollte, um offiziell mit seiner Frau einen ruhigen Lebensabend zu verbringen, hat er ihn mit ins Boot geholt. Dann kam es zum Verkauf und zur Übergabe, die ja, wie wir wissen, nicht ganz reibungslos abgelaufen ist. Ich habe mir die Auszüge des Grundbuchamtes von Ahlers angesehen und diese belegen, dass der Betrieb im August letzten Jahres in das Eigentum von van Elebek übergegangen ist.«

»Aber warum ist die Summe nicht gänzlich beglichen?«, wollte Schütt wissen.

»Es gab, und das bestätigt sich mit diesem Schreiben, Streit. Unstimmigkeiten über ein Bauprojekt«, entgegnete Westermann und zog ein Papier aus der Akte.

»Das verstehe ich nicht. Ich dachte, Ahlers hatte alles abgewickelt. Warum gab es dann über ein Bauprojekt Streit?« Schütt kratzte sich am Kopf.

»Ja, das ist merkwürdig«, antwortete Hartwig. »Wenn ich den Bankangestellten richtig verstanden habe, hat Ahlers ein großes Bauprojekt ohne van Elebek abgewickelt, als der Kaufvertrag längst getätigt war. Er hat die Summe von rund einer Million dafür kassiert, was die Einzahlung dieses Bauträgers auf seinem Konto belegt. Es ist genau die Summe, die Elebek dem Architekten schuldig blieb, weil er sich von ihm offensichtlich über den Tisch gezogen fühlte.« Westermann hielt den Beleg hoch und legte ihn wieder zurück.

»Oh haua haua ha«, sagte Schütt und verzog das Gesicht. »Das sind ja sogar eine Millionen Gründe, den Baumeister zu beseitigen, wenn du mich fragst.«

Westermann schwieg, nickte. »Ja, das kam mir auch äußerst befremdlich vor, weshalb ich nachher van Elebek erneut aufsuchen werde. Veit, wenn du mitkommen würdest, ich könnte einen Mann mit Charakter an meiner Seite gebrauchen. Wollen doch mal genau nachhaken, was er die letzten 24 Stunden vor dem Verschwinden getrieben hat.« Er zwinkerte ihm zu.

Veits rechter Mundwinkel bewegte sich nach oben. Er setzte sich, richtete sich auf, seine Brust schwoll an. »Kein Problem. Der wird auspacken, wenn ich ihn zwischen die Finger krieg.«

Westermann schmunzelte, reagierte jedoch nicht auf die Ankündigung. Er wusste, dass er den Kollegen nur über seine Eitelkeit packen konnte.

»Und was mache ich solange?«, wollte Hartwig wissen, der seinen Vorgesetzten anstarrte, als hätte man ihn aus dem Zug geworfen.

»Du, mein Bester, fährst bitte zu Mirjam Jensen ins Karolinenviertel. Ich glaube, die hat uns nicht alles erzählt, was sie weiß. Da kannst du gleich deinen unwiderstehlichen

Charme einbringen. Ich denke, wenn wir diese Fragen abgehandelt haben, können wir einigermaßen beruhigt Richtung Schweden abdüsen. Unsere Fähre geht Donnerstagabend von Kiel.«

»Fahrt ihr nicht über Puttgarden?«, wollte Schütt erstaunt wissen.

»Nein, das sind locker 16 Stunden Fahrt mit Pausen. Wir brauchen ein bisschen Schlaf, damit wir ausgeruht an die Sache rangehen können. Und ein Hubschrauber wird uns der Staatsanwalt sicher nicht genehmigen«, lachte er. »Wir steigen Donnerstagabend ein, können die Akten noch einmal durcharbeiten und sind am nächsten Morgen gegen 9 Uhr in Göteborg. Von da aus sind es dann nur noch raundebautz acht Stunden bis ins Jämtland. Spätestens Sonntagabend wollen wir wieder auf die Fähre. Die Kollegen in Schweden sind informiert und unterstützen uns, so gut sie können.«

»Klingt nach einem einleuchtenden Plan«, sagte Schütt und schlürfte seinen Pfefferminztee.

»Also, jeder weiß, was er zu tun hat. Lasst uns die letzte Runde für diese Woche von hier aus starten.« Westermanns Worte klangen zuversichtlich. Aber wenn er an die neu aufgeworfenen Fragen dachte, wurde ihm nicht wirklich besser.

*

Charlotte hatte sich am nächsten Morgen auf ihr E-Bike geschwungen und hetzte Richtung Burgstaaken. Katrin war schlecht gelaunt, hatte an diesem Tag nichts vor und wollte sich selbst um ihren Sohn kümmern. So konnte sie ohne schlechtes Gewissen ihren Angelegenheiten nachgehen. Sie stand jedoch mit ihr in Kontakt, damit sie jederzeit einspringen konnte, falls ihre Nichte sie brauchte. Die Kopfsteinpflasterstraße Richtung Staaken schüttelte sie während ihrer Fahrt durch, und als sie endlich im Hafengebiet eintrudelte, war ihr beinahe schwindelig. Ihre Baskenmütze war über das rechte Auge gerutscht und verlieh ihrem Aussehen eine skurrile Note. Atemlos ließ sie das Rad ausrollen. Erst vor dem Bürocontainer des Hafenmeisters kam sie zum Stehen und sprang vom Sattel. Entschlossen lehnte sie das Rad gegen den Container und sicherte ihr Vehikel. Als sie sich entfernte, spürte sie Schmerzen in ihrer Herzgegend, die sich wie dumpfe Schläge einer Pauke anfühlten. Sie sah Hinnerks lächelndes Gesicht vor sich, wie er sich den Bauch hielt, weil er über einen seiner eigenen Witze lachte. Was ist nur mit dem armen Mann passiert? Ein kurzer Blick gen Himmel, richtete sie sich an den verstorbenen Hafenmeister: »Wenn dir jemand was angetan hat, krieg ich denjenigen, versprochen. Vielleicht kannst du mir von da oben ja ein bisschen Schützenhilfe zukommen lassen.« Sie war immer noch der Überzeugung, dass sein Tod kein natürlicher war. Sie seufzte und warf einen Blick in die schwarzen, tief hängenden Regenwolken. »Heiland Mailand, wenn es jetzt anfängt zu schütten, krieg ich richtig eins auf die Mütze.«

Charlotte zog den Reißverschluss ihrer Bikerjacke zum Kinn und hoffte, verschont zu bleiben. Entschlossen stiefelte sie durch das zugige Hafengelände, rückte ihre Baskenmütze zurecht, die ihr ständig vom Kopf zu wehen drohte. Sie blickte sich um. Weit und breit niemand zu sehen. Einzig ein Taxi, das an ihr vorbeirollte, um sich Richtung Burg zu entfernen. Charlotte fühlte sich auf verlorenem Posten und fragte sich, was sie eigentlich zu finden hoffte. Sie presste die Lippen zusammen. Trotz allem verspürte sie ein Gefühl, dass sie genau an diesem Ort auf wichtige Spuren stoßen würde. Sie musste nur gründlich genug bohren.

Charlotte zog den Schal enger um ihren Hals. Sie fror. Für diese Jahreszeit war es ungewöhnlich kalt. Sie schlitterte den unebenen, schlierigen Holzsteg hinunter und ließ ihren Blick über das Gelände schweifen. Es lagen kaum Schiffe im Hafen. Ein paar Motor-Kajütboote und zwei Segler wiegten sich auf auftürmenden Wellen an verschiedenen Stegen. Das Wasser im Hafenbecken glich einer braunen Brühe mit ebenso grauenhaft verfärbten Schaumkronen. Charlotte hatte vorsorglich ihre Gummistiefel angezogen. Die gummierten schwarzen Stiefel waren nicht nur äußerst warm, sie waren obendrein ein auffälliger Blickfang, ganz wie es einer Charlotte Hagedorn gebührte. Und sie passten perfekt zu ihrer Lederkluft. Sie kicherte, als sie die mit weißen Blüten bedruckten Fußspitzen ihrer Stiefel betrachtete.

Da sie nach wie vor die Befürchtung hatte, dass es jeden Moment anfangen könnte zu regnen, legte sie einen Gang zu und warf ein weiteres Mal einen Blick zum Himmel. Der Traum gestern Abend hatte sie aufschrecken lassen. Vielleicht lagen Lore und Tim irgendwo verborgen und gefangen auf der Jacht. Dann wieder dachte sie an Hinnerk. Sie war nicht sicher, ob er einfach ins Wasser gefallen war. Ein Herzinfarkt schien ihr ausgeschlossen, Alkohol eigentlich auch. Der Hafenmeister war standfest, ob er betrunken oder nüchtern war, und er kannte den Hafen wie seine eigene Westentasche. Sie vermutete, dass etwas anderes passiert sein musste. Er brachte ein paar Kilo zu viel auf die Waage, ja. Und er erschien ihr bei ihrem letzten Besuch kränklich. Aber davon kippt man nicht tot ins Hafenbecken. Aber wer hätte etwas davon, ihn zu töten? Hatte er irgendetwas gesehen, das ihm den Tod eingebracht hatte? Etwas gehört, was er nicht hören sollte? Sie bemerkte, dass einer der Fischer auf dem Steg seine Reusen reinigte und sich dabei selbst vom Wetter nicht abhalten ließ. Charlotte stakste schnurstracks auf ihn zu.

»Moin, Karl. Wo geiht?«, fragte sie und blieb direkt vor dem letzten Steg stehen.

»Ach, sieh einer an, Miss Marple. Na, was treibt dich denn bei diesem Schietwedder in den Hafen? Ist heute aber kein Wetter, um Fotos zu knipsen«, sagte der Mann Anfang 60 und schob die spiddeligen Haare unter der Fellmütze zurecht.

»Nö, ich wollte, ich wollte, ja was wollte ich denn? Ist mir doch jetzt glatt entfallen.«

»Stöberst schon wieder rum, wenn ich mich nicht täusche. Nee, nee, Charlotte. Du kannst es nicht lassen, oder?« Er lachte.

»Ich wollte spazieren gehen, um den Kopf freizubekommen.«

»Bei dem Wetter. Lotte, Lotte, vertell nix. Ich kenn dich genau. Also? Was willst du wirklich?« Karl zog eine Zigarre aus der Brusttasche seiner dunkelgrünen gummierten Latzhose, stemmte sich mit dem Rücken gegen den Wind und entzündete den fetten Stumpen mit einem Sturmfeuerzeug. »Du bist doch sicher wegen Hinnerk und Tim hier im Hafen, oder irre ich mich?«, paffte Karl, schob die Mütze aus der Stirn und kraulte seinen rauchfarbenen Vollbart. Er zog die Augenbraue hoch und wartete darauf, was *Miss Marple* zu verkünden hatte.

»Du hast recht, ich bin hier, weil mir die Geschichte um Tim, Lore und Hinnerk nicht mehr aus dem Kopf geht. Ich bin überzeugt davon, dass alles irgendwie zusammenhängt. Ich weiß nur noch nicht, wie. Ich glaub nicht, dass Hinnerk einfach ins Wasser gefallen ist.«

»Ist er ja auch nicht.«

»Was?«, fragte Charlotte fassungslos.

»Na, der hat wohl einen Zuckerschock oder so was Ähnliches gehabt, hat mir Johann erzählt. Das hat seine Nachbarin erfahren. Frag mich nicht, woher die das weiß. Kennst Fehmarn ja.«

»Jetzt bin ich baff.«

»Ja, der war ja schon ewig zuckerkrank, das weißt du ja. War wohl zu viel des Guten. Aber er ging auch keiner Torte und keinem Aal aus dem Weg«, schmauchte Karl an seiner Zigarre vorbei. Charlotte schüttelte den Kopf.

»Das ist tragisch. Passt zu seinem kränklichen Aussehen«, sagte sie.

»Und hat trotzdem gefuttert, was das Zeug hielt. Tja, was soll man dazu sagen.« Karl wollte sich wieder seiner Arbeit zuwenden. Charlotte stand sprachlos neben ihm. Der Fischer drehte sich noch mal um: »Lass dich man nicht zu tief in die Abgründe runter, sonst kommst du darin auch noch um«, sagte er und guckte sie besorgt an.

»Das hat irgendwas mit den Ahlers zu tun, da geb ich dir Brief und Siegel drauf. Hat er dir irgendwas erzählt, das ihm hier im Hafen merkwürdig vorkam?«

Karl paffte weiter und stöhnte. Man sah ihm an, das er das Gespräch nicht weiterführen wollte. Er verschränkte die Arme vor der dick eingepackten Brust. Dann sagte er mit brummiger Stimme: »Was soll das mit Tim und Lore zu tun haben? Hinnerk ist sehr wahrscheinlich über- oder unterzuckert gewesen, ihm ist schlecht geworden und er ist ausgerutscht. Der hat sich den Kopf angeschlagen, ist in Bach gefallen und ertrunken. Siehst ja, wie glitschig die ollen Biester sind«, sagte er und deutete auf die Bretter des Steges. »Und wenn du dir den Dötz anhaust, hast schon verloren. So, nun muss ich aber endlich weitermachen. Flicken sich nicht von alleine, die Netze.« Er nahm einen tiefen Zug seiner Zigarre, zeigte auf den Berg Reusen vor sich und griff nach einer von ihnen.

Charlotte schluckte. Ihr Herz klopfte. »Hat er komische Sachen mitbekommen?«, wollte sie wissen.

Karl lutschte auf seiner Zigarre, kratzte sich den Schädel. »Mann, Mann, du machst mich ganz wuschig. Lass mal überlegen. Also gesehen hat er, wie der Ahlers immer wieder ein Verkaufsschild für seine White Pearl angebracht und es immer, wenn Lore in den Hafen geradelt kam, vorher eilig wieder abgebaut hat.«

»Ja, das wusste ich. Hat Hinnerk mir selbst erzählt. Das war's schon?« Charlotte schien enttäuscht. »Aber du sagtest, er hätte was gehört?«

»Jo, hat er.«

»Ja und was war das? Nun lass dir doch nicht jedes Wort aus der Nase ziehen. Ihr Männer seid aber auch manchmal verquer.«

Der Fischer qualmte wie eine alte Lokomotive, während er das Loch in der Reuse flickte. Dann nuschelte er mit typisch breitem Slang der Nordlichter an seiner Zigarre vorbei: »Er hat mir vertellt, dass er ein Gespräch mitangehört hat. Er hat gelauscht. Aber das bleibt unter uns. Ich will da nichts ausposaunen, das ihn in Misskredit bringt.«

»Karl, du weißt aber schon, dass Hinnerk tot ist?«

»Na ja, aber du weißt ja, über Tote soll man nicht schlecht reden, sonst …«

»Papperlapapp. Wir reden nicht schlecht über ihn, wir müssen vielleicht seinen Mörder finden. Oder ist es dir egal, dass ihn jemand um die Ecke gebracht haben könnte? Also?«

Karl stöhnte. »Um die Ecke gebracht? Du tüddelst. Ich hab dir doch grad erzählt, dass er anscheinend einen Zuckerschock hatte.« Karl schluckte und tippte sich seinen Finger gegen die Schläfe. »Er hat gehört, dass die Besitzer der Pearl davon gefaselt haben, Beute zu holen und dann schnellstens auszulaufen.«

»Beute holen? Ja, was denn für Beute?«

»Das weiß ich doch nicht. Bin ich Jesus?«

»Na, weißt du. Hat er dir noch mehr erzählt?« Beute – das konnte nichts Gutes bedeuten. Vielleicht hatten Tim und Lore etwas herausbekommen und waren in die Falle der beiden getappt.

»Nö, das war's.« Karl hielt ihr die Reuse entgegen.

»Hast du das schon der Polizei erzählt?«

»Nö, hat mich ja keiner gefragt, warum sollte ich? Sollen man schön selbst drauf kommen. Die werden schließlich dafür bezahlt.«

Charlotte schüttelte den Kopf. Um was für Beute könnte es sich handeln? Dem muss ich unbedingt nachgehen.

*

Die Idee, die herumschnüffelnde Frau zum Kaffee einzuladen, fand Lina überhaupt nicht gut. Dennoch hielt sie sich an Eriks Vorgaben. Wer weiß, wofür die Unterhaltung nützlich ist, überlegte sie. So krieg ich jedenfalls raus, warum sie in letzter Zeit so oft im Hafen rumlungert. Vielleicht spioniert die hier wegen dieses toten Hafenmeisters. Das fehlte gerade noch. Der Fund des toten Hafenmeisters war bis zur White Pearl vorgedrungen und hatte die Bootsbesitzer dazu verleitet, sich endgültig von hier verabschieden zu wollen. Dieser Hafen erschien ihnen immer dubioser, und sie wollten endlich verschwinden.

Die Mittzwanzigerin streifte ihren Strickpullover über, schlüpfte in die Stiefel und verließ die Kajüte. Der Wind fegte ihre Haare aus dem Gesicht und zeigte die verblassten Aknenarben auf ihrer Haut. Lina verzog den Mund, als sie darüber nachdachte, dass Erik, ohne ein Wort, allein zum Einkaufen gefahren war. Es ärgerte sie. Sie hatte nur noch die Rücklichter des Großraumtaxis gesehen und einen Schrei ausgestoßen, der allerdings im Geheul des Windes unterging. Lina ließ die Mundwinkel sinken, schnaufte wutentbrannt. Sie war sauer, würde aber nie an dem, was er tat, laute Kritik üben. Wahrscheinlich war es ihm wichtig, dass sie etwas aus der Alten herausbekam. Umständlich kletterte sie vom Schiff und stemmte sich gegen jede ankommende Böe.

»Das wird morgen nichts«, stellte sie fest, als sie Richtung Himmel guckte. Ihr fiel ein Stein vom Herzen. Die Angst, bei Sturm rauszufahren, schnürte ihr seit Tagen die Kehle zu. Ihr hatte der Wind der letzten Tage auf See gereicht. Sie wusste allerdings, dass sie auch das hinnehmen musste, wenn Erik es entschied. Sie wollte ihn nicht verärgern. »Nanu, die Alte war doch gerade noch da. Wo ist die hin? Die muss hier irgendwo stecken«, schmollte sie und betrat festen Boden. Das Hafengelände, menschenleer. Weder Mensch noch Auto weit und breit, nur ein rotes E-Bike stand an den Bauwagen des Hafenmeisters gelehnt. Lina war erleichtert, dass sie die schrullige Frau nicht mit Kaffee und Keksen beglücken musste, und begab sich auf den Rückweg. Als sie den Kopf hob, um auf die Jacht zu klettern, entdeckte sie, dass die Frau, die sie gerade gesucht hatte, direkt vor dem Schiff herumstreifte und durch eines der Fenster schielte.

»Hallo, was machen Sie da?«, fragte Lina Bergmann und spürte ein Kribbeln in sich hochsteigen. Sie kniff die Augen zusammen und beobachtete, wie die Fremde ihr Schiff inspizierte.

Erschreckt fuhr Charlotte herum. So schnell hatte sie nicht mit der Schiffseignerin gerechnet und vor allem nicht damit, dass diese aus dem Hinterhalt auf sie zuschoss. »Ich … ich suche die Schiffseigner. Wissen Sie, wo ich die finde?« Sie wusste ja, wer sie war, hatte sie bei ihrer Beobachtungstour mit dem Fernglas genaustens inspiziert.

Lina nickte. »Das bin ich. Und was wollen Sie?« Ihr Gesichtsausdruck wirkte alles andere als freundlich. Die Lippen der Frau waren so gut wie nicht vorhanden, so fest hatte sie diese aufeinandergepresst.

Charlotte stellte sich in Positur und fragte: »Sind Sie allein? Oder ist Ihr Mann auch da?«

»Nein, der ist nicht hier. Also, was wollen Sie?«, fragte sie noch einmal und stemmte die Fäuste in die Hüften.

»Ich habe ein paar Fragen zum Tod vom Hafenmeister Hinnerk Jacobsen. Sie haben doch sicher davon gehört, dass er im Hafenbecken gefunden wurde. Der Arme.«

Lina nickte. »Ja, haben wir. Grausame Geschichte«, sagte sie.

»Vielleicht können Sie mir weiterhelfen.«

Auf einmal interessierte es sie, was es mit dieser Frau auf sich hatte, die hier seit Tagen im Hafen rumschnüffelte und jeden zu kennen schien. »Sie frieren ja. Kommen Sie an Bord. Der Wind ist wirklich ekelig. Ich hab grad Kaffee aufgesetzt. Vielleicht möchten Sie eine Tasse zum Aufwärmen. Sind Sie die Ehefrau? Entschuldigung, wenn ich so unhöflich nachfrage.«

Charlotte schluckte. Das wäre eine glänzende Idee, sich als Frau von Hinnerk auszugeben. So würde die Bergmann Vertrauen zu ihr aufbauen, und sie konnte unbehelligt Fragen stellen und sich ein bisschen umsehen. Sie sagte nichts und nickte zaghaft. So log sie nicht und doch verschaffte ihr das Nicken vielleicht mehr Entgegenkommen. Lina schien die Antwort zu genügen. Sie schwang sich aufs Schiff und forderte Charlotte erneut auf, ihr zu folgen.

»Soll ich meine Stiefel ausziehen?«, fragte diese und hob demonstrativ einen ihrer Füße an.

»Nein, brauchen Sie nicht.« Die Hamburgerin guckte die schrullige Frau kopfschüttelnd an. »Wir haben auf diesem Schiff noch nie unsere Schuhe ausgezogen«, sagte sie. Was für 'ne komische Tante, dachte sie und forderte Charlotte auf, sich im Steuerstand am Tisch niederzulassen. Auf ihm ein überquellender Aschenbecher sowie etliche Zeitschriften, die ungeordnet herumlagen. Hier sieht's aus wie bei Hempels unterm Sofa, dachte sie und betrachtete die Frau, die eine kalkbefleckte Thermoskanne und zwei Becher auf den Tisch stellte. Dann schob sie diverse Klatschblätter zusammen und warf sie in eines der eingebauten Regale. In der kurzen Zeit ganz schön runtergekommen, die White Pearl, überlegte Charlotte und dachte an Tim und Lore, für die deren Jacht das Ein und Alles gewesen war.

Tim war so pedantisch. Die Instrumente waren immer sorgfältig abgedeckt. Kein Staubkorn hatte sie hier jemals entdecken können. Dafür sorgte Lore, die für die Gemütlichkeit auf dem Schiff zuständig war. Aber es ist, wie es ist, seufzte sie. Wie konnten sie das Boot nur an solche Leute verkaufen, dachte sie, sagte stattdessen: »Schönes Segelschiff. Und danke für den Kaffee. Sie retten mir quasi das Leben. Ich bin richtig durchgefroren.« Lina nickte. Wenig später zog Charlotte den Reißverschluss ihrer Jacke auf, weil von irgendwo Wärme um ihre Beine waberte und ihren Körper hochkroch. Sie nahm einen Schluck Kaffee und versuchte, nicht das Gesicht zu verziehen. Innerlich wehrte sich alles in ihr gegen den bitteren Geschmack des dunklen Gebräus, aber in diesem Fall diente es der Sache.

»Kekse hab ich keine«, sagte die Schiffseignerin und schüttelte den Kopf. Die hofft, dass ich schnell wieder von hier verschwinde, mutmaßte Charlotte.

»So, nun erzählen Sie mir aber erst mal, was ich für Sie tun kann. Sie wollten uns doch sprechen.« Lina wirkte interessiert, zumindest tat sie so. »Wissen Sie, wir sind in den letzten Vorbereitungen und mein Mann will, wenn das Wetter es zulässt, morgen früh unbedingt auslaufen. Es wird unser erster großer Törn mit der Pearl. Aber richtig klasse sieht das da draußen nicht aus«, flüsterte sie und warf einen Blick durch das schmale Seitenfenster. Charlotte merkte, dass die Frau Angst hatte. Dauernd knetete sie ihre Hände und schielte nach draußen. »Mein Mann ist im Ort, um noch ein paar Sachen zu erledigen.« Lina zuckte mit den Augenlidern. Charlotte nahm es nach außen mit Gelassenheit, innerlich jedoch war sie genauso angespannt wie die Bootsbesitzerin. »Eigentlich habe ich überhaupt keine Zeit, lang zu schnacken.« Sie schüttelte den Kopf. »Also, was wollen Sie von uns?«

»Ich möchte wissen, ob Ihnen irgendwas aufgefallen ist, das die Polizei nicht rausgefunden hat? Haben Sie jemanden im Hafen gesehen, der hier nicht hergehört? Ich kenn mich hier eigentlich gut aus und weiß, dass Bootseigner auch im Dunkeln durch die Hafenanlage laufen, um eine zu rauchen oder vor dem Schlafengehen frische Luft zu schnappen, den Hund Pipi machen zu lassen. Waren Sie in der Nacht, als Hinnerk starb …«, sie musste aufpassen, dass sie sich nicht verplapperte. »Möglicherweise ist Ihnen etwas aufgefallen?«

Die Schiffseignerin entspannte sich. Ihre Gesichtszüge wurden weicher. »Nein, wir sind nachts nicht im Hafen unterwegs. Da schlafen wir. Wir haben weder Kinder noch Haustiere. Meist gehen wir so um 22 Uhr in die Koje.« Ihr gedankenverlorenes Lächeln verriet, was sie dachte. Und das mochte Charlotte sich nicht im Geringsten vorstellen. »Und rauchen – wir rauchen aufm Schiff. Dazu brauchen wir nicht im Hafen rumlaufen.« Sie schüttelte den Kopf. Charlotte hatte die vollen Aschenbecher registriert und rümpfte die Nase. »Ich … wir haben niemanden mitge- kriegt, der hier nicht hergehört«, verzog sie den Mund und schien erleichtert, dass das alles war, was die Alte wissen wollte. Dann verblüffte die junge Frau mit einer unerwar- teten Aussage: »Allerdings, wenn ich mich richtig erinnere, als ich mir was zu trinken holen wollte, war wohl so gegen 23 Uhr, da schlich so'n Kerl in dunklen Klamotten über die Stege. Ich hab mich noch gewundert, was der im Dunkeln im Hafen zu suchen hatte. Dachte aber, dass er sein Schiff sucht.« Lina zuckte die Achseln, guckte Charlotte an.

»Haben Sie ihn erkannt?«, fragte sie.

»Nö, war ja dunkel. Und die paar Lampen geben nicht wirklich was her. Und ansonsten? Nein, da war niemand. Aber das haben wir der Polizei erzählt.« Sie zog ein wei- teres Mal die Schultern hoch, schlürfte ihren Kaffee und steckte sich anschließend eine Zigarette an.

Charlotte tat, als störte es sie nicht, und ließ ihren Blick durch den Raum schweifen. Die luxuriöse Ausstattung täuschte nicht darüber hinweg, dass hier seit dem Verkauf der Jacht kein gesonderter Wert mehr auf Luxus oder Ordnung gelegt wurde. Überall lagen Klamotten, standen Aschenbe- cher und zerdrückte leere Bierdosen. Es roch wie in einer Kneipe. Was ebenfalls auffällig war, dass Staub auf den Mess- instrumenten lag. Ihr Blick blieb an einem alten nautischen Instrument hängen, das ihr auf seltsame Art bekannt vorkam.

Halb eingeschlagen in schwarzen Samtstoff, lag es oberhalb des Steuerrades auf einer Ablage. Irgendwo hatte sie ein derartiges Gerät schon einmal gesehen. Sie versuchte, sich zu erinnern. Während sie das nach Teer schmeckende schwarze Gebräu herunterwürgte, fiel es ihr wieder ein. Sie hatte so ein Navigationsgerät tatsächlich schon mal gesehen. Das ist ein Astrolabium, da bin ich mir sicher.

Dieses historische astronomische Instrument wurde vor vielen Jahren von Seefahrern und Entdeckern zur Navigation verwendet, um den Standort der Gestirne am Himmel bestimmen zu können, ihre Position auf See zu benennen. Schönes Stück, dachte sie. Ob das echt ist?

Das Sternhöhenmesser, das einer übergroßen Taschenuhr ähnelte, war zirka 20 Zentimeter groß und klemmte in einem hölzernen Gestell. Ein äußerst präzises Gerät, so viel hatte sie gelesen. Und jetzt fiel ihr auch wieder ein, *wo* sie es entdeckt hatte. Da war ein Bericht in einer großen Tageszeitung. War nicht eines dieser Instrumente aus einem Museum in Hamburg gestohlen worden? Sie erinnerte sich, dass es aufgrund seiner historischen Bedeutung und Seltenheit einen beträchtlichen finanziellen Wert besaß. Es gehörte zu den begehrtesten Artefakten in einem nautischen Museum. Und weckte somit das Interesse professioneller Diebe. Charlottes Herz fing laut an zu schlagen. Sofort witterte sie eine Geschichte. War das die Beute, von der Hinnerk gehört haben wollte? Waren die beiden Bootseigner fiese Gauner oder hatten sie das gute Stück von den Ahlers übernommen? Sie musste herausfinden, was es mit dem Astrolabium auf sich hatte, und bemerkte sehr wohl, dass Lina sie die ganze Zeit über nicht aus den Augen ließ, weil sie merkte, dass sie das Artefakt anstarrte. Charlotte musste sie irgendwie ablenken.

»Kann ich kurz Ihre Toilette benutzen? Der Kaffee.« Sie deutete auf den Becher. »Bis ich zu Hause bin, schaffe ich es nicht. Sonst piescher ich mir in die Hose«, versuchte sie die Lage zu entschärfen. Sie zuckte mit einem verlegenen Lächeln die Achseln und zerrte am erdbeerroten Schal, der locker um ihren Hals geschlungen war.

Lina nickte. »Ja, ich zeig Ihnen das Klo.« Sie öffnete die Holztür, die in die tiefer gelegenen Kajüten führte. Charlotte nutzte die wenigen Sekunden, die sie sich nicht im Visier der Schiffseignerin wähnte, zog ihr Handy aus der Tasche und drückte, während sie auf die Stufen zuwankte, ein paar Mal den Auslöser. Sie hoffte, dass die Bilder zumindest einen Bruchteil des nautischen Gerätes eingefangen hatten. Sie hatte gelernt, blind Fotos zu schießen. Das war Teil ihrer Ausbildung. Einfach ein Motiv einzufangen, ohne hinzusehen. Aber auf diesem schwankenden Schiff? Charlotte ließ das Telefon blitzschnell wieder in ihrer Jackentasche verschwinden. Dann verschwand sie in der Nasszelle, die sogar eine geräumige Dusche besaß, verschloss die Tür und zählte. Während sie zählte, guckte sie auf dem Display, ob die Aufnahmen etwas geworden waren. »Hm«, brummte sie und entdeckte enttäuscht nur ein Teilstück des Artefakts. Sie stöhnte.

»Alles in Ordnung?«, fragte Lina und ihre Stimme klang misstrauisch.

»Jaja, alles paletti.« Sie drückte die Spülung und ließ für einen winzigen Moment den Wasserhahn laufen. Sie würde herausfinden, was hier vor sich ging. »Ja, dann danke ich Ihnen von Herzen für die Informationen und für den Kaffee. Ich hoffe wirklich, dass wir den Täter schnellstmöglich ermitteln.« Charlotte stand auf und zog den Reißverschluss ihrer Jacke hoch, als sie merkte, was sie von sich gegeben hatte. Sie blieb wie erstarrt stehen.

»Täter … ermitteln?« Auf Linas Gesicht fand sich ein großes Fragezeichen. »Ich dachte, Sie sind die Frau von diesem Hafenmeister? Was gibt es da zu ermitteln?« Sie schluckte, stellte sich breitbeinig vor die Tür und verschränkte die Arme vor ihrer Brust.

Charlotte hatte das Gefühl, als wollte die Frau ihr den Weg versperren. Sie schaltete sofort, weil sie spürte, dass es für sie unangenehm werden konnte, wenn sie nicht schnellstens die Jacht verließ. »Nein, nein, ich versuche nur, über den Verlust wegzukommen, deshalb forsche ich nach. Sie sagten, dass da ein schwarzer Mann war. Wissen Sie, Hinnerk war mit seinem Insulin sehr sorgfältig. Das will mir alles nicht in den Kopf. Einfach so umgekippt – und nun ist er tot? Außerdem meinte ich, dann kann die Polizei ermitteln.« Die Miss Marple der Insel setzte eine Leidensmiene auf und guckte die Bootseignerin an, die augenblicklich zur Seite trat, um den Weg freizugeben. Charlotte spürte die Blicke der Frau wie einen Dolch in ihrem Rücken, als sie sich über das Deck bewegte. Jedes Härchen auf ihrem Körper richtete sich auf. Sie fühlte sich schrecklich. Dann wieder siegte ihr Ermittlerinstinkt. Ich muss schnellstens rausfinden, was es mit dem Gerät auf sich hat. Wahrscheinlich verbirgt sich dahinter die erste Lösung mit der Beute, von der Hinnerk gehört haben will. Und das mit der dunklen Gestalt auf dem Steg – wer könnte das gewesen sein? Ich komme wieder. So schnell gibt eine Charlotte Hagedorn sich nicht geschlagen.

KAPITEL 16

Die Vorbereitungen der Kommissare für die Überfahrt nach Schweden waren getroffen und die Befragungen fast abgeschlossen.

Es war dunkel, als sie an diesem Morgen um 7 Uhr gemeinsam am Tisch saßen und letzte Informationen austauschten. Der Leiter der Oldenburger Mordkommission leerte seinen Kaffeebecher und eröffnete die Sitzung. »Ich will nur kurz mitteilen, dass ich mich gestern Abend mit dem Chef der Dienststelle Jämtland kurzgeschlossen habe. Die Kollegen vor Ort sind für die gesamte Region zuständig, somit auch für den Ort Rätan, den wir aufsuchen wollen.« Hartwig zog die Augenbrauen hoch und warf ihm einen gereizten Blick zu. »Ich habe etliche Telefonate mit Jerrik Andersson geführt und bin mir sicher, dass die Beamten uns jede Hilfe zukommen lassen. Sie selbst werden nicht eingreifen, es sei denn, wir bitten sie darum. Unsere Fähre geht am Donnerstag, und wir denken, dass wir spätestens am Sonntag wieder zurückfahren.

Zwei Tage Recherche sollten reichen. Punkt. Thomas, jetzt bist du an der Reihe. Bitte.«

Hartwig setzte sich aufrecht auf seinen Stuhl und räusperte sich, während er einen kurzen Blick auf seine Unterlagen warf. »Ja, ich habe mich in den letzten Tagen intensiv mit dem Umfeld der Ahlers beschäftigt. Die wenigen Freunde der Ahlers fallen allesamt durchs Raster. Sie waren durchweg geschockt über unsere Vermutungen. Sie sind überzeugt davon, dass die beiden sich entweder in der Karibik oder in diesem Häuschen in Schweden rumtreiben. Sie waren der Meinung, dass wir zu panisch an die Geschichte rangehen und abwarten sollten. Sie wären halt sehr reiselustig, und es kam schon öfter vor, dass sie längere Zeit verreist waren. Ich bin geneigt, ihnen zuzustimmen. Denn bisher haben wir zwar einige Verdächtige, die theoretisch etwas mit dem Verschwinden zu tun haben könnten, aber weder Fakten noch eine wirkliche Spur. Ich hoffe auch, dass wir in Schweden Antworten oder die Ahlers finden.« Er prustete, schwieg und zuckte die Schultern. Sein Blick war ernst und passte nicht zu dem Mann, der sonst Zuversicht ausstrahlte. Er kreuzte die Beine unter dem Tisch und guckte in die Runde. »Der Freundes- und der Bekanntenkreis fallen aus der Liste etwaiger Verdächtiger heraus. Auch die Recherchen hinsichtlich der deutschen Flughäfen ergaben keine Antworten. Nirgends ist ein anthrazitfarbener, fünftüriger Volvo V40 mit passendem Kennzeichen gefunden worden. Das waren alles Sackgassen. Ich habe eine Fahndung nach dem Wagen rausgegeben, vielleicht haben wir Glück. Allerdings könnten sie sich irgendwo im Ausland aufhalten. Es gibt weder Kameraaufzeichnungen noch Handyortungen. Die Telefone sind nach wie vor ausgeschaltet, was für einen derart langen Zeitraum sehr ungewöhnlich ist. Also eine Ortung ist derzeit ausgeschlossen.« Hartwig zuckte die Achseln. Leises Gemurmel erfüllte den Raum. Draußen dämmerte es mittlerweile. Watson lag im Korb, hatte die Pfoten ausgestreckt und schnarchte.

Hartwig lenkte seinen Blick auf die Kollegen. »Die verdächtigen Personen, die in Bedrängnis kommen könnten und weiterhin unter Beobachtung stehen, sind Nadja Wentdorf und Justus van Elebek sowie die verschwundenen Lore und Tim Ahlers selbst. Auch die neuen Eigentümer haben wir noch nicht von der Liste gestrichen. Wentdorfs leibliche Mutter ist 2023 an Krebs verstorben, ihr verstorbener Vater, nach neuesten Erkenntnissen nicht der Erzeuger, ebenfalls seit mehr als zehn Jahren tot. Das sind die Fakten. Andere Familienmitglieder gibt es nicht.« Wieder zuckte Hartwig die Achseln. »Allerdings hätte die Nichte mehrere Motive, die Ahlers zu beseitigen. So wie es aussieht, hat die Frau Aussicht auf das gesamte Erbe, das sich in einer Höhe von mehreren Millionen Euro bewegt. Plus dem Geld aus dem Verkauf der Luxusjacht, plus der Summen, die sich auf mehreren anderen Konten befinden. Allerdings nur, wenn die Personen als Leichen auftauchen. Wir sind gerade dabei, eine Gesamtübersicht erstellen zu lassen. Auf jeden Fall handelt es sich um ein größeres Vermögen, das sich in einer Größenordnung von mehr als vier Millionen Euro bewegt. Ich hab mich im Umfeld der Lehrerin umgesehen und bin dabei auf ihren Freund Maik Stöver gestoßen, der wohl nichts mit dem Verschwinden der Ahlers zu tun hat.«

Die Hauptmeisterin Sina Hansen nestelte an ihrem Zopf, der lang über die rechte Schulter fiel, und betrachtete den Kollegen aus Oldenburg durch ihre blauen Augen.

Hartwig genoss seine Präsenz. Mit einem Lächeln, das seine markanten Gesichtszüge betonte, zog er sofort jede Aufmerksamkeit auf sich.

Sinas Herz klopfte, als sie ihn beobachtete. Sie seufzte leise.

»Hallo, Erde an Raumschiff?« Alle lachten und Sina wurde rot.

»Sonst noch Fragen?«

»Ansonsten ist alles möglich. Alles jedoch bisher rein hypothetisch. Ihr sollt, während wir in Schweden sind, die Spuren der Verdächtigen weiterverfolgen. Vielleicht kommt ihr in der Zwischenzeit zu neuen Informationen.«

Die Tür ging auf, Kalle Jipp betrat kaugummikauend den Raum. Der Beamte Ende 40 trat auf Hartwig zu und reichte ihm mehrere Seiten Papier. »Haben sie grad von der Bank rübergefaxt. Ahlers hat seiner Frau sämtliche Geschäftskonten gesperrt.«

»Heißt?«, fragte Veit.

»Sie hat keinen Zugriff und somit auch keine Einsicht mehr auf die Konten von Ahlers.«

»Aber das wussten wir schon. Dafür hatte er ihr ein Unterkonto eingerichtet, auf dem …«, Hartwig stutzte und sah die Kollegen erstaunt an. »Holla, die Waldfee, eine Viertelmillion Euro verbucht sind. Na, der kann bei mir auch mal vorbeikommen«, sagte er und reichte Westermann den Stapel Papiere. Er nahm sein Handy in die Hand und wählte eine Nummer, die er auf dem Briefkopf fand. »Ja, bitte Herrn Barko«, sagte er. »Ja, danke.« Wenig später hörten die Kollegen im Hintergrund kaum wahrnehmbar eine männliche Stimme. »Ja, wir haben gerade das Fax bekommen. Ich habe eine Frage dazu. Hat Frau Ahlers Informationen darüber erhalten, dass ihr der Zugriff verwehrt wurde, oder wie wurde das von Seiten der Bank geregelt ... aha ... hm ... ja, hilft uns sehr. Vielen Dank für die Auskunft.« Er setzte sich. »Gib mir mal einer einen Kaffee.«

»Red schon, warum hast du da angerufen?«, fragte Schütt.

»Ich wollte wissen, ob sie ihr die Kontovollmacht offiziell entzogen haben. Also schriftlich. Und das ist jetzt sehr merkwürdig. Ahlers hat mit der Bank abgesprochen, sie darüber zu informieren, dass der Zugriff aus steuerlichen Gründen nicht mehr möglich sei und sie ein externes Konto benötigt.«

»Ja, aber das ist doch völlig in Ordnung«, sagte Schütt.

»Eigentlich schon, aber es wurde nur so gehändelt, weil Ahlers wollte, dass sie weder Zugriff auf die geschäftlichen Konten hatte noch Einblick in die Unterlagen bekam. Wahrscheinlich, damit sie nicht nachvollziehen konnte, was er vorhatte. Sie hat früher jahrelang seine Buchführung gemacht und kannte sich bestens aus«, ergänzte Westermann seine Ausführung.

»Ja, aber warum sollte sie keinen Zugang mehr haben?«, fragte Sina Hansen.

»Wenn wir das wüssten, wären wir schlauer.«

»Glaubst du das wirklich?«, fragte Hartwig und starrte in fragende Gesichter.

*

Hartwig parkte seinen Kombi ein paar Stunden später am Seitenstreifen. Er ließ Watson aus dem Kofferraum und wartete, bis er sich an einem Baumstamm erleichtert hatte. Der Wind verwüstete seine mit grauen Strähnen durchzogene Mähne, und einzelne Strähnen verdeckten immer wieder seine Augen. Hartwig steckte sich eine Zigarette an und inhalierte den Rauch mit tiefen Zügen. Angewidert spie er aus und drückte die kaum gerauchte Kippe auf dem Asphalt aus. »Ekelhaft. Ich will das nicht mehr. Boah. Watson, du musst mich vom Qualmen abhalten, hast du verstanden?« Watson kläffte und blinzelte ihn an. Hartwig schüttelte den Kopf und grinste. »Alter Schwerenöter.« Der Kommissar presste seinen Finger auf den Klingelknopf von Mirjam Jensens Wohnung. Westermann hatte ihn gebeten, ihr noch mal auf den Zahn zu fühlen. Ihm waren einige Ungereimtheiten aufgefallen, die sich aus den Ermittlungen ergeben hatten. Er trat einen Schritt zurück und hoffte, dass sie da war. Noch einmal drückte er seine Fingerkuppe auf den Perlmuttknopf.

In dem Moment hörte er eine weibliche Stimme: »Ja?«

»Hartwig, Kripo Oldenburg. Frau Jensen? Könnten Sie bitte öffnen?«

Ein leises Summen ertönte, die Tür sprang auf.

Mirjam öffnete. Mit erstauntem Gesichtsausdruck ließ sie den Polizeibeamten und seinen Hund eintreten. Hartwig wusste, dass sie eine wichtige Informantin sein könnte, da sie sowohl eine berufliche als auch persönliche Beziehung zu Ahlers unterhielt. Sehr wahrscheinlich hatte sie Streitigkeiten oder Spannungen zwischen Ahlers und van Elebek mitbekommen, die andere nicht bemerkt hatten. Vielleicht kannte sie aber auch Interna über geschäftliche Konflikte, Geldprobleme oder mögliche Feindseligkeiten innerhalb des Unternehmens, die auf eine Spur der Vermissten führten.

»Setzen Sie sich.« Sie deutete auf einen Stuhl am Esstisch im offenen Küchenbereich, auf dem Tage zuvor Westermann gesessen hatte, und war erstaunt, dass ein neues Gesicht die Befragung durchführte. »Ich hoffe, der beißt nicht«, versuchte Mirjam ein Lächeln, zupfte an ihrem verwaschenen Shirt und warf einen Blick auf Watson. Sie setzte sich ihm gegenüber. Die Chefassistentin trug ihre Haare zu einem lockeren Knoten geschlungen. Ein paar Strähnen, die vorwitzig herauslugten, pustete sie immer wieder aus ihrem Gesicht. »Was ist denn noch? Ich habe Ihrem Kollegen alles erzählt, was ich weiß.« Sie zuckte die Achseln. Watson legte sich neben sein Herrchen, hielt die Augen offen und beobachtete die Frau.

»Ja, ich weiß, dass Sie vieles mit dem Chef geklärt haben. Leider konnte er nicht persönlich erscheinen. Aber wir haben tatsächlich noch ein paar Fragen.« Er zog ein Notizbuch aus seiner Jackentasche und schlug es auf. »Haben Sie während Ihrer Zeit als Assistentin von Tim Ahlers etwas über persönliche oder geschäftliche Konflikte innerhalb des Unternehmens mitbekommen?«

Mirjam errötete. Hartwig war klar, dass sie als persönliche Assistentin und ehemalige Geliebte Kenntnisse haben könnte.

»Ich weiß nicht, was Sie meinen«, sagte sie.

Der Kommissar merkte, dass sie log. »Doch, ich glaube, Sie wissen genau, worauf ich hinauswill.« Der hochgewachsene, sportliche Polizeibeamte sah sie mit einem Blick an, der sie verunsicherte. »Bitte. Kaum jemand hatte so tiefe Einblicke wie Sie. Wir brauchen wirklich Ihre Hilfe.«

Mirjam schluckte und wurde rot. »Ich hab natürlich über Interna Bescheid gewusst, dafür war ich schließlich persönliche Assistentin der Geschäftsleitung. Aber was hat das mit dem Verschwinden zu tun?«

»Wenn wir wissen, was in dem Betrieb abgelaufen ist, könnte dies Hinweise auf unsaubere Geschäfte geben, die den Kreis der Verdächtigen ausweiten könnten.«

»Nein, soweit mir bekannt ist, liefen alle geschäftlichen Aktivitäten korrekt ab. Da gab es nichts, was nicht korrekt war.« Sie schüttelte den Kopf. »Die waren sehr akkurat – beide.«

»Aber wie passt es dann zusammen, dass Tim Ahlers ein Bauprojekt nach dem Verkauf und ohne das Wissen von Justus Elebek durchgezogen hat?«

Mirjam Jensen blickte erstaunt auf. »Davon wusste ich nichts.«

Hartwig erzählte in kurzen Sätzen von dem Geschäft, das ohne van Elebek abgelaufen war.

»Davon hat Justus mir nie etwas erzählt. Ich hatte keine Ahnung. Das muss nach meinem Rausschmiss stattgefunden haben. Ehrlich.« Sie schien überrascht.

»Gibt es etwas, das Ihnen im Zusammenhang mit Tim Ahlers' Verhalten oder Aktivitäten vor seinem Verschwinden auffällig oder merkwürdig vorkam?«

»Nein, ich weiß nur, dass er ein neues Leben anfangen wollte, wenn auch, wie sich jetzt herausgestellt hat, nicht mit mir.«

»Dann wissen Sie, wie die Ehe der Ahlers ausgesehen hat?«

Mirjams Augen füllten sich mit Tränen und sie nickte. Sie schniefte. »Natürlich weiß ich das. Die Ehe war längst zerrüttet. Nur Lore wollte das nicht wahrhaben. Tim war auf dem Absprung, machte mit mir Pläne, bis er mich wie eine heiße Kartoffel fallenließ.«

»Kann es nicht sein, dass er auch Sie die ganze Zeit nur hingehalten hat, damit Sie keine Interna preisgeben und er in Ruhe sein Spiel durchziehen konnte?«

Die junge Frau zuckte die Achseln. Ihre Miene glich der einer Statue.

»Sind Ihnen außer van Elebek Personen bekannt, die ein besonderes Interesse am Verschwinden von Tim Ahlers haben könnten, sei es aus persönlichen oder geschäftlichen Gründen?«

Mirjam atmete hörbar aus. »Ph, ich weiß es wirklich nicht. Aber Justus gehört mit Sicherheit nicht dazu. Außer dass Tim mit seiner Frau … Sie wissen schon … Nein, niemand, ich kenne niemanden. Aber das habe ich alles bereits Ihrem Kollegen erzählt.« Sie schüttelte den Kopf und stand auf. »Bitte, ich kann Ihnen nicht weiterhelfen. Ich bin müde.«

Hartwig merkte, dass sie an ihrer Halskette fummelte, während sie auf und ab ging, dabei immer wieder mit den Fingern gegen ihr Brustbein trommelte. Ihre Hände zitterten, als sie an den Tisch trat, ihr Glas zum Mund führte und einen hastigen Schluck nahm. Ihr Blick wanderte wie ein Pendel umher, als wäre sie auf der Suche nach einer Fluchtmöglichkeit. Sie wirkte wie ein gehetztes Tier, das in der Falle saß.

Hartwig vernahm das Zittern in ihrer Stimme, als sie wiederholte: »Bitte, ich bin wirklich erschöpft.« Ihre Augen verrieten eine gewisse Anspannung, und sie vermied es, Hartwigs Blick direkt zu begegnen.

»Können Sie sich an mögliche finanzielle Unregelmäßigkeiten oder Konflikte innerhalb des Unternehmens erinnern?«

Mirjam zögerte einen Moment. Sie ahnte, dass der Beamte hartnäckig war und nicht aufgeben würde, bis sie ihm Futter gab. »Nun ja, es gab einige Spannungen im Büro. Was nicht heißen soll, dass es in Sachen Geld Probleme gab. Die hatte Tim weiß Gott nicht. Aber er hatte Schwierigkeiten mit Justus. Von Anfang an. Justus wollte als Teilhaber angenommen werden, forderte immer mehr Geld und hat ihm schließlich angeboten, seine Firma zu kaufen. Tim hat das immer verweigert.«

»Interessant. Aber das wissen wir bereits. Gibt es was, das niemand außer Ihnen wusste?«

Mirjam spürte, dass die Frage an ihre Beziehung appellierte, atmete tief durch. Sie starrte aus dem Fenster und zog ihren Blick über den angrenzenden Park. »Ich glaube, Justus hat ihn erpresst. Aber womit? Keine Ahnung.«

Hartwig sah sie erstaunt an. »Das müssen Sie mir näher erklären.«

»Das kann ich nicht. Ich weiß nur, dass er auf einmal bereit war, ihm das Büro zu verkaufen, und mehr kann ich Ihnen wirklich nicht sagen.« Sie schüttelte den Kopf.

»Vielen Dank, Frau Jensen. Vielleicht hilft das weiter. Falls Ihnen noch irgendwas einfällt, selbst wenn es unwichtig erscheint. Zögern Sie nicht und kontaktieren Sie mich.« Er reichte ihr seine Karte.

»Natürlich. Ich hoffe, dass Sie Tim finden und diese ganze Sache klären können.« Ihre Stimme zitterte. Sie schlang die Arme um ihre Schultern, als würde sie frieren.

»Danke. Das ist unser Ziel. Vielen Dank für Ihre Kooperation. Ach, eine Frage noch: Arbeiten Sie eigentlich wieder?«

»Ja, was denken Sie denn? In meinem Job ist es ein Leichtes, unterzukommen. Die suchen doch alle händeringend. Zumindest noch so lange, bis die künstliche Intelligenz unsere Jobs erledigt.« Sie wurde rot und lächelte ihn vielsagend an.

»Und davon kann man sich eine derartige Wohnung leisten? Respekt. Sie müssen wirklich gut in dem sein, was Sie machen.«

Die Röte vertiefte sich. »Bin ich, keine Sorge.« Wieder lächelte sie. Dann erstarb ihr Lächeln. Sie wollte ihm nicht auch noch erzählen, wie sich alles zusammensetzte. Das konnte sein Chef erledigen. Sie wunderte sich, dass sie darüber nicht gesprochen hatten. »Wissen Sie, er hat mir eine

Zukunft versprochen und mich in Wahrheit jämmerlich belogen und mit einer anderen betrogen.«

Hartwig blieb stehen. »Wer hat Ihnen eine Zukunft versprochen, und woher wissen Sie, dass er Sie mit einer anderen betrogen hat?«

»Tim. Und ich weiß es, weil ich ihn immer noch liebe. Und eine Frau spürt, wenn sie betrogen wird.«

»Und mit wem hat er Sie betrogen, wissen Sie das auch?«

※

Westermann hatte van Elebek noch einmal auf die Agenda gesetzt. Er hielt am späten Nachmittag in der Hafencity Hamburg. Hartwig hatte ihn telefonisch über den Stand der Dinge informiert. Erneut warf er einen Blick auf das imposante Gebäude.

»Watt is datt denn?«, sagte Veit und kriegte den Mund nicht mehr zu. Der knallharte Polizeibeamte von der Insel war sichtlich beeindruckt. »Da fühlt man sich gleich 'ne Nummer kleiner«, sagte er. »Und dieser Schuppen gehört dem Elebek?«

»Nicht der ganze Schuppen, nur ein Teil des Gebäudes«, antwortete Westermann und blieb einen Moment stehen. »Alter Traditionsschiffhafen«, sagte er. Ein weiteres Mal guckte er auf den Bau der Elphi. Imposant, dachte er, klopfte seine Pfeife aus und betrat mit Veit den Eingangsbereich. Erneut grüßte die Empfangsassistentin mit einladendem Grinsen.

»Wir möchten zu Herrn van Elebek«, sagte Westermann mit sonorer Stimme.

Die Frau sprach in die Telefonanlage. »Bringen Sie sie rein«, hörten sie van Elebek knurren. »Kommen Sie bitte mit«, forderte sie die Beamten auf, ihr zu folgen. Und ein weiteres Mal folgte der Kriminalhauptkommissar mit einem Kollegen der jungen Mitarbeiterin in das eindrucksvolle Büro. Van Elebek erhob sich von seinem Stuhl und grüßte, ohne ihm die Hand zu reichen. Veit warf er beiläufig einen Blick zu und bat die Männer, Platz zu nehmen. »Kaffee?«

»Gern«, nickte Westermann. Die Assistentin verschwand.

»Muss ich meinen Anwalt informieren, oder geht es auch ohne?«, wollte der Architekt wissen und zog die Augenbrauen hoch.

»Liegt ganz an Ihnen. Wir haben nur ein paar letzte Fragen.«

Van Elebeks Lächeln verschwand aus seinem Gesicht. »Fragen? Was denn noch? Ich dachte, wir hätten alles geklärt. Na, dann schießen Sie los. Ich hab nicht endlos Zeit«, sagte er und setzte sich zurück auf seinen Ledersessel. Der Unternehmer kreuzte die Beine und öffnete den obersten Knopf seines schwarzen, eng geschnittenen Hemdes. Lässig verschränkte er die Arme vor der Brust. Das konnte allerdings nicht darüber hinwegtäuschen, dass sein Blick fortwährend von einer Ecke des Zimmers in die andere wanderte. Westermann merkte, dass er sich unwohl fühlte. Er schluckte immer wieder, als steckte ihm etwas im Hals.

»Ja, uns ist immer noch nicht klar, was es mit dieser Million Euro auf sich hat, die bisher nicht auf dem Konto der Ahlers eingetroffen ist. Warum nicht?«

Veit verschränkte ebenfalls die Arme vor der Brust. Nur sein Blick war starr auf van Elebek gerichtet. Seine Jeansjacke ließ ihn jugendlich erscheinen, obwohl sein schmales, kantig geformtes Gesicht mit finsterer Mimik eher zu einem Bodyguard passte. Van Elebek sprang vom Stuhl, als die Assistentin das Büro betrat und den Kaffee servierte. Sofort schwieg er, bis sie den Raum wieder verlassen hatte. »Das hatte ich Ihnen alles lang und breit erklärt. Er hat mir einen Auftrag abspenstig gemacht. Dieser hätte mir eine Million eingebracht, die mir durch seine Scheinheiligkeit durch die Lappen gegangen ist. Der Laden gehört mir und mir steht diese Kohle zu. Basta. Das wissen Sie doch alles. Tim hat sich den Auftrag erschlichen, und es ist nur richtig, dass ich mir zurückhole, was mir gehört.« Die Stimme von van Elebek überschlug sich. Sein Gesicht veränderte die Farbe, errötete.

»Das verstehe ich sogar. Beruhigen Sie sich. Es ist eine Erklärung, die zumindest fürs Erste plausibel klingt. Was uns viel mehr interessiert: Wie hat Ahlers Ihre Reaktion aufgefasst? War er einfach so damit einverstanden, dass Sie die Summe einbehalten, nachdem Sie ihn quasi erpresst haben?«

Van Elebek schnaubte. »Erpresst, wie meinen Sie das? Ich soll ihn erpresst haben? Womit denn? Das ist totaler Blödsinn. Und ob er damit einverstanden war, dass ich die Kohle einbehalten hab, war mir scheißegal. Der Mann hat mich schließlich nach Strich und Faden betrogen.«

»Womit haben Sie ihn dazu gebracht, das Büro an Sie zu verkaufen?«

»Mit gar nichts. Er wollte alles loswerden. Das war's. Dieses Schwein hat letztlich diesen Deal hinter meinem Rücken eingefädelt und eingetütet. Hat seine Kontakte spielen lassen.«

»Und wie sind Sie dahintergekommen?«

»Weil immer irgendwo einer sitzt, der zu viel redet. Deshalb.«

»Könnte es nicht sein, dass das der berühmte Tropfen auf den heißen Stein gewesen ist, der das Fass zum Überlaufen brachte? Erst betrügt er Sie mit Ihrer Frau, dann hintergeht er Sie bei einem hochpreisigen Auftrag? Mir würde das nicht gefallen.« Westermann schwieg und ließ den Architekten nicht eine Sekunde aus den Augen.

»Was wissen Sie denn? Mit meiner Frau ist wieder alles im Lot. Ich bin kein Untier. Und schließlich war ich selbst schuld«, beendete er seinen Satz. Langsam kehrte seine normale Gesichtsfarbe zurück. »Aber eine Million Euro sind kein Pappenstiel. Deshalb, und nur deshalb hab ich die Kohle einbehalten. Ich habe einen Betrieb mit etlichen Mitarbeitern zu führen. Sie sehen ja, wo wir uns aufhalten. Meinen Sie, das kriegste für 'n Appel und 'n Ei?« Van Elebek lachte, als könnte er die Situation herunterspielen.

»Nein, natürlich nicht. Aber wie ist er damit umgegangen, dass Sie ihm das Geld nicht ausgehändigt haben? Sie haben meine Frage bisher nicht beantwortet.«

Der Chef des Architektenbüros fuhr sich mit der Hand über seinen Fünftagebart.

»Er hat gesagt, er würde mich fertigmachen.«

»Wie meinte er das?«, fragte Veit.

Van Elebek zuckte die Achseln. »Wie er das meinte. Er wollte mich beruflich ruinieren und meine Frau auf meine Affären … ich … er hat geschrien, dass er mich kaltmachen würde.«

Westermann und Veit guckten sich an. »Und deshalb wollten Sie ihm zuvorkommen?«

*

Charlotte kam zu Hause an und musste erst mal Luft holen. Sie war erschöpft, ließ ihren Rucksack fallen, zog ihre Gummistiefel von den Füßen und eilte mit hochrotem Kopf in den ersten Stock. Sie riss die Tür zum Arbeitszimmer auf und schwang sich auf ihren Schreibtischstuhl. Ihre Fingerspitzen trommelten auf die Schreibtischplatte, als sie den Rechner hochfuhr. Es ging ihr alles nicht schnell genug. »Was für ein lahmes Netz«, sagte sie, legte ihr Handy vor sich und schloss das Verbindungskabel an. Ein akustisches Signal zeigte ihr an, dass sich ihr Telefon mit dem Laptop verbunden hatte. »Endlich.« Ein Fenster ploppte auf, und sie fing an, sich durch das Programm zu arbeiten, bis sie an die Fotodateien des Handys gelangte. »Die fliegen zu anderen Planeten und erforschen das Universum, aber das Programm so einfach zu gestalten, dass auch 'ne alte Tante das kapiert, das klappt nicht.« Eilig erstellte sie auf dem Desktop einen neuen Ordner mit dem Namen ›Fotos Schiff Burgstaaken‹ und kopierte die Aufnahmen dort hinein. Erleichtert, dass dieser Vorgang reibungslos funktionierte, beugte sie sich vor und öffnete die erste Datei. Landschaftsfotos, wohin sie auch scrollte. Kalender, davon müsste ich Kalender herstellen, dachte sie und wühlte sich durch unzählige Fotos. Endlich gelangte sie an die Datenbestände, die den Hafen zeigten. Der Parkplatz, das Hafenmeistergebäude, die Stege, aufbrausende Wellen. Die ersten Aufnahmen der White Pearl. »Geht doch«, sagte sie und klickte weiter. »Aah, das Steuerrad.« Endlich erschien eines der Fotos, die sie auf der Pearl geschossen hatte. Das Foto des Astrolabiums. Sie zoomte mit heraushängender Zunge den Ausschnitt heran und rückte mit der Nase immer dichter an den Bildschirm, um überhaupt Einzelheiten erkennen zu können. Charlotte betrachtete die kaum wahrnehmbaren Teilstücke, die von einem Ganzen weit entfernt waren und nichts mit der flachen, glänzenden Metallscheibe gemein hatte, die als Sternumlauf oder Sternkarte bezeichnet wurde. Enttäuscht ließ sie die Hände auf ihren Schoß sinken. Ihre Mundwinkel rutschten nach unten und ihr Gesichtsausdruck verriet, dass sie total unzufrieden war.

Sie hatte gehofft, anhand verschiedener Markierungen, die in das Messinstrument eingraviert waren, eine Verbindung zum entwendeten Artefakt aus dem Museum herstellen zu können. Jeder Ritz und jede Gravur erzählte schließlich eine Geschichte von Jahrhunderten der Himmelsbeobachtung und des Wissens darum. Jeder Wissenschaftler hätte mit einer vernünftigen Aufnahme herausfinden können, ob es sich um das gestohlene Gerät handelte oder nicht. Jetzt musste sie wieder von vorn anfangen.

Charlotte lehnte sich gegen die Rückenlehne des Schreibtischstuhls und googelte »Diebstahl eines Astrolabiums aus dem nautischen Museum Hamburg«. Es dauerte eine Weile, dann erhielt sie den passenden Zeitungsbericht. Sie schaltete ihren Drucker ein und druckte den Bericht aus. Gleichzeitig kopierte sie das Teilstück des Fotos und zog es neben die von ihr erstellte Aufnahme. Der Teilbereich war so klein, dass sie nicht eine Übereinstimmung herleiten konnte. Charlotte warf die ausgedruckten Blätter auf den Boden. Und auf einmal hatte sie eine geniale Idee.

*

»Und Sie haben überlegt, Sie müssten Ahlers zuvorkommen. War es so? Haben Sie ihn und seine Frau getötet, weil Sie ihn hassten und er Sie betrogen hatte?« Westermann hielt seinen Blick fest auf van Elebeks Augen gerichtet. Veit spannte seinen Körper an. Es hatte den Anschein, als würde die Situation in wenigen Augenblicken eskalieren. Der Architekt ballte die Hände, dann sprang er auf und hob die Faust.

»Beruhigen Sie sich. Dies hier sind normale Fragen, die wir im Rahmen unserer Ermittlungen stellen. Ihnen müsste daran gelegen sein, die Vermissten aufzufinden.«

Van Elebek guckte ihn fragend an. »Warum sollte ich?«

»Eine Million sind kein Pappenstiel, sagten Sie selbst. Das Thema sollte in Ihrem Sinne erledigt werden, oder nicht? Außerdem könnten Sie nur so Ihre Unschuld beweisen. Und eine Erpressung könnte theoretisch der Vorläufer eines Verbrechens gewesen sein.« Westermann hielt das Gespräch auf Spannung und merkte, dass die Augenlider des Architekten anfingen zu flackern. »Aufgrund dieser Umstände und der bisher ermittelten Fakten müssen wir davon ausgehen, dass beide tot sind und Sie etwas mit ihrem Verschwinden zu tun haben.«

Van Elebek stierte die Männer an. Veit bereitete sich auf eine Auseinandersetzung vor und baute sich neben seinem Kollegen von der Mordkommission auf. Sein Gesichtsausdruck ließ keinen Zweifel daran, dass er sofort eingreifen würde, wenn es nötig wäre. Er holte tief Luft, Westermann dagegen blieb gelassen auf seinem Stuhl sitzen. »Also?«, fragte er stattdessen, ohne sich aus der Ruhe bringen zu lassen.

»Also was? Sie denken nicht im Ernst daran, dass ich die beiden umgebracht habe. Und wie kommen Sie immer wieder darauf, dass ich ihn erpresst hätte. Womit? Ich hatte gar keinen Grund. Und was hat Lore damit zu tun? Sie ist die Leidtragende in der ganzen Geschichte. Versuchen Sie lieber, rauszubekommen, warum sie verschwunden ist. Könnte es nicht sein, dass Tim seine Frau beiseitegeräumt hat, weil sie ihm im Weg war?«

»Wobei im Weg? Sich ein neues Leben aufzubauen? Selbst wenn Sie es nicht waren, wo ist er dann? War es nicht vielmehr so, dass Sie ihn damit erpresst haben, seiner Frau alles zu erzählen von seinen Liebschaften? Er auf Sie los ist, es zum Kampf kam und Sie ihn im Eifer des Gefechts getötet haben?«, flüsterte Veit gefährlich leise und lockte ihn erneut aus der Reserve.

»Sie spinnen doch. Ich hab ihn nicht erpresst. Warum hätte ich es tun sollen? Und ich habe ihn nicht getötet.«

»Damit er Ihnen das Büro überlässt? Besser hätte es für Sie doch gar nicht laufen können.«

»Sie sind irre. Und von einem neuen Leben wusste ich nichts.« Die Spannung waberte wie eine eisige Wand durch den Raum.

»Waren Sie schon mal auf Fehmarn?«, wollte Westermann wissen.

Van Elebek guckte den Ermittler aus Oldenburg an, als würde er nicht begreifen. »Natürlich war ich. Tim und Lore haben ihr Schiff auf der Insel liegen. Wir haben zusammen jede Menge Whiskyflaschen an Bord leer gemacht, als …«

»Als was?«

»Als wir noch Freunde waren«, setzte der Angesprochene nach und ließ sich zurück auf seinen Stuhl fallen. Westermann richtete sich auf und rückte seine Brille zurecht. Er sah, dass auch van Elebek diese Unterhaltung enorme Kraft kostete. »Kannten Sie den Hafenmeister in Burgstaaken?«

Van Elebek sah ihn verdutzt an. »Hafenmeister? Was für einen Hafenmeister?«

»Hinnerk Jacobsen, Chef im Hafen von Burgstaaken.«

»Neiiin. Warum sollte ich? Was interessiert mich der Hafenmeister auf dieser Insel? Und warum wollen Sie das wissen?«

»Weil er tot ist. Er wurde leblos im Hafenbecken aufgefunden. Wir gehen davon aus, dass es etwas mit dem Verschwinden der Ahlers zu tun haben könnte.«

Die Tür öffnete sich, die Assistentin trat ein. Van Elebek winkte ab, und sie verschloss sie ohne ein Wort wieder. »Und jetzt gehen Sie davon aus, dass ich den auch noch umgebracht habe? Sie ticken doch nicht richtig. Ich kenn den Kerl überhaupt nicht. Verdammte Scheiße.« Van Elebek schüttelte unentwegt den hochroten Kopf, stützte ihn in seine Hände. Für einen Moment herrschte Stille im Büro des Architekten. Dann richtete er sich wie eine Marionette auf und sagte: »Wissen Sie, wir sind nicht im Guten auseinandergegangen, haben uns, weiß Gott, jede Menge Dreck an den Kopf geschleudert, aber ich habe ihn nicht umgebracht.« Er holte tief Luft und sackte in sich zusammen, als hätte man die Fäden losgelassen. Veit beobachtete ihn.

»Und noch mal: Wussten Sie etwas von einem Haus in Schweden?«, fragte Westermann.

Van Elebek richtete sich wieder auf. Er schien seine Gegenwehr aufzugeben, guckte auf den Mordermittler, dann zu dessen Kollegen Veit und senkte die Schultern. Ihm war offensichtlich klar, dass er in der Falle saß, wenn er nicht die Wahrheit sagte. »Ja, ich wusste schon lange von seinem Plan. Tim wollte sich dahin zurückziehen, wenn er die Jacht verkauft hat.«

Westermann zog die linke Augenbraue hoch. »Mit Lore?«

Van Elebek schüttelte den Kopf. »Nein, er wollte ein neues Leben anfangen, mit wem, kann ich Ihnen allerdings nicht sagen. Er meinte nur, es gäbe da jemanden – eine große Liebe.«

»Wussten Sie, dass das Schiff längst verkauft war?«

Van Elebek schüttelte erneut den Kopf. »Nein, das hab ich nicht gewusst. Woher? Wer?«

»Ein Paar aus Hamburg. Vielleicht kennen Sie die beiden?«

Van Elebek zuckte die Achseln.

»Lina und Erik Bergmann. Sie kommen aus Billstedt.«

Wieder zog der Architekt die Schultern hoch und verzerrte seinen Mund. »Nein, sagt mir rein gar nichts. Nie gehört, den Namen. Und in Billstedt habe ich eher weniger zu tun, nicht meine Gehaltsklasse. Und jetzt habe ich einen Termin«, sagte er, zog den Mundwinkel nach oben und erhob sich.

Westermann stand ebenfalls auf. Er sah das Gespräch als beendet an, weil er wusste, dass er im Augenblick keine weiteren Antworten erwarten konnte. Der Mann war mit allen Wassern gewaschen. Sie mussten ihn im Auge behalten. Wenn er aufgeschreckt war, dann machte er vielleicht Fehler. »Falls Ihnen noch etwas einfällt, rufen Sie mich bitte an«, sagte Westermann und verabschiedete sich vom Hamburger Architekten. »Ach ja, und verlassen Sie bitte nicht das Land. Falls wir noch Fragen haben.«

»Raus. Verschwinden Sie endlich!«, schrie van Elebek und trat mit dem Fuß gegen seinen ledernen Schreibtischstuhl.

KAPITEL 17

»Fassen wir das Ganze zusammen«, sagte Westermann und griff zur Mappe, in der sämtliche Informationen zusammengefasst waren, die er während der Überfahrt durcharbeiten wollte. « Ahlers ist ohne Frage nicht der, den er nach außen darstellt. Er hatte nicht nur Verhältnisse, sondern sogar eine Tochter mit der Schwester seiner Frau. Diese wollte er, wenn man den Hinweisen glaubte, endgültig verlassen. Ahlers hat wohl seit langem mit einer anderen Frau, deren Identität wir noch nicht kennen, seinen Abgang geplant. Er hat sein gesamtes Geld beiseitegeschafft, die Jacht verkauft und ein Domizil in Schweden angestrebt, das Erik Bergmann, der selbst Schwede ist und gute Kontakte in die Heimat pflegt, für ihn erwerben sollte. So weit, so gut.« Westermann zeichnete etliche Striche um ein Oval auf das Whiteboard. Am Ende einer der Linien machte er ein dickes Fragezeichen. »Wer ist die Frau, mit der er abhauen wollte? Sie spielt eine wichtige, wenn nicht die wichtigste Schlüsselrolle in diesem Drama.« Schütt, Veit, Hansen und Hartwig saßen am Besprechungstisch und schienen sich das Hirn zu zermartern, so zerknittert sahen sie aus.

»Habt ihr nicht irgendwelche Anhaltspunkte, die auf diese neue Beziehung hinweisen? War etwas zwischen den Papieren?«, fragte Sina Hansen. Westermann schüttelte den Kopf. »Was ist mit der Frau von van Elebek?«, wollte sie wissen und warf einen Blick auf die Aufzeichnungen des Flipcharts.

»Die hat sich Elebeks Aussagen nach mit ihm ausgesöhnt. Seine Aussage wirkte glaubwürdig«, sagte Veit.

»Nein, die fällt raus. Da scheint alles in Ordnung zu sein. Dennoch müssen wir sie befragen. Sina, dass übernehmen Sie«, entgegnete Westermann.

»Mache ich. Ich fahre morgen zu ihr. Ist auf jeden Fall sinnvoll. Vielleicht kann sie uns doch noch wichtige Hinweise liefern. Aber ganz ehrlich, ich glaube nicht wirklich an eine Versöhnung. Van Elebek denkt es vielleicht oder soll es denken. Aber Frauen lassen sich nicht täuschen. Sie stellen sich vor, was schlimmsten Falles passieren könnte. Kann es nicht vielleicht sein, dass seine Frau ihn durchschaut hat und hinter seinem Rücken etwas plant?«, fragte Sina Hansen und warf einen Blick auf ihre männlichen Kollegen.

»Wie kommst du denn darauf?«, fragte Hartwig.

»Weil Frau sich nicht verarschen lässt. Die weiß mit Sicherheit, dass da noch irgendwas läuft bei ihrem Kerl. Ich könnte mir vorstellen, dass sie sich längst nach Ersatz umgesehen hat. Und warum nicht Ahlers. Der hat schließlich alles, was Frau braucht, und er wollte sich mit einer Unbekannten, einer großen Liebe, ein neues Leben aufbauen. Passt für mich wie Faust aufs Auge. Er kennt sie genau und sie hatten mal was miteinander. Vielleicht liebt er sie immer noch. Das kriege ich raus, so von Frau zu Frau«, zwinkerte sie.

»Und wir«, Westermann zeigte auf Hartwig und sich, »werden in Schweden rausfinden, was dort vor sich geht. So, meine Lieben. Wir werden euch jetzt verlassen und gehen heute Abend in Kiel auf die Fähre. Ich hoffe, ihr haltet die Sache am Laufen und präsentiert uns bei unserer Rückkehr entweder ein gesundes Ehepaar Ahlers oder aber den Täter.« Er hielt sein Handy in die Höhe und lächelte. Nur seine Augen sagten etwas anderes.

*

Westermann und Hartwig saßen eine Stunde später im Kombi und fuhren hinter einem Traktor über die Landstraße nach Kiel. »Das kann ja noch lustig werden«, sagte Hartwig und deutete missmutig auf das extrem langsame Fahrzeug direkt vor ihnen.

»Überhol ihn«, entgegnete Westermann, während er weiter über seinen Unterlagen brütete.

»Wie denn? Ich kann so gut wie nichts sehen. Ständig kommt irgendwas von vorne. Wenn du so schlau bist, fahr selbst.«

Westermann schaute auf, zog die linke Augenbraue hoch. Er registrierte sehr wohl, dass sein Kollege äußerst mies gelaunt war. »Ist dir 'ne Laus über die Leber gelaufen? Wir machen das hier nicht zum Spaß.« Westermann kaute auf seiner kalten Pfeife.

»Was, glaubst du, hat Stina wohl zu unserem Ausflug gesagt?«, reagierte Hartwig gereizt und setzte zum Überholen an. Schweigend fuhren sie durch die Dunkelheit.

Westermann bemerkte mehrere Tiere am Straßenrand. »Fahr mal lieber langsamer, der Seitenstreifen ist gepflastert mit Damwild.«

»Sonst noch was? Ich fahr nicht mal 100. Also«, sagte der Jüngere, als es einen dumpfen Schlag gab. Der Wagen stand sofort. »Was, zum Teufel?«

»Schwätzer. Das war nur ein Ast.«

*

Charlotte untersuchte die Bilder genauestens, während sie das Telefon in ihrer Hand hielt. »Ich muss dringend mit Dirk sprechen«, sagte sie, als sie ihre Lupe über eines ihrer Fotos gleiten ließ. Dann entdeckte sie etwas Glitzerndes auf der Aufnahme und presste ihr Auge auf das Vergrößerungsglas. »Das könnte eine Krone mit einem winzigen Diamanten sein, darunter sind eingravierte Buchstaben.« Sie blinzelte angestrengt durch die Lupe. »Verdammt und zugenäht.« Die Schriftzeichen konnte sie nicht entziffern.

»Das könnten Initialen sein. Sehen aus wie die auf dem Foto in der Zeitung«, schnippte sie mit den Fingern. Immer wieder verglich sie die Fotos mit denen in der Zeitung. »Das könnte dasselbe Instrument sein«, flüsterte sie und war versucht zu wählen. Ihr Herz schlug bis zum Hals. »Ich muss Gewissheit haben. Selbst auf die Gefahr hin, dass mich alle für verrückt halten. Ich brauch die Meinung eines Experten, sonst wird das nix.« Charlotte hatte nicht umsonst die Kontaktdaten des Museums und eine passende Telefonnummer herausgesucht. Ihr Puls raste, als sie das Freizeichen hörte. Hoffentlich mach ich mich hier nicht zum Affen.

*

»Na, das ist ja ein Ding.« Westermann hielt das Handy in die Höhe, als könnte er nicht fassen, was passiert war.

»Was ist denn los?«, wollte Hartwig wissen, der es sich auf dem oberen der beiden Betten gemütlich gemacht hatte. Seine Beine pendelten wie ein Metronom unter der Bettkante. Die innen liegende Kabine war kaum größer als Watsons Hundehütte. Der lag völlig entspannt vor dem unteren Bett und hatte seinen Kopf auf die achtlos auf den Boden geworfene Jacke seines Herrchens gelegt. Ihm schien die Enge nicht das Geringste auszumachen.

»Das war Katrin, die ist betrunken. Das gibt es doch gar nicht.« Westermann wirkte verstört.

Hartwig zuckte die Achseln und grinste. »Du weißt doch, verlässt der Kater das Haus, tanzen die Mäuse auf dem Tisch. Katrin, Katrin«, grinste er und warf dem Hauptkommissar einen schlitzohrigen Blick zu.

Westermann saß fassungslos da und schüttelte den Kopf. »Das glaube ich alles nicht.«

»Hat sie dir gesagt, warum sie 'ne Party schmeißt? Oder hat sie Besuch, von dem du nichts mitbekommen sollst? Na, Westermann, eifersüchtig?« Hartwig lachte und zog die Beine auf die Matratze.

Sein Kollege sprang auf und tippte sich gegen die Stirn. »Du hast sie wohl nicht mehr alle. Katrin hat den Lütten bei sich, die feiert keine Party.«

»Wer weiß?«

»Hör auf«, sagte Westermann.

»Katrin klang doch richtig süß am Telefon. Ich hab sie kichern gehört. Wir sollten uns jetzt zum Abspann auch einen Lütten genehmigen. Dieses Reh liegt dir wohl auf dem Magen, oder? Ist ja Gott sei Dank nichts passiert. Paar Haare auf dem Kühlergrill. Nur ein Bierchen, komm, Chef. Was hältst du davon?« Hartwig inspizierte den sechs Quadratmeter großen fensterlosen Raum.

»Was ich davon halte? Gar nichts. Wir sollen in den nächsten drei Tagen hoch konzentrierte Arbeit leisten und uns nicht volllaufen lassen.«

»Wer hat denn was von Volllaufen gesagt? Ein oder zwei Bierchen und dann ab zurück in die Gruft.«

»Und was ist mit Watson?«

»Na, der kommt mit. Einer muss uns schließlich ins Bett bringen«, lachte Hartwig, sprang vom oberen Schlafplatz und betrachtete sich im Spiegel. »Seh ich gut aus«, sagte er und warf Westermann einen vielsagenden Blick zu.

»Okay, aber nur ein Bier. Wir müssen morgen früh fit sein.«

»Na klar, Chef. Watson, auf geht's.«

KAPITEL 18

Das war ja ein glatter Reinfall. Charlotte wusste, dass die Aufnahmen nicht viel taugten. Dennoch war diese Krone ein nicht zu verachtendes Indiz. Sie sollte das Fragment per Mail schicken, hatte der Leiter des Museums gesagt.

Dann muss ich eben noch mal auf die Pearl und mir Gewissheit verschaffen. Wenn ich allerdings schon wieder da aufkreuze, werden die misstrauisch. Ich muss es geschickt anpacken.

Dass es schwieriger werden würde als vermutet, konnte sie nicht ahnen. Sie wollte die White Pearl im Auge behalten, solange das Schiff im Hafen lag. Sie wusste, dass die Zeit drängte. Und dann musste sie das Gerät mit einer geschickten Geschichte in ihre Finger bekommen oder zumindest anständig fotografieren.

Es war früher Morgen, als sie unschlüssig im Flur ihres Altstadthauses stand. Sie wusste, dass die Bergmanns auslaufen wollten, sobald der Wind nachließ, und warf einen Blick durch die Scheiben der Eingangstür. Jetzt hoffte sie, dass der Sturm sie nicht im Stich ließ und andauerte. Gibt geniale Sturmfotos, stellte sie sachlich fest.

Die Frau hat mir nicht mal verraten, wohin die Reise gehen sollte. Nach Süden oder Norden? Ich hätte Hinnerk danach fragen müssen, aber der ist ja nun tot. Er hätte es gewusst. »Vielleicht ist er ja deshalb tot, er wusste zu viel«, seufzte sie. Charlotte stieg in ihre derben Stiefel, schlüpfte in ihre Lederjacke und rückte die rote Baskenmütze auf ihrem Kopf zurecht, die wie ein Signal leuchtete. Zur Sicherheit befestigte sie die Kappe diesmal mit zwei Haarklemmen. Sie warf einen Blick in den Spiegel. Josch weiß hoffentlich, was für eine Forelle er da an Land gezogen hat.

*

Die Tonfolge, die entfernt nach einer Melodie klang, drang wattiert an Westermanns Ohr. Die Augen brannten, als er versuchte, sie zu öffnen. Es gelang ihm nicht. Zu schwer waren die Lider und zu einlullend der Klingelton. Klingelton? Das war sein Handy, das dort seit Minuten läutete, um ihn zu wecken. Dann spürte er etwas Kaltes, Feuchtes auf seinem Gesicht. Als er unter größter Anstrengung die Augenlider öffnete, nahm er verschwommen wahr, dass Watson vor ihm saß und ihn abschleckte. »Waaatson, lass das. Pfui! Bäh!«, rief und hielt sich seine Kehle, die sich anfühlte, als hätte jemand sie mit einer Reibe bearbeitet. Er räusperte sich, atmete durch und quälte sich hoch. Mit Schwindel im Kopf stützte er sich auf seine Ellenbogen und versuchte, sich in der Dunkelheit zurechtzufinden. Wir hätten eine Koje mit Fenster nehmen sollen, dachte er. Es schien, als hämmerte jemand mit einem Vorschlaghammer auf seinen Schädel ein. Westermann gähnte, hielt sich mit einer Hand den Kopf und versuchte, mit der anderen nach dem Handy zu greifen, das an seinem Kopfende durchweg vibrierte und diese nervtötende Melodie von sich gab. Er hielt es sich vor die Augen und erkannte – nichts. Dann fasste er dorthin, wo eben noch das Telefon gelegen hatte, und griff nach seiner Brille. »So nüchtern war ich also noch, dass ich alles ordentlich abgelegt hab. Na wunderbar«, sagte er. Vom oberen Bett drang nichts als rhythmisches Schnarchen an seine Ohren. Westermann erinnerte sich an einen Lichtschalter in der Ecke seiner Koje. Dann wurde es hell und er schob die Brille auf die Nase. Als er entdeckte, wie spät es war, zuckte er zusammen. »Thomas! Thomas, aufstehen, wir haben total verpennt. Verdammt. Wir müssen hoch. Das Schiff legt jeden Moment an. Thooomas!«

»Hm, bin ja wach. Was ist denn? Warum schreist du so?«, sagte Hartwig.

»Wir haben verschlafen. Der Wecker klingelt seit über einer Stunde. So ein Mist«, rief Westermann, sprang aus dem Bett und stieß sich den Hinterkopf an Hartwigs Klappbett. »Aaarg, verdammter Mist.« Auch sein jüngerer Kollege hatte das Gefühl, dass sein Schädel jeden Moment zerspringen würde. »Los, raus aus der Koje. Wir müssen zum Wagen. Frühstück kannst du vergessen. Mann, wie konnte das so außer Kontrolle geraten?« Das grelle Licht in seinen Augen brannte wie Feuer. Ein übler pelziger Geschmack lag auf seiner Zunge. »Watson, warum hast du uns nicht geweckt?« Westermanns Stimme klang gereizt, als er in seiner Tasche nach der Zahnbürste suchte, über verstreute Klamotten stieg und im winzigen Bad verschwand. »Mann, Hartwig, was haben wir angerichtet?«, sagte er mit Zahnpasta zwischen den Zähnen.

»Wir? *Du* hast angerichtet. Du hast mir einen vorge-
flennt, von wegen Katrin betrügt dich und der Kurze wäre
schwer verletzt und dass das Reh tot sei – und überhaupt.
Ich glaub, du solltest endlich Urlaub machen. Dieser Fall
ist nichts für uns. Das können echt die Kollegen in Burg
in Angriff nehmen. Alles nur Verdächtigungen und Halbwahrheiten. Wir können den Quatsch immer noch abbla-
sen, gucken uns die Gegend an und fahren morgen zurück.«

Hartwig blinzelte mit den Augen, als Westermann aus
der Nasszelle kam, seine Kleidung zusammensuchte und
in die Jeans stieg. »Hier wird gar nichts abgeblasen. Und
ich brauche keinen Urlaub.«

Hartwig zuckte die Achseln, wuschelte mit beiden Händen durch seine gelockten nackenlangen Haare und setzte
sich auf die Bettkante. »Wenn du meinst. Mir kann es ja egal
sein, wenn dein Frauchen …« Er schwieg und betrachtete
Watson, der fiepend vor der Tür saß. »Geht ja gleich los,
Alter«, sagte er, kletterte vom Klappbett und griff nach seiner Jeans. Sein Shirt spannte zerknittert über seiner muskulösen Brust. Westermann holte ein frisch gebügeltes Hemd
aus seiner Ledertasche, das feinsäuberlich zusammengerollt
darin gelegen hatte. »Akkurat bis auf den letzten Knopf«,
sagte Hartwig und grinste. »Da hat deine Maus ganze Arbeit
geleistet.«

»Stell dir vor, das kann ich selbst. Katrin bügelt meine
Hemden nicht. Wir sind nicht mehr im Mittelalter. Sie ist
weitaus beschäftigter als ich. Und obendrauf der Lütte. Nee,
das mach ich ohne fremde Hilfe. Solltest du auch mal versuchen.«

»Das Shirt? Hab ich selbst in die Waschmaschine
gesteckt.«

»Und wer hat es aufgehängt?«

»Na, meine Mutter nicht.«

»Also. Schwing dich in die Klamotten und lass uns endlich von diesem Dampfer gehen.« Westermann kämmte sich mit den Fingern, packte seine Utensilien in die Ledertasche, leinte den Hund an und sagte: »Wir treffen uns am Wagen.« Dann verließ er die Kabine.

»Weißt du noch, auf welchem Deck die Karre steht?«, rief Hartwig und suchte mit einem fürchterlichen Kater seine Habseligkeiten zusammen.

✻

Über 400 Kilometer entfernt kam Katrin zu sich und stöhnte. Ihr Wecker hatte nicht geklingelt, weil sie erst am Nachmittag einen Termin in der Agentur wahrnehmen musste. »Die Agentur, dieses Biest«, sagte sie und hielt sich den Kopf. Sie schielte auf den Wecker. »Gleich 8.30 Uhr«, flüsterte sie. »Gleich 8.30 Uhr? Mats. Was ist mit ihm?« Erschreckt fuhr sie hoch, setzte sich auf die Bettkante und warf erleichtert einen Blick auf ihren schlafenden Sohn. Seine gleichmäßigen Atemzüge verrieten ihr, dass es ihm gutging. Ihr Blick schweifte ihren Körper entlang. Offensichtlich hatte sie sich nicht einmal die Mühe gemacht, sich auszuziehen. Sie trug noch immer ihre Jogginghose und das viel zu große Shirt, das ihre Figur verhüllte. »Verdammt, was war hier los?«, versuchte sie, sich an den gestrigen Abend zu erinnern. Alles wirkte nebulös. Vorsichtig legte sie eine Hand auf die Stirn ihres Sohnes. »Alles gut«, sagte sie und schlich aus dem Zimmer. Gähnend warf sie einen Blick durch das bodentiefe Fenster. Über dem Sund zogen dickbäuchige Wolken mit auffallender Geschwindigkeit über den Himmel. Es scheint, als würden sie den *Kleiderbügel* berühren, überlegte Katrin und betrachtete die Fehmarnsund-Brücke. Sie hatte letztens erst Facebook-Fotos entdeckt, auf denen Fingerspitzen den Metallhaken eines Bügels mittig über den gespannten Brückenbogen der Sundbrücke platziert hatten. Das wirkte sehr realistisch, dachte sie und schlug die Arme um ihre Schultern. Die Leute ließen sich immer wieder was einfallen, um die Besonderheiten der Insel plastisch darzustellen. Wie mit dem Messpegel in Westermarkelsdorf. Mit den Fingerspitzen zogen sie fotografisch den Stöpsel aus dem Meer. Katrin sah den Messpegel vor sich, nur, dass er immer wieder verschwamm, als ob er unter tobenden Wellen absaufen würde. Dabei war es die Übelkeit, die langsam, aber sicher hochschwappte. Ihr Schädel brummte und sie musste sich an der Lehne des Sofas festhalten, weil sich in ihrem Kopf alles drehte. »Ph, ist mir schlecht«, murrte sie. Wieso denke ich über den verdammten Stöpsel nach, wo mir speiübel ist. Sie setzte sich auf die Armlehne der Couch. Ich glaub, ich muss aufs Klo, dachte sie, sprang auf und rannte mit gurgelnden Geräuschen ins Badezimmer. Sie erbrach sich und fühlte sich nur wenig besser, als sie wenig später heraustorkelte. Katrin wankte ins Wohnzimmer und lauschte, ob Mats noch schlief. Alles war außergewöhnlich ruhig.

Die Hochzeitsplanerin setzte sich auf den Stuhl, der ihr am nächsten stand, griff nach dem Handy. »Ich muss hören, was Charlotte vorhat. Die meldet sich überhaupt nicht und könnte mich heute echt unterstützen«, flüsterte sie, als das Telefon in ihrer Hand klingelte. »Dirk.« Ihr Herzschlag schnellte nach oben. Sie erinnerte sich schemenhaft daran, dass sie gestern Abend mit ihm telefoniert hatte. Katrin hoffte, dass er nicht gemerkt hatte, dass sie getrunken hatte. Dann erzählte sie ihm von der Konkurrentin und ihrer Wut.

Sie beendete das Gespräch. Ein nicht aufzuhaltendes Gefühl kroch erneut ihren Körper hoch.

✻

Charlotte zog den Reißverschluss ihrer Lederjacke hoch, schlang den Schal eng um ihren Hals und verließ das Haus. Eine Böe fegte ihr eine Handvoll Blätter ins Gesicht. Sie stieg auf ihr E-Bike und rollte die Straße hinunter. Abgekämpft lehnte sie ihr Rad gegen das Hafenmeisterbüro und griff als Erstes nach dem Handy. Als sie in ihre Jackentasche fasste, stellte sie mit Entsetzen fest, dass sie es zu Hause hatte liegen lassen. »Verdammich noch eins. Was, wenn Katrin anruft? Dann muss es halt ohne gehen. Ich bin ja bald wieder zu Hause.« Sie machte sich ein weiteres Mal auf den Weg zu den Bootsstegen. Ihre Schritte verlangsamten sich. Auf einmal schmunzelte sie. Eine Idee schoss ihr durch den Kopf. Das Telefon ... ihr Handy. Sie würde vorgeben, sie hätte es auf dem Schiff liegen lassen und brauchte es dringend. »Ja, das ist genial«, flüsterte sie und nickte. Mit festem Schritt stiefelte sie über die Holzplanken Richtung White Pearl. Das Knarren der Planken riss sie aus ihren Gedanken. Sie drehte sich um. Da war niemand. Wer nicht muss, hält sich im Warmen auf. Sie atmete befreit aus, klopfte gegen die Wand. Nichts rührte sich. Kein Licht im Inneren der Jacht. Erneut hämmerte sie, dieses Mal mit der Faust, an die Schiffswand: »Hallo, ist da jemand?«, rief sie. Kein Lebenszeichen. Sie blickte sich um und kletterte trotz des schwankenden Schiffes mit geübten Bewegungen über die Reling. Sie hoffte, dass die Tür nicht verschlossen war. Sie hörte das Blut in ihrem Kopf rauschen, zwang sich zur Ruhe. Sie musste so gelassen wie möglich erscheinen. Sie legte die

Hand auf ihren Kopf, weil der Wind ihre Baskenmütze trotz der Haarklemmen vom Kopf zu reißen drohte, und fasste an den Türgriff. Sie betete, dass die beiden schlampig genug gewesen waren und vergessen hatten, die Tür zu verschließen. Die Tür war unverschlossen. Charlottes Herzschlag machte einen Sprung. Sie huschte, ohne sich noch einmal umzusehen, in die Kajüte und schloss geräuschlos die Tür hinter sich. Sie musste das Astrolabium an sich nehmen. Sie steuerte zielgerichtet auf das historische Artefakt zu und blieb wie erstarrt stehen. Das Messinstrument war nicht mehr an seinem Platz. Sie hat doch bemerkt, dass ich es die ganze Zeit im Auge hatte, stellte sie mit Panik im Blick fest und schluckte. Charlotte blieb die Luft weg. Die haben es versteckt, da bin ich sicher. Ich muss es finden. Sie wühlte sich durch die Ablagen, suchte unter Tisch und Bank, bis sie feststellen musste, dass es tatsächlich verschwunden war. Sie warf einen Blick nach draußen, keine Menschenseele. Mutig stieg sie die Stufen zu den Schlafkajüten hinunter. Mit einem Puls, der in den Ohren dröhnte, schlich sie sich in die erste der Schlafkabinen und wühlte sich durch einen der schmalen Schränke, als sie auf einmal Stimmen hörte. Wie erstarrt blieb sie stehen und glaubte, ihr Herz würde stehen bleiben.

*

Die Fähre lag fest vertäut im Hafen von Göteborg vor Anker. Der schwarze Kombi rollte vom Fährschiff, nachdem Hartwig endlich das dritte Deck erreicht und den Wagen gefunden hatte.

»Was für ein irrer Kahn. Hier verläuft man sich fast«, sagte er und ließ sich auf den Beifahrersitz fallen.

»Und das bei deinem Spürsinn«, lachte Westermann. »Wir werden uns zuerst orientieren, Watson rauslassen und anschließend in Ruhe frühstücken«, verkündete Westermann gähnend. Er rieb sich die Augen und den Bart.

Hartwig öffnete sein Handy und tippte. »Hier ist gleich ein kleines Restaurant direkt am Anleger. Da könnten wir uns stärken. Ich brauch dringend Koffein«, sagte er. Dabei schien er nicht so angeschlagen zu sein wie sein Vorgesetzter, aber auch ihm hatte die letzte Nacht ziemlich zugesetzt. Normalerweise hätten sie in diesem Zustand überhaupt kein Fahrzeug bewegen dürfen.

»Fahr links, dann müssten wir das Haus sehen«, ordnete Hartwig an und gähnte ungeniert. »Hier, halt, hier ist es.« Westermann blinkte und fuhr in eine Parklücke. »Schwein gehabt«, sagte er und stellte den Motor aus. »Ich hab richtig Kohldampf«, entgegnete Hartwig, zog den Fanschal enger um den Hals und rieb sich den Bauch. Watson fiepte seit dem Verlassen der Fähre ohne Pause und kratzte mit den Pfoten über den Bodenbelag.

»Geht gleich los, mein Bester. Lass meinen Wagen heil. Ich seh Bäume. Hartwig, nimm den Hund und los, bevor er hier alles zu Kleinholz verarbeitet.«

Wenig später saßen sie in dem kleinen Café und frühstückten. »Boah eh, das wird 'ne anstrengende Fahrt bis zu diesem Ort. Und das mit dem Brummschädel. Vielleicht können wir uns 'ne Kanne Kaffee und ein paar Aspirin organisieren«, sagte Hartwig, während er die vor ihnen liegende Strecke in seinem Handy kontrollierte.

»Und wo willst du die Kanne für den Kaffee hernehmen?«, fragte Westermann, als er wenig später Tabletten in zwei Gläsern Wasser auflöste.

»Das lass mal meine Sorge sein. Kann nicht so schlimm

sein«, sagte Hartwig und biss in weißes, weiches Brot. »Wir sind fast genau neun Stunden von hier aus unterwegs. Das wird ein Ritt«, murmelte er.

Eine halbe Stunde später verließen sie das Restaurant. Hartwig hielt eine Thermoskanne in der Hand und grinste.

»Wie du das immer schaffst, ist mir ein Rätsel.«

»Wieso? Das Mädel war doch nett. Und meinen huskyblauen Augen kann einfach niemand widerstehen, das weißt du«, schmunzelte der smarte Kommissar und stellte die Kanne in die Mittelkonsole. Westermann öffnete kopfschüttelnd das Navi und gab die Zieladresse ein, während Hartwig es sich hinter dem Steuer bequem machte. »Du hast recht. Wir sind neun Stunden unterwegs. Fast 700 Kilometer. Na, dann mal los.«

Nach knapp einer Stunde hatten sie Trollhättan hinter sich gelassen. Die Straßen waren gut befahrbar und relativ leer. »Das ist geil. Kaum ein Auto. Aber dass wir nur 100 fahren dürfen, nervt echt.«

»Die Landschaft ist wirklich abwechslungsreich. Erinnert mich ein bisschen an die ostholsteinische Schweiz. Nur, dass es hier an jeder Ecke einen See gibt«, stellte Westermann fest und warf einen Blick aus dem Fenster. »Wir sollten eine Pause einlegen, Watson wird unruhig«, forderte er nach über zwei Stunden Fahrzeit. »Der Weg ist bekanntlich das Ziel«, seufzte er und zog das Handy aus der Tasche. Er musste sich unbedingt bei Katrin melden.

*

»Wir sollten sehen, dass wir hier wegkommen. Das Ding ist heiß und wir müssen es endlich loswerden«, die Stimme, die sich nach einem Reibeisen anhörte, hätte Charlotte unter hunderten erkannt. Auf einmal standen Erik und Lina Bergmann bedrohlich nah am Schiff. Sie lugte aus einem der Fenster. Die Mittzwanzigerin stellte eine Kiste ab. Ihr Mann packte sie mit einer Hand und wollte damit auf die Jacht steigen, als er einen Schritt zurückmachte. Charlotte presste ihren Körper gegen die Wand und hoffte, dass ein Wunder passierte. Ihr Herz schlug bis zum Hals. Sie bekam keine Luft, hörte die Wellen hart gegen die Schiffsplanken schlagen und überlegte, wie sie sich aus dieser Situation befreien konnte. Es fing an zu tröpfeln. Schwere Wolken verdunkelten das Licht im Inneren der Kajüte. In ihr drehte sich alles, sie wünschte sich in diesem Moment vor ihren Kaminofen. Charlotte, was hast du wieder angerichtet? Sie nahm hastig die Mütze vom Kopf, damit die leuchtende Farbe sie nicht verriet. Alle Farbe wich aus ihrem Gesicht. Die Jacht schwankte dazu magentötend von einer Seite zur anderen und überließ der Übelkeit in ihrem Körper die Kontrolle. Sie hatte das Gefühl, dass sie sich jeden Moment übergeben musste. Ich muss hier weg, lieber Gott, hilf mir, betete sie und presste die Hände so fest zusammen, dass die Knöchel weiß hervortraten.

»Lass uns zügig die letzten Vorräte aus dem Taxi holen. Und dann laufen wir aus. Wir müssen hier weg.«

»Bei dem Wetter? Das können wir nicht«, rief Lina und wischte sich erste Regentropfen aus dem Gesicht. »Guck dir das an. Siehst du nicht, wie hoch die Wellen schlagen. Nee«, sie schüttelte den Kopf und sah ihren Mann mit Panik im Gesicht an. Dann senkte sie den Kopf, weil sie wusste, wie er reagieren konnte. Er durfte ihre Angst nicht bemerken. Hasste es, wenn sie schwach war. Sie wusste, dass er recht hatte. Ihr war klar, dass sie so schnell wie möglich auslaufen mussten, aber bei dem Sturm?

Charlotte registrierte aus den Augenwinkeln, dass die Schiffseigner sich von der Jacht entfernten. Erleichtert fiel ihr ein Stein von der Seele. Der Regen nahm zu und die Gischt peitschte das Wasser des Hafens an die Scheiben der White Pearl. Das Knarzen der Tampen verursachte ein Geräusch, als würden sie jeden Augenblick reißen. Ich muss schnellstens von hier weg. Charlotte wankte zum Steuerstand. Immer wieder schlug ihr Körper gegen die Schiffswände und Kanten der Möblierung. Sie warf einen Blick nach draußen und versuchte, sich aufrecht zu halten. Ihr war klar , dass sie jede Menge blauer Flecke von diesem Besuch davontragen würde. Dann stand sie unter der festverbauten Kuchenbude. Die vibrierte, als würde der Wind sie gleich abheben lassen. Mit aller Kraft schob sie die Tür zum Achterdeck auf, stemmte sich dem Wind entgegen. Im nächsten Moment riss eine Böe ihr die Tür aus der Hand und schlug sie knallend in den Rahmen. Hastig packte sie den Griff und zog ihn zurück ins Schloss. Der Regen wurde heftiger, durchnässte sie in kürzester Zeit. Wankend versuchte sie die White Pearl zu verlassen, ohne Schaden zu nehmen. Immer wieder drückte der Wind sie gegen die Reling. Nun fall bloß nicht noch von Bord. Eisern umklammerte sie das eiskalte Gestänge der Brüstung, fiel auf die Knie und rutschte auf allen vieren voran. Vor lauter Regen konnte sie kaum etwas erkennen. Charlotte nahm allen Mut zusammen, hangelte sich über das Geländer, packte die Reling, stieß sich ab und ließ sich auf den Steg fallen. »Aua«, schrie sie und presste die Hand vor den Mund. Ihr Blick fiel zum Hafengelände. Niemand in Sichtweite. Sie umfasste ihren schmerzenden Knöchel. Der ist verstaucht, mutmaßte sie. Tränen traten in ihre Augen. Allerdings wusste sie, dass die beiden jeden Moment um die Ecke kommen konnten. Zumindest war sie von der White Pearl gekommen, ohne dass man sie entdeckt hatte. Eine Welle stob über den Steg und schwappte ihr ins Gesicht. So viel Bewegung hier im Hafen ist ungewöhnlich. Sie richtete sich unter großen Schmerzen auf und humpelte den Holzsteg entlang. Charlotte schaffte es gerade noch, sich hinter den Hausbooten, die im aufgewühlten Wasser des Hafenbeckens tanzten, zu verbergen. Ihr Herz hämmerte. Regenwasser peitschte ihr ins Gesicht, tränkte Haare und Kleidung, bis sie triefend nass hinter dem Holzhaus stand und vor Kälte bibberte. Sie warf einen Blick um die Hausecke und lauerte, bis sie die Silhouetten der beiden erkannte. Bergmann und seine Frau trugen Kisten auf dem Arm und wankten über den schaukelnden Steg. Als die Schiffseigner an ihr vorbei waren, wartete sie, bis sie die außer Reichweite wähnte. Die haben auf jeden Fall Größeres vor, so viel ist sicher. Charlotte humpelte zum Hafenmeisterhäuschen. Mit rasendem Puls entriegelte sie das Fahrradschloss, stellte ihr E-Bike in den Turbo-Gang und stieg völlig ermattet auf ihr Rad. Dann radelte sie, ohne sich noch einmal umzusehen, Richtung Staakensweg. Als sie auf den Fahrradweg einbiegen wollte, riss eine seitliche Windböe sie fast vom Rad. Sie verlangsamte ihre Fahrt und griff nach ihrer Baskenmütze, als sie feststellte, dass die nicht auf ihrem Kopf saß. Mit Entsetzen stoppte sie. Ein eiskalter Schauer durchfuhr sie. »Die liegt auf dem Schiff – ich hab meine Mütze vergessen. Oh, nein!«

*

Es war kurz vor 19 Uhr, als sie endlich in den beschaulichen Ort Rätan fuhren. Es war stockdunkel, als sie in den Sandnäsvägen einbogen. »Sie haben Ihr Ziel erreicht«, flötete die weibliche Stimme. Die Männer erkannten nur Konturen einzelner Häuser. »Das Ziel liegt auf der rechten Seite.« Die letzten Stunden hatten sie, ohne ein Wort zu wechseln, nebeneinander verbracht. Nur, wenn Watson sich meldete, in einer der vielen Parkbuchten gehalten, um dem Hund Auslauf zu gewähren. Sie waren erschöpft, als sie vor dem Schwedenhaus hielten, in dem Zimmer für sie reserviert waren. »Weiß trifft es wohl eher nicht«, sagte Hartwig ernüchtert, als er trotz Dunkelheit die angestrahlten, überwiegend bunten Bemalungen entdeckte, die das Haus verzierten. »Villa Kunterbunt. Hier sollen wir schlafen? Ich bin entzückt.« Die ironische Stimme Hartwigs klang müde und abgespannt. »Ich will jetzt nur noch etwas hinter die Kiemen schieben und dann pennen. Ich kann nicht mehr. Bin echt alle.«

»Das ist die einzige Unterkunft im Ort. Und falls wir hier überhaupt etwas zu essen bekommen, kann man wohl von Glück reden. Sieht nicht danach aus, wenn ich ganz ehrlich bin«, sagte Westermann.

»Aber ich hab zur Not Kekse in meiner Tasche.« Er lachte, obwohl ihm nicht danach zumute war. Watsons Fiepen riss sie aus ihrer Unterhaltung. »Ich glaube, dein Kriminalist muss noch mal an den Baum.«

Westermann stieg aus und eine eiskalte Wand schlug ihm entgegen. »Ph, was ist das denn? Verdammte Kacke.« Die Temperaturen waren spürbar gesunken. Westermann reckte sich und zog seine Jacke von der Rückbank. »Die haben Winter«, bemerkte er trocken und zog die Pfeife aus der Jackentasche.

Hartwig lief mit dem Wolfhund um die Villa und entdeckte einen Weg. »Ich werd verrückt. Die haben einen See hinterm Haus. Na, den will ich mir morgen bei Tageslicht genauer angucken. Watson, sieh zu. Oh Mann, ist das arschkalt«, sagte er und schlang die Arme um den Brust-korb. Er war ohne Jacke losmarschiert.

»Auf der Insel ist alles ruhig. Ich hab gerade mit Olaf tele-foniert. Gibt nichts Neues. Sie haben das Schiff, den Hafen und die Leute im Auge. Hansen hat sich mit der Frau von van Elebek unterhalten, nichts von Bedeutung. Sie konnte keine neuen Hinweise liefern. Und von der Nichte gibt es auch nichts Neues. Ich bezweifle langsam, dass wir hier fün-dig werden. Wenn ich fair bin, muss ich zugeben, dass du recht behalten könntest. Wäre zu wünschen, dass sich das Haus in der Nähe befindet und die Ahlers uns quietschfi-del die Tür öffnen.«

»Hab ich dir eigentlich erzählt, dass dieses Hotel direkt an einem See steht, der Rätansjön heißt?«, sagte Hartwig.

»Hab ich dir schon erzählt, dass ich das schon vor ein paar Tagen gegoogelt habe?« Westermann zog schmunzelnd an der Pfeife und starrte in die Nacht.

»Der morgige Tag wird uns einen Einblick verschaffen. Hoffentlich gibt es ein gutes Ende.«

*

Charlotte durchzog ein Gefühl, das sie in erneute Angst versetzte. Die Mütze. Ihre rote Baskenmütze lag auf dem Schiff, sie hatte sie abgelegt, damit ihr roter Schopf nicht auffiel – ein eindeutiger Beweis für ihre Anwesenheit, und hatte sie vergessen. Ein schreckliches Gefühl ergriff Besitz von ihr. Wenn sie herausfanden, dass sie sich unerlaubt auf dem Schiff aufgehalten hatte, würden sie ihr nachstellen und – sie wollte den Gedanken nicht zu Ende bringen. Sie musste zurück. Sie hatte keine andere Wahl. Eine waghal-sige Idee geriet in ihren Fokus, als sie den Angelladen entdeckte. Sie überquerte den Staakensweg, um zum Geschäft zu gelangen.

Mit hochrotem Kopf und vor Nässe triefend, stürmte sie in den Laden und suchte nach einer Möglichkeit, sich zu tarnen. Ohne lange zu überlegen, griff sie nach einer Sonnenbrille, einer Baseballmütze und einem Schal. Alles in schwarzem Design. Sie legte die Gegenstände an die Kasse und wollte bezahlen. Die Verkäuferin hinter dem Ladentresen sah sie erstaunt an. »Charlotte, wie siehst du denn aus?«

»Frag nicht«, wedelte sie mit der Hand, zahlte und humpelte zurück zu ihrem E-Bike, das umgeweht auf dem Boden lag. Sie hob das Fahrrad an, verstaute die Utensilien im Fahrradkorb und machte sich auf den Weg zurück zum Hafenmeistergebäude. Sie hoffte, dass die Bergmanns noch nicht fertig mit ihrer Arbeit waren und ihre Mütze bisher nicht entdeckt hatten. Wenn doch, war alles zu spät, das wusste sie. Sie schluckte, als sie sich dem Hafen näherte.

Mit jedem Pedaltritt wurde ihre Entschlossenheit stärker. Ihr Knöchel schmerzte. Aber nicht so sehr wie die Angst, entdeckt zu werden und in Gefahr zu geraten. Sie würde wie ein Phantom zurück zur White Pearl eilen und versuchen, ihre Baskenmütze unbemerkt vom Schiff zu holen. Charlotte wusste, dass es ein riskantes Manöver war, aber sie konnte die Mütze nicht auf dem Schiff lassen – die war der Schlüssel zu ihrer Identität.

Sie schob das Rad um die alten Gebäude herum, um nicht mit den Bergmanns zusammenzutreffen. Sie musste rausfinden, ob die sich am Auto oder auf dem Schiff aufhielten. Charlotte bewegte das Fahrrad in die riesige Scheune, in der normalerweise Boote ihr Winterlager fanden und deren Tor einen Spalt offen stand. Weit genug, dass sie durchpasste. Sie setzte die Baseballkappe auf, schob die Sonnenbrille vor ihre

Augen und schlang den Schal um den Hals. Mit beiden Händen zog sie ihn über Mund und Nase. Meine Tarnung ist perfekt. Sie sah aus, als wollte sie in wenigen Augenblicken eine Bank überfallen. Schon von weitem hörte sie Lina Bergmann lachen. Sie versteckte sich hinter dem alten Backsteinhäuschen direkt am Steg, lauschte und beobachtete das Ehepaar, das sich Hand in Hand vom Schiff wegbewegte. Es hatte aufgehört zu regnen. Offensichtlich waren sie mit ihrer Arbeit fertig. Lina und Erik Bergmann waren auf dem Weg zum ehemaligen Kutter, der zu einem Restaurant umfunktioniert worden war. Das gab ihr ein sicheres Gefühl. Sie hoffte, dass die Zeit reichte. Charlotte hinkte trotz heftiger Schmerzen los.

Außer Atem erreichte sie die White Pearl. Ihre Lederjacke fühlte sich wie ein nasser Sack an, der zentnerschwer auf ihr lastete. Auch ihre Stiefel bereiteten ihr Sorgen. Sie musste höllisch aufpassen, dass sie nicht stolperte, weil die Sohle verdammt rutschig war. Der Steg bewegte sich gefährlich auf und ab. Die getönten Brillengläser waren auch keine Hilfe. Sie vermittelten ihr das Gefühl, sie befände sich in finsterster Nacht. Außerdem fiel sie mit einer Sonnenbrille bei diesem Wetter erst recht auf, was sie nicht bedacht hatte. Mit letzter Kraft kletterte sie auf das schaukelnde Schiff. Sie wandte den Kopf zum Steg. Niemand zu sehen. Charlotte rappelte sich hoch und bewegte sich ein weiteres Mal in den Steuerstand. Die Tür war offen. Dort standen die aufgetürmten Kisten. Sie stieg die Stufen zu den Kojen hinunter und zog den Schal vom Mund. Charlotte schob die Brille zur Stirn. Suchend lenkte sie ihren Blick auf die gepolsterte Bank, wo sie ihre Mütze vermutete. Erleichtert entdeckte sie den roten Stoffteller. Er lag genau dort, wo sie ihn zurückgelassen hatte. Die beiden hatten ihn nicht bemerkt. Mit zitternden Fingern griff sie danach und stopfte sie in ihre Jackentasche. Dann setzte sie die Sonnenbrille wieder auf, zog das Baseballcap tief ins Gesicht und schob den Schal über Nase und Mund. Gerade fühlte sie sich wie ein Schwerverbrecher. *Wenn Dirk mich so sehen würde, er ließe mich postwendend inhaftieren.*

Sie verließ erneut das wankende Schiff. Dieses Mal wartete sie, bis das Deck auf Höhe des Steges lag, dann ein Sprung und sie landete trotz ihres verstauchten Knöchels sicher auf den Planken. Die Leinen, die vom Schiff zu den Pollern führten, knarzten bei jeder Wellenbewegung. *Könnte verdammt gefährlich werden, wenn die Pearl sich losreißt. Die sind doch wirklich dümmer, als die Polizei erlaubt,* dachte Charlotte und betrachtete die Tampen, die sich lockerten, um dann wieder zum Zerreißen gespannt zu sein. Einer der Fender hatte sich bereits verabschiedet und das Schiff schrammte achtern immer wieder gegen das Holz des Anlegers. »Wenn das mal gutgeht«, flüsterte sie und machte sich auf den Rückweg.

Atemlos und erleichtert erreichte sie die Scheune. Charlotte entledigte sich der Utensilien, die zur Tarnung beigetragen hatten, und warf sie in den Fahrradkorb. Sie stieg auf ihr E-Bike und fuhr über Schleichwege davon. Und obwohl sie vor Kälte und Nässe klapperte und es vor Schmerzen im Knöchel kaum aushielt, trat sie wie besessen in die Pedale. Ihre Schusseligkeit hatte sie zwar in eine bedrohliche Situation gebracht, aber sie hatte sich mal wieder in letzter Sekunde aus der Gefahr herausmanövriert. Jetzt galt es, ihre nächsten Schritte geschickter zu planen und den Bergmanns einen Schritt voraus zu sein, falls sie nicht ausliefen. Dabei fragte sie sich die ganze Zeit, was die beiden im Schilde führten. Sie waren zumindest Diebe, da war sie sicher. Ziemlich sicher.

*

Bergmann hatte die Vorräte sicher unter Deck verstaut. Lina stand in der offenen Tür zum Steuerstand. »Das sind mindestens acht Windstärken da draußen«, rief er, als er ein paar Minuten später von Bord sprang, um die Leinen zu sichern.

Ein peitschendes Geräusch ließ ihn zusammenfahren. Die Vorleine war gerissen und hatte die Vorspring mit sich gerissen. Auf einmal hing die Segeljacht nur noch an der Achterleine. Lina schrie: »Erik, was soll ich tun, hilf mir. Das Schiff reißt sich los.« In dem Augenblick trieb ein Holzsteg, der sich durch die Kraft der Ostsee losgerissen hatte, auf die White Pearl zu.

»Erik.«

KAPITEL 19

Als Charlotte am nächsten Morgen auf der Couch erwachte, stürzten die Bilder des letzten Abends auf sie herein. Nachdem sie zu Hause angekommen war, erschien ihr die Lage nicht mehr so brenzlig. Sie wusste, dass die Bergmanns bei dem Wind den Hafen nicht verlassen würden und so lange ausharren mussten, bis Wetterbesserung in Sicht war. Das verschaffte ihr Zeit. Zumindest so lange, bis sie sich mit dem Experten des Museums unterhalten hatte. Auch wenn sie an Bord der White Pearl nicht fündig geworden war, brachte unter Umständen das Foto Gewissheit. Beim Ausziehen hatte sie ihren linken Knöchel betrachtet. »Der wird grün und blau«, hatte sie gejault. Sie erinnerte sich noch daran, dass sie einen Grog getrunken hatte, um sich zu wärmen. Dann war sie völlig erschöpft auf dem Sofa vor dem Kamin eingeschlafen und eben erst aufgewacht.

Sie schlüpfte in ihre Strickstrümpfe, stopfte Eispacks auf beide Seiten ihres Knöchels mit hinein und seufzte erleichtert. Sie wickelte sich in die warme Wolldecke und warf einen Blick aus dem Fenster. Den Ofen anzuzünden, dazu hatte sie im Moment keine Lust. Sie gähnte, ihre Augenlider wurden schwer und fielen zu.

Ein Blick auf die alte Pendeluhr zeigte ihr, dass sie eine Stunde geschlafen hatte. Sie wusste nun, was sie tun musste, um ungehindert auf das Schiff zu gelangen. Sie brauchte dieses Astrolabium. Irgendwo mussten sie es versteckt haben. Die Idee war ihr sozusagen im Traum erschienen. Sie warf die Decke zurück, schmierte sich eine Scheibe Brot, goss Ingwertee auf und humpelte die Stufen zu ihrer Künstlerstube hinauf. Eine Viertelstunde später nahm sie den Hörer in die Hand, schaltete den Laptop ein und fing an, einen Gutschein zu kreieren.

Sie zog den Gutschein aus dem Drucker. »Ich glaube, ich hol mir Motte, dann sind wir beide ein bisschen an der frischen Luft. Ab zum Ostersoll.« Motte war die Hündin von Mia Kaltenbach und ihrem Mann Johannes. Die hellbraune Labrador-Dame passte genau zu ihr. Immer auf Achse, unbeirrbar und trotzdem Ladylike. Charlotte verließ das Haus und erreichte nur wenig später das *Kajüthus*. Begrüßendes Bellen zeigte ihr, dass jemand zu Hause war. Charlotte fasste in ihre Jackentasche. Vorsorglich hatte sie diese mit jeder Menge Leckerli gefüllt. Die Tür öffnete sich und Motte sprang wie auf Kommando an ihr hoch. Es dauerte eine Weile, bis sie sich beruhigt hatte, dann konnte sie endlich Mia Kaltenbach begrüßen. Sie wechselten ein paar Worte, dann leinte sie Motte an und verschwand.

Während des ausgiebigen Spaziergangs Richtung Ostersoll gingen ihr weitreichende Gedanken durch den Kopf.

Charlotte humpelte mehr als sie marschierte, versuchte, ihre bisher erworbenen Informationen zu bündeln, um an eine Antwort zu gelangen. Motte trottete gemächlich neben

ihr. Links und rechts die weitläufig abgeernteten Felder ließen sie tief durchatmen.

*

Der losgerissene Steg bewegte sich gefährlich auf die Jacht
zu, drohte, sie zu rammen. Dann verkeilte er sich nur drei
Meter vor dem Schiff in einem benachbarten Holzsteg.
Erik stand hilflos da, konnte nicht sehen, was hinter der
Pearl passierte. Immer wieder versuchte er, den Tampen
zu packen, und ging verzweifelt in die Knie, als er merkte,
dass sein Plan nicht funktionierte. Es war einfach zu viel
Kraft im Spiel. Lina schrie ohne Unterbrechung. Ihre Panik
war nicht gespielt. Bergmann erhob sich.

»Lina, hol 'ne Springleine aus der Backskiste. Sieh zu!«,
rief er.

»Welche denn?«, kreischte sie und klammerte sich heulend an die Reling, während das Schiff auf den Wellen tobte.
Sie hielt sich schließlich allein auf dem Boot auf, und wenn
nicht ein Wunder geschah, würde sie mitsamt der Pearl
untergehen. Ihr Körper wurde wie ein Ball hin und her
geschleudert. Jedes Mal geriet sie verdächtig nah an die
Bordkante. Lina hatte Höllenangst, über Bord zu gehen.
Und wenn sie nicht schnellstens reagierte, würde sie seine
Wut später zu spüren bekommen.

»In der Kajüte, wo die Sitzgruppe steht«, schrie er. »Sieh
zu.«

Todesangst trieb sie an. »Wenn das Schiff sich losreißt, sauf
ich ab«, flüsterte sie und stieg zu den Schlafkojen. Überall auf
dem Boden der Jacht schwappte das Wasser mittlerweile zen-
timeterhoch um ihre Knöchel, schwammen Gegenstände, die
der Wellengang aus den Regalen geworfen hatte. Sie prellte

sich an den verbauten Möbelstücken. Mit wankenden Schritten öffnete sie den Deckel der ersten Kistenbank. Ein Becher sprang vom Haken und fiel zu Boden. Sie bemerkte die Zeitschriften, die auf dem Wasser schwammen und sich wie ausgebreitete Flügel bewegten. »Ich hab solche Angst«, flüsterte sie und klemmte sich die Finger, als der Holzdeckel mit Wucht zurückschnellte. Wimmernd versuchte sie es noch einmal. In der Backskiste befanden sich ausnahmslos Schwimmwesten. Ich muss eine anziehen, überlegte sie, verwarf den Gedanken aber sofort, um an die geforderten Springleinen zu gelangen. Sie wusste nicht einmal, wie genau die aussahen. Die zweite Aufbewahrungskiste enthielt Flaschen. Bier, Wein, Wasser, die bei jeder Bewegung klirrende Geräusche verursachten. Etliche von ihnen waren zerbrochen. Überall roch es nach Alkohol. In der dritten Backskiste endlich lagen die Seile, zumindest hoffte sie, dass es die richtigen waren. Hastig zog sie den zusammengerollten Tampen aus der Bank. Es war eine praktische Erfindung, die ihr jetzt vielleicht das Leben rettete. Lina taumelte zurück an Deck. Alles um sie herum quietschte und knarzte. Der Wind fegte ihr die Haare aus der Stirn, peitschte Salzwasser ins Gesicht.

»Vertäu die Leine an der Klampe«, rief Bergmann. Wenn sie nicht sofort reagierten, ging die Jacht verloren. »Los«, schrie er, schüttelte das Wasser vom Gesicht und hielt sich krampfhaft am Laternenmast fest. »Und jetzt wirf sie mir zu.«

Das Vorderschiff driftete erneut ab und zerrte ohne Pause an der einzigen Achterleine, die das Schiff noch am Steg festhielt. Es war nicht möglich, Erik die Leine zuzuwerfen. Der Holzsteg war zu weit entfernt. Immer wieder rutschte Lina aus und fiel auf ihre Knie. Sie schrie, klammerte sich an die Reling, fiel erneut zu Boden und rutschte über das Deck.

»Es geht nicht«, kreischte sie. »Ich kann nicht so weit werfen.« Das Schiff schaukelte so heftig, dass sie sich mit den Füßen von der Bordkante gegen den Aufbau drückte. Sie schlug die Hände vors Gesicht. »Ich kann nicht. Mir ist schlecht. Ich kann nicht mehr.« Ihr war übel und ohne Vorwarnung brach es aus ihr heraus. Sie übergab sich. Ihr war es egal, wenn sie hier überhaupt lebend herauskam.

Erik stand auf dem wankenden Steg und musste zusehen, wie die White Pearl auf den Steg zutrieb, um Sekunden später wieder abzudriften. Lange hält die Leine nicht mehr, dachte er und fuhr sich mit der Hand verzweifelt durch die Haare. »Alles umsonst, es ist alles umsonst!«, schrie er und klammerte sich am Laternenmast fest. Ich muss die Wasserschutz anrufen, die müssen uns helfen.

Er wischte sich das runterlaufende Wasser aus dem Gesicht, um besser sehen zu können, als er bemerkte, dass der losgerissene Steg wieder auf die White Pearl zuschoss. Ihm stockte der Atem.

KAPITEL 20

Sie aßen Sandwich, das einem überbackenen Toast mit Käse glich. Tranken Guld Källan, ein regionales fruchtiges Bier, das deutlich süßer war, als sie es gewohnt waren, und bezogen anschließend ihre Zimmer in Rätans *Wärdshus*. So hoffnungslos, wie sich das Haus aufgrund der bunt bedruckten Außenwände dargestellt hatte, war es im Innenbereich nicht. Im Gegenteil. Die gemütlichen, hell eingerichteten Zimmer ließen kaum Wünsche offen. Ein sauberes Bett lockte, und die Männer fielen wenig später in erholsamen Tiefschlaf. Watson lag auf dem Flokati in Hartwigs Zimmer und schnarchte bereits nach wenigen Sekunden.

Am nächsten Morgen trafen sie im Wirtsraum aufeinander. Westermann saß in akkurat gebügeltem Hemd und maritimem Pullover, einen Becher Kaffee in der Hand, am runden Esstisch und tätigte eine einladende Handbewegung, als der Kollege mit Watson den Raum betrat. Der war mit dem Hund bereits am See gewesen, um ihm Freilauf zu gewähren und sich selbst eine Zigarette anzustecken.

Die allerdings drückte er nach dem ersten Zug mit einem erbärmlich klingenden Hustenanfall aus. Durchgefroren setzte er sich seinem Vorgesetzten auf dem fliederfarbenen Sessel gegenüber, der zum Rest der Einrichtung passte. »Ist genial. Aber hast du schon mal rausgeguckt? Hat richtig heftig geschneit. Ist sogar Eis auf dem See.«

»Ob das genial ist, wird sich zeigen. Hast du eigentlich mit Stina telefoniert, seitdem wir weg sind?«

Westermann nahm eine Scheibe helles Brot aus dem Brotkorb.

»Doch, gestern Abend, aber seit wann interessierst du dich für meine Freundin?«

»Ich mach mir nur Sorgen um meinen Teamkollegen. Ich weiß ja, dass man auf dich achtgeben muss.«

Westermann lächelte und belegte sein Brot mit Käse. »Mach dir mal keine Sorgen, alles okay zwischen uns.«

Hartwig musterte den gedeckten Tisch, schmatzte und schenkte sich Kaffee ein. Während des ausgiebigen Frühstücks besprachen sie ihr weiteres Vorgehen.

»Jetzt wollen wir uns das besagte Haus ansehen. Ob alles so ist, wie uns Bergmann weismachen wollte.« Die Männer stiefelten die menschenleere Straße entlang.

»Hier ist echt der Hund begraben. Was wollen die Leute hier? Das wäre mir zehnmal zu einsam.« Hartwig verzog den Mund und ließ Watson ohne Leine neben sich laufen.

Westermann warf einen Blick auf die Unterlagen, die er in Händen hielt. Auf einmal stoppte er. »Das müsste es sein. Sieht genau wie auf dem Foto aus. Siehst du?«

Er zeigte seinem Kollegen die Aufnahme, auf der sich ein dunkelgrau gestrichenes Schwedenhaus mit weiß gerahmten Fenstern befand. Es setzte sich von den typisch tiefroten und gelb gestrichenen Schwedenhäusern ab. Ein angrenzendes Holzhaus, das Fiskehus, unterschied es zusätzlich von den anderen Gebäuden.

»Was, wenn die beiden uns gleich gut gelaunt die Tür öffnen?«, sagte Hartwig.

»Falls sie hier sind, umso besser. Dann können wir die ganze Geschichte beruhigt ad acta legen und getrost nach Hause fahren.«

Zwei Stufen, dann stand Westermann auf einer großzügig gestalteten Terrasse und suchte vergebens nach einer Tür-klingel, klopfte gegen die Holztür. Hartwig nahm Watson an die Leine und hielt sich im Hintergrund. Er räusperte sich, als er Geräusche im Inneren des Hauses hörte.

Eine fremde Frau mit dunklem nackenlangem Haar, die in keinerlei Hinsicht Ähnlichkeit mit Lore Ahlers aufwies, stand fragend vor ihm. »Bitte?«

Der Leiter der Mordkommission trat einen Schritt zurück und zog seinen Dienstausweis aus der Jackenta-sche. »Westermann, Kripo Oldenburg in Schleswig-Hol-stein. Wir sind auf der Suche nach diesen Personen. Kennen Sie sie?« Er öffnete die Ledermappe und zeigte der Frau ein Foto von Lore und Tim Ahlers.

Die Frau sah die Männer mit dem großen Hund an und schluckte. Hinter ihr tauchte ein Mann mit grau meliertem Haar, etwa Mitte 60, auf. »Kann ich helfen?«, sagte er mit fester Stimme. Er wirkte auf die Beamten äußerst selbstsicher.

»Eventuell.«

Der Fremde warf einen flüchtigen Blick auf das Foto. »Nee, kennen wir nicht.« Er zog seine Ehefrau am Ärmel ihres fliederfarbenen Pullovers zurück ins Haus.

»Warum suchen Sie die?«, fragte die Frau leise und löste sich vom Griff ihres Mannes. Ihr Blick wanderte vom Bild zu den Beamten zurück. Westermann stutzte. Ihm fiel das

Entsetzen der Frau auf. Dann sagte er: »Weil sie unseren Informationen nach in genau diesem Haus leben sollen. Wir wissen, dass sie es kaufen wollten, und vermuteten sie hier.« Westermann verzog keine Miene.

Der Mann trat wieder auf die Veranda und stellte sich neben die sprachlose, blass gewordene Frau. Es hatte den Anschein, als wollte der Mann just in diesem Moment zum Fischen. Er hielt eine Angel in der Hand und stand in wetterfester Kleidung und Gummistiefeln vor den Kommissaren. Er warf seiner Frau einen kurzen Blick zu. »Sie heißen Tim und Lore Ahlers«, beendete der Hauseigentümer den Satz. Er seufzte und ließ die Schultern hängen.

»Also kennen Sie sie doch.« Westermann war sicher, dass etwas nicht stimmte.

Auf ihren Gesichtern zeigte sich Ratlosigkeit. »Ja, wir kennen sie und hatten gehofft, wir würden nie wieder etwas von ihnen hören. Die können froh sein, dass sie hier nicht aufgekreuzt sind. Das hätte wohl ziemlichen Ärger gegeben. Was ist mit ihnen?«, wollte der Mann wissen und wurde rot.

Westermann ging auf die Frage ein: »Sie werden vermisst. Aber wie meinen Sie das? Warum können sie froh sein, hier nicht aufgekreuzt zu sein? Und warum haben Sie gehofft, nie wieder etwas von ihnen zu hören?«

»Am besten, Sie kommen rein. Dann können wir uns in Ruhe unterhalten. Ist ziemlich kalt«, flüsterte die Frau und lächelte zögerlich. Sympathisch, dachte Westermann und betrachtete die Frau, die sich mit der Hand unsicher durch die schulterlangen dunklen Wellen strich.

»Aber der Hund?«, entgegnete der Mann.

»Ist ein Polizeihund, der tut Ihnen nichts. Gehört zu uns.« Hartwigs Stimme klang unnachgiebig.

»Na dann, bitte.« Der Hauseigentümer bat die Polizeibeamten ins Wohnzimmer. Das Schwedenhaus entsprach ungefähr dem, was er sich darunter vorgestellt hatte. Ein großzügiges Wohn-Esszimmer mit Echtholzdielen, hellen Wänden und Bildern an den Wänden, die die umliegende Natur zeigten. Gemütlich, mysigt, wie man es in Schweden nannte. »Wir sind übrigens Wolfgang und Herta Ossenbrügge. Und uns gehört das Haus«, beeilte die Frau sich, die Besitzverhältnisse des Hauses zu erklären. »Kaffee?«, fragte sie und bot den Männern einen Platz am dunklen Holztisch an.

»Kaffee klingt sehr gut«, antwortete Westermann und rückte die Brille zurecht. Watson legte sich auf Befehl flach neben Hartwigs Stuhl auf den Boden, den Kopf auf die Pfoten. Und selbst wenn er entspannt aussah, hatte er alles genaustens im Blick. Der Hauptkommissar warf einen Blick aus dem Fenster und erkannte hinter den gegenüberliegenden Häusern den See, den Rätansjön, der auch hinter ihrer Pension verlief.

»Wir sind seit Wochen auf der Suche nach ihnen und brauchen Antworten«, sagte Westermann.

Herta Ossenbrügge stellte zwei Becher Kaffee auf den Tisch und setzte sich den Polizeibeamten gegenüber. »Milch? Zucker?« Die Männer schüttelten die Köpfe.

»Ja, das war wirklich eigenartig«, brummte auch Wolfgang Ossenbrügge und setzte sich an die Kopfseite des Tisches. »Die Ahlers wollten dieses Haus kaufen. Es war bereits alles in trockenen Tüchern. Sie hatten Vorverträge unterschrieben und sollten zum 1. Oktober alles übernehmen. Die sind allerdings nie hier aufgetaucht. Der ehemalige Besitzer, der ihnen das Haus verkaufen wollte und es dann schließlich uns verkauft hat, ist richtig sauer auf die beiden. Er fühlte sich regelrecht verarscht. Sie wollten am

28. September hier erscheinen und die Bezahlung mit dem ehemaligen Eigentümer abwickeln. Cash, verstehen Sie?«, schüttelte Ossenbrügge den Kopf. Westermann sah dem Mann an, dass er äußerst angespannt war. Hatte er etwas zu verbergen oder nur Angst, dass jemand ihm dieses Haus streitig machen könnte? Auch seine Frau sah die Männer mit hochrotem Kopf an. Sie saß einfach nur da, schwieg und knetete fortwährend ihre Hände.

»Dass Familie Ahlers das Haus kaufen wollte, entspricht unserem Wissensstand. Und genau aus diesem Grund sind wir hier. Die Nichte der Ahlers hat ihre Verwandten vermisst gemeldet. Sie sind seit dem 27. September nicht mehr erreichbar. Wir suchen sie seitdem. Wir wissen, dass sie dieses Objekt erwerben wollten, haben die Verträge gesehen und hatten gehofft, sie hier wohlauf anzutreffen.« Westermann nahm einen Schluck des heißen Getränks.

»Und jetzt?«, fragte die Frau mit einer Stimme, die leise und gläsern klang. Auch Hartwig merkte, dass die beiden erkennbar Angst hatten. Aber wovor?

»Ja, jetzt ist tatsächlich guter Rat teuer. Jetzt sind wir wieder genau dort angelangt, wo wir angefangen haben, bei null.« Der Hauptkommissar legte enttäuscht das Foto zurück in die Mappe. »Sie wissen nicht zufällig, ob sie sich in dieser Gegend aufgehalten haben?«

»Woher sollen wir das wissen? Wir haben sie nie vorher zu Gesicht bekommen, bis Sie uns das Foto gezeigt haben«, sagte der Mann, und seine Stimme klang alles andere als freundlich. Ihm war das Erscheinen der Polizei offensichtlich ein Dorn im Auge.

»Wenn Sie die Leute nie vorher gesehen haben, woher wussten Sie dann, dass sie es sind? Und wie sind Sie so schnell an dieses Haus gelangt?«, wollte Westermann wissen.

»Also hören Sie mal. Glauben Sie etwa, wir hätten mit dem Verschwinden etwas zu tun? Jim hat die Leute gegoogelt und uns einen Ausdruck gezeigt«, zuckte ihr Gegenüber die Achseln. Sein Gesicht lief erneut rot an.

Herta Ossenbrügge sagte: »Wir hatten uns das Haus vor den Ahlers angesehen und waren traurig, dass sie es uns quasi vor der Nase weggeschnappt hatten. Sie haben wohl mehr geboten als wir.« Sie zuckte die Schultern. »Umso glücklicher waren wir, als Jim anrief und uns sagte, dass die Käufer abgesprungen wären. Wir haben natürlich sofort zugeschlagen. Was denken Sie?«

Westermann nickte. Das schmucke Häuschen hatte ihm auf Anhieb gefallen. Er konnte sich sogar vorstellen, in so einem Haus an so einem Ort auch seinen Lebensabend oder zumindest einen ausgiebigen Urlaub mit Katrin und Mats zu verbringen.

»Wer ist dieser Jim? Ist das der ehemalige Hausbesitzer?«, fragte Hartwig. Wolfgang Ossenbrügge nickte.

»Wo finden wir den?«

»Der wohnt hier im Ort, nicht weit entfernt.«

»Könnten Sie uns die Adresse nennen?«, fragte Westermann.

»Ja, aber der will mit der ganzen Sache nichts mehr zu tun haben, da bin ich sicher. Der war ziemlich angefressen«, sagte Wolfgang Ossenbrügge.

»Die Adresse bitte«, sagte Hartwig und ließ keinen Zweifel daran, dass er es ernst meinte. Als Watson die Stimme mit dem harten Unterton seines Herrchens wahrnahm, setzte er sich sofort auf die Hinterläufe und spitzte die Ohren. All seine Sinne schienen auf Gefahr eingestellt zu sein.

»Ich hoffe, der beißt nicht«, murrte Ossenbrügge und richtete sich kerzengerade auf. Er war angespannt, das erkannten die Beamten. Herta erhob sich, ging in die Küche und kam wenige Augenblicke später zurück.

»Darf er?« Sie zeigte Leckerlis in ihrer Handfläche.

»Sollte nicht, aber darf«, antwortete Hartwig und griente. Als sie um den Stuhl ging und die Lehne von Hartwigs Stuhl berührte, fletschte Watson die Zähne. Herta Ossenbrügge schreckte panisch zurück und ließ die Enten-Leckerli fallen. »Der ist ja bissig!«, rief sie und steckte die Hände in ihre Hosentaschen. Auch Wolfgang Ossenbrügge erhob sich.

»Es ist besser, wenn Sie jetzt gehen. Wir wollen in Frieden hier leben. Mit dem Verschwinden der Leute haben wir nichts zu tun«, sagte er und reichte Westermann einen Zettel mit dem Namen und der Adresse des ehemaligen Hauseigentümers.

Westermann stand auf. Hartwig folgte ihm und gab Watson zu erkennen, dass sie mit ihrer Befragung am Ende waren. Ossenbrügge bewegte sich zur Haustür.

Westermann wandte sich ihm zu. »Nichts für ungut. Das ist eine ganz normale Befragung, und wir müssen diese Fragen stellen. Sie brauchen keine Angst zu haben. Wir wollen Ihnen nichts Böses, nur die Ahlers finden.« Westermann steckte den Zettel in seine Jackentasche, schlug den Kragen hoch und verließ, gefolgt von Hartwig und Watson, das Haus.

»Die haben sich mit Sicherheit ein anderes Haus gekauft, oben in Vemdalen. Das ist eher was für Schnösels mit Geld«, rief Ossenbrügge und knallte die Tür zu. Der Hund drehte sich erschreckt um und fletschte ein weiteres Mal die Zähne.

»Das war ja 'ne Hausnummer«, sagte Hartwig und griente. »So richtig koscher waren die nicht. Der Typ kam mir wie ein Feldwebel vor.«

»Na, nun mal nicht so voreingenommen. Wenn mir jemand ans Leder wollte und ich Angst haben müsste, dass man mir mein Häuschen abspenstig machen würde, könnte ich auch zum Tier werden.« Westermann zog den Zettel aus der Jackentasche. Für ihn war das Verhalten der beiden Hauseigentümer nachzuvollziehen.

»Oha? So kenn ich dich ja gar nicht. Ich fand deren Verhalten ziemlich komisch«, sagte Hartwig.

Sie liefen den Sandvägen Richtung Pension zurück, überquerten die Straße und blieben etwa 100 Meter weiter vor einem imposanten Gelände stehen.

»Das sollte es sein. Ein ziemlich großes Areal, wenn du mich fragst«, sagte Westermann.

»Hier scheint alles gigantischer ausgelegt zu sein. Wenn ich ein derart großes Grundstück mein eigenes nennen könnte, dafür würden bei uns einige morden, ich sag es dir«, entgegnete Hartwig und deutete auf das weitläufig angelegte Grundstück. Ein großflächiges, dunkel lasiertes Holzhaus mit etlichen Nebengebäuden breitete sich auf Tausenden von Quadratmetern aus. Auf dem gesamten Areal fanden sich Maschinen, Bagger und unzähliges Baugeschirr. »Da hat einer viel zu tun«, bemerkte Hartwig und ließ Watson frei. Der suchte sich einen Busch, hob das Bein und fing unwillkürlich an zu buddeln. »Junge, komm, sonst kriegen wir Ärger.« Der Hund trottete zu Hartwig und setzte sich neben ihn, als die Tür des Hauses aufsprang. Erhaben stand er dort. Ein Mann von ungefähr zwei Metern Größe füllte fast den gesamten Türrahmen aus. Seine mit grauen Strähnen durchzogenen Haare waren im Nacken zu einem Zopf gebunden, ebenso sein Bart, den er unterm Kinn geflochten und zusammengerafft hatte. »Wunderlicher Kerl«, flüsterte Hartwig und schluckte. Der Anblick des Mannes gefiel ihm nicht. Er flößte ihm Respekt ein. Der Hauptkommissar hingegen trat ohne Ehrfurcht auf das Gebäude zu.

»Westermann, Kripo Deutschland. Wir haben Fragen zu einem vermissten Ehepaar, das Ihr Haus im Sandvägen kaufen wollte und nicht erschienen ist.«

Der Schwede verzog den Mund. »Vad vill du ha? Vem är du?« Westermann ahnte, dass es eine Frage war, die wahrscheinlich lauten sollte: was sie wollten und wer sie waren. Der Hüne, der einem in die Jahre gekommenen Wikinger glich, stemmte die Arme in die Hüften und guckte die Beamten herausfordernd an.

»Der spricht kein Deutsch, das kannste vergessen«, murrte Hartwig und leinte Watson an. »Can you help me? You are the owner of a house in this street, whose buyers did not show up?«

»Why? What do you want from them?«

»We are looking for them because they have been missing for some time.« Er hoffte, dass der Koloss in der Tür verstand, dass es um zwei vermisste Personen ging, die sein Haus kaufen wollten. Sein Englisch war auf jeden Fall gut.

»Missing? I don't care. They ripped me off. And if they ever show up here, I'll kill them. Bastards. They're in hiding. Miserable bastards.« Der Schwede verschränkte die Arme vor der Brust, warf den Beamten einen Blick zu, der alles andere als wohlgesonnen war, und verschwand ohne ein weiteres Wort im Haus.

»Oha, da hat aber einer Hass auf die Ahlers. Hast du gehört, wie der sagte, dass er sie tötet, wenn sie irgendwann hier auftauchen?«

»Phhh, das ist eine Metapher, mein Jung.« Westermann steckte den Zettel zurück in die Tasche. »Irgendwas ist hier nicht, wie es scheint. Was, wenn die Ahlers tatsächlich hergekommen sind. Wenn ich mir die Wälder hier anschaue, hätten die hier oben jede Menge Platz, Leute zu entsorgen,

ohne dass auch nur irgendwer sie jemals wiederfindet.«
Westermann schien zu sich selbst zu sprechen.

Hartwig schüttelte den Kopf: »Ja, und den Rest erledigen Braunbären, Luchse oder Vielfraße. Sonst noch was?«

»Ja, aber so weit wollen wir gar nicht zu Ende denken. Wir wissen jetzt, dass die Ahlers seit ihrem Verschwinden von der Insel nirgends in dieser Gegend gesichtet wurden. Lass uns mit Watson eine Runde durch den Wald laufen. Ich muss den Kopf freikriegen.«

»Da war eine Straße, ich glaube, die führt direkt in den Wald«, entgegnete Hartwig. Westermann entzündete seine Pfeife erneut und marschierte die ansteigende Straße entlang. »Was mich schier wundert, ist, dass wir hier so gut wie kein Auto sehen.« Hartwig ließ Watson von der Leine und sie stiefelten auf die bewaldete Fläche zu, die sich vor ihnen ausbreitete.

»Was ist das?«, fragte Westermann und deutete mit seiner Pfeife auf ein erhabenes Schild. »Utsiktsplats, klingt fast plattdeutsch. Soll wahrscheinlich ›Aussichtsplatz‹ heißen. Lass mal hingehen.« Sie bewegten sich unter dem etwa vier Meter hoch angebrachten Schild hindurch, das wie ein riesiges Tor wirkte. Dann blieben sie wie angewurzelt auf der etwa 100 Quadratmeter großen Plattform stehen, die ihnen eine grandiose Aussicht präsentierte.

»Ist ja nicht zu fassen. Wenn das Katrin sehen könnte«, sagte Westermann und zog sein Handy aus der Jackentasche. Hartwig setzte sich auf eine der Bänke, die um einen Holztisch platziert waren, während der Hauptkommissar die Schönheit der weitläufigen Natur mit der Handykamera einzufangen versuchte. »Das kann ein Foto nicht wiedergeben. So wunderbar ist das«, brummte er und ließ seinen Blick über das vor ihnen liegende Tal schweifen. Tief unter der Anhöhe breitete sich der ausladende Sandsjön vor ihnen aus. Der See lag eingebettet in waldiges Gebiet und wenige Schwedenhäuser, die wie bunte Bonbons in der Gegend verteilt waren.

»Wow, das ist der Hammer«, sagte Hartwig und zog den schwarz-weiß-blauen Schal enger um seinen Hals. »Aber ganz schön frostig.«

»Dadurch allerdings klare Luft und perfekte Farben. Meine beiden wären begeistert. Ich glaube, wir müssen hier unbedingt Urlaub machen. Da vergisst man glatt, warum man eigentlich hier ist.« Westermann war angetan von der Natur, die ihn mit ihrer Ruhe und ihrem Charisma in seinen Bann zog.

»Und wenn jetzt ein Braunbär oder ein Wolf aus dem Wald antrabt und uns angreift? Wohin willst du dann? Mit Schönheit ist uns dann nicht geholfen. Und weglaufen wohl auch keine Option. Lass uns weitermarschieren, bevor es dunkel wird. Es ist nach 14 Uhr. Wenn wir noch laufen wollen, sollten wir weiter. Hast du dir eigentlich schon überlegt, ob wir die hiesige Polizei einschalten?«

»Ich hab das genau abgewogen und denke, wir werden heute Abend die Polizeidienststelle aufsuchen, um mit den Kollegen ein Wörtchen zu wechseln.«

»Und was willst du denen erzählen? Dass wir auf der Suche nach einem älteren Paar sind, das nicht gerade willkommen zu sein scheint? Die halten uns für völlig überspannt.« Hartwig lachte und zog eine Schachtel Zigaretten aus der Jackentasche. Er zog eine Kippe heraus, steckte sie zwischen seine Lippen und entzündete sie. Der Hund blieb beharrlich in seiner Nähe und hielt Augenkontakt. »Du bist ein ganz Braver«, flüsterte er und kraulte Watson hinterm Ohr. »Nun ab in den Wald und keine Bären jagen, hörst du?«

»Du hast Ideen. Bären jagen. Hier gibt es keine Bären. Wir sind nicht in Kanada«, murrte Westermann und zog an seiner Pfeife.

»Das solltest du aber als Oberschlaukeks wissen. Hier treiben sich fast 200 Braunbären rum.«

»Dann schnall mal lieber deinen Polizeihund an. Du weißt sicher, dass sie Hunde nicht leiden können. Und die sind ein Happs. Und dann hätten wir wirklich Tote zu beklagen.«

»Aber du hast recht. Vielleicht sollten wir lieber umkehren.« Sie waren ein gutes Stück im Wald unterwegs, als der Kommissar an Westermanns Seite Anstalten machte, zurückzulaufen. »Wird außerdem bald dunkel. Und wenn du noch zur Polis-Station willst, sollten wir …« Er winkte seinem Kollegen zu, inhalierte den Rauch seiner Zigarette und hielt Watson dicht bei sich. Dass ein Bär seinen geliebten Hund fressen könnte, wollte er nicht riskieren. Er war so froh, dass er ihn wiederhatte.

*

In Burgstaaken herrschte Unruhe. Der Steg bewegte sich immer näher auf die Jacht zu. Nur noch gute zwei Meter, dann würde der hölzerne Koloss mit seiner unbändigen Kraft das Schiff rammen und vermutlich ein Loch in die Schiffswand reißen. Auf einmal erschien Lina an Deck, nahm ihren Mut zusammen, griff nach der Leine und warf sie mit aller Kraft Richtung Steg. Erik hatte sie kommen sehen und sich breitbeinig in Position gestellt. Das Seil verfehlte ihn und fiel zurück ins Wasser. Der Steg näherte sich bedrohlich. Nur etwas mehr als einen Meter, dann hätte das hölzerne Ungetüm die Jacht erreicht. Noch einmal sammelte Lina ihre Kraft, zog die Springleine aus dem Wasser und stemmte sich gegen den aufbäumenden Wind. Sie nahm die Schlaufe auf und warf erneut. Die Leine landete auf dem Boden des Bootsstegs. Erik machte eine Schwalbe, warf sich über den Tampen, griff danach und schnellte ebenso schnell wieder hoch. Bevor die nächste Welle ihm das Tau entreißen konnte, machte er einen Satz zur Belegklampe und schlang sie etliche Male um die Vorrichtung. Dann setzte er einen gezielten Knoten, der sich durch jede Bewegung immer weiter festsetzte. Jetzt konnte die Pearl nicht mehr ausreißen. Er hoffte, dass die Leinen hielten. Sein Puls raste. Er sprang auf und sah nach dem Steg, der sich selbstständig gemacht hatte und das Schiff gleich erreicht haben musste. Er konnte ihn nicht entdecken. »Du musst nachsehen, ob der Holzsteg gegen das Schiff schlägt«, schrie er. Lina nickte. Dicke Tränen liefen über ihre Wangen. Die Angst der letzten Minuten hatte ihre Nerven zum Zerreißen gespannt. Die verängstigte Frau hatte sich vor Angst in die Hose gepinkelt. Auf allen vieren kroch sie auf die andere Seite der Plicht. Das Schiff wankte bedrohlich. Lina legte sich auf den Boden und schaute über die Bordkante. Da war kein Steg.

*

Nachdem Charlotte die Beweise auf der White Pearl beseitigt hatte, wusste sie, dass sie schnellstens handeln musste. Sie war fest entschlossen, das Astrolabium zu finden, bevor die Bergmanns ausliefen. Es musste sich um das gestohlene Artefakt handeln. Allerdings wusste sie genau, dass sie ab sofort äußerst vorsichtig vorgehen musste, um nicht am Ende doch noch in deren Fänge zu geraten. Die private Ermittlerin guckte nach draußen. Der Wind fegte haufenweise Blätter an ihrem Fenster vorbei. Sie fror, obwohl in ihrem Kamin seit Stunden ein Feuer loderte. In Gedanken versunken, zog sie die wärmende Wolldecke um ihre Schultern. Irgendwie will es gar nicht recht hell werden, stellte sie fest. Ihr Knöchel schmerzte nach wie vor, war stark geschwollen und grün und blau angelaufen. Dirk muss sie aufhalten, bevor sie sich endgültig aus dem Staub machen. »Ich muss das Gerät finden, sonst habe ich nichts in der Hand, um ihm das klarzumachen.« Sie führte Selbstgespräche, war der festen Überzeugung, dass die Bergmanns für den Diebstahl eines wertvollen Gegenstandes auf jeden Fall in Betracht kamen. Wenngleich sie vermutlich nicht für das Verschwinden der Ahlers verantwortlich waren. Sie musste ihre Abneigung revidieren, denn eigentlich waren sie bisher freundlich zu ihr gewesen. Vielleicht war alles nur ein riesiger Irrtum. Nur der immerwährende Instinkt sagte ihr, dass etwas nicht stimmig war.

Ihr erster Gedanke, heute erneut auf das Schiff zu schleichen, bevor die Schiffsbesitzer ausliefen, war verworfen. Die Gefahr, entdeckt zu werden, war eindeutig zu groß. So viel Schwein hab ich nur einmal, dachte sie. Sie hatte sich schon zu viele Patzer geleistet. In ihren Fingern kribbelte es. Ihr Puls stieg spürbar an. Sie merkte, wie Hitze in ihr Gesicht schoss. »Was mach ich nur? Oh Mann, oh Mann.« In ihrem Kopf rauschte es wie der Sturm, der vor ihrer Tür tobte.

Ich muss die beiden mit einer List vom Schiff locken, um ungesehen auf die Jacht zu kommen, und dann nach dem Astrolabium suchen. Ich brauche eine Taktik, die beide von Bord lockt. Nadja. Sie muss mir helfen. Sie ist die einzige Person, die Kontakt zu ihnen herstellen kann, ohne Misstrauen zu wecken. Vielleicht würde sie noch einmal mitspielen, allein damit sie endlich Ruhe gab. »Warum ist Josch auch ausgerechnet jetzt nicht da?« Wenig später hielt sie das Telefon in der Hand. »Katrin. Katrin muss mir helfen. Vielleicht weiß sie, was ich tun soll.«

*

Katrin allerdings hatte andere Probleme. Sie schlug die Zeitung auf und bekam augenblicklich Magenschmerzen. »*Die Hochzeit im historischen Rathaus Burg war ein voller Erfolg. Weiße Tauben rundeten die Traumhochzeit auf der Insel ab. Dem Hochzeitsengel Emily Jonte gelang, trotz des stürmischen Wetters, eine bezaubernde Hochzeitsvorbereitung. Die Braut trug einen Blütenkranz aus leuchtendem Herbstlaub, das sich auch auf den Treppenstufen vor dem Rathaus wiederfand. Gäste warfen Blätter statt Reis auf das Brautpaar – wunderbare Idee.*« Katrin schmiss das Tageblatt voller Wut durchs Wohnzimmer. Sie sprang vom Stuhl und trat mehrfach gegen eines der Stuhlbeine. »Aua, aua. Ich hasse sie«, schrie die 40-Jährige und lief im Zimmer von einem Ende zum anderen. »Ich muss mir was einfallen lassen.« Nur schleppend kehrte Katrin auf den Boden der Tatsachen zurück. In ihr gärte es wie in einem Überdrucktopf, der jeden Moment explodieren konnte. In diesem Moment läutete ihr Handy. »Ja«, kam die kurz angebundene Begrüßung. »Ach, du bist es. Ich hab keine Zeit … Was ich zu tun habe? Na, du bist lustig. Hochzeiten planen«, sagte sie. Charlotte lauschte mit Entsetzen dem aggressiven Ton am anderen Ende der Leitung. »Was ist in dich gefahren? Nun beruhige dich erst mal. Was ist denn los, Mädchen?«

»Ich soll mich beruhigen? Na, du hast leicht reden. Dir kommt ja auch niemand in die Quere. Meine Existenz rauscht gerade den Bach runter.« Sie starrte aus dem Fenster. Es fing an zu regnen. Katrin hatte das Gefühl, als wenn die ganze

Welt wie ein Sturzbach über sie hereinbrach. Sie lauschte den Worten ihrer Tante, und es hatte den Anschein, als beruhigten diese sie. »Ich soll was Besonderes schaffen? Etwas Einzigartiges? Wie soll das gehen? Du kannst dich überhaupt nicht in meine Lage versetzen. ... 'tschuldigung, aber warum rufst *du* eigentlich an? Du brauchst meine Hilfe? Ja, wie denn? Du hast ein Problem? Davon habe ich gerade selbst genug.«

*

Westermann und Hartwig stiegen aus dem Wagen. Mittlerweile war es stockdunkel. »Wenn ich ehrlich bin, möchte ich hier nicht tot überm Zaun hängen. Eindeutig zu kalt, zu dunkel und zu einsam. Das wär nichts für mich«, sagte Hartwig, der sich die Arme um die Schultern schlug, um sich zu wärmen. Er ließ Watson aus dem Fond.

»Hättest vielleicht mal eine neue Jacke nötig, mein Bester. Oder hast du die unserer Profilerin geschenkt«, grinste Westermann und stiefelte auf das mehrstöckige Gebäude zu.

»Ist nicht witzig. Wusste ja nicht, das hier Wintereinbruch herrscht, oder?« Verblüfft blieben sie vor dem mehrgeschossigen Haus stehen. »Das ist jetzt nicht deren Ernst. Die haben eine Polizeidienststelle in einem Hotel?«, sagte Hartwig.

»Dann können sie die bösen Jungs gleich nebenan einquartieren«, sagte Westermann und schob die Pfeife von einer Seite zur anderen. Sie betraten das unscheinbare Hotel und wurden durch ein Hinweisschild auf die Dienststelle aufmerksam. Westermann schmunzelte, runzelte die Stirn, öffnete die Tür und blieb vor zwei Schreibtischen stehen. Er räusperte sich und setzte eine ernste Miene auf. Ihn erinnerte dieser Raum eher an ein Wohnzimmer als an eine Polizeidienststelle. Hell gestreifte Tapeten, bunte Vorhänge an den

Fenstern und sogar Blumen auf den Fensterbänken. »Sehr hyggelig«, sagte der Ermittler und zog grienend seinen Dienstausweis aus der Jackentasche. »Westermann, Kripo Ol… Deutschland. Wir brauchen Ihre Hilfe.« Die Beamten sahen von ihren Tischen auf und schauten die Männer in Zivil fragend an. In dem Moment fiel dem Hauptkommissar ein, dass sie sich in einem fremden Land befanden, in dem kaum jemand ihre Sprache verstand. »Westermann, Criminal Investigation Department, Germany. We need your help. We had spoken on the phone.«

»Du kann Tysk mit mir sprechen. Ich versteh dein Sprache. Weiß, dass du telefoniert hast.«

Westermann schaute erstaunt auf. »Das klingt hervorragend.« Der deutsche Ermittler war sichtlich erleichtert. »Das macht die Sache umso leichter«, sagte er und erzählte in kurzen Worten, was sie hierhergeführt hatte.

»Ich lernen in Deutsland bei mein Oma … sagt man das … Oma?«

»Ja, das sagt man«, lächelte Westermann.

»Du hast Problem, das nicht gut, aber was konnen wir für dich tun?«

»Wir brauchen Informationen zu einem Hauskauf hier in Rätan. Und ob ihr«, er duzte die Beamten, wie es in Schweden üblich war, »diese Personen gesehen habt.« Der Hauptkommissar zog ein zusammengefaltetes Papier aus der Jackentasche, auf dem Tim und Lore Ahlers abgebildet waren.

Der schwedische Polizeibeamte schüttelte den Kopf und zuckte die Achseln. »Tut mir leid. Nein«, sagte er und zeigte dem Kollegen am Schreibtisch den Ausdruck. Auch er verneinte.

Westermann seufzte. »Ich hätte es mir denken können«, sagte er an Hartwig gewandt. »Mist.«

»Mist? Wir können ein Fahndung ausschreiben und überall Fotos hängen, wenn dir hilft.«

»Gute Idee. Vielleicht könnt ihr diesen Jim Svensson im Auge behalten, der hat sich verdächtig gemacht.«

Der schwedische Beamte lachte. »Jim? Guter Mann. Bulle von Rätan, Chef von Rätan. Großes Herz.« Sein Kollege nickte.

»Dann hatten wir anscheinend einen völlig falschen Eindruck. Uns erschien er wütend.«

»Jim ist wutend, manchmal. Er allein in großem Haus, kein Frau.« Wieder zuckte er die Achseln. »Nicht gefährlich, kein Mördare. Guter Mann.«

Hartwig, der das Gespräch verfolgte, schwieg. Er hatte keine Lust, sich mit den Männern auseinanderzusetzen. Dann hatte er doch eine Frage: »Wie ist das mit dem Ehepaar, das das Haus gekauft hat? Wie sind die?«

»Kennen kaum. Sind ein paar Monate in Rätan. Nette Leut. Haus gemacht, Fiskehus gebaut, sehr schön. Kein Mördare.«

»Hatte ich auch nicht vermutet«, sagte Hartwig. »Dirk, ich geh schon mal raus. Ich glaube, Watson muss mal.« Sein Kollege nickte.

Die Männer versuchten eine Weile, gemeinsam Westermanns Punkte auf der Liste zu klären, dann verließ auch der Hauptkommissar die Dienststelle. Als er Hartwig mit Watson auf dem Grundstück rauchend stehen sah, bewegte er sich auf ihn zu. »Komische Typen, diese Schweden«, sagte Hartwig und blies den Qualm in die Luft.

»Nun bleib mal sachlich. Wir sind gerade mit offenen Armen empfangen worden. Sie haben uns jede Hilfe zugesagt. Außerdem weißt du, dass wir als Polizisten eine große, weltweite Polizeifamilie sind. Wir sind alle Kollegen. Aber wie ich es verstanden habe, ist es in diesem Land offensichtlich normal, dass Menschen für eine gewisse Zeit verschwinden und wieder auftauchen.« Westermann entzündete seine Pfeife.

»Was glaubst du denn, wie das hier weitergeht? Die können eine Fahndung rausgeben, mehr aber auch nicht. Ich bin froh, wenn wir morgen wieder weg sind aus diesem Kaff.« Der dunkelhaarige Kommissar schnippte die Kippe von sich. »Wir haben gesehen, was wir wollten. Die sind und waren nie hier, so what?«

In dem Moment ging die Tür auf, und heraus kam der Polizeibeamte, der das Gespräch mit Westermann geführt hatte. »Rauchen in Öffentlichkeit vor Hotel verboten, wird teuer. Bitte sofort ausmachen. Und Zigarette mitnehmen bitte.« Er deutete auf die am Boden liegende Kippe. Widerwillig tat Hartwig wie angewiesen und murmelte unverständlich vor sich hin. Westermann ließ seine Pfeife ausgehen und hielt sie verdeckt in der Hand.

»Wir mögen deutsche Kollegen sehr, aber Rauchen draußen ist nicht gut. Wir passen auf. Wenn die Leute auftauchen, wir melden uns sofort.« Damit verschwand er im Inneren des Hotels.

»Und da sag mir einer, wir sind alle eine große Familie. Soweit ich weiß, qualmen die selbst wie die Schlote.« Westermann griente. Sie marschierten zurück Richtung Wärdshus. »Weißt du was, ich lauf noch eine große Runde mit Watson, der braucht frische Luft. Wenn wir wieder da sind, können wir zusammen ein Bierchen schnabulieren. Was hältst du davon?«

»Gute Idee. Aber ich denke, in erster Linie brauchst du frische Luft. Kühl dich mal ein bisschen ab. Sonst platzt du gleich. Morgen sind wir ja schon wieder auf dem Rückweg.«

In dem Moment klingelte Westermanns Telefon. Er zog das Handy aus der Hosentasche und warf seinem Kollegen einen fragenden Blick zu. »Die Nummer kenne ich nicht.« Er nahm das Telefonat an und lauschte dem Anrufer. »Wie, die haben sich gemeldet? Wo sind sie? In Norwegen? Was zum Teufel machen die in Norwegen? Und von da aus geht's nach Schweden? … Wann haben die sich gemeldet? Vor ein paar Tagen? Und warum haben Sie mich nicht gleich informiert? Sie haben die Karte mit der Telefonnummer versucht? Hm. Hätte man ja leicht erfragen können. Ach, Sie waren auf See. Na, dann. Haben Sie ihnen erklärt, dass wir sie suchen? … Hm, sie wollen sich melden. Dem komme ich jetzt zuvor. Aber danke für den Hinweis. Wir hören voneinander.«

Westermann hatte die Nummer von Tim und Lore Ahlers' Handys und wollte sich, sobald er im Hotel angekommen war, mit ihnen in Verbindung setzen. »Das war Bergmann! Tim Ahlers hat ihn angerufen. Die sind offensichtlich wohlauf, machen einen großen Törn.«

Hartwig war stehen geblieben und starrte seinen Kollegen fassungslos an. »Siehst du, wir machen uns total lächerlich. Die sind auf großer Reise und wir reißen uns den Arsch auf für nix und kalte Füße. Mann, was für ein Driss. Watson, komm, ich muss laufen, sonst werde ich verrückt.«

»Thomas, krieg dich wieder ein. Das ist doch eine gute Nachricht. Wir essen nachher zusammen, packen unsere Klamotten und sind morgen Abend auf der Fähre. Hauptsache, sie haben sich gemeldet.«

»Ach«, Hartwig winkte genervt ab. »Wir drehen erst mal 'ne Runde.« Ohne sich noch einmal umzusehen, entfernte er sich von seinem Vorgesetzten.

Westermann betrat das Grundstück des *Wärdshuset Pastället* und marschierte zum Rätanssjön. Die Hälfte des Mondes war sichtbar. Klirrend kalte Luft zog durch seine Klamotten, als er die Spiegelung des Mondlichts auf der gefrorenen Wasseroberfläche entdeckte. Der Schnee am Ufer des Sees glitzerte wie tausende Diamanten. Westermann zog sein Handy aus der Tasche und schoss ein paar Fotos. Dann wählte er Katrins Nummer.

»Hallo, mein Mädchen. Ich hab dir gerade Fotos geschickt. Ist das nicht traumhaft? Wie geht es euch? Alles in Ordnung?« Er lauschte ihren Worten. Ihre Stimme klang weinerlich. Dennoch hörte er den harten Unterton heraus. »Ist wirklich alles in Ordnung?«

Sie erzählte ihm von Mats Ole, der sich gut von seiner Verletzung erholt hatte und seelenruhig schlief. Sie erzählte ihm, dass sie ihn vermisste und er nach Hause kommen sollte. »Ihr fehlt mir auch … Erzähl ich dir alles später. Die Kollegen können nicht viel für uns tun … Ich liebe dich auch … Wie es scheint, haben die Ahlers sich gemeldet. Also alles im grünen Bereich.« Er fragte besonders nach ihr, dem Kleinen und Charlotte und beendete das Gespräch. Irgendetwas an ihrer Stimme gefiel ihm nicht. Es wurde Zeit, nach Hause zu fahren.

Über sich sah er einen kaum wahrzunehmenden milchigen Streifen, der die Milchstraße andeutete, auch wenn das galaktische Zentrum zurzeit nicht sichtbar war. Die Nacht war sternenklar. Er folgte dem feinen trüben Band, das sich vertikal hinter See und Bäumen aufstellte. Das würde den Frauen gefallen, dachte er, drehte sich um und marschierte auf die Pension zu. Mit einer Hand zog er den Kragen seines Cabans enger zusammen, hielt mit schnellem Schritt auf die Eingangstür zu. Er freute sich, dass die Vermissten sich gemeldet hatten und der Fall zu den Akten gelegt werden konnte. Er setzte sich in die Wirtsstube und bestellte ein Guld Källan, dieses süßlich schmeckende Bier, und ließ es die Kehle hinunterlaufen. Dann nahm er erneut sein Handy in die Hand und wählte die Nummer von Tim Ahlers.

KAPITEL 21

Hartwigs miese Laune war längst verraucht, als er nach fast einer Stunde immer noch mit dem Hund durch die Dunkelheit marschierte. Außer ein paar weit auseinanderliegenden Lichtern war es stockdunkel in diesem Rätan. Watson lief ohne Leine neben ihm und schnüffelte an jedem Baum. »Na, alter Junge, wollen wir langsam den Rückzug antreten? Ich spür meine Hände nicht mehr.« Der tschechoslowakische Wolfhund teilte ihm mit knurrenden Lauten mit, dass er einverstanden war, und blieb auf der Stelle sitzen. »Nee, so war das nicht gemeint. Nicht ausruhen. Wir müssen wohl oder übel zurück.« Als er sich umdrehte, fiel ihm eine geöffnete Doppelgarage auf, aus der nur wenig Licht drang. Niemand war zu sehen. In der linken Hälfte der Garage entdeckte er etliche aufgetürmte Kartons und Gartengerätschaften. Sein Blick wanderte auf die andere Seite. Dort stand ein dunkler Wagen. Ein Volvo, wie er tausendfach in schwedischen Garagen vorkam. Watson fing an zu bellen und rannte ohne Vorwarnung auf die offen stehende Garage zu. Hartwig pfiff ihn zurück, doch der Hund reagierte nicht. Der Kommissar näherte sich mit Pfeiflauten dem Grundstück, um den Hund auszubremsen. Es war, als hätte ihn etwas angelockt, das sich seinem Blick entzog. Wahrscheinlich hatte ihn das Licht oder aber eine Katze begeistert. Watson fing an zu knurren, dann kläffte er pausenlos. »Psst, Junge. Was ist denn los?« Der Hund blieb laut anschlagend vor dem Wagen stehen. Dann rannte er schnüffelnd um das Auto, blieb stehen und bellte erneut. Hartwig folgte ihm, um ihn an die Leine zu nehmen. »Mensch Kerl, hör auf zu kläffen.« Der hörte nicht auf zu bellen und zerrte wie ein Verrückter am Hundehalsband. Der Kommissar richtete seinen Blick auf das Fahrzeug vor ihm. Fassungslos blieb er stehen.

»Ich glaub, mich knutscht ein Elch. Das gibt's doch gar nicht.«

*

Es war fast 21 Uhr, als Hartwig in die Wirtsstube der Pension stürmte. Schnaubend sichtete er Westermann. »Dirk, du musst sofort mitkommen. Du glaubst nicht, was wir entdeckt haben.« Er riss ihn fast vom Stuhl.

»Was ist denn mit euch los?«

»Ich muss dir unbedingt was zeigen. Sofort. Watson hat eine irre Entdeckung gemacht.«

»Was habt ihr so Wichtiges entdeckt?«

»Das Auto.«

»Welches Auto?«

*

Als sie zehn Minuten später das Haus erreichten, in dem Watson und er die angeblich unglaubliche Entdeckung gemacht hatten, war es auf dem Grundstück allerdings stockdunkel. Die Garagentore waren verschlossen.

»Und wo ist nun der Wagen?«

»Da drinnen. Es steht in der rechten Garage.«

»Und wie wollen wir da jetzt reinkommen?«, fragte Westermann. Er konnte nicht glauben, was Hartwig ihm auf dem Weg erzählt hatte, dass der Volvo von Tim Ahlers in dieser Garage stehen sollte.

»Lass uns klingeln. Wenn ich recht behalte, ist das der Volvo der Ahlers. Watson hat angeschlagen. Der hatte anscheinend den Geruch von Lore Ahlers' Halstuch noch in der Nase.«

Westermann gab dem Drängen seines Kollegen nach und bewegte sich auf die Haustür des gelb gestrichenen Schwedenhauses zu. Wenig später nahm er ein schlurfendes Geräusch wahr. Die Tür öffnete sich. Ein etwa 80-jähriger Mann stand in Breitkordhose und dickem Norwegerpullover vor ihnen. Auf seiner Nase saß eine rundgeschliffene Lesebrille, die Richtung Nasenspitze gerutscht war. Seine hellblauen Augen betrachteten die Fremden mit dem großen Hund. »Ja?«, klang deutsch, aber irgendwie auch wieder nicht.

Westermann entschied sich, auf Englisch mit der Tür ins Haus zu fallen. Er zog seinen Ausweis aus der Tasche und stellte sich vor. Dann sagte er: »Sorry to disturb you. We have just discovered a car in your garage that may belong to a missing couple. Could you tell us something about it?«

»Jag talar inte engelskar.« Der Alte mit den schlohweißen Haaren zuckte die Achseln.

»Er versteht uns nicht, spricht kein Englisch«, antwortete Hartwig, der sein Handy gezückt und die Antwort des alten Mannes bei Deepl eingegeben hatte.

»Schlaues Bürschchen. Das wird ein hartes Stück Arbeit. Jetzt müssen wir alles haarklein übersetzen.«

»Wird es nicht, ich spreche Deutsch.« Der Mann lächelte. Man hörte seinen schwedischen Akzent, dennoch war seine deutsche Aussprache klar und deutlich.

»Das ist ja hervorragend. Wir brauchen Ihre Hilfe.« Westermann vermittelte dem Alten erneut sein Anliegen.

»Was habe ich mit der deutschen Polizei zu tun? Ist das Auto gestohlen?«

»Nein, wie kommen Sie darauf, Herr ...?«

»Köber, Anton Köber.«

»Wenn wir uns den Volvo trotzdem einmal ansehen dürften, wären wir Ihnen wirklich sehr dankbar.«

Wieder zuckte der Mann die Achseln. Gleichzeitig zog er einen Schlüssel vom Haken neben der Tür. »Wenn es sonst nichts ist. Aber was vermuten Sie da?«

»Erkläre ich Ihnen, sobald wir einen Blick darauf geworfen haben.«

»Von mir aus. Ich hab nichts zu verbergen.« Der Alte schlurfte auf Pantoffeln den schmalen verschneiten Weg zur angrenzenden Garage. Hartwig merkte, dass der Mann sich unsicher bewegte. »Das ist ganz schön glatt«, flüsterte der Alte und sicherte seine Bewegungen mit einer Hand an der Hauswand.

»Ich bin direkt hinter Ihnen. Ich pass auf«, sagte Hartwig und spürte, wie feine Eiskristalle auf seinem Gesicht landeten. Jetzt fing es auch noch an zu schneien.

Der Mann steckte einen Schlüssel in das Schloss und drehte schwerfällig am Knauf. Westermann gesellte sich zu den Männern. Langsam zog der Alte das quietschende

Garagentor hoch und betätigte mit zitternden Fingern einen Lichtschalter an der Wand. Eine Neonröhre flackerte auf und erhellte den großen Raum der Doppelgarage. Ist er nervös oder einfach nur alt, fragte sich Westermann und beobachtete jede seiner Handlungen. Dessen Blick schweifte rastlos durch die Garage. Hartwig ließ Watson von der Leine.

Der Alte fuhr zusammen. Der Schreck war ihm anzusehen: »Beißt der?«

Der Kommissar schüttelte den Kopf. »Nein, nicht, solange wir dabei sind. Er hat eine Fährte aufgenommen.«

Kaum wahrnehmbares Räuspern des Alten durchbrach die Stille. Es fällt auf, dass er unsicher und nervös ist, bemerkte Westermann und fragte sich, warum? Dann wandten sich die Beamten dem Fahrzeug zu. Westermann betrachtete den anthrazitfarbenen Volvo. Ein Fünftürer mit deutschen Kennzeichen: OH-TA 178.

»Ich werd verrückt. Das ist tatsächlich der Wagen von Ahlers. Du hattest recht.« Westermann drehte sich um und starrte auf den Mann, der die Beamten fragend ansah. »Woher haben Sie dieses Auto? Wo sind Tim und Lore Ahlers?«, fragte Westermann mit scharfer Stimme und zog das Foto der beiden aus der Jackentasche.

»Wer sind die?«, wollte der Alte wissen, starrte auf die Aufnahme und schüttelte den Kopf. Seine leuchtend blauen Augen verloren augenblicklich ihren Glanz, wirkten glasig. Es schien, als wüsste er auf die Frage keine Antwort, als er hilflos die Achseln zuckte.

»Dieser Wagen gehört einem vermissten Ehepaar. Und in Ihrer Garage finden wir zufällig deren Fahrzeug? Der Hund hat ihre Fährte aufgenommen und uns genau hierhergeführt. Wollen Sie uns nicht erzählen, was passiert ist?«

Die Hände des alten Mannes fingen an zu zittern. Seine Lippen bebten, als er heiser antwortete: »Das ist nicht mein Wagen, der gehört meinem Enkel. Ich kenne diese Leute nicht«, schüttelte er den Kopf. In seinen Augen erkannte Westermann pure Angst.

»Ihrem Enkel? Wer ist Ihr Enkel und wo ist er?«, fragte Hartwig mit ernster Miene und näherte sich dem Mann, der erneut die Schultern hochzog. Es schien, als würde die Geschichte hier und jetzt eine neue Wendung nehmen.

»Ich weiß es nicht. Einen trinken, nehme ich an. Wenn er Feierabend im Holzsägewerk hat, geht er mit Freunden ins Wirtshaus.« Die Stimme des Alten klang auf einmal wie Schmirgelpapier. Es hatte den Anschein, als würde er jeden Moment in Tränen ausbrechen. Seine Lippen zitterten.

Die Situation überfordert ihn, merkte Westermann und legte dem Mann eine Hand auf die Schulter. »Wir müssen wissen, wie dieses Auto in Ihre Garage gelangt ist und wo Ihr Enkel es herhat. Wir sind auf der Suche nach einem vermissten Ehepaar und vermuten hinter dem Verschwinden ein Verbrechen. Es ist sehr merkwürdig, dass dieser Wagen in Ihrer Garage steht, Herr Köber.« Die Männer standen in der offenen Doppelgarage und starrten auf den dunkelgrauen Volvo. Unentwegt schnüffelte Watson am Wagen, als suchte er nach etwas.

»Patrick hat ihn geschenkt bekommen. Ist das ein Verbrechen? Hat er was angestellt? Ist der gestohlen?«, flüsterte der Alte mit gurgelnder Stimme.

»Das wissen wir nicht. Aber wenn Sie uns erzählen, wann und von wem er das Fahrzeug bekommen hat, hilft uns das sicherlich weiter. Wir müssen ihn unbedingt persönlich sprechen. Also?« Westermann zog die Hand zurück. Er hatte gehofft, dass sich mit dem Anruf von Bergmann das Rätsel gelöst hatte, nun war er sichtlich irritiert. Es passte dazu, dass er trotz mehrmaliger Versuche Ahlers nicht ans Telefon bekam. Wo waren die beiden wirklich?

Hartwig folgte seinem Hund und fasste an die Wagentür. »Er ist offen, Dirk.« Der Hauptkommissar wandte sich seinem Kollegen zu, der sich Handschuhe übergezogen und die Klappe des Handschuhfachs geöffnet hatte. Westermann sah, dass sein Kollege ein Dokument aus dem Fach zog. »Das ist der Fahrzeugbrief von Ahlers.« Er hielt ihm das Schriftstück entgegen.

Westermann las den Namen und schluckte. »Eindeutig der Wagen von Tim Ahlers. Verdammt, was läuft hier?«

»Du hattest auf jeden Fall einen guten Riecher mit diesem Kaff. Ich glaube, wir sind auf der richtigen Fährte.« Hartwig musste seine Meinung revidieren, auch wenn es ihm nicht gefiel. Er bewegte sich zum Kofferraum. Dieser war ebenfalls unverschlossen. Er öffnete die Verriegelung. Es klickte. Hartwig griff unter den Kofferraumdeckel und hob ihn mit einem miesen Gefühl in der Magengegend an. In Zeitlupentempo öffnete er die Heckklappe, als erwarte er hier die Leichen der Ahlers. Der Kofferraum war leer. Erleichtert atmete er aus, als außer einer Decke und einem alten Tampen nichts unter der Abdeckung zum Vorschein kam, nichts, was verdächtig erschien.

»Wir müssen den Wagen mit nach Deutschland nehmen. Ich ruf die Kollegen hier vor Ort an«, sagte Westermann.

»Ja, aber mein Enkel?«

»Das tut mir leid. Der Volvo wird beschlagnahmt werden müssen. Ich rufe jetzt die Kollegen aus Rätan. Die müssen das klären. Der Wagen ist Teil einer Ermittlung und könnte als Beweismaterial wichtig werden«, entgegnete er.

»Wo ist der Schlüssel für den Wagen?«, fragte Hartwig.

»Im Schlüsselkasten, da hängt er immer. Aber was sag ich meinem Enkel. Wann holen Sie das Auto denn ab?«

»Sorry, aber den nehmen die Kollegen sicher sofort mit.« Der alte Mann fing an zu zittern. Westermann telefonierte.

»Aber wie erkläre ich das Patrick? Der wird fuchsteufelswild, wenn Sie ihm das Auto wegnehmen. Er kann richtig wütend werden.«

Die Hilflosigkeit, mit der der Alte in der Garage stand und zitterte, ließ Westermann schnaufen. »Wenn Sie uns sagen, wo wir ihn finden, regeln wir das für Sie. Machen Sie sich keine Sorgen.«

»Aber ich weiß es nicht. Vielleicht sitzt er mit seinen Kollegen noch im *Wärdshus*. Vorn an der Straße.«

»Das kennen wir. Ich denke, wir werden ihn dort finden und die Sachlage mit ihm klären. Machen Sie sich keine Sorgen. Ansonsten verweisen Sie ihn auf uns. Die Kollegen sind informiert und werden jeden Moment erscheinen.« Seine Worte schienen den Mann nicht wirklich zu beruhigen. Er reichte ihm eine Visitenkarte. »Sie können uns jederzeit anrufen. Jederzeit. Hören Sie?« Der Mann nickte, versuchte, durch die beschlagenen Brillengläser die Karte zu entziffern. Westermann merkte, dass in Anton Köbers Augen Tränen standen. »Machen Sie sich keine Sorgen, das klärt sich alles auf.«

Es schneite mittlerweile ununterbrochen, und der weiße Film über Straße und Grundstück hatte sich verdichtet.

»Wissen Sie, woher er den Volvo hat?«, fragte Hartwig.

Der Alte nickte heftig. »Von seinem früheren Kumpel.«

»Welchem Kumpel? Kennen Sie seinen Namen?« Hartwigs Stimme klang schroff.

»Erik. Er heißt Erik.«

Die Männer starrten sich an. »Er hat doch sicherlich einen Nachnamen. Ist er hier aus dem Ort? Wo finden wir ihn?«

»Ja, er ist von hier. Aber schon lange nicht mehr. Ich weiß gar nicht genau, wo er abgeblieben ist.« Anton Köber nickte heftig. »Aber er hat den Wagen nicht selbst gebracht. Seine Frau war hier und hat Patrick den Volvo vor die Tür gestellt. Er war so aufgeregt, weil er ein Auto geschenkt bekommen hat, einfach so. Sein alter Golf ist schon lange kaputt. Der Motor ist hin, die Kolben waren defekt. Verstehen Sie? Patrick hat kaum eine Krone in der Tasche. Der Junge hat nie Geld. Deshalb wohnt er auch bei mir. Das Auto konnte er nicht reparieren lassen, zu teuer. Darum war er ja so froh, dass er den Volvo bekam.«

»Aber für ein Bierchen reicht's? Kannten Sie die Frau?«, wollte Hartwig wissen.

Der Alte schüttelte den Kopf. »Hab sie nicht gesehen. Das hat mein Enkel alles selbst geregelt.«

»Handynummer?«, sagte Westermann.

»Das ist leer, er hat kein Geld für Guthaben.«

Westermann zog die Augenbrauen hoch. »Aber wovon bezahlt er sein Bier, ganz zu schweigen vom Benzin für das Auto?«

»Er lässt anschreiben und wenn die Firma zahlt, werden die Schulden beglichen. Manchmal gebe ich ihm ein paar Kronen von meiner Rente. Wissen Sie, ich bekomme meine Rente aus Deutschland, da geht das. Und das Häuschen ist abbezahlt.« Er seufzte. Sein Körper zitterte. War es die eindringende Kälte oder Angst vor seinem Enkel?

»Also gut, wie ist jetzt der Nachname von diesem Erik?«

Der Alte zuckte erneut die Achseln. »Erik, Erik Sjögren.« Erneut zuckte er die Achseln. »Können wir wieder reingehen? Es ist zu kalt, mein Rheuma, Sie verstehen?« Er zeigte auf seine von der Krankheit gezeichneten Gelenke. Westermann waren die verkrüppelten Fingergelenke beim Öffnen des Garagentores aufgefallen.

»Haben Sie ein Foto Ihres Enkels?«

»Nein, ich habe keine Fotos von ihm. Er will nicht, dass man ihn fotografiert. Aber er ist nicht zu übersehen. Wiegt ungefähr 130 Kilo und ist 1,80 Meter. Er hat dunkle, strubbelige Haare. Sie können ihn nicht übersehen.«

Hartwig nickte. »Eine Frage noch. Dann lassen wir Sie in Ruhe. Wo, sagten Sie, wohnt dieser Erik Sjögren?« Hartwig hielt den Mann an der Schulter zurück.

»Sagte ich das nicht? Irgendwo in Deutschland, glaube ich zumindest.«

Auf einmal bemerkten sie vor dem Haus das blaue Warnlicht des schwedischen Polizeiwagens aufleuchten.

*

»Der Alte hat ziemlich blöd aus der Wäsche geguckt«, sagte Hartwig, als sie das Wirtshaus betraten.

»Lass doch den armen Mann in Ruhe. Der hat es ganz offensichtlich nicht leicht mit seinem Enkel. Und hast du gesehen, wie kränklich er aussah? Der hat absolut keine Ahnung, was da gerade passiert ist.«

Aus der Wirtsstube schoss ihnen ein Schwall warmer Luft entgegen. Stimmengewirr bis in die letzte Ecke. Westermann öffnete seine Jacke und inspizierte den Raum. Sein Kollege suchte nach einem freien Tisch, setzte sich und zog den Reißverschluss seiner Jacke auf. Die Kriminalisten bestellten bei der nahenden Kellnerin Bier und suchten den Raum nach den vermeintlichen Enkel ab. Dann entdeckte Westermann ihn und deutete mit den Augen in eine bestimmte Richtung.

Patrick Köber, der untersetzte Mann mit den strohigen Haaren, saß mit zwei weiteren Männern an einem runden Tisch, sie spielten mit nicht zu überhörendem Krawall Karten. Anscheinend hatten sie alle drei bereits mehrere Biere intus.

Hartwig sprang auf. »Ich klär das jetzt.« Als Westermann ihn zurückhalten wollte, riss er sich los und bewegte sich mit langen Schritten auf den Tisch zu. Die Männer hoben ihre Köpfe und blickten ihn aus glasigen Augen an. »Patrick Köber?«, fragte er.

Der füllige Kerl, Ende 20, lenkte seinen Blick, der jeglichen Ausdruck verloren zu haben schien, auf den hochgewachsenen Fremden. »Wer will das wissen?«, lallte er in gebrochenem Deutsch.

»Hartwig, Kripo Oldenburg, Deutschland. Politi. Die schwedischen Kollegen haben gerade Ihren Wagen beschlagnahmt.« Der Kommissar sah ihm emotionslos in die braunen Augen und zog die Augenbrauen hoch. Er wusste, dass er in Schweden nichts Hoheitliches unternehmen durfte. Und doch reizte es ihn, zumindest vorzufühlen. Sein rechter Mundwinkel schwang nach oben. Auf Patrick Köber wirkte es wie ein verächtliches Grinsen, und er sprang vom Stuhl. Bierflaschen fielen um, eine davon zu Boden. Die anderen Gäste sahen überrascht auf. Auf einmal herrschte eine unheimliche Stille im Restaurant. Dann schrie Patrick Köber, der in aschgrauer Jogginghose und ausgeleiertem, vor Dreck starrendem Shirt vor ihm stand: »Mein Auto? Wo ist mein Auto?« Das Gesicht des Schweden lief hochrot an.

»Wir sollten uns in Ruhe unterhalten, geht das? Die Kollegen werden gleich hier sein. Wir können allerdings auch warten.«

»Sofort den Wagenschlüssel oder ich hau dir auf die Fresse«, lallte Köber und wankte auf Hartwig zu, der sich wunderte, dass der Mann so gut Deutsch sprach. Watson sprang auf und schnellte zu seinem Herrchen. Der Hund kommunizierte über seine Körpersprache, richtete sich auf, fletschte die Zähne und richtete den Blick auf die Bedrohung. Diese Signale ließen den Betrunkenen zurückschnellen. Er war irritiert, hatte das kraftvolle Tier nicht wahrgenommen, wankte zurück und hielt sich mit beiden Händen an der Stuhllehne fest. Die anderen Männer am Tisch sprangen von ihren Stühlen und verließen fluchtartig die Kneipe. Mit der Polizei wollten sie offensichtlich nichts zu tun haben. Weitere Gäste folgten ihrem Fluchtinstinkt, schoben ihre Sitzgelegenheiten zurück, um jederzeit den Raum verlassen zu können, falls es zu weiteren Auseinandersetzungen kommen sollte.

»Tolle Freunde hast du da. Flüchten beim ersten Kennenlernen«, sagte Hartwig und grinste den angetrunkenen Schweden herausfordernd an. Watson verharrte mit gefletschten Zähnen zwischen Kommissar und Bedrohung und stellte sich aktiv vor sein Herrchen, um ihn zu schützen.

Westermann hatte sich das Schauspiel lange genug angesehen. Er erhob sich, steuerte auf die Männerrunde zu und gesellte sich zu seinem Kollegen. Die Spannung in der Gaststube war spürbar. Ein älteres Paar verließ seine Sitzplätze, griff nach den Getränken und verzog sich zum Tresen, der an die Tür grenzte. Die Besitzerin des *Wärdshus* blieb hinter ihrer Theke stehen und überlegte, ob sie die ansässige Polizei rufen sollte, als die Tür aufging und zwei schwedische Polizeibeamte den Raum betraten. Die Frau mit dem signalrot gefärbten Kurzhaarschnitt legte den Baseballschläger, den sie bereits in ihrer Hand gehalten hatte, unter die Theke zurück. Dort lag der Schläger jederzeit für eine Deeskalation bereit.

Patrick Köber verstand die gesamte Situation nicht und wich einen halben Meter zurück. Als der Mann auf sein Herrchen zustürmte, ging Watson zum Angriff über. Er attackierte den bulligen Kerl, sprang ihn an. Als der nicht reagierte und ihn im Gegenteil mit der Faust auf die Schnauze schlug, schürte dies seinen Trieb. Er packte seinen Unterarm und hielt ihn zwischen seinen Zähnen fest. Der ausgebildete Polizeihund war darauf trainiert, gezielte Übergriffe auf bestimmte Körperteile durchzuführen. Die Gäste schrien auf und verließen fluchtartig die Gaststube. Nur ein jüngeres Pärchen, das am Fenster saß, blieb sitzen. Der Mann hielt demonstrativ sein Handy in die Luft und filmte das Geschehen.

»Watson, zurück«, mischte sich Westermann ein, Watson ließ von Köber ab. Der Hauptkommissar zog ihn zu sich und hielt ihn am Halsband. Die schwedischen Kollegen bewegten sich auf die Gruppe zu und packten den wild gewordenen Schweden mit festem Handgriff im Nacken. Einer der schwedischen Kollegen rief: »Stopp, annars hamnar du i nästa cell? Är det förstått?« Was in Deutsch so viel hieß, wie: »Stopp oder du landest in der nächsten Zelle. Ist das klar?« Er schüttelte Köber durch und warf ihn mit einem gezielten Stoß zurück auf den Stuhl.

»Wir wollten nur mit ihm reden«, sagte Hartwig. Der schwedische Kollege zog eine Handschelle aus der Jackentasche, drehte dem Betrunkenen die Arme auf den Rücken und fixierte dessen Handgelenke. Auf einmal schrie die Partnerin des Mannes, der das Geschehen die ganze Zeit über filmte: »Polisattack mot civila. Jävla polisen.«

»Was soll das jetzt wieder heißen?«, fragte Hartwig.

»Ha, heißt so viel wie ›Polizeiattacke auf Zivilisten. Scheiß Polizei‹.« Köber lachte, als die Beamten ihn aus dem Raum führten.

»Jetzt müssen wir zur Dienststelle und schauen, was passiert«, sagte Westermann und folgte den Kollegen nach draußen in die Kälte. Wenig später standen Westermann und Hartwig in einem Raum, in dem auch Köber an einem Tisch saß. Sein Blick war leer und er starrte die Beamten aus trüben Augen an. Seine Kraft schien verbraucht. Westermann stellte Patrick Köber seine Fragen, während die schwedischen Kollegen anwesend waren. Einer von ihnen übersetzte und dokumentierte die Befragung.

»Wo haben Sie das Auto her, dass wir in Ihrer Garage entdeckt haben?«

»Wo ich das herhab?«, lallte Köber. »Von meinem Kumpel. Wieso interessiert euch das?«

»Weil es uns interessiert, darum. Warum haben Sie das Auto von ihm bekommen?«

»Weil er mein Freund ist und weiß, dass ich keine Kohle habe«, sagte er. Sein Kopf sank zurück auf das Brustbein.

»Wann haben Sie es von ihm bekommen?«

Er zuckte die Achseln. »Irgendwann im September oder Oktober, keine Ahnung.«

»Wer hat es Ihnen gebracht. Ihr Freund?«

»Nee, der hatte keine Zeit. Seine Tussi hat ihn gebracht.« Wieder zuckte er die Achseln. Seine Augen fielen ihm immer wieder zu.

»Wie heißt die, wissen Sie das?«

»Woher soll ich das wissen? Ich kenn sie nicht. Die war auch null Komma nichts wieder verschwunden. Da hat ein Taxi gewartet.« Er schmatzte, als müsste er Speichel in seiner trockenen Kehle sammeln. »Sie hat mir die Schlüssel in die Hand gedrückt und war verschwunden. Papiere sind im Wagen, hat sie gesagt.«

»Wie sah die Frau aus?«, wollte Hartwig wissen.

»Keine Ahnung, ich war ziemlich zugedröhnt. Normal halt. Nichts Weltbewegendes. Auf jeden Fall nicht mein Fall, sonst hätte ich mich ja an sie erinnern können. Außerdem trug sie eine große Sonnenbrille«, grinste er.

Westermann stand da und beobachtete den betrunkenen Mann. Er wusste, dass sie hier nicht weiterkamen. »Wäre sinnvoll, wenn Sie jetzt schlafen gehen«, sagte er, sprach mit den Kollegen, um die Sachlage mit dem Wagen zu klären. Sie würden Westermann das Fahrzeug überlassen und die zu Protokoll gegebene Befragung nach Deutschland faxen. Dann verließen sie die Dienststelle.

»Ein Schwede, der in Deutschland lebt und Sjögren heißt. Das wird immer verrückter. Was machen wir denn jetzt?«, fragte Hartwig und steckte sich eine Zigarette an.

KAPITEL 22

Charlotte gähnte, wälzte sich hellwach von einer Seite auf die andere und starrte in die Dunkelheit. Sie hatte die ganze Nacht kein Auge zugetan. Wie spät es wohl sein mag, fragte sie sich und warf einen Blick auf den Wecker. 5.30 Uhr, viel zu früh, um aufzustehen. Vielleicht sollte ich frühstücken, überlegte sie, stand auf und suchte in der Dunkelheit nach ihrer Kleidung. Sie verließ das Schlafzimmer und bewegte sich ins angrenzende Badezimmer. Als sie in den Spiegel blickte, guckten ihr zwei müde Augen entgegen. Charlotte verzog das Gesicht zu einer Grimasse, schob ihre Haare aus dem Gesicht und ließ eiskaltes Wasser über ihre Haut laufen. Eine Viertelstunde später stand sie in ihrer Küche und bereitete Frühstück vor. Das Eierwasser kochte, und es duftete nach frisch aufgebrühtem Pfefferminztee. Sie warf einen Blick auf die Uhr. Sie hatte noch genügend Zeit, bis sie sich mit Nadja Wentdorf treffen wollte, um die für sie wichtige Angelegenheit zu besprechen. Wenn alles klappt, kann ich doch noch einmal auf die Jacht, um nach dem

Astrolabium zu suchen. Sie warf einen Blick nach draußen. Die dickbäuchigen Wolken, die über den dunklen Himmel schossen, zeigten ihr, dass sich das Wetter nicht so bald ändern würde. Sie atmete erleichtert auf. Das verschaffte ihr zumindest Zeit. Charlotte bewegte sich auf den Kaminofen zu, öffnete die schwere Glastür und feuerte mit zwei Holzscheiten an. Wenn Josch bloß hier wäre, seufzte sie.

Es war kurz vor 9 Uhr. Wenig später streifte sie ihre Lederjacke über und holte ihr Rad aus dem Schuppen. Sie rückte die rote Mütze zurecht und stieg auf ihren Drahtesel. Als sie eine Viertelstunde später auf den Klingelknopf mit dem Namen Wentdorf drückte, summte es Sekunden darauf. Die hat schon auf mich gewartet, war sich Charlotte sicher.

»Nadja, Sie müssen mir jetzt helfen. Ich brauche Sie.« Mit diesen Worten schob Charlotte sich an Nadja vorbei und setzte sich ungefragt auf einen der Stühle im Essbereich des Wohnzimmers.

»Was wollen Sie eigentlich ständig von mir? Und woher wissen Sie, dass ich zu Hause bin?« Die Lehrerin hielt sie mit strengem Blick fest.

»Ich hab in der Schule angerufen und wollte Sie sprechen. Man sagte mir, dass Sie sich freigenommen haben.«

»Reicht es nicht, dass Sie mich mit der blöden Kiste und den Fotos reingerissen haben? Halten Sie die Schule da raus. Ich will nicht, dass jemand erfährt, was los ist. Und ich bin ehrlich gesagt nicht mehr bereit, mich auf Sie einzulassen. Ich hab immer noch nichts von meiner Tante und meinem Onkel gehört, und nein, ich hab sie auch nicht umgebracht, falls Sie das annehmen. Ich bin genau wie alle anderen auf der Suche nach ihnen. Ich brauche deren Geld nicht und stimme diesem Treffen nur zu, damit wir die Sachlage ein für alle Mal klären.«

»Papperlapapp. Nein, alles wurscht. Ich brauche Sie, und zwar jetzt. Ich bin da einer wirklich heißen Sache auf der Spur, die vielleicht mit Ihren Verwandten zu tun hat, und nur Sie können mir helfen, das Rätsel zu lösen«, rückte Charlotte mit der Sprache heraus. »Ich bin möglicherweise einem gefährlichen Verbrechen auf der Spur und brauche unbedingt eine Gehilfin. Eventuell finde ich Hinweise, die auf Lore und Tim stoßen. Oder wollen Sie die Wahrheit nicht rausfinden?«, forderte Charlotte sie heraus und biss sich gleichzeitig auf die Lippen.

»Was haben Sie denn vor? Verbrechen?«, wollte Nadja wissen. Sie hatte keine Lust, zum Spielball dieser durchgeknallten Miss-Marple-Kopie zu werden.

»Ja, ich bin da einer Sache auf die Spur gekommen, die mit den neuen Besitzern der Jacht zu tun hat.«

»Und? Was hab ich damit zu schaffen? Hängt das irgendwie mit dem Verschwinden meiner Verwandten zusammen oder wollen Sie mich nur wieder für Ihre eigenen Zwecke einspannen? Wir haben ja gesehen, was dabei rausgekommen ist«, schluckte sie und dachte an den Nachweis ihres biologischen Vaters.

»Sie müssen mir die Eigner der White Pearl vom Hals halten.«

»Warum sollte ich das tun? Was haben die mit der ganzen Sache zu tun? Nein, das können Sie nicht von mir verlangen. Ich hab genug Probleme damit, meine Tante und meinen Onkel zu finden. Lassen Sie mich endlich einfach in Ruhe.«

»Ich weiß, dass die Bergmanns etwas sehr Wertvolles gestohlen haben und den Hafen verlassen wollen. Zumindest vermute ich es. Vielleicht steht das in Verbindung mit dem Verschwinden Ihrer Verwandten.«

»Gestohlen? Ja, was denn? Und was heißt, Sie vermuten

es? Und was hat das mit Lore und Tim zu tun? Ist doch alles Blödsinn.«

Charlotte erzählte ihr von ihrer Entdeckung und dem Astrolabium, dessen Geschichte sie in der Zeitung verfolgt hatte. Nadja Wentdorf lächelte. »Und Sie glauben, es handelt sich um das gleiche Instrument? Was, wenn es nur eine billige Kopie ist? Ich mach mich doch nicht strafbar und zum Gespött der Leute. Nein, auf mich müssen Sie verzichten. Ich hab so schon genug Sorgen. Spielen Sie weiter die Ermittlerin, aber halten Sie mich da raus. Das hat mit Sicherheit nichts mit meiner Familie zu tun.«

Charlotte sah sie fragend an, dann schweifte ihr Blick durchs Zimmer. Sie merkte, dass Nadja Wentdorf anscheinend dabei war, auszuziehen. Etliche Umzugskartons standen an den Wänden. Selbst die Vorhänge waren abgehängt.

»Wollen Sie ausziehen?«

Diese Frage schien in Nadja Unbehagen auszulösen. Sie schwieg einen Moment, dann sagte sie: »Nein, ich miste nur mal gründlich aus. In meinem Leben hat sich vieles verändert, aber das geht Sie überhaupt nichts an.« Charlotte nahm sehr wohl die sich verändernden Gesichtszüge wahr. Nadja Wentdorf bemerkte sehr wohl diesen fragenden Blick. Als wollte sie die Schnüfflerin nicht weiter animieren, sich obskure Gedanken um sie selbst zu machen, sagte sie: »Okay, ich helfe Ihnen. Was haben Sie vor? Aber ich warne Sie, es ist das letzte Mal.«

Charlotte nickte. Trotz aller Vorbehalte und ihrem gesunden Misstrauen erzählte sie Nadja von ihrem Plan und bat sie um absolutes Stillschweigen. Sie brauchte Hilfe.

»Und Sie glauben, dass das funktioniert? Ich hab da meine Bedenken. Warum sollten sie mir nichts, dir nichts mit mir essen gehen? Ich halte das für keine gute Idee.«

»In Verbundenheit mit Ihrer Tante und Ihrem Onkel ist es gut möglich, dass sie mit Ihnen essen gehen. Bitten Sie sie um ihre Hilfe. Klingt zumindest plausibel. Sie sind schließlich die einzige Verwandte.«

»Was, wenn sich rausstellt, dass dieses Ding Fake ist. Billiger Plunder vom Flohmarkt? Sie machen sich lächerlich.« Sie schüttelte den Kopf. »Danach lassen Sie mich ein für alle Mal in Ruhe, haben Sie mich verstanden?«

»Nur noch einmal, morgen, bitte«, bettelte Charlotte und setzte eine Katastrophe in Gang.

*

»Aaarg, die spinnt ja wohl. Diese blöde Kuh.« Katrin war aufgesprungen und hatte nicht mitbekommen, dass Mats wach geworden war. »Mama … Mama … Am, aaaam.« Die Hochzeitsplanerin eilte ins Büro, in dem das Reisebett ihres Sohnes aufgebaut war und in dem der fast Zweijährige seinen Mittagsschlaf gehalten hatte. Katrin ließ das Tageblatt auf den Schreibtisch fallen. Mats stand mit rosigen Pausbäckchen da und lächelte, als er seine Mutter entdeckte. Seine Augen leuchteten und er streckte ihr die Arme entgegen. Katrin nahm ihren Sohn auf den Arm, drückte ihn an sich und vergrub ihren Kopf in seinen Locken: »Mhm, riechst du gut, mein Engel.« Sie küsste ihn, rückte von ihm ab, um in seine dunkelbraunen Augen zu versinken. Von einer Sekunde zur anderen war ihre Wut verflogen. »Wollen wir ein bisschen raus an die frische Luft? Ja? Zum Wasser? Schiffe gucken?«

»Wawa, Wawa«, krähte Junior. Katrin streifte dem Wippstert Kleidung über, stellte ihn vor sich auf den Boden. Sofort verschwand er aus dem Büro und eilte mit tapsigen

Schritten in Richtung der Stufen, die erst vor kurzem für seinen Sturz verantwortlich gewesen waren. Die Wunden waren mittlerweile fast verheilt. »Stopp. Maaats, warte.« Augenblicklich blieb der Lütte stehen und wartete, bis seine Mutter ihm folgte. Zur Sicherheit hatte sie eine Kindersicherung anbringen lassen, aber man wusste ja nie.

Im Gehen zog sie ihren Parka über, stieg in die derben Stiefel und nahm ihren Sohn auf den Arm. Gemeinsam verließen sie das Büro.

Eine halbe Stunde später parkte Katrin ihren dunkelgrünen Käfer in Puttgarden auf dem Parkplatz direkt am Strand. Sie hievte Mats aus dem Kindersitz. Der Wind setzte sich beißend in ihrem Gesicht fest, während sie die Karre auseinanderklappte. Sie atmete tief ein, als sie mit dem Mini-Westermann auf dem Deich marschierte. Sie brauchte gerade jetzt diesen Herbststurm, der ihren Kopf frei pustete, ihre Gedanken ordnete. In einiger Entfernung entdeckte sie das schwimmende Kaufhaus, das fest vertäut im Hafenbecken von Puttgarden lag und einer Fähre ähnelte. Der riesige Shop war ein Magnet für jeden skandinavischen Besucher.

Dem Einkaufszentrum auf dem Wasser galt nicht ihr Interesse. Diese Unmengen an Spirituosen und Süßigkeiten, die dort zum Kauf angeboten wurden, überforderten sie völlig. Was für die Gäste der nordischen Länder ein lohnendes Einkaufsparadies war, ergab für deutsche Besucher kaum Sinn, denn die Preise waren nicht günstiger als in jedem Supermarkt, im Gegenteil. Allerdings fuhr auch Dirk einmal im Jahr dorthin, weil die Getränkeabteilung eine schier unglaubliche Auswahl an verschiedenen Whiskys bot und eine Verkostung ermöglichte. Mats krähte und zeigte auf die riesigen Möwen, die über ihren Köpfen kreisten. Er juchte und kreischte, weil ihm das Schreien der Tiere offensichtlich gefiel. Katrin zog ihr Handy aus der Tasche und fotografierte die Schreihälse, die über sie hinwegzogen. In dem Moment fiel ihr ein, dass sie Charlotte hatte anrufen wollen. Sofort überfiel sie das schlechte Gewissen, und sie wählte ihre Nummer, während sie gegen den Wind aus Ost ankämpfte. Sie erfuhr, dass ihre Tante sich mit Nadja Wentdorf getroffen hatte. Sie verabredeten sich zum Klönen bei Tee und Kuchen in Katharinenhof, weil dort der Lütte auch spielen und sich die Esel angucken könnte.

*

Katrin parkte vor Charlotte Haus und drückte auf die Hupe. »Nun mach schon, Miss Marple.« In diesem Augenblick humpelte ihre Tante aus der Tür und stieg, so schnell es mit verstauchtem Knöchel funktionierte, ins Auto.

»Tantchen, alles gut? Siehst müde aus.«

»Findest du? Ich fühl mich gut. Na ja, bis auf meinen verknacksten Knöchel. Aber sonst ist alles okay. Jetzt werde ich sogar wieder von der Männerwelt wahrgenommen«, sagte sie. Katrin lachte. Charlotte wollte nicht, dass ihre Nichte erfuhr, wie es wirklich um sie bestellt war.

»Charlotte, Charlotte, komm mir nicht auf dumme Gedanken. Denk an Josch.« Sie rollte mit ihrer sportlich aussehenden Tante von der Einfahrt und fuhr Richtung Katharinenhof. Sie hatten sich für das Café in der lang gestreckten Allee entschieden, weil ihr Tantchen so gern die Windbeutel dort aß.

»Ich hab bannig Appetit«, sagte Charlotte und warf einen Blick auf den Rücksitz von Katrins tannengrünem Käfer. »Wie süß der Lütte schläft.«

»Süß? Wenn er jetzt zu lange duselt, krieg ich ihn nachher wieder nicht ins Bett. Kannst du ihn bitte aufwecken?«

»Och, das kannst du doch nicht wollen. Er sieht aus wie ein Engel, wenn er schläft.«

»Und wie ein kleiner Teufel, wenn er dann die halbe Nacht wieder wach ist. Bitte, weck ihn. Das nervt im Moment schon genug.«

Katrin rollte auf den Parkplatz des idyllisch gelegenen Cafés und parkte den Wagen unmittelbar vor dem Eselgehege. Sie drehte sich um, beobachtete, wie Mats Ole sich die Augen rieb und gähnte. »So, mein Schatz, wir sind da. Guck mal, da sind Esel. Die wollen wir uns angucken, was hältst du davon?«

Aufgeregt tippte er mit seinem Finger gegen die Scheibe und rief: »Hund, Hund.«

»Schätzelchen, das ist kein Hund, das ist ein Eeeeesel«, verbesserte Charlotte den Mini-Westermann und erntete Gelächter ihrer Nichte.

Wenig später saß Mats in der Sandkiste und schaufelte Sand von einer Seite zur anderen, während ihm die Blätter um die Ohren wehten. Katrin und Charlotte hatten einen Tisch direkt am überschaubaren Spielplatz ausgewählt und ihre Bestellung aufgegeben. Charlotte rückte ihren roten Stoffteller auf dem Kopf zurecht, als müsste sie Ordnung ins System bringen, und eröffnete das Gespräch. Ihr lag einiges auf der Seele.

»Schön hier draußen. Und nun mal Butter bei die Fische, was ist mit dir los? Du bist überhaupt nicht bei der Sache. Bist genervt, wenn ich dich nur anrufe. Und deinem Gesicht nach zu urteilen, sollte man dir im Augenblick nicht zu dicht auf die Pelle rücken. Also?« Charlotte zog die Decke um ihre Schultern, nahm ihre Gabel und trennte ein Stück vom mit Lachs und Schmand gefüllten Windbeutel, der passenderweise eher an einen Sturmsack erinnerte, so groß war er geraten. Mit einem Seufzer ließ sie das Teilchen zwischen ihren Zähnen verschwinden, wartete auf eine Erklärung. Sie betrachtete ihre Nichte, deren langer geflochtener Zopf unter der Strickmütze herauslugte. Die Eventplanerin verzog den Mund, während sie einen Blick auf ihren Sohn warf.

»Du hast recht. Ich bin richtig wütend.« Sie erzählte ihrer Tante die ganze Geschichte ihrer Konkurrentin und endete mit: »Da kommt so eine Schnepfe und versucht, mir mein Geschäft kaputt zu machen. Und das Schlimmste, ich hab sie bei mir ein Praktikum machen lassen. Hab mir die Laus so gesehen selbst in den Pelz gesetzt.«

»Und was ist an der ganzen Sache so besorgniserregend? Du weißt doch, Konkurrenz belebt das Geschäft. Und du bist sehr gut in dem, was du tust.« Charlotte ließ ihre Gabel sinken und lauerte auf die Antwort.

»Aber sie macht meine Agentur gerade kaputt. Das lasse ich mir nicht bieten.« Lautstark schlug Katrin ihre Hand auf den Tisch. Der Teller mit ihrem Windbeutel schepperte.

»Na, na, min Deern. Contenance, Contenance. Beherrsch dich. Das lässt sich sicher intelligent aus der Welt schaffen. Du bist doch sonst nicht auf den Kopf gefallen.«

»Ja, aber die torpediert gerade meine Existenz. Die wird mich kennenlernen. Ich muss etwas dagegen tun.« Sie warf ihrer Tante einen Blick zu, der Charlotte aufhorchen ließ.

»Und was hast du dir überlegt? Ich meine, deine Strategie, um sie aus dem Feld zu räumen?«

Katrin zuckte die Schultern. »Ich dachte, du hilfst mir dabei.«

»Ich bin eigentlich gerade in einer Ermittlung.« Sie stutzte, ließ eine weitere Gabel des Windbeutels in ihrem Mund verschwinden. »Also gut. Ich helfe dir. Wir müssen uns was überlegen, das die Brautpaare, die auf der Insel heiraten wollen, vom Hocker haut und überzeugt.«

Katrin stöhnte und machte ein Gesicht wie sieben Tage Regenwetter. »Ich hoff ja auch, dass uns beiden eine Lösung einfällt, die diesen Hochzeitsengel genauso schnell wieder wegflattern lässt, wie er gekommen ist.«

Charlotte schob ein weiteres Stück Gebäck in ihren Mund. Dann sagte sie: »Mhm, köstlich. Nu mach dir man nicht gleich in die Büx. Ich glaub, ich hab eine grandiose Idee.« Sie schaute in den Himmel und hoffte, der liebe Gott würde ihr noch bis morgen Zeit verschaffen.

*

Seit 8 Uhr morgens saßen sie bereits in den Fahrzeugen. Westermann hatte den Volvo in Empfang genommen und fuhr konzentriert hinter seinem Kollegen her. Die Rückreise war anstrengend, zehrte gewaltig an den Nerven. Nicht nur, dass die Straßen verschneit und stellenweise glatt waren. Mit den Ganzjahresreifen waren ihre Autos in keiner Weise auf diesen Wintereinbruch vorbereitet. Tausend Gedanken jagten Westermann durch den Kopf, als sie mit bedächtigen 70 Stundenkilometern über die Schneedecke schlitterten.

Hartwig fuhr in eine der vielen Parkbuchten und stoppte. Westermann folgte. Es fing wieder an zu schneien. Sie stiegen aus und Hartwig ließ den Hund aus dem Fond, während er seinen Schal eng um den Hals zog. Sie stapften schweigend Richtung Wald. Der Kommissar zündete sich eine Zigarette an. Watson erledigte sein Geschäft. Auch Westermann entzündete seine Pfeife.

»Scheiß Fahrerei«, sagte Hartwig. »Wenn wir bloß erst auf der Fähre wären. Aber das kann dauern. Und dann dieses beknackte Wetter. Jetzt schneit es auch noch. Verdammte Sauerei.«

»Hm. Sind noch ungefähr vier Stunden bis Göteborg. Wenn wir weiter gut vorankommen.« Westermann blies den Rauch seiner Pfeife in den wolkenverhangenen Himmel, von dem dichte Schneeflocken zu ihnen wehten. »Da kommt noch mehr Schnee. Wird wirklich Zeit, dass wir von hier verschwinden«, lenkte er den Blick seines Kollegen nach oben.

»Und da kommt was direkt auf uns zu«, flüsterte der, zog Watson zu sich und forderte den Hund auf, sich nicht zu bewegen und keinen Mucks von sich zu geben.

Der Hauptkommissar folgte dem Fingerzeig Hartwigs. Aus dem Dickicht trat ein mehr als mannshohes Rentier mit mächtigem Geweih heraus. Die Männer blieben regungslos stehen. Westermann fingerte im Zeitlupentempo sein Handy aus der Hosentasche. Aber anstatt die Flucht zu ergreifen, spazierte das Karibu in aller Ruhe unmittelbar an ihnen vorbei auf die ansonsten menschenleere, mit Schnee bedeckte Straße zu. Ohne Eile überquerte das Rentier die Fahrbahn. Westermann schoss ein Foto nach dem anderen. Er konnte nicht fassen, wie gelassen und unaufgeregt das nordische Tier an ihnen vorbeimarschierte. Das wird meine beiden freuen, war er sicher und schickte die Aufnahme an Katrins Handy. Am Ende setzte er ein küssendes Emoji darunter. »Liebe dich«, stand als Letztes auf der WhatsApp. Am liebsten würde er jetzt mit ihr telefonieren. Westermann fühlte ein unangenehmes Ziehen in seiner Herzgegend. Seine beiden fehlten ihm und er war froh, wenn er endlich wieder zu Hause war.

»Das war echt schwierig mit dem Kerl«, unterbrach Hartwig die Gedanken seines Kollegen.

»Ja, ich hoffe nur, dass er seinen Großvater in Ruhe lässt. Aber deine Idee, den Motor des defekten Autos selbst zu reparieren, fand ich gut. Vielleicht hat er ja aus dieser Lektion seine Lehren gezogen.«

»Das glaubst du selbst nicht. Keine Chance, der hat überhaupt null Bock auf irgendwas. Der wird den Job schmeißen und dem Opa auf die Nüsse gehen, meine Meinung. Der ist stocksauer, dass wir ihm den Wagen abgenommen haben.« Hartwig drückte die Zigarette aus, zog den kalten Zigarettenstummel aus dem Schnee und ließ ihn in der Jackentasche verschwinden.

»Oha, das hat aber geholfen«, grinste Westermann.

»Was?«, Hartwig schob die Hände in die Jackentaschen, weil er fror.

»Der Anschiss deiner schwedischen Kollegen«, lachte der Hauptkommissar.

»Soll das witzig sein? Aber unserer Umwelt zuliebe muss man Opfer bringen. Wo kämen wir denn hin, wenn jeder seine Kippen einfach in die Natur schmeißt.« Er grinste und sein Vorgesetzter lachte.

»Lass uns weiterfahren, damit wir endlich wieder auf unsere Insel kommen«, sagte Westermann, klopfte den Schnee von seiner Jacke und stieg ein.

Nach quälenden Stunden mit andauerndem Schneefall erreichten sie den Fährhafen in Göteborg. Es war mittlerweile stockdunkel. Hartwig entdeckte direkt vor sich die Schlange wartender Autorücklichter.

»Was ist hier los? Ich dachte, wir wären die Einzigen, die zurück nach Deutschland wollen. Na, das kann ja lustig werden«, sagte er und reihte sich ein. Westermann stoppte direkt hinter ihm. Der Kommissar stieg aus dem Dienstwagen und ließ den jaulenden Hund aus dem Fond.

Ein Mann mit neongrüner fluoreszierender Weste stapfte auf sie zu. Er sprach mit einigen der Fahrer: »Sie können nicht an Bord. Die Fähre kann wegen des Sturms nicht auslaufen. Tut mir leid. Wir müssen bis morgen warten.«

Lauter Tumult zeigte dem Bediensteten der Reederei, dass die Autofahrer sauer auf den Mann reagierten, der ihnen die Nachricht überbrachte und den Einlass verwehrte.

»Oh nee, das glaub ich jetzt nicht. Und nun?«, fragte Hartwig.

»Phhh, das weiß ich auch nicht. Ich denke, wir suchen uns ein Hotel und bleiben vor Ort, bis sich der Sturm gelegt hat.«

Hartwig sah ihn an. »Oder wollen wir über die Landstraße nach Hause fahren?«

»Du weißt, dass das noch mal runde 500 Kilometer sind. Das sind bei dem Wetter bestimmt sieben oder acht Stunden, wenn das reicht. Nein, Thomas. Wir übernachten hier irgendwo und sehen morgen früh weiter.« Watson kratzte mit der Pfote gegen die Scheibe. »Oder was meinst du, Watson?« Der Hauptkommissar kaute auf seiner Unterlippe und sagte: »Los, lass uns einsteigen. Wir kommen schon nach Hause. Auf einen Tag mehr oder weniger kommt es jetzt auch nicht mehr an. Telefonieren kann ich auch von hier aus. Nenne es Homeoffice.«

»Und was, wenn's noch schlimmer wird? Dieser Fall kostet echt Nerven.«

*

Charlotte und Katrin saßen im Garten des Cafés und ließen die Blätter an sich vorbeisegeln, obwohl die Chefin meinte, dass es im Café wesentlich gemütlicher wäre. Die Eventplanerin hatte verneint und betont, dass ihr Sohn sich unbedingt austoben musste. »Der kleine Kerl hat eindeutig zu viel Energie«, sagte sie und lächelte die Besitzerin freundlich an, obwohl ihr keineswegs zum Lachen zumute war.

Charlotte war das Wetter offensichtlich egal. Im Gegenteil, der Sturm, der um sie herum tobte, schien ihr zu gefallen. »Wir haben wunderbare Wolldecken, alles supi«, schnurrte sie, zog die Decke über ihre Beine und dachte an morgen. Sie wusste, dass, solange es stürmisch war, die Bergmanns den Hafen nicht verlassen würden und sie morgen Abend mit Nadja Wentdorf zum Essen verabredet waren. »Außerdem sind wir auf Fehmarn. Wir sind das gewohnt«, sagte sie zur Caféinhaberin. Sie entfernte sich zwar mit ihren Gedanken immer wieder hin zum Hafen Burgstaaken, aber in diesem Moment musste sie ihrer Nichte helfen, die sich am Rande eines Abgrunds wähnte.

Sie riss sich zusammen, als Katrin fragte: »Und, was hast du dir Schlaues überlegt? Wie können wir es angehen?«

»Also, min Deern. Wir sind hier auf einer Insel.«

»Was du nicht sagst. Und?«, kam die knappe Antwort ihrer Nichte, die einen kurzen Blick auf den im Spiel versunkenen Mats warf und sich die Wolldecke enger um die Schultern zog.

»Da gibt es jede Menge Wassersport.«

»Ich versteh nicht.«

»Das nutzen wir für unsere Zwecke. Wir haben unglaublich viele Wassersportler auf dieser Insel. Du solltest für genau diese Paare eine maritime Hochzeit in ihrem Umfeld arrangieren. So zum Beispiel in der Orther Bucht. Trauung im seichten Wasser oder auf einem SUP. Feier unter freiem Himmel am Strand. Lagerfeuerromantik. Das fänden die Leute mit Sicherheit klasse. Relaxt und entspannt in den Hafen der Ehe. Anschließend gibt's Shrimps und Bier für alle aus dem Bistro. Ich könnte da sicher meine Beziehungen einfließen lassen«, zwinkerte sie. »Die neuen Pächter wären bestimmt gerne bereit, etwas Außergewöhnliches für so eine Surfer-Hochzeit vorzubereiten. Wir besorgen Reggae-Musik. Vielleicht spielen die *Charchulla Twins*? Die sind cool, die machen das mit etwas Glück.« Charlotte zuckte die Achseln und beobachtete ihre Nichte, deren Mund offen stand.

»Das ist genial. Hast du noch mehr solcher Ideen?« Auf einmal huschte ein Lächeln über Katrins Gesicht. Sie guckte ihre Tante freudestrahlend an. »›Hochzeitsplanung für Abenteurer‹ würde ich als Überschrift nehmen. Wassersport-Hochzeiten, Surfer-Romantik oder vielleicht Outdoor-Camping-Hochzeiten für Paare, die das Besondere suchen.«

»Ja, na klar. Was hältst du von einer Hochzeit für Tierliebhaber? Viele bringen ihre Tiere mit. Paare könnten ihre Lieblinge mit in ihre Zeremonie einbeziehen und Hochzeitspakete mit tierfreundlichen Aktivitäten buchen. Vielleicht als Ringträger oder so ähnlich. Ein Hundekörbchen mit extra Leckerlis. Hundefreundliche Unterkunft für das Brautpaar.« Sie zuckte erneut mit den Achseln. »Mir würde noch viel mehr einfallen.« Katrin saß ihrer Tante sprachlos gegenüber.

»Und was dann? Sie wird versuchen, mir das streitig zu machen, und es bei nächstbester Gelegenheit nachäffen.«

»Ja, aber du bist ihr dann meilenweit voraus. Ich hab dir die Sachen mal runtergeschrieben, denk wenigstens darüber nach.« Charlotte zwinkerte, zog ein zusammengefaltetes Blatt aus ihrer Jackentasche und reichte es ihrer Nichte. Sie schielte auf ihre Armbanduhr, legte die Decke zusammen und wollte bezahlen. »Wir sollten langsam aufbrechen.«

Katrin drehte sich um, um nach Mats zu sehen. Ihr stockte der Atem. Sie sprang auf und lief mit wenigen Schritten zur Sandkiste.

»Wo ist der Lütte?«, fragte sie und wurde blass. »Er war doch eben noch hier«, rief sie und suchte panisch nach ihrem Kind. »Charlotte, wo ist Mats? Ich hab ihn doch gerade noch schnattern gehört.« Mats Ole war nirgends zu sehen. Sie rannte zur Straße, weil sie Angst hatte, dass er unbemerkt vom Grundstück gelaufen war. Dann zurück zum Gehege, wo die Esel über den Zaun plierten.

Katrin stand mit zitternden Lippen und Tränen in den Augen vor ihrer Tante. Sie schrie den Namen ihres Kindes und lief konfus zur Straße.

»Wir müssen die Umgebung absuchen.«

Gäste aus dem Inneren des Cafés kamen auf sie zu. »Ist was passiert? Können wir helfen?«

»Mein Sohn ist weg. Er ist zwei Jahre alt. Hat dunkle Locken, einen blauen Anorak und Jeans an. Er saß eben noch in der Sandkiste«, stammelte sie unter Tränen.

Charlotte war auch der Schreck in die Glieder gefahren. Sie wusste, dass Kinder sich gern versteckten, und rief laut: »Maaats, Liebling, wo steckst du?«

Die Betreiber lugten aus der Tür und kamen auf sie zu. »Ist was nicht in Ordnung?«, fragte die Betreiberin, die selbst einen kleinen Sohn im gleichen Alter hatte.

»Mein Junge ist weg, verschwunden. Er hat eben noch in der Sandkiste gespielt und jetzt ist er wie vom Erdboden …«, kreischte Katrin.

»Warte, wir werden alle zusammen die Gegend absuchen.« Sie sah sich um und betrachtete die nickenden Anwesenden.

Mats war nach über einer halben Stunde immer noch nicht aufgetaucht. Die anderen Gäste hatten ihre Suche ausgeweitet und Katrin aufgefordert, die Polizei zu verständigen, damit er nicht in die Nähe des Wassers geriet. Charlotte wählte mit zitternden Fingern die Nummer der Burger Dienststelle. »Hagedorn, ich muss den Dienststellenleiter sprechen. Sofort! Wer ich bin? Die Tante von Dirk Westermann.« Sie wurde durchgestellt.

»Na, Frau Hagedorn, was gibt es so Wichtiges, dass Sie mich persönlich stören?«

»Mein Enkel ist verschwunden. Also Dirks Sohn. Wir stehen hier ratlos auf dem Parkplatz vom Café und suchen ihn seit über einer halben Stunde. Sie müssen sofort mit einer Einheit hier erscheinen. Am besten fordern Sie sofort Mantrailer-Hunde an.« Der fordernde Ton ihrer Stimme ließ keine Zweifel daran, dass sie es ernst meinte.

Schütt lachte laut, als er die unverfrorenen Forderungen Charlottes vernahm. »Bitte noch mal. Suchmannschaft und Suchhunde? Sonst noch was? Sie haben Nerven.«

»Ist mir egal, mein Enkel ist verschwunden und ist erst zwei Jahre alt. Also machen Sie hinne, sonst kriegen Sie eine Anzeige wegen unterlassener Hilfeleistung an den Hals, die sich gewaschen hat. Und wenn Dirk wieder da ist, können Sie sich warm anziehen, wenn er mitbekommt, dass Sie nicht sofort reagiert haben. Das ist mal sicher.« Charlotte beendete das Gespräch, ohne auf Antwort zu warten. Sie wusste, dass Schütt sich unverzüglich auf den Weg machen würde, allein, um keinen Ärger mit Dirk zu riskieren. Auch wenn ihr natürlich klar war, dass weder eine Mannschaft noch Suchhunde vor Ort waren. Aber zumindest würde er alle abkömmlichen Kollegen nach Katharinenhof schicken.

*

Eine Stunde später war es stockdunkel. Es war kurz nach 17 Uhr, als die Polizeibeamten mit sämtlichen Helfern die Gegend absuchten. Ein Team war zum Waldpavillon unterwegs, eines zum Strand vom Katharinenhof, an dem vor mehr als neun Jahren eine Leiche aufgefunden worden war, die die Ermittler Hartwig und Westermann damals zusammengeführt hatte. Katrin hatte sofort dieses Bild im Kopf, als sie den Weg zum kleinen Wäldchen hinunterlief. Sie war einfach losgelaufen, hoffte, dass ihr Sohn sich nicht hierherverirrt hatte. Der Weg war normalerweise viel zu weit für ein Kleinkind. Mühsam stolperte sie über den steil abschüssigen unebenen, nur mit dem Strahl ihrer Taschenlampe ausgeleuchteten Weg, runter zum Strand.

»Was, wenn er entführt wurde oder ihm jemand hier unten etwas angetan hat?«, flüsterte sie. Sie konnte keinen klaren Gedanken fassen, suchte schreiend mit anderen Personen den Strandabschnitt ab, um eine halbe Stunde später wieder kraftlos auf einem der Holzstühle im Café-Garten zu kauern. Mittlerweile waren die Laternen auf dem Grundstück angegangen. Als sie sich vorbeugte und den Kopf auf die Knie legte, schluchzte sie: »Dirk bringt mich um, wenn ihm was zugestoßen ist.« Die Eventplanerin beruhigte sich nicht. Ihre Tante versuchte, sie zu trösten. Katrin wurde von der Inhaberin des Cafés versorgt. Die hatte ihr einen Schnaps eingeschenkt, den sie nach mehrmaliger Aufforderung hinunterstürzte. Ihre Nerven schienen zu versagen. Sie hörte nicht mehr auf zu weinen. »Ich muss Dirk anrufen. Er muss sofort zurückkommen«, weinte sie. Dann sprang sie erneut auf, lief auf die menschenleere Straße und entdeckte entfernt etliche Lichter der Taschenlampen, die nach dem Jungen suchten. Charlotte folgte ihr. Katrin schrie den Namen ihres

Jungen, bis ihre Stimme versagte, dann brach sie in den Armen ihrer Tante zusammen.

Der Wind pfiff durch die Baumwipfel und fegte die Blätter über den Kies. Sie hörte die Suchmannschaft irgendwo da draußen Mats Namen rufen. Immer wieder sah sie die Leuchtkegel der Taschenlampen aufblitzen.

»Warum haben wir nicht aufgepasst?«, flüsterte Charlotte, fühlte sich schuldig und presste die Hände gegen ihre Brust, als könnte sie ihre Beklemmungen verscheuchen.

»Hallo? Hallo, was ist passiert?«, fragte eine weibliche Stimme, die wie aus dem Nichts aus der Dunkelheit auftauchte.

»Wir suchen unseren Enkel, er ist seit über einer Stunde verschwunden«, entgegnete Charlotte kurz angebunden. »Haben Sie einen zweijährigen Jungen gesehen?«, fragte sie mit brüchiger Stimme und deutete mit der Hand die Größe des Kindes an.

Die Frau um die 50, die im Lichtkegel der Laterne auftauchte, kam auf die Künstlerin zu. »Ist dies der Ausreißer, den Sie suchen?«, wollte die Frau mit den dunklen Haaren wissen und hob ihre Hand, an der sich eine wesentlich kleinere befand. Sie gehörte zu einem Jungen, der mit einem Brötchen in der Hand neben ihr stand und freudig quietschte, als er sie erkannte.

Charlotte sprang auf. »Kind, wo warst du denn?«, flüsterte sie und schlug die Hand vor den Mund. Die Frau, die ihr gegenüberstand, nahm deren Erleichterung wahr. »Kaaatrin. Katrin, Mats ist hier«, rief sie, so laut sie konnte, sank auf die Knie und nahm den Knirps in ihre ausgestreckten Arme. »Wie … wo war er denn bloß?«, wollte sie wissen.

»Bei uns auf dem Campingplatz. Wir waren am Einladen, als der Zwerg vor unserem Wohnwagen auftauchte. Er kasperte durch die Gegend, und es schien ihm wahnsinnig Spaß zu machen, den Kaninchen nachzulaufen. Auf jeden Fall hatte er keine Langeweile«, sagte sie und wirkte erleichtert, dass das Kind seine Familie wiederhatte.

»Und wer sind Sie?«, fragte Charlotte.

»Schöbel, ich heiße Gabriela Schöbel. Wir sind fast das ganze Jahr hier auf dem Campingplatz. Sie haben wirklich Glück, sind nicht mehr viele Leute vor Ort. Er hätte sich zum Wasser verirren können. Gut, dass wir auf dem Platz waren, um alles winterfest zu machen.« Sie presste ihre Hand gegen die Brust und lächelte den kleinen Mann freundlich an. »Der ist aber auch was süß«, sagte sie.

Katrin war bei dem Geschrei Charlottes aufgesprungen und auf das Trio zugestürmt. Schluchzend sank sie auf die Knie, nahm ihren Sohn in die Arme. »Mats.«

»Er war in guten Händen«, sagte die Frau vom Campingplatz und zog den Reißverschluss ihrer Daunenjacke hoch. »Ist ja noch mal gutgegangen.«

»Warum haben Sie nicht gleich die Polizei verständigt?«, wollte Charlotte in amtsmäßigem Ton von der gutmütigen Frau wissen.

»Weil ich vermutet hab, dass die Eltern in der Nähe wären, vielleicht im Restaurant. Ich war der Meinung, dass er ausgebüxt ist und die Eltern ihn suchen würden. Ich bin mit ihm zuerst ins Lokal, aber da hat ihn niemand vermisst. Und von weitem habe ich die Rufe gehört. Deshalb bin ich mit ihm hierher«, antwortete sie verdutzt.

»Dennoch, Sie hätten die Poli...«

»Charlotte. Jetzt ist genug«, unterbrach Katrin sie scharf, erhob sich, drückte ihren Sohn an sich und gleichzeitig die Hand von Gabriela Schöbel, deren Gesicht durch die unhöflichen Worte der ihr unbekannten Frau rot angelaufen war.

»Tausend Dank. Sie wissen gar nicht, wie froh ich bin, ihn wiederzuhaben. Wie kann ich das je wieder gutmachen?« Haltlose Tränen liefen über ihre Wangen, bis sie sich endlich beruhigte.

Charlotte stand schweigend daneben und hatte den Kopf gesenkt. Wahrscheinlich bin ich gerade übers Ziel hinausgeschossen, stellte sie beschämt fest und hielt sich zurück.

»Gar nicht. Da gibt es nichts wieder gutzumachen. Sie sind eine Mutter, das ist Ihr Kind. Alles gutgegangen.« Die Frau lächelte und wollte den Rückweg antreten.

»Bitte, lassen Sie uns zusammen essen gehen. Ich lade Sie ein. Bitte.«

Gabriela Schöbel schluckte verlegen. Sie durfte der Mutter, die sichtlich erleichtert über die Rückkehr ihres Ausreißers war, den Wunsch nicht abschlagen. »Wir haben ein griechisches Restaurant auf dem Campingplatz. Wenn Sie wollen? Die haben geöffnet.«

Katrin nickte. So konnte sie zumindest ein wenig ihre Dankbarkeit zum Ausdruck bringen. Sie hielt ihr Kind fest im Arm, verabschiedete sich von den Betreibern und Gästen des Cafés und bedankte sich überschwänglich für deren Hilfe. »Mein Wagen steht da vorn auf dem Parkplatz. Ich nehme Sie mit. Charlotte, du wirst sicherlich hierbleiben wollen, bis deine Polizeikollegen zurückkommen, und sie über die Sachlage aufklären«, sagte sie. Ihre Stimme klang unverbindlich. Sie wollte nicht, dass Charlotte noch weiteren Unsinn von sich gab. »Die Herren werden sicher so freundlich sein, dich nach Hause zu fahren. Ansonsten sind es nur 20 Minuten Fußmarsch.«

»Katrin, das kannst du nicht machen. Es ist dunkel.«

KAPITEL 23

Am nächsten Morgen zeigte sich die Lage in Göteborg nicht wesentlich entspannter. Selbst die Straßen, die nach Deutschland führten, waren mittlerweile gesperrt, weil sie durch heftigen Sturm und Schneefall nicht geräumt werden konnten. »Hilft alles nichts, wir werden abwarten müssen, bis sich das Wetter beruhigt. Ich werde einige Telefonate führen und setze mich mit den Kollegen in Burg auseinander. Geh du derweil 'ne Runde mit dem Hund«. Er sah Watson, der neben seinem Stuhl im Frühstücksraum des Hotels lag, mit gequältem Lächeln an.

»Oh Mann, dieser Fall ist hanebüchen. Ich glaub fast, wir werden von oben gezwungen, weiterzuermitteln. Sonst kann das doch alles gar nicht angehen«, wetterte Hartwig und schob sich eine Scheibe weiches Weißbrot in den Mund. »Die können hier nicht mal richtiges Brot backen«, warf er das labberige Brot mit verzogener Miene zurück auf den Teller. »Lass uns 'ne Runde laufen. Kopf freikriegen.«

Vor der Tür traf er auf Westermann. »Und, was gibt's Neues?«

»Nix, die haben sämtliche Nachbarn und Bekannte der Vermissten noch einmal befragt und Olaf ist runter zum Hafen«, sagte er und blies den Rauch seiner Pfeife in den dunklen Himmel.

*

Am gleichen Abend stapfte Charlotte mit gemischten Gefühlen durch den Hafen in Burgstaaken auf die elegante Jacht zu. Ihr dunkelblauer hochglänzender Anstrich und die schneeweiß gestrichenen Akzente machten dieses Segelschiff zu etwas Besonderem. Sie dachte an Josch, der jetzt irgendwo in Norwegen nach Lachsen angelte, und lächelte. Sie vermisste ihn schon sehr. Er würde sie mit Sicherheit davon abhalten, derartige Hirngespinste durchzuziehen. Dann verwarf sie ihre rührseligen Gedanken und dachte an Nadja. Sie würde in diesem Moment mit den Schiffseignern im Restaurant in Burg sitzen. Charlotte hoffte, dass sie die Bergmanns lange genug unter Aufsicht behielt und sie den Köder geschluckt hatten, ohne misstrauisch zu werden. Die Künstlerin kicherte. Nadja als Pädagogin sollte es gelingen, zwei unbedarfte Menschen eine Zeit lang unter Kontrolle zu halten.

Der Zweimaster thronte über dem Hafengelände. An der Anlegestelle stachen zwei weiße Fender von der dunklen Lackierung ab. Das Boot schaukelte in den Wellen, als sie den Steg hinunterhumpelte. Aber Charlotte kannte das und hoffte, dass ihr Plan funktionierte. Sie hatte sich jeden Schritt genauestens überlegt, näherte sich der White Pearl ein drittes Mal und war sicher, dass die Bergmanns ihr auch diesmal nicht in die Quere kamen. Immer wieder guckte sie sich um, ob nicht doch jemand etwas von ihrem Vorhaben mitbekam. Alles musste verdammt zügig über die Bühne gehen. Sie griff in ihre Jackentasche, suchte nach ihrem Handy. Leer, die Tasche ist leer, stellte sie entsetzt fest. Sie bemerkte, dass sie das Telefon schon wieder zu Haus hatte liegen lassen. Dabei hatte sie es extra sichtbar abgelegt, damit sie es eben nicht vergaß. Nadja wollte sich melden, sobald sie das Restaurant verließen, und ihr damit ein Zeichen geben. »Meine Nerven. So ein Mist«, flüsterte sie und überlegte, ob sie noch mal nach Hause fahren sollte. Sie ärgerte sich über ihre eigene Schusseligkeit und schüttelte den Kopf. Keine Zeit, ich hab keine Zeit. Langsam glaube ich, ich werd senil. Ich muss einfach rechtzeitig vom Schiff verschwunden sein. Wird schon gutgehen. Sie rückte entschlossen ihr Basecap zurecht, das sie vorsorglich zur Tarnung gegen ihre rote Baskenmütze getauscht hatte, und stemmte sich gegen den Wind. Sie entdeckte niemanden hinter den Fenstern des Steuerstandes. Wie auch. Alles war dunkel. Nur eine kleine Funzel an Deck leuchtete. Charlotte reckte den Kopf, trat an das Schiff und verengte die Augen zu schmalen Schlitzen. Ein letzter Blick zurück, dann kletterte sie mit immer noch schmerzendem Knöchel unter erschwerten Bedingungen über die Reling. Sie lugte durch eines der Fenster, die zum Steuerstand gehörten. Leer, wie vermutet. Charlotte fasste an die Tür, sie war nicht verriegelt. »Schlampig, wie erhofft. Passt perfekt.« Ihre Gesichtszüge verrieten, dass sie erleichtert war. Mit schnellem Seitenblick überprüfte sie die Umgebung. Niemand in der Nähe. »Hallo? Frau Bergmann?«, rief sie, um sicherzugehen, dass sie sich wirklich allein auf dem Schiff aufhielt. Keine Antwort. Sie sah überall Taschen stehen und mutmaßte bei dem

Aufwand, der seit Tagen betrieben wurde, dass es sich um eine längere Reise handelte. Sie warf einen Blick in einen der Körbe. Lebensmittel. Charlottes Augenmerk huschte an die Stelle, an der das Astrolabium gestanden hatte und von wo es verschwunden war. Sie fing an, erneut in den Seitenfächern nach dem antiken Artefakt zu suchen. Durchwühlte Zeitschriften und Unterlagen. Fahndete zwischen CDs und leeren Verpackungen, die überall herumlagen. Hier oben werde ich es nicht finden, überlegte sie und stieg die Stufen zu den Schlafkojen hinab. Sie huschte lautlos durch den schmalen Gang und entdeckte vier Kabinen, in denen insgesamt neun Betten standen. Wahrscheinlich haben sie das Teil hier irgendwo versteckt. Wie kann man in der kurzen Zeit ein Schiff dermaßen verlottern lassen. Und hier muss Wasser eingedrungen sein. Egal wo sie suchte, das Gerät war und blieb verschwunden. Sie schaute auf ihre Armbanduhr. Seit über einer Stunde suchte sie bereits. Sie sollte schleunigst von diesem Segelschiff, bevor die Eigner zurückkehrten. Nur noch unter den Matratzen, dachte sie und hob die erste von ihnen an. Als sie mit geschickten Fingern darunterfuhr, fühlte sie einen metallischen Gegenstand, der ihr Herz zum Rasen brachte. Sie zog den Gegenstand hervor – ein Laptop? Für einen Moment wurde ihr schwindelig. Sie wankte von einer Seite zur anderen und betrachtete den Rechner, als sie Stimmen hörte. Ihr Herz setzte einen Schlag aus. So schnell sie konnte, schob sie das Gerät wieder an seinen Platz. Sie saß in der Falle.

*

Katrin saß in ihrem Büro und betrachtete den Berg von Papier, auf dem sie mit Charlotte gemeinsam ihren Businessplan entworfen hatte. Ihr rauchte der Kopf. Sie war sicher, dass das wie eine Bombe einschlagen könnte. Sie warf einen Blick auf das mobile Kinderbett, in dem Mats seelenruhig schlief, und nagte an ihrer Unterlippe. Sie hätte es ihm erzählen müssen, als sie telefonierten. Ihr wurde heiß und kalt bei dem Gedanken, dass er es bereits von anderer Seite erfahren hatte. Katrin fühlte Angst in sich aufsteigen, Angst vor seiner Reaktion. Jetzt war es wahrscheinlich zu spät und er wusste längst von Schütt, was passiert war. Aber eines wusste sie auch. Sie brauchte dringend Hilfe. Auf Dauer konnte sie Mats nicht richtig versorgen, wenn sie arbeitete. Für den Kindergarten war er noch zu klein und Charlotte ... Sie seufzte. Das schlechte Gewissen ergriff Besitz von ihr. Vielleicht wäre eine Tagesmutter die richtige Wahl, überlegte sie.

Einen ganzen Tag verbrachte sie mit der Homepage, bis sie sie endlich gegen Abend online stellen konnte. Mittlerweile war es kurz vor 23 Uhr. Katrin war zwischendurch mit ihrem Kind spazieren gegangen, hatte mit ihm gespielt und ihn mit seinen Mahlzeiten versorgt. Sie schaute auf die Uhr. Sie musste Mats wecken, damit sie schleunigst nach Hause kamen. Sie hatte völlig die Zeit vergessen und streichelte ihrem Sohn über die Wange.

Das Telefon klingelte und Mats schreckte hoch. Katrin freute sich wie eine Schneekönigin, als sie das Telefonat entgegennahm, das ihr sicher das erste Brautpaar bescherte. »Küstenzauber, Hochzeitsplanerin für die, die das Besondere lieben«, säuselte sie ins Handy. Ihr Herz klopfte, als sie eine Anfrage für ihre neugestaltete Agentur erhoffte.

»Du Miststück. Dich mach ich fertig.«

Charlotte fuhr zusammen. Jetzt saß sie tatsächlich in der Falle. Sie musste sich schnellstens etwas einfallen lassen, damit sie ungeschoren von Bord kam.

»Wir fahren los, egal was passiert«, hörte sie die feste Stimme Erik Bergmanns.

»Es ist viel zu stürmisch. Die Nichte hatte recht, das ist kein Segelwetter. Lass uns doch bitte abwarten, bis der Sturm nachlässt, bitte.« Die Stimme seiner Frau klang panisch.

Auf einmal war es still. Dann hörte Charlotte erneut die Stimme von Erik Bergmann: »Hast du nicht gehört? Wir laufen aus. Die Wentdorf ahnt irgendwas. Die hat so merkwürdige Fragen gestellt, ist dir das nicht aufgefallen? Wir verschwinden, basta. Ich weiß auch nicht, was du immer rumdibberst. Ich bin der Kapitän und mein Wort ist Gesetz, du teuflischer Steuermann.« Er lachte und es klang nicht freundlich. »Mach die Bluse auf, ich muss mich abreagieren.« Charlotte vermutete, dass sie sich entweder gleich in die Koje verziehen würden oder …?

Dann wurde klar, dass die beiden es hemmungslos im Steuerstand trieben. Das Stöhnen des Schiffseigners und die dumpfen Schläge gegen das Steuerrad waren nicht zu überhören und wurden mit jedem Stoß lauter. Lina Bergmann wimmerte und ihr Mann brüllte wie ein Tier. Charlotte, wirklich nicht prüde, hielt sich die Ohren zu und presste Lippen und Augen zusammen, als könnte sie damit das Getue der beiden verstummen lassen. Na, das kann ja noch lustig werden, überlegte sie und wünschte sich nichts sehnlicher, als diese Jacht auf schnellstem Weg verlassen zu können. Bloß, wie soll ich jetzt von Bord kommen? Sie suchte nach einer Fluchtmöglichkeit, einem Ausweg. Ihr fiel die Luke ein, die jedes Schiff im vorderen Teil besaß. Viel zu auffällig. Ich kann so tun, als wenn ich die Bergmanns gesucht habe und bei dieser Gelegenheit zur Toilette musste, weil mir schlecht geworden ist. Bei dem Seegang wäre das nicht einmal gelogen. Oder aber ich suche nach meinem Telefon. Aber wie zum Teufel soll ich erklären, dass ich das Schiff ohne Einverständnis betreten habe und das zu dieser Uhrzeit? Das glauben die mir nie. Übelkeit klingt wenigstens plausibel. Sie drängte sich in die uneinsehbare Ecke der Schlafkoje, in der sich zwei Stockbetten befanden. Sie musste sich still verhalten und eine passende Gelegenheit abwarten. Der Trick mit der Einladung hat offensichtlich nicht wirklich funktioniert. Warum waren die beiden so früh zurück? Charlotte warf einen Blick auf ihre Armbanduhr und erschrak. So spät? Sie hatte völlig die Zeit vergessen und war länger auf der Suche gewesen, als sie eingeplant hatte. Jetzt saß sie auf dem unteren der vier Stockbetten und verhielt sich mucksmäuschenstill. Sie lauschte und hoffte, dass die Bergmanns endlich fertig mit ihrem Schäferstündchen waren und doch noch mal von Bord gingen. Aber den Gefallen taten sie ihr nicht. Auf einmal hörte sie, wie der Motor der Jacht angeworfen wurde. Sie kroch aus der Koje und zupfte an ihrer Kleidung. Das lausige Gefühl in ihrer Magengegend wurde übermächtig. Sie spürte, wie das Blut durch ihren Kopf rauschte. Entschieden spannte sie ihren Körper an und ballte die Hände. Was sollte passieren, außer dass sie sie zurechtwiesen und vom Schiff jagten. Sie musste von Bord, bevor sie endgültig ausliefen. Charlotte räusperte sich, rückte das Cap zurecht, öffnete die Tür und wankte durch den Salon. Mit hochrotem Kopf stieg sie die Stufen zum Steuerstand hoch.

»Da brat mir doch einer 'nen Storch. Ich fass es ja nicht. Lina. Das musst du dir angucken.« Charlotte errötete. »Wir haben 'nen blinden Passagier. Die alte Schachtel hat sich an Bord geschlichen. Na so was? Was hat dich mitten in der Nacht hierher verschlagen?«

»D… das tut mir jetzt wirklich sehr leid«, stotterte Charlotte, und das Rot auf ihrem Gesicht vertiefte sich zusehends. »Ich war auf der Suche nach meinem Handy. Ich muss es gestern hier vergessen haben. Ich brauche es dringend. Wissen Sie, ich muss ständig Kontakt mit meinem Arzt halten. Ich bin zuckerkrank.« Sie hoffte, dass ihre Ausrede plausibel genug klang, um ihn zu besänftigen.

»Und was machst du dann in der Koje?«, wollte Bergmann wissen. Der Schiffseigner lehnte sich mit verschränkten Armen gegen das Steuerrad. Seine sehr schlanke, schwarz gekleidete Gestalt wirkte bedrohlich, als er sie aus finsteren Augen anstarrte. Sie hatte das Gefühl, als gäbe es kein Entrinnen. Seine Kiefermuskeln waren angespannt, während er seinen Blick auf Charlotte richtete, die wie eine Statue dastand und sich nicht zu rühren wagte. Die Adern an seiner Stirn traten hervor, und seine Fingerspitzen trommelten gegen das Holz des Ruders.

»Ich bin mit dem Rad unterwegs gewesen, und als ich über die Planken hergelaufen bin, wurde mir übel. Bei dem Sturm ja auch kein Wunder. Da bin ich an Deck, hab paarmal angeklopft und die Tür war nicht abgesperrt. Wissen Sie, mein Handy«, log sie. Ihre Stimme klang weinerlich. Sie zuckte die Achseln, wirkte hilflos, aber es war ihre Masche, sich eine Pause zu verschaffen. »Ich hatte gehofft, Sie wären an Bord und hätten mich nur nicht gehört. Ich wollte … ich musste mich übergeben.«

Der Schiffseigner kniff die Augen noch enger zusammen, als Charlotte ihm die Ausrede präsentierte. »Du glaubst wirklich, ich fall auf so 'ne dämliche Geschichte rein? Haben wir Märchenstunde? Du verschwendest meine Zeit, und das wird jetzt endgültig Konsequenzen haben.«

»Lassen Sie mich bitte gehen. Ich hab doch nichts Böses getan.« Ihre Stimme versagte.

»Nicht nur, dass du ohne Erlaubnis unser Schiff betreten hast, da göbelst du mir auch noch ins Klo? Hättest ins Wasser reihern können. Oder wolltest du rumschnüffeln, Omi?« Der Blick des hageren, finster dreinschauenden Schiffseigners versetzte sie in eine Art Schockzustand.

Kleinlaut gab sie zu: »Ich wollte ganz bestimmt nicht rumschnüffeln, warum sollte ich? Mir war wirklich sehr schlecht«, log sie, versuchte, seinem Blick standzuhalten, in der Hoffnung, sie könnte ihn erweichen. Mit dem Mann kann ich nicht diskutieren, stellte sie erschreckt fest. »Bitte, es tut mir wirklich sehr leid, dass ich unbefugt in Ihr Schiff eingedrungen bin. Ich wollte nur mein Handy, wirklich.«

»Lina, wollen wir sie gehen lassen oder macht sie mit uns einen Segeltörn?«

KAPITEL 24

»Bring sie in eine der Kabinen. Und sorg dafür, dass sie nicht auf dumme Gedanken kommt.« Bergmann grinste und reichte seiner Frau eine Rolle graues Klebeband.

»Oh nein, bitte nicht. Kein Klebeband. Ich hab Asthma«, log Charlotte.

»Zucker, Asthma, was denn noch? Du bist ja ein Wrack, Mädchen. Hast Glück, dass ich so gutgläubig bin«, tönte der schlaksige Mann hinterm Steuerrad. »Aber die Hände, verbinde ihr die Hände, damit sie nicht versucht, abzu-hauen. Oder hast du auch noch Rheuma?«

»Damit scherzt man nicht«, sagte Charlotte und verzog das Gesicht. Erik Bergmann merkte, dass die Nervensäge ihre Selbstsicherheit zurückerlangte. »Und wohin sollte ich abhauen, wenn Sie den Hafen verlassen?«, fragte sie störrisch und sah ihn angriffslustig an. Mit der Mitleids-tour konnte sie ihn nicht umstimmen, dann mussten eben härtere Geschütze aufgefahren werden.

»Ach, frech werden auch noch. Ich hab die Befürchtung, dass wir mit dir noch richtig Ärger kriegen«, stellte er fest und beobachtete seine Frau, die mit der Kleberolle in der Hand dastand und ihren Mann mit gesenktem Blick anschielte. »Also pack die Lady gut ein und schließ die Tür ab. Wir nehmen sie mit. Mir reicht's jetzt. So richtet sie wenigstens keinen Schaden an.« Mit wenigen Handgriffen setzte er die Jacht frei und steuerte Richtung offene See.

Lina stieß Charlotte unsanft in die Kabine. »Hände nach hinten«, rief sie. Die Künstlerin überlegte, ob sie sich mit der Frau anlegen sollte, um hier rauszukommen. Noch könnte sie über Bord springen und zum Hafenbecken zurückschwimmen, dachte sie, obwohl sie genau wusste, dass sie selbst die kurze Strecke bei den Temperaturen eher nicht überlebte. Und der Kerl am Steuer wird mir keine Gelegenheit lassen, an Deck zu kommen, geschweige denn zu türmen. Ich muss mich wohl oder übel fürs Erste geschlagen geben. Irgendwas wird mir schon einfallen, dachte sie und seufzte. Widerwillig legte sie die Hände hinter den Rücken. Charlotte merkte, wie die Schiffseignerin das Klebeband um ihre Handgelenke zurrte.

»Aua, nicht so fest«, rief sie. Das krieg ich nicht allein auf, stellte sie fest, als sie an ihren Handgelenken zerrte. Betroffen fügte sie sich. Irgendwann werden sie irgendwo anlegen und dann …

Die White Pearl segelte durch die sich auftürmenden Wellen und Charlotte konnte nichts anderes tun, als ruhig zu bleiben. Sie kauerte auf der Bettkante in der Kajüte und wusste, dass es keinen Zweck hatte, sich in irgendeiner Weise bemerkbar zu machen. Sie segelten irgendwo auf der Ostsee umher und sie würde bald nicht mehr wissen, wo genau sie sich aufhielten. Sie lauschte dem Kreischen der Möwen und spürte die Wellen mit aller Kraft gegen die

Schiffswand schlagen. Warum musste ich auch auf diesen verdammten Kahn klettern, gestand sie ihre Niederlage ein und zerrte ununterbrochen an den Fesseln. Ihre Schultern schmerzten, je länger sie am Klebeband herumhantierte. Außerdem spürte sie unter Deck den Wellengang besonders stark. Sie stemmte sich mit aller Kraft gegen die Neigung des Schiffes, bis ihr Rücken schmerzte. Unter ihren Füßen knatschte die Nässe, die sich noch immer in den Belägen des Bodens befand. Wo zum Teufel hab ich mich da reinmanövriert? Schwimmen – keine gute Option. Telefonieren – kein Handy. Ich bin so ein Dummerchen. Sie erinnerte sich daran, in der Wohnkajüte die Schaltzentrale des Schiffes wahrgenommen zu haben, dass Funk- sowie Navigationsgeräte dort angeschlossen gewesen waren. Ihre Mundwinkel schnellten nach oben, ihr Puls ebenfalls. Sie keuchte. Das Piepen in ihren Ohren verstärkte sich. Das ist meine Chance, nickte sie und zog erneut an ihren Fesseln. Sie spürte, dass die Jacht trotz hohen Wellengangs temporeich unterwegs war. Der Sturm spielt ihnen mit sieben bis acht Windstärken richtig in die Karten, schätzte sie. Die Pearl segelte ihrer Meinung nach bei einer Windgeschwindigkeit von 34 bis 40 Knoten. Das ist Starkwind, registrierte sie. Sie hoffte, dass diese in ihren Augen inkompetenten Leute mit einem Schiff dieser Art umgehen konnten. Die Segel mussten angemessen gerefft und die richtigen Sicherheitsvorkehrungen getroffen werden, um die Kontrolle über die White Pearl zu behalten. Erfahrene Segler mit entsprechender Ausbildung und Fertigkeiten können solche Bedingungen bewältigen, aber es erfordert jede Menge Geschick und Vorsicht. Und ob die beiden dazu in der Lage sind, wage ich zu bezweifeln. Mühsam schwang sie ihre Hände auf und ab, in der Hoffnung, dass sie sich vom Klebeband befreien konnte. Und zu Hause in ihrem Hausflur klingelte ununterbrochen ihr Handy.

*

Westermann und Hartwig steckten nach wie vor in Göteborg fest und wussten nicht, wie lange diese erzwungene Warterei noch andauerte. Dirk hatte sich mittlerweile dreimal in Folge bei Katrin gemeldet und mitbekommen, dass ihre Laune mit jedem Telefonat gestiegen war. Irgendetwas hat sie wieder auf Kurs gebracht, freute er sich. Westermann konzentrierte sich auf seinen Laptop und wühlte sich zum hundertsten Mal durch die Fakten, während Hartwig bei offener Tür auf dem Balkon des Hotelzimmers stand und rauchte.

»Was hat es mit diesem Wagen auf sich? Wieso stand er in einer schwedischen Garage? Was übersehen wir hier? Warum können wir die Ahlers immer noch nicht erreichen?« Hartwig schüttelte den Kopf.

»Dabei ist der Volvo die erste greifbare Spur. Das zeigt uns, dass die ganze Sache einen gewaltigen Haken hat. Und ich hatte schon geglaubt, dass sich alles in Wohlgefallen auflöst«, sagte Westermann.

»Aber die Aussage des alten Köber klingt für mich plausibel. Kann sein, dass Bergmann den Wagen für die beiden verkaufen sollte. Die haben sich ein Wohnmobil angeschafft und touren damit durch die Lande. Und sie haben sich bei ihm gemeldet.«

Westermann blickte auf und warf einen Blick auf den rauchenden Kollegen, der den Qualm in die Luft blies. »Aber warum erreichen wir sie nicht? Und mach die Tür zu, es ist eiskalt und stinkt.« Hartwig drückte die Kippe aus und trat zurück ins Hotelzimmer. »Warum die sich nicht melden, ist mir auch ein Rätsel. Du hast mindestens zehn Mal versucht, Ahlers zu erreichen. Ich hab keine Antwort.« Westermann warf Hartwig einen fragenden Blick zu.

»Wenn Ahlers sich wirklich bei Bergmann gemeldet hätte, wüssten sie, dass wir dringend deren Anruf erwarten, um die Sache aus der Welt zu schaffen. Es sei denn, sie halten sich irgendwo auf, wo sie kein Netz haben. Hatte Bergmann nicht so was erwähnt?« Hartwig zog die Augenbrauen hoch.

»Die haben heute eigentlich überall Netz«, entgegnete Westermann. »Lass uns noch mal die Aussagen von Wentdorf und Elebek durchgehen. Vielleicht haben wir da irgendwas übersehen.«

»Van Elebek, so viel Zeit muss sein«, sagte Hartwig und setzte sich auf den Sessel direkt neben der Balkontür. Er streckte seine langen Beine aus, gähnte ungeniert und verschränkte die Arme vor der Brust. »Der Typ ist aalglatt, sein Alibi mit Sicherheit getürkt. Er war in der fraglichen Zeit im Büro, so viel haben uns seine Büromiezen erzählt.«

»Mag sein, aber die waren am späten Abend mit Sicherheit nicht mehr im Office. Er hätte also genügend Gelegenheit gehabt, die beiden … aber was mir nicht in den Kopf will … warum sollte er Lore Ahlers … nein, das passt einfach nicht zusammen.« Westermann guckte erneut in seine Unterlagen, als könnte er dort eine Antwort finden.

»Ich sagte doch, der Kerl ist aalglatt. Dem trau ich alles zu. Der lässt sogar die Ehefrau verschwinden, um sich zu rächen.«

Westermann schob die Brille auf den Kopf und erhob sich. »Red keinen Quatsch. Ich glaub, ich muss raus.«

Hartwig antwortete: »Ich komm mit. Lass uns mal ein Bierchen mitbringen, und was zu knabbern wär auch nicht schlecht.« Er rieb sich den muskulösen Bauch.

»Ja, kriegst langsam 'ne Wampe«, sagte Westermann und streifte grinsend seine Jacke über.

»Watson, komm, du musst noch mal raus, bevor wir hier komplett einschneien. Und alleine lassen können wir dich hier nicht, dann haben wir morgen 'ne Klage am Hals«, schnitt Hartwig eine Grimasse.

»Wir brauchen Hundefutter. Watson hat den ganzen Tag noch nichts gefressen.«

»Na ja, wenn man das Hähnchensandwich und die Streuselschnecke außer Acht lässt, wirkt er tatsächlich abgemagert«, grinste Westermann. Watson setzte sich neben die Tür und streckte hechelnd die Zunge raus. Sie wollten Westermanns Hotelzimmer verlassen, als dessen Handy klingelte.

*

Katrin legte das Handy auf den Esstisch und gähnte. Es war fast eine halbe Stunde nach Mitternacht, als sie auf ihre Armbanduhr guckte. Ihre Konkurrentin hatte sie im Büro aufs Übelste beschimpft und ihr sogar Schläge angedroht. Sie hatte dagesessen und ihren Tränen freien Lauf gelassen, bevor sie sich einigermaßen beruhigt hatte, ihr Kind auf den Arm nahm und nach Hause fuhr. Mats schlief tief und fest und Katrin hatte sich ein Glas Wein eingeschenkt, um ihre Nerven zu beruhigen. Mit zittrigen Händen fuhr sie den Laptop hoch und suchte auf der Homepage der verhassten Hochzeitsplanerin nach deren Rezensionen. Fast durchweg fünf Sterne, stellte sie verbittert fest. »Das wird sich jetzt ändern«, flüsterte sie und fing an zu schreiben.

*

Erik stand am Steuer der White Pearl und hatte Mühe, die Kontrolle über die Jacht zu behalten. Er wusste, dass die Fahrt kein Zuckerschlecken werden würde, aber mit derartigen Schwierigkeiten hatte er nicht gerechnet. Ihm wurde mulmig, sobald der Bug des Schiffes in eine sich auftürmende Welle eintauchte und das Wasser bis zum Steuerstand schwappte. »Das Rad lässt sich kaum noch bewegen«, sagte er. Lina merkte, dass er nervös war. Mit eiserner Kraft hielt er das Steuerrad und versuchte, den Kurs zu halten. Er fluchte und hämmerte seine Fäuste auf das Holzrad. Lina spürte, dass sich seine Wut in Panik verwandelte.

»Ich hab gleich gesagt, wir können nicht raus«, flüsterte sie mit angstgeweiteten Augen, beobachtete seine Anspannung und fing an, an ihrer Nagelhaut zu kauen.

»Halt endlich deinen Mund, ich muss mich konzentrieren«, fauchte er und wischte sich die Haare von der schweißnassen Stirn.

»Sollen wir nicht doch lieber umkehren?«, fragte sie. Sie hielt sich mit Mühe an der Tür zu den Schlafkajüten fest und wankte wie ein Stehaufmännchen von einer Seite zur anderen. Um ihn zu beruhigen, legte sie eine Hand auf seine Schulter. Sie musste ihn zur Umkehr bewegen. »Bitte, Erik, lass uns zurückfahren. Ich hab Angst, dass wir untergehen«, flehte sie und klammerte sich am Ärmel seines Hoodies fest.

Er fegte ihre Hand von sich. Sie wankte, schlug mit dem Rücken gegen die Tischkante und schrie auf. Mit gefährlichem Unterton in seiner Stimme sagte er: »Fass mich nicht an. Ich muss feststellen, was da los ist. Hat die Alte sich daran zu schaffen gemacht? War sie deshalb auf dem Schiff? Ich bring sie um.«

Lina trat einen Schritt zurück. Wenn er so mies drauf war, wollte sie nicht in Reichweite sein, falls ihm die Hand ausrutschte. Sie durfte ihn auf keinen Fall provozieren. Sie wusste, dass Charlotte nicht für die Probleme auf der Jacht verantwortlich war. »Erik, wie sollte sie? Die hat keine Ahnung von Bootsmotoren.« Bergmann starrte verbissen auf das Ruder der White Pearl.

Erik musste herausfinden, was das Ruder blockierte. Sein Verdacht ruhte immer noch auf Charlotte, die in seinen Augen für dieses Teufelswerk verantwortlich war. »Verdammter Mist. Der Kahn reagiert überhaupt nicht mehr. Ich muss prüfen, was da los ist. Halt das Ruder auf Kurs. Und alles wegen dieses Scheißteils.«

Lina wusste sofort, dass er das Astrolabium meinte. »Aber ... ich ... kann das Ruder nicht halten«, sagte sie und drückte die Zigarette im überquellenden Aschenbecher aus.

Er packte ihre Hand, riss sie zu sich und warf sie mit einem Blick auf das Steuerruder, der keinen Widerstand duldete. »Du machst, was ich sage, sonst ...« Seine Hand schnellte in ihr Gesicht. Er hob sie ein weiteres Mal und Lina duckte sich. Zitternd umfasste sie das Steuerrad mit beiden Händen. Sie war blass und Tränen verschleierten ihren Blick. So hatte sie sich die Fahrt in eine glückliche Zukunft nicht vorgestellt. Eigentlich lief gerade alles aus dem Ruder. Zuerst die Alte, jetzt das Schiff. Was würde noch alles passieren?

»Hörst du das? Was sind das für Geräusche?«, fragte er leichenblass und drehte den Kopf in die Richtung, aus der die Laute kamen. Lina umkrampfte das Steuerrad, zuckte die Achseln und lauschte mit Panik im Blick dem undefinierbaren Schleifen, diesem merkwürdigen Knarren.

*

»Westermann«, murmelte er in sein Handy. Sein schwedischer Kollege war am anderen Ende. Er erklärte ihm, dass die Europastraße wieder frei wäre und sie auf dem Landweg nach Deutschland zurückkehren könnten. Die Fähre würde aufgrund der schlechten Wetterverhältnisse eine weitere Nacht auf Reede liegen. Frühestens morgen früh würde sie ablegen. »Na, das ist ja eine tolle Vorausschau«, sagte er und bedankte sich für die Info. Er warf einen Blick auf Hartwig. »Und was jetzt? Wir können entweder die E 45 nehmen oder eine weitere Nacht hier ausharren.«

Hartwig zuckte die Achseln. »Du kennst meine Meinung. Über den Landweg brauchen wir irre lange und wer weiß, was unterwegs alles schiefläuft. Lass uns die Frauen anrufen und Bescheid geben, dass wir morgen früh aufbrechen. Wir holen uns was zu essen, gucken ein bisschen fern und machen uns morgen vom Acker.«

»Wenn das alles so einfach wäre.« Westermann wollte nach Hause.

»He, red mit mir. Wir laufen jetzt mit Watson und danach zum Supermarkt«, riss Hartwig ihn aus seinen Gedanken.«

»Nein, auf keinen Fall. Ich will nicht auf dem Zimmer essen und schon gar keine Chips. Lass uns einen Tisch reservieren«, entgegnete Westermann und griff nach seinem Handy, um Katrin anzurufen. Ich muss sie beruhigen, wissen, was da los ist, dachte er und wählte.

KAPITEL 25

In ihrem Gefängnis unter Deck nahm auch Charlotte die ungewöhnlichen Vibrationen auf dem Schiff wahr. Sie lauschte. Was sind das für komische Geräusche?

Die Künstlerin hatte die leise Hoffnung, dass die beiden doch noch eine Kehrtwende machten. Wenn irgendetwas auf der Pearl defekt ist, müssen sie umkehren. Erneut hob sie ihre Handgelenke und schabte mit dem Klebeband über die Holzkante. Es könnte Stunden dauern, bis ich mich befreit habe. Ich muss versuchen, einen Funkspruch abzusetzen. Allein die vage Hoffnung gab ihr Mut, weiterzumachen. Irgendjemand muss mich da draußen hören, überlegte sie und erhöhte das Tempo ihrer eigenmächtigen Befreiungsaktion.

An Deck schwoll die bedrohliche Stimmung zusehends an. »Wir müssen umkehren«, sagte Lina und merkte, wie das Schiff in eine andere Richtung driftete als die, die sie als Steuermann vorgab. »Ich kann das Boot nicht lenken«, schrie sie, als Erik mit einem Lappen gerade seine Hände vom Öl befreite. Er schnellte herum und stierte in ihre Richtung.

»Wir können nicht zurück. Was glaubst du, wie weit wir kommen? Der Kahn ist manövrierunfähig. Wir müssen sofort die Segel runterholen, um überhaupt noch einigermaßen die Kontrolle zu behalten, ansonsten wird es saugefährlich. Für das Schiff und für uns. Das Steuerungskabel ist hin.« Er wusste es, weil er mit einem Kumpel einige Male Segelschiffe von Spanien nach Deutschland überführt hatte und sie dabei einmal in eine ähnlich gefährliche Situation geraten waren. Und er wusste, dass sie ohne eine funktionierende Steuerung nicht in der Lage waren, ein Schiff dieser Größenordnung sicher zu manövrieren, insbesondere bei dem heftigen Wind. »Wir müssen das Problem so schnell wie möglich beheben. Ich hol die Segel runter und dann fahr ich zurück.«

»Wie, du fährst zurück? Und was ist mit mir? Ich bleib hier nicht alleine«, überschlug sich ihre Stimme.

»Du wirst genau das tun, was ich dir sage. Ich hole jetzt die Segel runter, dann setze ich mich ins Beiboot und fahre zurück. Das Dingi hat 150 PS und ich bin schneller wieder hier, als du gucken kannst, ist das klar? Ich lass beide Anker runter, damit behalten wir eine stabilere Position. Sonst treibt die Pearl und handelt sich noch richtige Schäden ein. Hast du mich verstanden? Du bleibst, wo du bist, und kümmerst dich um die Alte. Ich bin in ein paar Stunden zurück. Ist das klar angekommen?«

Lina schluckte, nickte und hielt vor Verzweiflung die Hände vors Gesicht. Sie heulte wie ein Kind, wusste, in welcher Bedrohung sie sich befand. »Kann mir hier wirklich nichts passieren? Die Wellen sind so furchtbar. Was, wenn das Schiff untergeht?«

»Nein, die Jacht ist eigentlich unsinkbar. Pass du auf die Alte auf. Lass sie in der Kajüte. Sie kann sich nicht befreien. Also wovor solltest du Angst haben? Wir lassen sie irgendwo in Dänemark raus und so what, alles easy. Mach dir keine Sorgen, wir schaffen das. Wir sind doch ein perfektes Team, oder nicht?« Seine Frau nickte. Er nahm ihr Gesicht in beide Hände und steckte ihr die Zunge in den Mund. Erik wusste, dass ihnen keine andere Wahl blieb. Wenn die Wasserschutzpolizei sich einmischte, gab es richtig Probleme und die konnten sie weiß Gott nicht gebrauchen. Dann war *alles* in Gefahr.

Charlotte, die eine Etage tiefer immer noch mit ihrer Übelkeit kämpfte, hoffte, dass sich die Klebefolie irgendwann löste. Sie hörte, dass die White Pearl Anker setzte. Jetzt war ihr klar, dass etwas ganz und gar nicht in Ordnung war.

✶

Katrin tippte, als flüsterte der Antichrist persönlich ihr die Worte ins Ohr. Die Flasche Wein stand leer neben ihr auf dem Esstisch. Es schien, dass der gesamte Text nur so aus ihren Fingerspitzen floss. Sie presste ihre Lippen zu schmalen Strichen und überflog die Tastatur. Die Eventplanerin war so erregt, dass ihre Füße auf und ab schwangen, ihre Knie zitterten. Dann las sie, was sie verfasst hatte:

»Die am schlechtesten geplante Hochzeit, die ich je erlebt habe. Wir waren Gäste auf der Feier, die die vermeintliche Hochzeitsfee Emily Jonte organisiert hat. Von Organisieren konnte überhaupt keine Rede sein. Die Braut brach in Tränen aus, als die Planerin ihr einen selbst zusammengeschusterten Hochzeitsstrauß präsentierte. Angeblich hätte der Blumenhändler den Termin vergessen. Welch ein Faux-

pas. Wie gut, dass die nicht auch noch das Kleid ausgesucht hat. Den Termin bei der Friseurin hatte diese Planerin vergessen und sie musste vor der eigenen Hochzeit vier Stunden warten, bis überhaupt jemand die Hochzeitsfrisur anfertigte. Die Location war eine heruntergekommene Scheune, und ich meine heruntergekommen. Der Raum war zugig, es war kalt und die Dekoration sah aus wie selbst gebastelt. Von der Musik ganz zu schweigen. Ein alter Musiker, der 60er, 70er Schlager auf seinem Keyboard runterratterte, als könnte er nichts anderes. Dabei hatte das Brautpaar der Hochzeitsfee eine Liste übergeben, die dieser DJ spielen sollte. Es kam null Stimmung auf. Ich frage mich, was diese Planerin sich dabei gedacht hat. Wahrscheinlich hat die überhaupt nicht gedacht und nur den Geldbetrag gesehen, den unsere Freunde für dieses Fiasko bezahlen mussten. Und der Preis dieser verkorksten Feier hatte sich gewaschen. Dafür hätten sie eine Hochzeit im Atlantik ausrichten lassen können. Die Veranstaltung war kurz nach Mitternacht auf dem Tiefststand und alle, samt Brautpaar, waren zutiefst frustriert. Die Braut hat nur noch geweint. Ich kann nur jedem von dieser Hochzeitsplanerin abraten. Eine Katastrophe. Wir würden hier Minussterne vergeben, wenn es welche gäbe. Diese Hochzeit war für alle ein totaler Reinfall – ein Desaster.«

Katrin lehnte sich zurück. Dann holte sie tief Luft, atmete erleichtert aus, las den Text ein letztes Mal und drückte mit einem entrückten Lächeln den Button ›Senden‹.

*

Charlotte hielt inne und lauschte. Etwas passierte auf diesem Schiff. Sie hatte den Motor des Dingis gehört und dass jemand damit weggefahren war. Sie saß seit Stunden in diesem schwankenden dunklen Verlies fest und hoffte auf Rettung. Was, wenn das Schiff kenterte, dann würde auch sie untergehen. Keine Zeugen, keine Anklage. Ein erneuter Schauer richtete ihre Nackenhaare auf, bis ihr ganzer Körper schmerzte. Das ausdauernde Schlagen der Wellen gegen die Schiffsplanken und das Jaulen bereiteten ihr eine Höllenangst. Sie hatte die Füße hochgezogen, damit das Wasser, das in der Kajüte anstieg, sie nicht erreichte. Irgendwo dringt hier Wasser ein. »Hilfeee!«, rief sie, so laut sie konnte. Wahrscheinlich haben sie das Astrolabium längst an sich genommen und sind auf dem Weg zum Hehler. Das Schiff ist ihnen offensichtlich egal, überlegte sie. Nichts rührte sich. Sie musste wohl oder übel die Hoffnung aufgeben, dass ihr jemand zu Hilfe kam. Außerdem wusste niemand, wo sie sich befand. Katrin hatte sie keine Mitteilung hinterlassen, weil sie wusste, dass die es nicht guthieß, was sie vorhatte. Dirk war irgendwo in Skandinavien und ermittelte und Josch lag jetzt irgendwo gemütlich im Bett und träumte vom Fang seines Lebens. Warum musste ich so eigensinnig sein? Hätte ich doch bloß, jetzt ist es zu spät. Wie konnte ich bloß das Handy liegen lassen?

Ihre Lippen zitterten. Auf einmal füllten sich ihre Augen mit Tränen, die lautlos über ihre Wangen liefen. In Gedanken an ihren sicheren Tod riss sie ihre Handgelenke immer schneller über das kantige Holz. Ich muss mich befreien, bevor dieser Kahn absäuft. Mit einem Mal vernahm sie Geräusche. Die Tür schob sich schwerfällig auf. Charlotte hörte Wasser schwappen. Wer immer diese Kajüte betrat, würde bald feststellen, dass sie nicht schlief. Ein Lichtstrahl flutete den unter Wasser stehenden Raum. Charlotte tat, als weckte das Licht sie. Sie blinzelte und nahm die Silhouette der Frau wahr.

»Alles okay?«, wollte Bergmann wissen.

»Wie soll alles okay sein, wenn Sie mich ohne Essen und Trinken, gefesselt in diesem Gefängnis einsperren? Das Wasser in der Kabine steigt. Mir ist grottenschlecht und ich muss dringend zur Toilette.« Charlotte hatte sofort die Chance ergriffen. Lina verschloss die Tür wieder. Na toll, Charlotte. Das hast du ja wieder toll hingekriegt, dachte sie, als sie wieder in Dunkelheit versank. Sie schloss die Augenlider und fürchtete, dass ihr ein furchtbares Schicksal bevorstand.

Mühsam wollte sie sich gerade wieder aufrichten, als die Tür sich ein zweites Mal öffnete. Die Schiffseignerin stand auf wackeligen Beinen in Gummistiefeln und mit einem Tablett vor Charlotte. Sie wankte von einer Seite zur anderen, stellte das Holztablett auf das Teakholzschränkchen, das als Kleiderschrank diente. Es war direkt neben dem Bett verbaut.

»Hier ist was zu essen. Und eine Flasche Wasser«, sagte Bergmann und wollte die Tür hinter sich zuziehen.

»Und wie, bitte schön soll das funktionieren, gute Frau? Und was ist mit der Toilette?«, fragte Charlotte und richtete sich auf. Ihre Augen deuteten auf die gefesselten Hände hinter dem Rücken.

Lina nahm eine Scheibe Brot mit Leberwurst vom Teller und hielt sie der Schnüfflerin vor die Nase. »Beiß ab oder lass es.«

Charlotte spürte die Aggressivität in der Stimme ihres Gegenüber. Sie musste die Frau dazu bringen, sie loszubinden. »Frau Bergmann. Wohin sollte ich verschwinden? Sie müssen mir vertrauen. Ich bin eine ältere Dame, die nur auf Ihre Toilette will, mehr nicht. Die Umstände waren vielleicht nicht die günstigsten, aber ich verspreche Ihnen, dass ich keinen Fluchtversuch unternehmen werde, wohin auch?

Oder glauben Sie, ich will freiwillig über Bord gehen? Sie können mich hier nicht allein zurücklassen«, sagte sie und deutete auf das schwappende Wasser in der Kajüte.

Lina warf die Scheibe Brot zurück auf den Teller und wankte in die Mitte des Raumes. Dann schob sie die Ärmel ihrer Strickjacke hoch: »Ja, wo solltest du hin? Und anhaben kannst du mir auch nichts. Dreh dich um, ich mach dich los«, fluchte sie und gab ihr eine Ohrfeige. Charlotte riss die Augen auf und schnappte nach Luft. Dieses Entsetzen war nicht gespielt. Sie war überrascht, wie diese Frau reagierte.

Bergmann riss die Klebefolie von ihren Handgelenken. Sie bemerkte im schummerigen Licht nicht einmal, dass die Fesseln bereits fast durchgescheuert waren. Lina lachte verächtlich, griff nach dem Tablett und stellte es neben sie auf das Bett. »Genieß es«, grinste die Schiffseignerin und verschränkte die Arme vor der Brust. Charlotte fiel im gespenstisch wirkenden Licht der Taschenlampe ihr maskenhaftes Gesicht auf. Die Frau wirkte furchterregend, wie sie dastand und im knöcheltiefen Wasser lauerte.

»Bitte lassen Sie mich einfach gehen, wenn wir in einen Hafen kommen. Ich werde nichts unternehmen. Ich will nur zu meiner Familie.« Charlotte liefen weitere Tränen über ihre Wange. Sie sah, wie sich Bergmanns Mimik veränderte. Das, was ihr Angst bereitete, verschwand auf einmal aus ihrem Gesicht. Ihre Taktik schien aufzugehen. »Ich verspreche es«, schniefte sie. »Ich bin eine alte Frau und will nur nach Hause. Meine Kinder, mein Enkelkind«, schluchzte sie und faltete ihre Hände zum Gebet.

Bergmann merkte nicht, dass die Schnüfflerin auf dem Bett ihre Rolle perfekt spielte. »Also, iss, damit du nicht verhungerst. Und jaul hier nicht rum.« Die 26-Jährige verließ die Kajüte.

»Sie müssen die Bilgepumpe anstellen, sonst ersaufen wir«, rief Charlotte. Die weiß wahrscheinlich nicht mal, was das ist, schüttelte Charlotte den Kopf. Jetzt war erst mal wichtig, dass diese Tür offen blieb.

Sie biss hungrig in das Leberwurstbrot. Wie lange sie schon nichts mehr zu sich genommen hatte, wusste sie gar nicht. Sie brauchte Kraft.

Widerwillig kehrte ihre Kontrahentin zurück, zerrte sie vom Bett durch das wadentiefe Wasser. Sie schob sie vor sich her zur Toilette. Charlotte warf einen Blick aus dem winzigen Bullauge und drängte sich in den engen Raum. Sie gab die Hoffnung nicht auf, die Frau irgendwie überlisten zu können. Bergmann wartete vor der offenen Toilettentür, bis sie ihr Geschäft erledigt hatte.

»Fertig«, flüsterte sie. Ohne mit der Wimper zu zucken, zog die Widersacherin Charlotte aus der Kabine und schob sie zurück in das finstere, feuchte Gefängnis.

»Können Sie bitte ein Licht anlassen? Ich hab schreckliche Angst im Dunkeln, und dann der Seegang. Bitte sehen Sie zu, dass das Wasser gelenzt wird«, flüsterte Charlotte und legte einen mitleidenswerten Blick auf.

»Was redest du da dauernd. Bilgepumpe? Lenzen? Ich weiß nicht, was du willst«, schnarrte sie.

»Die Pumpe drückt das Wasser wieder aus dem Schiff. Eigentlich ist sie bei so einem Schiff elektrisch verkabelt, der Schalter. Sie müssen den Schalter suchen. Ich kann Ihnen dabei helfen, ich kenne mich aus.« Charlotte behielt sich das *Sie* vor, weil sie wusste, dass so eine Distanz geschaffen werden konnte, die dem Gegenüber einen gewissen Respekt einflößte. Wäre sie mit der Kontrahentin zu vertraulich, würden letzte Hemmungen fallen. Auf der anderen Seite war es wichtig, Vertrauen zu schaffen, um sie vielleicht doch auf ihre Seite zu ziehen. Vielleicht musste sie noch einmal ihre Taktik ändern.

Es herrschte eisiges Schweigen. Bergmann schüttelte irritiert den Kopf, als interessierte sie nicht, was die Alte von sich gab. Sie bewegte unter einer der Seitenfächer einen Hebel. Eine kleine Unterbaulampe warf spärliches Licht in die Kajüte. Dann griff sie nach der Rolle Klebeband in ihrer Jackentasche und wollte Charlotte erneut fesseln.

»Bitte nicht fesseln. Ich kann doch hier nirgendwo hin. Was, wenn das Schiff sinkt? Lass mir wenigstens die Chance, hier nicht elendig zu ertrinken. So herzlos kannst du nicht sein. Ich bin doch nur eine alte Frau«, schwenkte sie auf einmal ins Du über. Es war ihr egal, ob sie Distanz schuf, sie brauchte das Vertrauen der jungen Frau.

Bergmann überlegte und schob die Rolle zurück in ihre Tasche. In ihrem Gesicht stand etwas Fragendes. Was, wenn das Schiff tatsächlich sank? Dann würde nicht nur die Alte, dann würde auch sie selbst untergehen.

Bergmann musste diese verdammte Pumpe finden.

»Ich danke dir. Der Schalter der Bilgepumpe muss irgendwo im Steuerstand sein«, rief Charlotte ihr nach und hörte, wie sie die Tür hinter sich verriegelte. Sie rutschte auf ihren Platz und begann, sich von den Resten des Klebebands zu befreien. Sie hatte es immerhin geschafft, sich frei bewegen zu können. Sie musste schnellstens versuchen, einen Funkspruch abzusetzen. Das war ihr einziger Gedanke. Sie kannte sich mit Funkanlagen aus, hatte mit ihrem verstorbenen Mann selbst eine auf ihrem Boot gehabt. Charlotte rieb sich die geschwollenen Handgelenke. Ihr Magen knurrte noch immer, aber das Brot war aufgegessen. Das Schaukeln machte es ihrem Magen nicht leichter. Mit mulmigem Gefühl erhob sie sich und bewegte sich auf die verschlossene Tür zu. So dumm war diese Bergmann dann doch nicht. Charlotte suchte nach einem Gegenstand, den sie nutzen konnte, um das Schloss dieser Tür zu knacken. Sie torkelte zurück zu den Betten. Das Wasser hatte ihre Füße steif werden lassen. Frierend setzte sie sich zurück auf die Matratze. Sie zog ihre Schuhe aus und rieb ihre Füße, bis sie warm wurden. Dann machte sie sich auf die Suche nach einem Hilfsmittel. Überall gab es Fächer, die mit Papier und anderweitigem Müll vollgestopft waren. »Ich brauch was Handfestes. Eine Nagelfeile, eine Schere, irgend so was.« Auf einmal spürte sie etwas wie ein Etui zwischen ihren Fingerspitzen. Das könnte was sein, mutmaßte sie. Das ist ein Schminktäschchen, stellte sie fest und triumphierte. Ihr Körper schlotterte, als sie erneut ein Geräusch vernahm. Sie guckte sich um, konnte nichts sehen, nur dass das Wasser sank. Die dusselige Kuh hat die Bilgepumpe gefunden – Gott sei Dank.

»Und danke für die Feile, du kleines Miststück«, flüsterte sie und zog Nagelfeile und Nagelschere aus dem Mäppchen. »Heiland, Mailand.«

Sie sprang auf, schlüpfte in ihre Stiefel und watete durch das sinkende Wasser. Sie hockte sich vor die verschlossene Tür. Hatte in einer der vielen Kriminaldokumentationen gesehen, wie Polizeibeamte zu Demonstrationszwecken Türen öffneten, um aufzuzeigen, wie Einbrecher in Haus oder Wohnung gelangten. Es konnte also nicht schwer sein, diese Holztür zu öffnen. Nach einer halben Stunde wollte sie enttäuscht aufgeben. Ist doch nicht so einfach, wie es im Fernsehen aussieht. Sie bog und drehte, schob und ruckelte von einer zur anderen Seite mit ihrem Handwerkszeug, ständig darauf bedacht, nicht zu viel Lärm zu erzeugen. Dann, als sie bereit war aufzugeben, vernahm sie ein kaum wahrnehmbares Knacken. Sie sank erleichtert auf die Knie, fühlte den Teppichboden, der, wenngleich klitschnass, wieder zum Vorschein gekommen war. Sie hatte die vage Hoffnung, dass sich alles zum Guten wendete. Mit vorsichtigen Bewegungen drückte sie den Messinggriff runter. Wenn sie mich nur nicht hört, dachte sie. Die Tür ließ sich ohne Widerstand öffnen. Sie wollte aufstehen und spürte, dass ihre Knie versagten. Die Stunden, die sie hier auf dem Boden gekauert hatte, hatten die Blutzufuhr gehemmt und ihre Beine einschlafen lassen. Sie quälte sich mühsam hoch, bis sie endlich stand. Langsam schob sie die Tür auf. Bisher hatte die Frau im Ruderhaus nichts von ihren Aktionen bemerkt. Im Flur brannte kein Licht. Die Tür zum Steuerstand war geschlossen. In Windeseile schlüpfte sie durch den Schlitz, verschloss die Tür ihrer Kabine und hangelte sich mit klappernden Zähnen an der Wand entlang. Letztlich fand sie sich in der Kajüte wieder, in der sich auch die Funkanlage befand. Vorsichtig tastete sie sich vor. Sie erkannte den Schreibtisch, auf dem die Funkeinrichtung stand, nahm die schwarze Ziffer 16 auf dem gelblich schimmernden Display wahr. Sie bemühte sich, leise zu sein, und stieß mit voller Wucht gegen die Tischplatte, auf der sich das Equipment befand. »Autsch«, rief sie, presste die Hand vor den Mund, hoffte, dass die Frau ihren Aufschrei nicht gehört hatte. Sie versuchte, sich daran zu erinnern, ob im achtern liegenden Steuerstand eine zweite Funkanlage vorhanden war. Charlotte musste äußerst vorsichtig sein, damit Bergmann nicht merkte, was sie vorhatte. Da war keine Anlage. Außerdem tobt der Sturm dermaßen laut, da kriegt die gar nichts mit. Zumindest hoffte sie das und griff nach dem Mikrofon des UKW-Funkgerätes. Alle dringenden Notrufe auf See wurden vorrangig über diesen Kanal übermittelt, das wusste sie. Charlotte fand den Knopf, der ihr nur zu gut in Erinnerung geblieben war, und betätigte ihn. Leises Knacken und kaum vernehmbares Knistern ließen sie zusammenfahren. Pst, versuchte sie, ihre eigene Angst und das Zittern unter Kontrolle zu bekommen. Egal, wer sich am anderen Ende der Leitung befand, sie würden ihr helfen. Charlotte hatte Kenntnis, dass dieses Handmikrofon mit einem Lautsprecher ausgestattet war, um die Kommunikation in beide Richtungen zu ermöglichen. Sie wusste, dass sich die Lautstärke irgendwo regeln ließ, allerdings nicht mehr genau, wo. Ihre Nervosität nahm überhand, die Kälte tat ein Übriges, das merkte sie am Zittern ihrer Hände, ihres gesamten Körpers.

»Hallo … Hallo«, flüsterte sie. »Ich brauche Hilfe. Ich bin auf der White Pearl gefangen. Verbrecher. Ich weiß nicht, wo wir sind. SOS. Ich werde gefangen gehalten. SOS. Hilfe … gefangen … auf der Ostsee. Charlotte … Hilfe … Kommissar Dirk Westermann holen … Hilfe. Dies ist ein Notruf. SOS. Dirk Westermann.«

Sie lauschte – nichts. Erneut drückte sie den Knopf: »Mein Name ist Charlotte Ha…«, ihren Nachnamen konnte sie nicht mehr nennen, als die Tür aufgerissen wurde und Lina Bergmann mit hasserfüllter Fratze und einem Messer in der Hand vor ihr stand.

KAPITEL 26

Der Kapitän eines Fischtrawlers, der mit seinem Helfsmann vor der dänischen Küste Gedser kreuzte, fing einen Funkspruch auf, der kaum verständlich war und dennoch für Aufruhr sorgte. Der dänische Fischer verstand nur wenig Deutsch, was er allerdings verstand, war, dass jemand SOS funkte. Hilfe … gefangen … Charlotte … Hilfe. Diese Mitteilung irritierte ihn deshalb, weil er von einer sehr ängstlich klingenden Frau im Flüsterton übermittelt worden war und abbrach. Er wusste nicht, ob sich dort draußen ein Schiff in Seenot befand und was der Begriff ›gefangen‹ damit zu tun hatte. Aber er wusste, dass er diesen Funkspruch nicht ignorieren konnte. Er stoppte auf. Der Kutter fing gefährlich an zu wanken, tauchte mit seiner Schnauze immer wieder tief in die heranrollenden, sich meterhoch auftürmenden Wellen ein. An Deck schrie sein Bootsmann und winkte wie verrückt. Der Kapitän schob den Gashebel nach vorn und kritzelte währenddessen den genauen Wortlaut auf ein Stück Zeitungspapier. Dann griff er zum Funkgerät. Mit

Hilfe seiner Funkanlage sendete er einen Funkspruch in die andere Richtung. »Bin vor Gedser, du brauchst Hilfe? Gib Koordinaten. Hallo, melde dich. Wo bist du?« Der Lautsprecher blieb stumm. Es kam keine Antwort zurück. Dieser Hilferuf war unheimlich und er versuchte ein weiteres Mal, Kontakt zu dem Schiff herzustellen. Er war sicher, dass dort etwas passiert sein musste, und gab Vollgas, damit der Kutter gegen die Wellen ankämpfen konnte. Er musste diesen Hilferuf zwingend an die Behörden weiterleiten. Da die Anlage offensichtlich ausgestellt worden war, übermittelte der Fischer den Notruf an die zuständige Wasserschutzpolizei in Gedser. Die würden sich darum kümmern, das wusste er. Er übermittelte den notierten Wortlaut und holte mit seinem Helfsmann die letzten Netze ein.

*

»Du böses altes Weibsstück«, schrie Lina wie von Sinnen und schlug Charlotte ihre Hand ins Gesicht. »Ich hab dir vertraut.« Sie wankte und hielt sich an der Schreibtischplatte fest, um nicht mit dem Kopf aufzuschlagen. »Bist du des Teufels? Was hast du dir dabei gedacht? Und ich war noch so nett und hab dir Brot gemacht. Willst du uns in Gefahr bringen?«

Charlotte schüttelte den Kopf. »Nein, ich wollte … ich …«, Charlotte stotterte und wusste nicht, was sie hätte antworten sollen. Sie hoffte nur, dass Lina nicht mitbekommen hatte, was genau sie rausgeschickt hatte. Und sie betete insgeheim, dass irgendjemand da draußen sie gehört hatte.

»Du hinterlistiges altes Frauenzimmer. Du willst unser Geschäft kaputtmachen, nicht mit mir.« Sie zerrte Charlotte an den Haaren zurück in ihre Kabine, stieß sie mit aller Kraft auf die Matratze. Die Künstlerin wimmerte vor Schmerzen und krallte sich an der Bettdecke fest. Die Wellen drückten das Schiff gefährlich zur Seite, und in Charlottes Kopf drehte sich alles. Lina hielt ihr dieses verdammte Messer an die Kehle. »Ich sollte dich am besten gleich hier entsorgen, du … du … Hexe.« Ihr Gesicht lief hochrot an und wirkte verstörend auf die eingeschüchterte Charlotte. Das diffuse Licht setzte ihre Mimik zusätzlich in einen furchteinflößenden Rahmen. Lina zog das Klebeband aus ihrer Jackentasche, zerrte an Charlottes Handgelenken herum, und in wenigen Minuten war sie wieder an Händen und Füßen gefesselt. Charlotte sah, wie Lina die Tür hinter sich zuzog, und fror entsetzlich. Hatten sie mit Lore und Tim vielleicht das Gleiche getan? Waren die beiden diesen Gaunern auf die Schliche gekommen? Allein der Gedanke daran ließ sie erschauern. Ihr war klar, dass sie sich in eine tödliche Sackgasse manövriert hatte. Was, wenn sie sie hier irgendwo in der Ostsee versenkten? Alle Welt würde sie suchen, aber niemand würde sie jemals wiedersehen. Fischfutter, ich werde zu Fischfutter, fasste sie die ausweglose Situation in einem Wort zusammen. Unaufhaltsam liefen Tränen über ihre Wangen. Charlotte betete verzweifelt, dass jemand ihren Funkspruch mitbekommen hatte. Sie wusste, dass, wenn es eine Notfallsituation gab und der Funkkontakt etabliert war, die betreffende Stelle, sei es die Küstenwache oder ein anderes Schiff, zusätzliche Informationen anfordern konnte, einschließlich ihrer aktuellen Position. Ihr war aber auch klar, dass sie genaue Koordinaten hätte mitteilen müssen. Aber wie, wenn sie nicht einmal wusste, wo sie sich befanden. Vielleicht konnte man die Jacht anhand des GPS ausfindig machen.

Sie wollten nach Norden, Schweden, soviel ich weiß. Dann könnten wir irgendwo vor Gedser stecken. Sie hielt inne, als sie hörte, dass ihre Peinigerin zurückkam und einen Tampen aus ihrer Jackentasche zog.

»Nein, bitte nicht. Ich werde mich nicht mehr rühren. Nicht über Bord.« Charlotte liefen immer mehr Tränen über die Wangen. Und dieses Mal waren sie nicht gespielt. Pure Angst zeichnete ihr Gesicht. Wenn sie überhaupt jemand am anderen Ende der Funkanlage verstanden hatte, war es eindeutig zu spät.

Lina starrte die auf dem Bett kauernde Schnüfflerin an. »Dreh dich um, wird's bald.« Sie stieß ihren Fuß gegen die Bettkante. Schwerfällig schlang sie das Tau über das Klebeband um ihre Handgelenke und zog die Enden zu. Charlotte stöhnte. Die Fesseln schnürten.

»Bitte nicht über Bord. Ich tue alles, was Sie von mir verlangen«, ihr Flehen schien die Jachtbesitzerin nicht im Geringsten zu beeindrucken.

»Wie kommst du darauf? Glaubst du, ich will dich ersäufen?« Sie lachte schrill. »Da musst du dich noch ein bisschen gedulden. Wir kommen vielleicht später darauf zurück. Zuerst müssen wir von hier verschwinden.« In diesem Moment hörte Charlotte einen Motor. Hatte doch jemand ihren Notruf empfangen? Als die Bergmann sicher war, dass die Schnüfflerin gut vertäut war, gab sie ihr einen Stoß. Sie fiel auf die Seite und blieb ohne Gegenwehr liegen. Charlotte hoffte, dass die Frau nicht mitbekommen hatte, dass sich ein Boot der Jacht näherte.

Lina erhob sich. »Das wird Erik sein.« Also hatte sie es doch bemerkt. »Ich verrate dich nicht. Aber wenn du noch einmal einen Piep von dir gibst, dann …« Sie nahm das Messer wieder in die Hand und hielt es Charlotte gegen die Kehle. »Dann erledige ich das persönlich, ist das klar?«

Charlotte nickte. »Ich verhalt mich still, versprochen.«

Das Licht erlosch und die Tür wurde geschlossen. Sie hörte, wie der Schlüssel im Schloss gedreht wurde. Ihr wurde klar, dass ihr Ausbruchsversuch außer Ärger nicht das Geringste eingebracht hatte.

*

Der Kutterkapitän kreuzte mit seinem Boot zu diesem Zeitpunkt vor Klintholm nahe der Insel Møn. Er war angespannt und sprach die ganze Zeit über kein einziges Wort. Sein Helfsmann merkte, dass er tief in Gedanken versunken war. »Wir müssen sie suchen. Da stimmt etwas nicht. Ich kann das nicht ignorieren.« Beherzt bewegte er das Steuerrad auf die Backbordseite und drehte bei. »Das mit dem Fischfang wird heute sowieso nichts mehr. Ich hab ein komisches Gefühl bei der Sache mit dem Funkspruch«, sagte er und presste den Gashebel nach vorn. Er hatte keine Ahnung, wo er mit seiner Suche anfangen sollte, aber er konnte und durfte nicht untätig sein und so tun, als hätte es diesen Funkspruch nie gegeben. Ihr Kutter würde es überleben, aber diese Frau? »Verdammt Scheiße«, schrie er in gebrochenem Deutsch und blickte voraus in die Dunkelheit. Dann steckte er sich eine Zigarette an und stellte den Scheinwerfer an.

*

»Wir sollten sofort fahren«, sagte Westermann mit knurrendem Unterton in seiner Stimme. Er schien bedrückt zu sein. Immer wieder hatte er gestern Abend versucht, Katrin zu erreichen, und laufend sprang einzig und allein der

Anrufbeantworter an. »Lass uns packen und losfahren. Ich muss wirklich dringend zurück. Wir nehmen die Straße. Ich brauch diese Fähre nicht. Dann sind wir früher zu Hause. Ich halte das nicht aus.«

»Was ist denn mit dir passiert? Nee, nun lass uns mal ganz gemütlich mit der Fähre zurückschippern. Ich hab echt keinen Bock, jetzt durch die Walachei zu kutschieren und vielleicht noch irgendwo steckenzubleiben.« Hartwig schüttelte den Kopf.

»Hm, dann eben nicht«, sagte Westermann und zwang sich, ruhig zu bleiben. Er konnte nicht durchweg seinen Willen durchboxen. Dieses Feld war ein privates. Westermann versuchte, nicht daran zu denken, was ihn zu Hause erwartete. Das Auf und Ab mit Katrins Laune verunsicherte den Mann mit dem analytischen Verstand und der stoischen Ruhe. Und dass er sie jetzt nicht mal mehr erreichen konnte, entfachte in ihm ein Gefühl von Eifersucht, das ihm schwer zu schaffen machte. »Ich glaube, es wird Zeit, dass ich kürzertrete. Ich bin für den ganzen Zirkus zu alt.«

Eine halbe Stunde später verließen sie das Hotel, stiegen in die Fahrzeuge und machten sich auf den Weg zum Hafen. Nur eine Nacht, dann würde alles wieder seinen normalen Lauf nehmen.

Westermanns Handy klingelte. »Ja?«

»Hier ist dein Kollege aus Rätan. Wir haben soeben ein merkwürdige Mitteilung von der Wasserschutzpolizei aus Dänemark erhalten, und dein Name fiel«, versuchte der schwedische Polizeibeamte, sich dem Ersten Hauptkommissar in leidlichem Deutsch mitzuteilen.

»Worum geht's?« Westermann setzte den Blinker und fuhr an den rechten Fahrbahnrand. Hartwig entdeckte das blinkende Signal und stoppte ebenfalls.

»Ein Frau ist gefangen, so sagen Kollegen.«

»Und was haben wir damit zu tun?«, wollte der Kommissar erstaunt wissen.

»Dein Name, sie sagte dein Name.«

»Okay. Wie hieß die Frau, die meinen Namen sagte?«

»Nicht ganze Name verstanden, nur Karlotta.«

Westermanns Gesichtszüge entgleisten. Er stellte den Warnblinker an. Sein Kollege würde verstehen. »Was ist passiert?«, fragte der Hauptkommissar.

»Ein Schiff, irgendwo auf der Ostsee, kein Ahnung wo, aber dein Name fiel.«

»Wie hieß das Schiff?«

»Kein Ahnung. White Bear oder so ähnlich.«

»Danke für den Anruf. Wir kommen sofort zurück.«

»Nein, nicht zurückkommen. Wir suchen dein Schiff und bringen Frau nach Deutschland, okay?«

»Ja, aber wir müssen doch was tun.« Seine Stimme überschlug sich. Westermanns Puls hämmerte gegen die Halsschlagader. Er stöhnte, hatte das Gefühl, das jeden Moment das Herz versagte. Ein Schwindelgefühl erfasste ihn und er legte den Kopf aufs Lenkrad.

»Ihr nix könnt tun. Fahr nach Hause, Westermann, wir suchen und bringen Karlotta«, hörte er und beendete das Gespräch. Mit starrem Blick richtete er sich kerzengerade auf.

Hartwig riss die Wagentür auf: »Was ist denn jetzt wieder los? Warum hältst du?«

»Die haben Charlotte.«

»Wer hat Charlotte?«

⁂

Charlotte versuchte, die Augen zu öffnen, aber es umgab sie nichts als ein Mantel aus Dunkelheit. Das Motorengeräusch war näher gekommen und letztlich verstummt. Ihr wurde klar, dass Bergmann zurückgekommen war. Ihr war hundeelend zumute, sie schaffte es kaum noch, den Brechreiz zu unterdrücken. Gott sei Dank hab ich so gut wie nichts im Magen. Und wenn ich mich nicht absolut ruhig verhalte, töten die mich. Sie schluchzte, hatte es diesmal richtig vermasselt und musste mit dem Schlimmsten rechnen. Niemand ahnte, wo sie sich aufhielt, geschweige denn irgendjemand hatte eine Ahnung davon, was sich inmitten dieses Sturms abspielte.

Dann flammte ein Gedanke auf, den sie die ganze Zeit über außer Acht gelassen hatte: Nadja. Sie wusste, wo sie sich aufgehalten hatte und warum. Sie hatte mit ihr gemeinsam diesen Plan geschmiedet. Die wird sich melden, wenn ich mitsamt dem Schiff verschwunden bin, hoffe ich zumindest. Spätestens wenn Dirk zu Hause ist, wird er nach mir fragen und dann sofort nach mir suchen. War er nicht längst wieder auf der Insel? Fragen über Fragen kreisten in ihrem Kopf, während sie immer wieder an ihren Fesseln zerrte. Fragen, auf die sie keine Antwort erhielt. Ich brauche ein Wunder.

*

Der Anruf, der bei der Wasserschutzpolizei in Dänemark einging, beunruhigte die Beamten. Der Funkspruch eines Fischers, der ihnen den Wortlaut einer zerstückelten Botschaft übermittelt hatte, ließ die Polizisten aufhorchen. Sie fragten nach Besonderheiten des Notrufes, da die Mitteilung nur Bruchstücke enthalten hatte.

»White Bear oder so ähnlich hatte die Frau geflüstert, es handelte sich eindeutig um eine Frau, so viel war sicher. Anscheinend eine Deutsche. Und dass sie offensichtlich gefangen sei. Mehr weiß ich auch nicht, und da war noch ein Name. Westermann, Kommissar Westermann.«

Die Antworten waren mager, aber setzten aufgrund der verfügbaren Informationen eine beispiellose Rettungsaktion in Gang. Unter Verwendung von Radar, AIS, eines automatischen Identifikationssystems, Satellitenortung und anderen Mitteln versuchten die Rettungskräfte, die Position des Schiffes zu ermitteln. Es erforderte die Koordination und Zusammenarbeit mit einer Anzahl von Rettungseinheiten. Die dänische Küstenwache informierte umgehend die deutschen und schwedischen Kollegen, die sofort geschaltet hatten und Westermann Bescheid gaben. Entsprechende Rettungskoordinierungsstellen wurden eingerichtet, da sich der Notfall in internationalen Gewässern befand. Es dauerte nicht lang, dann entsendeten die Wachen der verschiedenen Länder Rettungsschiffe oder- boote, um nach dem Schiff zu suchen. Charlotte hatte eine Armada in Gang gesetzt, die beispiellos war. Ob die sie allerdings retten konnten, wusste niemand.

KAPITEL 27

Erik brauchte etliche Versuche, bis er das Beiboot an der White Pearl befestigt hatte. Lina bewegte sich schwankend über das Deck, hielt sich krampfhaft an der Reling fest und warf ihm immer wieder einen Tampen zu. Erst nach dem dritten Wurf konnte er die Leine greifen und zurrte das hochseetaugliche Schlauchboot an der Klampe fest. Nur mit Mühe schaffte er es, über die auf und nieder schnellende Leiter an Bord zu gelangen. »Verdammtes Scheißwetter«, rief er. »War die Alte ruhig?«, wollte er wissen.

»Ich musste mich nicht mal um sie kümmern. Die war so klein mit Hut«, log sie, deutete eine winzige Figur an und hoffte, dass ihre Lüge unentdeckt blieb. »Hast du das Ersatzteil?«, wollte sie wissen.

»Ja, hab ich«, entgegnete er knapp, ohne sie eines Blickes zu würdigen. »Und ich hab noch eine gute Nachricht«, sagte er mit versöhnlicher Stimme. Er betrachtete ihre auf der Haut klebenden Haare und die durchnässte Strickjacke, unter der sich ihre Brüste abzeichneten. Lina schlotterte vor Kälte und kämpfte mit vollem Körpereinsatz gegen das Schaukeln der Jacht und seine Blicke, die ihr Angst einflößten, seit sie den Hafen verlassen hatten. »Lass uns erst mal trockene Klamotten anziehen, dann erzähl ich dir, was passiert ist. Ich hoffe, du hast starken Kaffee parat«, sagte er und versuchte ein Lächeln. Was ist bloß mit ihm los?, überlegte Lina. Sie traute sich nicht, ihn anzusehen.

»Ja, ich hab Wasser aufgesetzt«, lächelte sie, schenkte ihm einen vagen Blick und schluckte. Sie durfte ihn auf keinen Fall reizen. Seine sprunghafte Laune war kaum zu ertragen, die Spannung tat ihrem Körper weh.

»Wir brauchen nicht nach Göteborg zu segeln. Wir werden die Übergabe auf Bornholm vornehmen«, sagte er, ohne sie anzusehen. »Ich hab mit dem Kerl gesprochen, der uns die Kohle bringt. Er war einverstanden, dass wir das Geschäft auf der Insel abhandeln. Danach können wir endlich verschwinden. Wir haben, was wir wollten, und dann arrivederci.« Er sah sie an, atmete tief durch, und Lina merkte, dass sich in seiner Hose etwas regte. Sie nahm es erleichtert zur Kenntnis. Mit ihrer Hingabe hatte sie es bisher immer geschafft, ihn zu besänftigen. Sie legte einen schmollenden Blick auf, wirkte auf einmal wie ein Welpe, der um Liebe bettelte. »Und hinterher fahren wir, wohin du willst«, räusperte er sich mit rauer Stimme, stand auf und zog seine Frau an sich. Langsam fuhr er mit seinen Fingern über ihr Gesicht, näherte sich ihr und drängte seine Zunge fordernd in ihren Mund. Mit einer Hand fuhr er unter ihr feuchtes Shirt und knetete ihre Brust. »Weißt du eigentlich, wie geil du mich immer noch machst?« Lina fing an zu stöhnen. Sie wusste, wie sie ihn besänftigen konnte, und setzte alles auf eine Karte. Erik verstand ihre Laute als Aufforderung. Mit einer ruppigen Bewegung drehte er ihren Körper. Sie öffnete ihre Hose, ließ sie ihre Beine hinuntergleiten. Unnachgiebig drückte er ihren Oberkörper gegen das Steuerrad. Er packte ihre Mähne, riss ihren Kopf zurück und vögelte sie. Lina fing an zu jaulen. Da war keine Liebe, das waren purer Besitzanspruch und Geilheit. Erik war so erregt, dass er sich nach wenigen Stößen mit tierischem Brüllen in ihr entlud. Jetzt wusste sie, dass alles wieder gut werden würde. Erleichtert zog sie die Hose hoch. Wenn nur die Alte ihr keinen Strich durch die Rechnung machte.

*

Charlotte bemerkte nicht einmal, dass ihre gefesselten Hände sich immer wieder im gleichen Takt an der Kante des Bettpfostens auf und ab bewegten. Es sah aus, als ob sich ihre Hände eigenständig befreien wollten. Als sie merkte, dass ihre Haut auf dem Holz scheuerte, war es bereits zu spät.

Ohne dass es ihr bewusst gewesen war, hatte sie die Handgelenke die ganze Zeit über die Holzpfosten gerieben und dabei die Seile und das Klebeband durchgescheuert. Auf einmal lagen ihre Hände auf der Matratze. Fassungslos rieb sie ihre Gelenke. Ihre Hoffnung stieg. Fieberhaft raffte sie das Seil zusammen und wollte es zwischen Schrank und Bett verschwinden lassen, als sie einen winzigen Knopf zwischen Bettkante und Schrank ertastete. Charlotte kannte diese Vorrichtungen, die mit Sicherheit zu einem Geheimversteck gehörten. Diese Art von versteckten Aufbewahrungsorten kannte nur, wer sie hatte einbauen lassen. Sie und ihr verstorbener Mann hatten ebenfalls ein derartiges Geheimfach auf ihrem damaligen Schiff einbauen lassen. Vielleicht finde ich hier etwas, das mir Hinweise auf dieses Verbrecherpaar gibt. Ob Bergmanns dieses Versteck überhaupt kennen? Wenn ja, liegt da vielleicht das Astrolabium. Das kalte Metall unter der Matratze hatte sich als Laptop herausgestellt, den sie ohne Passwort allerdings nicht öffnen konnte. Entschlossen drückte sie auf die Vorrichtung. Wie von Geisterhand hob sich die getäfelte Wand des Einbauschrankes an und offenbarte eine schmale Öffnung. Sehen konnte sie nichts. Charlotte schob ihre Hand in den Schlitz und tastete sich voran. Auf einmal stieß Charlotte auf Widerstand, fühlte Pappe zwischen ihren Fingern. Ich muss die Leselampe anstellen, um was zu erkennen. Ihre freie Hand bewegte sich zum Kippschalter. Sie schloss für einen Moment die Augen, weil das Licht blendete. Charlotte zog den Pappordner aus der Öffnung und legte ihn neben sich auf die Decke. Dann forschte sie weiter, griff nach einer Schatulle, die einem Brillenetui ähnelte. Als sie diese öffnete, erschrak sie. In ihm befanden sich eine Spritze und mehrere Ampullen mit einer glasklaren Flüssigkeit. Angewidert verschloss sie die Box und legte sie zum Ordner. Sie suchte mit ihrer Hand weiter im engen Fach. Das Ding, das sie dann herauszog, konnte sie zuerst nicht zuordnen. Erst, als sie es näher betrachtete, entdeckte sie, dass es sich um einen Taser handelte, wie er manchmal in Kriminalfällen im Fernsehen benutzt wurde. Charlotte begutachtete das schwarze Gerät von allen Seiten und drückte auf den flachen Knopf. Funken sprühten. Sie erschreckte und legte es zu den anderen Sachen. Als Letztes zog sie eine Packung heraus, die sich weich anfühlte. Es handelte sich um Haushaltstücher, in die etwas eingehüllt war. Sie schlug das Küchenpapier auseinander, darunter schwarzer Samt. In ihm das Astrolabium. Sie hatte endlich gefunden, wonach sie die ganze Zeit vergeblich gesucht hatte. Auf einmal vernahm sie Geräusche.

Die treiben es schon wieder, wie die Karnickel, stellte sie angewidert fest. Jedenfalls habe ich so lange Ruhe, wie es da oben dauert. Sie lauschte den quiekenden Geräuschen und schlug den dünnen Ordner auf. Papiere, das sind die Kaufpapiere vom Schiff. Was machen die in einem Geheimfach? Sie blätterte unschlüssig in den Papieren, bis sie etwas entdeckte.

*

Erik hatte es geschafft. Er wischte sich mit dem Handrücken Maschinenöl von der Stirn und wankte in den Steuerstand. Das Ersatzteil war verbaut. »So, wir können starten. Bete, dass alles funktioniert. Lass uns endlich die verdammten Anker lichten und von hier verschwinden.«

Er zwinkerte Lina zu, die ihn seltsam blass anschaute: »Die suchen uns.«

»Wie, die suchen uns? Wer sucht uns?«, fragte Erik und seine Mimik erstarrte.

»Es kam gerade eine Nachricht in mehreren Sprachen über Funk durch. Eine White Bear wird gesucht. Man soll sich melden, wenn man sie gesichtet hat.«

»Was? Und warum hast du mir das nicht sofort gesagt?« Seine Hand schnellte drohend in die Höhe. Alles, was vor wenigen Minuten zwischen ihnen passiert war, schien mit einem Schlag ausgelöscht.

»Hab ich doch. Es kam eben erst durch und ich wollte dich gerade holen«, weinte sie und hielt die Hände vors Gesicht.

Erik reagierte: »Ich muss den Namen überstreichen, dann schalten wir sämtliche Elektronik aus und dann nichts wie weg hier«, knurrte er sie an.

»Du kannst da draußen nicht streichen. Bitte nicht. Bei den Wellen gehst du über Bord«, bettelte sie.

»Hast du eine bessere Idee?«, brüllte er. Weinend schüttelte sie den Kopf. Erik funkelte sie an, verließ den Steuerstand und durchsuchte die Backskisten im hinteren Teil des Schiffes. Er zog eine Dose mit nachtblauer Lackfarbe heraus. Es war der Farbton der Jacht, die dort von Ahlers zurückgelassen wurde, falls es einen Kratzer geben sollte. Er wühlte weiter und fand eine unbenutzte Rolle. »Ich muss da raus, sonst war alles umsonst«, flüsterte er heiser, schnallte sich den Sicherheitsgurt um, den er aus einem anderen Stauraum friemelte. Ohne ein weiteres Wort verließ er den Steuerstand und verschwand in die Dunkelheit, die sein Gesicht auf der Stelle mit Salzwasser flutete. Er wusste genau, wo der Schriftzug der Pearl angebracht war, und musste ihn beseitigen, solange sie nicht in die Nähe eines Schiffes gerieten. Die meterhohen Wellen spuckten eiskalte Gischt im Schwall über ihn. Sein ganzer Körper zitterte wie Espenlaub, als er sich flach auf das Deck legte. Mit aller Kraft versuchte er, den Deckel der Farbdose irgendwie aufzuhebeln. Der Deckel sprang auf, entglitt ihm und verschwand im Wasser. »Nein!«, schrie er und hielt krampfhaft die Dose in seiner Hand. Mit einer Hand tastete er nach den aufgeklebten Buchstaben des Namenszuges. Er versuchte, die Kunststoffbuchstaben abzuziehen, es gelang ihm nicht. Die Finger waren fast taub, so kalt war es. Er senkte den Arm mit der Farbrolle und bewegte die Hand über den Schriftzug. Er wusste nicht, ob er jeden Buchstaben erwischt hatte und tauchte die Farbrolle immer wieder in den Topf. Bergmann hoffte, dass er alle Buchstaben erwischt hatte, obwohl er wusste, dass die Farbe vom Seewasser genauso gut wieder runtergewaschen werden konnte. Seine Kraft war am Ende. Als er wieder einigermaßen durchatmen konnte, stellte er sich auf seine zitternden Beine. Eine Sekunde später riss eine Welle ihm den Boden unter den Füßen weg. Bergmann schlug auf den Decksboden, rutschte schreiend über die Bordkante und konnte sich in letzter Sekunde mit einer Hand am Geländer festklammern. Er hoffte, dass die Sicherung hielt. »Lina, Lina hilf mir.« Verzweifelt griff er mit der anderen Hand nach dem Gestänge, wurde mit seinen Beinen von einer Seite zur anderen gegen die Schiffswand geschleudert. Es konnte nicht lange dauern, dann würde ihn seine Kraft verlassen. »Lina …«

*

»Liiiina.« Charlotte erstarrte, als sie Bergmann den Namen seiner Frau schreien hörte. Sie konnte nichts sehen, wusste aber, dass dort oben irgendetwas Schlimmes passierte. Auf ihrem Schoß der Ordner. In ihm Verkaufspapiere, die Bankvollmacht und etwas, das als Beweis so sicher wie das Amen in der Kirche war. Sie fragte sich die ganze Zeit, was die Bergmanns mit so einer Bankvollmacht vorhatten. Sie erhob sich und durchsuchte die eingelassenen Stauräume unter den Betten. Charlotte hatte Glück. In einer der eingearbeiteten Unterbettschubladen lagen Schwimmwesten. Ohne zu überlegen, griff sie nach einer von ihnen. Es handelte sich um schmale rote Schals, die sich um den Hals schmiegten und erst bei Gefahr öffneten. An der einen Seite hing eine Trillerpfeife, an der anderen ein Seenotlicht. Sogar ein Spraycape, das sie über den Kopf ziehen konnte und Schutz vor Gischt in Seenot versprach, war dabei. Sie wusste, wie sie die Gegenstände zu handhaben hatte.

Ohne zu überlegen, raffte sie die Unterlagen und Utensilien, die unter der Decke lagen, zusammen. Den Taser schob sie in den Bund ihrer Jeans, um ihn im Notfall griffbereit zu haben. Das Etui mit der Spritze in die linke Innentasche ihrer Lederjacke. Wohin mit den Papieren? Verdammt, wohin? Sie öffnete den Zipper ihrer Jacke und knickte den flatterigen Pappordner. Eilig hob sie ihren Pullover hoch und stopfte die Unterlagen und das kostbare Astrolabium zwischen ihr Dekolleté in den einteiligen Bodysuit. Wie gut, dass ich einen trage. Bei dem Wetter. Wozu ein Korsett gut sein kann, stellte sie fest. Die Sachen sind zumindest sicher verstaut. Mühsam versuchte sie, so gut es ging, das Seil, wenigstens dilettantisch, um ihre Handgelenke zu zurren. Mit den Zähnen zog sie das Ende des Tampens so fest zu, wie es ihr möglich war. Im Dunkeln wird sie es nicht merken, war sie sicher und legte sich stillschweigend zurück auf die Matratze. Dann bekam sie mit, wie der Motor angeworfen wurde. Wenig später merkte sie anhand der Bewegungen, wie das Schiff Fahrt aufnahm. Die Tür wurde aufgerissen, Lina schaute nach ihrer Gefangenen. Charlotte tat, als schliefe sie. Sie wollte der Widersacherin das Gefühl geben, dass sie für die beiden keine Gefahr darstellte. Vielleicht ließen sie sie am Leben, bis sie sich in sicheren Gefilden wähnten. Sie hoffte, dass irgendjemand ihren Hilferuf erhalten hatte.

KAPITEL 28

Nachdem Westermann seinem Kollegen übermittelt hatte, was vorgefallen war, hatten sie es sehr eilig, zurück nach Deutschland auf die Insel Fehmarn zu kommen. Sie verzichteten auf die Überfahrt mit der Fähre und legten die rund 500 Kilometer mit den Autos zurück. Ihnen blieb keine andere Wahl. Sie mussten ohne Verzögerung nach Deutschland zurück. Westermann war sich sicher, dass Charlotte hinter dem Notruf steckte und sich erneut in große Gefahr gebracht hatte. Es lag eine ellenlange Strecke vor ihnen. Sie mussten über Kopenhagen nach Rødby und von da aus mit der Fähre nach Fehmarn übersetzen. In Hartwigs Magengegend setzte sich das beklemmende Gefühl fest, dass Charlotte dieses Mal nicht glimpflich davonkam. Wo hatte sie sich wieder hineinmanövriert? Auch Hartwig machte sich Sorgen um die Miss Marple der Insel.

*

Das Schiff, das jetzt ohne erkenntlichen Namen durch die Nacht fuhr, segelte mit voller Kraft die gut 35 Seemeilen lange Strecke Richtung Bornholm. Lina hatte es geschafft, Erik zurück auf die Jacht zu hieven. Die Frau an Bergmanns Seite besaß ungeahnte Kräfte, überwand ihre Panik und hatte ihn von der Bordwand zurück an Deck gezogen. Ohne sie weiter zu beachten, konzentrierte er sich wieder auf das Ziel ihrer Reise. »Ich seh kaum die Hand vor Augen. Die Elektrik auszuschalten, ist keine gute Idee. Aber sonst haben die uns sofort auf dem Radar«, sagte er und presste die Lippen zusammen. Erik hatte sich entschieden, trotz des Sturms und der Suche nach ihrem Schiff den Hafen anzulaufen. Sie trafen dort auf den Käufer ihrer kostbaren Fracht. Bergmann hatte keine Angst, das Schiff durch den Sturm zu segeln. Seine Angst lag eher darin, von der Polizei entdeckt zu werden. Sie mussten unbedingt mit der Pearl in einer abgelegenen Hafenanlage untertauchen und abwarten, bis die Gefahr vorüber war. Er hatte den Hehler informiert und einen Treffpunkt mit ihm vereinbart. Bergmann hatte jeden Schritt perfekt ausgearbeitet und bereits genaue Pläne für ihre Zukunft geschmiedet. Allein mit dem Geld aus dem Verkauf des Diebesguts könnten sie bis an ihr Lebensende ein verschwenderisches Leben führen. Jetzt mussten sie ihr Schiff allerdings erst mal sicher in den Hafen bekommen, ohne groß aufzufallen. Schließlich hatten sie außer dem Artefakt noch eine andere Ware an Bord, die sie schnellstens entsorgen mussten – Charlotte.

Der Schiffseigner der White Pearl segelte mit einem Geisterschiff über die tobende Ostsee und hoffte, dass niemand sie entdeckte. Charlotte dagegen lag nur ein paar Stufen tiefer in ihrer dunklen Kajüte und wartete auf ihre Chance.

*

Nach mehr als sieben Stunden Fahrt durch Schweden und Dänemark liefen die Ermittler Westermann und Hartwig mit der Fähre der Scandlines in den Hafen von Puttgarden ein. Man sah ihnen die Erschöpfung an. Als Hartwig den Motor ausstellte und die Tür öffnete, sprang Watson sofort aus dem Wagen. Weil auch er selbst dringend pinkeln musste, folgte er dem Hund und stellte sich gegen einen Busch. Nebeneinanderstehend ließen sie ihrer Notdurft freien Lauf. Westermann verließ den aufgefundenen Volvo und reckte sich. Er musste beim Anblick der pinkelnden Kollegen schmunzeln. Aber jetzt hieß es zuallererst, Charlotte zu retten. Zwanzig Minuten später trafen sie auf dem Parkplatz der Burger Dienststelle ein. Die Beamten stießen im Flur auf Jan Becker, der mit lässigen Schritten den Flur entlangschlenderte, jede Zeit der Welt zu haben schien.

»Habt ihr etwas von Charlotte gehört?«, wollte Westermann vom Hauptmeister wissen.

»Miss Marple?«, fragte er und sein rechter Mundwinkel verzog sich nach oben. »Nö, die ist wie vom Erdboden verschluckt. Sprecht mal mit dem Chef.« Der Kriminalist nickte, Jan Becker raufte sich die spärlichen Haare und bewegte sich aus seinem Blickfeld.

»Moin, Olaf«, sagte Westermann, als das Trio sein Büro betrat.

»Moin, Jungs. Schön, dass ihr da seid, dann können wir endlich Tacheles reden«, sagte er und bot den Kollegen Platz an. »Gleich zu Anfang: Ich bin persönlich zu Charlotte nach Hause gefahren und hab nach ihr gesucht. Sogar die Nachbarn befragt und nur Kopfschütteln geerntet. Selbst 'ne Stippvisite bei Josh Diekmann brachte keine Lösung. Hab ihn nicht angetroffen.« Schütt legte den Kugelschreiber, auf dem er kaute, auf die Schreibtischplatte und verzog das Gesicht.

»Ja, das ist nicht viel Neues, was du mir da erzählst. Josch ist übrigens in Norwegen zum Angeln«, antwortete Westermann.

»Na ja, vielleicht ist sie Freunde besuchen.«

»Wart ihr im Hafen? Ist die Jacht ausgelaufen?«

»Ja, ist sie. Der neue Hafenmeister hat mir mitgeteilt, dass sie trotz der miserablen Wetterlage raus sind«, sagte Schütt, stand auf und öffnete das Fenster.

»Hat der Hafenmeister dir erzählt, wohin sie unterwegs sind?«

»Ist das jetzt wichtig? Was interessieren uns die Bergmanns? Ich dachte, wir suchen nach Charlotte.«

»Ja, genau darum geht es. Wie es aussieht, ist Charlotte verschwunden und wird auf diesem verdammten Kahn festgehalten«, sagte Westermann.

»Was sollen wir denn deiner Meinung nach tun? Die Bergmanns sind Hals über Kopf ausgelaufen. Ich weiß nur, dass die vom Parkplatz etliche Kisten mit Lebensmitteln und Zeugs zur Jacht gekarrt haben. Und anschließend bei dem mistigen Wetter raus sind.«

»Zeugs?«, fragte Westermann.

»Tampen und Dosen, Werkzeug. Was man braucht, wenn man länger auf See will. Ich glaub, die Bergmanns sehen wir so schnell nicht wieder. Sie haben, wie ich vom Hafenmeister erfahren hab, ihren Platz aufgelöst.«

»Das ist doch alles nicht zu glauben. Wenn ihr euch ein bisschen mehr um die Bergmanns gekümmert hättet, wäre Charlotte jetzt vielleicht nicht in Gefahr«, erregte sich Westermann, während er seinen Bart kratzte.

Hartwig stand neben seinem Vorgesetzten und zog eine Zigarette aus seiner Schachtel.

»Hier wird nicht geraucht«, sagte der Burger Dienststellenleiter. Es passte ihm nicht, dass sie seine Dienststelle für das Verschwinden von Charlotte und diesem Schiff verantwortlich machten.

»Das alles geht mir gerade gehörig auf die Nerven. Habt ihr was Neues von der Wentdorf gehört?«, wollte er mit leiseren Tönen wissen.

»Nö, die bleibt bei ihrer Aussage, dass sie ihre Verwandten sucht. Erscheint mir plausibel. Ich denk, die Deern hat nichts auf dem Kerbholz. So 'ne halbe Person.«

»Na, dein Wort in Gottes Gehörgang. Denken allein hilft uns nur leider nicht weiter. Wir müssen weiterhin in alle Richtungen ermitteln«, brummte Westermann. »Ich mach mir solche Sorgen um Charlotte. Ich bin davon überzeugt, dass sie auf dieser Jacht gefangen gehalten wird.« Seine Mundwinkel sanken, er wirkte fahrig, als er sich mit beiden Händen durch die weißen Haare fuhr und seufzte. »Was mich seit Charlottes Verschwinden brennend interessiert: Haben die Bergmanns nicht doch irgendwas mit dem Verschwinden der Ahlers zu tun? Was haben sie entdeckt, das sie dermaßen in Gefahr gebracht hat. Wenn ich ehrlich sein soll, ich weiß nicht mehr weiter. Verdammt, wo sind die Ahlers, wo ist Charlotte?«

Schütt nickte. »Ich versteh dich. Ich glaube aber, dass sich das in naher Zukunft alles aufklären wird und unsere Miss Marple bald wieder auf unserer Insel rumbutschert.«

»Jetzt müssen wir die Ahlers und die verdammte Jacht ausfindig machen. Was passiert, wenn die Kollegen sie nicht finden?« Westermann erhob sich, schob zum wiederholten Mal die schwarzgerahmte Brille auf seine nackenlangen Haare. »Habt ihr kein Kennzeichen von der Zulassungsstelle? Vielleicht haben sie einen neuen Wagen.«

»Nee, da ist kein Fahrzeug auf den Namen Ahlers registriert. Weder auf ihn noch auf sie. Eventuell haben sie einen Camper gemietet.«

»Und, da nachgeforscht?«

»Ja, aber weißt du, wie viele Wohnmobilanbieter es gibt? Vielleicht haben sie ihn privat gechartert. Die Kollegen aus Hamburg sind weiter dran.«

»Als Erstes muss der Volvo zur KT. War nicht gerade gemütlich, auf der ausgelegten Plastikfolie von Schweden hierherzurutschen«, sagte Westermann. »Die Kollegen holen den Wagen hier ab. Ich lass ihn stehen.« Er reichte Schütt den Wagenschlüssel und drückte die Hand seines Kollegen. »Und jetzt versuche ich noch mal, die Schiffseigner zu kontaktieren. Hatte bisher kein Glück«, seufzte er und verließ die Dienststelle.

*

Auf der White Pearl hielt Bergmann mit zusammengekniffenen Augen Ausschau nach ungewöhnlichen Lichtern. Er zerrte am Kragen seines Hoodies, hatte Atemprobleme. Er wusste nicht, dass Charlotte einen Funkspruch abgesetzt hatte, noch nicht. Lina saß neben ihm auf der Bank und rauchte. Sie schwieg, wollte ihn nicht verärgern und fuhr sich mit der Hand immer wieder schweigend durch ihre Haarsträhnen. Sie hatte aus lauter Angst nicht ein Wort von dem Fluchtversuch der Alten erwähnt, zog gierig an ihrer Zigarette und senkte den Blick. Die Übelkeit hatte sie stark mitgenommen, und das lag nicht nur an der aufgewühlten See, sondern zum großen Teil am Verhalten ihres Mannes. Sie schaute auf, bemerkte sein verächtliches Grinsen. Es flößte ihr Angst ein. Der fühlt sich unbesiegbar, nachdem er den Namen überpinselt hat. Dabei hat er es mir zu verdanken, dass er noch lebt, dachte sie und zog ein weiteres Mal an ihrer Kippe. Erik schien zu merken, dass sie ihn beobachtete.

»Nur noch eine Stunde, dann haben wir unser Ziel erreicht. Dann ist es vorbei«, sagte er, erstarrte im nächsten Moment in der Bewegung. Ein schwaches Licht, das die Farben wechselte, blitzte am Horizont auf. »Ist das ein Fischkutter, oder was flimmert da?«, fragte Erik und deutete auf das entfernte Leuchten.

»Weiß nicht. Aber ist doch auch egal, die wissen ja nicht, wer wir sind. Du hast das klasse hingekriegt mit der Farbe«, log sie und zündete sich mit zitternden Händen eine weitere Zigarette an. Lina hoffte, er würde ruhig bleiben und nicht wieder ausflippen.

Bergmann warf ihr einen herablassenden Blick zu. »Du bist wirklich zu dämlich, oder?«, fauchte er. »Wenn das kein Kutter, sondern die Wasserschutz sein sollte, halten die uns an, fordern die Papiere, du blöde Kuh. Ich könnte dir ...« Er hob seine Faust und schwenkte sie in ihre Richtung. »Hoff lieber, dass es nur irgendein Schiff ist und sie uns in Ruhe lassen.«

Bergmann drehte ab. Er versuchte, aus ihrem Sichtfeld zu verschwinden, wusste genau, dass das GPS und die AIS nicht mehr funktionierten und nicht zu erfassen waren. Außerdem spielten ihnen die hohen Wellen in die Karten. Bergmann hoffte, dass das schlechte Wetter und der hohe Seegang jedes Signal zwischen den Wellensignalen untergehen ließ. Er hatte an alles gedacht, oder? Sogar die Kadetrinne hatten sie umschifft. Dort auf der meistbefahrenen Wasserstraße wären sie dem Radar sämtlicher Behörden längst ins Visier geraten. Aber er hatte Angst, Panik, dass alles, was er geplant hatte, wortwörtlich ins Wasser fiel.

»Verdammte Scheiße. Kümmer dich um die Alte und ich versuch, uns unsichtbar zu machen.« Sämtliche Gerätschaften, die das Schiff verraten könnten, waren tot. Mit einem

Schiff, das bei diesem Sturm ihren Weg kreuzte, hatte er nicht gerechnet. Sein Puls raste, seine Hände zitterten. Er zündete eine Zigarette an und blies den Rauch gegen die Scheibe. Sein Atem ging flach, als er sich von den Lichtern entfernte. Lina bewegte sich erleichtert zu den Schlafkabinen, weil sie so seinem Dunstkreis entkam. Sie wusste, dass sie sich sonst noch eine einfangen könnte. »Kümmere dich um die Schnüfflerin, mach, dass sie nicht mehr rumschreit. Hast du verstanden?«, schrie er ihr nach. »Die geht mir gehörig auf den Keks. Ohne die wär das alles nicht passiert.« Er wusste, dass Charlotte keine Schuld an dieser Katastrophe hatte, aber irgendwer musste schuld sein.

*

Charlotte musste unter allen Umständen zur Toilette, um sich einen Überblick zu verschaffen. Sie schwang sich hoch und rief immer wieder mit lauter Stimme: »Ich muss mal. Bitte, lassen Sie mich raus.«

Sie hoffte, dass sie erfuhr, was die beiden vorhatten, wenn sie einen Blick in den Steuerstand werfen konnte. Außerdem hatte sie seit einem Tag nichts mehr gegessen. Ihr Magen knurrte wie verrückt. Erneut rief sie. Es klang verzweifelt. Endlich. Nach einer Ewigkeit öffnete sich die Mahagonitür und Lina betrat die Koje.

»Ich muss mehr als nur Pipi«, flüsterte sie und schluckte. »Verdammte Tussi. Du nervst wirklich.« Bergmann löste die Fessel vom Bettpfosten, zerrte die Schnüfflerin am Tampen hinter sich her Richtung Nasszelle. Sie hatte nicht einmal bemerkt, dass das Seil nur dilettantisch geknotet war. In der Toilette roch es abscheulich nach Erbrochenem. Charlotte verzog das Gesicht.

»Sieh zu, und keine Fisimatenten.« Lina wollte die Tür zuknallen.

»Aber die Hände«, sagte Charlotte und hielt der Schiffseignerin ihre gefesselten Gelenke entgegen. Die fluchte und entzerrte die Schlaufen des Hanfseils.

»Von mir aus kannst du endgültig verschwinden. Ich hab die Schnauze voll von dir«, sagte Bergmann und schlug mit aller Wucht ihre Hand gegen die Holztür. Erik rief nach ihr. Lina erschrak, versteifte sich und spurtete, ohne sich weiter um Charlotte zu kümmern, mit den Fesseln in der Hand Richtung Steuerstand. Dabei vergaß sie, die Tür zu verriegeln.

»Ich bin so weit«, sagte Charlotte und klopfte gegen das Holz. Die Tür sprang auf. Niemand zu sehen. Charlottes Puls hämmerte. Sie hatte nicht damit gerechnet, dass sie allein war. Meine Gelegenheit, überlegte sie. Oder ist das eine Falle? Sie hatte den Bootseigner rufen hören und hoffte, dass ihr ein paar Minuten blieben. Die Künstlerin bewegte sich auf die Kajüte zu, in der die Funkstation stand. Charlotte wusste, dass ihr nur wenig Zeit blieb, um einen weiteren Funkspruch abzusenden. Sie huschte an den Schreibtisch, stieß erneut mit ihrem Oberschenkel gegen die Tischkante, zog mit schmerzverzerrtem Gesicht das Mikrofon aus der Halterung und flüsterte. »Mayday, Mayday. Ich brauche Hilfe, bin auf der White Pearl und werde gef…« Das Mikro wurde ihr aus der Hand gerissen und landete mit heftigem Knall auf der Schreibtischplatte.

»Du böses altes Weibsstück. Ich hab's gewusst. Was hast du getan?« Sie hielt ihr den Tampen entgegen, den sie immer noch in der Hand hielt. Lina hatte bemerkt, dass das Seil durchgescheuert war. Und jetzt bemerkte sie auch, dass Charlotte kein Klebeband mehr um ihre Gelenke hatte.

Die Schiffseignerin hatte es für sich behalten, um bei ihrem Mann nicht wieder in Ungnade zu fallen, wollte es regeln, bevor sich die Schnüfflerin verriet. Sie versetzte ihrer Gefangenen einen brutalen Stoß, der ihren aufgestauten Hass offenbarte. Charlotte fiel zu Boden und prellte sich die Schulter. Sie merkte, wie der Taser aus der hinteren Hosentasche rutschte. Jaulend schob sie ihren Oberkörper darüber und tat, als hätte sie sich verletzt. Sie spürte die Waffe unter ihrem Rücken.

»Das ist jetzt deine allerletzte Chance, sonst gehst du die Fische füttern«, sagte Bergmann, riss sie hoch, schüttelte sie und wankte mit ihr durch den schmalen Raum. »Du hast Glück, dass du überhaupt noch lebst. Ich hätte dich längst ... du böses Miststück.« Während sie sie anstierte, schaffte es Charlotte, den Taser zurück in die Hosentasche zu schieben. »Es dauert nicht mehr lange, dann erlösen wir dich von allem Bösen.« Auf einmal grinste die 26-Jährige und spuckte ihr ins Gesicht. Charlotte war geschockt. Sie hatte die ganze Zeit über das schreckliche Gefühl gehabt, dass diese Situation eskalieren könnte. Jetzt war sie sicher, dass sie sie töten würden.

*

Westermann war froh, endlich die Tür hinter sich schließen zu können. Mats würde schlafen, das wusste er. Mittlerweile war es dunkel. Diffuses Licht flimmerte aus dem Wohnzimmer in den Flur. Wärme durchströmte seinen Körper, als er daran dachte, Katrin gleich in die Arme zu schließen. Er hatte sie so vermisst und musste dennoch gleich wieder los. Nur kurz duschen und Kleidung wechseln. Lautlos zog er die Schuhe von den Füßen und hängte die Jacke an die Garderobe. Er fuhr sich mit der Hand durch die vom Wind zerzausten Haare und schob die einen Spalt geöffnete Tür auf. Katrin saß mit angewinkelten Beinen auf der Couch und war in einen Film versunken, eine Weihnachts-Schmonzette, wenn er es richtig deutete.

»Ach nee, die Süße guckt Weihnachtsfilme«, flüsterte er heiser, bewegte sich auf das Sofa zu und ließ sich vor der Couch auf die Knie fallen. Ihr Aufschrei durchbrach die Stille. Mit freudig aufgerissenen Augen guckte sie ihn an und fiel ihm um den Hals. Sie wollte etwas sagen, als er ihre Lippen mit einem Kuss verschloss.

»Was ... wann ... ich ...«, waren die einzigen Worte, die sie zwischen seinen Küssen herausbrachte.

Dann ging alles ziemlich schnell. »Der Lütte schläft?«, war die einzige Frage, die Westermann stellte, als er ihre Kleidung vom Körper zerrte. Katrin nickte und zog den maritimen Pullover über seinen Kopf. Ihr Gesicht glühte und ihre Augen leuchteten. Inmitten von Kleidungsstücken lagen sie wenig später auf dem Boden. Dirk sah sie an und fühlte das starke Gefühl in sich, sie nie wieder loszulassen. Er streifte langsam eine lange Haarsträhne von ihrer Stirn und bedeckte ihren Körper mit unzähligen Küssen. Katrin genoss zitternd die Berührungen, bis er endlich erregt in sie eindrang. Für den Moment schienen alle Probleme vergessen, obwohl draußen ein schrecklicher Sturm tobte.

KAPITEL 29

Charlotte stand auf wackeligen Beinen, als Lina entdeckte, dass sie etwas hinter ihrem Rücken verbarg. »Was hast du da? Gib es mir«, drohte die 26-Jährige, packte sie an der Schulter und grub ihre Fingernägel ins Leder ihrer Jacke. Charlotte wusste, dass sie den Moment nutzen musste, um den Taser aus ihrer Hosentasche zu ziehen. Sie besaß nur diese eine Chance. Als Bergmann sie herumreißen wollte, um nachzusehen, was sie versteckte, presste die ihr den Taser gegen den Hals und drückte auf den Knopf, der ihr vielleicht das Leben rettete. Lina Bergmanns Körper fing an zu zucken, dann brach sie besinnungslos zusammen. Charlotte schnappte die Schwimmweste und schob sich in die Wohnkajüte, in der das Funkgerät stand. Dann entdeckte sie aus den Augenwinkeln längsseits ein beleuchtetes Schiff. Da ist Hilfe. Ich muss auf mich aufmerksam machen. Die haben meinen Notruf gekriegt. Dieses Boot ist meine einzige Chance. Sie wusste, dass sie nicht schreien durfte, und winkte wie verrückt durch das schmale Fenster. Niemand schien zu bemerken, dass sie um Hilfe ersuchte. Charlotte erinnerte sich daran, dass es am Bug der Jacht eine Luke gab, die sich öffnen ließ, um von dort einen Notanker ins Wasser zu lassen. Sie duckte sich, damit Bergmann sie nicht entdeckte, schlich den engen Gang zum Vorderschiff entlang und hoffte, dass sie es schaffte, an Deck auf sich aufmerksam zu machen. Die Künstlerin presste die Lippen zusammen und streifte in der Bewegung die Schwimmweste über. Sie betete, dass sie voll funktionsfähig war. Die Jacht schwankte wie eine Schiffsschaukel und verursachte erneut Übelkeit. Reiß dich zusammen, Hagedorn, wenn du hier lebend rauswillst. Sie stieg auf die Sitzgelegenheit und hantierte am verschlossenen Riegel. Das Schiff, das sich längsseits der Jacht in der tosenden Brandung bewegte und als Fischkutter herausstellte, ließ den Motor aufheulen. »Oh nein, nicht wegfahren. Ihr müsst warten. Hiiilfe«, schrie sie und stieß mit letzter Kraft die Luke auf. »Ihr müsst mir helfen, biiiittte.« Charlotte merkte, wie der Kutter sich in Bewegung setzte, stieg auf die Lehne der Sitzbank und hangelte sich stöhnend aus der Fensterluke. Sie hatte nur diese eine Gelegenheit.

*

Der dänische Kutterkapitän stand am Ruder und ließ den Scheinwerfer über die vor ihm liegende Ostsee schweifen.

»Verdammt, das gibt es doch nicht. Alles nur schwarz da draußen. Nicht ein Schiff unterwegs. Ich glaube, wir finden sie nicht. Vielleicht hat die Wasserschutzpolizei mehr Glück. Ich bin mir immer noch sicher, da braucht jemand dringend Hilfe«, brummte er auf Dänisch und starrte in die Finsternis.

Nielsen, der seit Stunden im Dunkel bei Windstärke sieben mit seinem Decksmann auf der Ostsee unterwegs war, suchte unermüdlich nach einem Schiff, auf dem sich eine gefangen gehaltene Frau befinden sollte. Irgendwann sah der Kapitän ein, dass sie bei diesem Wetter keine Möglichkeit hatten, überhaupt auf ein Boot zu treffen. Der Fischer wusste, dass er die weitere Suche den Kollegen der Wasserschutzpolizei überlassen musste, und drehte bei. Sein Helfsmann sog gierig an seiner Kippe und plierte unentwegt aus dem Seitenfenster auf die leuchtend aufgewirbelten Schaumkronen. Dann verengte er seine Augen und zog die Seitenscheibe auf, um besser sehen zu können. Eisiger Wind und Gischt sprühten feine Nadelstiche in sein Gesicht. Der Mann um die 50 schüttelte ungläubig den Kopf: »Ich sehe ein Schiff. Ein Schiff ohne Beleuchtung«, rief er auf Dänisch.

»Ein Schiff ohne Beleuchtung?« Fischkutterkapitän Nielsen fuhr in die Richtung, in die sein Helfsmann aufgeregt deutete. Er selbst konnte nichts außer Dunkelheit und fluoreszierender Gischt erkennen. Aber irgendetwas sagte ihm, dass Hansen recht haben könnte. »Da ist nix«, sagte er, hielt jedoch Kurs. Die sich immer wieder neu auftürmenden haushohen Wellen ließen den Bug tief ins Wasser eintauchen. Nielsen kannte seinen Kahn und wusste, dass ihnen nichts passieren würde. Gegen diesen Sturm waren die gefürchteten Unwetter in der Beringsee ein Spaziergang. Und noch einmal preschte die auftürmende Brandung über den gesamten vorderen Teil des Kutters, bevor der erneut ins schwarze Wasser eintauchte. Dann sah auch er es – ein dunkler Schatten ohne jegliche Beleuchtung, der sich allerdings von ihrem Schiff zu entfernen schien. Nielsen verlangsamte die Fahrt. Geistesgegenwärtig stellte er den Scheinwerfer aus, um nicht auf den Kutter aufmerksam zu machen und um die Frau, falls es sie tatsächlich dort gab, nicht in Gefahr zu bringen. Wenn jemand sie auf dem Boot gefangen hielt, wüssten sie wahrscheinlich längst, dass sich ihnen ein Boot näherte. Warum fuhren sie ohne Licht? Es war lebensgefährlich. Ein anderes Schiff könnte sie jederzeit rammen. Nielsen war sich sicher, dass sie nicht ohne Grund frei von Beleuchtung durch den Sturm segelten. Langsam reichte der Kutter an das Segelschiff heran, das in voller Fahrt querte. Der Kutterkapitän musste es gescheit anstellen, um die Frau nicht zu gefährden. Sie fuhren längsseits der Jacht, und auf einmal flammten die Positionsleuchten des eleganten Bootes auf. Die hatten die gesamte Elektrik bewusst ausgestellt, war sich Nielsen sicher. Da stimmt was nicht. Ihm war klar, dass die Besatzung der Segeljacht etwas zu verbergen hatte.

»Ruf die Wasserschutz«, hatte er Hansen aufgefordert. Der Fischkutter schwankte und schlingerte in den Wellen auf und ab. Immer wieder schwappte Wasser über den Bug, besprühte die Fenster. Dem Segler erging es ähnlich, dennoch erschien ein Mann an Deck.

»He, alles in Ordnung«, schrie der Schiffseigner der Segeljacht, der in Öljacke und mit angeklinkter Sicherheitsleine dastand und sich an der Reling festkrallte.

»Ist bei dir alles okay?«, fragte der Fischer in leidlichem Deutsch.

»Ja, alles okay. Technikproblem, aber jetzt ist alles gut. Die Elektrik war ausgefallen«, rief er und wusste nicht, ob der Kutterkapitän ihn verstand. Er zuckte die Schultern, schickte ein Lächeln zum Kutter und winkte, während er sich Gischt vom Gesicht wischte. »Also, alles okay. Vielen Dank für die Hilfe!«, brüllte Erik, hob den Daumen und verschwand ohne ein weiteres Wort im Inneren der Kuchenbude.

»Ruf die Wasserschutz«, wiederholte der Kapitän, weil er dem Segler nicht ein Wort von dem glaubte, was der zum Besten gegeben hatte.

Nielsen blickte der Jacht nach, die an Fahrt aufnahm und nicht einmal eine Minute später wieder in der Dunkelheit verschwunden war. Er legte die Hand auf den Gashebel und wollte den Kutter gerade beschleunigen, als Hansen ein winziges Licht im Wasser aufblitzen sah.

»Stopp auf. Stopp den Motor, da ist etwas im Wasser. Ein Licht«, brüllte er. Sofort riss der Kapitän den Hebel zurück. Er konnte im Wasser nichts entdecken. Die Wellen nahmen ihm immer wieder die Sicht. Er stellte den Motor aus und überließ den Kutter erneut dem teuflischen Seegang. Sie brachten sich in Lebensgefahr. Nielsen hielt den Kopf aus dem Seitenfenster und suchte die schwarze Hölle ab. Auf einmal hörte er trotz Sturmes ein leises, kaum wahrnehmbares Pfeifen – es klang nach einer Trillerpfeife.

*

Erik hatte nicht mitbekommen, dass Charlotte sich zum Bug des Schiffes durchgeschlichen hatte und mit den Händen gestikulierend dem Fischkutter nachwinkte. Er war viel zu sehr damit beschäftigt, sich um den Kutter und dessen Mannschaft zu kümmern. Der Schiffseigner hoffte, dass sie ihm nicht folgten und er in sicherer Entfernung den Stromkreislauf wieder unterbrechen konnte, um nicht noch von der Wasserschutzpolizei entdeckt zu werden. Der Trawler entfernte sich und war nach einigen Seemeilen völlig aus seinem Blickfeld verschwunden. »Wo bleibst du, Weib«, rief er. Bergmann war sich absolut sicher, dass er die Besatzung des Kutters hinters Licht geführt hatte und ohne weitere

Verzögerung nach Bornholm segeln konnte. Er fing an zu pfeifen und hielt Kurs auf die dänische Insel in der südlichen Ostsee. Wenn wir das Astrolabium abgeliefert haben, machen wir ein Fass auf, grinste er, als Lina wimmernd den Steuerstand erreichte.

Sie hielt die Hand an ihre Kehle und flüsterte: »Sie ist weg. Verschwunden.« Ihre Mundwinkel zuckten, als sie ihrem Mann mit verheulten Augen die Nachricht überbrachte.

»Waaas?«, schrie Erik, ließ eine Hand vom Steuer, packte die Haare seiner Frau und zerrte sie zu sich. »Hast du sie nicht mehr alle?« Seine Augen verengten sich. Schreiend versuchte sie, sich seiner Gewalt zu entziehen. Lina hatte keine Chance, der Kraft dieses hageren Mannes zu entgehen. Mit Panik im Gesicht hielt sie ihre Haare fest, um die Schmerzen aushalten zu können.

Der Schock saß tief. Der Mann, der vorgab, sie zu lieben, hatte sich in den letzten Wochen so sehr verändert, dass es nicht nur körperlich wehtat. Wo blieben die zärtlichen Berührungen. Wo war der Glanz in seinen Augen, wenn er sie berührte? Jetzt entdeckte sie nur grenzenlosen Hass in ihnen.

Sein Kiefer war so angespannt, dass sie das Knirschen hörte. »Dich sollte ich langsam entsorgen, du, du fette Sau.« Angewidert stieß er sie von sich.

Lina war klar, dass sie auf keine gute Zeit zusteuerten. Ihre Schultern sanken, ihr Blick ebenfalls. »Ich kann doch nichts dafür. Sie hat mich mit dem Taser …«

»Du bist einmalig blöd. Taser? Wieso, woher?« Bergmanns Wangen fielen ein. »Dann hat sie das Versteck … Übernimm das Ruder, du dämliches Stück Scheiße.« Er verschwand unter Deck. Lina hielt das Steuerrad fest und zitterte am ganzen Körper. Der Stromschlag des Taser hatte sie für Minuten außer Gefecht gesetzt. Jetzt fühlte sie sich wie nach einem Schwergewichtskampf. Die Panik, dass er sie verstoßen würde, war allerdings der größere Schmerz. Die Erkenntnis, dass er sie nicht mehr liebte. Er hatte sie aufs Übelste gedemütigt und schlug sie immer häufiger. Dabei wollten sie beide nichts anderes als gemeinsam ein glückliches neues Leben beginnen. Diese Jacht hatte ihnen bisher kein Glück gebracht.

*

Dirk Westermann und seine Frau lagen inmitten entledigter Kleidung eng umschlungen auf dem Teppichboden. Katrin hatte ihren Kopf auf seine Brust gelegt. Schweigend schauten sie in die Glut, die vom lodernden Feuer übrig geblieben war. Nur langsam fanden sie in die Realität zurück.

»Ich freu mich so, dass du endlich wieder da bist. Ich hatte solche Sehnsucht nach dir«, flüsterte Katrin. »Du darfst uns nicht so lang allein lassen. Ich schaff das nicht ohne dich.« Sie warf ihrem Mann einen Blick zu, der ihm Gänsehaut verursachte. »Wenn du wüsstest, was in deiner Abwesenheit alles passiert ist.« Auf einmal liefen Tränen über ihre Wangen.

Westermann richtete sich auf und hielt sie an den Schultern. »Was ist denn los? Ich merke schon die ganze Zeit, dass etwas nicht stimmt.« Westermann schaute ihr in die Augen. Katrins Körper zuckte, so heftig schluchzte sie. Sie hatte die ganze Zeit über ihre Gefühle unter Kontrolle gehalten, jetzt war sie mit ihrer Kraft am Ende. Sie war unglaublich froh, dass er wieder da war. Dirk wartete, bis sie sich beruhigt hatte, dann sagte er: »Wenn ich geahnt hätte, dass ...«

Katrin schüttelte den Kopf und legte ihren Finger über seine Lippen. »Warte, lass mich bitte erzählen, was passiert ist. Ich muss das jetzt loswerden. Ich hatte so ein schlechtes Gewissen wegen Mats' Unfall, seinem Verschwinden, der Sache mit der Hochzeitsfee.« Sie schniefte, stand auf und suchte nach einem Taschentuch. Dann erzählte sie, was es mit der Konkurrentin und dem Weglaufen ihres Sohnes auf sich gehabt hatte.

»Und warum erzählst du mir das nicht? Hast du kein Vertrauen?«, wollte Westermann mit rauer Stimme wissen.

»Was hätte ich dir denn erzählen sollen? Du warst 1.000 Kilometer weit weg und hast selbst genug Probleme«, schniefte sie und fuhr mit ihren Fingerspitzen über die Haut seiner Brust. Ihr Blick war traurig und sie lehnte sich an ihn.

»Das geht so nicht«, antwortete er und schob sie von sich. »Das sind Sachverhalte, an denen ich beteiligt werden muss, verstehst du? Ich hätte dir helfen können, müssen.«

»Ja, wie denn? Du hast ja nur noch diesen Fall im Kopf, dabei weißt du nicht mal, ob es überhaupt einer ist.« Wenn sie wüsste, dachte Westermann, stöhnte und stand auf.

»Ich muss jetzt los. Wir reden später.«

*

»Verdammt, verdammt!«, schrie Bergmann und trommelte mit der Faust gegen den hölzernen Einbauschrank der Jacht. Sein Gesicht glich einer Fratze, wie man sie aus Horrorfilmen kannte: »Wenn ich dich zwischen die Finger kriege, du alte Schnepfe.« Sein Geschrei durchdrang das Schiff. Er hatte die versenkbare Seitenplatte des Schrankes geöffnet, und sie war leer. Erik konnte Charlotte nirgends entdecken und schlug mit der Faust immer wieder gegen den Rahmen der Luke, bis seine Haut aufplatzte und blutete. »Wenn ich dich zu fassen kriege.« Er brüllte in die Dunkelheit und streckte die geballte Hand in die Luft. »Ich hoffe, du ersäufst.«

*

Charlotte sah, wie die Lichter des Kutters sich entfernten. Sie schrie, so laut sie konnte. Alles in ihr schrie. Sie wusste, wenn sie nicht umkehrten, würde sie sterben. Der Wind nahm ihr den Atem, sie schnappte nach Luft, konnte sich kaum auf den Beinen halten. Dann ließ sie den Mast los, an dem sie sich festgeklammert hatte, um nicht über Bord zu gehen. Dieser Kutter war ihre einzige Chance, lebend rauszukommen. Dann lieber ertrinken, als den beiden länger ausgeliefert zu sein. Ohne nachzudenken, holte sie tief Luft, presste die Lippen zusammen, schlitterte an die Reling und sprang in die hohen Wellen der eiskalten Ostsee. Ein eisiger Schock durchfuhr ihren Körper, als sie aus mehr als drei Metern Höhe ins schwarze Nichts eintauchte. Sie glitt in die Tiefe und verlor die Orientierung. Charlotte fühlte sich in der Sekunde des Untertauchens wie betäubt und war bereit, diesen letzten Kampf aufzunehmen. Der Rettungskragen öffnete sich und sie schoss an die Wasseroberfläche. Panisch rang sie nach Luft, bevor sie ein zweites Mal untertauchte. Charlotte strampelte wie ein Hund und paddelte mit den Händen. Sie verschluckte sich, hustete, als Wasser in ihre Lungen drang, und geriet bei der nächsten heranrollenden Welle erneut unter die Wasseroberfläche. Immer wieder schluckte sie Ostseewasser. Ihr Blick suchte den Kutter, der eben noch dagewesen war. Die Kälte drang in wenigen Sekunden durch ihre Kleidung. Ich muss durchhalten, das Schiff kommt zurück, hoffte sie und trat mit den Füßen. Innerhalb von Sekunden fing sie an, wie Espenlaub zu zittern. Charlotte konnte kaum noch einen klaren Gedanken fassen. Wieder schwappte eine Welle über sie hinweg.

Sie wusste, dass sie gewisse Zeit in der Lage war, sich über Wasser zu halten und der Kälte zu trotzen, aber wie lange dieser Zustand anhielt, wusste sie nicht. Sie spürte, dass ihre Muskeln versteiften, und merkte, wie die Eiseskälte ihr die Körperwärme entzog. »Lieber Gott, wenn es dich gibt, hilf mir. Bitte hilf mir. Ich komm von jetzt an auch jeden Sonntag in die Kirche.« Die nächste Welle ließ sie ein weiteres Mal für Sekunden unter einer Flut von Wasser verschwinden. Sie dachte auf einmal an Josch, Katrin und Mats. Ihre Sinne spielten verrückt. Josch sprach zu ihr, bat sie, durchzuhalten. Ihre Atmung blockierte und es war eine Herausforderung, genügend Luft in ihre Lungen zu pumpen. Prustend schnappte sie nach Sauerstoff und würgte das eingeatmete Wasser, begleitet von einem schlimmen Hustenanfall, aus. Fortwährend schwappten Wellen über ihren Kopf. Außer der sich immer wieder neu auftürmenden Gischt erkannte sie nichts mehr. Sie legte den Kopf zurück auf den Kragen der Schwimmweste und versuchte, gleichmäßig zu atmen. Im Augenwinkel entdeckte sie die Pfeife. Die Trillerpfeife, dachte sie, zog sie mit steif gefrorenen zitternden Fingern zu sich und stülpte mit größtmöglicher Anstrengung ihre vibrierenden Lippen darüber. Ihr Körper verlor immer mehr Wärme und ein Gefühl von Leichtigkeit ummantelte sie, als sie ihre Luft in die Pfeife presste. Ein schriller Ton gellte durch die Dunkelheit. Sie resignierte und wusste, dass ihr Ende nahte.

Sie spürte nicht einmal mehr die Kälte. Die Atemnot machte ihr zunehmend Probleme. Ihr Herz raste, drohte zu explodieren. Es war eine Reaktion des Körpers, um Wärme zu erzeugen, das wusste sie. »Mädchen, ist gleich vorbei«, zitterte sie und trat immer langsamer mit den Beinen. Erneut stülpte sie ihre Lippen über die Pfeife und blies hinein. Wieder ertönte ein schriller Pfeifton. Sie schluckte erneut Salzwasser, prustete es aus. Die Ostsee umhüllte Charlotte in einer dystopischen Welt aus Dunkelheit und Verzweiflung. Sie kämpfte mit allem, was sie aufbieten konnte, um ihr Leben. Dennoch verlor sie in dieser Dunkelheit immer mehr die Hoffnung auf Rettung.

Ein weiteres Mal presste sie Luft in die Trillerpfeife. Ihre Aussicht, gerettet zu werden, war eigentlich in dem Moment gesunken, als sie bemerkt hatte, dass der Kutter sich entfernte. Doch da war es bereits zu spät und sie erneut ins Wasser eingetaucht. Ihre Reserven waren verbraucht. Neben ihr leuchtete das Knicklicht, das sich automatisch angestellt hatte und einen Schatten auf ihr bleiches, erstarrtes Gesicht und die orangerote Trillerpfeife warf. Die Versuche, sich mit Hundepaddeln an der Wasseroberfläche zu halten und dem Körper Wärme zuzuführen, misslangen kläglich. Sie spürte, dass die letzte Kraft ihren Körper verließ. Arme, Beine und der ganze Körper wurden taub. Die Muskeln versteiften und sie spürte Leichtigkeit. Ich kann mich nicht mehr bewegen, stellte sie in einer Art Dämmerzustand fest. Müdigkeit erfasste sie. Der Zustand erinnerte sie an eine Schlafparalyse. Diese Schlafstarre hatte sie selbst schon erlebt, dieses unvollständige Erwachen aus dem REM-Schlaf, während der die Lähmung der Skelettmuskulatur noch in vollem Gang war, sie sich aber hellwach wähnte. Charlotte versank immer öfter mit dem Kopf in der tosenden See und versuchte kaum noch, sich aus eigenem Antrieb wieder an die Oberfläche zu bringen. Sie sah ein Licht auf sich zukommen und lächelte. Ganz offensichtlich führte die Kälte bereits zu Verwirrungen. So ist es also zu sterben, wähnte sie sich in einem Tunnel auf ein gleißendes Licht zuzubewegen. Dann verlor sie das Bewusstsein.

KAPITEL 30

Thomas war endlich in Lütjenbrode angekommen, schloss die Haustür auf und gähnte. Watson wedelte mit dem Schwanz und schoss quiekend in den offenen Wohnbereich. Stina saß auf der ausladenden Couch und hielt ein Bier in der Hand, als der Vierbeiner sie mit großer Leidenschaft begrüßte. Die Bierflasche entglitt ihren Fingern, fiel auf den Boden und entleerte sich. Der tschechoslowakische Wolfhund fuhr ihr mit der Zunge über das Gesicht und warf sie zurück in die Kissen. »Mein Bester, lass mich am Leben«, lachte die 31-Jährige mit dem blonden Kurzhaarschnitt, ohne dass er nur einen Zentimeter von ihr abließ.

Hartwig wusste, dass er eingreifen musste, wenn er seine Freundin behalten wollte. »Aus. Watson, aus.« Sofort ließ er von ihr ab und setzte sich wie abgestellt vor die Sitzgelegenheit auf seine Hinterläufe. Hechelnd hing seine Zunge heraus und er quiekte Stina an, die gurgelnd auf dem Sofa saß und sich kaum beruhigen konnte. Der Hund starrte sie an, als wartete er darauf, dass sie ihn zu sich rief.

»Oh Mann, wenn er mich so anguckt, kann ich nicht anders. Watson, hopp.« Sie klopfte auf das Sitzkissen neben sich, und es dauerte keine Sekunde, dann hatte er an der Seite der Lebensgefährtin seinen Platz eingenommen. Er hob seine Pfote, weil er wusste, dass Stina immer Leckerlis in ihrer Hosentasche verwahrte, und sah sie treuherzig an, ohne auf sein Herrchen zu reagieren.

»Das darf doch nicht wahr sein. Eh, Alter, das ist mein Platz. Zumindest für einen Moment.« Mit ernster Miene streifte er seine Stiefel von den Füßen, entledigte sich seiner Lederjacke und warf sich direkt neben das einträchtige Paar auf die Couch. Er rollte mit Watson über die Sitzgelegenheit und schob ihn dann siegessicher zurück auf den Fußboden. Knurrend ließ sich der Vierbeiner dort auf allen vieren nieder und legte seinen Kopf auf die Vorderpfoten. Dass ihm der Platz nicht genehm war, konnte man seinem Knurren entnehmen. Thomas robbte sich an Stina und schlang seine Arme um sie. Sie ließen sich nach hinten fallen und küssten sich. Als Thomas sich erhob, um Luft zu holen, sagte er: »Schön, dich endlich im Arm zu halten. Das war vielleicht 'ne Scheißtour. Ich sag es dir.« Er erzählte ihr von der Reise nach Schweden, dem aufgefundenen Wagen und der Entführung Charlottes. »Hast du für mich auch 'n Bierchen? Deins ist ja alle«, sagte er und deutete auf die leere Flasche am Boden.

»Ja, ich hol uns eins.« Sie verzog das Gesicht, weil sie wusste, dass sie das Malheur entfernen musste. Als sie allerdings nach der verlaufenen Flüssigkeit suchte, stellte sie fest, dass Watson sich gerade darüber hermachte. »Das schmeckt ihm anscheinend ausgezeichnet«, sagte sie und bewegte sich in die Küche. Sie merkte, dass Thomas angespannt war. Er hörte, wie sie die Kühlschranktür schloss, und knöpfte seine Jeans auf. Stina setzte sich zu ihm und reichte ihm eins der

Biere. Sie prosteten sich zu. Es dauerte nur wenige Züge, dann war seine Bierflasche geleert.

»Am liebsten würde ich jetzt mit dir zu Bett gehen, aber kann nicht lange bleiben. Ich will nur kurz duschen. Wir müssen abwarten, was die Kollegen aus Skandinavien rausfinden«, sagte er und deutete auf seine geöffnete Jeans.

Stina schlang ihre Arme um seinen Hals und küsste ihn. »Dann sieh zu. Hilft ja nichts. Ich komme mit und seif dich ein«, flüsterte sie. Hartwig sprang auf und sie verschwanden nach oben. Watsons Blick folgte ihnen. Er wusste, dass er nicht in den oberen Bereich des Hauses durfte, und fing an, mit einem Sprung das Sofa wieder einzunehmen. Watson rollte sich knurrend über die Sitzfläche und entdeckte, wie weich die Kissen waren.

*

Hansen hatte den Scheinwerfer seines Fischtrawlers eingestellt, war aus der Steuerkabine an Deck gewankt und hatte sich an der Reling eingeklinkt. Er wusste, dass er nicht der Erste wäre, der bei tosendem Wellengang über Bord ging und ertrank. Der Helfsmann hatte zusätzlich seine Kopflampe angestellt und suchte mit der starken LED-Leuchte ununterbrochen das Wasser ab. »Ich hab es genau gesehen. Da war ein Licht«, sagte er auf Dänisch und fluchte. Die meterhohen Wellen machten es ihm unmöglich, etwas zu erkennen. Immer wieder kreiste sein Blick über das schwarze Wasser. Dann entdeckte einen kaum wahrnehmbaren Schimmer. Es flammte auf, um gleich darauf wieder in den Wellen zu verschwinden. Hansen schrie: »Steuerbord, ein bisschen mehr Steuerbord. Und stell den Motor aus, ich seh was. Motor aus.« Er lehnte sich weit über die Reling. Aufschäumende Gischt sprühte über Gesicht und Körper. Der Fischer schüttelte den Kopf, um wieder klare Sicht zu bekommen, griff nach der Rettungsstange an der Schiffswand und hielt sie fest in der Hand. Angestrengt suchte er nach dem treibenden Licht in der Ostsee, das mit Sicherheit zu einer Person gehörte, die vielleicht noch am Leben war. Immer wieder aufs Neue glitt der Kutter tief in die auftürmende Brandung. Wenn sie nicht bald den Motor anwarfen, bestand die Gefahr zu kentern. Die Wellen kamen unheilvoll von der Seite und ließen den Kutter wie einen Spielball bedrohlich von einer Seite zur anderen wanken. Mit aller Kraft hielt er sich mit einer Hand am Geländer fest, in der anderen umklammerte er die Rettungsstange, während der Kapitän versuchte, dass Schiff irgendwie auf Kurs zu halten. Aus den Augenwinkeln sah er es: das aufblitzende Licht. Und er entdeckte noch etwas. Im Wasser trieb eine Person, die eine Rettungsweste trug. War es die Frau, die den Hilferuf rausgeschickt hatte? Hansen fuchtelte mit der Rettungsstange in die Richtung und schrie auf Dänisch, dass er sie gefunden hatte. Immer wieder brüllte er das Gleiche, klinkte sich zur Sicherheit mit einer zweiten Öse ein, hangelte sich über die Reling und wartete, bis das Licht erneut auftauchte, sich die Bordkante den Wellen näherte. Er blinzelte, um das ständig untertauchende Licht nicht aus den Augen zu verlieren, spuckte ununterbrochen Salzwasser aus. Der Fischkutter befand sich in der richtigen Position. Er war nahe genug an die Person geschaukelt, ohne sie zu gefährden. Er hoffte, auch wenn der Motor im Leerlauf lief, dass sein Kapitän die Kontrolle behielt. Der Däne nahm die Rettungsstange, legte sich flach auf den Boden und hielt sie so zum Wasser, dass die Metallschlaufe in die Richtung der hilflosen Person zeigte.

Hansen schrie die leblos wirkende Person an, um ihr zu zeigen, dass Hilfe da war. Sie reagierte nicht und pendelte im

Wasser wie eines dieser aus Kunststoff bestehenden Stehauf-männchen. Hansen streckte die Aluminiumstange vorsichtig und präzise ausgerichtet auf die leblose Frau. Dabei achtete er darauf, dass er sie nicht traf oder gar verletzte. Er musste die Schlinge über die Schwimmweste bekommen, um sie ranzu-ziehen. Der Trawler driftete ab, sodass Nielsen einen neuen Anlauf nehmen musste, um sich ihr zu nähern. Die Person bewegte sich nicht. Entweder war sie bewusstlos oder, was bei der Kälte näherlag, tot. Im kaum zehn Grad kalten Was-ser überlebte man eine derartige Aktion nur wenige Minuten.

Der Däne versuchte ein weiteres Mal, sich ihr mit der Rettungsstange zu nähern. Er hatte keine andere Wahl, als die Stange beim nächsten Tiefgang über sie zu stülpen, um sie Richtung Kutter zu ziehen. Er hoffte, dass sie noch lebte.

*

Auf Fehmarn war es zwei Uhr nachts, als Westermann aus dem Schlaf gerissen wurde. Er wollte eigentlich längst wie-der in Burg im Büro sitzen und war trotz aller Bemühungen, sich wachzuhalten, eingeschlafen. Die letzten Tage hatten enorme Kraft gekostet. Katrin lag in seiner Armbeuge und schlief, ohne die Geräusche des Telefons wahrzunehmen. Er zog vorsichtig den Arm unter ihrem Körper hervor, rieb sich gähnend die Augen und starrte auf das leuchtende Dis-play. Er war unendlich müde. Jetzt merkte er, dass er nicht geträumt hatte und tatsächlich sein Handy klingelte. Wes-termann schnellte hoch, griff danach, stellte es leise, sprang aus dem Bett und verließ mit wenigen Schritten das Zim-mer. Er stand vor dem bodentiefen Wohnzimmerfenster, versuchte, wach zu werden, und guckte nach draußen, als er das Gespräch annahm. »Ja? … Was?«

»Das ist nicht möglich.« Er nahm den Hörer vom Ohr, setzte sich auf einen Stuhl und räusperte sich. »So, noch mal. Erzählen Sie mir genau, was passiert ist.« Er konnte kaum fassen, was sich kurz vor Bornholm zugetragen hatte. Die dänische Polizei war unmittelbar nach Eintreffen des Kutters in den Hafen gefahren und hatte sich von der Rettungsaktion unterrichten lassen. Die leiteten sofort eine Fahndung nach dem Schiff ein, von der die aufgefundene Frau offensichtlich gesprungen oder entsorgt worden war. »Was ist mit ihr?« Er wusste sofort, dass es sich bei der Frau um niemand anderes handeln konnte als Charlotte.

Westermann musste die Informationen erst mal verarbeiten. »Wie soll ich das Katrin beibringen?«, flüsterte er, stand auf, starrte wieder aus dem Fenster und lauschte dem Sturm, der die Scheiben vibrieren ließ. Seine Hände zitterten. Dann griff er erneut nach dem Handy und klingelte Hartwig aus dem Bett.

*

Kapitän Nielsen hatte sich mit an Deck seines Kutters begeben, um die Bergung zu beschleunigen. Sie taumelten noch immer in der dänischen Ostsee und versuchten, die Verletzte zu retten. Hansen hatte die Schlinge so über den Kragen der Schwimmweste gezogen, dass er ziehen konnte, ohne die leblose Frau weiter zu verletzen. Nielsen packte mit an, zu zweit hievten sie sie aus dem Wasser. Es war geschafft, sie lag an Deck des Trawlers. Ohne Zeit zu verlieren, trugen sie sie zu zweit in den Steuerstand. »Lass sie uns auf die Bank legen«, sagte Nielsen, griff zu Steuerrad und Gashebel, um das Schiff aus den Wellen zu bugsieren. »Und zieh sie aus. Sie braucht sofort trockene Kleidung, damit wir ihre Temperatur hochbringen. Lebt sie? Fühl den Puls«, rief er und presste den Gashebel bis zum Anschlag, damit sie endlich aus der verteufelten See in den sicheren Hafen gelangen konnten.

Hansen legte seine Finger gegen ihre Halsschlagader und zuckte die Achseln. »Fühl kein Puls, sie lebt nicht mehr«, sagte er und schluckte. Ihre Haut fühlte sich eiskalt an. Falls sie überlebt hätte, grenzte dies seiner Meinung nach sowieso an ein Wunder.

»Kümmere dich um sie«, schrie der Kutterkapitän. »Hol eine Decke, sieh zu.«

»Führ eine Herzdruckmassage durch, sofort. Wir dürfen keine Zeit verlieren. Wir müssen es wenigstens versuchen.« Hansen riss ihre Kleidung entzwei und wunderte sich, was unter dem Pullover und dem Body zum Vorschein kam. Fassungslos warf er die Dinge neben sich auf den Boden und begann mit rhythmischen Bewegungen, eine Herzdruckmassage durchzuführen. Nielsen versuchte währenddessen, den Kutter zügig durch die entgegenkommenden Wellen zu treiben. Der Wind kam jetzt von vorn und das Schiff schnitt die Wellen. Der Druck der Wellenbewegungen auf das Seitenschiff hatte den Trawler bedrohlich wanken lassen. Jetzt trafen die Wellen sie nicht mehr mit voller Wucht. Hansen pumpte, bis er Schweißperlen auf der Stirn hatte, und führte zwischendurch eine Mund-zu-Mund-Beatmung durch. Es schien keine Besserung einzutreten.

»Weiter, weiter, nicht aufhören«, rief Nielsen. Hansen summte *Staying Alive* von den Bee Gees, das Lied, das überall als richtiger Takt für eine Herzdruckmassage empfohlen wurde. Er hatte bei seinem Erste-Hilfe-Kurs gelernt, wie man eine Herzdruckmassage richtig durchführte, beugte sich senkrecht über die Brust von Charlotte und drückte mit gestreckten Armen und übereinandergelegten Händen das Brustbein fünf bis sechs Zentimeter Richtung Wirbelsäule. 30-mal führte er die Druckübung durch, dann beatmete er Charlotte zweimal. Er wusste, dass er das Ganze so lange durchführen musste, bis sie entweder zu sich kam oder sie medizinische Hilfe bekamen.

Irgendwie wirkte die Szene skurril: Ein Mensch, der um sein Leben rang, und ein anderer, der dazu eine Melodie summte. Sie brauchten Hilfe. Nielsen nahm das Funkgerät in die Hand und schickte einen Hilferuf an die Wasserschutzpolizei raus. Er erklärte in wenigen Sätzen die Situation und forderte einen Hubschrauber zum Hafen. Indes versuchte der Helfsmann mit aller ihm zur Verfügung stehenden Kraft, der Frau Leben einzuhauchen. Er beatmete sie zum wiederholten Mal und obwohl seine eigenen Kräfte nachließen, gab er nicht auf. Hansen schüttelte immer wieder den Kopf, hatte das Gefühl, dass es keinen Sinn mehr machte. Dennoch raffte er sich erneut auf und pumpte im Takt. Wieder und wieder wiederholte er das anstrengende Prozedere, hörte eine Rippe knacken.

Dann auf einmal regte sie sich kaum spürbar, bewegte eine Hand. Charlotte prustete und würgte Wasser aus ihrer Lunge. Sie hustete und röchelte. Hansen ließ erleichtert von ihr ab und drehte sie zur Seite, damit das Wasser abfließen konnte. Nielsen hörte die Geräusche und konzentrierte sich wieder auf die Fahrt. Charlotte schlug die Augen auf. Wie ein Häufchen Elend lag sie schlotternd auf der ledernen Sitzbank und klapperte mit den Zähnen. Der dänische Steuermann zog ihr die nassen zerrissenen Kleidungsstücke vom Oberkörper. Vor ihnen tauchten die ersten Lichter Bornholms auf.

Hansen nahm eine weitere Decke von der Bank und breitete sie über dem Körper der erschöpften, aber lebenden Frau aus. Vorsichtig bewegte er sie auf den Rücken. Die Frau tat ihm leid. Sie hatte die Augen geschlossen, bewegte sich nicht und wirkte, als schwebte sie zwischen Leben und Tod. Sie war leichenblass und atmete kaum spürbar. Hansen machte sich Sorgen. Immer wieder hielt er ihr Handgelenk, um festzustellen, ob sie überhaupt noch Puls hatte.

»Das war Teamarbeit, Finn«, flüsterte der Kapitän auf Dänisch und hoffte, dass die Frau es überlebte. Er war stolz, dass sie sich mit Präzision und Ruhe aus einer kritischen Situation herausmanövriert hatten und die Frau wenigstens bergen konnten.

Alles andere lag in Gottes Hand. Hansen legte Charlotte eine weitere Decke über, damit ihr Körper zur Ruhe kommen konnte und die Körpertemperatur anstieg. Nielsen drehte die Heizung im Steuerstand auf, sodass die Männer nach wenigen Minuten anfingen zu schwitzen. Sie würden in etwa einer halben Stunde im Fischereihafen in Nexø auf Bornholm eintreffen. Nielsen hoffte, dass sie es bis dahin schaffte. Sie konnten jetzt nichts mehr für sie tun.

Charlottes Körper schlotterte, ohne dass sie auch nur einmal die Augen aufschlug. Dann sackte er in sich zusammen.

»Was ist los?«, schrie Nielsen und riss die Augen auf.

KAPITEL 31

Nachdem er sich mit Hartwig kurzgeschlossen hatte, trafen die beiden Kommissare um halb 4 Uhr morgens in der Burger Dienststelle aufeinander. Der Kommissar aus Lütjenbrode kam ohne Hund und stürzte sich als Erstes auf die Kaffeemaschine in Schütts Büro. Er war unrasiert und sein Blick trübe und die Augen blutunterlaufen. Schütt erschien nur wenig später auf der Bildfläche und wirkte als Einziger ausgesprochen wach.

Westermanns Gesichtsmuskeln waren angespannt, als er Schütt in einer kurzen Zusammenfassung erklärte, was ihm die dänischen Kollegen mitgeteilt hatten und was Charlotte mit der ganzen Sache zu tun hatte. Er sprach vom aufgefangenen Funkspruch, von der Suche nach der White Pearl und dem Auffinden Charlottes in der Ostsee. Dass zwei Seemänner sie in einer halsbrecherischen Aktion gerettet hatten und sie auf dem Weg in die Lübecker Uniklinik war. Normalerweise hätten sie sie in eine Klinik nach Kopenhagen geflogen. Auf Anraten des schwedischen Kollegen und seinem Kenntnisstand über Westermann hatte er ausdrücklich darauf bestanden, sie nach Deutschland zu fliegen. Westermanns Worte drückten Fassungslosigkeit aus.

»Das gibt's doch gar nicht. Und wie geht es ihr?«, wollte Schütt mit versteinertem Gesicht wissen.

»Sie konnten mir nichts Genaues sagen. Sie haben wohl um ihr Leben gekämpft.«

»Ja, und da bist du noch hier? Das hättest du mir längst mitteilen müssen. Dann hätte ich dir alles am Telefon erklärt und ihr wärt auf dem Weg nach Lübeck.« Schütt guckte ihn betroffen an und schwieg betreten.

»Ja, wir fahren gleich. Nur bitte eine kurze Info, was hier passiert ist.« Schütt erklärte mit knappen Worten, was er über das Astrolabium erfahren hatte. Dass er Infos von einem Museumsleiter bekommen hatte, der sich aufgrund von Charlottes Hinweisen bei der Polizei auf Fehmarn gemeldet hatte, weil er sie nicht erreichen konnte. Sie hatte ihm Fotos geschickt, die Ähnlichkeit mit einem gestohlenen Artefakt besaßen. Die Kopien der Aufnahmen hab ich auf meinem Schreibtisch. Es bewahrheitete sich, dass genau diese Fotos tatsächlich zu dem Astrolabium gehörten, das in Hamburg in einem Nautischen Museum gestohlen worden war. Westermann hatte nie vorher von einem Astrolabium gehört und war bestürzt. Innerhalb weniger Minuten bekam er mehr Antworten, als ihm lieb war. Die Schilderung des Burger Dienststellenleiters war dermaßen skurril, dass er es kaum fassen konnte. In was war Charlotte verwickelt gewesen? Was hatte die White Pearl mit dem Museumsstück zu tun? Hatte sie etwas auf dem Schiff herausgefunden? Und weshalb war sie auf der Jacht gefangen? Warum hatte sie sich nicht längst bei ihm gemeldet? Wie alles zusammengehörte, musste schnellstens geklärt werden.

Westermann überlegte fieberhaft: »Allerdings kann ich mir jetzt langsam eins und eins zusammenreimen.« Westermann nahm Hartwig den Kaffeebecher aus der Hand.

»Und was hast du dir zusammengereimt?«, wollte Hartwig wissen.

»Ich vermute, Charlotte hat dieses Teil auf dem Schiff der Bergmanns entdeckt und allein versucht rauszufinden, was es mit diesem Teil auf sich hat. Irgendwie muss sie an Informationen geraten sein, die sie mit dem Astrolabium in Verbindung gebracht hat. Vielleicht hat sie irgendwo von dem Diebstahl gelesen. Zufall? Ihre Kombinationsgabe ist ja schon außergewöhnlich. Aber wieso hat sie mich nicht angerufen? Sie ruft mich sonst auch alle naslang an«, sagte Westermann und leerte den Becher mit dem schwarzen Gebräu. Man merkte, dass er loswollte.

Schütt mischte sich in seine laut ausgesprochenen Gedanken. »Weil du nicht da warst vielleicht und weil du ihr oft genug zu verstehen gibst, dass sie dich nicht von der Arbeit abhalten soll«, entgegnete er und verschränkte die Arme vor der Brust. »Sie ist den Bergmanns vielleicht bei irgendwas in die Quere gekommen und die haben sie gleich abgegriffen. Und sie hat bestimmt versucht, dich zu erreichen«, sagte Schütt und fuhr sich mit der Hand über seinen kurz geschorenen Maschinenschnitt.

Westermann zog sein Handy aus der Hosentasche und starrte auf das Display: »Bei mir auf dem Handy ist rein gar nichts. Ist jetzt aber auch wurscht. Wir müssen auf schnellstem Weg nach Lübeck.« Westermanns Mundwinkel senkten sich. Er stellte den Becher ab und bewegte sich auf die Tür zu.

»Weiß Katrin Bescheid?«, wollte Hartwig wissen, als sie wenig später auf die A1 fuhren.

Westermann schwieg und starrte durchs Seitenfenster. Seine Augenbrauen hoben sich und er fuhr sich mit beiden Händen durch die Haare: »Nein, ich konnte nicht. Was, wenn sie es nicht überlebt?«

*

Charlotte lag wie ein Häufchen Elend in ihrem Krankenbett der Uniklinik Lübeck. Sie war an sämtliche verfügbaren Schläuche im Zimmer der Intensivstation angeschlossen. Die taffe Ermittlerin hustete sich die Lunge aus dem Leib. Ihr Körper zitterte, wurde von Schüttelfrostattacken in Mitleidenschaft gezogen. Eine Krankenschwester stand neben ihr und deponierte einen Kunststoffschlauch unter ihrer Bettdecke, der sie fortwährend mit warmer Luft versorgte. Sie hatte sich bisher nicht vom Schock im Wasser erholt. Die Leinentasche, die ihr der Beamte während des Fluges auf den Bauch gelegt hatte, lag jetzt auf einem Stuhl neben ihrem Bett. Sie hatte den Beutel trotz ihrer Bewusstlosigkeit während des gesamten Fluges wie festgeschraubt gegen ihre Brust gepresst. Selbst in der Klinik wollte sie den Leinenbeutel nicht loslassen. Aber der Arzt setzte sich durch. Tief schlafend lag sie im Krankenzimmer. Nur das Pumpen der Maschinen und Hustenanfälle waren wahrzunehmen. Vor ihrem Fenster ging die Sonne auf. Ein blassrosa Band zog am Horizont auf und wiegte das Licht in eine besänftigende Atmosphäre. Nichts deutete darauf hin, dass vor wenigen Stunden Schreckliches mit dieser Frau passiert war. Der Wind hatte sich das erste Mal seit Tagen gelegt. Charlotte nahm all dies an diesem Morgen nicht wahr. Nur ihr trockener Husten erinnerte daran, dass jemand um sein Leben kämpfte. Sie hatte eine Pneumonie, eine Lungenentzündung, davongetragen. Jede Hustenattacke presste Tränen aus ihren Augenwinkeln. Ihr Gesicht war gerötet, sie hatte Fieber. Die Schwierigkeiten, die sie beim Atmen hatte und die sich durch ständiges Pfeifen ausdrückten, waren typisch für eine Lungenentzündung. Die Maschine demonstrierte mit lautem Piepen ihren schnellen Herzschlag.

Die Tür öffnete sich und nacheinander traten Westermann und Hartwig ins Zimmer. Der Hauptkommissar trat ans Bett und wirkte wie versteinert. Als er die Tante seiner Frau so hilflos vor sich liegen sah, traten Tränen in seine Augen.

»Charlotte ...«, flüsterte er und schluckte. Der behandelnde Arzt trat ins Zimmer. Er teilte Westermann mit, dass sie zeitweise die Besinnung verloren hatte und es noch lange dauern konnte, wenn ihr Herz die hinter ihr liegenden Strapazen überhaupt mitmachte. Man konnte nur abwarten. Es sah nicht gut aus.

Hartwig stand schweigend neben der Tür. Charlottes Zustand machte auch ihm Sorgen. »Ich warte draußen«, flüsterte er, wollte seinem Vorgesetzten Zeit mit Charlotte geben. Westermann zog nickend einen Stuhl zu sich. Er setzte sich, ohne sie aus den Augen zu lassen. Schweigend und geschockt saß er eine gefühlte Ewigkeit da und lauschte ihrem Röcheln. Dann bemerkte er eine Veränderung. Ihr Herzschlag beschleunigte sich. Das Piepen der Maschine ebenfalls. Die Frau, die vor ihm im Bett lag, wurde unruhig, hustete immer heftiger. Westermann beugte sich zu ihr, überlegte, den Arzt zu rufen, und hielt den Knopf griffbereit in der Hand. Auf einmal schlug Charlotte die Augenlider auf.

»Wer sind Sie?«, wollte sie kaum verständlich vom attraktiven Mann mit weißem Bart und silberweißen Haaren wissen.

Westermann starrte sie an: »Tantchen. Ich bin's, Dirk«, schluckte er. Ihr Blick verriet ihm, dass sie ihn nicht erkannte.

Waren das die Medikamente oder löste die Entzündung der Lunge derartige Symptome aus? Sein Gesicht wurde aschfahl. Westermann hatte überlegt, Katrin alles zu erzählen, um sie auf das Schlimmste vorzubereiten. Dann aber unterließ er es, um sich erst selbst ein Bild zu machen. Er durfte sie nicht ängstigen. Sie hatte genug durchgemacht, deshalb hatte er geschwiegen, nichts von ihrer Tante erwähnt. Jetzt schlug sein Gewissen. Was, wenn sie starb? Ich hätte es ihr sagen müssen, überlegte er und drückte Charlottes Hand. Ihr glanzloser Blick ruhte auf ihm, als versuchte sie, sich zu orientieren. Unerwartet blitzten ihre Augen. Westermann nahm ein hauchdünnes Lächeln auf ihren Lippen wahr.

»Ach, du bist's. Wo bin ich?«, hustete sie und starrte ihn an. Der Kommissar war sichtlich erleichtert. Sie schloss die Augen. »Mir ist kalt, können Sie mich zudecken, Herr Doktor?«

Diese Aussage wiederum gefiel Westermann überhaupt nicht. Da stimmt was nicht. Er erhob sich, um den Arzt hinzuzuziehen. Er wollte ihre Bettdecke zurechtrücken, als der Leinenbeutel vom Stuhl fiel. Er setzte sich wieder und griff danach.

»Nein, nein. Da sind wichtige Beweise für meinen Kommissar drinnen. Ich hab sie gefunden. Sie wollen mich nur bestehlen«, stöhnte sie und sank hechelnd zurück auf ihr Kissen. Was redete sie da?, überlegte der Kommissar und drückte den Knopf, der eine medizinische Kraft herbeirufen sollte.

»Charlotte. Ich bin der Kommissar«, sagte er, um ihr Spiel mitzuspielen.

»Neiiiin, der sieht ganz anders aus«, antwortete sie, öffnete die Augen und untersuchte mit ihren Blicken sein Gesicht. »Ich weiß nicht genau. Ich bin so müde.« Sie schloss die Augen, und von einem Moment auf den anderen war sie wieder weggedriftet. Der Ermittler erhob sich schluckend, verließ das Zimmer. In seinem Brustkorb machte sich ein schreckliches Gefühl breit. Offensichtlich hatte sie Wahnvorstellungen. Er fand sich auf dem Flur wieder und entdeckte Hartwig.

»Was ist los?«

»Charlotte hat mich nicht erkannt. Sie ist verwirrt. Wo zum Teufel ist der Arzt? Warum kommt hier keiner? Sie ist völlig durcheinander.«

»Und du hast sie allein gelassen?«

»Sie schläft.«

Westermann tigerte den Gang entlang, um das Ärztezimmer zu finden. Unverrichteter Dinge marschierte er zurück zu seinem Kollegen.

In diesem Moment eilte eine Krankenschwester ihnen auf quietschenden Sohlen entgegen.

»Wird auch Zeit. Ich habe vor Minuten den Knopf gedrückt. Dass man auf dieser Station überhaupt jemanden sieht, ist ja erstaunlich. Ich dachte, dies ist eine Intensivstation? Und wo bleibt der Arzt?«, fragte Westermann seinen Kollegen.

»Die haben genauso Not wie jeder Bäcker«, sagte Hartwig.

»Hallo, Schwester, ich brauch Hilfe.« Die junge Frau um die 40 steuerte auf ihn zu und lächelte.

»Dass die überhaupt noch lächeln, grenzt an ein Wunder«, flüsterte Hartwig.

»Was kann ich für Sie tun?«, wollte die Schwarzgelockte mit dem schmalen Gesicht wissen.

»Ich bin hier wegen Frau Hagedorn. Allerdings bin ich erstaunt, dass sie mich nicht erkennt, wir sind verwandt sozusagen.« Westermann schluckte. Es schien ihm nicht erforderlich, der Schwester die Zusammenhänge zu erklären.

»Darüber kann Ihnen der Arzt mehr sagen. Ich piepe ihn an, er ist gleich bei Ihnen, versprochen. Wir kontrollieren alles auf dem Monitor, machen Sie sich keine Sorgen«, sagte sie und deutete hinter sich. Damit verschwand sie wieder in einem der vielen Zimmer und ließ einen fassungslosen Westermann zurück.

Wenig später erschien der Arzt, der ihn bereits beim Eintreffen informiert hatte. Jetzt erst bemerkte er, wie jung der Mediziner war. Hätte nicht »Dr.« auf seinem Namensschild gestanden, würde Westermann vermuten, es mit einem Studenten zu tun zu haben.

»Sie haben Fragen zu Frau Hagedorn?«

»Ja. Was ist mit ihr? Sie erscheint mir verwirrt. Sie hat mich nicht mal erkannt«, sagte Westermann.

Der Arzt nickte. Der Mediziner sagte mit ernstem Ton: »Frau Hagedorn hat eine schwere Lungenentzündung. Wir wissen nicht, wie lange sie im eiskalten Wasser verbracht hat. Eine derartige Aktion hätte normalerweise ihren sicheren Tod bedeutet. Hätten die Männer sie nicht rechtzeitig herausgezogen und so gut versorgt, wer weiß, wie das ausgegangen wäre. Sie hat sehr viel Glück gehabt. Wir haben sie gründlich untersucht, aber sie wird einige Zeit brauchen, um diese Krankheit zu überwinden. Die Verwirrung sowie das Fieber und der Schüttelfrost sind Symptome ihrer gesundheitlichen Beschwerden. Sie müssen Geduld aufbringen. Wir tun, was wir können. Ihr Herz ist stabil, ihr Zustand durchwachsen. Wir haben ihr Antibiotika verabreicht, um die bakterielle Infektion zu bekämpfen, und führen noch eine Sauerstofftherapie durch, um die Sauerstoffversorgung ihres Körpers zu unterstützen. Die Genesung von einer Pneumonie kann

Zeit in Anspruch nehmen und erfordert Ruhe und Geduld.«
Westermann verabschiedete sich von dem jungen Arzt, der
nach der Patientin schaute und danach verschwand. Westermann warf Hartwig einen kurzen Blick zu, zuckte die
Schultern und bewegte sich auf das Zimmer von Charlotte
zu. Angespannt verschwand er im Inneren und verschloss
die Tür hinter sich. Er setzte sich auf den Stuhl, sah die Schla-
fende an und ließ seiner Fassungslosigkeit freien Lauf.

*

*Traut euch mit eurem Liebling. Hochzeit mit deinem vier-
beinigen Freund? Ein Körbchen voller Glück im Maul? Wo
gibt's denn so was? Baltic bliss, Hochzeit mit Meer, die Agentur, die für euch die Perlen herauspickt.*
Irgendwie klang diese Zeile im Hochzeitsmagazin heraus-
ragend. Und genauso wollte sie weitermachen. Als sie die
Tür zu ihrem Büro aufschloss, hörte sie das Telefon klingeln.
Eilig legte sie ihren Schlüssel auf den Tresen, griff nach dem
alten Vintage-Telefon und nahm den Hörer von der Gabel.
»We ... äh ... Baltic bliss, Hochzeit mit Meer, die Agentur, die für euch die Perlen herauspickt. Was kann ich für
Sie tun?« Sie musste sich an den neuen Namen ihrer Agentur noch gewöhnen, aber ihr Herz pulsierte bei jedem Wort.
Dann hörte es den ganzen Vormittag überhaupt nicht mehr
auf zu läuten. Weitere Anfragen kamen, und sie wusste,
dass sie es geschafft hatte. Diese Emily Jonte konnte sich
drehen und wenden, wie sie wollte. Sie würde ihr das Feld
nicht kampflos überlassen. Katrin warf einen Blick auf die
Uhr. Es war Mittag. Sie musste den Knirps abholen. Eine
Freundin hatte ihr Mats Ole abgenommen, damit sie sich
in Ruhe um ihr Geschäft kümmern konnte. Und sie hatte

nicht einmal ein schlechtes Gewissen, als sie, zufrieden über ihren Erfolg, die Tür hinter sich abschloss und summend die Agentur verließ. Wo steckt bloß Charlotte? Katrin wählte erneut die Handynummer ihrer Tante. Sie konnte sie immer noch nicht erreichen. Zu Hause war sie jedenfalls nicht. Katrin stieg die Treppe hinunter, als das Handy in ihrer Hand klingelte. Vielleicht ist sie das. Als sie das Gespräch annahm, blieb sie stehen, wurde totenbleich, und alles um sie herum fing an, sich zu drehen.

*

In der Uniklinik war eine weitere Stunde vergangen, als Westermann wahrnahm, dass Charlotte erneut stöhnte. Er hatte zwischenzeitlich einige Telefonate geführt, aus dem Fenster gesehen, sich wieder gesetzt, ihre Hand gehalten, war erneut aufgestanden. Als er sich wieder setzte, geriet die Leinentasche in sein Blickfeld. Was hatte es damit auf sich? Er griff danach und öffnete sie. Wenn Charlotte so einen Aufstand wegen eines Beutels macht, hatte dies etwas auf sich. Er war mehr als erstaunt, als Papiere, eine Schatulle mit einem Spritzenbesteck und ein merkwürdiges Gebilde, das einer alten Herrentaschenuhr ähnelte, zum Vorschein kamen. Handelte es sich um das gestohlene Gebilde, von dem sie gesprochen hatten? Es ähnelte dem Foto. Er betrachtete es von allen Seiten. Was hatte es mit dem Spritzenbesteck und diesem Artefakt auf sich? Westermann legte bis auf den völlig durchweichten Pappordner sämtliche Dinge zurück in den Beutel. Sie würde ihm später erklären, wozu es gut war. Er überflog die Dokumente, deren gedruckter Inhalt noch lesbar war und die er bereits kannte. Diese hatten schon vorher für Verwirrungen gesorgt. Westermann seufzte. Charlotte schlug mit einem Stöhnen die Augen auf. Westermann legte die Papiere neben sich auf den Boden und hielt ihre Hand.

»Charlotte. Na, min Deern, wie geht es dir?«

Sie sah rosiger aus, nicht mehr so glühend wie Stunden zuvor. Es hatte den Anschein, dass ihre Augen klar in die Gegend schauten.

»Dirk, was machst du denn hier? Wo ist Katrin, wo bin ich?«, wollte sie wissen und sah das erste Mal, wo sie sich befand.

»Du bist im Krankenhaus, aber wie es aussieht, geht es dir endlich besser.« Westermann lächelte und atmete erleichtert aus. »Katrin ist auf dem Weg. Sie kommt etwas später. Ich hab sie erst vor kurzem informiert.« Er deutete Richtung Fenster. Draußen war es bereits dunkel. Thomas und er hatten den ganzen Tag hier verbracht, ohne zu merken, wie spät es war. »Thomas ist auf dem Weg und holt Josch und Katrin. Ich wollte nicht, dass sie selber fahren. Wir standen alle ganz schön unter Schock, meine liebe Charlotte.«

»Josch ist wieder da – wie schön«, lächelte sie und holte Luft. Das Pfeifen in ihrer Lunge klang schnarrend. »Ja, was glaubst du, wie groß mein Schock war, als der Kutter abgedreht ist? Aber was dann passierte, ich erinnere mich irgendwie nicht mehr.« Charlotte verengte die Augen, als versuchte sie, die vergangenen Stunden in ihr Gedächtnis zu rufen. »Nee, alles weg.« Sie versuchte, sich aufzurichten. Aber im gleichen Moment ließ sie ihren Kopf zurück ins Kissen sinken. »Oh mei, ist mir schwindelig. Ich bin ganz rammdösig. Was war denn bloß los?« Der Hauptkommissar betrachtete sie eingehend. Sie erkannte die tiefen Falten auf seiner Stirn. »Ich erinnere mich duster daran, dass ich mich befreien konnte und aus der Luke geklettert bin«, flüsterte sie. »Und dann … dann bin ich von Bord gesprungen … ich … bin ich tot? Nee, geht ja nicht, du bist ja auch hier. Oder bist du auch?«, sie tätigte eine eindeutige Handbewegung gegen ihre Kehle.

Westermann lachte. »Nein, alles in Ordnung. Du bist quicklebendig, Gott sei Dank. Aber ich hab mir wirklich ernsthaft Sorgen um dich gemacht. Du warst im Fieberwahn. Du hast dir eine böse Lungenentzündung zugezogen und musst noch eine Weile hierbleiben.«

»Hierbleiben? Ich kann nicht hierbleiben. Wir müssen diese Verbrecher zur Strecke bringen.«

Westermann legte beruhigend seine Hand auf ihre. »Bleib ganz ruhig. Alle sind ausgeschwärmt, um genau die dingfest zu machen. Aber wo wir schon mal dabei sind, ich hab hier«, er bückte sich, um die Leinentasche hochzuheben, »einige interessante Dinge gefunden, die du offensichtlich wie einen Goldschatz beschützt hast und nicht mal dem Arzt ausliefern wolltest.« Wieder lachte er.

Sie guckte ihn fragend an. Es schien, als müsste sie sich konzentrieren. »Ja, in der Tüte sind sämtliche Beweise. Ich weiß jetzt, dass sie das Astrolabium gestohlen haben. Auch wenn der Museumsleiter mich nicht zurückgerufen hat. Sie wollten das Artefakt in Dänemark oder Schweden verkaufen. Sie hatten eine Verabredung mit einem Hehler. Ihr müsst sie unbedingt verhaften.« Charlotte richtete sich auf, gestikulierte mit beiden Händen und sank Sekunden später zurück auf ihr Kissen. »Mir wird schon wieder ganz düselig. Oje.«

Westermann nutzte diesen Augenblick ihrer Hilflosigkeit und dass niemand ihr Gespräch unterbrechen würde. »Charlotte, bleib ganz ruhig liegen, min Deern. Ich weiß bereits, dass dieses Astrolabium gestohlen ist. Der Museumsleiter hat uns informiert. Du hattest recht. Aber kannst du mir erklären, wie du zu diesen Sachen gekommen bist?«

Ausführlich und kräftezehrend erklärte sie dem Ermittler, wie sie sich aufs Schiff geschlichen hatte, erwischt und gefangen genommen wurde. Sie erzählte von den Gesprächen, die sie belauscht hatte, und von ihrer spektakulären Flucht, bis zu dem Moment, als sie die Besinnung verlor und dies sie fast das Leben gekostet hatte. Westermann saß schweigend auf dem Stuhl und schüttelte fortwährend den Kopf. Am Ende legte sich ein glänzender Film über seine rot geränderten Augen.

»Charlotte, das war sehr, sehr leichtsinnig von dir. Du hättest tot sein können. Warum hast du mich nicht sofort angerufen? Du weißt doch, dass ich dir immer glaube. Wir hätten … dieser schreckliche Sturm.«

»Ihr hättet gar nichts können. Ihr wart in Schweden und ich, ich hatte mein Handy zweimal zu Hause liegen lassen.« Sie zuckte die Achseln. »Mein Jung, du kennst mich doch. Unkraut vergeht nicht und Sturm … Sturm ist ja erst … na, du weißt schon.« Sie musste husten, hielt ihre Hand vor den Mund.

»Na ja, bei diesem Sturm hatte wohl kein Schaf mehr Locken auf dem Kopf«, zwinkerte er und war erleichtert, dass sie es schon wieder mit Humor nahm.

»Allerdings sind wahrhaftig Fische vor meinen Augen vorbeigeschwommen, das war schon erschreckend. Oder hab ich das geträumt?« Auf einmal legte sich ein entspannter Schleier auf ihr Gesicht und sie schloss die Augenlider. »Nun bin ich wirklich erschossen«, lallte sie und schlief ein.

KAPITEL 32

Am nächsten Morgen lief die Wasserschutzpolizei in den
Hafen von Nexø ein. Es dämmerte. Weitere Kollegen unter-
suchten die übrigen Häfen rund um Bornholm. Eine ganze
Armada Polizeibeamter stürmte die Häfen rund um Bornholm. Das erste Mal seit Tagen hatte selbst in Dänemark der
Wind nachgelassen, und es blitzte vereinzelt blauer Himmel
durch die Wolkendecke. Es schneite auch nicht mehr, alles
schien friedlich. Hyggeligt, wie die Dänen es nannten. Bisher waren sämtliche Spuren auf der Suche nach der Segeljacht im Sand versickert. Sie kontrollierten etliche Boote,
die Ähnlichkeiten mit der gesuchten Jacht aufwiesen – Fehl-
anzeige. Ein Schiff mit dem Namen White Pearl war nirgends auszumachen. Sie schossen Fotos von Schiffen glei-
cher Bauart und übermittelten sie an die Polizeidienststellen,
damit sie an die forensische Abteilung weitergeleitet und
untersucht werden konnten. Gleichzeitig veröffentlichten
sie ein Foto der White Pearl in sämtlichen Medienanstalten.
In allen regionalen und überregionalen Nachrichten wurde

nach dem Schiff und seinen Eignern gefahndet. Irgendwann würden sie die Luxusjacht und ihre Besitzer finden.

Fast zeitgleich saß der dänische Fotograf und Journalist Jens Blanquist in einem Café im Hafen von Nexø und verfasste seinen Bericht für das Blatt der ansässigen Bornholmer Zeitung. Er registrierte die Musik im Radio beiläufig, während er über die nächsten Sätze brütete und aus dem bodentiefen Fenster auf den Hafen schielte. Er hielt inne, als die Musiksendung von einer polizeilichen Mitteilung unterbrochen wurde. Der Fotograf richtete sein Gehör auf das Gesagte. Es wurde eindeutig um Hinweise bezüglich einer gesuchten Jacht gebeten. Der 37-Jährige machte sich Notizen. Dieser Fall weckte sein Interesse. Zumal er sich gerade in diesem Küstenbereich aufhielt und über die Schäden an diversen Booten berichtete. In die Mitteilung vertieft, fertigte er nebenbei eine Zeichnung des Schiffes auf einer Serviette an. Lange betrachtete er seinen Entwurf, während er an seiner Unterlippe nagte. Einer Eingebung folgend, stellte er seine Kamera ein und durchforstete die kürzlich aufgenommenen Fotos. Er war im Auftrag der Zeitung unterwegs, um die Folgen des Sturms aufzunehmen, der über die Küsten der Ostsee gejagt war und für unzählige Verwüstungen gesorgt hatte. Der Tag danach glich einer großen Katastrophe. Es war jetzt bereits die zweite schwere Sturmflut innerhalb von zwei Jahren an der Ostseeküste und ein weiteres Anzeichen dafür, dass die Natur sich extrem veränderte. Der Klimawandel war anscheinend wirklich nicht aufzuhalten und schritt weitaus schneller voran, als sämtliche Berechnungen vorausgesagt hatten. Da können wir uns noch so den Arsch aufreißen, das ist nicht mehr zu verhindern, dachte er. Wir zögern das nur länger raus mit unseren Öko-Aktivitäten, mehr nicht. Für genau dieses sich wiederholende Szenario hatte er sich in den Hafen begeben. Jetzt kam ihm die Sturmflut vielleicht sogar zu Hilfe und er entdeckte in seinem Fundus möglicherweise das Geisterschiff. Es war nur so ein Gedanke. Immer wieder scrollte er die Aufnahmen von vorn durch, bis er auf ein Foto stieß, das auf die Beschreibung der Jacht passte. Sie hatten seit Stunden Bilder der White Pearl im Fernsehen veröffentlicht. Allerdings trug das Boot auf seinen Fotos keinen Namen. Er vergrößerte die Fotografie und entdeckte, dass es eine Stelle am Bug gab, an der dilettantisch mit Farbe umgegangen war, was seiner Meinung nach für ein derartig teures Schiff unüblich war. Das ist übertüncht, da bin ich sicher. Immer wieder betrachtete er das Bild, dann hatte er es eilig. Er legte ein paar Münzen auf den Tisch, raffte seine Unterlagen zusammen. Der sportlich wirkende Mann stülpte seine dunkle Mütze über die blonden Haare und verließ im Eiltempo das Lokal im Hafen.

Wenig später traf er in der Polizeidienststelle ein und verlangte nach jemandem, der sich mit dem Fall der vermissten White Pearl beschäftigte. Jens Blanquist witterte eine Story und würde nicht eher diese Dienststelle verlassen, bis sie sich die Aufnahmen angesehen hatten. Zum Glück wurde er ohne großen Firlefanz in eines der Büros geleitet. Ein Polizeibeamter betrachtete Unterlagen, die offen auf dem Schreibtisch lagen. Blanquist erkannte die Jacht. Er legte seine Kamera auf den Tisch des Polizisten. Nach einem flüchtigen Wortwechsel verglichen sie seine Fotografien mit denen in der Akte. Bis auf den Namen stimmten sie überein. Für den Journalisten handelte es sich eindeutig um ein und dasselbe Schiff. Wieso haben die das Schiff nicht eher gesichtet? Der Journalist war sicher, dass sie es im Fischereihafen nicht vermutet hatten. Er zog die Mütze vom Kopf, knöpfte seine Winterjacke auf und setzte sich im weitläufigen Flur auf einen der Besucherstühle. Seine feinen blonden Haare standen elektrisiert zu Berge. Der Journalist presste die Lippen zusammen, während seine Füße auf und ab wippten und er auf das Fotomotiv an der gegenüberliegenden Wand starrte. Ein Segelschiff auf einer aufgetürmten Welle. Passt hervorragend, stellte er fest und zog die Augenbrauen hoch. Er wollte hier so lange sitzenbleiben, bis er eine Antwort erhielt, selbst auf die Gefahr hin, dass es Stunden dauerte. Schnaufend warf er einen Blick auf seine Stiefel. Die hatten mittlerweile schlierige Spuren auf dem Linoleumboden hinterlassen, der ihn an die Asche in seinem Holzofen erinnerte. Seine Finger trommelten auf seinen Oberschenkeln, dann stützte er seinen Kopf in die aufgestützten Hände. Wie lange sitz ich hier jetzt schon?, überlegte er und warf einen Blick auf sein Handy. Ich bin ein Idiot, wenn ich diese Chance vergeige. »Blanquist, da lauert die Titelseite«, sagte er in dänischer Sprache. Was er nicht wusste, war, dass die Polizeibeamten gerade dabei waren, ein Team zu bilden, um das vom Journalisten entdeckte Schiff aufzusuchen. Er merkte, dass es auf einmal hektisch in der Dienststelle wurde. Der Beamte von vorhin kam direkt auf ihn zu. Die erlösende Nachricht lag bereits auf dem Tisch des bearbeitenden Beamten. Egal wie es ausging, er hatte seine Story.

*

Die Tür des Krankenzimmers öffnete sich mit kaum wahrnehmbarem Knarzen. Westermann saß seit Stunden in diesem Zimmer der Uniklinik und lauschte den jaulenden

Geräuschen, die vom zugigen Flur herrührten und ihn an eine Geisterserie über Lost Places erinnerten. Er drehte sich um, ließ Charlottes Hand los und bemerkte Katrin und Josch. Er freute sich. Er saß seit Stunden bei der Tante seiner Frau und bekam immer wieder mit, wie sie zwischendurch erschöpft einschlief. Der Kommissar rieb sich die Augenlider, gähnte und erhob sich.

»Och, wie schön. Josch. Dass du schon wieder zu Hause bist«, flüsterte Charlotte, und ihre Stimme nahm einen sanften Ton an. In ihren Augen erkannte Westermann eine Wärme, die ihn erstaunte. Die beiden passten wirklich wie Pott und Pann zueinander, lächelte er und warf Katrin einen sehnsüchtigen Blick zu. Sie starrte erschreckt ihre Tante an und schien dennoch total erleichtert, sie lebend in diesem Bett vorzufinden. Sie trat auf den Hauptkommissar zu und griff nach seinen Händen. Ihre Lippen zitterten. Westermann sah, dass sie Tränen in den Augen hatte.

»Lass uns rausgehen, lassen wir die beiden Turteltauben mal für einen Moment allein«, zwinkerte der Ermittler und zog Katrin hinter sich her. Leise verließen sie das Krankenzimmer, um Josch und Charlotte Gelegenheit zu geben, sich zu begrüßen.

»Es ist so schön, dass du da bist«, flüsterte Westermann und schob Katrin eine lange Haarsträhne aus dem Gesicht. Er legte seinen Kopf gegen ihre Schulter. Sie ließ ihn gewähren und wirkte gleichzeitig verwirrt.

»Was ist los?«, hauchte sie.

»Alles ein bisschen viel in letzter Zeit. Irgendwie scheint alle Welt nur noch durchzudrehen. Ich bin so müde. Kannst du dir das vorstellen?« Er nahm seinen Kopf hoch, sah sie an, schob die Brille auf die Haare und rieb sich die rot unterlaufenen Augen.

Katrin nickte. »Kann ich. Hast du geweint?«, wollte sie wissen. In ihrem Blick lag Verunsicherung.

Westermann presste seine Lippen zusammen. In ihrer Jeans und dem tannengrünen Pullover unter dem offenen Parka wirkte sie wie ein Schulmädchen.

»Und wenn?« Er zuckte kraftlos die Schultern. »Du hättest sie sehen sollen. Ich kam hier an, und sie hat mich nicht mal erkannt. Ich war total schockiert. In dem Moment musste ich an meine Mutter denken. Du weißt ja, dass sie mich am Ende nicht mehr wahrgenommen hat. Charlottes Zustand hat mir richtiggehend Angst eingejagt. Sie hat fast nur dummes Zeug erzählt. Völlig zusammenhangslos.« Er schwieg. Die Erinnerung an seine demenzkranke Mutter versetzte ihm noch immer einen Stich in die Brust, der schmerzte. Charlotte war für ihn mittlerweile etwas wie ein Mutterersatz; deshalb traf es ihn besonders, sie so erleben zu müssen.

»Aber es geht ihr besser, oder?« Katrin machte sich ernsthaft Sorgen.

Westermann nickte. »Ja, Gott sei Dank. Sie ist schon fast wieder die Alte, fast.«

Sein Handy klingelte. Er warf einen Blick aufs Display, nahm das Gespräch entgegen und deutete an, die Klinik für einen Moment zu verlassen. Katrin nickte und öffnete erneut die Tür zum Zimmer von Charlotte.

»Ja?«, flüsterte Westermann, um keinen Ärger mit dem Klinikpersonal heraufzubeschwören. Er wusste, dass es auf der Intensivstation nicht gestattet war, zu telefonieren. Als er im Freien stand, lauschte er dem Bericht der dänischen Kollegen. Die kalte Luft tat ihm gut. Er hielt sein Gesicht dem Wind entgegen. »Okay, dann Vorsicht. Ich weiß, dass die beiden vorhaben, einen Deal mit einem Hehler über die Bühne zu bringen. Nur nicht genau, wo. ... Woher ich das weiß?« Er erklärte dem Kollegen auf Bornholm, was die Schiffseigner im Hafen von Burgstaaken mit Charlotte getan hatten und was sie vorhatten. Dann trat er erleichtert den Rückzug an, um sich von Charlotte zu verabschieden.

Thomas würde langsam Eiszapfen ansetzen, wenn er ihn nicht endlich erlöste. Er wollte im Wagen dösen und warten, bis der Besuch zu Ende war. Außerdem konnte er so Watson jederzeit rauslassen. Sie mussten schnellstens Vorbereitungen treffen, um die Verbrecher in Empfang zu nehmen. Westermann hoffte, dass sie Antworten auf die Frage nach den Vermissten erhielten, wenn sie die Schiffseigner in die Enge trieben. Denn mittlerweile ging er davon aus, dass sie mehr mit dem Verschwinden der Ahlers zu tun hatten, als sie zugegeben hatten.

*

Auf einmal öffnete sich die Tür zu Charlottes Krankenzimmer erneut. Josch und Katrin verabschiedeten sich in diesem Augenblick. Mia Kaltenbach, die Nachfolgerin von Nele und Hendrik Martins Pension, stand auf einmal schüchtern lächelnd in der Tür. Es war mittlerweile ziemlich spät. Die beiden Besucher sahen sie fragend an. »Kindchen, das ist ja schön, dass Sie bei mir Station machen. Aber das hätte doch nicht nötig getan. Schon gar nicht um diese Zeit«, sagte Charlotte und guckte Mia verdutzt an. Katrin und Josch warf sie eine Kusshand zu. Leise verließen sie das Zimmer und machten sich auf den Weg zum Parkplatz. Westermann wartete am Wagen, rauchte seine Pfeife und blies sich warme Luft in die Hände. Hartwig war mit Watson zum nächsten Baum und hatte den Motor abgestellt. Als er nach kurzer Zeit zurückkehrte, fing neben ihnen im Auto ein Hund an zu bellen. Der hellbraune Labrador, der im alten VW-Bus umhersprang, hatte den tschechoslowakischen Wolfhund wahrgenommen und nahm dies zum Anlass, wie wild gegen die Scheiben zu springen und lauthals seinen Unmut kundzutun.

»Mann, sei ruhig«, rief Hartwig und versuchte, den Hund zu beruhigen. »Aus.« Katrin schüttelte den Kopf, als sie und Josch in den Audi einstiegen.

»Was ist denn mit dem los?«, fragte sie Dirk.

»Keine Ahnung. Irgendwie fing der Hund an, als Watson um die Ecke kam.« Westermann stieg aus, notierte das Autokennzeichen und gab dieses der Polizeidirektion durch, um den Halter zu ermitteln. »Danke«, sagte er. »Mia Kaltenbach, Fehmarn. Keine weiteren Hinweise. Bei der Kälte geht das nicht, das Tier allein im Auto zu lassen.«

»Na ja, ich saß hier auch ein paar Stunden und bin nicht erfroren. Das ist wohl ein bisschen übertrieben. Das ist ein Hund. Und soviel ich weiß, steht der Wagen noch nicht lange hier. Wenn's hochkommt, eine Viertelstunde. War 'ne hübsche Deern, die da ausgestiegen ist«, lachte Hartwig seinen Vorgesetzten an und drückte die Zigarette aus. Westermann zuckte die Achseln, als er die rückwärtige Tür öffnete und zur Rückbank guckte.

»Finde ich übrigens auch – übertrieben.« Katrins Gesichtsausdruck nahm sonderbare Züge an. »Was guckst du so? Ich kann mich doch wohl um den armen Hund kümmern oder kennst du den Fahrer?« Es sollte witzig klingen, traf jedoch genau auf den Punkt. Die Hochzeitsplanerin nickte.

»Der Bus gehört der Nachfolgerin von Nele. Die ist doch gerade bei Charlotte reingerauscht. Hättest du eigentlich sehen müssen. Und der Zappelmors nebenan ist ihr Hund Motte. Ist übrigens ein Mädel.«

»Okay, dann werde ich wohl oder übel ihren Besuch bei Charlotte beenden müssen, damit sie das arme Tier zur Räson bringen kann.« Westermann wollte sich auf den Weg machen, als er hörte, dass es still war. Als er sich umsah, bemerkte er, dass Watson neben dem Bus der jungen Frau verharrte und zum Fenster hochguckte. Er saß auf seinen Hinterläufen, schien den Hund im Inneren des Wagens mit seinem Blick zu hypnotisieren. Der Labrador saß da und bewegte sich nicht.

»Das glaub ich jetzt nicht. Das ist ein Bild für die Götter«, sagte Westermann, als Hartwig anfing zu grinsen und sein Handy zückte, um den Moment festzuhalten. »Das ist auf jeden Fall ein Mädel, so viel ist mal sicher. Die hat unser Charmeur gerade verhaftet.« Er zwinkerte. Josch und Katrin fingen laut an zu lachen.

»Na, wunderbar. Dann kann ja überhaupt nichts mehr schiefgehen«, sagte Westermann und setzte sich in den Wagen. »Ich hab übrigens auch neue Nachrichten«, sagte er, als Hartwig eingestiegen war und Watson seinen Job für beendet hielt. Als der im Fond saß, fing er an zu jaulen und mit der Pfote die Scheibe zu bearbeiten.

»Und?«, fragte Hartwig.

»Sie haben wohl die White Pearl aufgespürt.«

»Und jetzt? Festnehmen? Wie ist der Plan?«

Westermann schüttelte den Kopf. »Die Bergmanns haben offensichtlich Größeres vor. Charlotte erzählte von einem Deal, einer Übergabe dieses Astrolabiums. Das Teil ist, wie ich mittlerweile rausgefunden habe, Millionen wert. Die Kollegen wollen wissen, was da läuft. Sie werden das Schiff beobachten und, falls das alles keine Finte war, im richtigen Augenblick zuschlagen. Bin gespannt, wie das ausgeht. Die melden sich sofort, wenn es losgeht. Falls etwas losgeht.

Denn das Artefakt ist in unserem Besitz. Weiß nicht, wie sie aus der Sache wieder rauskommen wollen, ohne sich Ärger einzuhandeln.«

*

Die dänischen Kollegen saßen auf Bornholm in ihren Fahrzeugen und observierten die White Pearl. Jetzt, da sie sicher waren, das richtige Schiff aufgespürt zu haben, mussten sie nach Angaben des deutschen Ermittlers auf der Hut sein. Es dauerte Stunden, und es wurde dunkel, was die Sache nicht einfacher machte. Eine schwarze Nobelkarosse rollte auf den Parkplatz, der nur Schiffseignern zugängig war. Sie parkte unweit der Polizisten, die alle in Zivil unterwegs und nicht von Privatpersonen zu unterscheiden waren. Ein etwa 50 Jahre alter Mann entstieg dem teuren Fahrzeug, schloss den Kragen seines Mantels und marschierte auf direktem Weg auf den Steg zu, an dem die White Pearl, zwischen Trawlern versteckt, vor Anker lag. Immer wieder schaute er sich um, als fürchtete er, entdeckt zu werden. Die Spannung in den Dienstwagen – spürbar. Würde er auf die gesuchte Jacht zugehen?

»Chapeau«, rief Emil Sonder, Leiter der Ermittlungsgruppe und trommelte mit den Fingern auf das Armaturenbrett, als der Unbekannte direkt vor der Segeljacht stehen blieb. »Geht los«, vermeldete er seinen Kollegen, die sich bereitmachten. In den Fahrzeugen wurden schwarze Masken übergestülpt. »Auf mein Signal«, flüsterte Sonder und wartete auf weitere Aktionen. Die Beamten der dänischen Polizei beobachteten jede Bewegung des Fremden. Noch einmal guckte der sich um und hangelte sich dann auf die Jacht. Sonder sah, wie die Tür auf dem Schiff sich öffnete. Man erkannte drei Personen, die im Inneren des Segelschiffes verschwanden. »Wir wissen nicht, wie viele Leute sich noch an Bord aufhalten und ob sie bewaffnet sind«, sagte er durch das Mikro an seiner Weste.»Also äußerste Vorsicht. Wir steigen aus und nähern uns.« Er wusste, dass es schwierig war, irgendetwas zu beweisen, zumal das Astrolabium nicht auf der Jacht war. Aber sie mussten es riskieren. »Ihr wartet eine Minute, dann verteilt ihr euch.« Die Anweisungen waren knapp und präzise.

Emil Sonder und sein Team verließen den Van. In der Dunkelheit hasteten sie Richtung Jacht, stiegen lautlos und wie fliegende Federn über den Steg auf das Deck. Die Finsternis spielte den schwarz gekleideten Polizeibeamten in die Karten. Der dänische Hauptkommissar legte einen unscheinbaren Knopf an die GFK-Außenhaut des Schiffes. Im Ohrhörer bekamen er und seine Kollegen mit, dass zwei männliche Personen sich unterhielten. Die dritte Person, eine Frau, flüsterte. Es wurden Verhandlungen geführt. Etwas schien nicht in Ordnung zu sein. Einer der Männer drohte. Schweigen. Die Tür wurde aufgerissen. Alle duckten sich, um unsichtbar zu bleiben.

»Mit mir nicht. Es waren fünf Millionen vereinbart. 500.000 – lächerlich. Das Ding werden wir auch woanders los.« Sonder hielt seine Leute zurück.

»Verpiss dich.« Der Hehler drohte Bergmann erneut. Dann fiel ein Schuss.

»Stürmen.«

*

Westermann und Hartwig saßen in Burg auf Fehmarn in der Dienststelle, nachdem sie Katrin und Josch wohlbehalten zu Hause abgeliefert hatten.

»Ich kann kaum glauben, was Charlotte da wieder raus-gefunden hat. Wie stellt sie das nur immer an?«, wollte Hart-wig von seinem Vorgesetzten wissen, der mit Schütt, Veit und Becker an einem Tisch saß und auf das Handy starrte, das längst hätte klingeln müssen.

»Ich kann es dir nicht erklären«, sagte Westermann. »Aber ich kann es euch sagen. Unsere Miss Marple kennt Gott und die Welt – und die Insulaner. Die ist verdammt plietsch, die Deern.« Westermann hörte Stolz in der Stimme des Dienststellenleiters der Burger Polizeidienststelle mit-schwingen. »Nanu, Olaf, was ist denn mit dir passiert?«

»Nix, was soll mit mir passiert sein? Ist doch wahr. Sie hat mit ihrer Art bis jetzt immer rausbekommen, wozu wir oft-mals gar nicht in der Lage gewesen wären. Na ja, und irgend-wie mag ich sie ja auch. Selbst wenn sie manchmal eine rich-tige Nervensäge sein kann.« Schütt runzelte die Stirn und sah seine Kollegen mit schiefem Grinsen an.

»Na ja, meistens spielt der Zufall eine Rolle«, sagte Veit. »Nun macht sie mal nicht zur Heldin. Die ist frech und pene-trant.«

»Eh, lass unsere Miss Marple in Ruhe«, murrte Hartwig. »Die hat mehr Grips als manch einer von uns.«

Veit zeigte ihm einen Vogel. Das Handy klingelte. Wester-mann stellte den Lautsprecher ein: »Schusswechsel, es gab einen Schusswechsel«, sagte Sonder in gebrochenem Deutsch. »Eine Person ist tot. Wir haben die anderen beiden festgenom-men und nehmen sie mit auf die Dienststelle. Dann Weiteres.«

»Wer ist tot? Wir fahren sofort los«, sagte Westermann.

»Einer der Männer. Wahrscheinlich der Hehler. Aber ihr braucht nicht kommen, wir überführen sie nach Deutsch-land, ist euer Fall. Wir haben schon mit Lübeck telefoniert«, sagte der Däne und beendete das Gespräch.

»Na dann. Auf geht's. Wird ein paar Stunden dauern. Jetzt wird es spannend. Wir brauchen sofort einen Haftbefehl.«

»Und wofür willst du den fordern?«, fragte Schütt.

»Entführung, Freiheitsberaubung, Raub, Hehlerei – was brauchst du noch?«

»Ist ja schon gut«, antwortete der Dienststellenleiter und hoffte, dass der ganze Zirkus bald vorbei war und sie endlich wieder in Ruhe ihrer täglichen Arbeit nachgehen konnten. Er starrte auf das an der Wand haftende Foto der beiden Vermissten. Und die finden sich auch wieder ein, war er überzeugt.

KAPITEL 33

Lina und Erik Bergmann saßen in getrennten Räumen der Vollzugsanstalt Lübeck-Lauerhof, die dürftig möbliert, allerdings ausnehmend gut beleuchtet waren. Ihnen gegenüber Westermann, Hartwig und je ein Kollege der Lübecker LVA, die neben den Eingängen standen und die Befragung verfolgten.

Das Verhalten der Bootseigner sprach Bände. Sie hätten offensichtlich niemals damit gerechnet, dass man sie überrumpelte und sie nun in der Vollzugsanstalt saßen. Die Anspannung war ihnen anzusehen.

Westermann und Hartwig wollten endlich die ganze Wahrheit ans Licht bringen. Sie würden die Tatsachen zusammenfügen und hoffentlich rausfinden, was genau in den letzten Tagen und Wochen auf dem Schiff passiert war. Sie mussten aufdecken, inwieweit die Bergmanns etwas mit dem Verschwinden der Ahlers zu tun hatten. Ob sie überhaupt damit zu tun hatten oder dieser Fall einer von denen war, die nie aufgeklärt wurden.

*

Westermann betrat mit Lina Bergmann den ersten Raum. Er wusste nicht, wie viel Zeit ihnen blieb, bevor der oder die Anwälte erschienen. Er wusste nur, dass er sie überzeugen musste, auszupacken. Der Hauptkommissar verlor keine Zeit.

»Frau Bergmann. Nehmen Sie Platz. Möchten Sie etwas trinken?« Die Frau schüttelte den Kopf. Sie war blass und knetete ihre Hände. In ihrer Strickjacke wirkte sie seltsam verloren. Ihre Mundwinkel waren gesenkt und sie schluckte, als steckte ihr irgendwas im Hals.

Kommissar Westermann warf einen Blick auf die Frau, die sprachlos am Tisch saß. Er lugte über den Brillenrand, schlug die Akte auf und sagte ernst: »Ich lese Ihnen Ihre Rechte vor und werde im Anschluss einige Fragen stellen, um Licht in eine Angelegenheit zu bringen, an der Sie mutmaßlich beteiligt sind. Es liegt ein Anfangsverdacht vor, dass Sie am Diebstahl beziehungsweise der Hehlerei beteiligt waren. Haben Sie mich verstanden? Ich nehme die Befragung auf: Beginn der Befragung ...« Westermann stellte das Aufnahmegerät ein und erläuterte den Ablauf. Lina nickte zögernd. »Ich habe Sie nicht verstanden. Antworten Sie bitte laut und deutlich. Wir haben Beweise sichergestellt und möchten Ihnen Gelegenheit geben, diese zu entkräften und uns Ihre Seite der Geschichte zu erzählen. Aber lassen Sie mich eins klarstellen: Wir sind äußerst akribisch und werden nicht eher nachgeben, bis wir die Wahrheit herausgefunden haben. So viel dazu.«

»Ja, ich habe Sie verstanden«, sagte sie. Westermann wirkte nach außen ruhig und gelassen. Innerlich waren seine Nerven jedoch zum Zerreißen gespannt. Seine Kiefermuskeln mahlten und er beobachtete die Verdächtige.

Lina trommelte pausenlos mit den Fingern auf die Tischplatte. Westermann merkte, dass sie versuchte, locker zu wirken, an den Schweißperlen auf ihrer Stirn jedoch offenlegte, dass sie Angst hatte.

Sie räusperte sich, schabte mit ihren Schuhen auf dem Boden und sagte mit krächzender Stimme: »Wir haben nichts, aber auch gar nichts getan. Wir wissen überhaupt nicht, was Sie eigentlich von uns wollen. Ehrliche Bürger einfach aus einer Laune heraus festzunehmen. Das dürfen Sie gar nicht. Wir sind unbescholtene Bürger.« Ihre Nasenflügel blähten sich auf.

Sein Blick entließ sie eine Sekunde. Lina rutschte auf dem Stuhl von einem Ende zum anderen. Vielleicht brauchten sie nicht lange, und sie verriet sich durch einen Satz oder eine Geste und brachte auch ihren arroganten Ehemann in Bedrängnis.

Das Gesicht der Frau war von Anspannung gezeichnet. Sie blickte um sich, als suchte sie nach einem Ausweg, einer Fluchtmöglichkeit.

»Können Sie uns bitte Ihren genauen Aufenthaltsort nennen?«

Lina vermied direkten Blickkontakt mit dem Ermittler. Sie senkte den Kopf, schaute auf den Tisch oder zur Seite. Dann zog sie fragend die Augenbrauen zusammen: »Unser genauer Aufenthaltsort? Wir sind aus Hamburg und leben auf unserer Jacht. Wir haben keine Wohnung, wenn Sie das meinen.«

»Also die Jacht ist Ihr Wohnort. Erklären Sie mir noch mal, wie genau Sie an diese Jacht gekommen sind.«

Sie stöhnte. »Das haben wir Ihnen doch alles lang und breit erklärt. Wir sind im Hafen zufällig auf das Schild gestoßen, das ja deutlich am Boot klebte, und haben es gekauft.« Es zeigte sich schnell, wie verunsichert sie ohne ihren selbstsicheren Ehemann wirkte.

Westermann lehnte sich zurück, fuhr mit beiden Händen durch seine Haare: »Erzählen Sie uns mehr über Ihre Aktivitäten in den letzten Monaten.«

»Aktivitäten? Wie meinen Sie das?«

»Was haben Sie die letzten Monate getan? Arbeit, Freizeit. Mit wem haben Sie die Zeit verbracht?« Seine Fragen schienen Bergmann zu irritieren. Westermann beobachtete sie genau. Die Frau war einfach gestrickt, das hatte er bereits herausgefunden. Sie war nicht abgebrüht und könnte in der Befragung eine wichtige Rolle spielen. Lina Bergmann war nicht wie ihr Ehemann, der definitiv wusste, was er von sich zu geben hatte und was nicht. »Ja, erzählen Sie. Was haben Sie die letzten Monate getan? Sie waren ja nicht immer auf dem Schiff, oder?«

»Nö, wir hatten vorher 'ne Ferienwohnung, weil wir keine Wohnung gefunden haben. Ist alles so teuer, und es gibt kaum bezahlbare Wohnungen auf der Insel.« Sie rieb ihre Finger aneinander, senkte den Blick.

»Aber Sie sind doch allem Anschein nach ziemlich gut betucht. Da sollte es ein Leichtes sein, sich eine Wohnung zu mieten oder eventuell sogar zu kaufen. Oder nicht?«

»Kaufen?«, fragte sie. »Niemals. Sie haben ja keine Ahnung. Wir wollten hier nichts kaufen, also auf Fehmarn. Nein, außerdem haben wir das Besondere gesucht, und das haben wir ja auch gefunden«, sagte sie und lächelte.

»Ja, die White Pearl. Ein wahres Schmuckstück. Und wir fragen uns immer noch, wie Sie sich die leisten konnten.« Westermann schüttelte den Kopf.

»Auch das haben wir Ihnen erzählt«, sagte sie und verengte die Augen. »Eine Erbschaft und das Geld meines Mannes.«

»Ja, Schwarzgeld. Sie wollen uns also immer noch weismachen, dass Ihr Mann etliche Hunderttausend Euro nur mit Schwarzarbeit anhäufen konnte? Wie alt ist er?« Westermann warf einen Blick auf die Akte. »32. Das nehm ich Ihnen nicht ab. Er hätte mindestens zehn Jahre rund um die Uhr arbeiten müssen, um eine derartige Summe zusammenzukratzen. Aber die Fahndung wird sicherlich herausfinden, ob Ihre Aussagen der Wahrheit entsprechen.«

Bergmanns Gesicht verhärtete sich. Ihr Lächeln verlor sich. Sie presste die Lippen zusammen und schaute Westermann an, als könnte er ihre Gedanken lesen. Es zeigte ihm, dass er auf dem richtigen Weg war. »Können Sie von mir aus gerne nachprüfen. Mein Mann war immer fleißig.«

Die Tür öffnete sich, eine weibliche Kollegin bat Westermann heraus. Wenig später kam er zurück und hielt eine Akte in der Hand. Er warf einen Blick auf den Kollegen, der mit verschränkten Händen neben der Tür verharrte: »Sehen Sie, was wir hier haben? Das ist ein Durchsuchungsbeschluss für Ihre Jacht. Damit ist es amtlich. Wir werden das Schiff auseinandernehmen und nach Beweisen suchen«, sagte Westermann. Bergmann guckte ihn irritiert an. »Die Steuerfahndung ist an den Nebengeschäften Ihres Mannes sehr interessiert und macht sich gerade die Mühe, festzustellen, ob seine Aussagen wahr sind.« Westermann hielt ihr die Papiere entgegen, dann schloss er den Aktendeckel. »Falls sie tatsächlich etwas finden, aus dem Schwarzarbeit hervorgeht, wandert Ihr Mann auf absehbare Zeit ins Gefängnis, das ist Ihnen hoffentlich klar.«

»Er hat die Wahrheit gesagt. Sie können uns gar nichts. Sie dürfen uns hier nicht festhalten.«

»Doch, es besteht ein Anfangsverdacht in Sachen Steuerhinterziehung. Von den anderen Hinweisen mal ganz abgesehen. Deshalb sind und bleiben Sie vorerst hier. Erzählen

Sie mir doch jetzt mal, warum Sie wirklich nach Bornholm gesegelt sind. Hatte diese Reise einen speziellen Hintergrund? Sie sind ja nicht gerade bei Sonnenschein in den Norden geschippert.«

»Wir wollten Urlaub machen«, sagte Lina und errötete. Der Kommissar wusste aus Charlottes Erzählungen, dass dies nicht der wahre Grund ihrer Reise war.

»Haben Sie auf der Insel Bornholm etwas Ungewöhnliches vorgehabt?«

Die 26-Jährige guckte zur Tür, schluckte, als hoffte sie, dass jemand sie aus der Misere herausbugsierte. In ihrem Gesicht stand ein großes Fragezeichen. »Was sollen wir denn Ungewöhnliches vorgehabt haben?« Ihre Stimme klang wie ein Reibeisen. Lina sprach schnell und ohne jede Selbstsicherheit. »Ich … wir … wir wollten wirklich nur Urlaub machen.« Die lügt und weiß genau, dass ich es weiß. Sie kann mir nicht mal in die Augen gucken, dachte er und war mit der Entwicklung des Gespräches zufrieden, zumal er wusste, dass die Bombe erst platzen würde.

Westermann beobachtete die Verdächtige, die immer unsicherer wurde. Er betrachtete die Hände der Befragten, die zitternd auf dem Tisch lagen. Ihre Fingerknöchel traten vor Anspannung hervor. Sie kann die Füße nicht mal ruhig halten. Er spürte ihre wippenden Beine. Die Absätze ihrer Stiefeletten quietschen kaum hörbar auf dem Boden. Westermann bemerkte, dass sie bemüht war, ihren Atem unter Kontrolle zu halten.

Westermann fuhr mit seiner Befragung fort: »Erzählen Sie uns etwas über die Aktivitäten auf See. Was haben Sie während der langen Fahrt erlebt? Ist Ihnen jemand begegnet?«

Lina zuckte die Achseln. Sie war offensichtlich überfordert und wusste nicht, was der Kommissar von ihr wollte.

»Ich versteh die Frage nicht. Da war niemand außer uns. Wir lieben Sturm und wollten das Schiff testen. Also die Seetüchtigkeit. Nur deshalb sind wir auf See.«

Der Kommissar bemerkte, dass sie mit den Tränen kämpfte. Die lügt, ohne rot zu werden, dachte er. Gleich wird's ungemütlich, meine Liebe. Sein rechter Mundwinkel rutschte nach oben. Ihr Blick fiel hilfesuchend gegen die Wand.

»Sie verstehen die Frage nicht? Warum fährt man bei solch einem Sturm raus? Dafür muss es einen triftigen Grund geben. Kein normaler Mensch tuckert bei diesen Windstärken über unser Binnenmeer. Und sicher nicht, um ein Schiff auf seine Stärken zu testen. Das könnte verdammt schiefgehen. Erzählen Sie mir also keinen Mist.«

»Ja, aber Erik meinte … Ich will einen Anwalt. Wir haben das Recht auf einen Anwalt«, sagte sie. Westermann wusste, dass sie dichtmachen würde, wenn er es nicht schaffte, sie zu beruhigen. »Sie dürfen mich nicht zwingen, etwas zu sagen. Und schon gar nicht ohne unsere Anwältin. Das hat Erik gesagt. Von mir werden Sie gar nichts mehr erfahren. Wir sind unbescholtene Bürger.«

»Na gut, wir machen eine Pause. Sie können Ihre Anwältin anrufen.«

Lina seufzte. »Ja.« Sie lächelte, schien erleichtert, dass die Befragung offensichtlich zu Ende war.

Westermann erhob sich und verließ den Raum. »Wir müssen sofort eine andere Gangart einlegen, bevor diese Anwältin uns in die Quere kommt«, erklärte Westermann seinem Kollegen, der sich auf sein Zeichen zu ihm gesellt hatte. »Aber sie ist bald so weit, das spüre ich. Die Bergmann verliert ihre Sicherheit, sie knickt ein, wenn ich etwas mehr Druck aufbaue. Der Kerl hatte zu viel Einfluss auf sie. Wie weit bist du mit ihm?«, fragte er Hartwig.

»Geht nicht wirklich voran. Bisher hat er kein einziges Wort gesagt, macht von seinem Recht zu schweigen Gebrauch. Aber ich werde ihn schon knacken.«

»Du bist da ein bisschen härter als ich, triffst eher seine Sprache«, sagte Westermann und bewegte sich zurück in den Befragungsraum.

»Sie können jetzt telefonieren.« Er reichte Lina ein Mobiltelefon, um ihr die Möglichkeit zu geben, rechtlichen Beistand anzufordern.

»Ich will zu meinem Mann«, flüsterte sie weinerlich.

»Das geht leider nicht«, antwortete er. Wir werden euch zeigen, wie das hier läuft, dachte er und schlug erneut die Akte auf. Lina telefonierte und hörte, dass Erik die Anwältin bereits informiert hatte. Erleichtert beendete sie das Gespräch.

»Bis Ihre Anwältin da ist, lassen Sie uns reden. Wenn Sie schweigen, belasten Sie sich nur selbst. Erzählen Sie mir aus Ihrer Sicht, was genau auf See passiert ist. Sie hatten schweres Unwetter und konnten nicht weitersegeln.« Westermann setzte sich ihr gegenüber. Eine Kollegin stand gegen die Wand gelehnt und verfolgte die Befragung.

»Es ist gar nichts passiert. Was soll denn passiert sein?«, stotterte sie.

Ihre Lippen zitterten. Sie war nicht in der Lage, sich an ihr Schweigen zu halten. »Ich hab Erik gesagt, wir müssen warten, bis der Sturm vorbei ist. Wahrscheinlich wär das Teil dann auch nicht kaputt geg…« Sie hielt inne und presste die Lippen zusammen, weil sie merkte, dass ihr ein Fehler unterlaufen war.

»Welches Teil? Was ist auf See kaputtgegangen? Kommen Sie. Oder muss ich Ihnen erklären, was ich weiß?«

Bergmann stöhnte. »Da ist so ein Elektronikteil geschrottet, das wichtig für den Motor ist. Erik konnte das Schiff nicht mehr lenken.« Sie schaute zu Boden.

»Das Schiff war also manövrierunfähig? Was haben Sie dann getan? Kommen Sie, ich helfe Ihnen. Es wird Sie befreien. Wir fangen von vorn an. Wir wissen längst, dass Ihr Schiff stundenlang vor Anker lag, weil es manövrierunfähig war.« In ihren Augen schwammen Tränen, die unaufhaltsam ihre Wangen hinunterliefen. Westermann war sicher, dass sie reden würde, bevor die Anwältin erschien.

»Bitte sagen Sie Erik nicht, dass ich Ihnen das erzähle.« In ihren Augen bemerkte er Panik und schüttelte den Kopf. »Wir ... wir hatten Schwierigkeiten. Das Wetter war so furchtbar. Ich dachte, wir saufen ab. Ich hatte solche Angst«, flüsterte sie.

Westermann faltete die Hände und lächelte zustimmend. »Was haben Sie getan, um den Schaden abzuwenden?« Westermann setzte sich ihr gegenüber.

»Erik ist mit dem Schlauchboot zurück nach Fehmarn und hat ein Ersatzteil besorgt.« Sie schluchzte und legte ihren Kopf auf die Tischplatte.

»Er hat Sie allein zurückgelassen?«, der Ermittler tat entrüstet.

»Ich war ja nicht allein. Diese alte Kuh ... wenn die nicht ...«

*

Bergmann saß seit über einer Stunde mit verschränkten Armen im Befragungsraum vor Hartwig und schwieg.

Dann: »Kann ich eine rauchen? Ich hab einen fürchterlichen Schmachter«, fragte der Kettenraucher.

Hartwig merkte, dass seine Hände zitterten. »Was halten Sie von einem Spiel. Spielen Sie?«

Bergmann, der dem Ermittler Gelassenheit vorspielte, sah ihn an. »Ob ich spiele? Was soll der Quatsch, natürlich spiele ich. Welcher Mann spielt nicht?« Bergmann grinste. Der zweite anwesende Polizeibeamte verschränkte die Arme vor der Brust, zog die Augenbrauen hoch und wunderte sich über Hartwigs Verhalten.

»Das klingt gut. Also, Sie bekommen 'ne Kippe und ich eine Antwort.« Hartwig sah ihn zwinkernd an, zog die Schachtel Zigaretten aus der Jackentasche und legte sie vor sich auf den Tisch. Bergmann leckte seine Lippen. Der Kommissar registrierte seinen blasierten Gesichtsausdruck, bemerkte sein falsches Lächeln. Dir wird das Lachen schon noch vergehen, dachte er.

»Eh, das sind Mafiamethoden. Das darfst du nicht. Ich hab Rechte«, sagte Bergmann.

»Und ich die Kippen. Also was ist? Was wollten Sie wirklich auf Bornholm?«

»Urlaub machen, sagte ich schon. Kippe?«

»Reicht nicht. Ich brauch mehr. Was waren Ihre Pläne? Wie sieht Ihre Zukunft aus?«, fragte Hartwig.

»Unsere Zukunft? Wir wollen uns treiben lassen, uns was gönnen. Das haben wir uns schon lange verdient. Deshalb hab ich ja auch gearbeitet wie ein Berserker.«

Hartwig entzündete eine Zigarette und reichte sie ihm.

»Klingt spannend. Aber wovon wollten Sie Ihren Unterhalt in Zukunft bestreiten?«

Bergmann grinste. »Wir haben Erspartes und ich zwei gesunde Hände«, sagte er achselzuckend und lächelte.

»Und das Ersparte haben Sie wo und woher?«

»Auf dem Konto?«

»Auf welchem Konto? Wir haben bei der Überprüfung keinerlei Konten auf Ihren Namen gefunden. Nur das Ihrer

Frau, und das war hoffnungslos überzogen. Sorry. Sie veraschen mich.« Hartwig warf einen Blick auf die Unterlagen in der Akte. »Dann erzählen Sie mir etwas über den Zustand der Jacht. Wie war die erste große Seereise? Gab es Probleme bei der Überfahrt?«

»Nein. Warum stellen Sie all diese dämlichen Fragen? Wir sind raus nach Bornholm und zum Schutz in den Hafen.« Er zuckte die Schultern und lehnte sich entspannt zurück.

»Warum haben Sie den Namen des Schiffes übermalt?«

Bergmann schien eine Sekunde irritiert. Dann hatte er sich wieder im Griff. »Mir war der Name von Anfang an ein Dorn im Auge. Ich konnte ihn nicht leiden. White Pearl – unsere Jacht ist dunkelblau. Also«, sagte Erik.

Hartwig bemerkte die Arroganz in seiner Stimme. Und er hatte auf jede Frage eine Antwort parat. Antworten, die nicht der Wahrheit entsprachen und die er sich anscheinend fein säuberlich zurechtgelegt hatte. »Können Sie mir erläutern, warum die White Pearl gerade im Hafen von Nexø lag? Hatten Sie Probleme mit der Jacht oder wollten Sie dort jemanden treffen?«

Bergmann schluckte. »Treffen? Probleme? Nein. Wir wollten nur warten, bis der Sturm vorbei ist. Meiner Süßen war übel. Das konnte ich nicht mehr mitansehen.« Seine Augenbrauen schnellten nach oben. Dieser Augenblick reichte dem Ermittler, um festzustellen, dass er unsicher wurde. »Nein, es war alles in bester Ordnung. Und treffen, warum sollten wir dort jemanden treffen wollen? Wir kennen niemanden auf Bornholm. Wir haben nur Schutz gesucht.«

»Was wollten Sie auf Bornholm? Warum im Fischereihafen?«

Erik zögerte: »Na ja, ist ein schönes Eiland. Wir wollten die Auszeit und gucken, ob uns die Insel besser gefällt als Fehmarn. Und Fischereihafen? Weil der geschützter lag und zwischen den Kuttern nicht so viel Wellengang war.«

Hartwig: »Auszeit? Mit einem wertvollen Astrolabium im Gepäck? Das klingt ungewöhnlich.«

Bergmanns Mundwinkel senkten sich. »Wertvolles … was? Wir haben kein wertvolles Astroteil.«

Hartwig zwinkerte und zog das in schwarzem Samt eingeschlagene Artefakt aus der Tasche.

Bergmann betrachtete mit zusammengekniffenen Augen das Astrolabium. »Was soll das sein? Das gehört uns nicht«, sagte er.

»Doch, das gehört Ihnen, da sind wir ganz sicher«, sagte Hartwig und grinste. »Was anderes: Was ist mit Ihrer Schwarzarbeit? Steuerhinterziehung ist kein Kavaliersdelikt. Sie wollten doch, dass wir Ihnen helfen, oder nicht? Also, wo ist das Geld Ihrer dunklen Arbeit?«

»Schwarzarbeit? Hab ich Schwarzarbeit gesagt? Auch das müssen Sie mir erst mal beweisen. Ich hab Sie verarscht. Das war eine Lüge. Hab im Lotto gewonnen.« Bergmann verwickelte sich in Widersprüche. Eben noch der erfolgreiche Schwarzarbeiter, versuchte er nun, seine Weste durch einen Lottogewinn reinzuwaschen.

»Lässt sich heutzutage alles überprüfen«, sagte Hartwig, stand auf und lehnte sich gegen die Wand.

Bergmann war sich seiner Sache anscheinend ziemlich sicher: »Ist 'ne harte Nuss für Sie, oder?«, sagte der Bootseigner, fixierte Hartwig mit überheblichem Grinsen und zwinkerte ihm zu. Der meint tatsächlich, er ist schlauer als wir, dachte Hartwig, merkte allerdings, dass es in Bergmann gärte. Warte ab, Bürschchen, dir wird das Grinsen gleich vergehen. Bergmann saß mit schiefem Grinsen am Tisch, als könnte ihm niemand auch nur das Geringste anhaben.

»Anderes Thema. Können Sie mir erzählen, wie Sie tatsächlich zur Kontovollmacht der Ahlers gekommen sind?« Der Sprung, den Hartwig vollzog, verwirrte ihn.

»Kontovollmacht? Was hat das jetzt damit zu tun?« Bergmann blies den Rauch der Kippe in die Luft.

Der Kommissar zog eine weitere Zigarette aus der Packung, legte sie mittig auf den Tisch und eine Kopie der Vollmacht daneben. »Nun legen Sie schon los. Die Geschichte mit dem Häuserkauf in Schweden stinkt doch zum Himmel. Niemand stellt einem Fremden eine Generalvollmacht aus, um ein Haus zu kaufen, so viel ist sicher.«

Bergmann zuckte die Schultern, überlegte kurz, dann sagte er genervt: »Ich hab die Vollmacht erhalten, weil ich ein größeres Anwesen für die beiden in Schweden kaufen soll. Die Ahlers sind mit einem Wohnmobil auf Reisen und haben sich ein paarmal bei mir gemeldet. Ich hab euch die Mitteilungen gezeigt. Ihr habt mein Handy doch einkassiert, dann wisst ihr das doch alles.«

»Stimmt. Das haben wir überprüft. Und warum melden die sich dann nicht bei uns? Das ist nicht normal. Was würden Sie tun, wenn die Polizei Sie auffordert, sich umgehend zu melden? Sie melden sich, oder nicht? Wir haben mehr als einmal versucht, die Ahlers zu erreichen«, sagte Hartwig.

»Eh, Mann, das weiß ich doch nicht. Bin ich deren Babysitter?«

»Sie wissen, was eine Generalvollmacht ist? Sie hatten damit Zugriff auf alles. Nee, mein Lieber, das nehmen wir Ihnen nicht ab. Was verschweigen Sie uns? Haben Sie vielleicht etwas mit dem Verschwinden der Ahlers zu tun? Wollten Sie deren Konten abräumen, wenn Sie außer Landes sind? Packen Sie endlich aus, Mann!« Hartwigs Blick veränderte sich. Er beobachtete den Mann, der gierig an der Zigarette zog. Ich brauch Beweise, verdammte Scheiße. Einen einzigen Ausrutscher. Der Typ ist aalglatt. Hartwig versuchte, gelassen zu bleiben.

»Du hast nicht alle Tassen im Schrank. So, wie wir euch das erzählt haben, war es. Punkt. Wir waren auf dem Weg nach Schweden, um ein Objekt klarzumachen. Bornholm war nur dem Sturm geschuldet. Sozusagen ein Zwischenstopp«, sagte Bergmann, drückte die Zigarette aus und schlug die Beine übereinander.

»Hatte das nicht viel eher etwas mit dem Artefakt zu tun, das Sie dort verticken wollten? Wie wir wissen, ist der Deal geplatzt. Sie haben den Kerl erschossen. Tja, Pech, mein Lieber. So kann es laufen«, sagte Hartwig und zwinkerte.

Bergmann schluckte, verzog den Mund und starrte auf die Schachtel Zigaretten. »Wann kommt endlich meine Anwältin? Das Ding ist doch Trödel«, sagte Bergmann und warf einen Blick auf das Messinggerät.

Hartwig schmunzelte: »Trödel, der zirka fünf Millionen Euro wert ist.« Der Kriminalist zeigte auf das Astrolabium. Der schlaksige Mann zog die Kapuze seines Hoodies über den Kopf. Ihm wurde offensichtlich klar, dass dieser Ermittler mehr wusste, als er zugab.

»Der Scheiß ist doch keine Millionen wert. Blödsinn.« Er tippte mit dem Finger gegen seine Stirn.

Hartwig schob ihm die Papiere zu, auf dem das nautische Gerät abgebildet und exakt beschrieben war.

»War wohl nix«, zwinkerte Hartwig. Der Schiffseigner

betrachtete das Papier, sah auf und fixierte ihn. Der Typ ist eiskalt.

Bergmann schien klar zu werden, dass es eng für ihn werden konnte. Er fragte sich anscheinend, woher sie all die Informationen hatten. Woher das Gerät? Bergmann überlegte und mutmaßte, dass alles ein Bluff war und dieses Teil ein Fake. »Sie wollen mich doch nur reinlegen. Das ist alles großer Scheiß.«

»Also sind Sie nicht wegen des Artefaktes nach Bornholm gefahren? Sie wollten sich nicht mit dem Hehler treffen, den Sie, warum auch immer, erschossen haben?«

Der Schiffseigner richtete sich kerzengerade auf. Seine Gesichtszüge wurden zur Maske. »Wie kommst du bloß auf den Mist. Nee, nicht mit mir.« Seine Stimme klang nicht mehr so selbstsicher wie am Anfang.

»Und warum ist der Mann auf Ihrem Schiff dann tot?«

»He, der Kerl wollte auf unserer Jacht einbrechen. Der hat uns mit 'ner Waffe bedroht und ist Lina an den Hals. Ich musste uns verteidigen.«

Hartwig ließ ihn reden. »Und womit haben Sie ihn erschossen? Haben Sie eine Waffe? Ich habe nachgeforscht, da ist nirgendwo eine registriert. Und soviel wir herausgefunden haben, gibt es auch keinen eingetragenen Waffenschein.«

»Nein, er hatte die Waffe. Ich hab ihn überwältigt und sie ihm abgenommen.«

»Und wo ist die jetzt?«

»Hab ich vor lauter Panik ins Wasser geworfen.«

»Hm. Wir wissen, dass dieses Astrolabium in Hamburg aus einem Museum gestohlen wurde und in Ihre Hände gelangt ist. Wir wissen nur noch nicht, wie. Aber glauben Sie mir, das kriegen wir raus«, sagte Hartwig.

Bergmann brauchte eine Antwort. Brauchte offensichtlich Zeit. »Zigarette? Komm schon. Ich hab dir jede Menge erzählt. Und ein Käffchen wär auch nicht schlecht.«

Hartwig bat den Kollegen, der der Unterhaltung gespannt folgte, Kaffee zu besorgen. Dann stand er auf, griff nach dem eingeschlagenen Artefakt, verließ den Raum und winkte Westermann aus dem Nebenzimmer.

»Der knickt gleich ein. Ich hab ihn so weit, dass er mir etwas über dieses Artefakt erzählt. Dann haben wir ihn und können ihn einbuchten. Dieser Typ ist schlüpfrig wie ein Aal und gehört hinter Gitter.« Hartwigs Adrenalinspiegel war extrem hoch. Er übergab Westermann das Messinggerät. »Und was ist bei dir?«

»Sie erzählt mir gerade, was auf See losgewesen ist und dass noch jemand an Bord war. Ich denke, sie wird mir gleich erzählen, wie Charlotte in ihre Fänge geraten ist. Wenn wir die Sache mit dem Diebstahl klären können, sind sie fällig. Hast du etwas Neues über die Ahlers herausbekommen?«

Hartwig schüttelte den Kopf. »Seiner Meinung nach ist alles rechtens abgelaufen. Die touren im Wohnmobil durch die Gegend.«

*

Lina kauerte auf dem Stuhl, ihr Kopf lag auf der Tischplatte. Westermann trat in den Verhörraum und reichte ihr einen Becher Kaffee.

»Ich glaube, Ihr Mann packt gerade aus«, sagte er. Sie nahm den Kopf hoch, guckte ihn an und griff nach dem Kunststoffbecher. Ohne dass Westermann etwas erwidern musste, fing sie an zu sprechen: »Wir wollten das nicht. Sie hat rumgeschnüffelt und wir hatten Angst, dass sie uns verrät. Wir mussten doch nach Bornholm, das Geschäft wäre sonst geplatzt, wir mussten sie mitnehmen.«

»Wer ist sie und wo ist die Frau jetzt? Von welchem Geschäft sprechen Sie?« Westermann hatte sie dort, wo er sie haben wollte. Wenn er es richtig anfing, könnten sie diese Befragung noch heute beenden. Die Anwältin durfte nur nicht dazwischengeraten.

Lina stellte den Becher zurück auf den Tisch, erzählte noch einmal vom Ersatzteil, dem Fischerboot und der Frau, die auftauchte, um rumzuschnüffeln. Die dumme Fragen stellte und die sie in der Schlafkajüte gefangen hielten, um das Geschäft ohne weitere Probleme über die Bühne zu bringen. Und die von der Jacht verschwunden war. »Ich glaub, sie ist über Bord gegangen. Wir wollten sie auf Bornholm rauslassen und verschwinden«, schluckte sie und schlürfte ihren Kaffee. »Wir haben mit ihrem Verschwinden nichts zu tun.« Sie zuckte die Schultern.

»Aber eine Frau verschwindet nicht einfach. Haben Sie sie getötet?«

»Nein, warum sollten wir? Die ist wahrscheinlich gesprungen, als ein Kutter uns helfen wollte. Sie hat es offenbar als Chance gesehen, sich zu befreien.« Sie zuckte die Schultern. »Der Fischkutter ist dann wieder abgedreht. Und auf einmal war auch diese Frau verschwunden.« Lina guckte den Ermittler an. »Ich weiß es nicht. Ehrlich. Wir haben mit dem Verschwinden der Frau nicht das Geringste zu tun.«

Westermann legte das Astrolabium auf den Tisch, das Hartwig ihm in die Hand gedrückt hatte. »Was hat es damit auf sich?«

Sie schaute ihn an, wurde blass. Es schien, als suchte sie nach Worten. »Wo haben Sie das her?« Ihre Stimme fing an zu vibrieren. Westermann schwieg und beobachtete jede ihrer Regungen. »Ich kann es Ihnen nicht sagen, sonst ...«

»Sonst was?«

»Verprügelt er mich.« Sie fing auf einmal am ganzen Körper an zu zittern.

»Wir werden Sie schützen, so gut es geht. Wenn Sie jetzt aussagen, verspreche ich Ihnen Haftminderung. Außerdem wissen wir längst, was es damit auf sich hat.«

»Haftminderung?« Ihr Gesicht erstarrte. »Ja, warum denn? Ich hab doch nichts getan«, sagte sie.

Westermanns Blick zeigte ihr, dass er ihr nicht glaubte. »Kommen Sie. Sie wissen mehr als das, was Sie mir bis hierhin erzählt haben. Sie sind auf jeden Fall am Diebstahl und der Hehlerei beteiligt. Es sei denn, Sie haben eine aussagekräftige Antwort, die dies entkräftet.« Westermann pokerte hoch, hoffte, sie würde zusammenbrechen.

Er merkte, dass sie mit sich kämpfte. Tränen liefen ihr übers Gesicht, sie schluchzte. Westermann gab ihr Zeit. Dann räusperte sie sich, als müsste sie einen Fremdkörper aus ihrer Kehle entfernen: »Bitte sagen Sie Erik nicht, dass ich es Ihnen erzählt hab. Bitte nicht, sonst schlägt er mich tot. Ja, Sie haben recht. Das Ding ist geklaut. Und es ist das Gerät, das wir verkaufen wollten. Nur deshalb sind wir bei diesem Wetter nach Bornholm. Da war ein Mann, der es unbedingt kaufen wollte«, flüsterte sie heiser. Sie sah Westermann hilfesuchend an.

»Und dann? Woher stammt dieses Gerät?«

»Von einem seiner Knastkollegen.«

»Knastkollegen? Klären Sie mich auf.«

»Erik hat wegen Drogenbesitz eingesessen, ist schon 'ne Weile her. Da hat er den Mann kennengelernt. Der saß wegen etlicher Diebstähle und Hehlerei ein. Die haben sich angefreundet, und der Kerl schuldete Erik Geld. Fragen Sie mich nicht, wofür, ich weiß es nicht. Auf jeden Fall hat er uns deshalb das Ding überlassen. Er hatte Erik erzählt, wo es versteckt war. Wir sollten es verkaufen, und dann wollten sie halbe-halbe machen. Mehr weiß ich nicht«, zuckte sie die Achseln. Lina fuhr mit der Fingerkuppe über den Rand ihres Bechers.

»Und woher hatten Sie Kontakt zum Käufer? Wieso in Dänemark?«

Wieder zuckte sie die Schultern. Sie wirkte auf Westermann, als wäre sie in einen Sturm geraten, der sie aus der Bahn geworfen hatte. Ihre Haare hingen in Strähnen vom Kopf und verdeckten ihre rot unterlaufenen Augen. Immer wieder schob sie die ausgeleierten Ärmel ihrer Strickjacke nach oben. Sein Blick wanderte zurück zu ihrem Gesicht. Sie schluckte erneut, merkte, dass er sie mit seinen Blicken fixierte.

»Den Kontakt hat sein Kumpel hergestellt. Die sind alle irgendwie vernetzt, sagt Erik immer. Und Dänemark, weil wir von dort aus hätten abhauen können. Ohne dass man uns findet. Uns wäre nie einer draufgekommen«, stotterte sie. »Nur, dass alles anders kam, völlig ausm Ruder gelaufen ist. Der Typ wollte uns übers Ohr hauen. Mit ein paar hunderttausend Euro abspeisen. Da ist Erik richtig wütend geworden, hat ihm eine reingehauen. Er wusste ja, dass es mehrere Millionen wert war. Und auf einmal hat der Kerl eine Waffe gezogen und auf uns gezielt.« Lina hielt sich die Hände vors Gesicht. »Ich hatte damit nichts zu tun. Der Kerl kam auf mich zu, hat meine Kehle gepackt. Da ist Erik richtig ausgerastet und hat nach ihm getreten. Er hat ihm die Waffe abgenommen, und ein Schuss fiel. Weiß nicht, wie das passiert ist.« Lina heulte.

»Aber Sie hatten das Astrolabium doch gar nicht mehr. Wie wollten Sie es dann verkaufen?«

»Erik wollte ihn überlisten, ihm die Kohle abnehmen, ihn bewusstlos schlagen, und wir wären dann aus dem Hafen verschwunden.« Bergmann senkte den Kopf, brauchte eine Minute, um sich zu sammeln.

»Noch einen Kaffee?«, fragte Westermann. Auch er brauchte einen Moment, um sich mit seinem Kollegen abzusprechen. Sie nickte. Der Hauptkommissar verließ den Raum, schrieb Hartwig eine Mitteilung. Wenig später trafen sie im Flur aufeinander.

»Na, wie sieht's aus? Kommst du voran?«, wollte er von ihm wissen.

»Der Kerl sagt nichts aus, das wir nicht schon wissen. Der ist total abgewichst. Wie ist es bei dir?«, fragte Hartwig.

Westermanns Mundwinkel schnellten nach oben. »Sie redet. Hat mir gerade von dem Astrolabium erzählt und dass es geklaut ist. Von einem Kerl, der in Santa Fu einsitzt oder einsaß. Werden wir überprüfen. Und sie hat mir erzählt, dass Bergmann den Hehler beseitigen wollte. Ich weiß nicht, inwiefern wir noch etwas erfahren, bevor die Anwältin kommt. Ich will wissen, wozu der Mann noch fähig gewesen wäre, wenn sie das Ding so hätten durchziehen können. Ich glaube, ich werde bei ihr in Sachen Ahlers weitermachen. Ich hab das merkwürdige Gefühl, die weiß mehr, als sie uns bisher erzählt haben.«

»Hau ihr eins vor den Koffer. Wir müssen sie geschickt gegeneinander ausspielen. Einer von beiden muss reden, bevor die Anwältin aufkreuzt. Sonst ist es vorbei. Das mit dem Astrolabium ist schon mal vom Tisch. Also in den Knast wandern die beiden auf jeden Fall. Zumindest er«, folgerte Hartwig und verschwand.

Sekunden später setzte er sich, schob Erik einen weiteren Kaffee vor die Nase und legte eine Zigarette daneben.

»So, ich denke, wir kommen voran. Ihre liebe Lina plaudert ganz aufgeregt mit dem Boss. Ist fast, als wären sie beim Kaffeekränzchen. Ich hab das Gefühl, sie wird langsam, aber sicher auspacken. Die ist fleißig dabei, meinem Chef von der Reise zu erzählen.«

Hartwig grinste und streckte seine langen Beine aus. Entspannt verschränkte er die Arme vor der Brust. »Das ist 'ne richtige Sabbeltasche«, forderte er sein Gegenüber heraus.

Bergmanns Gesichtsausdruck veränderte sich: »Diese Schlampe. Was hat sie erzählt?«, fragte er und schlug schnaubend die Faust auf den Tisch.

Hartwig, der ihm grinsend gegenübersaß, zuckte die Achseln. »Noch mal so ein Ausraster, und ich muss Sie fixieren.« Er deutete auf die mit dem Tisch verschraubte Metallöse. »Ich weiß nur, dass sie über Sie und Ihren Kumpel aus dem Knast plaudert. Die packt gerade darüber aus, wie das mit dem antiken Teil vonstattenging. Tja, mein Bester. Ihre Reise wird ganz sicher hier enden. Und inwieweit Ihre Frau einsitzen wird, keine Ahnung. Hängt davon ab, was sie noch alles preisgibt.«

Bergmann ballte die Hände und hob sie Richtung Hartwig. Der Kollege, der schweigend an der Wand lehnte, trat einen Schritt auf den Verdächtigen zu. Hartwig winkte ab.

»Wenn ich die ... diese verdammte Hure«, sagte er. Dann: »Okay, ich erzähl dir, was es damit auf sich hat.« Der Kommissar zündete die Zigarette an und reichte sie Bergmann. Gierig sog er daran, blies den Rauch in die Luft. »Der Typ, der es gestohlen hat, hatte jede Menge Schulden bei mir. Er gab es mir als Pfand. Ich sollte das Ding verticken. Und weil wir die Jacht haben, konnten wir es über den Seeweg auf halbem Weg nach Schweden in Dänemark abliefern. Keine Probleme, verstehst du? Ein Abwasch. Dann wollten Kolle und ich den Ertrag teilen. Und das ist die Wahrheit. Ich hab nichts mit dem Diebstahl zu tun. Mein Zellennachbar hat es mit zwei Knastkollegen gezockt. Ich bin unschuldig. Er hat nur den Kontakt zum Käufer hergestellt und wir sind nach Bornholm. Dafür kriegt ihr mich nicht für ewig dran.« Bergmanns Rede klang perfekt. Er grinste mit einer Verachtung, die Hartwig in Rage brachte.

»Und warum bei dem Sturm? Hätte das nicht Zeit gehabt, bis es wieder ruhig auf der Ostsee ist?«

»Ne, die anderen Kollegen in Santa Fu haben ihm gedroht. Er hatte richtig Probleme mit denen. Irre Schulden. Die wollten Kohle oder ihn killen, kennst doch das Spiel. Wenn du nicht zahlst, machen sie dich kalt.« Bergmann machte mit der Handkante eine Bewegung Richtung Kehle. »Ich schwöre. Das war alles.« Zur Bestätigung hob er zwei Finger seiner Hand, während er den Rauch der qualmenden Zigarette tief in seine Lungen inhalierte.

»Haben Sie dafür Beweise? Wer ist der große Unbekannte und vor allem, wo ist er?«

»Sitzt wieder ein, Santa Fu, den kannste gern befragen. Kolle Lehmann, der kann die Kohle sowieso nicht mehr ausgeben. Außerdem ist der Deal ja nun sowieso ins Wasser gefallen.«

»Warum das?«

»Na, weil der Typ tot ist, der uns bescheißen wollte. Der hatte keine Millionen. Der wollte sich das Teil unter den Nagel reißen und verschwinden. Er hat uns mit der Waffe bedroht, wollte das Artefakt selbst einsacken. Er hat Lina in seine Gewalt gebracht und gewürgt. Du kannst sie fragen. Das war Notwehr.«

»Das werden wir. Wobei ich denke, dass der Chef es bereits weiß. Wir wissen auch, dass Sie überhaupt nicht mehr im Besitz des Astrolabiums waren.«

Bergmann sah ihn erstaunt an.»Die alte Schnepfe. Kann die nicht einmal die Fresse halten?« Hartwig erzählte nichts von Charlotte und ihrer Gefangennahme. Bergmann starrte den Kommissar wutentbrannt an. »Und jetzt warten wir auf meine Anwältin«, grinste er und zog einen imaginären Reißverschluss über seine Lippen.

Dann schüttelte Hartwig eine Trumpfkarte aus dem Ärmel. »Wirklich viel geben Ihre Antworten nicht her. Was sagen Sie dazu, dass wir von Ihrer Frau wissen, dass Sie Charlotte Hagedorn gekidnappt haben? Ihre kleine Maus plaudert wie beim Kaffeekränzchen.« Hartwig stand auf, verließ den Raum und ließ den versteinerten Bergmann zurück.

*

Im Nebenraum erhob Westermann sich und betrachtete die Frau, die mit verheulten Augen vor ihm hockte und deren Anwältin jeden Moment auf der Bildfläche erscheinen konnte.

Ihnen rannte die Zeit davon: »Ihr Ehemann berichtet gerade meinem Kollegen, dass Sie die treibende Kraft in der ganzen Geschichte waren. Sie hätten ihn angestiftet, das Gerät zu Geld zu machen, weil Sie endlich dazugehören, reich sein wollten.« Lina verlor sämtliche Farbe aus ihrem Gesicht und glotzte den Kommissar mit offenem Mund an.

»Haben Sie noch irgendeine Information, die Sie entlasten könnte und die Sie jetzt mitteilen möchten? Ansonsten laufen Sie ebenfalls Gefahr, für lange Zeit inhaftiert zu werden. Erik sagte, dass Sie abgedrückt haben.« Westermann lauerte. In seinem Brustkorb hämmerte es. Er spürte das Rauschen des Blutes im Kopf. Das Pumpen in der Halsschlagader. Die Spannung im Raum, extrem aufgeladen. Der Kollege hatte sich einen halben Meter von der Wand entfernt und wartete ebenso gespannt auf die Antwort der Frau.

»Ich ... ich hab nicht geschossen ... das war allein Eriks Idee ... er wollte an die große Kohle. Er hat sich alles genau überlegt. Ich ... ich stand nur daneben. Das müssen Sie mir glauben. Ich hatte nichts damit zu tun. Erik hat ihm eins über den Schädel gegeben und dann auf ihn gezielt.«

Westermann zog die Augenbraue hoch. Er setzte alles auf eine Karte: »Gibt es irgendetwas, das Sie mir über den Verbleib der Ahlers oder ihr Verschwinden sagen können? Wo sind sie? Erleichtern Sie endlich Ihr Gewissen. Wir wissen, dass sie nicht mit dem Wohnmobil unterwegs sind.« Seine Stimme klang messerscharf. Westermann guckte in ihr Gesicht und sagte: »Ihr Mann erzählt uns seine Version der Geschichte, das sollten Sie nicht vergessen. Sie sehen darin ziemlich alt aus. So wie es aussieht, waren Sie bei allem die treibende Kraft. Also?«

Lina schlug die Hände vors Gesicht und fing wieder an zu weinen. »Warum verrät er mich? Ich hab alles für ihn getan.« Sie hob den Kopf und schaute ihn ungläubig an. »Ich liebe ihn. Warum tut er das?« Sie setzte sich aufrecht hin. »Ich wollte das alles nicht. Nicht so. Erik ...«, sie schwieg und legte ihre Hände auf den Tisch. Ihre Schultern strafften sich und sie schaute Westermann in die Augen.

Er wartete und nickte zustimmend. »Erzählen Sie, was wirklich passiert ist, von Anfang an. Ich glaube, es ist an der Zeit, endlich reinen Tisch zu machen.«

»Ja, mach ich«, sagte sie und es klang erleichtert. Ihre Stimme veränderte sich, wurde leise. Es kam ihm vor, als würde in genau diesem Moment eine riesige Last von ihren Schultern fallen. Sie räusperte sich, faltete die Hände und schaute mit leerem Blick gegen die Wand.

»Ich hab nichts von alldem gewollt. Wir haben nur ein bisschen rumgespökelt, wie es wäre, reich zu sein. Dann entdeckten wir dieses Verkaufsschild. Mit so einer Jacht wollten wir um die Welt segeln, bis wir irgendwo im Süden ein Plätzchen finden, das uns gefällt. Erik hat nur noch von diesem Schiff geredet. Das war keine Träumerei mehr. Ich wusste nicht, dass er längst einen Plan hatte, wie wir an diese Jacht kommen, ohne einen Cent zu bezahlen. Wir hatten ja kein Geld. Ein paar Tage später haben wir zusammengesessen und er hat mir von seiner Idee erzählt.« Sie stockte, atmete und flüsterte kaum hörbar. »Erik sagte, ich würde endlich kriegen, was ich verdient hätte, und wir würden unfassbar reich sein, wenn alles erledigt wäre. Ich bräuchte nie mehr zu arbeiten und wir hätten bald eine Villa am Meer. Da, wo es warm ist.« Ihre Augen fingen an zu leuchten. Ihre Gesichtszüge wurden weich, die verkrampften Hände lagen jetzt nebeneinander. Sie lächelte, und es schien, als driftete sie weit ab. Westermann kontrollierte das Aufnahmegerät und schwieg.

»Versprechen Sie mir, dass ich straffrei ausgehe, wenn ich die Wahrheit, die ganze Wahrheit sage? Ich war es nicht.« Ihr Blick wanderte von der Wand zu Westermann.

»Das kann ich Ihnen nicht versprechen. Aber ich werde sehen, was ich für Sie tun kann. Was waren Sie nicht?« Westermanns Worte klangen aufrichtig, als er sich nach vorn beugte, um ihren Blick zu fixieren.

KAPITEL 34

Die Wahrheit, und nichts als die Wahrheit

»Es fing harmlos an. Wir träumten davon, wie es wäre, reich
zu sein. Nachdem Erik und ich uns alles ausgemalt hatten,
war klar, dass es kein Zurück mehr geben würde. Erik fing an,
seine Pläne in die Tat umzusetzen. Wir haben uns schick angezogen, sind zu dem Schiff und haben uns bemerkbar gemacht.
Dieser Architekt, also dieser Tim Ahlers, war da, und wir
sind mit ihm ins Gespräch gekommen. Erik hat ihm vorge-
schwärmt, wie gerne wir so ein Schiff besitzen würden und an
der White Pearl interessiert sind. Erik gab sich weltmännisch,
verstehen Sie?«, schwärmte sie. »Ich hab sogar mein Konto
überzogen, damit wir das durchziehen konnten. Es konnte ja
gar nichts schiefgehen. Dachten wir wenigstens.« Westermann
wollte sie auf keinen Fall unterbrechen und nickte. Ihr Blick
war seltsam entrückt, als sie weitersprach: »Der Ahlers war
richtig stolz, dass wir sein Schiff so toll fanden. Wir durften
auf die Jacht, und er hat uns das ganze Schiff gezeigt. Ich hab

mich wie eine Königin gefühlt «, sagte sie. »So eine schöne Jacht und alles so ordentlich. Edel, teuer. Dieses Schiff mussten wir einfach haben. Das war unsere Chance. Und der Plan war genial. Nachdem er uns die White Pearl gezeigt hatte, fragte er uns, ob und wie wir uns den Kauf vorgestellt hätten. Wir saßen da, auf ledernen Sitzen, und Ahlers hat Whisky in einer Kristallflasche auf den Tisch gestellt. Er stellte sogar geschliffene Gläser dazu. Echte Kristallgläser, können Sie sich das vorstellen?« Ihre Augen leuchteten. »Konnte richtig vor mir sehen, wie es sein würde, reich zu sein. Wissen Sie, die Gläser haben gefunkelt, als er den Whisky reingegossen hat. Er hat uns zugeprostet, und ich fühlte mich auf einmal so beschwingt.« Lina hob die Hand, als wollte sie Westermann zuprosten. »Ich hab Erik angesehen, dass es ihm genauso ging. Wir konnten gar nicht anders. Er hat Ahlers dann erzählt, dass wir selbstständig sind und er viel Geld mit seiner großen Tischlerei verdient. Er erzählte ihm, dass ich ein Häuschen von meinen Eltern geerbt habe. Wir mussten also was tun, um das Geld anzulegen. Das Geld für das Haus meiner Eltern war natürlich längst weg. Wissen Sie, Erik hat immer hohe Ansprüche gestellt. Tolles Essen, teure Klamotten. Und irgendwann war die Kohle alle. Wir haben seitdem von dem gelebt, was ich verdient hab. Erik ist in Wahrheit richtig faul, hat nie Schwarzarbeit gemacht. Aber unsere Geschichte klang sehr überzeugend. Ahlers hat uns alles abgekauft.« Sie zuckte die Schultern. »Mein Hals ist trocken, kann ich was zu trinken?«

Westermann nickte. »Wasser oder Kaffee?«

»Wasser.« Der Hauptkommissar nickte, und die Beamtin verließ den Raum, um wenig später mit Wasser zurückzukehren. Hartwig stand mit verschränkten Armen im Nebenraum und verfolgte die Aussage der Frau.

Hartwig brauchte eine Pause von dem Kerl, der schwieg wie ein Grab, und hatte sich in den Vernehmungsraum verzogen, in dem die Befragung aufgezeichnet wurde. Er zog eine Zigarette aus der Packung, zündete sie an. Ihm war gleich, wie lange Bergmann nebenan schmorte. Er konnte seine Fratze nicht mehr ertragen. Hartwig hoffte, dass die Rechtsverdreherin dieses Geständnis nicht unterbrach, bevor sie wussten, was sich auf der Jacht abgespielt hatte.

Als hätte der Teufel seine Hand im Spiel, wurde auf einmal die Tür aufgerissen. Eine Beamtin stand da und teilte ihm mit, dass die Rechtsanwältin eingetroffen war. Widerwillig verließ der Kommissar den Raum, um die Juristin in Empfang zu nehmen und zu ihrem Mandanten zu bringen.

»Ich möchte mit ihm alleine sprechen, dann unterhalten wir uns«, sagte sie, als sie ihm ohne ein Lächeln ihre dünne Hand reichte. Die Frau um die 50, die ihm im schwarzen Hosenanzug entgegentrat, fuhr sich mit der Hand durch ihre roten, kurz geschnittenen Haare. Ihre Hornbrille erinnerte ihn an die 60er-Jahre. Sie wirkte kühl. Hartwig überließ ihr ihren Mandanten, veranlasste einen Beamten, vor der Tür zu warten und ihn zu informieren, sobald sie bereit für ein Gespräch waren. Solange sie bei Bergmann saß, würde Westermann seine Befragung ohne Störung durchführen können.

Eilig betrat er wieder den Nebenraum.

Lina sprach gerade. »Unsere Anwältin sollte die Verträge prüfen und wir dann unterschreiben. Wir hatten uns zwei Tage später verabredet, um das Geld in einem Koffer auf die Jacht zu bringen und den Verkauf abzuwickeln.«

»Aber woher hatten Sie so viel Geld? Wie konnten Sie Tim Ahlers überzeugen?«

Lina atmete hörbar ein. »Nein, wir hatten kein Geld. Nicht einen müden Euro. Noch nicht. Aber der Plan war ja genial. Am bewussten Tag war sogar seine Frau Lore mit auf dem Schiff. Wir haben einen vorgelegten Vorvertrag unterschrieben und wollten bei der letzten Fahrt das Geld übergeben. Sie waren überhaupt nicht misstrauisch. Warum auch? Erik war sehr überzeugend.« Sie fuhr sich mit der Hand durch ihre schulterlangen krausen Haare, lächelte. »Wir haben in den Tagen, die wir uns vorher getroffen hatten, viel aus ihm rausgekriegt. Erik kann Leute ausfragen, sag ich Ihnen. Tim hat uns erzählt, dass er eine Firma hatte und die vor kurzem erst verkauft wurde. Er sagte uns nicht, wie viel Geld er dafür gekriegt hat, aber es muss 'ne Menge gewesen sein. Deshalb haben wir angestrengt nachgedacht und den Plan erweitert«, kicherte sie, nahm einen Schluck Wasser. Ihre Worte sprudelten nur so aus ihr heraus. »Tim erzählte uns, dass sie mit der Kohle aus dem Verkauf ihren Lebensabend bestreiten wollten. Und er sagte uns an einem anderen Tag, als wir allein mit ihm waren, dass er ein Haus in Schweden suchen würde, als er hörte, dass Erik Schwede war. Wir haben uns zwar gewundert, aber nicht weiter nachgefragt. Geht uns ja auch nichts an. Aber mein Mann meinte gleich, dass der Kerl nicht assig sei und sich wohl aus dem Staub machen wollte – ohne seine Lore. Erik hat ihm erzählt, dass er ihm bei der Suche helfen könnte. Die beiden haben sich von Anfang an gut verstanden. Der Mann war ja auch nett. Da hat Erik ihm das mit der Bankvollmacht vorgeschlagen. So könnte er für ihn nach einem Objekt Ausschau halten und hätte sofort das Geld parat. Damit wollten wir später die Konten leerräumen, wenn wir aus der Schusslinie waren.« Sie schluckte. Auf einmal fiel es ihr offensichtlich schwer, weiterzusprechen. »Wir haben unseren Plan immer wieder überarbeitet. Erik erzählte den Ahlers, dass ich auf See seekrank werden könnte, weil ich schwanger wäre. Das war natürlich gelogen, aber wir mussten Vertrauen schaffen. Da ich nicht so dünn bin, haben sie es uns sofort abgekauft und uns beglückwünscht.« Lina kicherte.

Westermann beobachtete sie und war über ihre wechselhaften Anwandlungen erstaunt. Zwischen himmelhochjauchzend und zu Tode betrübt lagen nur Sekunden. Lina Bergmann schien eine gute Schauspielerin zu sein. Der Ermittler schob seine Brille auf die Haare und rieb sich die Augen.

Lina sprach weiter, als wollte sie jetzt und hier alles loswerden, was sie persönlich belasten könnte. »Eine Probefahrt wollten wir machen, bevor wir unterschreiben und das Geld übergeben. Das hatte Erik so gewollt. Tim und Lore haben sofort eingewilligt.« Lina grinste. »Wir wollten, dass sie uns das Schiff auf dieser letzten Fahrt genauer erklären, uns auf Besonderheiten hinweisen.« Sie kicherte. »Mir wurde dann während des Segelns mit einem Mal übel. Wir hatten uns das natürlich genauso ausgedacht. Erik wollte das Geschäft dann im Steuerstand ohne mich abschließen, und ich sollte mit Lore zur Toilette gehen.«

Westermann schwante Böses. »Hatten Sie vor, die Ahlers um ihre Jacht und ihr Geld zu betrügen?« Eisiges Schweigen füllte den Raum. Lina ließ die Schultern sinken. Westermann merkte, dass sie nicht wusste, wie sie weitersprechen sollte, ohne sich selbst immer tiefer reinzureißen.

»Ja. Es ist noch mehr passiert.«

Der Ermittler räusperte sich: »Dann sollten Sie jetzt ein Geständnis ablegen.«

»Ja, das tue ich. Ich möchte ein Geständnis ablegen, wenn Sie mir versprechen, dass Sie mich vor Erik schützen und ich nicht ins Gefängnis muss«, sagte sie kaum hörbar und wirkte auf einmal verloren. Westermann stand fassungslos da, überprüfte das Aufnahmegerät und nickte.

Dann sagte er im Beisein der anwesenden Kollegin: »Ich belehre Sie jetzt noch einmal. Ich nehme Sie vorläufig fest. Sie haben das Recht zu schweigen. Alles, was Sie ab jetzt sagen, kann und wird vor Gericht gegen Sie verwendet werden. Sie haben das Recht, zu jeder weiteren Vernehmung einen Anwalt hinzuzuziehen. Wenn Sie sich keinen Anwalt leisten können, wird Ihnen einer gestellt. Haben Sie mich verstanden? Möchten Sie einen Anwalt?«

»Ja, ich habe Sie verstanden. Und ich brauche keinen Anwalt.«

»Was passierte dann?« Er durfte nicht riskieren, dass sie einen Rückzieher machte. Sie wurde bleich.

»Es war schrecklich. Ich werde Ihnen beweisen, dass Erik es war. Stimmt es wirklich, dass er mich beschuldigt?« Westermann griff zu einer Lüge und nickte. Sie flüsterte: »Dieses Schwein. Dann ist es jetzt so, und wir gehen gemeinsam unter.« Sie setzte sich aufrecht hin, holte tief Luft. »Wir sind also mit den Ahlers auf der Jacht zu der Position, die Erik ausgesucht hatte. Er hat sich vorher genau informiert, wo die Ostsee tief genug ist. Sie haben sich angeregt unterhalten und mir wurde übel. Ich habe den beiden natürlich nur vorgespielt, dass mir schlecht ist und ich mich gleich übergeben muss. Lore ist dann, wie wir gehofft hatten, mit mir in die unteren Kajüten zur Nasszelle.« Sie kicherte, als wäre sie nicht Teil dieser Aussage. Ihr Blick wanderte durch den Raum. Die Stimme klang monoton: »Erik hatte mir zu Hause einen Taser in die Hand gedrückt. Den sollte ich ihr gegen den Hals drücken, sie damit betäuben und dann fesseln. Das war gar nicht so einfach, ich hatte wahnsinnig Angst vor dem Ding. Aber dann war es irgendwie ganz leicht.« Sie hielt sich ihre Faust gegen ihre Halsschlagader, um zu demonstrieren, wie sie es getan hatte. »Die Frau lag auf einmal am Boden und hat sich nicht mehr gerührt. Ich hab sie mit dem Fuß angestoßen, um zu sehen, ob sie wirklich hin ist. War sie. Wenigstens für den Moment.« Lina verzog ihre Mundwinkel. »Hab ihr dann mit Klebeband Füße und Hände zugepappt. Und ein Stück über ihren Mund, damit sie nicht schreit, wenn sie zu sich kommt. Bin dann zurück zu den Männern. Tim hat Erik nebenbei die Instrumente erklärt, den Kompass und die anderen Geräte.« Sie nahm den Becher und leerte ihn in einem Zug. Linas Hautfarbe war genauso bleich wie die Wand vor ihr. »Ich wollte das nicht. Jedenfalls nicht so. Das war alles Eriks Idee. Ich dachte, wir setzen sie einfach ins Schlauchboot und tschüss«, flüsterte sie.

»Erzählen Sie mir, was Sie nicht so gewollt haben?«, hakte Westermann nach. Das Geständnis durfte nicht abbrechen. Nicht jetzt.

*

Hartwig konnte nicht fassen, was er im Nebenraum hörte. Er musste unbedingt dem weiteren Verlauf der Befragung folgen, die mittlerweile eindeutig ein Geständnis war, und rauchte eine weitere Zigarette.

Er sah, wie sein Chef sich erhob und gegen die gegenüberliegende Wand lehnte. Er merkte, wie nervös Westermann war, und warf einen Blick auf seine Brille, die seltsam verrutscht auf dem Kopf steckte. Der weiß, was kommt, überlegte Hartwig und lauschte ihren Worten ebenso angestrengt: Es dauerte fast eine Ewigkeit, bis sie endlich weitersprach.

»Als wir an dieser Position angekommen waren, habe ich ihm heimlich zugenickt, damit er wusste, dass die Frau bewusstlos im Klo lag. Ahlers hat den Anker runtergelassen, und wir wollten auf hoher See mit echtem Champagner auf den Verkauf der White Pearl anstoßen. Was für ein schwachsinniger Name, wo das Schiff doch dunkelblau ist. Tim fragte mich, wo Lore wäre, und ich hab ihm gesteckt, dass sie Kopfschmerzen hätte und sich kurz hinlegen wollte, bis die Tablette wirkt. Das hat er mir abgenommen.« Sie grinste. »War ganz leicht. Ich hab Erik dann in einem unbeobachteten Moment den Taser gegeben und mich umgedreht, als er Tim damit plattgemacht hat. Ich konnte das nicht noch mal mitansehen. Diese Funken, dieses ekelhafte Zittern. Ich hab ihm das Klebeband gegeben. Diese graue Rolle aus dem Baumarkt, wissen Sie? Er hat Ahlers die Füße zusammengeklebt und ihn auf die Bank gezerrt, die am Tisch im Steuerstand. Als er zu sich kam, hat er ihm die Kaufverträge vor die Nase gehalten. Die hatten wir im Buchladen ausgedruckt, so Blankopapiere, verstehen Sie? Er hat ihm gedroht, seine Frau zu töten, falls er sie nicht unterschreiben würde. Wir brauchten ja die Unterschriften. Sie waren das Wichtigste. Dann fing die unter Deck auch noch an zu quieken.« Lina hielt sich die Ohren zu, als müsste sie deren Gejaule noch einmal ertragen. »Ahlers hatte richtig fiese Angst um seine Frau und wollte zu ihr. Er hat geschrien und Erik hat ihm seine Faust ins Gesicht geschlagen, immer wieder, und gesagt, er soll endlich die Fresse halten. Da war überall Blut. So hatte ich mir das nicht vorgestellt. Ich wusste, dass sie betäubt werden müssen, aber so?« Lina schniefte und wischte sich mit dem Ärmel ihrer Strickjacke Schnodder vom Kinn. Aber genauso schnell, wie der Anfall kam, war er wieder vorbei, und sie sprach weiter. Ihre Worte waren ohne den Hauch einer Emotion. »Erik hat ihm einen Kugelschreiber in die Hand gedrückt, damit er endlich seinen Namen unter diesen verdammten Vertrag setzt«, sagte sie.

Westermann räusperte sich, weil sein Hals auf einmal seltsam ausgedörrt war und er nur langsam begreifen konnte, was sie berichtete.

»Was ist mit Erik?«, unterbrach sie das Geständnis und holte Westermann aus seiner Starre zurück. Westermann wusste, dass er sich konzentrieren musste, um die richtigen Fragen zu stellen.

»Er wird sein Geständnis ebenfalls zu Protokoll geben, denke ich.« Auch das war eine glatte Lüge. Er wusste von Hartwig, dass Bergmann immer noch schwieg und auf die Anwältin wartete. Westermann räusperte sich: »Brauchen Sie noch etwas zu trinken?« Lina schüttelte den Kopf. »Dann lassen Sie uns jetzt weitermachen«, sagte er.

»Sie wollen uns doch gegeneinander ausspielen, oder täusch ich mich? Vielleicht sollte ich doch lieber auf die Anwältin warten und nichts mehr sagen«, sagte Lina mit dem Blick eines in die Ecke getriebenen Tieres.

»Wenn Sie uns jetzt nicht helfen, sieht es auch für Sie düster aus. Ihr Mann behauptet, Sie allein hätten sich diese Geschichte ausgedacht und auch ausgeführt. Sie hätten ihn manipuliert und erpresst.«

»Nein, das stimmt nicht. Ich war das nicht. Erik hat das getan.« Sie kreischte und sprang vom Stuhl auf.

Die Beamtin trat vor und drückte ihren Körper zurück. »Bleiben Sie ruhig, sonst müssen wir Sie fixieren.«

Sie guckte Westermann wie einen Geist an. Sie ahnte, dass es nur noch darum ging, ihre eigene Haut zu retten, holte tief Luft und flüsterte: »Ich wollte nicht, dass es so zu Ende geht. Aber Ahlers wollte die verdammten Verträge einfach nicht unterschreiben. Er hat den Kugelschreiber in die Ecke gepfeffert und uns gefragt, ob wir nicht ganz dicht seien. Das hat Erik richtig wütend gemacht. Er hat den Taser gegen seinen Hals gedrückt und ihm einen neuen Stromschlag verpasst. Der Mann ist einfach zur Seite gekippt. Wäm. Dabei hat er sich den Schädel angeschlagen. Überall war Blut. Wir brauchten diese Unterschriften doch, ohne sie wären wir nicht an das Geld gekommen. Die Jacht wäre niemals unsere gewesen. Außerdem musste die Anwältin sie doch noch beglaubigen.« Lina schaute wie versteinert gegen die Wand. Ihre Hände lagen gefaltet auf dem Tisch. Es erschien Westermann, als erlebte sie das Geschehene noch einmal. »Erik war das alles vollkommen egal. Er ist runter in die Kajüte und hat Lore in den Steuerstand geschleppt. Ich hab gar nicht mehr gewagt, mich zu bewegen. Er hatte so viel Hass in seinen Augen. Dann hat er die Frau auf den Boden fallen lassen. Sie war zu sich gekommen, lag da und jammerte. Ich sollte dafür sorgen, dass sie den Mund hält, und hab ihr eins mit dem Fuß gegeben. Sonst nichts. Wirklich nicht.« Lina griff nach dem Becher: »Leer – meine Kehle ist ganz trocken.«, sagte sie.

»Die Kollegin holt Ihnen Wasser. Brauchen Sie auch was zu essen?«, wollte Westermann wissen.

»Nö, mir ist sowieso alles auf den Magen geschlagen. Ist es wirklich wahr, dass Erik mich beschuldigt? Was passiert jetzt mit mir?«

»Darüber sprechen wir später. Erzählen Sie mir bitte, was dann passierte.« Westermann kontrollierte das Aufnahmegerät und warf einen Blick zur Kamera, als hätte er Angst, die Wahrheit könnte verloren gehen. Ein roter Punkt leuchtete. Er wusste, dass im Nebenraum alles aufgezeichnet wurde.

Sie atmete aus, als quälte es sie, weiterzusprechen. »Erik kann mir doch nichts tun, oder? Sie verraten doch nicht, dass ich Ihnen alles erzähle? Er bringt mich um, wenn er erfährt, dass ich Ihnen alles gesagt hab.«

Westermann schüttelte den Kopf. »Der wird in diesem Moment seine Seite der Geschichte zum Besten geben, glauben Sie mir.«

Lina richtete sich auf. »Kann ich das nicht abkürzen? Ich will das nicht alles noch mal durchmachen. Es war so eklig.«

»Durchmachen? Sie werden mir genau berichten müssen, was auf der Jacht vorgefallen ist. Allein, um sich selbst zu entlasten. Es geht darum, ein vermisstes Ehepaar aufzufinden, das ist Ihnen doch wohl klar, oder?«

Sie senkte ihre Schultern, legte den Kopf auf den Tisch und richtete sich im Zeitlupentempo wieder auf. Dann sagte sie: »Na ja. Die Frau hat gewinselt und wollte immer wieder hochkommen. Das ging ja nicht. Aus der aufgeplatzten Wunde auf ihrer Wange quoll Blut. Das war ich anscheinend mit meinem Schuh. Ehrlich, ich wollte nicht so hart zutreten, aber es war irgendwie auch ein geiles Gefühl. Endlich konnte ich mal meinen ganzen Frust loswerden. Nicht nur immer Erik. Wissen Sie, der kann schon manchmal ganz schön fies werden. Ist grob und … na ja, seine Hand rutscht manchmal aus«, sagte sie und ließ aufgestaute Luft aus ihren Lungen entweichen. Sie schloss die Augen. »Erik hat den Mann hochgerissen und ihm ein paar geklatscht, damit er zu sich kommt. Wir brauchten endlich diese scheiß Unterschriften. Als er klar im Kopf wurde und gesehen hat, was mit seiner Frau passiert war, wollte er Erik umhauen. Der hat ihm allerdings noch mal eins mit der Faust verpasst, damit er nicht durchdreht«, sagte sie fast flüsternd. »Das hat ganz schön geballert. Die Alte blieb still am Boden liegen. Hatte wohl einen Schock. Erik hat ihn wieder gerade hingesetzt. War alles anstrengend. Er hat die Hand von Ahlers gehalten, ihm den Stift in die Hand gedrückt und sie über das Papier geführt. Und der hat jede Seite heulend wie ein Baby unterschrieben.« Sie äffte ein plärrendes Kind nach. »Der Rotz lief ihm aus der Nase – und all das viele Blut. Boah, das war echt eklig. Vor allen Dingen mussten wir den ganzen Mist nachher wegschrubben. Was glauben Sie, wie wir gescheuert haben. Mir taten hinterher meine Arme weh.«

Westermann nahm den Gedanken auf. Ihm kam eine Idee. Er griff zum Handy und schickte Hartwig eine Nachricht. »Ich bin gleich wieder da. Ich denke, Ihr Mann wird gerade sein Geständnis unterschreiben.« Es war wieder eine Lüge, aber er brauchte Zeit.

Lina sprang auf: »Ich glaub, Sie verarschen mich die ganze Zeit.« Sie sah ihn durch enge Schlitze an. »Ihr wollt uns austricksen. Erik wird mich niemals verraten. Ihr Schweine. Ihr lügt!«

Die Tür öffnete sich, und die Anwältin betrat den Raum. »Stopp! Sie sagen jetzt gar nichts mehr und widerrufen alles, was Sie gesagt haben. Sie haben nichts mit dem Verschwinden der Ahlers zu tun. Alles, was Sie gesagt haben, ist irrelevant. Sie haben nichts gegen Sie in der Hand.«

Lina ballte die Hände und wollte auf Westermann zustürmen. Die anwesende Kollegin ergriff sie, drückte sie zurück auf ihren Stuhl und fixierte ihr Handgelenk mit einer Schelle. »Ihr Schweine.«

*

Hartwig verfolgte die Befragung die ganze Zeit über. Seine Nerven waren zum Zerreißen gespannt. Er sah, dass Westermann extrem angestrengt etwas in sein Handy tippte, vernahm das Vibrieren seines Telefons und zog es aus der Hosentasche. Dann hörte er, wie sein Vorgesetzter eine Unterbrechung veranlasste. Als er Dirks Mitteilung las, verließ er den Raum. Er wusste, dass er sich beeilen musste. Die Pause würde nicht ewig dauern. Sie brauchten einen einzigen Beweis, der das Geständnis untermauerte, bevor die Anwältin alles widerlegte.

Nur einen einzigen Beweis.

*

Die dänischen Kollegen hatten die White Pearl in den Hafen Burgstaaken überführt. Sie war versiegelt. Hartwig wusste, dass die KT das Schiff noch einmal gründlich auseinandernehmen würde. Er musste ihnen zuvorkommen und rannte zum Wagen. Watson lag im Fond und döste. Als er sein Herrchen einsteigen sah, sprang er sofort hoch und landete mit einem Satz auf dem Beifahrersitz. »Du altes Schlitzohr. Hab ich das erlaubt?«, fragte er den Hund, der ihn ansah, als könnte er keiner Fliege etwas zuleide tun. Dabei hatte er zu Hause gerade sämtliche Sofakissen zerlegt, und die Bude sah aus wie nach einem wüsten Besäufnis. Überall hatten Füllmaterial und Federn im Raum verstreut gelegen. Hartwig raste mit Höchstgeschwindigkeit Richtung Fehmarn. Die 45 Minuten, die er benötigte, waren trotz Baustelle auf der Brücke unschlagbarer Rekord. Watson hatte sich mittlerweile auf den Boden im Fußraum gelegt, weil er auf dem Sitz durchgeschüttelt wurde und offensichtlich mit Übelkeit zu kämpfen hatte. Mit durchdrehenden Reifen kam der Wagen zum Stehen. »So, mein Bester, jetzt bist du dran. Und ich hoffe, du findest, wonach wir suchen.« Er zog eine Klarsichttüte aus der Jackentasche, die er in Oldenburg aus den Asservaten geholt hatte. Darin der Schal von Lore Ahlers. Hartwig verließ das Auto und ließ Watson rausspringen. Er leinte ihn an, und sie stiefelten die von Algen überladenen

Stege zum Schiff entlang. »Mein Gott, hat der Sturm hier gewütet«, stellte er fassungslos fest. Einer der Bootsstege hatte sich komplett verabschiedet und war auf die Kaimauer gespült worden. Eine Segeljacht lag kieloben im Hafenbecken, bedeckt von schmutzigem Schaum. Der Bug hatte Teile des Steges weggerissen. Die ist wohl hin, stellte er fest und konnte kaum glauben, was die Sturmflut angerichtet hatte. Sie standen vor dem versiegelten Schiff, der White Pearl. Hartwig stieg in Füßlinge und streifte Handschuhe über. Er hievte Watson an Deck, kletterte selbst über die Reling und überlegte, wo sie anfangen sollten. An Deck war wohl die beste Lösung. Jetzt lag alles in ruhigem Gewässer, kaum eine Wellenbewegung berührte die Pearl. Es schien, als wäre nie etwas gewesen. Hartwig schüttelte den Kopf, hockte sich hin und öffnete die Klarsichttüte. »Du kriegst das hin, das weiß ich.« Er hielt Watson das Tuch unter die Nase. »Such, Watson, such.«

Der Hund fing sofort an, sich von ihm wegzubewegen, und schnüffelte sich über das Deck. Sein Herrchen folgte ihm, zog eine Taschenlampe aus der Jackentasche und leuchtete jede noch so kleine Ecke aus. »Hier oben haben sie anscheinend richtig geschrubbt. Verdammte Scheiße. Watson, du musst was finden!« Hartwig presste die Lippen zusammen und folgte mit seinem Blick dem Hund, der unermüdlich seine Arbeit erledigte. Es dauerte eine gefühlte Ewigkeit und brachte ... nichts.

Der Kommissar zog einen Schlüssel aus der Tasche, den er sich ebenfalls aus den Asservaten besorgt hatte. Er passte, und Hartwig schob die Tür zum Steuerstand auf. Seine Augenbrauen bewegten sich steil nach oben. Was für ein Chaos, stellte er fest, rümpfte die Nase und atmete tief durch. Es stank nach kaltem Rauch und penetranten Reinigungsmitteln.

»Watson, hierher«, pfiff er den Hund in die Kuchenbude. »So, mein Jung, such. Ich weiß, du findest hier was.« Hartwig untersuchte die gestapelten Zeitschriften und lose Blattansammlung, die überall herumlagen. »Das Weibsstück kannst du mir schenken, die würd ich nicht mal mit der Kneifzange anfassen, die ist so bäh.« Er schüttelte sich. »Da loben wir uns unsere Stina, stimmt's?«, fragte er Watson, der sich nicht ablenken ließ. Hartwig durchstöberte die in die Bordwand eingelassenen Fächer, verzog das Gesicht und wandte sich angewidert ab. »Schweine.« Er blieb stehen, kaute auf seiner Unterlippe und überlegte. »Mein Lieber, wenn wir hier nichts finden, sind wir am Arsch. Die widerrufen alles und wir können sie nur wegen Entführung drankriegen, das reicht nicht, weil unsere Miss Marple sich widerrechtlich auf dem Schiff aufgehalten hat.« Hartwig öffnete die Holztür zu den Kajüten, die drei Stufen tiefer lagen. »Was für ein geiles Schiff«, sagte er und ließ Watson zuerst in den unteren Teil, in dem sich die Schlafkojen befanden. Er folgte ihm und verzog erneut das Gesicht. Der Hund suchte unermüdlich weiter. Er hörte nicht auf, sich auch in die letzte Ecke zu bewegen, wirkte aufgedreht, sprang auf die Sitzelemente, kroch unter Tisch und Schreibablage. Hartwig entdeckte die Funkanlage. Von hier aus hatte Charlotte versucht, Hilfe zu holen. Die Arme. In Gedanken versuchte er, ihre verzweifelte Situation nachzuvollziehen. Dann folgte er Watson in die erste Kajüte, wieder nichts. Die Nasszelle.

Als sie sämtliche Schlafkajüten untersucht hatten, wollte Hartwig aufgeben. Watson stürmte in die Kajüte, die für vier Personen ausgelegt war, und fing an zu bellen. »Mein Junge, was hast du?« Er folgte dem Hund, der vor einem der unteren Betten saß und wie verrückt kläffte. Hartwig durchwühlte das ungemachte Bett, riss Schubladen auf und fasste mit der Hand hinter die Matratze. Nichts. Dann entdeckte er die geöffnete Klappe eines Schrankes. »Das ist das Geheimfach, von dem Charlotte erzählt hat.« Der Kommissar griff mit der Hand in die schmale Öffnung. Es war … leer. »Hier ist nichts. Hat Charlotte alles rausgeholt.« Er wollte seine Hand zurückziehen, als er mit seiner Armbanduhr hängen blieb. Sein Puls schnellte nach oben, als er den hinteren Teil des eingelassenen Faches abtastete, eine Folie spürte, die an der oberen Holzverkleidung verklebt war. »Das ist eine Klarsichthülle«, sagte er und riss die postkartengroße Hülle heraus. Die hat nicht mal unsere Miss Marple gefunden. Er untersuchte den Inhalt und konnte nicht fassen, was er entdeckt hatte. Der Hund fiepte. »Watson, was …?« Hartwig sah, dass er etwas Rotes im Maul hatte. »Aus, gib ab.« Der Hund legte seine Beute auf den Boden. »Das ist Charlottes Cap. Sie war hier unten eingeschlossen. Verdammt, gut, mein Junge. Das hast du toll gemacht, aber wir suchen nicht nach Charlotte, das weißt du.« Watson sah ihn an und wedelte mit dem Schwanz. Hartwig zog erneut das Halstuch aus der Klarsichthülle. Sie brauchten mehr. Dieser eine Beweis würde sich irgendwie erklären lassen, wenn es schlecht lief. Er musste weitersuchen.

Der Hund stob ein weiteres Mal durch die Räume des Unterdecks. Zuletzt landeten sie wieder im Steuerstand. Watson schnüffelte unter dem Tisch, zum Steuerrad, sprang an den Instrumenten hoch, zurück zum Mahagonitisch, kroch darunter, fing an zu winseln und schlug lautstark an.

Der Kommissar klemmte die Taschenlampe zwischen seine Lippen und erhellte die Fläche unterhalb des fest verbauten Tisches. »Watson, was ist da? Ich kann nichts sehen.« Er legte sich auf den Boden und robbte unter die 60 Zentimeter hohe Mahagoniplatte. Der runde Standfuß war mit dem Bodenbelag verschraubt. Hartwig leuchtete genau dorthin, aber sah nichts. Er erhob sich und wollte aufgeben. »Es hat keinen Zweck, hier finden wir nichts. Das, was wir haben, muss genügen. Wir müssen zurück«, sagte er und warf einen Blick auf seine Armbanduhr. Der Hund ließ sich nicht bewegen und blieb stur vor dem Tisch sitzen. Er winselte und bellte. Hartwig schüttelte den Kopf. »Komm, Junge, das war's.« Er wollte Watson anleinen, als der anfing, zu knurren und die Zähne zu fletschen. Hartwig blieb stehen, als der Hund sich flach auf den Boden legte und immer wieder laut bellte. Hartwig runzelte die Stirn, tat es ihm gleich, legte sich neben ihn und stellte ein weiteres Mal seine Taschenlampe an. Angestrengt leuchtete er jeden Zentimeter des Belags aus. Dann stockte er. Im Leuchtstrahl fiel ihm ein kaum sichtbarer dunkler Fleck auf, der unter der verschraubten Messingplatte des Mahagonitisches herausgequollen war. »Das glaube ich ja nicht. Ja, meine Liebe, da habt ihr aber gehörig gepfuscht mit eurer Putzerei«, grinste er und zog ein Röhrchen aus der Jackentasche.

✻

Westermann war erleichtert, als er mitbekam, dass Hartwig eingetroffen war. Er hatte sich zurückgezogen, um seine weitere Vorgehensweise zu durchdenken. Sie durften die Befragung so nicht weiterführen. Das Ganze glich einem Pokerspiel, in dem niemand seine wahren Absichten kundtat. Der Leiter der Mordkommission war sicher, dass Lina einknicken würde, sobald sie ihr handfeste Beweise vorlegten. Es war nur eine Frage der Zeit. Die Unterbrechung durch die Anwältin war nervtötend. Ohne Beweise würde es zu keiner Verurteilung kommen, das wusste er. Bergmann war nach wie vor verschlossen wie ein Tresor. Er sagte seit Stunden kein Wort mehr zur Sache und war davon überzeugt, dass sie die Untersuchungshaft ohne Probleme hinter sich lassen würden. Er saß einfach nur grinsend da.

Der Hauptkommissar betrachtete ihn und die Anwältin durch die verspiegelte Scheibe. Auch er war sicher, dass sie mit Notwehr davonkamen, wenn sie jetzt nicht etwas fanden, das als ausschlaggebender Beweis ausreichte. Westermann hoffte, dass sein Kollege irgendeine Spur gefunden hatte, die all das, was Charlotte berichtet hatte, untermauerte. Letztlich beruhten sämtliche Beweise nur auf Charlottes Aussagen. Allerdings hatte sie sich unerlaubt auf dem Schiff aufgehalten, war dort eingebrochen. Wenn es schlecht lief, hatte sogar sie noch mit einer Anzeige zu rechnen. Sie bestritten, das Astrolabium gestohlen zu haben. Wie sollten sie Gegenteiliges beweisen? Es war schließlich in Charlottes Besitz gewesen.

Westermann wurde sichtlich nervös, knetete seine Hände und räusperte sich immer wieder. »Und? Hast du was?«, fragte er. Das anschließende Gespräch dauerte nur eine knappe Minute, dann betrat Westermann den Vernehmungsraum von Lina Bergmann.

»So, bitte noch mal von vorn. Und zwar ohne Mätzchen. Was haben Sie gemacht, nachdem Ahlers die Papiere unterzeichnet hatte? Gehen Sie ab jetzt davon aus, dass wir etwas von Bedeutung gefunden haben. Dass wir das, was Sie uns zuerst aufgetischt und dem Sie dann widersprochen haben, belegen können. Also ist lügen zwecklos.« Westermann zog seine linke Augenbraue hoch. »Wir wissen, dass sich auf der White Pearl etwas Schreckliches abgespielt hat. Und Ihr Ehemann ist sehr viel gesprächiger, als Sie es sich vorstellen können. Ich glaube nicht, dass Sie hier noch einmal rausspazieren. Also?« Westermann log, ohne darüber nachzudenken. Es war nicht seine Art, Menschen hinters Licht zu führen, aber in diesem Fall brauchte er Klarheit.

Lina warf ihm einen entgeisterten Blick zu, verschluckte sich und fing an zu husten. Ihre Lippen zitterten. »Beweise?«, fragte sie, fing an zu heulen und guckte den Kommissar durch weit aufgerissene Augen an.

»Wir haben Belege, die Sie überführen, so viel ist sicher. Ihr Mann hat uns sämtliche Informationen zukommen lassen.« Wieder eine Lüge im Spiel um die Wahrheit.

Linas Mund stand offen, sie atmete aus und sagte: »Ja, es war alles so, wie ich es Ihnen erzählt habe. Es war nicht gelogen. Hat ja doch keinen Sinn mehr. Erik meinte, dass die beiden endgültig verschwinden müssen. Er hatte ja, was er wollte, die Unterschriften. Und ehrlich, ich hab ihm bei allem zugestimmt, weil ich ihn so liebe und nicht verlieren wollte.« Sie schluckte und ließ die Haare über ihr Gesicht fallen, damit man nicht sehen konnte, dass die Antwort eine Lüge war. Nach einer kurzen Pause: »Wir haben sie zusammen zum Bug gezogen. Erik hat ihre Hände hinter dem Rücken mit Kabelbindern zusammengebunden. Sie sahen aus wie Zombies, waren überall blutverschmiert, und wir haben gewartet, bis sie zu sich kamen. Das hat vielleicht gedauert, kann ich Ihnen sagen. Ich wollte auch, dass sie endlich aus meinen Augen verschwinden. Ich konnte ihren Anblick nicht länger ertragen.« Sie schüttelte sich. Ihr Blick erschien Westermann kalt und leer. Er konnte kaum verstehen, was sie sagte, so leise sprach sie. »Wir haben sie auf die Beine gebracht. Die haben genau mitbekommen, was auf sie zukommt. Sie haben uns schließlich ganz schön geärgert mit ihrem Geheule. Die haben sich angeguckt, da wurde mir ganz anders. Ahlers hat sich richtig heftig gewehrt, wollte sogar mit den Füßen nach uns treten, ging ja nicht. Seine Frau stand einfach nur zitternd da. Die hat geplärrt, konnte kaum stehen. Erik hat gesagt, ich soll mich beeilen, er hätte nicht ewig Zeit. Die waren ganz schön platt, ehrlich. Sahen nicht wirklich gut aus, so voller Blut. Ich war richtig froh, dass sie bald verschwunden sein würden. Und sie haben wahrscheinlich gedacht, wir setzen sie ins Schlauchboot, diese Deppen.« Ihre Stimmung veränderte sich. Es fiel ihr nicht schwer, weiterzusprechen. Westermann hatte das Gefühl, als genoss sie, was sie von sich gab. Ihre Wangen röteten sich. Sie war auf jeden Fall genauso an der Geschichte beteiligt wie Erik Bergmann.

»Wir haben auf dem Schiff Blut gefunden, und es würde mich wundern, wenn es nicht das von Lore oder Tim Ahlers ist. Die DNA wird gerade überprüft. Die Kriminaltechnik nimmt in diesem Moment das Schiff auseinander. Es sieht nicht gut für Sie aus. Und wir haben noch etwas, das Sie in Erstaunen versetzen wird. So gründlich waren Sie doch nicht.«

Lina pausierte. Westermann hatte erneut Wasser kommen lassen und es auf den Tisch gestellt. Hastig leerte sie den Becher.

*

»Sie haben nichts, aber auch gar nichts gegen meine Mandanten in der Hand. Die beiden sind normale Bürger, die ihren Urlaub genießen wollten. Also, lassen Sie sie endlich gehen. Dass da jemand auf das Schiff der Bergmanns eingebrochen ist und sie töten wollte, das war reine Notwehr. Schließlich hat der Mann seine Frau mit einer Waffe bedroht. Da müssen Sie ihnen erst mal das Gegenteil beweisen. Und

das können Sie nicht. Und das mit der Schwarzarbeit ...«
Jona Winter schüttelte den Kopf.

Hartwig fing an zu grinsen. »Ich denke, Sie haben weit
größere Probleme als die Schwarzarbeit Ihres Mandanten,
die allein ihn schon für lange Zeit hinter Gitter bringen
wird. Notwehr, ich glaube, damit kommen Sie ebenfalls
nicht durch. Die Beweise, die ich auf der Jacht gefunden
habe, reichen aus, um sie sehr lange aus dem Verkehr zu
ziehen.« Hartwig zog die Schultern hoch.

In diesem Moment mischte Bergmann sich schreiend
in das Gespräch: »Dieser verdammte Hurensohn hat uns
angegriffen, ich hab uns nur verteidigt. Und mit dem Tod
des Alten im Hafen hatten wir nichts zu tun. Er war besoffen und hat sich den Schädel angestoßen. So what?«, sagte
Bergmann in aggressivem Ton.

Hartwig legte die Hände des Verdächtigen hinter seinen Rücken und sicherte die Gelenke mit einer Handfes-
sel. Bergmann schien irritiert. »Was machen Sie da? Lassen
Sie mich sofort los, Sie Mistkerl.«

»Sie beide begleiten mich jetzt. Sie werden gleich Zeuge
einer ziemlich interessanten Unterhaltung«, sagte er.

Hartwigs Wangenknochen traten hart hervor, als er Bergmann vor sich her schob. Sekunden später standen sie in dem
Raum, in dem die Befragung seiner Frau durch seinen Vorgesetzten durchgeführt wurde.

»Das dürfen Sie nicht. Sofort abbrechen. Ich hatte es Ihnen
untersagt, auch nur ein Wort mit Frau Bergmann zu wechseln«, sagte die Anwältin. Angespannt blickten sie auf den
Monitor. Hartwig warf einen Blick auf Jona Winter, die sich
angriffslustig vor ihm aufbaute. »Stopp, Frau Bergmann wird
ab sofort nichts mehr zur Sache sagen. Stoppen Sie das sofort!«

»Ich möchte mich mit Herrn und Frau Bergmann allein

besprechen, bevor Sie hier irgendetwas entscheiden, das von Nachteil für meine Mandanten sein könnte.«

»Dazu ist es zu spät. Sie wurde bereits ausgiebig belehrt. Sorry.«

Wie versteinert blieb auch sie stehen und folgte den Worten Linas.

*

»Ja, wo war ich? Ach ja, Erik hat den zweiten Anker aus der Backskiste geholt. Ich musste die beiden festhalten, damit sie nicht umkippten. War nicht einfach. Aber sie konnten ja nicht weglaufen«, sagte sie und räusperte sich immer wieder. »Der Mann hat sogar versucht, sich loszureißen. Da hab ich ihm eine ins Gesicht geschlagen.« Sie stockte und schloss die Augenlider, als genieße sie jeden Augenblick. Als wollte sie noch einmal erleben, was sich auf der Jacht abgespielt hatte. Westermann schwieg. Er hoffte auf die erlösenden Worte. Immer wieder schielte er auf das Aufnahmegerät, guckte, ob das rote Licht der Kamera noch lief. Er wusste, dass sie in Kürze Kenntnis davon haben würden, ob und wie Lore und Tim verschwunden waren.

Der Hauptkommissar lauerte. Innerlich zerriss es ihn. Seine Halsschlagader pumpte, er war hoch konzentriert. Die Anspannung im Raum war kaum zu ertragen. Genau wie im Nebenraum, in dem Hartwig sowie Bergmann und Winter standen. Angespannt starrten sie auf den Monitor. Sie wussten in diesem Augenblick alle drei, dass es gleich zu Ende sein würde. Linas Geschwätz ließ beide gerade ins offene Messer laufen.

Sie formulierte ihre nächsten Sätze wie in Zeitlupe. Kleine Schweißperlen glänzten auf ihrer Stirn, ihre Lippen bestanden nur noch aus zwei kaum sichtbaren Strichen. Sie legte den Kopf in den Nacken. Dann sagte sie: »Erik war's. Er hat diese schwere Ankerkette um ihre Körper gewickelt. Verstehen Sie, vom Hals bis zu den Füßen ist er immer wieder um sie rum, bis diese klobige Kette beide völlig …, nur ihre Köpfe guckten noch raus.« Ihre Mundwinkel schwangen nach oben. Sie wirkte auf seltsame Art weggetreten. »Sahen irgendwie komisch aus. Na ja, dann hat Erik mich angegrinst und genickt. Da wusste ich, dass es losging. Ich musste sogar mit anpacken. Dieser Anker war verdammt schwer. Außerdem haben die beiden sich ja höllisch gewehrt. Die wussten genau, was auf sie zukam. Das mit dem Schlauchboot hatten sie wohl in dem Moment zu den Akten gelegt. Wie gut, dass niemand ihre Schreie hören konnte. Dazu dieser verdammte Seegang.« Lina schüttelte sich. »Wir brauchten 'ne Scheißkraft, um diesen Anker zur Reling zu schleppen. Mann, hab ich geschwitzt. Aber die Idee hatte Erik, ehrlich. Mir wär so was gar nicht eingefallen. Da bin ich ja ein bisschen einfältig«, sagte sie und kicherte. »Erik ist dagegen ziemlich schlau. Er fand es toll, dass sein Plan aufging. Na ja, ein bisschen hab ich ja auch dazu beigetragen. Und ehrlich gesagt mussten wir gar nicht so viel dafür tun. Die beiden mussten ja nur unterschreiben und verschwinden. Nur diese Putzerei, die ging mir ganz schön auf die Nerven.«

∗

»Diese verdammte Nutte!«, brüllte Bergmann und trat mit Wucht seinen Fuß gegen die Wand. Ein zweiter Beamter zog ihn zurück und hielt ihn am Arm.

Die Anwältin Jona Winter war sprachlos. Dann schrie sie: »Aufhören, unterbrechen Sie sofort diese Befragung.

Das ist nicht zulässig.« Sie schnellte aus dem Raum, um das Verfahren zu unterbinden. Hartwig folgte ihr, hielt sie am Arm zurück. Grob führte er sie zurück in den Raum.

»Sie werden jetzt Zeuge von dem, was wirklich passiert ist. Wollen Sie nicht wissen, ob man Sie auch nur benutzt hat? Und dann sollten Sie überlegen, wie Sie weiter vorgehen.« Hartwig zog die Klarsichthülle aus seiner Jackentasche, in der sich Ausweise und Führerscheine der Vermissten befanden.

Die Rechtsanwältin wurde blass. »Wo haben Sie das her?«

*

Lina hielt inne, als sie merkte, dass jemand nebenan gegen die Wand trat: »Was war das? Wer hat da so geschrien? Das war Erik, oder?« Sie zitterte. »Kann er mir wehtun? Hört er, was ich sage? Dann sage ich gar nichts mehr, sonst tötet er mich«, flüsterte sie, aus Angst, Erik würde sie für das, was sie von sich gab, umbringen. Ihre Augen füllten sich mit Tränen.

»Nein, er wird Ihnen nie mehr wehtun. Er kann sie nicht hören, keine Angst. Sprechen Sie weiter.«

»Erik hat die Tür zur Badeplattform aufgemacht, und wir haben den Anker ins Wasser fallen lassen. Die Kette kratzte so schnell über den Boden, dann gab es einen Ruck und dieses Teil hat die beiden umgerissen und übers Deck hinter sich hergeschleift. Der Anker ist rasend schnell untergegangen. Die Ahlers flogen über die Kante und sind in null Komma nichts im Wasser verschwunden.« Lina guckte Westermann mit einem Blick an, der ihm eine Gänsehaut über den Rücken jagte. In ihren Augen lag nicht ein Funken Emotion, nur Kälte. Sie zuckte die Achseln, als ginge sie alles nichts an. »Einfach so. Ging viel zu schnell. Von mir aus hätten wir sie auch einfach ins Schlauchboot setzen können. Wären bei dem Sturm irgendwann abgesoffen. Oder Erik hätte sie erschießen können. Er hatte doch die Waffe. Das wäre einfacher gewesen. Aber lebendig ins Wasser, das war schon abgewichst.« Sie spielte mit ihren Händen, knibbelte den eh schon ramponierten Nagellack von ihren Nägeln. »Wissen Sie, wie gruselig dunkel es da unten ist? Ich möchte da nicht reinfliegen und ersaufen. Stellen Sie sich das vor. Sie kriegen keine Luft mehr, schlucken das ganze Wasser und ertrinken elendig, irgendwo in 20 Metern Tiefe.« Ihre Stimme wurde immer leiser.

»Wir sind noch nicht fertig. Wir machen eine kurze Pause, und dann erzählen Sie uns, was im Anschluss an die Tötung passierte.« Westermann hielt inne, dann sagte er: »Und nach Hause gehen Sie nicht mehr.« Lina erstarrte.

✳

Bergmann tobte und schrie einen Raum weiter. »Du alte Fotze, ich bring dich um. Du landest genau wie die im Wasser, du Schweinepriester.« Der dürre Mann riss sich von den Beamten los und trat so lange gegen die Wand, bis ein handtellergroßes Loch im Trockenbau vorhanden war. Er drehte sich um, machte einen Satz und stieß seinen Stiefel hasserfüllt gegen den Monitor auf dem Schreibtisch. Der Tritt warf das Gerät zu Boden, der Bildschirm zerbarst. Hartwig kam den Kollegen zu Hilfe. Zu dritt drängten sie Bergmann Richtung Tür.

»Und Sie landen jetzt in der Zelle«, sagte der Kommissar und führte ihn mit den Kollegen aus dem Raum. »Das war's.«

✳

Westermann beendete wenig später die Beweisführung, um das Geständnis zu einem Ende zu führen.

»Ich verhafte Sie hiermit wegen Entführung einer Zeugin, Fälschung von Dokumenten, Diebstahl und Hehlerei. Desgleichen verhafte ich Sie wegen Mordes an Lore und Tim Ahlers sowie Beihilfe am Mord von Hinnerk Jacobsen und Frank Unhold. Sie werden nach der Befragung in Ihre Zelle gebracht und morgen früh dem Haftrichter vorgeführt.«

Lina erstarrte in der Bewegung und stierte Westermann totenbleich an. Dann ließ sie die Schultern sinken. Die Erkenntnis, dass man sie verhaftet hatte, und das Geschrei Eriks ließen sie ihren Körper erzittern. »Sie beschützen mich hoffentlich vor ihm? Wissen Sie, er schlägt sonst zu, wenn ich hier rauskomme.« Sie hatte nicht verinnerlicht, dass sie voraussichtlich nie wieder auf ihn treffen würde.

»Das wird nicht passieren. Jetzt allerdings brauche ich noch ein paar Antworten. Lassen Sie es uns beenden, Frau Bergmann.« Lina nickte.

»Wie kam es dazu, dass der Volvo in Schweden aufgefunden wurde?«

Lina sah ihn fragend an. »Ich hatte die Anweisung, das Auto nach Schweden zu fahren, um den Wagen in dem Dorf, in dem Erik aufgewachsen ist, zu verstecken. Er hat ihn seinem Kumpel geschenkt, einfach so. Das war alles perfekt ausgedacht. Wie sind Sie darauf gekommen? Der Wagen war so gut versteckt.«

Westermann betrachtete sie. »Die Fragen stelle in diesem Raum nur ich. Aber zu Ihrer Information. Wir sind nicht untätig gewesen und der Zufall kam uns im richtigen Moment zu Hilfe. Sie sind also mit dem Wagen nach Rätan gefahren?« Sie nickte. »Sie waren in Schweden, und Ihr Mann hat das Schiff gereinigt? Wenn die Besitzer der

White Pearl da bereits tot waren, wie konnten die dann Ihren Mann anrufen? Wir haben es überprüft, der Anruf hat stattgefunden.«

Sie kicherte. »Schlau eingefädelt. Erik hat mir das Handy von Tim mitgegeben. Wir hatten ja alles von denen. Die Telefone, die Krankenkarten, Ausweise, sogar die Führerscheine. Ich sollte von diesem Kaff aus mit seinem Handy Erik anrufen und so tun, als wäre ich er. Verstehen Sie? Das gehörte alles zu unserem Plan. Deshalb konnte Erik euch ja auch in die Irre führen«, flüsterte sie, und ihre Augen bekamen einen merkwürdigen Glanz. Sie hatte *unser* Plan gesagt und Westermann damit bestätigt, dass sie genauso am Mord an Lore und Tim Ahlers beteiligt war wie ihr Mann. »Es schien alles so einfach. Wäre bloß dieser Scheißsturm nicht gewesen und dieser blöde Hafenmeister. Warum musste er auch vor unserm Schiff rumlungern und uns belauschen. Der hat Lunte gerochen und wollte wegen dieses Astroteils die Polizei verständigen. Ich weiß nicht, was er mitbekommen hatte, aber er musste weg. Wie gut, dass wir dieses Zeug hatten. Hat ja keiner gemerkt, dass wir es waren. Das dauert Tage, bis man draufgeht. Und der hatte ja immer seine Buddel Tee dabei. Bis die Polizei was rausgefunden hätte, wären wir längst weggewesen. Ich kann den Namen von diesem Gift nicht mal aussprechen. Klang wie Botox oder so ähnlich.« Wieder kicherte sie. »Wir wussten, dass es bei diesem alten Mann keiner nachweisen würde. Jeder würde denken, er wäre bei dem Sturm verunglückt oder besoffen gewesen. Erik hat's besorgt, der kennt sich im Darknet aus. Ich hab ihm das Mittel in seine Thermoskanne gemischt. Erik hat ihn abgelenkt. Der hat's nicht mal gemerkt. War einfach. Der hätte uns sonst echt bei den Bullen verraten. Aber wie haben Sie das rausgefunden?«, fragte sie, guckte den Ermittler erwartungsvoll an und merkte, dass Westermann lächelte.

»Gar nicht. Sie haben uns die Lösung quasi gerade auf dem Silbertablett präsentiert. Jetzt können wir gezielt auf Spurensuche gehen.«

»Sie haben mich gelinkt? Das ist doch Scheiße. Dürfen Sie das überhaupt, mich so hinters Licht führen?«

»Können Sie mir erklären, wer Erik Sjögren ist? Der hat, wie man uns erzählte, das Auto seinem Kumpel versprochen und der saß unseren Informationen nach auch in Hamburg ein.«

»Das war schlau, oder? Das ist der Name von meinem Erik. Der hat damals bei der Hochzeit meinen Namen angenommen, damit er in keiner Datenbank auftaucht. Kein Internet, kein Facebook, kein Insta. Der hat nicht mal ein Handy auf seinen Namen. Eigentlich gibt es ihn überhaupt nicht. Geht alles auf meinen Namen. Deshalb haben wir auch nach kurzer Zeit geheiratet. Und weil er mich doch so liebt. So konnten wir ganz von vorn anfangen.« Fast wäre es ein perfekter Mord gewesen. Hätte nicht Nadja Wentdorf so vehement darauf bestanden, ihre Verwandten zu finden.

»Eine letzte Frage noch. Wo genau haben Sie und Ihr Mann Lore und Tim Ahlers versenkt?«

»Das weiß ich nicht. War dunkel, und ich hab keine Ahnung von Navigation. Da müssen Sie Erik fragen.« Westermann war davon überzeugt, dass sie niemals herausfinden würden, wo genau das Ehepaar entsorgt wurde. Aber der Fall war gelöst. Dennoch hatte er bis zum Schluss gehofft, dass sie irgendwo in Europa mit einem Wohnmobil herumkutschierten, um die Welt neu zu entdecken. Jetzt hatten sie die traurige Gewissheit und mussten der Nichte erklären, dass ihre Verwandten, ihr Vater und ihre Tante, tot waren.

Westermann schloss ermattet die vor ihm liegende Akte. Lina und Erik Bergmann würden für sehr lange Zeit, wenn nicht für immer, ins Gefängnis wandern. »Eine letzte Frage habe ich noch: Warum? Warum haben Sie diese fleißigen, ehrlichen Menschen umgebracht? Was war der wahre Grund? Das Motiv? Sie hätten sie doch einfach nur ins Schlauchboot setzen müssen und wären abgehauen. Bis sie gefunden worden wären, hätten Sie doch alle Konten geleert und wären untergetaucht.«

»Dass ihr das immer nicht verstehen wollt. Wir wollten reich sein und uns fühlen wie diese Pfeffersäcke. Die Jacht sollte uns den Weg zur High Society ermöglichen. Verstehen Sie? Es fühlte sich gut an, sich vornehm zu benehmen. Alle bestaunten unsere Jacht. In dem Moment waren wir die Größten. Wir konnten sie nicht am Leben lassen. Die hätten alles versaut. Die Bullen hätten ewig nach uns gesucht, aber so wäre alles perfekt gewesen. Mit dem Geld vom Astroteil hätten wir bis ans Lebensende ein geiles Leben führen können. An das Konto der beiden kamen wir ja am Ende nicht ran. Die Kohle hatten wir längst abgeschrieben. Dass der Banker aber auch so pissig sein musste. Deshalb mussten wir ja sehen, dass wir das Teil loswerden. Das wär es wert gewesen, oder nicht?«

»Aber Sie haben vier Menschen getötet und eine Person entführt. Ist Ihnen das egal? Sie haben aus Habgier getötet und um andere Taten zu verdecken.«

Wieder zuckte sie die Schultern. »Darüber haben wir nicht nachgedacht. Hat sich einfach alles so ergeben.«

»Hätten Sie tun sollen. Wie Sie sehen, zahlt sich Verbrechen nicht aus. Am Ende kriegen wir euch alle. Abführen.«

Bergmann schwieg weiterhin. Von ihm bekamen sie in der folgenden Zeit nicht eine Antwort. Allerdings reichten die Beweismittel mittels Luminol, der Aussage Lina Bergmanns und der von Charlotte aufgefundenen Beweise am Ende aus. Der bereits vorbestrafte Erik Sjögren wurde wegen vierfachen Mordes zu lebenslanger Haft mit anschließender Sicherungsverwahrung verurteilt und verlor auch nach dem Schuldspruch keine einzige Silbe.

Die Spuren, die Hartwig mit Watson und der Hilfe der Kriminaltechnik auf dem Schiff entdeckt hatte, waren erdrückend und eindeutig. Sie bewiesen, dass es sich um das Blut von Lore und Tim Ahlers handelte. Auch wenn Erik Bergmann die Jacht äußerst gründlich gesäubert und dabei mit aggressivem Material vorgegangen war, was allein schon verdächtig machte, hatte er die Kriminaltechnik unterschätzt, die heute so weit war, selbst winzigste Spuren zu entdecken. Luminol war nur eines der Stoffe, mit dem mithilfe von Schwarzlicht scheinbar unsichtbare Blutspuren sichtbar gemacht werden konnten. Im Steuerstand leuchtete es nur so von Blutspritzern, die Bergmann schlicht übersehen hatte und die Tim und Lore Ahlers eindeutig zugeordnet werden konnten. Lina Bergmann wurde wie ihr Ehemann zu lebenslanger Haft mit anschließender Sicherungsverwahrung verurteilt.

Sie würden die Leichen wahrscheinlich nicht auffinden, es sei denn, der Zufall käme ihnen zu Hilfe.

Als Westermann und Hartwig einen Tag später die sichergestellte Jacht des Grauens im Hafen von Burgstaaken verlassen und bereits einige Meter auf dem Steg zurückgelegt hatten, kam der Leiter der KT Nils Henning aus der Kapitänskajüte. Lauthals rief er ihnen nach: »Dirk, Thomas, wartet. Ich hab was, das dürfte euch sehr interessieren.«

Die Männer blieben stehen. Westermann hatte just in diesem Augenblick seine Pfeife entzündet und wollte mit seinem Kollegen den Abschlussbericht verfassen, um Nadja

Wentdorf und Justus van Elebek von den Ergebnissen zu unterrichten. Das waren sie ihnen schuldig. Sie hatten sie verdächtigt und ihr Leben durcheinandergebracht. Sie mussten ihr Leben weiterleben und mit ihren Problemen selbst fertig werden. Die Anschuldigungen gegen sie wurden umgehend fallengelassen. Van Elebeks Frau hatte ihren Mann allerdings verlassen. Sie war die Frau, mit der Ahlers ein neues Leben anfangen wollte. Sie war seine große Liebe. Für ihn hatte sie lange geschwiegen und gelitten. War traurig, dass er sich nicht mehr bei ihr gemeldet hatte. Jetzt musste sie noch einmal ganz von vorn anfangen und verschwand von einem Tag auf den anderen aus dem Leben von Justus van Elebek.

Westermann und Hartwig blieben vor der White Pearl stehen.

Mit fragenden Gesichtern stiegen sie zurück auf das Schiff. Nils Henning hielt ein Tablett in der Hand.

»Wisst ihr, was das ist?«, fragte der Wikinger schmunzelnd.

»Du wirst es uns erzählen«, sagte Hartwig. Er wollte endlich nach Hause. »Watson muss raus und ich hab Stina versprochen, mit ihr essen zu gehen. Wir sind in einer Stunde verabredet.«

»Wenn du siehst, was ich euch gleich zeige, dann wollt ihr nirgends hin. Und dann wisst ihr auch, wo ihr nach den Leichen suchen müsst.« Die Männer sahen den Leiter der Kriminaltechnik erwartungsvoll an. »Ahlers hatte unter seiner Matratze ein Tablet verborgen, das die Mörder dank ihrer Faulheit schlichtweg übersehen haben und auf dem wichtige Informationen vorhanden sind«, sagte er siegessicher und griente.

Westermann schaute ihn an. »Bitte? Klär uns auf.«

»Also, Ahlers hat Logbuch geführt.«

»Im Tablet?«, fragte Hartwig und steckte die Hände in die Taschen seiner Jeans.

»Jo. Was ich hier zwischen meinen Fingern halte, ist ein elektronisches Logbuch«, war die knappe Antwort.

»Deshalb haben wir keins auf dem Schiff gefunden. Das erklärt vieles. Jetzt sag uns – was zum Teufel ist ein elektronisches Logbuch?«

»Ganz simpel. Was früher mit der Hand aufgezeichnet wurde, ist heute die digitale Form eines herkömmlichen Schiffstagebuches. Es zeichnet wichtige Daten und Infos über die Schiffsreise auf, wie zum Beispiel: Position, Geschwindigkeit, Kurs, Wetterbedingungen, technische Aufzeichnungen und Ereignisse an Bord. Also komplette Datenerfassung. Und es speichert *kontinuierlich* sämtliche Fakten während der gesamten Seereise. Dies umfasst GPS-Positionen, Geschwindigkeitsdaten, Navigationskurs, Uhrzeit, Wetterinfos und möglicherweise relevante Daten, je nach den Fähigkeiten des Systems. Und genau diese Fakten müssen wir jetzt sortieren und können euch dann sagen, wo die beiden liegen. Was sagt ihr? Sind wir gut?«

Westermann und Hartwig sahen Henning sprachlos an. »Seid ihr. Das könnte also bedeuten, dass die Infos uns zeigen, wann die White Pearl wo gewesen ist, auch zum Zeitpunkt der Tat?«, fragte Westermann.

»Nicht es könnte, es wird. Wir wissen bald, wo wir suchen sollen.«

»Das ist genial. Wieso haben die das übersehen?«

»Vielleicht wussten sie gar nicht, dass ein elektronisches Logbuch geführt wurde und es an Bord war.« Nils Henning zwinkerte, hob das Tablet, das sich in einer Klarsichthülle befand, hoch und verschwand mit einem Lächeln in der Kuchenbude. Dann kam er zurück. »Was ich noch sagen wollte. Die Rechtsmedizin hat sich eben bei mir gemeldet. Dein Handy ist aus.«

Westermann zog sein Handy aus der Jackentasche. »Leer, der Akku ist leer«, sagte er kopfschüttelnd.

»Also jetzt hört mir mal zu. Die toxikologischen Auswertungen eurer Ampullen sind da. Ich hab sie ausgedruckt und sollte sie dir überreichen. Das Zeug, das der Hafenmeister im Blut hatte, war hochtoxisch. Der Mann ist tatsächlich nicht einfach ins Wasser gefallen. Er war weder besoffen noch hatte er einen Herzinfarkt. Und auch sein Zucker spielte keine Rolle. Das Material, das die Jungs gefunden haben, ist so gut wie nicht nachweisbar, insbesondere, weil die Todesumstände zunächst nicht als verdächtig eingestuft wurden. Wir wären nie davon ausgegangen, dass jemand ihn getötet hat, nachdem wir wussten, dass er zuckerkrank war.«

»Wir wissen, dass sie ihm was in die Thermoskanne gegeben haben. Um was handelt es sich denn nun?«, fragte Hartwig.

Henning nahm den Bericht zur Hand. Unter seinem Shirt zeichneten sich deutlich sichtbare Muskeln ab. »Botulinumtoxin. Schnelles Einsetzen der Wirkung: Das Zeug wirkt relativ zügig, aber es kann einige Zeit dauern, bis erste Symptome auftreten. Das hat wahrscheinlich von euren Tätern abgelenkt. So sah es nach einem Unfall aus, und die hätten genug Zeit gehabt, um von hier zu verschwinden. Ohne irgendeinen Verdacht auf sich zu lenken. Schlau eingefädelt.«

Westermann zog die Augenbraue hoch. »Und wo haben die das Zeug her? Das kriegt man sicher nicht in der Apotheke.«

»Nee, wahrlich nicht. Botulinumtoxin ist äußerst gefährlich und hochkontrolliert. Es gibt allerdings ganz natürliche

Vorkommen: Dieses Toxin wird von Bakterien erzeugt, die in der Umwelt auftreten. Deshalb hat im Labor auch niemand an einen Mordanschlag gedacht. Und die im Nachhinein festgestellten Symptome waren vielfältig und wiesen nicht sofort auf eine Vergiftung hin. Wenn ihr der Toxikologie den Tipp nicht gegeben hättet, wer weiß. Aber steht alles im Bericht.« Er reichte Westermann die zusammengehefteten Seiten und sagte zum Abschluss: »Die Substanzen zu besitzen ist illegal und gefährlich. Aber wen interessiert's. Dealer kommen heut doch überall ran. Das Darknet macht's leider möglich.« Nils Henning zuckte erneut die Achseln und ließ seine Muskeln spielen.

»Also lag Charlotte von Anfang an richtig mit ihrem Verdacht, das Hinnerk ermordet wurde. Und das alles hätte sie fast das Leben gekostet.« Westermann holte tief Luft.

Schweigend liefen sie den Steg hinunter, bis sie wieder festen Boden unter den Füßen hatten.

»Ich glaub, ich werde seekrank. Mir ist ganz schwummerig«, sagte Hartwig und steckte sich eine Zigarette an.

»Dann solltest du nicht obendrein noch rauchen«, schmunzelte Westermann und blies den Rauch seiner Pfeife in die eiskalte Luft.

Beide waren sichtlich erleichtert, dass sie diesen ungewöhnlichen Fall endlich zu den Akten legen konnten.

»Wozu manche Menschen fähig sind«, sagte Westermann und verließ mit seinem Kollegen das Hafengelände.

EPILOG

Im Hause Hagedorn

Charlotte erholte sich, wenn auch nur langsam.

Sie machte lange Spaziergänge mit ihrem Josch am Strand von Katharinenhof, und ihr wurde klar, dass sie es eindeutig übertrieben hatte. Sie würde im Sommer mit ihrem Josch in den Urlaub fahren. Egal, was auf der Insel passierte. An den Eibsee, hatten sie sich überlegt. Dort wollte Charlotte die Milchstraße fotografieren und Bergwanderungen mit ihrem Hamburger Jung unternehmen. Es wäre alles so schön gewesen, hätte das Telefon sie nicht ein paar Monate später, mitten in der Nacht, aus ihrem Tiefschlaf gerissen. Sie lauschte der weinenden Stimme am anderen Ende: »Oh, mein Gott, wie furchtbar. Alles brennt? Ich komme sofort.«

*

Katrin war froh, dass Dirk den Fall endlich gelöst hatte, obwohl sie genau wusste, dass es sicher nicht der letzte sein würde. Er war ziemlich deprimiert gewesen in den letzten Wochen, blass und um etliche Kilo leichter. Sein Zustand machte Katrin große Sorgen. Sie hatte das Gefühl, als steckte ihm irgendwas in den Knochen. Sie kannte ihn und wusste, dass er so leicht nicht aus der Fassung geriet. Es musste etwas anderes sein. Der Eventplanerin war klar, dass sie mit ihrem Mann sprechen musste. Die Geheimnisse um Mats hatten ihre Beziehung in ernsthafte Gefahr gebracht. Sie hatte sich nicht gerade verträglich ihrem Mann gegenüber benommen. Aber die letzten Monate hatten auch an ihren Nerven gezerrt. Katrin wusste, dass nur Gespräche halfen. Sie musste daran arbeiten, dass das Vertrauen zwischen ihnen wiederhergestellt wurde.

Dirk saß allein in der Küche und blätterte im Tageblatt. Katrin merkte, dass ihn etwas beschäftigte. Er sprach in der Zeit nach der Aufklärung äußerst wenig und wenn, dann nur das Nötigste. Die Spannung, die seit Tagen im Penthouse schwelte, erfüllte sie mit Unbehagen. In ihr arbeitete es, und sie hatte Angst, dass es etwas mit ihnen und ihrer Beziehung zu tun hatte. Die Eventplanerin guckte aus dem Fenster und folgte einem Blatt, das vor der Glasscheibe vorbeizog. Ihr Handy klingelte. Eigentlich hatte sie keine Lust, mit irgendjemandem zu sprechen, als sie einen Blick auf das Display warf und das Gespräch seufzend annahm. »Westermann«, flüsterte sie. Dann wurde sie blass, setzte sich auf den Stuhl, der direkt neben ihr stand, und sah aus, als wäre ihr ein Gespenst begegnet. »Dirk«, schrie sie und fing an zu schluchzen. Sie schlug die Hände vors Gesicht, als ihr Mann vom Stuhl aufsprang und ins Wohnzimmer eilte.

»Was ist denn los?«, fragte Westermann und schaute die Eventplanerin fragend an.

»Ich will nicht mehr«, schluchzte sie. »Ich mach Schluss.«

Entsetzt ließ sie das Handy aus der Hand fallen.

✳

Die Anwältin

Ein Gespräch allerdings stand noch aus. Die Frage, die Westermann nicht in Ruhe gelassen hatte: Inwiefern war Jona Winter an dem Mordkomplott beteiligt? Jetzt saß sie ihm gegenüber. Seine Befragung sollte auch die letzten der ungelösten Fragen klären.

»Sie haben doch angeblich die Verträge für den Verkauf der Jacht aufgesetzt, oder nicht?«, fragte Westermann.

Sie nickte. »Ja, hab ich. Aber es war alles rechtens.« Sie wurde rot.

»Wieso glaube ich Ihnen nicht?«, fragte er und betrachtete sie eingehend. Er bemerkte ihre Anspannung. Sie hingegen fragte sich, worauf das Ganze hinauslief. »Erzählen Sie mir bitte noch mal, wie das mit den Bergmanns lief? Mir ist da einiges nicht schlüssig.«

Sie räusperte sich, wollte offensichtlich Zeit schinden. »Ich versteh nicht ganz, was Sie von mir wollen. Sie wissen doch, was passiert ist. Dass der Deal mit dem Verkauf ein Trick von Erik Bergmann war. Ich wusste von alldem nichts. Er hat mir erzählt, dass die Ahlers nicht persönlich kommen können und ich die Verträge ausstellen und notariell beglaubigen sollte. Mich hat das zwar gewundert, aber als er mir die Ausweise, Führerscheine und sogar eine Generalvollmacht vorlegte, dachte ich, dass das wohl so in Ordnung geht.« Jona Winter schaute auf den Boden.

»Waren Sie an dem Mordkomplott beteiligt? Hatten Sie etwas mit dem Verschwinden und der Ermordung der Ahlers zu tun? Also? Erzählen Sie mir die Wahrheit.« Jona Winter schluckte und guckte an ihm vorbei aus dem Fenster. Ihre Hände ballten sich, dann wieder öffnete sie sie und schüttelte sie aus, als wollte sie etwas abschütteln. Westermann wusste, dass sie mit sich rang. »Die Zeit der Lügen ist vorbei, bitte. Ansonsten sehe ich schwarz für Ihre Zukunft.«

Sie kämpfte mit sich. »Also gut. Ich darf meine Zulassung nicht verlieren.«

»Und?«

Sie hob den Kopf und guckte ihm direkt in die Augen. Ihre Wangen waren eingefallen und er entdeckte unter dem Make-up dunkle Augenringe.

»Rücken Sie endlich mit der Wahrheit raus, verdammt noch mal. Ich bin es leid, ständig belogen zu werden.« Westermann presste die Lippen zusammen und zog die Augenbrauen hoch. Seine scharfe Stimme hallte durch den Raum und ließ die dürr wirkende Frau mit der Hornbrille zusammenzucken.

»Sie haben mir viel Geld geboten, wenn ich die Verträge ohne die Anwesenheit der Verkäufer beglaubige. Ich weiß, dass das nicht rechtens ist. Bergmann hat mir versichert, dass die Verkäufer in dringenden Geschäften im Ausland unterwegs wären und er alles auf den Weg bringen sollte, und dass es dringend wäre«, sagte sie. »Sie haben mir sämtliche Papiere vorgelegt und gemeint, wenn die Geschäfte mit dem Bootsverkauf abgehandelt wären, kämen weitere lukrative Aktivitäten dazu. Wissen Sie, es läuft grade nicht gut in meinem Büro. Die Eigentümer meines Büros wollen mir die Räume kündigen. Ich … ich …« Sie zuckte die Achseln und senkte den Kopf, als schämte sie sich für ihre Worte.

»Haben Sie sich nicht gewundert, wo die Papiere herstammen?«, wollte Westermann wissen.

»Nein, er hat behauptet, es wäre alles in Ordnung. Die Ahlers hätten sie ihm vertrauensvoll ausgehändigt. Das zeugt doch von Vertrauen, oder? Warum sollte ich zweifeln? Wer gibt einem Käufer eine Generalvollmacht, wenn er ihm nicht vertraut?« Die Anwältin brach in Tränen aus. »Ich … wollte das nicht. Wirklich nicht. Ich weiß, dass es so nicht geht, aber …«

»Wie viel haben sie Ihnen geboten?«

»70.000 Euro.«

»Und haben Sie das Geld erhalten?«

Sie schüttelte den Kopf. »Nein, deshalb bin ich auch nur in die JVA gekommen. Ich saß sogar noch drei Stunden im Stau. Bergmann rief mich an und hat gesagt, wenn ich sie beide aus der Untersuchungshaft hole, geht der Betrag sofort aufs Konto. Ich brauche das Geld, wirklich.« Sie wurde von einem Weinkrampf geschüttelt.

»Sie wissen, dass Sie sich strafbar gemacht haben. Ich glaube, Ihre Zulassung können Sie vergessen. Ich weiß nicht, ob Sie selbst einen Anwalt hinzuziehen möchten.« Westermann nahm sein Handy und wählte.

Wenig später trat er geschafft und gleichzeitig erleichtert in den Innenhof, zündete seine Pfeife an. Und jetzt muss ich mit Katrin reden, dachte er und blies den Rauch in den Himmel.

ENDE

NORDDEUTSCHES LEXIKON

Als kleinen Gruß habe ich ein paar plattdeutsche Begriffe zusammengetragen, damit ihr mich und den Norden ein wenig besser versteht.

Aussüffeln: austrinken

Bangbüx: Angsthase

Das ist nicht koscher: das ist nicht in Ordnung

Döspaddel: Dummkopf, Dämlack, hohle Nuss

Dötz: Kopf

Döschig: nicht klar im Kopf, dumm

Du hast nicht alle Tassen im Kontor: du bist nicht ganz zurechnungsfähig

Feudel: Bodenwischlappen

Fisimatenten: Sperenzchen, Ausflüchte, Unsinn

Figelinsch: knifflig, kompliziert, schwierig

Flunsch: Schmollmund

Funzel: Taschenlampe

Flugs: schnell, sofort, gleich

Gnaddelig: schlecht gelaunt

In die Puschen kommen: aktiv werden, sich aufraffen

Klötern: klappern

Klönen: gemütlich plaudern

Kniggerbüddel: Geizkragen

Krüsch: wählerisch

Luschern: heimlich nachschauen

Luschig: liederlich, schlampig

Muggelig: angenehm, kuschelig, gemütlich

Oha: das kriegen wir wieder hin, lässt sich noch regeln

Ohauahauaha: nix geht mehr

Pieschern: pinkeln, urinieren, Wasser lassen

Plieren: blinzelnd schauen

Pulen: sich an etwas zu schaffen machen, abpellen

Rammdösig: wie betäubt, nicht fähig, einen klaren Gedanken zu fassen

Sabbel: Mund

Sabbel nicht: rede nicht

Schietwetter: Wenn das Wetter dauern schlecht ist. Einfach Scheißwetter

Schlamassel: unangenehme Lage, Missgeschick

Schlunzig: unordentlich, schlampig

Schnacken: reden sprechen

Schnute: Mund

Verdammich: ich glaub, mich trifft der Schlag

Verquer: schräg, schief, absonderlich

Vertell: erzähl

DANKSAGUNG

Wie immer sage ich danke.

Tausend Dank dem Gmeiner-Verlag und seinem überaus kompetenten Team, das die Serie überhaupt möglich macht und mich seit vielen Jahren überaus erfolgreich begleitet und unterstützt. Ohne diesen wunderbaren Verlag und seine herausragende Lektorin

Claudia Senghaas, die mich seit nunmehr 10 Bänden in der Küstenreihe begleitet, mir zur Seite steht, Sinn oder Unsinn, den ich verzapfe, in Ordnung bringt und mir manchmal die Leviten liest, wäre all dies nicht passiert. Claudia, es ist schön, dass es dich gibt. Du bist die Beste.

Ich danke meiner Freundin Marina, die seit Beginn der Küstenreihe als Erstleserin geduldig jedes meiner Werke liest, mir Anregungen gibt und mich auf Fehler hinweist. Klasse, dass du an meiner Seite stehst und wir bei der Arbeit mit Lumumba so manche Wendung ausgeheckt haben.

Ein herzlicher Dank gilt meinen Freunden Maria und André, die ebenfalls als meine Erstleser akribisch Wort für Wort gemeinsam durcharbeiten. Besonders hilfreich ist André, der mir als Kriminalist und Kriminologe sachlich bei meinen Geschichten zur Seite steht und mir jegliche fachliche Hilfe zukommen lässt. Toll, dass ihr meine Freunde seid.

Und von Herzen danke ich meiner Familie. Meinem Mann, der Geduld aufbringt, wenn ich abtauche, mich ab und zu an die Oberfläche zerrt und darauf achtet, dass ich in meiner Höhle nicht verhungere, verdurste oder nicht mehr zur Ruhe komme. Ich würde wohl 24 Stunden am Schreibtisch verbringen, hätte ich keine Familie, die auf mich aufpasst.

Martin, ich liebe dich für deine Geduld und deine Liebe.

Und zu guter Letzt danke ich euch. Euch, meinen treuen Lesern, ohne die dies alles nicht möglich wäre. Ohne euch würde ich nicht jeden Tag, Stunde für Stunde am Schreibtisch sitzen, mir Geschichten ausdenken, sie runterschreiben und zu einem Ganzen zusammenfügen.

Es ist einfach grandios, dass es euch gibt. Dafür lebe ich und für meine Geschichten.

Danke.

So, und nu ist aver mal Fieravend.

Kommissare Westermann und Hartwig ermitteln:

1. Fall: Küstenschrei
ISBN 978-3-8392-1851-8

2. Fall: Küstenschatten
ISBN 978-3-8392-2036-8

3. Fall: Küstendämon
ISBN 978-3-8392-2230-0

4. Fall: Küstenwolf
ISBN 978-3-8392-2403-8

5. Fall: Küstenlüge
ISBN 978-3-8392-2579-0

6. Fall: Küstensturm
ISBN 978-3-8392-2836-4

7. Fall: Küstenangst
ISBN 978-3-8392-0150-3

8. Fall: Küstengruft
ISBN 978-3-8392-0369-9

9. Fall: Küstenkiller
ISBN 978-3-8392-0607-2

10. Fall: Küstengeheimnis
ISBN 978-3-8392-0795-6

weitere:
Fehmarn
ISBN 978-3-8392-2002-3

GMEINER SPANNUNG

WWW.GMEINER-VERLAG.DE
Wir machen's spannend